KB163751

무지개 2

The Rainbow

세계문학전집 136

무지개 2

The Rainbow

D. H. 로렌스

김정매 옮김

민음사

차례

제10장 넓어져가는 세계 7
제11장 첫사랑 47
제12장 수치 143
제13장 남성의 세계 178
제14장 넓어져가는 세계 292
제15장 환희의 쓴맛 319
제16장 무지개 425

작품 해설 449
옮긴이의 말 456
작가 연보 458

1권 차례

제1장 톰 브랑윈은 어떻게 폴란드 여인과 결혼하게 되었나 9
제2장 마시 농장에서의 생활 87
제3장 애나 렌스키의 어린 시절 147
제4장 애나 브랑윈의 소녀 시절 177
제5장 마시 농장의 결혼식 241
제6장 승리자 애나 262
제7장 대성당 361
제8장 어린아이 385
제9장 마시 농장의 홍수 437

이 책의 판본에 대하여

이 책은 펭귄 출판사에서 나온 데이비드 허버트 로렌스의 『무지개』 결정판을 번역 대본으로 삼았다. 이 결정판은 기존에 정본으로 익히 알려졌던 케임브리지 대학교 판본보다 더 원전에 가까운 것으로, 『케임브리지 판 D. H. 로렌스 작품집』 출간에 참여했던 학자들이 검증한 텍스트를 저본으로 했으며, 버밍엄 대학교 영문학과의 제임스 T. 볼턴 명예교수와 텍사스 대학교 영문학과의 프랜시스 워런 로버츠 교수의 감수하에 완성되었다. 현존하는 수기 원고, 타자 원고, 교정쇄와 케임브리지 초판 인쇄본의 철저한 상호 대조를 통해 로렌스 자신이 출간하려 했던 원고에 가장 가까운 텍스트를 완성해 낸 것이다. 인쇄업자, 출판업자, 편집자 들이 의도적으로 삭제하거나 식자공, 인쇄공 들이 실수로 누락했던(때로는 한 페이지에 이르는 분량의) 부분들을 모두 복원했으며, 반대로 인쇄공들이 자의적으로 추가했던 조판 스타일은 가능한 한 모두 삭제했다.

제10장
넓어져가는 세계

자신이 맏딸이라는 사실은 어슐라에게 커다란 부담이 되었다. 열한 살이 되었을 때는 구드룬과 테레사와 캐서린을 데리고 다녀야 했다. 남동생 윌리엄은 보통 빌리라고 불러 아버지의 이름과 혼동이 되지 않게 했다. 세 살배기 빌리는 귀엽고 몸이 좀 약한 편이었으며, 아직은 집에서 지냈다. 그 밑으로 카산드라라는 갓난아이 여동생이 있었다.

아이들은 얼마 동안 마시 농장 바로 옆에 있는 작은 교회의 부속학교에 다녔다. 그곳이 아이들이 다닐 수 있는 거리에 있는 유일한 학교였다. 규모가 아주 작았으므로 아이들의 엄마는 아이들을 그곳에 보내는 것에 안심했다. 그렇지만 동네 사내아이들은 어슐라를 어틀러로, 구드룬을 굿러너로, 테레사는 티폿으로 별명을 붙여 불렀다.*

구드룬과 어슐라는 소꿉친구였다. 둘째인 구드룬은 몸이

길쭉하고 졸린 듯이 보였으며, 끊임없이 환상에 젖어 있어서 현실과는 아무런 상관없이 지냈다. 현실에는 맞지 않고 자신의 환상에 젖기에 안성맞춤인 아이였다. 어슐라는 현실에 밝았다. 그래서 구드룬은 모든 현실적인 문제는 언니에게 맡기고 별다른 생각 없이 언니를 절대적으로 믿었다. 언니 어슐라는 친구이기도 한 동생에게 굉장히 각별한 감정을 갖고 있었다.

구드룬에게 책임을 지게 해보았자 아무 소용이 없었다. 동생은 바닷물 속의 물고기처럼 둥둥 떠다녔고 자기 나름의 방식대로 철두철미하게 남들과는 다르게 살았다. 다른 사람은 그녀에게 문제가 되지 않았다. 그녀는 오로지 언니 어슐라만 믿고 언니에게 일을 맡겼다.

맏이인 어슐라는 어린 동생들에 대한 책임 때문에 대단히 골치가 아팠다. 특히 동생 테레사는 억세고 눈이 부리부리하게 생긴 아이로 싸움의 명수였다.

"어슐라 언니, 빌리 필린스가 내 머리를 잡아챘어."

"뭐라고 그랬는데?"

"아무 말도 안 했어."

그러면 브랑윈 집안 딸들은 필린스인지 필립스인지 집안 아이들과 싸움이 붙었다.

"빌리 필린스, 넌 내 머리 다시는 못 낚아채."

테레사가 언니들과 함께 걸어가면서 주근깨가 나고 머리

* '굿러너'는 '달리기 잘하는 아이', '티폿'은 '찻주전자'라는 뜻인데, 이름과 비슷한 발음이 나는 단어로 별명을 붙인 것이다.

가 빨간 남자 아이를 여봐란듯이 쳐다보며 말했다.

"왜 못해?"

빌리 필립스가 대꾸했다.

"감히 어디라고 해!"

테레사가 속상한 듯 말했다.

"그럼 티폿, 너 한번 이리 와서 내가 네 머리채를 못 당기는가 봐."

티폿은 성큼성큼 다가갔고 빌리 필립스는 곧 테레사의 뱀처럼 긴 머리 타래를 힘껏 당겼다. 테레사는 극도로 화가 나서 빌리에게 달려들었다. 곧 어슐라 언니와 구드룬 언니가 뛰어들었고, 다음에는 동생 케이티도 합세하여 다른 필립스 집안 아이들인 클렘, 월터, 에디 앤소니와도 맞붙었다. 그 다음엔 난투극이 벌어졌다. 브랑윈 집안 딸들은 숙성해서 웬만한 사내아이들보다 튼튼했다. 앞치마와 긴 머리채만 없었다면 그들은 쉽게 이겼을 것이다. 그러나 머리는 헝클어지고 앞치마는 찢긴 채 집으로 돌아갔다. 브랑윈 집안 딸들의 앞치마를 찢는 것이 필립스 집안사내아이들에겐 큰 즐거움이었다.

그다음엔 한바탕 소동이 벌어졌다. 애나는 딸들이 그렇게 된 것에 대해 가만히 있지 않겠다고 했다. 아니, 도저히 그대로 있을 수 없다고 했다. 젖 먹던 뱀이 다 일어나고 그 오만한 기질이 발끈했다. 그러면 학교에서 목사는 한바탕 훈시를 했다.

"코셋헤이 마을의 남학생들이 여학생들에게 보다 점잖게 행동할 수 없다는 것은 유감이다. 도대체 어떻게 생겨먹은 학생들이 여학생들에게 대들고 발길질하고 때리고 여학생의 앞치마를 찢는단 말인가? 그런 학생은 마땅히 엄벌을 받고 비겁한 아이라는 말을 들어야겠다. 왜냐하면 비겁하지 않고서야 어떤 학생이……."

그러면 필립스 집안 사내아이들은 속으로 상스러운 욕설을 잔뜩 퍼부었다. 브랑윈 집안 여자 아이들은 얌전한 체했으며, 특히 테레사가 그러했다. 반목은 계속되었고 가끔 굉장히 친해지기도 했다. 그런 때면 어슐라는 클렘 필립스의 애인이 되고, 구드룬은 월터, 테레사는 빌리, 그리고 심지어 어린 케이티까지도 에디 앤소니의 애인이 되어 가장 가깝게 뭉쳤다. 어떤 일이 생겼다 하면, 브랑윈 집안 아이들과 필립스 집안 아이들은 자그마한 패거리를 지어 한꺼번에 달려들었다. 그러나 어슐라나 구드룬은 필립스 집안 사내아이들과 정말로 친숙해질 수는 없었다. 이렇게 단합이 되고 애인으로 짝을 짓는 것은 그들에겐 한낱 가상에 불과했다.

브랑윈 부인은 또다시 발끈해졌다.

"어슐라, 네가 사내아이들과 길거리를 쏘다니게 둘 수는 없다. 알겠니? 이제 그런 짓은 그만둬. 그러면 동생들도 따라서 그만둘 게다."

어슐라는 브랑윈 집안 아이들을 대표한다는 것이 얼마나 싫었는지! 결코 어슐라 혼자만의 이름으로는 불리지 않았다. 아니, 언제나 어슐라-구드룬-테레사-캐서린 식으로 이어서 불렸고, 나중에는 남동생 빌리의 이름까지 덧붙여졌다. 더구나 어슐라는 필립스 집안 남자 아이들이 싫었다. 그들과는 취미가 달랐다.

브랑윈과 필립스의 단합체는 쉽게 와해되었다. 그건 브랑윈 집안의 여자 아이들이 부당하게 우월감을 보였기 때문이다. 브랑윈 집안은 풍족했다. 그들은 마시 농장을 자유로이 드나들었다. 학교 선생님들은 브랑윈 집안 여자 아이들에게 정중했고 목사는 동등한 입장에서 아이들에게 말했다. 브랑윈 집안 여자 아이들은 잘난 체했고 머리를 꼿꼿이 쳐들고 다녔다.

"어슐라 브랑윈, 이 떡판아, 네가 세상에서 제일 잘난 줄 알아?"

클렘 필립스는 얼굴이 홍당무가 되어 놀렸다.

"그래도 너보다 낫지!"

어슐라가 응수했다.

"제 딴엔 그렇다고 생각하겠지. 얼굴은 저렇게 못생긴 주제에. 이 떡판, 어슐라 브랑윈."

클렘이 빈정대기 시작하자 다른 형제들도 그와 합세해서 큰 소리로 어슐라를 놀려댔다.

그러면 또 반목이 시작되었다. 어슐라는 그런 식으로 빈정대는 것이 지긋지긋하게 싫었다. 그래서 필립스 집안 사내아이들을 냉랭하게 대했다. 어슐라는 가족 중에서도 대단히 자부심이 강했다. 브랑윈 집안의 여자 아이들은 죄다 이유 없이 묘하게 당당했고 몸가짐에는 고귀한 면까지 있었다.

어느 정도 혈통과 교육의 영향으로, 그들은 다른 사람들이 존재한다는 것은 아랑곳하지 않고 나름대로의 생활을 왕성하게 살아가는 듯했다. 처음부터 어슐라는 다른 사람들이 그녀를 얕잡아보리란 생각은 하지 못했다. 그녀를 알게 되는 사람이면 누구나 그녀에게 만족하고, 그런 상태 그대로 그녀를 받아들일 거라 생각했다. 세상은 그저 그녀와 같은 사람들이 모인 곳이라 여겼다. 하는 수 없이 딴 사람이 자신을 얕보게 되는 날이면 당연히 있을 수 있는 일임에도 어슐라는 굉장히 괴로워했고, 상대방을 절대로 용서하지 않았다.

어슐라의 이런 태도는 속이 좁은 사람들에게는 밸이 꼴리는 일이었다. 브랑윈 집안 식구들은 평생 그들을 밑으로 끌어내려서 쩨쩨한 존재로 만들려는 사람들과 맞닥뜨려야 했다. 기묘하게도 엄마 애나는 앞일을 예측해서 자식들이 마을을 벗어남으로써 얻을 수 있는 이점을 쾌히 마련해 주었다.

어슐라가 열두 살이 되었을 때 동네 초등학교와 이 동네의 속 좁고 질투 심한 아이들의 영향력이 어슐라에게 나타나기 시작했다. 그러자 엄마가 어슐라를 동생 구드룬과 함께 노팅엄에 있는 중학교에 보냈다. 이것은 어슐라에게는 커다란 해방이었다. 어슐라는 사람의 속을 좁게 만드는 생활환경에서 벗어나기를 열망했던 것이다. 자질구레한 질투심과 차이점들, 하찮은 비열한 환경에서 벗어나고 싶었던 것이다. 필립스 집안 아이들이 그녀보다 더 구차하고 비열하며, 못된 수법을 쓰고 하찮은 이점을 취한다는 것이 어슐라에겐 큰 고통이었다.

어슐라는 자신과 동등한 사람들 속에서 지내고 싶었다.

그러나 스스로를 낮추어가면서 그러고 싶지는 않았다. 그녀는 클렘 필립스가 그녀와 동등하게 되길 바랐다. 그러나 어떤 수수께끼 같은 고통스러운 운명의 장난인지, 클렘이 정말로 그녀와 동등해질 때면, 그녀의 머리통이 조여드는 것만 같았다. 그녀는 이마를 짓찧고 도망치고 싶었다.

그런 때면 어슐라는 도망치는 일이 더 쉽다는 것을 발견했다. 그런 환경에서 아예 떠나버리면 되는 것이었다. 노팅엄의 중학교를 다니는 것이, 왜소한 동네 학교와 보잘것없는 선생들과 사랑하려고 애써보았지만 도저히 사랑할 수도 용서할 수도 없는 필립스 집안 사내아이들을 떠나는 수단이 되었다. 어슐라는 비열한 사람들을 본능적으로 두려워했다. 흡사 사슴이 개를 무서워하는 것과 같았다. 어슐라는 사물에 눈이 어두웠기 때문에 사람들을 헤아리거나 가늠할 줄을 몰랐다. 사람들은 누구나 자신과 같다고 생각할 뿐이었다.

그녀는 집안 식구들의 기준치로 다른 사람들을 측정했다. 즉 아버지와 어머니, 할머니, 그리고 삼촌들이 그 기준이 되었다. 그녀가 사랑하는 아버지는 그 태도에 있어서 완전히 단순했지만 그의 강하고 어두운 영혼은 형용키 어려운 깊은 심연에 뿌리를 박고 있었다. 그 심연은 그녀를 매료시켰고 겁나게 했다. 그녀의 어머니는 참으로 기이하게 돈과 인습과 공포, 이 모든 것에서 해방돼 있었고, 바깥 세계에는 완전히 무관심했으며, 홀로 서 있으면서 바깥 세계와는 아무런 관련이 없었다. 할머니는 아주 먼 이국에서 태어나서 넓고 넓은 지평선의 중앙 부분을 차지했다.

적어도 이러한 수준까지는 올라와야 어슐라와 상대할 만한 사람이 될 수 있었다.

어슐라는 열두 살밖에 안 되었지만 코셋헤이라는 좁은 지역을 뛰쳐나가는 것이 기뻤다. 그곳엔 단지 속 좁은 사람들만이 살고 있었다. 바깥세상은 훤히 트여 있었고 그녀가 사랑하고 싶은 자부심 강한 진짜 사람들이 떼 지어 있었다.

어슐라는 기차로 통학을 했기 때문에, 아침에는 8시 15분 전에 집을 나서야 했고 저녁에는 5시 반이 되어야 집에 돌아왔다. 이렇게 된 것을 어슐라는 기뻐했다. 집은 좁은 데다가 많은 식구로 붐볐으니까. 집은 언제나 북적거렸고 이곳으로부터 벗어날 도리는 없었다. 더구나 그녀는 동생들을 책임지는 것을 대단히 싫어했다.

집은 온통 시끌시끌했다. 아이들은 건강해서 소동을 부렸고 어머니는 오로지 아이들의 육체적인 건강만을 바랐다. 어슐라는 나이가 좀 들어가면서 이런 집을 악몽같이 생각했다. 후에 그녀는 루벤스가 그린 벌거벗은 아기들이 잔뜩 몰려 있는 그림을 보았는데, 그 그림의 제목이 '번식'이라는 것을 알고는 몸을 부르르 떨었다. 그 낱말이 그녀에겐 아주 질색이었다. 어슐라는 아이 때부터 동생들이 북적대는 가운데서, 번식의 열기와 소용돌이 속에서 산다는 것이 어떠한 일인지를 잘 알고 있었다. 어슐라는 아이 때부터 엄마에 반대했다. 강력하게 엄마에 반대했으며 어떤 영적인 요소와 위엄을 갈망했다.

날씨가 궂을 때면 집은 떠들썩한 소란의 도가니로 변했

다. 동생들이 빗속으로 뛰어갔다 들어왔다 했고, 음침한 주목 밑의 물웅덩이 속으로 뛰어들었고, 부엌의 젖은 판석 위를 뛰어다녔다. 그러면 청소 아줌마는 투덜대며 아이들을 야단쳤다. 아이들은 소파 위로 몰려들었고 응접실에 놓인 피아노를 발로 쾅쾅 차서 벌집을 쑤셔놓은 것 같았다.

아이들은 난로 앞 양탄자 위에서 다리를 공중으로 올리고 뒹굴면서 책을 서로 잡아당겼다. 동생들은 악마같이 사방으로 돌아다녔고 2층으로 살금살금 기어 올라와서는 어슐라 언니가 어디 있나 하고 찾았다. 문을 걸어 잠그고 책을 읽는 어슐라에게 방문 틈으로 속삭였고 빗장에 매달려 이상한 소리로 "어슐라 언니! 어슐라 언니!" 하고 불렀다. 그걸 피할 도리는 도저히 없었다.

문을 걸어놓으니 동생들의 호기심을 더욱 자극시켜 마침내는 그런 호기심을 없애려고 문을 열어야 했다. 그러면 아이들은 눈을 크게 뜨고 흥분해서 이것저것을 물으면서 어슐라를 붙들고 늘어졌다.

엄마는 이 모든 소동 속에서도 원기 왕성했다.

"아이들이 앓는 것보다 떠드는 게 더 낫지."

어머니는 말씀하셨다.

그러나 딸들은 성장하면서 차례대로 커다란 고통을 겪었다. 어슐라는 이제 안데르센과 그림 동화집을 뒤로하고 「왕의 목가」와 다른 낭만적인 연애 이야기를 읽는 단계에 이르렀다.

아름다운 일레인, 사랑스러운 일레인,

애스톨랫 성의 백합 같은 아가씨 일레인은
동쪽 높이 솟은 탑 속의 방에서
랜슬롯 기사의 신성한 방패를 지켰도다.

어슐라는 이 시구를 얼마나 좋아했던가! 어슐라는 어깨 위에 헝클어진 검은 머리를 드리우고, 넋을 잃고 얼굴은 달아오른 채 침실 창문에 기대어 교회 묘지 너머 멀리 바라보았다! 그 작은 교회는 탑이 들어선 성이 되고, 이곳으로부터 랜슬롯 기사가 곧 말을 타고 달려올 테고, 그녀 앞을 지나가면서 손을 흔들 것이었다. 그의 새빨간 망토는 시커먼 주목 뒤를 스쳐서 탁 트인 벌판 사이를 달릴 것이다. 그러는 동안 그녀는 아, 그녀는 높은 탑 속에서 바깥 세계와 고립된 채 외로운 처녀로 지내면서 그 무시무시한 방패를 닦으며, 진정 재주다운 재주로 방패 덮개를 짜면서, 동떨어진 그 높은 탑에서 기다리고 또 기다릴 것이었다.

이 순간 층계에서 다투는 소리가 어렴풋이 들렸고, 방문 밖에서 높은 어조로 속삭이는 소리에 이어 걸쇠가 삐걱거리는 소리가 났다. 그다음엔 동생 빌리가 흥분한 목소리로 속삭였다.

"문이 걸렸어! 걸렸어!"

곧이어 어린애의 무릎으로 문을 두드리고 박차는 소리가 났다. 다음엔 다급한 어린 동생의 목소리가 들렸다.

"어슐라 누나, 누나 있지? 누나 있어? 누나 있지?"

아무 대답이 없었다.

"어슐라 누나! 누나 있어?"

이젠 누나 이름을 큰 소리로 불렀다. 아직도 아무 응답이 없었다.

"엄마, 누나가 대답 안 해!"

외치는 소리가 들렸다.

"누난 죽었어!"

"제발 물러가. 난 죽지 않았어. 왜 그러지?"

어슐라는 화가 나서 물었다.

"어슐라 누나, 문 좀 열어."

칭얼대는 소리가 났다.

일은 다 끝장났다. 이제 문을 열어야 했다. 청소 아줌마가 부엌 바닥을 닦으며 양동이를 바닥에 끌어 찍찍 긁히는 소리가 아래층에서 들려왔다. 아이들이 어슐라의 방에 들어와 기웃거리며 물었다.

"뭘 하고 있었어, 응? 왜 문을 걸고 있었지?"

어슐라는 교회의 교구실 열쇠를 찾아서 그곳으로 피난을 가 몇 개의 자루들 위에서 책을 들고 앉아 있었다. 그곳에서 다른 환상이 시작되었다.

어슐라는 연로한 군주의 외동딸로, 나면서부터 마술적 힘을 가졌다. 황홀한 침묵의 날이 계속되었고 이 동안에 그녀는 숨죽인 듯한 고대의 대저택 안을 유령처럼 배회하든가, 아니면 자는 듯이 고요한 테라스를 경쾌하게 걸어 다녔다.

깊은 비탄이 그녀를 엄습했다. 그녀의 머리카락이 검다는 것이었다. 금발의 머리와 하얀 피부가 필요한데, 그녀의 머리카락이 검은색이라 기분이 좀 씁쓸했다.

걱정할 것 없어. 이다음에 자라면 염색을 하지 뭐. 아니면 금발로 바랠 때까지 햇빛을 머리카락에 쐬지 뭐. 한편 그녀는 진짜 베네치아 산 레이스로 만든 흰색의 아름다운 두건을 쓰고 있었다.

어슐라는 테라스 위를 조용히 가볍게 걸어 다녔고 그곳에선 보석이 박힌 듯한 도마뱀들이 돌 위에서 햇볕을 쬐고 있었으며, 그녀의 그림자가 그 위를 덮쳐도 꼼짝 않고 있었다. 완전한 정적 속에서 그녀는 샘물이 떨어지는 소리를 들었고 숨죽인 듯 풍만하게 피어 있는 장미꽃 향기를 맡았다. 그렇게 그녀는 아리따운 발걸음으로 그리움에 차서 가볍게 거닐면서 샘물과 백조 옆을 지나 고아한 공원에 이르렀다. 그곳엔 한 그루의 거대한 참나무 밑에 온몸에 얼룩무늬가 진 한 마리의 암사슴이 귀여운 네 다리를 한데 모으고 누워 있었고, 그 옆에는 햇빛과 같은 색의 새끼 사슴이 바싹 달라붙어 있었다.

아, 이 암사슴은 그녀의 친구인데. 그녀가 마술사라면 그녀에게 말을 걸어줄 텐데. 햇빛이 이야길 하듯이 그 암사슴은 그녀에게 얘길 해줄 텐데.

그러다가 하루는 그녀가 늘 그렇듯이 무심코 주의를 게을리 해 교구실의 문을 열어놓고 나왔다. 동생들이 그곳엘 들어갔고, 케이티는 손을 베어 고래고래 울어댔고, 빌리는 예리한 끌의 날을 부러뜨려서 못 쓰게 해놓았다. 커다란 소동이 벌어졌다.

어머니가 골이 났다가 곧 풀어졌다. 어슐라는 다시 방문을 닫아 걸고 모든 일이 끝났다고 생각했다. 그 후 아버지가 날이 상한 연장들을 들고 이마를 잔뜩 찌푸린 채 들어오셨다.

"도대체 누가 문을 열어놓았어?"

아버지가 화가 나서 버럭 소리를 지르셨다.

"문을 열어놓은 건 어슐라였어요."

어머니가 대답하셨다.

아버진 총채를 손에 쥐고 계셨다. 아버진 몸을 돌리시더니 헝겊 쪽으로 어슐라의 얼굴을 세게 내리쳤다. 총채 헝겊으로 맞으니 아파서 잠시 동안 어슐라는 넋이 나간 듯했다. 그러곤 꼼짝 않고 계속 버티고 서 있었으며 얼굴은 단호한 표정으로 굳어 있었다. 그러나 가슴속에선 불이 활활 타오르고 있었다. 자신도 모르게 눈물이 왈칵 치솟았다.

자신도 채 의식하지 못하는 사이에 얼굴이 일그러졌다. 눈물을 삼키느라 얼굴을 이상하게 찌푸렸고 눈물방울이 뚝뚝 떨어졌다. 어슐라는 쓸쓸한 마음으로 그 자리를 떠났다. 그러나 가슴에선 분노의 불이 사납게 타올랐으며 마음은 요지부동이었다. 아버지는 딸이 나가는 모습을 지켜보았다. 달콤한 고통으로 가슴이 뿌듯해 왔다. 승리감과 권위를 쉽게 찾았다는 느낌이 들더니 곧 연민의 정이 강하게 느껴졌다.

"아이의 얼굴을 때릴 필요는 없잖아요."

아내가 차갑게 말했다.

"총채로 한 번 쳤다고 해롭지는 않아."

남편이 말을 받았다.

"이로운 건 하나도 없을 거예요."

여러 날 여러 주일 동안, 어슐라의 가슴속에서는 이때 느낀 좌절감으로 인해 분노의 불길이 이글거렸다. 자신이 너무 불쌍하고 연약하다고 느꼈다. 아버진 너무나도 연약한 딸이 손상에 그대로 노출되어 움츠리고 있다는 걸 알지 못했단 말인가? 모든 사람 중에서 아버지 된 그는 익히 알고 있었는데, 알고 있으면서 딸애를 때리고 싶었단 말이지. 딸의 가장 예민한 곳을 건드려서 해치고 싶었단 말이지. 수치심을 느끼게 만들고 모욕감으로 아이를 바보로 만들고 싶었단 말이지.

모닥불처럼 그녀의 가슴은 외롭게 불타올랐다. 그녀는 이 일을 절대로 잊지 않았다. 결코 잊지 않으리라. 그녀가 다시 아버질 사랑하게 되었을 때, 불신과 반항의 불씨는 비록 겉으로 가려져 있어 잘 안 보였으나 꺼지지 않고 계속 타고 있었다. 말할 것도 없이 어슐라는 더 이상 아버지에 속한 아이는 아니었다. 그 불신과 반항의 불은 천천히, 천천히 그녀 속에서 타면서 아버지와의 애정의 연줄을 태워버렸다.

어슐라는 움직이는 능동적인 모든 사물에 열정을 느끼면서 혼자서 쏘다녔다. 그녀는 작은 시냇물을 좋아했다. 어디서곤 작은 시냇물을 보면 어슐라는 행복했다. 냇물은 그녀의 정신으로 하여금 냇물과 함께 흐르면서 노랠 부르게 하는 것 같았다. 시내나 냇가의 오리나무 밑동에 걸터앉아서 냇물이 돌 위나 부러진 나뭇가지 사이로 춤추며 급히 흐르는 것을 몇 시간이고 지켜볼 수 있었다. 때로는 작은 물고기가 진짜 모습을 드러내기도 전에 환영처럼 눈앞에서 사라지기도 했고, 때로는 할미새가 물가를 스치며 날았고, 때로는 다른 작은 새들이 냇가로 와서 물을 마셨다. 한 마리의 푸른 쇠새가 날쌔게 뛰어드는 걸 보고 어슐라는 굉장히 기뻐했다. 쇠새는 마술의 세계로 가는 열쇠가 되니까. 쇠새는 마술의 세계에 증인 격이니까.

그러나 어슐라는 복잡하게 얽히고설킨 환상의 생활에서 벗어나야 했다. 아버지는 바깥세상에서 오디세이와 같은 생활을 한다는 환상에서, 또 할머니에 관한 환상에서 빠져나와야 했다. 현실은 아직 어렴풋하고 멀리 있어서 현실 속의 모든 것이 신비로운 상징물로 되어버렸다. 머리에 푸른 화환을 두른 시골 아가씨들, 썰매, 깊은 겨울철과 수염이 검은 청년 시절의 할아버지, 결혼과 전쟁과 죽음, 그리고 어슐라 자신에 관한 수없이 많은 환상들, 자신은 진짜 폴란드의 공주이고 영국에서는 어떤 이유에서 마술에 걸려 있었고 진짜는 지금의 어슐라 브랑윈이 아니었다. 그러곤 그녀가 읽은 책에 나왔던 환영들이 나타나곤 했다. 어슐라는 이러한 다채로운 환영의 생활에서 벗어나 노팅엄에 있는 중학교에 계속 다녀야 했다.

어슐라는 수줍음을 잘 타서 괴로웠다. 그녀는 손톱을 씹었는데, 그래서 손끝을 지독하게 의식하게 되었고 다음에는 수치심이 그대로 드러나게 되었다. 모든 마음의 조화를 깨뜨리고 이 수치심이 계속 마음속을 맴돌았다. 어슐라는 고민을 하면서 여러 시간을 보냈다. 어떻게 하면 장갑을 계속 끼고 있을 수 있는가를 궁리했다. 사람들에게 손을 데어서 장갑을 끼고 있다고 말할까. 아니면 장갑 벗는 것을 잊어버린 척하고 계속 끼고 있을까.

고등학교에 들어가면 어슐라는 토지를 물려받을 것이다. 고등학교에서는 여학생 하나하나가 귀부인이었다. 그곳에서 어슐라는 자유로운 인간들, 동료이며 진정 동등한 사람들 사이에서 걸어 다니게 되리라. 그리고 모든 하찮은 것들은 제쳐놓게 되리라. 아, 제발 손톱을 씹는 버릇만 없어진다면! 이런 결점만 없어진다면! 어슐라는 완전해지길 무던히도 원했다. 오점이나 결점이 없이 높고 고상한 삶을 살고 싶었다.

어슐라는 아버지가 인생을 그토록 형편없이 시작한 것이 슬펐다. 아버지는 심부름 온 아이처럼 예나 지금이나 일을 간단하게 해치웠고 옷은 몸에 잘 맞지 않는 평상복을 입었다. 이에 반해 어슐라는 그녀가 물려받은 새로운 장원에서 성장(盛裝)을 하고 제대로 의식을 갖추고 삶을 시작하리라.

어슐라는 학교에 대하여 새로운 환상을 펼쳤다. 여자 교장인 그레이 선생에겐 교장 티가 나는 은빛의 아름다운 인품이 있었다. 학교 건물 자체가 원래는 귀족의 저택이었다. 어둡고 침침한 잔디밭이 저택을 컴컴하고 멋진 가로수길과 분리시켰다. 그러나 저택의 방들은 넓고 훌륭하게 치장되어 있었다. 뒤쪽에는 잔디밭과 관목 숲에 잇대어 식물원*의 나무와 잔디밭이 내려다보였고, 지붕과 둥근 지붕과 그림자로 분지를 메운 시내까지 보였다.

어슐라는 지식의 언덕 위에 앉아서 매연과 북적거리는

---

* 노팅엄 시의 식물원.

광경과 도시인들이 물건을 만드는 데 몰두해 있는 모습을 내려다보았다. 어슐라는 행복했다. 높은 곳에 있는 그곳 중학교는 공장의 연기가 미치지 않아 공기가 더 좋은 것 같았다. 라틴어, 그리스어, 프랑스어, 그리고 수학을 배우고 싶었다. 처음으로 그리스어 자모를 써볼 때는 성직 지망자처럼 몸을 떨었다.

어슐라는 또 다른 언덕의 비탈 위에 있었다. 그 꼭대기는 아직 올라가 보지 못했다. 그녀의 가슴속에는 이곳을 올라가 먼 곳을 보고픈 경이로운 열망이 항상 있었다. 라틴어의 동사는 그녀가 처음으로 발을 딛는 토양이었다. 그곳에서 새로운 냄새를 코로 들이켰다. 그 의미가 무엇인지는 몰라도 거기에는 무슨 의미가 있었다. 그것을 주워 모았더니 의미심장한 것이었다. 어슐라는 $x^2-y^2=(x+y)(x-y)$를 배웠을 때, 무엇인가를 파악했다고 느꼈다. 그녀의 몸은 해방되어 사람을 도취하게 만드는 공기 속으로 들어간다고 느꼈다. 그건 희귀하고 절대적인 공기였다. 어슐라는 프랑스어 연습 문제를 쓰면서 매우 즐거워했다.

J'ai donné le pain à mon pètit frère. (나는 내 남동생에게 빵을 주었습니다.)

이러한 모든 것에서 어슐라의 가슴으로 울려오는 나팔 소리가 들렸다. 그 소리는 그녀에게 활기를 불어넣으면서 완전한 곳으로 오라고 부르는 듯했다. 어슐라는 갈색 표지로 된 롱맨사(社)의 『불문법의 첫걸음』과 가장자리가 빨간 『라틴어에 이르는 길』과 회색빛의 작은 대수 책을 절대로 잊어버릴 수 없었다. 그 책들 속에는 항상 마술적 힘이 들어 있었다.

어슐라는 모든 것을 빨리 배웠고 지적이고 본능적이었다. 그러나 '철저'하지는 못했다. 만일 한 가지 일이 본능적으로 이해가 안 되면 그걸 배울 수가 없었다. 그렇게 되면 화가 나서 모든 과목이 지긋지긋해졌고, 모든 선생님들을 몹시 경멸했다. 동물적으로 오만해져서 사납게 웅크리고 있는 그녀의 꼴은 밉살스러웠다.

어슐라는 반항적인 어조로 자신은 자유분방하고, 기를 꺾을 수 없는 동물이라고 선언했다. 그녀에게 법이나 규칙이라는 것은 없었다. 오로지 자기 자신만을 위해 존재했다. 그러니까 모든 사람과의 싸움이 오래 지속되었다. 어슐라는 이 싸움에서 마침내 실의에 빠지게 되었다. 반항하던 모든 기력이 다 빠져버리면 처참해져 마구 흐느껴 울었다. 그러고 나면 마음이 후련해지고 불순물은 다 씻겨 나가, 육체는 없는 듯한 정신적 상태에 이르러 전에는 불가능했던 어떤 이해에 도달하게 되었으며, 전보다 더 슬프고 현명해져서 자신의 길을 걸었다.

어슐라와 구드룬은 함께 학교에 다녔다. 구드룬은 수줍어하고 말이 없었으며 사나운 아이였다. 사람들의 시선을 받으면 주춤거리거나 몸을 비비 꼬면서 그 앞을 미끄러지듯 지나가 자신의 세계 속으로 다시 잠적해 버렸다. 구드룬은 본능적으로 모든 접촉을 피하는 것 같았다. 다른 사람들과는 전혀 상관이 없고 절반쯤 형태가 잡힌 환상을 좇으면서 나름대로의 삶에 심취해서 그 길을 추구했다.

구드룬은 전혀 영리하지 못했다. 그녀는 어슐라 언니가

두 사람 몫을 할 만큼 똑똑하다고 생각했다. 어슐라 언니가 이해력이 많은데 왜 구드룬 자신이 신경을 써야 하는가. 동생은 자기 몫의 종교적이고 책임 있는 삶을 언니를 통해서 살았던 것이다. 스스로는 야생동물처럼 무관심해서 자기 일에만 전념했고 그 외에는 무책임했다.

학업성적이 반에서 바닥인 것을 알았을 때는 배시시 웃으면서 이제는 안심이라고 말하며 만족해 했다. 아버지가 원통해 하든 어머니가 굴욕감을 느끼든 개의치 않았다.

"왜 내가 널 노팅엄의 학교까지 보내느라 돈을 써야만 하니?"

아버지가 분통이 터져 야단을 쳤다.

"아버지, 절 공부시키느라 돈 쓰실 필요 없어요."

구드룬은 무심히 말했다.

"전 지금이라도 학교 집어치우고 집에서 지내겠어요."

구드룬은 집에 있으면 행복했지만, 어슐라는 그렇지 못했다. 몸이 가냘프고 밖에 나가길 꺼려서, 구드룬은 야생동물이 자기 굴에서 지내듯 집 안에 있을 때 마음이 편했다. 이에 반해 어슐라는 바깥세상에 대해 예리한 관심을 품은 채 마지못해 집에 있었으며, 안절부절못하고 차분히 있을 수가 없었고 그럴 의향도 없었다.

그럼에도 불구하고 일요일은 두 자매에게 일주일 중에서 최고의 날이었다. 어슐라는 일요일과 일요일이 주는 영원한 안정감을 향해서 정열적으로 몸을 돌렸다. 주 중에는 공포심 때문에 고뇌해야 했다. 왜냐하면 그녀를 인정하지 않으려는 강한 세력들을 늘 의식했기 때문이다. 그녀에겐 권위를 두려워하고 싫어하는 감정이 항상 있었다. 최고 권위자와 권위 있는 절대적 세력들과의 싸움만 피한다면 그녀가 하고 싶은 대로 행동할 수 있다고 느꼈다. 그러나 스스로를 양보한다면 그녀의 자아는 상실되고 파멸될 것이었다. 언제나 그녀에 반하는 위협이 도사리고 있었다.

이런 잔혹하고 추한 것에 대한 기이한 느낌은 항상 다급하게 다가왔고 언젠가는 그녀를 장악할 것 같았다. 앙심을 품은 대중의 세력이 예외적인 인물인 그녀를 숨어서 기다린다는 느낌은 그녀의 생애에서 가장 큰 영향을 끼친 요소 중의 하나였다. 학교든 친구이든 길거리이든 기차 속이든 어디든지 간에 어슐라는 본능적으로 자신을 낮추고 더 작아 보이게 했고 실제보다 못한 사람인 척했다. 그녀의 미발견된 자아가 남의 눈에 띄어, 평범하고 흔해 빠진 대자아의 책망을 심하게 듣고 공격을 받을까 봐 무서웠기 때문이다.

이제 학교에서는 상당히 안전했다. 자신이 그곳에서 어떤 위치를 차지하고 또 자신을 얼마만큼 유보해야 하는지를 배웠다. 그러나 어슐라는 단지 일요일에만 자유로웠다. 그녀가 겨우 열네 살 난 소녀였을 때, 집안에서 그녀를 반대하는 반감이 커가는 것을 느끼기 시작했다. 자신이 집안에서 불안한 분위기를 조성한다는 것을 알고 있었다. 그러나 아직 일요일에는 정말 자유로웠다. 공포나 불안감 없이 자유로이 자아로 돌아갈 수 있었다.

가장 소란스러운 때라도 일요일은 축복받은 날이었다. 어슐라는 일요일에는 지대한 안도감을 지니고 눈을 떴다.

왜 마음이 그토록 가벼운가 의아해 했다. 그제야 그날이 일요일임을 기억했다. 그녀 주위에서 기쁨이, 굉장히 자유롭다는 느낌이 터져 나오는 것 같았다. 세상 전체가 이십사 시간 취소되어 뒤로 물러난 것 같았다. 단지 일요일의 세계만이 존재했다.

집 안이 소란한 것 그 자체를 좋아했다. 동생들이 아침 7시까지 잔다면 그건 운이 좋은 날이었다. 보통은 6시가 되면 곧 짹짹거리는 동생들의 목소리가 들렸다. 짹짹거리는 흥분된 목소리가 나기 시작하면 새로운 하루가 창조되었음을 선언하는 격이었다. 작은 발걸음이 급하게 움직이며 쾅쾅거리는 소리를 냈다. 아이들은 일어나서 이리저리 돌아다녔다. 셔츠 바람으로 분홍빛 다리를 드러내놓고 뛰어다녔다. 토요일 밤에 목욕을 시켜 온몸은 깨끗했고 머리카락은 반짝반짝 윤이 났다. 몸이 깨끗해져서 모두들 신이 나 있었다.

반쯤 벗은 채 이리저리 뛰어다니는 동생들로 집 안이 가득 차기 시작할 때면, 부모 중의 어느 한쪽이 일어났다. 어떤 때는 엄마가 편안하고 단정치 못한 모습으로, 숱 많은 검은 머리카락을 느슨하게 틀어 올려 한쪽 귓가로 머리가 늘어진 채 일어나서 나왔다. 아니면 아버지가 따뜻하고 안락한 표정으로, 검은 머리는 헝클어지고 셔츠의 단추는 목 부근을 채우지 않은 채 일어나 나왔다.

그러면 2층에 있는 딸들은 이런 말을 계속 들었다.

"자, 빌리, 무슨 일을 저질렀지?"

아버지의 쩡쩡 울리는 목소리였다. 또는 어머니의 위엄

있는 목소리가 들렸다.

“캐시, 내가 말했지? 그런 짓은 허용 않는다고.”

아버지는 몸을 꼼짝도 않은 채 어떻게나 목소리를 징처럼 울리게 하는지 경이로울 정도였다. 블라우스는 사방으로 삐져나오고 머리는 단정하게 올리지 못한 모습인데도 엄마가, 고함을 꽥꽥 지르는 아이들에게 여왕같이 말을 하며 아이들을 잠잠하게 할 수 있다는 것도 놀라웠다.

시간이 흘러 아침상이 차려질 때면 큰 딸들이 떠들썩한 아래층으로 내려왔다. 반쯤 벗은 아이들이 ‘천사의 날개 밑’ 같은 곳을 드러내 놓은 채 사방을 뛰어다녔다. 구드룬은 동생들의 작은 맨다리 위로 통통한 궁둥이가 보일락 말락 하는 것을 보고 그런 표현을 썼다.

마침내 아이들을 차례로 잡아서 잠옷을 벗기고 깨끗한 교회용 셔츠를 입힐 준비를 했다. 그러나 일요일용 셔츠를 머리카락이 뻗친 머리 위로 입히기 전에 발가벗은 아이들은 멀리 달아나 응접실의 양가죽 양탄자 위에서 뒹굴었다. 그러면 엄마는 뒤쫓아가서 야단을 치면서 셔츠의 목 부분을 올가미 모양으로 들고 있었고, 아버지의 목소리는 청동쇠같이 쩡쩡 울렸다. 그러나 발가벗은 아이는 계속 양털이 푹신푹신한 양탄자 위에 누워 뒹굴면서 즐거운 목소리로 소리쳤다.

“엄마, 난 바다에서 ‘세엄’ 치고 있어요.”

“왜 내가 네 셔츠를 들고 널 쫓아다녀야 하니?”

엄마가 소리쳤다.

“이제, 일어나!”

"난 바다에서 '세엄' 쳐요, 엄마."

아이는 발가벗은 채 뒹굴면서 반복해서 말했다.

"우린 '헤엄' 이라고 하지, '세엄' 이라고 하지 않아."

엄마는 기묘하게 무관심한 듯한 위엄을 갖추고 말했다.

"난 네 셔츠를 들고 기다리고 있다."

마침내 셔츠를 입히고 긴 양말 두 짝을 다 챙기고, 작은 바지의 단추를 채우고 페티코트의 끈을 뒤로 묶었다. 늘 가족들을 괴롭히는 자그마한 문제는 아이들이 양말대님을 기피한다는 사실이었다.

"캐시, 네 양말대님 어디 있지?"

"난 몰라요."

"그럼 찾아봐."

집안의 큰아이들 중 누구 하나 이 양말대님을 진지하게 찾으려 들지 않았다. 캐시가 가구 밑마다 들여다보면서 돌아다니는 통에, 깨끗하던 몸뚱이가 새까맣게 더러워져서 온 식구가 굉장히 속상해 했다. 그래 캐시의 얼굴과 손을 다시 씻기느라 양말대님 문제는 깜빡 잊어버렸다.

나중에 어슐라는 동생 캐시가 주일학교에서 교회로 들어올 때 스타킹이 발목까지 내려와 더러운 무릎을 드러내 놓은 것을 보고 화를 내곤 했다.

"이건 수치스러운 일이에요!"

어슐라가 정찬 식사 때 소리쳤다.

"사람들은 우릴 돼지 정도로 여길 거예요. 애들을 한 번도 씻기는 적이 없다고."

"사람들이 어찌 생각하든 신경 쓸 것 없어."

엄마는 당당하게 말씀하셨다.

"난 아이들을 제대로 씻기고 돌보니까. 나 자신이 만족하면 곧 모든 사람을 만족시키는 거야. 캐시는 스타킹을 올려 신을 수 없잖아. 양말대님이 없는데. 양말대님 없이 교회에 간 것은 그 애의 잘못이 아니다."

그 양말대님 문제는 여러 가지 양상으로 계속 나타났다. 아이들이 긴 치마나 긴 바지를 입을 때까지는 그 문제가 없어지지 않았다.

격식을 차리는 일요일이면, 브랑윈 집안 식구들은 담 위로 난 계단을 넘어 교회 묘지로 들어가는 대신 집 밖의 정원 울타리를 쭉 돌아서 큰길을 이용하여 교회로 갔다. 부모로부터 이렇게 하라는 명령은 없었다. 아이들 스스로가 안식일의 예절을 잘 지켰고 서로 경쟁하며 신속하게 이 예절을 따랐다.

점차 일요일만 되면 집은 교회 예배가 끝난 후엔 성소와 같은 곳이 되었다. 마치 평화가, 방 안에 내려앉은 기이한 새처럼 숨 쉬고 있었다. 방 안에서는 단지 독서와 이야기, 그림 그리기같이 조용한 일만 하도록 허용되었다. 그러나 집 밖에서는 모든 놀이가 간섭 없이 계속될 수 있었다. 만일 외마디 소리나 고함치는 소리가 나면 아버지와 언니들이 성을 냈다. 어린 동생들은 쫓겨날까 봐 겁이 나서 얌전하게 굴었다.

아이들 스스로가 안식일을 지켰다. 만약에 어슐라가 허영심에서 프랑스어로 "목동이 있었지요. 그리고 얘, 얘, 얘, 작은 바지가……." 하고 노래 부르면, 테레사는 반드시 "어슐라 언니, 그건 주일날에 부르는 노래가 아니야." 하고 소리 질렀다.

"모르는 소리 마."

어슐라는 우쭐하며 대꾸했다. 그렇지만 속으론 움찔했다. 그래서 노래를 끝까지 다 부르기 전에 서서히 그쳐버렸다.

그 이유는 잘 모르겠으나 일요일은 어슐라에게 귀중한 날이었기 때문이다. 어슐라는 기이하고 분명치 않은 영역에 가 있곤 했다. 그곳에선 그녀의 영혼이 아무런 공격도 받지 않고 꿈속을 배회할 수 있었다.

그리스도의 흰옷 입은 영혼이 감람나무 사이를 지나갔다. 그건 실재가 아니라 환상이었다. 그러면 어슐라 자신도 그 환상적 세계에 동참했다. 밤에 "사무엘! 사무엘!"* 하고 부르는 소리가 들렸다. 여전히 밤에 그 이름을 부르는 소리가 들렸다. 그러나 그건 오늘 밤도 아니고 그렇다고 어젯밤도 아니었다. 주일의 끝없이 깊은 밤이요, 고요한 안식일의 밤이었다.

죄악인 뱀이 있었고 그 속에는 또한 지혜도 들어 있었다. 돈과 키스와 결부된 유다가 있었다.

그러나 실질상의 죄악은 없었다. 만일 어슐라가 주일인데 동생 테레사의 뺨을 때렸다 해도 그것은 영구 불멸의 죄악이 아니었다. 그건 나쁜 행실이었다. 만약 빌리가 주일학교를 결석했다면, 그 애는 나쁘고 또 사악했지만 죄인

---

* 이스라엘의 재판관, 예언자. 구약 성경 사무엘 상 3장 3~4절 참조.

은 아니었다.

죄악은 절대적이고 영속적인 것이었다. 그러나 사악함과 불량함은 일시적이고 상대적인 것이었다. 동생 빌리가 동네 아이들의 말을 배워서 캐시더러 '죄인'이라고 부르면 모두가 빌리를 증오했다. 그러나 마시 농장에 팔딱팔딱 뛰는 폭스하운드 강아지가 새로 생겼을 때, 장난삼아 그 이름을 '죄인'이라 지었다.

브랑윈 집안 식구들은 그들의 종교를 날마다의 행동에다 직접 결부시키는 것은 삼갔다. 그들은 영원불멸성에 대한 인식을 원한 것이지 일상적인 처신을 위한 규율을 원한 것은 아니었다. 그러므로 아이들은 마음을 쓰는 면에서는 너그러웠지만, 똥고집에다 잘난 체하고 행동이 좋지 못했다. 더구나 아이들은 평범한 이웃 사람들에게 참을 수 없도록 오만하게 행동했다. 이건 평등을 주장하는 그리스도인의 민주적인 사상에 들어맞게 않았다. 그러므로 아이들은 항상 평범한 범주의 바깥에 있는 별스러운 존재들이었다.

어슐라는 복음주의적 가르침을 처음 들었을 때 얼마나 비통해 하고 분개했는지! 구원이라는 사상을 그녀 개인의 경우에 적용해 보고 별스럽게 희열을 맛보았다.

"예수가 바로 나를 위해 죽었고 예수는 나를 위해 고통을 받았어."

그 말 속엔 자부심과 희열이 있었지만 바로 다음에는 처량한 느낌이 뒤따랐다. 손과 발에 구멍이 난 예수. 그건 혐오스러웠다. 성흔을 입은 희미한 예수의 모습. 그것이 어슐라의 환영이었다. 그러나 실제로 이와 입술을 움직이며 말하는 예수, 상처 속에 손을 넣어보라고 말하는 예수는, 자신의 상처를 여봐란듯이 내보이는 마을 사람들처럼 어슐라에게 불쾌감을 주었다. 어슐라는 예수의 인성(人性)을 주장하는 사람들과는 앙숙이었다. 만일 예수가 평범한 삶을 살아가는 한 인간에 불과했다면 어슐라는 냉담했을 것이다.

예수의 인성을 주장해야 하는 것은 저속한 사람들의 질투심 때문이었을 것이다. 인간적인 것 외의 그 어떤 요소, 인간적인 것을 초월한 그 어떤 요소의 존재를 불허하는 것은 저속한 마음이었다. 예수를 이 일상적인 생활 속으로 끌어넣고, 예수에게 바지와 예복 저고리를 입히고, 평등이라는 저속한 발판을 딛게 강요하는 것은 바로 신성을 모독하는 교회 부흥주의자들의 더러운 손이었던 것이다. "만일 예수가 내 입장에 섰다면 어떻게 처신했을까?" 하고 묻는 사람은 바로 뻔뻔스러운 중산층이었을 것이다.

이러한 모든 주장과 맞서면 브랑윈 집안 식구들은 궁지에 몰렸다. 이러한 저속한 주장에 사로잡히거나, 아니면 이에 흥분하지 않는 식구가 있다면 그건 아이들의 엄마였다. 엄마는 인간적이지 않은 것은 하나도 허용치 않으려 했다. 엄마는 평생 남편의 신비적인 열정에 진정으로 동조한 적이 한 번도 없었다.

어슐라는 아버지 편이었다. 어슐라의 나이가 열셋, 열넷으로 사춘기에 접어들면서 어슐라는 점점 더 엄마의 현실적인 무관심에 반항했다. 어슐라의 생각에, 엄마의 태도에는 무언가 무정하고 사악하다시피한 면이 있었다. 엄마는 하느님이나 예수나 천사에 대해 무슨 관심을 가졌던가? 엄마는 말하자면 오늘이라는 즉시적인 삶, 바로 그 자체였다. 엄마에게서는 계속해서 아이들이 태어났고, 엄마는 가정의 모든 자질구레한 활동을 하느라 바빴다.

그리고 거의 본능적으로 교회에 대한 남편의 헌신적인 봉사와 눈에 보이지 않는 하느님을 예배하려는 어둡고 종속적인 열망을 매우 싫어했다. 한 가장이 먹여 살려야 할 어린 자식들을 거느리고 있을 때 정체를 알 수 없는 하느님이 무슨 소용이 있단 말인가? 제발이지, 궁극적인 존재를 향해 자아를 발산하며 따라가지 말고, 당장에 직면하고 있는 생활의 문제에나 관심을 기울일 것이지.

그러나 어슐라는 궁극적인 문제에 깊은 관심을 두었다. 그녀는 어린아이들과 수라장이 된 집안 생활에 항상 반기를 들었다. 그녀에게 있어서 예수는 다른 세계였다. 예수는 이 세상적이지 않았다. 예수는 그녀의 턱에 손을 대고 자신의 상처를 가리키며, "어슐라 브랑윈, 보아라. 이 상처는 그대를 위해 입었나니, 이제 들은 대로 행동할지어다."라고 말하진 않았다.

그녀에게 예수는 석양 녘의 하얀 달처럼 먼 곳에서 빛나면서 아름답게 멀리 있었다. 우리의 시야 밖으로 태양을 따라가면서 우리에게 손짓하는 초승달 같았다. 때로는 겨울 저녁, 석양의 투명한 노란 광채 속에 시커먼 구름이 곤두서 있을 때면 골고다 언덕*이 생각났다. 언덕 위로 둥근

* 예수가 십자가에 못 박힌 곳.

달이 새빨간 핏빛으로 떠오를 때면 예수가 돌아가셨다는, 십자가에 못 박혀 축 늘어져 돌아가셨다는 것을 알리는 것만 같아 어슐라는 겁이 났다.

일요일마다 이 환상의 세계가 펼쳐졌다. 어슐라는 오랫동안 잠잠하던 침묵의 소리를 들었고 어둠과 빛 사이의 혼례가 진행 중임을 깨달았다. 교회에서 하느님의 목소리가 들렸다. 그건 이 세상에서 다시 메아리쳐 나오는 것이 아니었다. 마치 교회 자체가 아직도 창조의 언어를 말하고 있는 조가비 같았다.

> 하느님의 아들들이 그 사람의 딸들을 보고 마음에 드는 대로 아리따운 여자를 골라 아내로 삼았다.
>
> 그래서 야훼께서는 "사람은 동물에 지나지 않으니 나의 입김이 사람들에게 언제까지나 머물러 있을 수는 없다. 사람은 백이십 년밖에 살지 못하리라." 하셨다.
>
> 그때 그리고 그 뒤에도 세상에는 느빌림이라는 거인족이 있었는데 그들은 하느님의 아들들과 사람의 딸들 사이에서 태어난 자들로 옛날부터 이름난 장사들이었다.*

이 성구에 어슐라는 먼 데서 부르는 소리를 듣는 양 마음이 설레었다. 당시 하느님의 아들들은 그녀를 아름답다고 생각하지 않았을까? 하느님의 아들 중 한 사람이 그녀를 아내로 택하지 않았을까? 그건 그녀를 겁에 질리게 하

---

* 구약 성경 창세기 6장 2~4절.

는 환상이었다. 그 뜻을 통 이해할 수 없었기 때문이다.

누가 하느님의 아들이었단 말인가? 예수가 하느님의 외아들이 아니었던가? 아담이 신으로부터 창조된 유일한 인간이 아니었던가? 그러나 아담에게서 낳지 않은 인간들이 있었다. 그렇다면 이들은 누구며 어디에서 왔단 말인가? 그들 또한 하느님에게로부터 왔을 텐데. 하느님에겐 아담 외에, 예수 외에 또 많은 자손이 있었단 말인가? 아담의 후손들이 알아볼 수 없는 다른 혈통의 자손들이 하느님에게 또 있었단 말인가? 그렇다면 아마 이 후손들은, 이 하느님의 아들들은 에덴동산에서 추방되지 않았고 타락의 치욕도 몰랐으리라.

이들은 자유로이 인간의 딸들에게 찾아왔으며, 그들이 보기에 아름다워 아내로 맞이한 여인들은 아기를 잉태하여 이름난 사람들을 낳았구나. 이것이 진짜 운명이구나. 어슐라는 하느님의 아들들이 사람의 딸들에게 온 그 옛날 속에서 움직였다.

그 어떠한 신화와 비교해 보아도 어슐라의 이런 성구에 대한 열정을 파괴할 수는 없었다. 그리스의 제우스 신은 황소와 인간으로 변모해 가면서 지상의 여인을 사랑했었지. 그가 여인의 몸에 거인이며 영웅인 한 자식을 잉태시켰지.

아주 훌륭해. 제우스 신이 그리스에서는 그랬었지. 그러나 어슐라는 그리스 여인이 아니었다. 제우스 신이든 판 신이든 그 어떠한 신도, 디오니소스나 아폴론 신도 그녀를 찾아올 순 없었다. 그러나 사람의 딸들을 아내로 택한 하느님의 아들들은 그녀를 아내로 택할 수 있으리라.

어슐라는 마음속으로 이런 희망과 열망에 매달렸다. 그녀는 이중생활을 했다. 한편에서는 일상생활의 사실들이 무리를 지어 모든 것을 감싸고 있었고, 다른 한편에서는 영원한 진리가 일상생활의 사실들을 대신했다. 그래 아주 간절히 어슐라는 하느님의 아들들이 인간의 딸들에게 오기를 갈망했다. 어슐라는 명백한 일상적 사실보다는 그녀의 갈망과 그 성취를 더 믿고 있었다. 사람이 사람이었다는 사실은 그가 반드시 아담의 후손이 아닐 수도 있고, 또 역사에도 나오지 않고 설명할 수도 없는 하느님의 아들 중의 한 사람이 될 수도 있는 것이 아닌가. 아직 생각은 명확지 않았으나 이 사실을 부정하지는 않았다.

또다시 어슐라는 하느님의 목소리를 들었다.

> 낙타가 바늘귀로 들어가는 것이 부자가 하느님의 나라에 들어가는 것보다 쉬우니라.*

그러나 이 말은 이해가 갔다. 바늘귀는 보행자를 위한 작은 성문이니, 이 문으로 등에 혹이 달린 커다란 낙타가 짐을 싣고 통과하기란 대단히 힘들 것이다. 어쩌면 몸집이 작은 낙타라면 가까스로 지나갈 수도 있으리라. 왜냐하면 부자라고 완전히 천국에 못 들어가는 것은 아니라고 주일학교 선생님이 말씀하셨으니까.

---

* 신약 성경 마태복음 19장 23절.

동방에서는 말을 할 때 과장을 해야 했으며, 그러지 않으면 잘 먹혀 들지 않았다는 걸 어슐라는 재미있다고 생각했다. 동방인들은 물건이 점점 부풀어 올라 천국을 꽉 메운다거나, 반대로 줄어들어 무로 된다는 말에 비로소 감동하기 때문이었다. 어슐라는 이런 동방인의 마음에 곧 공감했다.

그러나 그 말씀은 성문(城門)이나 말의 과장법을 알아도 이해할 수 없는 의미를 계속 지녔다. 그런 말씀에 역사적이거나 지역적이거나 심리적인 흥미를 갖는 것은 또 다른 문제였다. 그 말씀에는 설명될 수 없는 불변의 가치가 들어 있었다. 바늘귀와 부자와 천국 사이의 이런 관계는 진정 무엇인가? 어떤 종류의 바늘귀고, 어떤 종류의 부자이며, 또 어떤 종류의 천국인가? 누가 알 수 있단 말인가? 그건 절대적 세계를 뜻하므로 상대적 세계의 어휘로는 절반도 풀이할 수 없을 것이다.

이 말씀을 문자 그대로 적용해야 하나? 그녀의 아버지는 부자인가? 아버진 천국에 갈 수 없나? 아니면 아버진 단지 중간 정도로 부유한 사람인가? 아니면 아버진 가난한 사람과 진배없나? 하여간 아버지가 모든 것을 가난한 사람들에게 내주지 않았으니 천국에 들어가긴 훨씬 어려울 텐데. 바늘귀는 아버지에게 좁을 텐데. 어슐라는 아버지가 한 푼도 없는 가난뱅이이기를 바랐다. 만일 한 사람이 가난한 하층민으로 전락한다 하더라도, 가장 가난한 사람만큼 가난하지 않으면 부자라 볼 수 있지 않은가.

어슐라는 아버지가 마을의 노동자들에게 그들의 피아노

와 암소 두 마리와 은행에 저금했던 돈을 몽땅 나누어 주어, 브랑윈 집안이 페리 집안처럼 가난해지는 것을 상상할 때 가슴이 짠해 옴을 느꼈다. 그리고 아버지가 그렇게 하는 것을 원치 않았다. 마음이 다급해졌다.

'그럼, 좋아.'

어슐라는 생각했다.

'우린 천국을 포기하겠어. 그러면 문제 해결이야. 하여간에 그 바늘귀 같은 것 말이야.'

어슐라는 그 문제를 잊어버렸다. 사람들이 별의별 소리를 다 한다 해도 어슐라는 페리 집안처럼 가난하게 되지는 않으리라. 지지리도 못사는 페리 집안처럼은 안 되리라.

그래서 어슐라는 성경 말씀을 문자 그대로 실생활에 적용시키지 않게 되었다.

아버지는 거의 독서를 하지 않았으나 많은 화집을 모으셨다. 아버진 앉아서 어린아이처럼 열중해서 이 그림들을 보셨지만, 적어도 그 열정만큼은 어린애같이 유치한 것이 아니었다. 아버지는 이탈리아의 초기 화가들을 좋아하셨고 특히 조토*, 프라 안젤리코** 및 필리포 리피***를 좋아했다. 이들 그림의 훌륭한 구도가 그를 사로잡았다. 그는 얼마나 여러 번 라파엘의 「성체 논의」나 프라 안젤리코의 「최후의 심판」, 아니면 동방박사들의 경배를 아름답고도

---

* Giotto di Bondone(1266~1337). 이탈리아의 화가, 건축가.

** Fra Angelico(?~1455). 이탈리아의 화가.

*** Fra Filippo Lippi(1406~1469). 이탈리아 피렌체의 화가.

복잡하게 묘파한 그림들을 보고 또 보고 했는가. 그리고 볼 때마다 매번 그는 똑같이 서서히 다가오는 희열의 성취감을 맛보았다. 그것은 인간의 몸 전체를 하나의 단위로 보는 신비로운 총체적 개념이었다. 그리고 또한 건축적인 개념 설정과 밀접한 관련을 맺고 있었다.

그는 어떤 때는 서둘러 집으로 와서 프라 안젤리코의 「최후의 심판」을 보아야 했다. 열린 무덤 사이로 난 오솔길과 그 양쪽에 쌓인 흙과 그 위쪽에 배치된 고귀한 천국, 또 한쪽에서 천국을 향해 찬송을 부르며 가는 행렬과 다른 한쪽에서 곤두박질치며 지옥으로 떨어지는 광경이 그를 완전케 하며 만족을 주었다. 자신이 악마나 천사를 믿는가 안 믿는가 하는 문제엔 통 개의치 않았다. 그 전체적인 구상이 가장 깊은 만족을 주었으며 그 이상은 더 원치도 않았다.

어슐라는 아이 때부터 이런 그림에 익숙해 있어 그 세부까지 꼼꼼히 뜯어보았다. 어슐라는 프라 안젤리코의 꽃과 빛과 천사를 아주 좋아했고, 악마도 좋아했으며, 지옥의 모습이 재미났다. 그러다가 모든 천사에 에워싸여 하늘 높이 중앙에 위치한 하느님의 모습을 보니 갑자기 지루하게 생각되었다. 가장 높으신 하느님의 모습이 그녀를 싫증나게 했으며 혐오감을 안겨주었다. 이 축 늘어진 무표정한 인물이 이 모든 것의 절정이 된단 말인가? 천사들은 참 사랑스러웠고 빛은 참 아름다웠다. 그런데 이 모든 것이 단지 이것을 위한, 이토록 진부한 하느님을 에워싸기 위한 것이란 말인가?

어슐라는 불만스러웠으나 아직 비판할 단계에는 이르지 못했다. 그러나 경이로운 점이 너무 많았다. 겨울이 왔다. 소나무 가지는 눈을 맞아서 밑으로 부러졌고 푸른 솔잎은 대지 위에서 풍요롭게 보였다. 눈 위를 가로질러 아주 선명하게 별 모양의 꿩의 발자국이 경이롭게 찍힌 길이 곧바로 나 있었다. 토끼가 느리게 걸으면서 남긴 발자국이 나란히 줄지은 두 개의 구멍으로 나 있고, 또 그 뒤에 두 개의 구멍이 더 나 있었다. 산토끼는 비스듬히 구멍을 더 깊이 냈고 두 뒷다리는 한꺼번에 내려 짚어서 구멍을 한 개로 깊이 파놓았다. 고양이는 작은 구멍 모양으로 발자국을 냈고 새들은 레이스 무늬의 발자국을 남겼다.

서서히 기대감이 커갔다. 성탄절이 다가오고 있었다. 밤이면 헛간에는 은밀히 촛불이 켜지고 목소리가 두런두런 들렸다. 남자 아이들이 성 조지와 악마 베엘제불에 관한 중세의 기적극을 연습하고 있었다. 교회에서는 일주일에 두 번씩 호롱불 아래서 성가 연습이 있었다. 어슐라의 아버지가 오래된 성탄 축가들을 연습시키며 듣는 걸 좋아했기 때문이다. 여자 아이들이 성가 연습을 하러 갔다. 사방은 경이감과 들뜬 기분으로 차 있었다. 모두들 무엇인가를 준비하고 있었다.

성탄절이 다가오고 있었다. 여자 아이들이 교회를 장식했다. 꽁꽁 언 손을 호호 불면서 호랑가시나무와 전나무와 주목으로 기둥에다 장식을 해 교회 안은 전혀 새로운 기분이 들었다. 석조물은 짙푸른 나무 잎사귀로 장식하고 둥근 아치에는 꽃봉오리를 달아놓았으며 차가운 꽃들이 어둠침침한 신비로운 분위기 속에서 꽃을 피우고 있었다. 어슐라는 겨우살이를 문 위와 본당 칸막이에 엮어놓고 주목 가지에 은빛 비둘기를 매달아야 했다. 날이 어두컴컴해지니까 교회가 하나의 숲처럼 보였다.

외양간에서 사내아이들이 마지막 무대 연습을 하느라 얼굴에 검은 칠을 하고 있었다. 버터 제조장에는 죽은 칠면조가 걸려 있었다. 피 묻은 날개는 펼쳐져 있었다. 파이를 미리 구워야 할 시기가 다가왔다.

기대감은 점점 부풀어갔다. 하늘에는 주님 탄생을 알리는 별이 떴으니 주님을 맞이할 성가와 축가는 준비되어 있었다. 별이 하늘의 징표였다. 그러니 땅도 징표를 보여야 했다. 저녁이 다가오면서 마음은 기대감에 부풀었고 팔은 준비한 선물로 가득 찼다. 교회 예배 때는 기대감에 말이 떨리고, 밤이 지나고 아침이 왔고, 선물을 주고받는 기쁨과 평화로 모든 가슴은 날개를 퍼덕이듯 설렜고, 큰 소리로 축가를 불러대고, 세계의 평화는 동이 트고 싸움은 끝이 나고, 손에 손을 마주 잡고 가슴마다 노랠 불렀다.

그러나 날이 저물어 저녁때가 되고 밤이 깊어가자 성탄절은 김이 빠지고 나른해져 공허한 휴일로 변해 버렸다. 아침엔 그렇게도 경이로웠는데 오후와 저녁이 되자 환희는 그 순이 잘린 양 스러졌다. 봄인 줄 알고 속아서 핀 꽃봉오리 같았다. 아! 성탄절이란 건 단지 가정의 잔칫날에 불과한 것이었구나! 사탕과 장난감이 풍성한 잔칫날에 불과했구나! 왜 어른들도 일상의 기분을 탈피해 환희에 취해 보지 못하는가? 환희는 어디에 있단 말인가?

브랑윈 집안 식구들은 얼마나 열정적으로 그것을, 환희를 갈망했던가! 아버지는 성탄절 밤이 되자 걱정스러운 빛을 띠고 얼굴은 어둡고 쓸쓸해 보였다. 성탄절의 열기는 사라져 평범한 날이 되어가고 가슴에선 더 이상 불꽃이 일지 않았기 때문이다. 어머니는 예나 마찬가지로 정신 나간 듯한 표정을 짓고 있었다. 흡사 평생 동안 유배당한 사람 같은 표정이었다. 이제 예수의 탄생이 성취되었는데 기쁨으로 달아오르는 마음은 어디 있는가? 별과 동방박사들의 환희와 온 땅을 뒤흔든 새로 나신 아기에 대한 환희는 다 어디에 있는가?

비록 미미하고 부족했으나 들뜬 분위기는 아직도 깔려 있었다. 창조의 주기는 교회의 연력(年曆)에서 계속 빙빙 돌고 있었다. 성탄절 다음에 환희는 서서히 가라앉으며 바뀌었다. 일요일 다음에 또 주일이 잇대어 와서 시간은 순조롭게 돌아갔다. 가족들의 마음속에는 변화가 순탄하게 진행되었다. 기쁨에 부푼 마음으로 별을 쳐다보았고 예수 탄생의 마구간까지 가 커다란 빛에 정신이 아찔했던 마음은 이제 그 빛이 서서히 뒤로 물러나 그림자가 드리우고 어두워지는 것을 감지해야 했다. 찬 기운이 스며들고 고요가 대지 위를 덮자 사방은 암흑이었다. 성전의 휘장이 찢기고 가슴마다 영혼은 빠져나가 버려 몸은 죽어 쓰러졌다.

성금요일에 아이들은 어둠이 그들 가슴 위에 드리우는 것을 느끼고 입술이 파리해져 조용히 움직였다. 다음에는 죽음의 냄새로 창백해진 부활의 백합꽃이 나타나 성령이 임할 때까지 차가운 빛을 발산했다.

그러나 왜 상처와 죽음을 추모하는가? 분명히 그리스도는 손과 발이 다 나은 채 부활하셨고 강건함을 기뻐하지 않으셨던가? 십자가와 무덤의 시대는 지나갔다는 걸 정말 잊은 건가? 아니, 항상 상처를 기억하고, 수의의 냄새를 맡고 있자는 건가? 이러한 주기에 부활은 대십자가와 죽음에 비교할 때 작은 사건에 불과했다.

아이들은 기독교 절기에 따라 한 해를 살았고 인간 영혼의 서사시를 체험했다. 한 해 한 해 미지의 내면적인 연극은 그들 마음속에서 재연되었다. 그들의 마음은 탄생하여 성장했고, 십자가 위에서 고통받았고 영혼은 잃었다가 지치지 않고 다시 헤아릴 수 없는 날로 부활했다. 초라하고 대수롭지 않은 삶이지만 적어도 이러한 영원의 리듬을 지녔기 때문이다.

그러나 이제 이 연극은 기계적인 행위로 변해 갔다. 성탄절에 탄생했다가 성금요일에 죽음을 당했다. 부활절 주일쯤에는 그 전기적인 연극은 끝난 것이나 다름없었다. 왜냐하면 부활은 희미한 죽음의 그림자로 덮여 있었으며, 승천에는 별로 주목하지 않아 순전히 죽음의 확인처럼 되어 버렸기 때문이다.

희망과 성취라고 부르짖었던 것은 죄다 무엇이었던가? 아니, 그렇다면 그건 모두가 쓸모없는 사후의 일이고 육체 없는 파리한 사후를 말하는 것인가? 아, 그것은 인간 심성의 수난을 위한 것이었구나! 그리고 인간 심성은 육체가 죽기 오래전부터 죽어야 했지.

수난과 고뇌의 시련 후에 상한 육체는 무덤으로부터 나

와 차갑고 핏기 잃은 채 일어섰다. 그리스도는 "마리아!" 하고 불러 마리아가 그에게 손을 내밀었을 때 서슴치 않고 "나를 만지지 마라. 내가 아직 아버지께로 올라가지 못하였노라." 하고 말하지 않았던가.

그러면 퇴짜 맞은 내민 손이 어찌 기뻐하고 마음이 즐거울 수 있으랴. 아, 그건 죽은 몸의 부활이었구나! 아, 부활한 그리스도가 머뭇거리며 빛을 발산하며 나타나셨구나! 아, 하늘나라로의 승천은 죽음 가운데의 그림자요, 완전히 숨을 거둔 것이었구나.

아, 이 연극이 이렇게 금방 끝나버리다니! 인생이 서른세 살에 끝나버리다니! 삶의 절반은 차갑고 이력이 없다니! 아, 부활하신 그리스도가 우리와 같이 있을 수 없다니! 슬프구나! 슬픔과 죽음과 무덤의 수난에 대한 기억이 부활이라는 창백한 사실을 압도하고 말다니!

그러나 왜 그런가? 왜 내가 온전한 몸으로 부활하여 생명력에 넘쳐 빛나지 못할 것인가? 마리아가 "랍비*여!"라고 부를 때, 왜 나는 팔로 마리아를 안아 키스를 해주고 가슴으로 껴안지 않을 것인가? 왜 부활한 몸은 치명적이고 상처로 흉측스러운가?

부활은 생명으로의 부활이지 죽음으로의 부활은 아니다. 다시 부활한 사람들의 영육이 온전한 사람들 틈에서 걸어다니며 육체가 온전해지고 육체로 즐거워하며, 육체로 살고 육체를 사랑하며 육체로 자식을 잉태하여 드디어는 온

---

* 히브리어로 '선생님'이라는 뜻. 신약 성경 요한복음 20장 16절.

전함에 이르고, 상처나 오점 없이 완전해지고 병약해질 염려 없이 건강히 지내는 모습을 나는 보지 못할 것인가? 이것은 부활 다음에 오는 성인과 기쁨과 성취의 시기가 아닌가? 누가 부활한 다음에도 죽음과 십자가의 그늘에 머물러 있을 것인가? 누가 부활한 다음에 하늘나라에 예속된 신비롭고 완전한 육체를 두려워할 것인가?

그렇다면 슬픔으로부터 부활한 내가 기쁨 가운데서 이 대지 위를 걸을 수 없단 말인가? 부활한 후에 내가 행복하게 형제와 더불어 먹고 기뻐하고 사랑하는 사람에게 입 맞추고 육체의 결혼을 잔치를 베풀어 축하하며, 내 동료들이 기뻐하는 가운데 열심히 나의 일을 돌볼 수 없단 말인가? 하늘은 날 오라고 재촉하고 이 땅에 반대하며 원한을 품고 있기에, 난 서둘러 떠나거나 아니면 사람들의 손길과 맞닿지도 못한 채 창백한 몸으로 머뭇거려야 한단 말인가? 십자가에 못 박혔던 육체가 일반 대중들이 보기에 독처럼 변해 버렸나? 아니면 대지의 부식토에서 처음으로 피어난 꽃처럼 그들에게 크나큰 기쁨과 희망이 된단 말인가?

---

* '굿러너'는 '달리기 잘하는 아이', '티폿'은 '찻주전자'라는 뜻인데, 이름과 비슷한 발음이 나는 단어로 별명을 붙인 것이다.

제11장
첫사랑

어슐라가 사춘기에서 숙녀기로 접어들면서 책임감이라는 구름이 서서히 몰려들었다. 어슐라는 자신을 의식하게 되었고 분리되지 않은 희미한 혼돈 가운데서 자신은 분리된 실체이고, 어디론가 가야 하고 무엇인가 되어야 함을 깨달았다. 그래 겁이 났고 걱정스러웠다. 왜? 아, 왜 사람은 자라야 하고, 왜 미지의 인생을 살아야 하는 이 무겁고도 얼떨떨한 책임을 물려받아야 하는가? 그녀가 무에서부터 엇비슷한 대중으로부터 떨어져 나와 그 무엇인가가 되어야 한다니! 그러나 무엇이 된단 말인가? 희미하고 길 하나 없는 이곳에서 방향을 잡으라니! 허나 어디로 간단 말인가? 한 발짝이라도 어떻게 뗀단 말인가? 그렇지만 또 어떻게 가만히 서 있는단 말인가? 자신의 삶을 책임지는 일을 떠맡는다는 것은 정말로 고통스러웠다.

종교는 그녀에게 하나의 별세계였고 그녀가 거주하던 영

광스러운 연극의 세계에 불과했다. 그곳에서는 키가 작은 사람과 함께 나무 위에 올라갔고, 예수의 제자처럼 바다 위를 뒤뚱거리며 걸었고, 주님처럼 빵을 오천 조각으로 쪼개 오천 명의 사람들에게 커다란 야외 잔치를 베풀었지만, 이제 그 세계는 현실에서 동떨어져 나갔다.

종교는 한낱 이야기요, 신화요, 환상이 되어버려 아무리 그것이 진실한 역사적 사실이라 주장한다 해도 적어도 오늘날과 같은 우리의 생활 속에서는, 그것이 진실이 아님을 알게 되었다. 우리가 알고 있는 이렇게 제한받는 삶 속에서는 오천 명의 대잔치가 불가능했다. 소녀 어슐라는 일상생활에서 체험할 수 없는 것은 그녀에겐 진실이 아니라고 간주하는 단계에 이르렀다.

예전에는 이중적인 생활을 하였기에 한편으로는 사람과 기차와 의무와 성적표의 세계가 있는가 하면, 다른 한편으로는 진리는 절대적이고 신비는 살아 있으며 사람이 물 위를 걸어 다니고, 주님의 얼굴을 보면 장님이 되고, 구름기둥을 따라 사막을 건너고, 불타는 소리가 들리지만 타버리지 않는 숲을 볼 수 있는 일요일의 세계가 있었다. 그러나 옛날에 의문시되지 않았던 이 이중성이 갑자기 따로따로 떨어져 나갔다. 평일의 세계가 일요일의 세계를 압도해 버렸다. 일요일의 세계는 사실적이지 않았으며 적어도 실제적이지 않았다. 그런데 사람은 실제적인 행동으로 살아가는 것이다.

단지 평일의 세계만이 중요했다. 어슐라 브랑윈은 어떻게 평일의 생활을 하는가를 배워야만 했다. 그녀의 몸은 세상 사람들의 평가를 받는 평일의 몸이 되어야 했다. 그녀의 영혼은 세상의 지식에 입각한 평일의 가치를 지녀야 했다. 그러고 보니 행동과 처신으로 된 평일의 생활을 살아가야 했다. 그러니 행동과 처신에 있어서 선택할 필요가 생겼다. 사람은 자기 행위에 대해서 세상에 책임을 져야 했다.

아니, 세상에 대해 책임을 진다는 것 이상이지. 사람은 스스로에게 책임을 져야 하니까. 어슐라의 마음속에서는 일요일 세계의 어떤 찌꺼기가 있어 그녀를 당혹케 만들고 괴롭히고 있었다. 어떤 집요한 일요일 세계의 자아가 이젠 탈을 벗은 환상의 세계와 계속 관계를 유지하라고 고집했다. 그런데 사람이 어떻게 자신이 부인하는 것과 관계를 유지할 수 있단 말인가? 어슐라의 과제는 이제 평일의 생활을 배우는 것이었다.

어떻게 행동할 것인가? 그것이 문제가 되었다. 어디로 갈 것이며 어떻게 자기 자신이 될 것인가? 사람은 자기 자신이 못 되고 단지 절반쯤 드러난 질문에 불과한데, 어떻게 자기 자신이 되고 어떻게 자신에 대한 질문과 대답을 할 것인가? 사람은 하늘의 바람처럼 이리저리 불리며 정착하지 못하고 엉거주춤한 상태에서 그 정체도 명확히 밝혀내지 못하는 처지인데.

어슐라는 환상 쪽으로 몸을 돌렸다. 환상은 아득한 말을 속삭여주어 그 말이 마치 눈에 안 띄게 부는 실바람처럼 핏속을 흘렀다. 그 말이 다시 들렸다. 어슐라는 평일의 인간이 되어야 했기에 그 환상을 거부했다. 평일의 인간에게 환상은 진실이 아니었기에 어슐라는 오로지 그 낱말의 평일적인 의미만을 요구했다.

환상이 들려주는 말이 진정 있었다. 그런데 그 말이란 평일에 사용하라고 있는 것이니까 평상적인 의미를 지녀야 했다. 그러니 환상은 평상적인 어휘로 마음속을 털어놓아야지. 환상은 평일에 쓰는 말로 그 의미를 밝혀야지.

"너의 모든 소유를 팔아 가난한 자에게 내주어라."라고 어슐라는 일요일 아침에 교회학교에서 들었다. 그 말은 아주 명료했다. 월요일 아침에도 그 의미는 아주 명료했다. 학교를 가느라 기차역을 향해 언덕을 내려가면서 어슐라는 그 말씀을 생각했다.

"너의 모든 소유를 팔아 가난한 자에게 내주어라."

어슐라는 그렇게 하길 원했던가? 그녀는 뒷면에 진주가 박힌 빗과 거울, 은촛대, 펜던트, 멋진 작은 목걸이를 팔아버리고 페리 집안사람들처럼 남루한 옷차림을 하고 다닐 것인가? 그녀는 진짜로 그들처럼, 후줄근하고 머리도 빗지 않는 '가난뱅이'가 될 것인가? 어슐라는 그렇게 되는 것을 원치 않았다.

어슐라는 월요일 아침에 처량한 마음이 되어 길을 걸었다. 어슐라는 정말로 올바른 일을 하고 싶었다. 그러나 성경이 가르치는 대로는 행하고 싶지 않았다. 가난해지는 건 싫었다. 정말로 가난해지는 것 말이다. 그건 생각만 해도 끔찍스러웠다. 페리 씨 가족들처럼 산다는 건 너무 추하지. 모든 사람들의 처분만 바라는 건 말이야.

"너의 모든 소유를 팔아 가난한 자에게 내주어라."

사람은 실생활에서 그렇게 할 수 없는 법이다. 이 말씀에 어슐라는 얼마나 막막하고 절망스러웠는지!

한쪽 뺨을 맞고 또 다른 뺨도 내놓을 수는 없었다. 동생 테레사가 어슐라의 뺨을 쳤다. 이때에 어슐라는 그리스도인의 겸허한 기분으로 조용히 다른 뺨을 내밀었다. 그랬더니 테레사는 이 도전에 격분해서 그 뺨도 쳤다. 이에 어슐라는 속이 부글부글 끓으면서도 양순하게 자리를 떠났다.

그러나 속으로는 화가 치밀었고 또 수치감이 마음속을 깊이 뒤틀어놓아 괴로웠다. 다시 테레사와 싸우며 머리채를 뒤흔들어서 정신을 빼놓다시피 했을 때에야 속이 후련해졌다.

"어떻게 처신해야 할지 알겠지!"

어슐라는 매섭게 말했다. 그리고 기독교인답지는 못했지만 속은 시원해져서 그 자리를 떠났다.

기독교의 이러한 겸허한 면에는 시원치 못하고 비열한 구석이 있었다. 어슐라는 갑자기 반항하며 그 정반대로 행동했다.

'난 페리 씨 가족들을 증오해. 죄다 죽었으면 좋겠어. 왜 우리 아버진 우리를 이와 같은 곤경에 처하게 해서 가난하고 하찮은 존재로 만들었나? 왜 아버진 보다 나은 인물이 되지 못했나? 우리가 응당 바라는 대로의 아버지라면 아버진 윌리엄 브랑윈 백작이 되었어야 하지. 그러면 난 레이디 어슐라가 되나? 내가 무엇 때문에 가난해야 하나? 좁은 길을 기어 다니는 벌레 신세가 되어야 하나? 만일 제대로 되었다면 난 녹색 승마복 차림으로 말을 타고 앉아 있고 마부는 내 뒤에 있어야 되는 건데. 그리고 난 소작인

집의 대문 앞에서 말을 멈추고 아기를 안고 뛰어나오는 아낙네에게 발을 다친 남편의 용태가 어떠냐고 물었을 텐데. 그런 다음 말 위에서 허리를 굽혀 어린아이의 연갈색 머리를 쓰다듬어주고 애 엄마에게 내 주머니에서 1실링을 꺼내 주고 대저택에서 그 집에 영양가 있는 음식을 보내도록 명령했을 텐데.'

그래서 어슐라는 의기양양해서 말을 타고 다녔다. 때로는 불 속으로 뛰어들어 사람들이 잊어버리고 그냥 둔 아기를 구출하기도 했다. 또는 운하의 수문 속으로 뛰어들어 몸에 쥐가 난 소년을 부축해 주었다. 또는 아장아장 걷는 아기가 도망친 말에 밟힐 뻔한 것을 번쩍 들어 올려 구해 주기도 했다. 물론 이 모든 것은 상상 속에서 한 일들이었다.

그러나 끝에 가서는 일요일 세계로부터 그리운 감정이 짜릿하게 몰려왔다. 아침에 코셋헤이를 떠나 길을 내려갈 때, 멀리 일커스턴이 푸른 연기를 뿜으며 언덕 위에 애잔하게 누워 있을 때면 마음속으로 아득한 낱말들이 밀려왔다.

> 예루살렘아! 예루살렘아! 암탉이 병아리를 날개 아래 모으듯이 내가 몇 번이나 네 자녀를 모으려 했던가. 그러나 너희가 원치 아니하였도다.*

어슐라의 마음속에서는 그리스도에 대한, 안전하고 따뜻한 날개 밑으로 들어가고픈 열망이 치솟았다. 그러나 이것

* 예수가 예루살렘의 사악함을 보고 한탄한 말. 마태복음 23장 37절.

을 평일의 세계에다 어떻게 맞춘담? 어머니가 아기를 품듯이 그리스도가 가슴팍에 그녀를 품어준다는 것 말고 또 무엇을 뜻할 수 있나? 그녀는 그리스도를, 그녀를 가슴에 품어 편안케 해줄 수 있는 그리스도를 열망했다. 오, 안식을 취하며 영원히 희열을 즐길 그리스도의 품이여! 그러면 그리움이 뜨겁게 몰려와 오감이 떨려왔다.

어슐라는 그리스도가 그것 아닌 딴것을 의미한다는 것을 어렴풋이 깨달았다. 즉, 그리스도는 비전의 세계에서 예루살렘을 얘기하셨고 그것은 평일의 세계에는 존재하지 않았다. 그리스도가 가슴에 품고자 하는 것은 사람들의 집이나 공장은 아니었다. 가장도 공장 노동자도 가난한 사람도 아니었다. 평일의 세계와는 관련이 없고 일상적인 눈으로 보이지 않고, 일상적인 손에 닿지 않는 그 어떤 것이었다.

그렇지만 어슐라는 그것을 꼭 평상적인 방법으로 소유해야만 했다. 꼭 그렇게 해야 했다. 그녀의 모든 삶이란 이제 평일의 생활이고, 평일의 삶이 그녀의 전부였기 때문이다. 남자는 튼튼하고 어깨가 떡 벌어진 가슴팍으로 그녀를 안아줘야 하고, 가슴에선 심장 고동 소리가 들리며 그녀와 함께 호흡하는 생명으로—흐르는 피의 생명력으로— 그 가슴은 뜨거워야 했다.

그래서 어슐라는 '인자(人子)'*의 품이 그리웠고 그곳에 눕고 싶었다. 그래 마음속으로는 수치스러웠다. 왜냐하면 그리스도는 비전에 응답하도록 말씀하셨는데, 자신은 일상

* 예수는 자신을 이렇게 불렀다.

적인 입장에서 대답을 했으니 그건 배신이요, 비전의 세계에서 사실의 세계로 의미를 전도시키는 행위였다. 그래서 어슐라는 자신이 종교적으로 환희를 느끼는 것을 부끄러워했고 누가 그 사실을 알까 봐 두려워했다.

연초에 양이 새끼를 낳아 짚으로 우리를 만들고, 삼촌의 농장에서 일꾼들이 호롱불을 켜놓고 개를 데리고 밤을 지새울 때면, 다시 환상의 세계와 평일의 세계 사이의 열띤 혼돈이 어슐라를 엄습했다. 또다시 들판에 예수가 계심을 느꼈다. 예수는 양들을 들어 올려 팔에 안으셨다. 아, 그녀가 양이었다. 다시금 아침에 오솔길을 걸어 내려가면서 암양이 우는 소리를 들었고, 그러면 새끼 양들은 새로 태어난 기쁨으로 몸을 흔들며 몰려왔다. 그리고 새끼 양들은 몸을 굽히고 주둥이를 비벼대며 어미의 젖을 더듬었고 젖꼭지를 찾았다. 그러면 어미 양은 머리를 엄숙하게 돌리고 새끼들의 냄새를 맡았다. 다음엔 새끼들이 젖을 빨며 가느다란 작은 다리로 딛고 서서 즐거워 몸을 부르르 떨었다. 목은 위로 뻗치고 피로 따뜻해진 사랑 어린 어미의 젖을 빨며 몸을 떨었다.

아, 그 기쁨이란! 그 희열이란! 어슐라는 학교로 가려니 좀처럼 발걸음이 떨어지지 않았다. 새끼 양들은 주둥이로 젖을 비벼대고 작은 몸뚱이는 아주 즐거워 자신만만해지고 검은색 다리는 휘어졌다. 어미 양은 가만히 서서 새끼들이 몸을 떨며 다가오는 대로 몸을 맡겼다가 조용히 걸어서 그 자리를 떠났다.

예수, 환상의 세계, 일상의 세계, 이 모두가 복잡하게 얽히고설켜 고통과 환희의 혼돈체가 되어버렸다. 이렇게 생각이 두루뭉수리로 혼돈되어 있으니 고통스러울 정도였다. 비전의 예수께서 비전이 없는 그녀에게 말씀을 하시다니! 그리고 그녀는 예수의 영혼의 말씀을 받아서 자신의 육욕에다 영합시키려 하다니!

이건 부끄러운 짓이었다. 그녀의 영혼 속에서 정신적인 세계와 물질적인 세계를 혼동하는 것은 스스로의 품위를 저하시키는 일이었다. 그녀는 정신적인 부름을 즉시적이고 평상적인 욕망의 자세로 응답했다.

> 수고하고 무거운 짐 진 자들아, 다 내게로 오라. 내가 너희를 쉬게 하리라.*

어슐라는 임시로 대답했다. 어슐라는 관능적인 열망으로 기뻐 뛰며 그리스도에게 응답했다. 그녀가 정말로 예수에게 가서 그 품에 안기어 위로를 받고 예수는 그녀를 어린 아이처럼 어루만지며 극진히 사랑해 주신다면!

어슐라는 이러는 동안 내내 종교적인 열망의 얼떨떨한 열기 속에서 걸어 다녔다. 어슐라는 예수가 그녀를 매우 기분 좋게 사랑해 주며, 그녀의 관능적인 헌신을 받아들이고 관능적으로 응답해 주길 원했다. 수주일 동안 어슐라는 즐거움에 잠겨 있었다.

이러는 동안 어슐라는 마음속으로 예수를 속이고 있고,

---

* 신약 성경 마태복음 11장 28절.

자신의 육체적인 만족을 위해서 예수의 열정을 받아들인다는 것을 잘 알고 있었다. 그러나 자신은 굉장히 어리벙벙한 혼돈의 상태에 있었다. 이곳에서 어떻게 빠져나와 자유롭게 된담?

어슐라는 자신을 증오했다. 자신을 짓밟고 없애버리고 싶었다. 어떻게 하면 자유로운 몸이 될까? 어슐라는 종교를 증오했다. 종교는 그녀의 정신을 혼미케 하고 그녀의 모든 것을 비난했다. 그녀는 자신의 마음이 단단하고 무관심해지고 즉각적인 필요나 만족 외에는 모든 것에 잔인하게 냉담해지길 원했다. 예수를 향해 열망을 품었으나 오로지 자신의 달콤한 기분에 영합하기 위하여 예수를 이용했을 따름이었다. 또 이러한 기분을 자신에게 재연하는 수단으로 예수를 이용했기에, 어슐라는 마침내 스스로 격분했다. 그렇다면 예수도 없고 감상주의도 없는 것이었다. 어슐라는 무기력함에서 생기는 통렬한 증오심에서 감상주의를 증오했다.

이러한 시기에 청년 스크레벤스키가 나타났다. 어슐라는 열여섯 살이 가까워가는, 홀쭉하고 속으로 불만을 품은 소녀였다. 매우 말수가 적었으나 가끔 마음을 터놓고 계속 이런저런 말을 늘어놓기도 했다. 이럴 때면 속마음을 다 털어놓는 것 같았으나 실제로는 겉으로 내보이기 위해서 속마음을 다르게 위장한 것에 불과했다. 어슐라는 극도로 예민해서 항상 고통받았으며 겉으로는 항상 자신의 실상을 가리기 위해서 냉담한 무관심을 가장했다.

어슐라는 이즈음 발작적으로 정열을 보이다가 잠자는 듯

괴로워하는 소녀였다. 자신이 지구상에서 성가신 존재같이 생각되었다. 그녀는 두 손바닥에 속마음을 다 드러낸 채 열망하는 마음으로 다른 사람을 향해 걸어가는 듯했다. 그러나 이 동안에도 마음속 깊은 곳에는 불신에서 오는 어린애 같은 반감을 품고 있었다. 자신이 모든 사람을 사랑하고 믿는다고 생각했다. 그러나 자신을 사랑하지도 믿지도 못했기에 뱀이나 생포된 새처럼 불신하는 마음으로 모든 사람을 대했다. 발작적인 혐오감과 증오심은 사랑의 충동보다도 더욱 강하게 일어났다. 그래서 어슐라는 어두운 혼돈의 시기 동안 활력도, 명확한 목적의식도 없이 고투했다.

어느 날 저녁, 거실에서 얼굴을 감싸 쥐고 공부를 하고 있는데 부엌에서 낯선 목소리가 들렸다. 곧 그녀의 잘 흥분되는 마음은 냉담에서 깨어나 숨죽이며 귀를 기울였다. 그녀의 마음은 남의 눈에 띄기 싫어서 겉모습을 가리고 긴장한 채 웅크리고 앉아서 밖을 두리번거리는 것 같았다.

두 낯선 남자의 목소리가 들렸다. 한쪽 목소리는 부드럽고 솔직하여 부드러운 정직성에 감싸여 있었고 다른 목소리는 가볍고도 빨리 움직이는 유동성에 감싸여 있었다. 어슐라는 긴장하고 넋을 잃은 채 앉아 있었다. 말의 내용에는 별 관심이 없었고 그 목소리에만 내내 귀를 기울였다.

처음 말하는 사람은 톰 삼촌이었다. 어슐라는 삼촌의 그 천진스럽고 솔직한 어조가 마음속의 냉소적이고 황량한 슬픔을 감싸고 있다는 걸 알아냈다. 다른 사람은 누굴까? 누구의 목소린데 저렇게 쉽게 흐르면서도 불타는 듯 고동칠까? 그 목소리는 그녀를 앞으로 나오라고 재촉하는 듯했다.

"부인이 기억납니다."

그 청년의 목소리였다.

"처음 뵈었을 때부터 부인의 검은 눈과 하얀 얼굴 때문에 기억을 했습니다."

브랑윈 부인은 수줍음을 타며 기분이 좋아 웃었다.

"청년은 어릴 때 곱슬머리였는데."

"그랬습니까? 네, 생각납니다. 식구들이 제 곱슬머리를 아주 자랑스럽게 여겼어요."

잠시 웃더니 이내 잠잠해졌다.

"지금도 생각나는군. 자넨 어릴 때부터 아주 예의가 발랐지."

이번엔 어슐라의 아버지였다.

"아! 제가 저희 집에서 묵어가시라고 했던가요? 전 늘 손님들께 주무시고 가라고 했거든요. 저희 어머니에겐 좀 괴로운 일이었겠지만."

모두들 한바탕 웃었다. 어슐라는 일어섰다. 그녀도 한몫 끼고 싶었다.

방 걸쇠에서 짤깍 소리가 나자 모두들 돌아다보았다. 어슐라는 순간적으로 굉장히 얼떨떨해 문전에서 주춤거렸다. 멋지게 보이려고 애썼다. 잠시 주춤거리는 순간, 어깨를 어찌할지 몰라 매력적으로 빠끔히 쳐다보았다. 그녀의 검은 머리는 뒤로 잡아맸고 황갈색 눈은 초점 없이 빛났다. 그녀의 등 너머 거실 안에는 램프 불이 펼쳐진 책 위를 은은하게 비추고 있었다.

겉치레 인사로 어슐라는 톰 삼촌에게로 갔고 삼촌은 그

녀를 따스하게 맞이하면서 키스를 해주었다. 조카를 아무 격의 없이 대하는 듯했으나 동시에 자신과의 거리를 분명히 나타냈다.

어슐라는 낯선 손님에게로 몸을 돌리고 싶었다. 손님은 그녀를 기다리면서 약간 뒤로 물러나 서 있었다. 그는 아주 맑은 회색 눈을 지닌 젊은이였다. 그 눈은 상대방이 부를 때까지 기다리며 아무런 표정도 짓지 않고 있었다.

젊은이가 침착하게 기다리는 그 태도에서 무엇인가가 어슐라를 감동시켰다. 어슐라는 그와 악수하러 손을 내밀면서 흥분한 아이처럼 숨을 들이쉬고, 어리둥절해 하면서도 예쁜 웃음을 지었다. 젊은이는 어슐라의 손을 아주 꼭 쥐면서 고개를 숙였다. 그는 어슐라를 주목하고 있었다. 어슐라는 의기양양해졌고 정신이 번쩍 났다.

"어슐라, 넌 스크레벤스키 씨를 모르지?"

삼촌이 친근한 어조로 물었다. 어슐라는 충동적으로 낯선 젊은이를 향해 얼굴을 홱 돌렸다. 흥분해서 숨을 할딱거리며 웃는 것이 그를 안다고 선언하는 듯한 표정이었다.

젊은이의 눈은 갑자기 반짝이며 어리둥절해졌고 거리를 두고 긴장했던 그가 어슐라를 맞이할 태세를 갖추었다. 그는 몸매가 호리호리한 스물한 살의 청년으로 연갈색 머리카락은 독일식으로 이마에서 모두 뒤쪽으로 빗어 넘겼다.

"오래 머무를 건가요?"

어슐라가 물었다.

"한 달간 휴가를 받았습니다."

그는 톰 삼촌 쪽을 흘깃 보면서 대답했다.

"그렇지만 가보아야 할 곳이 여러 군데 있어요. 여기저기서 시간을 보낼 예정입니다."

그는 어슐라에게 바깥세상에 대한 강렬한 느낌을 가져다 주었다. 그건 마치 그녀가 언덕 위에 앉아서 그녀 앞에 펼쳐져 있는 전 세계를 어렴풋이 느낄 때의 기분과 흡사했다.

"어디서 한 달간의 휴가를 얻었어요?"

어슐라가 물었다.

"전 군 공병대에 있어요."

"그래요!"

어슐라는 기뻐서 소리쳤다.

"우리가 공부하던 널 방해했구나."

톰 삼촌이 말했다.

"아, 아니에요."

어슐라가 급히 대답했다.

젊고 다혈질의 스크레벤스키는 웃었다.

"저 애가 방해받을 때까지 가만 있나?"

아버지가 말씀하셨다. 그러나 그 표현은 탐탁지 않았다. 어슐라는 아버지가 제발 딸의 일은 딸애가 얘기하도록 그냥 두기를 바랐다.

"공부하는 게 싫습니까?"

스크레벤스키가 그녀를 향해 물었다. 그건 자신의 경우를 미루어서 하는 질문이었다.

"몇몇 과목은 좋아해요."

어슐라가 대답했다.

"라틴어, 프랑스어, 그리고 문법은 좋아해요."

그는 어슐라를 주시했다. 그의 온몸이 어슐라에게 집중해 있더니 고개를 좌우로 흔들었다.

"전 그렇지 않아요."

그가 대꾸했다.

"군대 안의 모든 수재는 공병대에 있다고들 하지요. 그래서 저도 공병대로 들어갔지요. 말하자면 똑똑한 사람들 덕분에 저도 득을 볼까 하고요."

그는 익살스러우면서도 원한이 있는 듯 이 말을 했다. 어슐라는 날카롭게 그를 주시했다. 그건 재미있는 말이었다. 그가 똑똑하든 그렇지 못하든 간에, 그는 흥미로웠다. 그의 단도직입적이고 독립적인 태도가 그녀의 마음을 끌었다. 그의 생명이 그녀의 생명 위에서 아른거리는 것같이 느꼈다.

"난 머리는 그리 문제가 되지 않는다고 봐요."

어슐라가 말했다.

"그러면 뭐가 문제인가?"

톰 삼촌이 친근하게 어루만지는 듯 반쯤 놀리는 어투로 물었다.

어슐라는 삼촌에게로 몸을 돌렸다.

"사람들에게 용기가 있는가 없는가가 문제지요."

어슐라가 대답했다.

"무엇에 대한 용기……?"

삼촌이 물었다.

"모든 것에 대해서지요."

톰 삼촌은 짧으면서도 날카롭게 웃었다. 어머니와 아버

지는 잠자코 앉아서 듣고만 있었다. 스크레벤스키는 기다리고 있었다. 어슐라는 그를 위해 얘기하고 있었다.

"모든 것이란 아무것도 아니란 말과 같지."

삼촌은 웃으며 대꾸했다.

어슐라는 그 순간 삼촌이 싫었다.

"저 앤 말은 잘해도 실천은 안 해."

아버지는 의자에서 움찔거리며 다리를 꼬면서 말했다.

"저 앤 아주 작은 일엔 용기가 있지."

그러나 어슐라는 대꾸하려 들지 않았다. 스크레벤스키가 기다리며 조용히 앉아 있었다. 그의 이목구비는 고르지 못했다. 얼굴은 거의 못생겼다 할 정도로 펑퍼짐한 데다 코는 좀 뭉툭했다. 그러나 눈은 이상하리만큼 맑았으며, 갈색 머리카락은 비단처럼 부드럽고 숱이 많았고, 콧수염은 가늘었다. 피부는 고왔고 몸매는 호리호리하고 보기 좋았다. 그의 옆에 있는 톰 삼촌은 완전히 성숙한 남자였고 아버진 촌티가 나 보였다. 그러나 스크레벤스키를 보니 그의 아버지 생각이 났다. 그는 조금 더 세련되었고 광채를 내는 듯했다. 그러나 그의 얼굴은 못생겼다.

그는 마치 그 어떤 변화나 질문을 초월한 듯 자신이 존재한다는 사실에 순순히 따르는 것 같았다. 그는 그 자신이었다. 그에게는 어떤 숙명적인 기운이 감돌아 그녀를 매혹했다. 그는 다른 사람들에게 자신의 입장을 밝히려고 노력하지 않았다. 있는 상태대로, 그 자신의 존재 그대로를 받아들이게 했다. 고립된 상태에서 자신에 대해 변명이나 설명을 하려 들지 않았다.

그는 완전하게, 아니 운명적으로까지 확정되어 있는 듯했다. 그가 자리 잡기 전에, 다른 사람과 관계를 맺기 전에 인정을 받으려 들지 않았다.

이런 점이 어슐라를 굉장히 매료시켰다. 어슐라는 자기 확신이 없는 사람들이 새로운 영향과 접할 때마다 매번 새로운 사람으로 바뀌는 것을 아주 많이 보아왔다. 톰 삼촌은 늘 다른 사람이 원하는 대로 조금씩 바뀌었다. 결국에는 진짜 정체는 절대로 알 수 없었고, 단지 조금씩 변모해 가는 불만스러운 유동적 존재로 인식될 뿐이었다.

그러나 스크레벤스키는 그가 원하는 대로 행동했다. 자신의 정체를 있는 대로 다 드러내었다. 그는 스스로 책임을 지고 본연의 모습을 드러냈다. 그는 자신에 대해 어떠한 의문도 용허하지 않았다. 그는 철저하게 분리되어 있었다.

어슐라는 그가 훌륭하다고 생각했다. 그는 체구의 균형이 아주 잘 잡혔고 독특하게 눈에 띄었으며 침착하고 자립적이었다. 어슐라는 속으로 바로 이런 사람이 신사라고 되뇌었다. 그에겐 운명적으로 타고난 듯한 성격이, 귀족 같은 성품이 있었다.

어슐라는 자신의 꿈을 펼치기 위해 곧바로 그를 꽉 잡았다. 여기에 바로 인간의 딸을 보고 아름답다고 한 하느님의 아들 같은 사람이 있지 않은가? 그는 아담의 아들은 아니야. 아담은 굽실거렸는데. 아담은 비굴하게 굽실거리며 그의 고향에서 쫓겨나지 않았던가? 인간이 그 이후부터 줄곧 자신의 존재를 찾으며 거지 행세를 하지 않았던가? 그러나 안톤 스크레벤스키는 거지 짓은 할 줄 모른다. 그는 자기 자신을 소유하고 있고 그것 이상은 없다. 다른 사람들은 진정으로 그에게 어떤 것을 줄 수 없고 그에게서 어떤 것도 가져갈 수 없다. 그의 영혼은 홀로 서 있으니까.

어슐라는 부모가 그를 쓸 만한 청년이라고 인정한다는 것을 알았다. 분위기가 바뀌었다. 이 집에 방문객이 생긴 것이다. 한번은 아브라함의 문전에 세 천사가 서 있다가 그와 인사를 나누고 그의 집에 머물면서 함께 먹었고, 그들이 떠나갔을 때 그의 집은 영원히 풍요롭게 되었다.*

다음 날 어슐라는 마시 농장으로 초대를 받아 갔다. 삼촌과 스크레벤스키는 아직 귀가하지 않았다. 그때 어슐라는 창문을 내다보다가 마차가 멈추더니 스크레벤스키가 뛰어내리는 것을 보았다. 그 청년은 몸을 움츠려 뛰어내린 뒤 말을 모는 톰 삼촌을 향해 미소를 짓고는 그녀가 있는 집을 향해 걸어오고 있었다. 그는 아주 자연스럽게 그의 동작에서 자신을 드러냈다. 그는 해맑고 세련된 자신만의 분위기 속에 고립되어 있었고 숙명적인 양 그 속에 정지되어 있었다.

그가 자신의 운명 속에서 쉬고 있는 모습은 겉보기에 나태하고 나른해 보이기도 했다. 그는 활기차게 움직이지 않았다. 앉아 있을 때, 그는 몸이 헤벌어지고 나른해 보였다.

"좀 늦었습니다."

그가 말했다.

"어디 갔었어요?"

---

* 구약 성경 창세기 18장 1~22절.

"저의 부친 친구를 만나러 더비에 갔었지요."
"누군데요?"
이렇게 단도직입적으로 질문을 해서 평범한 대답을 듣는 것은 어슐라에게 하나의 모험이었다. 이 청년과는 그럴 수 있으리라는 걸 알았다.
"아, 그분도 목사님이신데, 저의 후견인 중의 한 분이지요."
스크레벤스키의 부모는 다 사망하고 그 혼자 있다는 것을 어슐라는 알고 있었다.
"스크레벤스키 씨 댁은 어디에요?"
어슐라가 물었다.
"제 집이요? 글쎄요. 전 저의 상관되시는 헵번 대령을 좋아하지요. 그리고 아주머니들도 계시고. 그러니 저의 진짜 집이라면 군대라고 보아야겠지요."
"자립해 있는 걸 좋아하세요?"
그의 맑은 녹회색 눈은 잠시 그녀에게 머물더니, 그녀에게서 눈을 떼고 생각에 잠겼다.
"그런 것 같아요."
그가 대답했다.
"알다시피 저희 아버진 말하자면 이곳에 절대로 동화되지 못한 분이지요. 아버지가 원하셨던 것은, 글쎄 무얼 원하셨는지 잘은 모르겠습니다만, 전 항상 긴장 상태였지요. 저희 어머니는, 글쎄 저에게 너무나도 잘해 주셨어요. 너무나요! 그러다 전 아주 일찍부터 학교에서 기숙했지요. 그러니 목사관보다는 바깥세상이 저에겐 항상 더 자연스럽고 집처럼 느껴졌어요. 왠지 잘 모르겠습니다만."

"마치 새가 본래의 영역에서 날아나온 것 같다고 느끼지 않으세요?"

어슐라는 어디서 들어본 표현을 쓰면서 물었다.

"아니요. 그렇지 않습니다. 모든 것이 제가 원하는 대로인데요."

그는 점점 더 광활한 세계와 먼 곳들과 많은 대중에 관한 느낌을 그녀에게 안겨주는 것 같았다. 그런 느낌은 흡사 꽃향기가 벌을 끌듯이 그녀를 매혹시켰다. 그러나 그것은 또한 그녀의 마음을 아프게 했다.

여름이어서 어슐라는 면 원피스를 입고 있었다. 그가 세 번째로 어슐라를 만났을 때, 어슐라는 파란 줄과 흰 줄이 가늘게 가 있으며 흰 깃이 달린 드레스를 입고 커다란 흰 모자를 쓰고 있었다. 그 차림은 어슐라의 온화한 금빛 살갗에 어울렸다.

"그 옷을 입은 모습이 아주 멋져요."

스크레벤스키는 고개를 한쪽으로 약간 갸우뚱하고 서서 감상과 비판을 하는 태도로 어슐라를 바라보면서 말했다.

어슐라는 새로운 활기로 흥분되었다. 생전 처음으로 자신의 모습을 사랑하게 되었다. 그녀는 자신의 모습을 스크레벤스키의 눈에 비친 작은 영상으로 이해했다. 그러니 이러한 생각을 실제로 이행해야 했다. 그녀는 아름다워야 했다. 그녀의 관심이 재빠르게 의상 쪽으로 쏠렸고 그녀의 열정은 외양을 아름답게 하는 데 쏟아졌다. 가족들은 어슐라가 이렇게 급변하자 놀라서 지켜보았다. 그녀가 직접 만든 맵시 나는 면 원피스를 입고 자기 기분에 맞추어 구부린 모자를 쓰니 우아하게, 정말 우아하게 보였다. 영감 같은 묘안이 그녀에게 떠오른 것이었다.

스크레벤스키는 어슐라 할머니의 흔들의자에 나른하게 앉아서 천천히 의자를 앞뒤로 흔들었다. 어슐라는 그에게 말을 걸었다.

"가난한 건 아니시죠?"

"금전적으로 가난하냐고요? 내 이름으로 일 년에 150파운드 정도의 수입이 있지요. 그러니 상대방이 생각하는 데 따라 가난하다고 볼 수도 있고 풍족하다고 볼 수도 있지요. 실제로는 굉장히 가난하지요."

"그렇지만 돈은 버실 거지요?"

"봉급을 받게 되겠지요. 지금도 봉급을 받아요. 난 장교 임관을 받았으니까요. 그것이 또 150파운드가 되지요."

"앞으로 수입이 더 늘어나지요?"

"앞으로 십 년 동안은 일 년에 200파운드 이상은 받지 못할 거예요. 만일 봉급으로만 산다면 항상 구차하겠지요."

"그걸 꺼리세요?"

"가난한 것 말예요? 지금은 안 그래요. 별로 그러지 않아요. 후엔 그럴 수도 있겠지요. 저의 상관되는 장교님들이 저에게 잘해 주세요. 헵번 대령은 저를 퍽 귀여워해 주시지요. 그 분은 부자인 것 같아요."

어슐라의 몸이 오싹했다. 저이가 어떤 식으로든 스스로를 매도해 버릴 건가?

"헵번 대령은 결혼하셨나요?"

"네, 딸이 둘 있지요."

어슐라는 곧 자존심을 세워 헵번 대령의 딸이 그와의 결혼을 원하는가에 신경을 쓰지 않았다.

침묵이 흘렀다. 구드룬이 들어왔다. 그러나 스크레벤스키는 여전히 나른하게 의자에 앉아 의자를 흔들었다.

"댁은 아주 게으름뱅이 같아 보이는군요."

구드룬이 말했다.

"전 게으름뱅이인걸요."

"정말로 갱충맞아 보여요."

"갱충맞은걸요."

"그 의자 좀 그만 흔들 수 없어요?"

"아니요. 이건 영원한 운동인걸요."

"당신은 몸에 뼈가 없는 것 같네요."

"바로 그렇게 느끼고 싶은걸요."

"당신의 취미는 존경 못 하겠어요."

"그거 안 됐군요."

그는 계속 의자를 흔들었다.

구드룬은 그의 뒤에 앉아 있었는데, 엄지와 검지로 그의 머리칼을 잡고 있어서 그가 의자를 뒤로 흔든 후 다시 앞으로 나올 때 머리카락이 홱 당겨졌다. 그는 개의치 않았다. 단지 마루 위에서 의자만 흔들거리는 소리가 들렸다. 구드룬은 그가 의자를 뒤로 젖힐 때마다 게처럼 조용히 그의 머리카락을 잡았다. 어슐라는 낯을 붉히고 좀 괴로워하며 앉아 있었다. 어슐라는 그의 이마에 짜증스러운 표정이 떠오르는 걸 보았다.

마침내 그는 용수철이 퉁겨 오르듯 갑자기 벌떡 일어나 난로 앞 깔개 위에 섰다.

"제기랄, 의자도 못 흔듭니까?"

그는 뾰로통해서 사나운 표정으로 물었다.

어슐라는 그가 나른해 있다가 용수철처럼 갑자기 퉁겨 일어나는 것이 마음에 들었다. 그는 화를 터뜨렸고 성이 나서 눈을 번뜩이며 난로 앞의 깔개 위에 서 있었다.

구드룬은 아주 만족한 듯 웃었다.

"신사는 의자를 흔들지 않는 법이에요."

구드룬이 말했다.

"숙녀는 신사의 머리털을 당기지 않는 법이에요."

그가 대꾸했다.

구드룬은 다시 웃었다.

어슐라는 재미있어 하며 앉아 기다리고 있었다. 그는 어슐라가 그를 기다리고 있음을 알았다. 그 생각을 하니 그의 피가 끓었다. 그는 어슐라에게로 가서 그녀가 부르는 대로 따라가야 했다.

한번은 스크레벤스키가 마차에 어슐라를 태우고 더비로 갔다. 그는 공병대 중에서도 기마대에 속해 있었다. 그들은 점심을 먹고 시장 구경을 했는데 모든 것이 즐거웠다. 그는 책방에 들어가서 어슐라에게 소설 『폭풍의 언덕』을 사주었다. 작은 규모의 축제가 열리고 있는 것을 보고 어슐라가 말했다.

"아버진 스윙보트를 태워주시곤 하셨어요."

"좋아했어요?"

"네, 좋아했어요."

"지금 타러 갈까요?"

"좋아요."

어슐라는 겁이 나면서도 이렇게 대답했다. 그러나 보통 때 하지 못했던 신나는 일을 한다는 생각이 그녀의 구미를 당겼다.

그는 곧장 매표소로 가서 돈을 낸 뒤 어슐라가 스윙보트에 오르는 걸 거들어주었다. 그는 자신의 행동 외에는 다른 것을 개의치 않는 것 같았다. 다른 사람들은 그에게 별 감흥 없는 대상에 지나지 않았다. 어슐라는 뒤로 물러나고 싶었다. 그러나 사람들에게 자신을 드러내거나 용기를 내어 스윙보트를 타는 것보다는 오히려 그의 앞에서 뒤로 물러나는 것이 더 수치스럽다고 생각했다. 그는 눈웃음을 치며 자신의 날렵하고 빠른 몸매를 그녀 앞에 세우고 스윙보트를 움직이기 시작했다.

어슐라는 무섭지 않고 신이 났다. 그는 낯을 붉혔고 흥분해서 눈에서는 광채가 났다. 어슐라는 그를 올려다보았다. 그녀의 얼굴은 햇살을 받은 꽃처럼 아주 환하고 매력적이었다. 그들은 환한 대기를 가르며, 장난감 새총에서 튀어나온 양 하늘 높이 올라갔다가 무섭게 밑으로 떨어졌다. 어슐라는 그것이 좋았다. 그 동작은 그들의 피가 끓도록 부채질하는 듯했다. 그들은 불꽃이 된 기분으로 웃어댔다.

후에 그들은 회전목마를 타면서 마음을 진정시켰다. 그는 흔들거리는 목마 위에 어슐라를 향해서 옆으로 걸터앉고 편안한 듯한 표정으로 즐기고 있었다. 인습에 대하여 반감을 보이는 이런 놀이를 하니 그의 마음이 활짝 피었다. 그들이 빙빙 돌아가는 목마 위에 앉아 있고 음악이 찍찍거리며 울려 나올 때 어슐라는 사람들이 바깥쪽에 서 있는 것을 의식했다. 마치 그들 둘이 사람들의 얼굴 위로 모든 걱정을 다 털어버리고 달리는 기분이었다. 사람들의 쳐다보는 얼굴 위에서 그들은 활기에 넘쳐 의기양양했고, 씩씩하게 영원히 달리며, 사람들을 걷어차면서 높은 곳에서 계속 달리는 기분이었다.

그들이 말에서 내려 물러나야 했을 때 어슐라는 기분이 상했다. 오합지졸의 요청에 따라서 거인이 갑자기 평범한 인간으로 전락한 듯한 느낌이 들었다.

그들은 축제 장소를 떠나서 마차를 탔다. 커다란 교회 건물을 지날 때 어슐라는 건물 안으로 꼭 들어가 보고 싶었다. 그러나 내부 전체가 공사용 발판으로 가득 찼고, 떨어져 나온 돌 조각과 부스러기가 마루 위에 그득히 쌓였으며, 굳은 석회 부스러기가 발밑에서 부서졌고, 일꾼들이 외쳐대는 상스러운 목소리와 망치 두드리는 소리가 진동했다.

어슐라는 잠시 동안 완전한 어둠과 평화 속에 잠겨 있으려고 그곳에 들렀던 것이다. 군중들의 얼굴 위로 목마를 탄 후에 제어할 수 없이 마구 다시 몰려오는 모든 욕망의 정을 교회로 갖고 왔다. 의기양양했던 기분 다음에 어슐라는 안위와 위로를 원했다. 자만과 조소는 무엇보다도 그녀의 마음을 가장 아프게 하는 것 같았기 때문이다.

그런데 그 태곳적부터 내려온 어둠은 떨어진 석회 부스러기로 가득 찼고, 공기는 석회 먼지로 가득하고 오래된 석회 냄새가 물씬 났다. 발판과 폐물이 여기저기 쌓여 있었고 제단 위에는 먼지를 막는 헝겊이 덮여 있었다.

"잠깐 앉았다 가요."

어슐라가 제안했다.

그들은 어두컴컴한 뒷줄에 사람들의 눈에 안 띄게 앉았다. 어슐라는 벽돌공과 미장이들의 더럽고도 무질서한 작업을 쳐다보았다. 긴 장화를 신은 일꾼들이 통로를 삐걱거리며 걸어오면서 거친 억양으로 소리쳤다.

"이봐, 친구, 그 모퉁이의 조형은 다 끝났나?"

교회 지붕에서 큰 소리의 거친 대답이 울려왔으며, 그 소리가 교회 안을 황량하게 메아리쳤다.

스크레벤스키는 어슐라에게 바짝 붙어 앉았다. 무시무시하긴 해도 모든 것이 어슐라의 눈에 경이롭게 보였다. 세상은 허물어져 폐허가 되었으며, 그녀는 그와 함께 다치지 않고 가까스로 기어 나왔고, 지상의 모든 것이 무법천지가 된 기분이었다. 스크레벤스키는 어슐라에게 가까이 앉아서 그녀를 어루만지고 있었다. 어슐라는 그가 자신에게 주는 영향을 의식했다. 그러나 어슐라는 기뻤다. 그의 몸이 그녀를 누르는 걸 느끼니 흥분이 되었다. 그의 존재가 그녀를 재촉해서 무엇에 이르게 하는 듯한 느낌이었다.

마차를 타고 집으로 돌아올 때 그는 어슐라에게 가까이 앉았다. 그의 몸이 마차 쪽으로 흔들렸을 때 그는 어슐라의 몸에 기댄 채 관능적으로 머뭇거렸다. 다시 몸의 균형을 잡기 위해 물러날 때도 머뭇거렸다. 그는 말없이 무릎덮개 밑으로 어슐라의 손을 끌어당겼다. 그는 얼굴을 길

쪽으로 향한 채 아무것도 쳐다보지 않고 정신을 집중해서 한 손으로 그녀의 장갑 단추를 끌렀다. 그리고 조심스레 어슐라의 장갑을 벗겼다. 그가 손가락으로 그녀의 손을 꼭 쥐고 본능적으로 매만져 주니, 소녀 어슐라는 관능적인 즐거움으로 어쩔 줄 몰라 했다. 그의 손은 아주 경이롭고 생생한 짐승처럼 주의를 기울여서, 덮개 밑 어두운 곳에서 능란하게 그녀의 장갑을 벗기고 손바닥과 손가락을 드러내 놓았다. 그리고 그의 손이 어슐라의 손을 덮었다. 마치 그의 손과 어슐라의 손이 합쳐서 한 덩어리의 살이 된 것처럼 두 손은 아주 단단하게 밀착되었다. 한편 그는 길과 말의 귀를 쳐다보면서 계속 주의를 기울여 마차를 몰아 마을들을 통과했다. 그리고 그 옆에 앉은 어슐라는 황홀하여 몸이 달아오르고 햇살을 받아 눈이 부셨다. 두 사람 중 어느 한쪽도 말을 하지 않았다. 겉으로 보기에 그들은 완전히 떨어져 있었다. 그러나 그들은 손을 잡고 있었기 때문에 그의 살과 어슐라의 살이 맹약을 맺은 셈이었다.

그러다가 그가 냉담하고 피상적인 태도를 취하면서 생소한 목소리로 어슐라에게 말을 걸었다.

"아까 교회 안에 앉아 있으려니까 인그램 생각이 나더군요."

"인그램이 누군데요?"

어슐라가 물었다.

어슐라도 피상적이며 침착한 태도를 지었다. 그러나 그녀는 금지된 그 무엇인가가 닥쳐오리라는 것을 예지하고 있었다.

"차담에서 저와 함께 있는 장교 가운데 한 사람이에요. 계급은 중위이지만 나보다 한 살 위지요."

"그런데 왜 교회에서 그 사람 생각이 났어요?"

"저, 그 중위에겐 로체스터에 여자 친구가 있었어요. 그들은 항상 성당의 특정한 장소에 앉아서 애무를 했지요."

"참 멋지군요!"

어슐라는 충동적으로 소리쳤다.

그들은 서로의 말을 잘못 알아들었다.

"그렇지만 안 좋은 점도 있었어요. 성당지기가 소동을 부렸거든요."

"정말 안됐군요! 왜 그들이 성당에 앉으면 안 됐나요?"

"사람들이 그렇게 하는 건 신성모독이라고 생각했나 봐요. 당신과 인그램과 그 여자 친구를 제외하고는요."

"전 그런 것이 신성모독이라고는 생각지 않아요. 성당 안에서 사랑을 하는 건 옳다고 봐요."

어슐라는 자신도 모르게 거의 도전적인 어투로 말했다. 그는 가만히 있었다.

"여자는 예뻤나요?"

"누구요? 에밀리요? 네, 아주 예뻤어요. 여자용 모자상의 점원이었는데 길거리에서 인그램과 같이 눈에 띄는 걸 싫어했어요. 일이 참 안되었어요. 성당지기가 그들의 관계를 알아냈거든요. 그리고 그들의 이름을 알아가지고는 정기적으로 소동을 부렸으니까요. 그 후엔 누구나 다 아는 얘기가 되어버렸어요."

"그래 여잔 어떻게 되었어요?"

“그 여잔 런던의 큰 상점으로 옮겨갔어요. 인그램은 아직도 에밀리를 만나러 런던으로 가지요.”

“그녈 사랑하나요?”

“그 여자와 사귄 지 이제 일 년 반이 되었어요.”

“여잔 어떻게 생겼어요?”

“에밀리 말이에요? 자그마하고 눈썹이 반듯한데, 다소곳한 오랑캐꽃 같은 여자지요.”

어슐라는 이 말을 곰곰이 생각했다. 그건 바깥세상에서 일어나는 진짜 로맨스같이 들렸다.

“장교들은 전부 애인이 있나요?”

어슐라는 자신의 저돌적인 태도에 놀라면서 물었다. 그녀의 손은 아직도 그의 손에 꼭 잡혀 있었고, 그의 얼굴은 여전히 변하지 않은 똑같은 표정을 짓고 있어서 겉보기에는 침착해 보였다.

“장교들은 늘 놀랍도록 멋진 여자가 이곳에 있든 저곳에 있든 간에 술만 취하면 여자 얘기를 하지요. 대부분은 휴가를 받는 순간 런던으로 달려가지요.”

“뭘 하려고요?”

“놀랍도록 멋진 바로 그 여자를 만나러요.”

“어떤 종류의 여자들인데요?”

“다양해요. 보통 여자 이름은 꽤 자주 바뀌지요. 그 중에 한 장교는 완전히 광적이에요. 그는 항상 옷 가방을 준비해 놓고 있다가 휴가를 얻는 순간 가방을 들고 기차역으로 달려가서 옷은 기차 속에서 갈아입지요. 기차간에 누가 있든 말든 휙 웃옷을 벗어 던지고 적어도 상반신의 몸치장을 시작하지요."

어슐라는 몸을 부르르 떨며 의아하게 생각했다.

"왜 그렇게 서두르지요?"

어슐라가 물었다.

그녀는 목 부분이 빳빳해져 말하기가 힘들었다.

"아마 여자 때문이겠지요."

어슐라는 몸이 오싹하며 굳어졌다. 그러나 정열과 무법의 이런 세계가 굉장히 흥미롭게 들렸다. 그건 그녀의 생각으론 멋질 만큼 무모한 세계였다. 인생에서 그녀의 모험이 시작되고 있었다. 멋져 보였다.

그날 저녁 어슐라는 어두워질 때까지 마시 농장에 머물러 있었고 스크레벤스키가 그녀를 집에까지 바래다주었다. 어슐라가 그에게서 떨어져서 갈 수 없었기 때문이다. 어슐라는 그 무엇인가를 더 바라며 기다리고 또 기다렸다.

초저녁의 따스한 대기 속에서 그들 주위에 그림자가 새롭게 드리우니 어슐라는 더 단단하고 아름다우며 덜 개인적인 다른 세계로 들어가 있는 기분이 들었다. 이제 새로운 사태가 벌어지겠지.

그는 어슐라 옆에서 걸었다. 아까와 똑같이 아무 말없이 용의주도하게 접근하면서 그의 팔로 어슐라의 허리를 감싸서 부드럽게, 아주 부드럽고도 음흉스럽게 당겼다. 마침내 그의 팔이 단단해지면서 어슐라의 몸을 눌렀다. 어슐라는 공중에 떠서 실려 가는 기분이었다. 그녀의 발은 좀처럼 땅에 닿지 않고 남자의 탄탄한 몸 위에 실려 가는 듯했다. 남자 옆에 자신이 누워서 기분 좋은 몸의 율동에 정신을 팔고 있는 듯했다. 그녀가 정신을 잃고 있을 때 남자는 그녀 쪽으로 얼굴을 더욱 가까이 가져왔다. 그녀는 머리를 남자의 어깨에 기댔으며 남자의 따스한 숨결이 얼굴 위로 와 닿는 것을 느꼈다. 그리고 어슐라는 살며시, 아주 살며시 정신을 잃어가는 듯했다. 남자의 입술이 그녀의 뺨에 와 닿았고 그녀는 열기와 암흑 사이를 떠내려가는 기분이었다.

어슐라는 정신을 잃고 떠내려가면서 여전히 기다렸다. 이야기에 나오는 '잠자는 미녀' 같이 기다렸다. 어슐라는 기다렸다. 그리고 또다시 그가 얼굴을 그녀의 얼굴 위로 굽혔고 그의 입술이 그녀의 얼굴에 따스하게 와 닿았으며 그들의 발걸음은 머뭇거리다 멈추었다. 두 젊은이는 나무 아래서 조용히 서 있었고, 남자의 입술은 그녀의 얼굴 위에서 기다렸다. 마치 나비가 꽃 위에서 움직이지 않고 기다리는 것 같았다. 어슐라는 그녀의 가슴을 그에게 좀 더 가까이 갖다 댔다. 그는 몸을 움직여 양팔로 그녀를 안아 가까이 끌어당겼다.

그러고는 암흑 속에서 그녀의 입 쪽으로 살며시 고개를 숙이고 그녀의 입술에다 그의 입술을 갖다 대었다. 어슐라는 겁이 났다. 여전히 그의 팔에 기대어 그녀의 입술 위에 그의 입술이 와 닿는 것을 느꼈다. 그녀는 나른해져서 가만히 있었다. 그런데 남자의 입술이 가까이 와 그녀의 입을 눌러서 벌리게 했다. 뜨겁고도 축축한 열기가 그녀의 가슴속에 몰려왔고 어슐라는 그에게로 입술을 벌렸다. 고통스럽도록 격렬한 소용돌이 속에서 어슐라는 그를 더 가까이 당기며 남자가 더 깊숙이 그녀에게 다가오도록 했다. 그의 입술은 다가와서 살며시, 아주 살며시 밀려오고 또 밀려왔다. 그러나 아, 제어할 수 없는 센 파도처럼 밀려와서 마침내는 어슐라가 작은 외마디 소릴 지르며 물러났다.

그녀 옆에서 남자가 거칠고도 이상하게 숨을 몰아쉬는 소리가 났다. 그가 낯설다는 느낌이 무시무시하고도 엄청나게 그녀를 사로잡았다. 어슐라는 속으로 좀 움츠러들었다. 주춤거리면서 그들은 언덕 위의 물푸레나무 밑을 그림자처럼 떨면서 계속 걸어갔다. 그곳은 그녀의 할아버지가 수선화를 꺾어 들고 구혼을 하러 걸어갔었고, 그녀의 어머니가 지금 그녀 자신이 스크레벤스키에게 기대어 걸어가는 것같이 젊은 신랑과 함께 걸어갔던 곳이다.

어슐라는 머리 위로 잎이 무성한 나뭇가지가 시커멓게 팔을 뻗치고 있고, 섬세한 물푸레나무 잎사귀가 여름밤과 타래처럼 엇꼬여 있는 것을 의식했다.

그들이 서로 몸을 기대고 함께 걸을 때, 그 동작은 복잡하나 단일하게 움직였다. 스크레벤스키는 어슐라의 손을 잡았다. 그들은 길 옆을 돌아 한참 걸어서 더 멀리로 나아갔다. 어슐라는 내내 자기 몸이 공중에 떠받쳐져 있고, 자기 발이 잔잔하게 부는 미풍처럼 가볍다고 느꼈다.

스크레벤스키는 다시 어슐라에게 키스를 했으나 깊숙이 들어가는 그런 키스는 그날 밤에 또다시 하지 않았다. 어슐라는 이제 키스가 어떻다는 걸 알고 있었다. 그래서 남자에게 다가서기가 더욱 힘들었다.

어슐라는 온몸이 전류가 흐르는 듯이 열기로 따뜻해지는

것을 느끼며 잠자리에 들었다. 마치 몸속에서 새벽이 뿜어져 나오면서 그녀를 위로 들어 올리는 것 같았다. 어슐라는 깊이 달콤하게, 아주 달콤하게 잠을 잤다. 아침에 잠을 깼을 때 향긋하고 잘 익은 알곡으로 가득 찬 밀 이삭처럼 온몸이 완전함을 느꼈다.

그들은 경이로운 환상의 첫 단계에서 연애를 계속했다. 어슐라는 아무에게도 이 일을 말하지 않았다. 그녀는 완전히 그녀 자신의 세계에 몰두해 있었다.

그러나 기묘하게 가식적인 태도를 취해서 겉으로는 자신만만해 보였다. 어슐라는 학교에서 에셀이라는 친구를 사귀었는데, 조용하고 생각이 깊으며 심각한 아이였다. 에셀에게만은 이 이야기를 털어놓아야 했다. 어슐라가 비밀을 털어놓는 동안 에셀은 고개를 숙이고 내색을 않은 채 열중해서 들었다.

"아, 그건 너무나 멋져! 그가 부드럽고도 감미롭게 애무를 해주는 것 말이야."

어슐라는 마치 경험이 많은 연애쟁이처럼 말했다.

"네 생각엔 말이야."

어슐라가 말을 꺼냈다.

"남자가 너한테 키스하게, 그런데 장난으로 하는 게 아니라 진짜로 키스하게 놔두는 것이 나쁘다고 보니?"

"그건 경우에 따라 다르겠지."

에셀이 대답했다.

"그인 코셋헤이 언덕 물푸레나무 밑에서 키스를 했는데, 네 생각엔 그게 잘못된 거니?"

"언제였는데?"

"목요일 밤에 날 바래다줄 때였어. 그렇지만 진짜 키스였어. 진짜. 그인 군의 장교야."

"몇 시였는데?"

사려 깊은 에셀이 물었다.

"잘은 모르겠는데, 9시 반쯤이었을 거야."

잠시 말이 그쳤다.

"난 잘못된 거라고 생각해."

에셀이 고개를 홱 쳐들며 좀 멸시하는 투로 말했다.

"넌 그 사람을 잘 모르잖아."

"아니, 잘 알아. 그분은 혈통의 절반은 폴란드 사람이고 또 남작이야. 영국식으로는 경과 마찬가지의 직위지. 그리고 나의 할머니는 그분 아버지와 친구였어."

그렇지만 두 친구 사이에는 적대적인 감정이 생겼다. 어슐라가, 그녀가 부르는 호칭에 따르면, 안톤과의 관계를 다짐하느라고 친구들에게서 떨어져 있기를 원하는 듯 보였기 때문이다.

스크레벤스키는 번번이 코셋헤이에 놀러 왔다. 어슐라의 어머니가 그를 좋아했기 때문이다. 애나 브랑윈은 그에게 모든 사태를 당연한 것으로 받아들이는, 매우 침착한 귀부인 같은 인물로 보였다.

"동생들은 자지 않나요?"

어슐라는 그 젊은이와 함께 들어오면서 뾰로통해서 물었다.

"삼십 분 후엔 잘 거다."

"도대체 평화가 없어요!"

"얘야, 동생들도 살아야지."

스크레벤스키는 이 점에 있어서 어슐라를 반대했다. 왜 어슐라는 저렇게 억지를 부릴까?

그러나 어슐라가 잘 알다시피, 그는 주위에서 아이들이 마구 장난치는 것을 참지 못했다. 그는 어슐라의 어머니께 매우 정중했고, 어슐라의 어머니는 자연스럽고 친절한 환대로 응해 주었다. 어머니가 침착하게 위엄을 지키는 것이 어슐라의 마음을 기쁘게 했다. 어머니의 지위를 깎아내린다는 건 불가능해 보였다. 어머닌 공적인 관계에서 절대로 남의 밑에 들어설 분이 아니었다. 윌과 스크레벤스키 사이에는 메울 수 없는 침묵이 흘렀다. 어쩌다 두 사람은 대화를 좀 나누었지만, 진정으로 속마음을 주고받는 것은 못되었다. 어슐라는 아버지가 이 청년을 반대하여 자기 자신 속으로 은거해 버리는 것을 보고 기뻐했다.

어슐라는 집에서 스크레벤스키를 자랑스럽게 여겼다. 그가 빈둥거리며 나른한 표정으로 무관심할 때면 어슐라의 신경을 건드렸지만, 여전히 그녀를 매혹시켰다. 그런 태도는 방임주의적인 정신이 젊은이다운 심오한 활력과 합쳐져서 나온 행동이란 걸 어슐라는 알고 있었다. 그렇지만 그녀의 신경에 굉장히 거슬렸다.

그럼에도 불구하고 어슐라는 그를 자랑스럽게 여겼다. 그는 빛이 어른거리는 것처럼 집 안을 왔다 갔다 하면서 그녀의 어머니와 그녀 자신에게 언제나 깊은 주의를 기울이며 정중하게 대했다. 관심을 가져주는 그가 방 안에 있다는 것은 멋진 일이었다. 그가 방 안에 있다는 것만으로 어슐라는 풍요롭고 확대되는 듯 느꼈다. 만일 그녀가 의심할 바 없이 매력 있는 여인이라면 그는 그녀를 향해서 흐르는 유동체였다. 그의 예절과 동의는 모두 어머니에게 보낸다 치더라도 그의 하늘거리며 깜빡이는 듯한 몸은 그녀를 향했다. 어슐라는 그렇게 생각했다.

어슐라는 자신의 위력을 늘 입증해야만 속이 풀렸다.

"제가 만든 작은 목각을 보여드리고 싶어요."

어슐라가 말했다.

"그건 보여줄 만한 게 못 돼."

"보시겠어요?"

어슐라는 문 쪽으로 몸을 기대며 물었다.

그의 얼굴 표정은 어슐라의 부모와 동조하고픈 듯했지만 그의 몸은 이미 의자에서 일어나 있었다.

"목각은 작업실에 있어요."

그의 감정이 어찌되었든 간에 그는 문을 나와 어슐라를 따라갔다.

헛간에서 그들은 키스를 하며 지냈다. 정말로 키스 놀이를 했다. 그건 기분 좋고 신나는 놀이였다. 어슐라는 얼굴에 웃음을 함빡 머금고 도전이나 하듯 그에게 몸을 돌렸다. 그리고 그는 곧 그 도전을 받아들였다. 그는 손으로 어슐라의 머리카락을 잔뜩 휘어 감고 어슐라의 머리 뒤쪽으로 머리를 부드럽게 거머쥐고는 천천히 어슐라의 얼굴을 그의 얼굴 가까이 당겼다. 그동안 어슐라는 숨을 할딱거리며 웃었고, 그는 그 놀이가 재미있어 눈을 반짝이며 이에 응답했다. 그리고 그는 자기 의지가 어슐라를 지배함을 확인하면서 키스했고, 어슐라는 그에게 다시 키스를 해주면서 자기가 분명 그 순간을 즐긴다는 걸 확인했다. 그런 놀이가 대담하고 무모하고 위험하다는 걸 그들은 알고 있었다. 사랑이 아니라 불장난이라는 것을. 그런 장난을 하는 것은 세상 모든 것에 대한 일종의 반항심이 어슐라를 사로잡았기 때문이다. 단지 그러고 싶기 때문에 어슐라는 그에게 키스를 하였다. 그의 마음속에 있던 무모성이, 그가 겉으로 섬기는 척했던 모든 것에 대한 반발심이 이러한 냉소적인 태도로 나타났다.

어슐라는 그때 대단히 아름다웠다. 아주 활짝 피어서 광채를 환하게 발하며 숨을 할딱거리고 있었다. 섬세해서 쉽게 상처를 입을 수 있는 몸을 격렬하고 그릇되게 위험 속으로 내던지고 있었다. 그러한 어슐라의 태도가 그에게서 일종의 광기를 유발시켰다. 햇빛 아래서 꽃잎을 떨며 활짝 핀 꽃처럼 어슐라는 그를 유혹했고, 또 그에게 도전했다. 그는 이 도전을 받아들였고 마음속으로 무엇인가를 결정해 버렸다. 어슐라는 날카롭고 무모하게 웃어댔지만 눈은 눈물로 젖어 떨리고 있었다. 이것이 그를 미칠 지경으로 몰아넣었다. 욕정과 고통으로 미치게 했다. 유일한 해결책은 그녀의 육체를 소유하는 것밖에 없었다.

그들은 충격을 받고 겁을 먹은 채, 어슐라의 부모가 계신 부엌으로 돌아와서 시치미를 떼고 있었다. 그러나 두 젊은이의 마음은 달랠 수 없도록 흥분해 있었다. 감각은 격화되고 고조되었으며, 이들은 더욱 생동감에 차서 활력이 넘쳤다. 이 모든 새로운 현상 가운데서 두 사람은 자신들이 변모한다는 것을 날카롭게 감지했다. 이건 그들이 놀라워하며 자기 확인을 하는 행위였다. 스크레벤스키는 어슐라 앞에서 자신을 확인했다. 자신이 무한히 사나이답고 또한 무한히 억제할 수 없는 존재라는 것도 깨달았다. 어슐라는 스크레벤스키 앞에서 자신을 확인했고 자신이 무한히 탐스러우며, 또한 무한히 강하다는 것을 인식했다.

결국 그러한 정열에서 그들 양쪽이 얻어낼 수 있는 것이란 나머지 모든 삶에 대비해서 각자가 최대한의 자아를 느껴보는 것이 아닐까? 그 속에는 한정적이고 애상 어린 면이 있었다. 왜냐하면 최고 상태의 인간 정신이 원하는 것은 무한성에 대한 느낌이었으니까.

그럼에도 불구하고 그녀의 정열은 이제 시작되었고 계속되어야 했다. 스크레벤스키와 대비될 때 한계가 지어지고 윤곽이 뚜렷해진, 그녀의 최대한의 자아를 알고자 하는 어슐라의 정열 말이다. 어슐라는 남성인 스크레벤스키에 대비해서 자신의 한계를 제한시키고 또한 자신의 본질을 규명할 수 있었다. 그녀의 자아와 여자됨을 최대한도로 펼칠 수 있었다. 남자와 대비되는 여자됨을 묘하게 확인하면서 한순간 의기양양해졌다. 남자와 지고한 대비를 이루었던 것이다.

이튿날 오후, 그가 어슬렁거리며 찾아왔을 때 어슐라는 그와 함께 마당을 건너 교회로 갔다. 아버지는 스크레벤스키에게 점점 더 역정을 내셨고, 어머니는 딸애에게 성을 내며 엄하게 대하셨다. 그러나 부모님은 행동에 있어서는 너그러웠다.

어슐라는 스크레벤스키와 함께 교회 묘지를 가로질러서 교회 안으로 뛰어 들어가 몸을 숨겼다. 그곳은 화창한 오후의 바깥보다 어두컴컴했지만 둥근 석조 건물 사이로 햇빛이 흘러들어 달콤하게 무르익어 가고 있었다. 유리창은 루비 색과 푸른색으로 불타면서 두 젊은이가 몸을 감춘 내밀한 석조물 위로 웅려하고 아름다운 무늬를 엮으면서 비치고 있었다.

"밀회 장소로는 안성맞춤이군요."

그가 주위를 둘러보며 작은 소리로 말했다.

어슐라도 낯익은 교회 내부를 둘러보았다. 컴컴하고 고요하여 어슐라의 몸이 오싹했다. 그러나 그녀의 눈은 무모한 기운으로 번쩍였다. 이곳에서 자신의 꿋꿋하고 찬란한 여성적인 자아를 확인하리라. 빛보다도 더 정열적인 이 희미한 곳에서 그녀의 여성의 꽃을 불꽃처럼 펼쳐 보이리라.

그들은 잠시 떨어져 있었다. 다음 순간 서로가 갈망하는 접촉을 위해서 고집스레 서로를 향했다. 어슐라는 팔로 그의 몸을 감싸고 자신의 몸을 그에게 갖다 댔다. 손으로 그의 어깨와 등을 눌렀을 때 자신이 그의 몸속을 통과하는 듯이 느꼈다. 바로 그의 젊고 팽팽한 몸을 속속들이 맛보는 것 같았다. 그의 몸은 아주 정교하고 단단하면서도 매우 미묘하게 반응을 보이며 그녀의 조정을 받았다. 어슐라는 그에게 입을 갖다 대고 그의 충만한 키스를 들이켰다. 그리고 점점 더 충만하게 들이켰다.

그것은 참 좋았다. 아주, 아주 좋았다. 어슐라의 몸은 그의 키스로 가득 찬 듯했다. 마치 작열하는 강한 햇살을 들이킨 것같이 충만함을 느꼈다. 그녀의 몸안이 달아올랐다. 햇살이 몸속에서 심장을 두드리는 것 같았다. 그녀가 너무나도 멋지게 햇살을 흠뻑 들이켰으니까.

어슐라는 뒤로 물러나 빛을 내면서 그를 쳐다보았다. 그녀는 섬세하면서도 타오르는 듯 아름다웠으며 만족스러워했다. 마치 햇빛을 받은 구름처럼 광채를 냈다.

스크레벤스키는 어슐라의 이러한 모습을 보니 기분이 씁쓸했다. 그녀가 그토록 빛나며 만족해 하다니! 자신의 희열에 도취되어 상대방의 심정엔 눈이 어두운 채 그를 내려다보며 웃다니. 상대방도 으레 그녀처럼 기쁨에 넘치리란 것을 조금도 의심치 않다니. 그녀는 천사처럼 빛을 내면서 그와 함께 교회 밖으로 나갔다. 그녀의 발걸음은 꽃 위를 스쳐 지나가는 광선처럼 가벼웠다.

그는 어슐라 옆에서 걸었다. 그의 영혼은 움츠러들었고 육체는 만족을 얻지 못했다. 저 여자가 이토록 쉽사리 나에게서 승리를 거둘 것인가? 그는 지금 희열이란 것을 통 느낄 수가 없었다. 오로지 고통을 맛보고 어리둥절해서 분노만 느낄 뿐이었다.

한여름이어서 건초 베는 일이 거의 끝나갔다. 토요일에는 건초 베는 일이 다 끝날 것이다. 그러나 토요일에 스크레벤스키는 떠날 것이다. 그는 더 이상 머무를 수가 없었다.

그는 떠나기로 작정한 다음에야 어슐라에게 매우 부드럽

고 다정하게 굴었다. 그가 아주 부드러우면서 상냥하게 굴며 음험하게 다가와서 부드럽게 키스를 하자 두 젊은이는 흥분으로 취해 버렸다.

스크레벤스키는 마지막으로 머무는 날인 금요일엔 학교에서 나오는 어슐라를 만나 시내로 들어가 차를 마셨다. 그다음엔 자동차로 어슐라를 집까지 태워다 주었다.

어슐라는 생전 처음으로 자동차를 타게 되자 그 어느 때보다도 흥분하게 되었다. 스크레벤스키도 자신이 이렇게 멋들어진 묘안을 낸 것을 아주 자랑스레 여겼다. 그는 어슐라가 흥분으로 달아올라 낭만적인 기분에 휩싸이는 것을 보았다. 어슐라는 정신없이 기뻐하면서 마치 망아지가 냄새를 맡듯이 고개를 쳐들었다.

자동차가 길모퉁이를 돌면서 흔들리자 어슐라의 몸이 스크레벤스키에게로 미끄러져 갔다. 이렇게 몸이 닿게 되자 그의 존재를 의식하게 되었다. 재빠르게 먹을 것을 찾듯이 어슐라는 민첩한 행동으로 그의 손을 찾았다. 그리고 그의 손에 깍지를 꼭 끼니 그들은 꼭 아이들 같았다. 그러나 아이들 이상의 존재였다.

바람은 어슐라의 얼굴 위로 불어왔고 바퀴에서 진흙탕이 마구 튀어나갔다. 들판은 짙푸르렀고 드문드문 풀이 새로 돋아 나와 은색을 이루었다. 은빛으로 빛나는 하늘 아래 나무숲이 우거졌다.

어슐라는 정신이 들자 좀 걱정이 되어 그의 손을 더욱 꼭 쥐었다. 그들은 얼마 동안 말은 않고 손만 잡은 채 달아오른 얼굴을 딴 데로 돌리고 있었다.

그리고 가끔씩 자동차가 흔들릴 때마다 어슐라의 몸이 그에게 부딪히게 되었다. 사실 그들은 자동차가 흔들려 그들의 몸이 부딪치길 기다렸다. 그렇지만 둘은 묵묵히 차창 밖만 뚫어지게 내다보았다.

어슐라는 낯익은 시골 풍경이 휙휙 지나가는 것을 보았다. 지금 그것은 낯익은 시골이 아니라 신비의 나라였다. 언덕의 잔디밭 위에는 헴록 바위가 서 있었다. 비가 내리는 이 초여름 저녁에 그 바위는 멀리 마술의 나라에 서 있는 양 기이하게 보였다. 까마귀 몇 마리가 나무숲에서 날아올랐다.

아, 만일 그녀와 스크레벤스키가 차에서 내려 전에 아무도 가본 적이 없는 저 마법의 나라로 들어갈 수만 있다면! 그러면 그들은 마법에 걸려 이 무료한 일상적인 자아를 벗어버릴 수 있을 텐데! 만일 그녀가 저 수많은 까마귀들이 마구 쏟아지는 소나기처럼 점으로 녹아버리는 저 언덕에서, 변화무쌍한 은빛 하늘 아래 저 언덕에서 배회할 수 있다면! 그들 둘이 초저녁의 냄새를 맡으며 축축한 건초 더미를 지나 저 숲 속으로 들어갈 수만 있다면! 그곳에선 인동초 향기가 코를 쏘면서 차가운 대기를 흔들 테고, 그들이 나뭇가지를 스쳐 지나갈 때면 물방울이 얼굴 위로 차갑고도 멋지게 떨어지겠지!

그러나 어슐라는 지금 그와 이 차 안에 가까이 앉아 있었다. 바람은 그녀의 머리카락을 뒤로 날리면서 위로 쳐든 달아오른 얼굴 위를 스쳐 지나갔다. 스크레벤스키는 몸을 돌려 그녀를, 끌로 쪼은 듯이 선명한 그녀의 얼굴을 쳐다보았다. 그녀의 머리카락이 바람에 뒤로 날리니 얼굴은 조각상 같았고, 그녀의 멋진 코는 뾰족하게 위로 솟았다.

스크레벤스키는 어슐라의 민첩하고 선명하며 청순한 모습을 보니 괴로웠다. 그는 목숨을 끊어 자기의 혐오스러운 시체를 그녀의 발아래 던지고 싶었다. 스스로를 공격하여 몸을 산산이 찢고 싶은 욕망이 몰려와 괴로웠다.

갑자기 어슐라가 그를 힐끗 쳐다보았다. 그는 그녀를 향해 쭈그리고 앉아 손을 내밀고 있는 것 같았다. 그는 겁에 질려 양미간을 찌푸리는 것같이 보였다. 그러나 어슐라의 밝은 눈과 빛나는 얼굴을 보는 순간 그의 표정은 바뀌었다. 그는 그 낯익은 무모한 웃음을 그녀를 향해 활짝 터뜨렸다. 어슐라는 완전히 즐거워 그의 손을 꼭 눌렀고 그도 이에 응했다. 갑자기 어슐라는 몸을 굽혀 그의 손에 키스를 했고 고개를 숙여 진심 어린 경의를 나타내면서 그의 손을 입으로 물었다. 그러자 그의 피가 끓어올랐다. 그는 가만히 있었고 조금도 움직이지 않았다.

어슐라는 흠칫 놀랐다. 그들은 코셋헤이로 막 들어서고 있었다. 스크레벤스키는 그녀 곁을 떠날 것이다. 그러나 그 모든 것은 너무나도 마술적이고, 그녀의 잔은 빛나는 포도주로 가득 넘치고 눈은 단지 빛날 따름이었다.

그는 칸막이 유리창을 두드리고 운전사에게 멈추라고 말했다. 자동차는 주목 옆을 홱 돌더니 멈추었다. 어슐라는 그와 악수했다. 여학생답게 천진하고 짤막하게 작별 인사를 했다. 그리고 그가 가는 모습을 쳐다보며 서 있었다. 어슐라의 얼굴은 빛났다. 그가 계속 그 자동차를 타고 떠나간다는 사실은 그녀에게 아무렇지도 않았다. 그녀는 자신의 밝은 환희로 가득 차 있었다. 마음속이 스크레벤스키에게서 나온 빛으로 가득 차 있었으므로 그가 떠나는 모습을 더 보지 않았다. 그녀가 놀라운 빛으로 밝게 빛나는데 어찌 그를 그리워할 것인가?

어슐라는 침실에서 위대하다는 느낌을 가슴 저릿하게 느끼며 공중으로 두 팔을 쭉 뻗었다. 아, 그건 그녀가 변모하는 것이었다. 자신을 초월하는 것이었다. 그녀는 공중에 감춰진 모든 광휘 속으로 몸을 내던지고 싶었다. 그건 그곳에 있었다. 그건 분명 그곳에 있었다! 단지 그것을 맞이하기만 한다면.

이튿날 어슐라는 그가 가버렸다는 것을 깨달았다. 그녀의 영광은 부분적으로 사라졌으나 그녀의 기억 속에선 절대로 사라지지 않았다. 그건 너무나도 여실했다. 그러나 염원만을 남기고 사라졌다. 보다 깊은 염원의 정이 그녀의 마음속 깊이 찾아들어 새로운 비축물이 되었다.

어슐라는 사람들과 만나서 질문받는 것을 피했다. 그녀는 매우 자부심이 강했으나 크게 변했고 또한 민감해졌다. 아, 제발 아무도 그녀 몸에 손을 대지 말았으면!

그녀는 혼자서 뛰어다니는 쪽이 더 행복했다. 사물들을 쳐다보지는 않았지만 그들과 함께 있다고 느끼며 오솔길을 달리는 일은 즐거웠다. 홀로 자신의 모든 풍요로움을 지니고 있는 것은 대단한 기쁨이었다.

방학이 되어 어슐라는 자유로웠다. 대부분의 시간을 홀로 달음박질하며 보냈다. 정원의 다람쥐 구멍 속에 웅크리고 앉아 있거나, 숲 속에 매달아 놓은 해먹 위에 누워 있으면 새들이 가까이, 아주 가까이 다가왔다. 또는 비 오는 날이면 마시 농장으로 달려가, 건초용 다락에서 책을 가지고 숨어 있었다.

그동안 내내 어슐라는 스크레벤스키에 대한 환상에 잠겼다. 때로는 명확하게 꿈을 꾸었으나 그녀가 최고로 행복할 때는 꿈이 몽롱했다. 그의 영상이 꿈을 따스하게 물들였다. 그의 뜨거운 피가 그녀의 꿈속에서 고동쳤다.

기분이 언짢아 덜 행복할 때면, 그가 준 연대의 배지를 보면서 그의 모습이나 옷, 단추 등을 머릿속에 그려보았다. 또는 부대 내에서의 그의 생활을 애써 상상해 보았다. 또는 그의 눈에 비친 자신의 모습을 그려보기도 했다.

그의 생일은 8월이었다. 어슐라는 공들여서 그에게 보낼 케이크를 만들었다. 그에게 물건을 선물로 보낸다는 것은 좋은 취향이라고 생각되지 않아서였다.

그들 사이의 편지는 내용이 짧았으며 대개의 경우 엽서를 주고받았고, 또 자주 쓰지도 않았다. 그러나 케이크를 보낼 때는 편지를 써야 했다.

안톤에게

특별히 당신의 생일을 축복하기 위하여 햇빛은 다시 비친다고 생각합니다.

제가 직접 케이크를 구웠어요. 앞으로 행복한 나날이 계속되기를 기원합니다. 맛이 없으면 먹지 마세요. 엄마는 당신이 이곳 가까이 지나가실 때 저희 집에 들르길 바라세요.

진실한 친구
어슐라 브랑윈

편지 쓰는 건 상대가 그라 해도 싫증나는 일이었다. 따지고 보면, 종이 위에 글씨를 끼적인다는 것은 그와 그녀에겐 아무 상관이 없는데.

날씨가 좋아지기 시작하여 탈곡기에는 들판에서 덜커덕거리며 새벽부터 저녁까지 움직였다. 어슐라는 스크레벤스키에게서 소식을 들었다. 그도 시골인 솔즈베리 평원에서 근무 중이었다. 그는 지금 야전 기병 중대의 소위였다. 얼마 안 있어 며칠간의 휴가를 받게 될 것이고, 그러면 마시 농장에 와서 결혼식에 참석하겠다고 했다.

삼촌 프레드는 추수가 끝나자마자 일커스턴 출신의 교사와 결혼할 예정이었다.

뜨겁고 향긋한 가을 날씨가 희뿌옇게 푸르른 황금빛을 입자 추수도 끝이 났다. 어슐라의 눈엔 세상이 가장 부드럽고 순수한 꽃인, 치커리 꽃과 사프란 꽃을 활짝 피운 것 같았다. 하늘은 푸르고 다정했으며 오솔길의 노란 잎사귀는 자유로이 유랑하는 꽃처럼 보였다. 잎사귀가 발밑에서 폐부를 찌르는 듯 날카롭게 쫑알거리며 노래를 불러대어 어슐라는 참을 수가 없을 지경이었다. 가을의 향기는 여름철의 광적인 분위기와 흡사했다. 어슐라는 붉은 보랏빛이 도는 자잘한 국화꽃을 보고 놀란 요정처럼 도망쳤다. 샛노란 작은 국화는 향기가 너무 짙어서 어슐라는 이 향기에 취해 춤을 추는 것 같았다.

그때 삼촌 톰이 나타났다. 그는 언제 보아도 그림 속의 디오니소스 주신같이 냉소적인 표정이었다. 그는 추수 잔치와 결혼 잔치를 한꺼번에 묶어서 이번 결혼식을 멋지게 할 판이었다. 집 경내에 천막을 치고 춤을 추기 위해 악단을 고용하고 옥외에서 잔치를 커다랗게 벌일 참이었다.

프레드는 이에 반대했지만 톰은 자기 뜻대로 해야 했다. 또한 잘생기고 영리한 신부 로라는 이러한 규모의 멋진 잔치를 원했다. 그녀의 교양 있는 분별력으로 볼 때, 이런 결혼식이 마음에 들었다. 신부는 솔즈베리 교육대학을 다녔기에 민요와 민속춤을 잘 알고 있었다.

톰 브랑윈의 지휘 아래 결혼식 준비가 진행되었다. 천막을 집 안뜰에 치고, 두 개의 커다란 모닥불을 준비했다. 악사들을 고용했고 잔치 준비가 다 되었다.

스크레벤스키는 결혼식에 참석하기 위해 아침에 도착할 것이었다. 어슐라는 부드러운 비단으로 만든 흰색 드레스를 새로 마련하였고, 여기에다 흰 모자를 곁들였다. 어슐라는 흰옷을 좋아했다. 머리카락은 검고 살갗이 투명한 황금빛이었기 때문에 남양인이나 남미 출신의 유럽계 사람처럼 열정적으로 보였다. 어슐라는 색깔 있는 것은 아무것도 몸에 걸치지 않았다.

어슐라는 그날 결혼식에 가려고 몸치장을 하면서 부르르 떨었다. 그녀는 들러리로 설 것이다. 스크레벤스키는 오후에야 도착할 것이다. 결혼식은 2시에 있었다.

결혼식을 마친 일행이 집에 돌아왔을 때 스크레벤스키는 마시 농장의 거실에 서 있었다. 그는 창문을 통해서 들러리를 섰던 톰 브랑윈을 보았다. 톰은 모닝코트와 흰 조끼와 각반을 걸친 매우 우아한 차림으로 정원의 오솔길을 걸어오고 있었으며, 그의 팔에는 어슐라가 매달려 웃고 있었다. 톰 브랑윈은 미남으로 볼은 여자같이 발그레하고 눈은 검었고 검은 콧수염은 바짝 깎았다. 그처럼 미남인데도 그에게는 무언가 묘하게 거칠고도 암시적인 면이 있었다. 그의 묘하게 생긴 짐승 같은 콧구멍은 아주 단단하고도 넓게 뚫려 있었다. 잘생긴 머리는 앞부분부터 머리카락이 빠져 대머리가 진 것이 볼품없었고 머리의 부드러운 윤곽이 그대로 드러났다.

스크레벤스키는 여자 쪽보다는 남자 쪽을 보았다. 어슐라는 발랄했고 기묘하게 말도 않고 딴 곳에 정신이 팔린 채 생기에 차 있었다. 그녀는 톰 삼촌과 같이 있어서 마음이 좀 혼란해지면 늘 그런 기분에 젖었다.

어슐라가 스크레벤스키를 만났을 때 눈앞에서 모든 것이 사라졌다. 어슐라의 눈에는 정체를 잘 알 수 없는 자신의 운명처럼 그곳에 서 있는 호리호리하고 불변하는 청년만이 보일 따름이었다. 그는 그녀를 초월해 있었고, 다소 말을 닮은 그의 늘어진 외모가 굉장히 그를 남성답고 이국적으로 보이게 했다. 그렇지만 그의 얼굴은 매끈하고 부드럽고 예민하였다. 그와 악수를 했다. 어슐라의 목소리는 새벽이 다가올 때 깜짝 놀라 깨어난 새 소리 같았다.

"결혼식을 한다는 건 멋지지요?"

어슐라가 큰 소리로 말했다.

그녀의 검은 머리카락에는 색종이 조각이 아직 붙어 있었다.

다시 어리둥절한 느낌이 스크레벤스키를 엄습했다. 마치 그가 자기 자신을 잃어버리고 모든 것이 희미하고 불분명해지며 혼돈 상태로 변하는 것 같았다. 그럼에도 그는 단단하고 사내다우며 말같이 되고 싶었다. 그는 어슐라를 뒤따랐다.

간단하게 차와 음식이 나왔고 손님들은 이곳저곳으로 흩어졌다. 진짜 잔치는 저녁에 있을 참이었다. 어슐라는 스크레벤스키와 함께 낟가리 터를 지나 들판으로 나갔고 다음에는 운하 쪽의 둑길을 걸었다.

새로 쌓은 커다란 곡식 낟가리는 그들이 지나칠 때 황금빛으로 번쩍였고 흰 거위 떼가 허풍을 떨며 꽥꽥거리면서 지나갔다. 어슐라의 기분은 흰 솜털뭉치처럼 가벼웠으며 스크레벤스키는 그녀 옆에서 무작정 떠내려갔다. 그의 옛 형태가 흐트러지고, 또다른 잿빛의 희뿌연 자아가 몽롱히 꽃봉오리에서 나오는 양 흘러나왔다. 그들은 사소한 것에 대해 가볍게 얘기했다.

운하의 푸른 물줄기가 단풍이 든 생울타리 사이를 굽이쳐서 초록빛 작은 언덕을 향해 흘렀다. 왼쪽에는 온통 시커멓게 파헤쳐진 탄광과 철로와 언덕 위로 들어선 읍내가 있었고 그 꼭대기에 교회 탑이 우뚝 서 있었다. 교회 탑시계가 저녁 햇살에 동그란 하얀 점으로 선명하게 보였다.

냉혹하면서도 사람의 마음을 당기는 시끌시끌한 읍내 가

운데로 뚫린 저 길이 바로 런던으로 가는 길이구나 하고 어슐라는 생각했다. 다른 쪽에선 저녁이 녹색 빛이 도는 물가의 풀밭 위로 무르익어 노을 지고 있었다. 굽이쳐 흐르는 강가엔 오리나무가 들어서 있었고, 그 너머에는 곡식을 벤 그루터기가 어렴풋이 널려 있었다. 그곳에서 저녁이 부드럽게 빛을 발했고, 도요새도 호젓이 평화롭게 날개를 푸덕였다.

어슐라와 안톤 스크레벤스키는 그 사이로 난 운하의 둑 위를 걸었다. 새빨간 생울타리의 열매는 잎사귀 위에서 유별나게 반짝였다. 저녁노을과 호젓이 휘맴도는 도요새, 그리고 멀리서 들리는 새소리는 탄광에서 나는 철거덕거리는 소리와 건너편 읍내에서 내뿜는 시커먼 먼지와 마주쳤다. 그리고 두 젊은이는 그 사이로 나 있는 리본처럼 긴 푸른색 수로를 걸어갔다.

어슐라의 눈에는 얼굴과 손이 붉게 햇볕에 그을린 스크레벤스키가 더욱 미남으로 보였다. 그는 어슐라에게 말굽에 편자를 박는 방법과 도살하기에 알맞은 소를 고르는 법을 자신이 어떻게 배웠는가를 말해 주었다.

"군대 생활이 좋으세요?"

"정확히 말하면, 난 군인이 아니지요."

"하지만 당신은 그저 전쟁 준비만 하고 있지 않나요?"

"그렇지요."

"전장에 나가는 걸 좋아하세요?"

"내가요? 글쎄요, 신이 나겠지요. 전쟁이 난다면 전 나가고 싶어요."

이상하고 심란한 기분이 어슐라에게 덮쳐왔다. 막강한 힘을 가진 비현실에 대한 느낌이었다.
"왜 전장에 나가고 싶으세요?"
"무엇인가를 내가 하게 되니까요. 그건 진짜 일이 되겠지요. 현재의 생활은 일종의 소꿉놀이니까요."
"그렇지만 전쟁에 나가면 무얼 할 거지요?"
"철도나 다리 같은 것을 놓으며 죽어라 일하겠지요."
"그렇지만 그것들을 건설한다 해도 군대가 다 쓰면 또 철거하겠지요. 그것도 놀이나 마찬가지로군요."
"만일 전쟁을 놀이라 보면 그렇겠군요."
"그럼, 뭐예요?"
"싸운다는 건 존재하는 것 중 가장 심각한 일이지요."
그와 자신이 단절되어 있다는 느낌이 어슐라에게 강하게 들었다.
"왜 전쟁이 다른 것보다 더 심각한가요?"
어슐라가 물었다.
"상대를 죽이든가 죽어야 하니까요. 죽음이라는 것은 대단히 심각한 일이라고 봐요."
"그렇지만 일단 당신이 죽으면, 당신은 이제 문제가 안 되지요."
어슐라가 말했다. 그는 잠시 말문이 막혔다.
"그렇지만 그 결과는 중요하지요."
그가 말을 이었다.
"마디*의 반란을 진압하는가 못 하는가는 중요하지요."
"그건 당신에게 중요하지 않으며 저에게도 문제가 안 돼요. 우린 카르툼**의 일엔 신경 쓰지 않아요."

"사람들은 살 곳이 필요하고, 그렇다면 누군가가 그런 곳을 마련해야 하지요."

"그렇지만 전 사하라 사막에선 살고 싶지 않아요. 당신은 어때요?"

어슐라는 반항적으로 웃으면서 대꾸했다.

"나도 그곳에선 살고 싶지 않아요. 그렇지만 그곳에서 살겠다는 사람을 우리는 밀어줘야 해요."

"왜 우리가 밀어줘야 하지요?"

"만일 우리가 안 한다면 국가는 어디에 있게 되지요?"

"그렇지만 우리가 국가는 아니잖아요. 수없이 많은 다른 사람들이 있어 국가를 형성하고 있잖아요."

"그 사람들도 자기넨 국가가 아니라고 말할 수 있지요."

"글쎄, 모든 사람이 그렇게 말한다면 국가는 없어지겠지요. 그렇지만 난 여전히 나 자신으로 있겠어요."

어슐라는 재치 있게 주장을 폈다.

"만일 국가가 없어진다면, 당신도 당신 구실을 못 할 거예요."

"왜요?"

"당신은 그 누구에게든지 한낱 희생물이 될 테니까요."

"어떻게요?"

"사람들이 와서 당신의 소유물을 모두 뺏어갈 테니까요."

---

* 이슬람교도의 지도자로, 1881년 영국령 수단에서 반란을 일으켰다.

** 수단의 수도로 앞에서 언급한 반란의 본거지.

"그런다 해도 별로 많이는 못 가져갈 거예요. 하긴, 뭘 가져가든 난 상관 않겠어요. 돈으로 살 물건은 무엇이든 줄 수 있는 백만장자보다는 나를 통째로 채갈 수 있는 도둑이 난 좋아요."

"그건 당신이 낭만주의자라 그런 거예요."

"네, 그래요. 전 낭만적이고 싶어요. 꼼짝도 않는 집과 그런 집에 그저 틀어박혀 있는 사람들을 전 싫어해요. 그건 죄다 굉장히 경직되고 우둔해요. 전 군인이 싫어요. 군인은 딱딱하고 나무토막처럼 둔해요. 정말로, 당신이 무엇을 위해서 싸운다는 거예요?"

"난 국가를 위해 싸우겠소."

"아무리 그런다 해도 당신은 국가가 아니잖아요. 당신 자신을 위해서는 무얼 하겠어요?"

"난 국민이니까 국가에 대한 나의 임무를 다해야지요."

"그렇지만 국가가 특별히 당신의 봉사를 필요로 하지 않을 때는, 말하자면 전쟁이 없을 때는 무얼 하겠어요?"

그는 골이 났다.

"난 모든 사람이 하는 일을 하겠소."

"뭔데요?"

"아무것도 안 하겠지요. 나를 필요로 할 때를 대비해서 준비를 하겠지요."

그 대답은 화가 치밀어서 나온 것이었다.

"나에겐 당신이 아무것도 아닌 것 같아요. 당신 자리엔 아무도 없는 것 같아요. 당신은 정말로 인간이세요? 나한텐 당신이 아무것도 아닌 존재로 보여요."

그들은 계속 걸어서 수문 바로 위에 있는 선창까지 갔다. 그곳에는 선실의 지붕이 빨갛고 노란색으로 칠이 된, 석탄처럼 새까만 긴 손잡이가 달린 짐을 싣지 않은 큰 거룻배가 정박하고 있었다. 몸이 깡마르고 더러운 한 사내가 문 옆의 선실 쪽으로 기대 놓은 상자 위에 앉아 있었다. 그는 담배를 피우면서 남루한 숄로 감싼 아기를 어르며 석양을 바라보고 있었다. 아낙네가 부산하게 나와서 양동이를 운하 안에 푹 집어넣더니 물을 길어 올린 후 다시 부산하게 들어갔다. 아이들의 목소리가 들렸다. 푸른색의 가느다란 연기가 선실 굴뚝에서 올라왔으며 요리 냄새가 풍겼다.

나방처럼 새하얀 옷차림의 어슐라는 기웃거리며 들여다보았다. 스크레벤스키도 옆에서 머뭇거렸다. 그 사내는 흘깃 눈을 들어 쳐다보았다.

"안녕들 하슈……."

그는 반은 버릇없고 반은 호기심에 찬 어투로 소리쳤다. 그는 때가 쪼르르 흐르는 얼굴에서 푸른 눈을 무례하게 치켜떴다.

"안녕하세요? 날씨가 참 좋지요?"

어슐라가 즐겁게 인사했다.

"그렇군요. 아주 좋은 날씨인데요."

사내가 대꾸했다. 그의 텁수룩한 연갈색 콧수염 밑에 있는 입술은 빨갰고 웃을 땐 이가 하얗게 드러났다.

"저, 그렇지만."

어슐라가 웃으며 말을 더듬었다.

"정말 날씨가 좋아요. 아저씬 왜 날씨가 좋지 않은 듯 얘기하세요?"

"나같이 애나 보는 사람에겐 별로 기분 좋은 날씨는 못 되지유."

"배 안을 좀 봐도 되겠어요?"

어슐라가 물었다.

"아무도 막는 사람 없으니 보실 테면 들어오시유."

거룻배는 맞은편 둑 선창에 매여 있었다. 그 배는 러프버러에 사는 제이 루스라는 사람의 소유로, 배 이름은 '애너벨'이었다. 그 남자는 예리하고 반짝이는 눈으로 어슐라를 자세히 훑어보았다. 그의 금발 머리칼은 더러운 이마 위에 한데 뭉쳐 있었다. 때국물이 쪼르르 흐르는 두 아이가 나타나서 누가 이야기하나 쳐다보았다.

어슐라는 커다란 수문을 바라보았다. 수문은 닫혀 있었고 물은 철철 소리를 내고 거품을 일으키며 수문 너머 시커먼 곳으로 흘러가고 있었다. 수문 안쪽에는 반짝이는 물이 거의 수문 꼭대기까지 찰랑거렸다. 어슐라는 대담하게 수문 위를 건너가서 선창까지 돌아갔다.

어슐라는 둑에서 몸을 굽히고 선실 내부를 들여다보았다. 그곳엔 불이 빨갛게 타오르고 있었고 여자의 모습이 시커멓게 보였다. 어슐라는 정말로 내려가 보고 싶었다.

"옷을 더럽히실 텐데유."

남자는 주의를 주듯 말했다.

"조심하겠어요."

어슐라가 대꾸했다.

"들어가도 돼요?"

"그럼요. 들어오세요."

어슐라는 치마폭을 몰아 쥐고 배 쪽으로 발을 내려 웃으면서 뛰어내렸다. 석탄 가루가 확 날아 올라왔다.

여자가 문전으로 나왔다. 통통한 젊은 여자로 머리칼은 연갈색이고 코는 묘하게 뭉툭했다.

"아이고, 온통 더러워지실 텐데요."

여자는 좀 놀라기도 하고 경이로워 웃으면서 소리쳤다.

"좀 구경하고 싶어서요. 배에서 사는 게 멋지지요?"

어슐라가 물었다.

"우린 배에서만 살지는 않아요."

여자가 쾌활하게 말했다.

"러프버러에만 가면 응접실과 호화로운 방들이 집사람을 기다리고 있어요."

그녀의 남편이 자랑스레 말했다.

어슐라는 선실 속을 들여다보았다. 냄비에서 음식이 끓고 있었고 그릇이 식탁 위에 놓여 있었다. 안은 매우 후텁지근했다. 어슐라는 다시 나왔다. 사내는 아기에게 말을 걸고 있었다. 머리칼은 불그스레한 황금빛이 도는 명주실 같고 눈은 푸르고 맑은 얼굴의 아기였다.

"남자 아이예요? 여자 아이예요?"

"여자 애지유. 우리 예쁜 여자 아기, 맞지?"

사내는 도리질을 하며 아기를 보고 외쳤다. 아기의 작은 얼굴이 잔뜩 주름을 짓더니 굉장히 묘하고도 우스꽝스러운 미소를 지었다.

"어머나!"
어슐라가 외쳤다.
"세상에! 웃을 땐 너무나 귀여워요!"
"이 앤 아주 잘 웃지요."
아기 아버지가 말했다.
"아기 이름이 뭐예요?"
"이 앤 이름이 없어요. 이름 붙일 나위도 없지요."
사내가 이렇게 대답을 하고는 아기를 보고 떠들었다.
"그렇지 않니? 넌 쓸모없는 나부랭이지?"
아기가 방실방실 웃었다.
"그런 게 아니라 너무 바빠서요. 아직 출생신고도 못 했어요."
여자의 목소리였다.
"배 안에서 태어났거든요."
"허지만 뭐라고 부를지는 아시죠?"
어슐라가 물었다.
"글래디스 에밀리란 이름을 생각해 봤지요."
아기 엄마가 대답했다.
"그런 따위의 이름은 생각한 적 없어!"
아기 아버지가 나섰다.
"저런 엉터리! 그래 뭐라고 붙일 건가요?"
아기 엄마가 화가 나서 소리쳤다.
"저 애가 태어난 배 이름을 따서 애너벨이라고 부를 거야."
"아니에요. 안 돼요."
아기 엄마가 사납게 맞서며 말했다.

사내는 심술궂은 웃음을 익살스럽게 히죽거리며 앉아 있었다.

"어디 두고 보자고."

그가 말을 던졌다.

어슐라는 아낙네가 몸을 부르르 떨면서 화를 내는 것으로 보아 사내가 절대로 양보하지 않으리란 걸 알 수 있었다.

"모두 좋은 이름이군요. 아기를 글래디스 애너벨 에밀리라고 부르세요."

어슐라가 말했다.

"아니요, 그건 좀 길어요."

사내가 대답했다.

"보세요! 저인 저렇게 고집불통이에요!"

아낙네가 소리쳤다.

"아긴 너무나도 귀엽고 늘 웃고 있는데, 이름이 없다니……."

어슐라는 아기를 보고 얼렀다.

"좀 안아볼게요."

어슐라가 청했다.

사내는 어슐라에게 아기를 내밀었다. 젖 냄새가 물씬 풍겼다. 아기는 짙푸른 자기로 만든 듯한 큰 눈으로 아주 묘하게 웃으며 애교 있게 얼굴을 찌푸렸다. 어슐라는 아기가 귀여웠다. 아기에게 응얼거리며 말을 건넸다. 참으로 묘하게 귀여운 아기였다.

"아가씨 이름은 뭐지요?"

사내가 불쑥 어슐라에게 물었다.

"내 이름은 어슐라예요. 어슐라 브랑윈이에요."

"어슐라!"

그는 어안이 벙벙하여 외쳤다.

"어슐라란 성녀가 있었지요. 아주 옛날 이름이에요."

어슐라는 재빨리 말을 덧붙여서 자기 이름의 좋은 면을 밝혔다.

"이봐, 아기 엄마!"

사내가 불렀다. 아무 대답도 없었다.

"여보!"

그가 또 불렀다.

"안 들려?"

"왜 그래요?"

짤막한 대답이 흘러나왔다.

"어슐라란 이름 어때?"

그가 씽긋 웃으며 물었다.

"뭐가 어떻다고요?"

아낙이 선실 문 앞에 나타나 싸울 태세를 취하고 있었다.

"어슐라 말이요. 저기 있는 아가씨 이름인데."

남편이 부드럽게 대답했다.

아낙네는 어슐라를 위아래로 훑어보았다. 확실히 아낙은 어슐라의 날씬하고 우아하며 산뜻하게 아름다운 몸매와 우아한 흰 옷차림과 아기를 다정하게 안고 있는 모습에 매혹되었다.

"그래, 어떻게 쓰세요?"

아기 엄마가 마음이 누그러지자 좀 어색해 하면서 물었

다. 어슐라는 자기 이름의 철자를 알려주었다. 사내는 아내를 쳐다보았다. 아기 엄마는 얼떨떨해 하면서 얼굴에 밝은 홍조를 띠었다. 광채가 나면서 수줍어하는 표정이었다.

"흔한 이름이 아니군요!"

아낙은 모험이나 하는 듯 흥분해서 소리쳤다.

"그러면 그 이름으로 할까?"

"애너벨보다는 그 이름이 나아요."

아내가 단호하게 말했다.

"그래, 글래디스 에밀리보단 그 이름으로 하겠어."

사내가 대꾸했다. 잠시 잠잠해서 어슐라는 눈을 쳐들었다.

"정말로 아기를 어슐라라고 부르겠어요?"

어슐라가 물었다.

"어슐라 루스라고 하지요."

사내가 무언가 귀중한 것을 발견한 양 기뻐서 자랑스럽게 웃으며 대답했다.

이번엔 어슐라가 좀 얼떨떨해졌다.

"참 이름이 멋지군요. 무언가를 아기에게 줘야겠는데. 뭐 줄 게 없군요."

어슐라가 말했다.

어슐라는 그곳 거룻배 안에서 흰 드레스 차림으로 서서 궁리했다. 그 바짝 야윈 사내는 어슐라 가까이에 앉아서 기이한 양 그녀를 쳐다보았다. 마치 어슐라가 그의 얼굴을 환하게 비춰주는 것 같았다. 그는 대담하게 어슐라를 보고 눈웃음쳤으나 그 밑에는 굉장히 경모하는 빛이 역력했다.

"아기에게 내 목걸이를 줘도 될까요?"

그건 톰 삼촌이 선사한 것으로 가는 금줄 사이사이에 자수정과 연수정, 진주와 수정 알을 연결한 작은 목걸이였다. 어슐라는 그걸 굉장히 좋아했다. 어슐라는 그걸 목에서 끌러 애틋한 눈으로 쳐다보았다.

"그거 값나가는 거요?"

사내가 호기심에 차서 물었다.

"그래요."

어슐라가 대답했다.

"저 보석과 진주는 진짜지요. 값이 3, 4파운드는 나갈 겁니다."

스크레벤스키가 위쪽 선창에 서서 말했다. 어슐라는 그가 그 목걸이를 주는 것에 찬성하지 않음을 알 수 있었다.

"아기에게 이걸 꼭 주고 싶은데, 줘도 되겠지요?"

어슐라는 사내에게 물었다. 사내는 낯을 붉히며 멀리 노을을 쳐다보았다.

"글쎄요. 그건 제가 대답할 말이 아닌데요."

사내가 말했다.

"아가씨 부모님이 아시면 뭐라 하실 텐데?"

아낙네가 선실 문간에서 호기심으로 물었다.

"이건 제 거예요."

어슐라는 대꾸하며 반짝이는 작은 목걸이를 아기 앞에다 들고 있었다. 아기가 작은 손가락을 내밀었다. 그러나 그걸 잡을 수는 없었다. 어슐라가 그 고사리 같은 손이 목걸이를 잡게 해주었다. 아기는 목걸이의 반짝이는 끝을 흔들었다. 어슐라는 자기의 목걸이를 주어버린 것이었다. 좀 서

운한 느낌이 들었다. 그러나 다시 돌려받고 싶지는 않았다.

목걸이는 아기의 손에서 휙 돌더니 거룻배의 밑바닥에 쌓인 석탄 가루 위로 떨어졌다. 사내는 조심스럽고도 경건한 태도로 그걸 집어 올렸다. 어슐라는 꺼칠꺼칠하고 마디가 굵은 손이 뒤엉켜 있는 작은 목걸이를 집는 것을 보았다. 손잔등의 살은 새빨갰고, 빳빳하게 선 금빛의 잔 털은 윤이 났다. 몰골은 그래도 얄팍하며 근육이 발달해서 민첩하게 돌아가는 손이었다. 어슐라는 그 손이 좋았다. 사나이는 그 목걸이를 조심스레 들어 올려서 손바닥에 놓고는 입으로 석탄 가루를 불어 날려 보냈다. 그는 침착하게 주의를 기울이는 것 같았다. 그는 그 목걸이를 내밀었다. 그건 그의 딱딱하고 시커먼 손바닥에서 더 작아 보였으며 반짝였다.

"다시 가져가세요."

어슐라는 얼굴이 달아오르며 표정이 굳어졌다.

"아니에요. 그건 아기 어슐라 거예요."

어슐라는 아기에게로 가서 따스하고 부드러우며 연약한 아기의 목에 목걸이를 걸어주었다.

잠시 동안 기분이 얼떨떨했다. 그러고 나서 아기 아버지는 아기에게 몸을 굽히고 말했다.

"뭐라고 말하지? 그래, '고맙습니다.'라고 말했나? 어슐라야, '고맙습니다.'라고 말하는 거지?"

"이제부터 딸애의 이름은 어슐라에요."

아기 엄마가 문전에서 약간 알랑거리는 미소를 지으며 말했다. 그리고 선실 문밖으로 나와서 아기 목에 걸린 목걸이를 유심히 보았다.

"아기 이름은 이제 어슐라지요?"

어슐라가 다짐하듯 물었다. 아기 아버지가 어슐라를 쳐다보았다. 그건 친근하며 절반쯤은 용감하지만 절반은 무례하면서도 무언가를 염원하는 눈초리였다. 그는 어슐라에게 반해 그녀를 좋아했다. 그러나 그는 자신이 항상 무엇에 반해 있다는 걸 알고 있었다.

어슐라는 배에서 나오고 싶었다. 아기 아버지는 어슐라가 선창으로 올라갈 수 있도록 작은 사다리를 갖다 댔다. 어슐라는 엄마 팔에 안겨 있는 아기에게 키스를 해준 뒤 등을 돌렸다. 애 엄마는 수다를 떨었고 아버진 사다리 옆에 말없이 서 있었다. 어슐라는 스크레벤스키와 합류했다. 두 젊은이는 누런 물이 반짝이며 흐르는 수문 위를 건너갔다. 사내는 그들이 가는 걸 지켜보았다.

"저 사람들이 맘에 들어요."

어슐라가 말했다.

"아주 점잖아요. 아, 정말 점잖아요! 그리고 아긴 너무나도 귀여워요!"

"그 사람이 점잖다고요?"

스크레벤스키가 되물었다.

"아낙네는 분명 하녀 출신이에요. 그건 분명해요."

어슐라는 흠칫했다.

"그렇지만 남자가 난 체하는 것이 맘에 들었어요. 속으론 아주 점잖았어요."

어슐라는 종종걸음으로 걸어갔다. 콧수염을 텁수룩하게

기른 그 깡마르고 때국물이 흐르는 사내를 만난 일이 즐거웠던 것이다. 그는 그녀에게 따스한 감정을 기분 좋게 안겨주었다. 그는 어슐라로 하여금 자신의 삶이 풍요롭다는 걸 느끼게끔 해주었다. 왠지 스크레벤스키는 그녀 주위에 생기 없는 분위기를 만들었다. 마치 온 세상이 잿더미가 된 양 불모의 분위기였다.

그들은 저녁 정찬 시간에 맞추어 집에 닿으려고 종종걸음으로 귀가하면서 거의 말을 하지 않았다. 스크레벤스키는 세 아이를 둔 그 깡마른 뱃사람이 부러웠다. 그의 버릇없도록 솔직한 태도와 어슐라의 여성적인 면을 우러러보는 그 태도가 부러웠다. 그건 육체와 영혼을 다 존경하는 것이고, 육체와 영혼으로 어슐라의 몸과 영혼을 그리워하며 사모하는 것이었다. 그 갈망하는 마음은 자신이 상대방에게 도저히 접근할 수 없다는 것을 알면서도 그렇게 완전한 여자가 실제로 존재한다는 것을 알고 기뻐해 마지않는 마음이었다. 단지 잠시나마 말을 주고받은 것을 기뻐하는 태도였다.

왜 그 자신은 여자를 그런 식으로 갈망할 수 없는가? 왜 온몸과 정신을 다 바쳐서 한 여자를 진정으로 원하지 못하는가? 그는 그런 식으로 단 한 번도 여자를 사랑한 적도 사모한 적도 없었다. 단지 육체적으로만 원했다.

그는 몸뚱이로 어슐라를 원할 것이고 정신일랑 저 좋은 대로 놔둘 참이었다. 육체적인 욕망의 불꽃이 마시 농장에서 서서히 불타오르고 있었다. 불길을 당긴 것은 톰 브랑윈의 존재와, 수줍음 많고 촌티 나는 금발 농부 프레드가 교육을 덜 받은 예쁘장한 처녀와 결혼한다는 사실이었다. 톰 브랑윈은 그의 모든 음흉스러운 마력으로 이미 일고 있는 불꽃을 더 부채질하는 듯했다. 신부는 그에게 굉장히 매력을 느끼고 있었다. 톰은 금발의 미녀인 또 다른 처녀에게 그의 위력을 행사하고 있었다. 그녀는 바다처럼 싸늘하면서도 활활 불타올랐고 톰이 진가를 알아보는 재치 있는 말들을 했다. 톰은 그 처녀가 인광처럼 더욱 반짝이게 했다. 그래 처녀의 초록빛이 도는 눈은 비밀을 간직한 듯했고, 그 손은 자개 빛으로 빛나며 투명해서 마치 그 비밀이 손안에서 비치며 불타고 있는 듯했다.

저녁 식사가 끝나고 후식을 먹는 동안에 바이올린과 플루트가 음악을 연주하기 시작했다. 모든 이의 얼굴이 생기를 띠었다. 홍분에 달아오른 빛으로 만연했다. 짤막한 인사말들이 끝났고, 붉은 포도주는 더 이상 아무도 원하지 않아 그대로 남아 있었고, 원하는 사람은 바깥으로 나가서 커피를 마셨다. 밤공기는 따스했다.

별들이 밝게 빛나고 있었다. 달은 아직 뜨지 않았다. 별빛 아래서 두 개의 커다란 모닥불이 연기 없이 붉게 타올랐고 그 주위로 등불이 죽 걸려 있었다. 천막은 한쪽 모닥불 앞에 사방이 열린 채 쳐 있었고 그 안에는 등불들이 켜 있었다.

젊은이들이 신비로운 밤 속으로 몰려 들어갔다. 웃음소리와 두런거리는 말소리가 들렸고 커피 냄새가 사방으로 퍼졌다. 뒷마당의 가축우리들은 시커멓게 그 윤곽을 드러냈다. 사람들은 희뿌옇고 컴컴한 모습으로 뒤섞여서 이리저리 바삐 왔다 갔다 했다. 붉은 불빛이 하얀색의 비단 치맛자락을 비췄다. 등불은 하객들의 왔다 갔다 하는 머리 위를 비추었다.

어슐라에게 이 모든 것은 경이로웠다. 자신이 새로 태어난 것 같은 느낌이었다. 어둠은 어떤 커다란 짐승의 옆구리가 들먹이는 것 같았다. 반쯤 드러난 건초 더미가 한데 몰려 있어 바로 뒤에 있는 컴컴한 짐승의 우리 같았다. 정신을 취하게 하는 어둠의 파도가 어슐라의 머릿속을 스쳐 갔다. 그녀는 모든 것을 다 풀어놓고 싶었다. 반짝이는 별에 닿아서 별들 사이에 같이 있고 싶었다. 줄달음질해서 이 지구의 영역을 넘어서고 싶었다. 미친 듯이 어디론가 가고 싶었다. 그건 마치 사냥개가 목줄을 팽팽하게 당기며 알 수 없는 사냥감을 쫓아서 어둠 속으로 뛰어들려는 모습이었다.

그녀는 사냥감이 되면서 또한 사냥개도 되었다. 어둠은 열정적이고 깨닫지 못하도록 거대하게 씨근거리며 숨을 몰아쉬고 있었다. 어둠은 그녀가 탈출할 때 맞아들이려고 기다리고 있었다. 그런데 어떻게 시작을 할 수 있담? 어떻게 다 풀어놓는담? 그녀는 이 잘 아는 세계에서 미지의 세계 속으로 훌쩍 뛰어들어야 하는데, 그녀의 팔다리는 미친 듯이 후들거렸고 가슴은 묶여 있는 양 조여왔다.

음악이 시작되었다. 속박이 풀려나가기 시작했다. 톰 브랑윈은 신부와 흐르듯 빠르게 춤을 추고 있었다. 마치 물속에서 움직이는 물고기처럼 영 다른 원소 속에서 아무도 접근할 수 없게끔 춤을 추었다. 신랑 프레드는 다른 여자와 춤을 추었다. 음악이 파도처럼 굽이쳤다. 쌍쌍이 차례대로 춤이라는 깊은 물속으로 휩쓸려 들어가 잠겼다.

"오세요."

어슐라가 스크레벤스키를 부르며 손을 그의 팔에 얹었다.

그의 팔에 어슐라의 손이 닿자 그의 의식이 몸에서 녹아 버렸다. 그는 어슐라를 팔에 안았다. 마치 미묘하면서도 확실한 그의 의지의 힘 속으로 그녀를 껴안는 듯했다. 그들은 하나의 동작으로 움직였고 하나의 겹쳐진 동작으로 미끄러운 잔디 위에서 춤을 추었다. 이 동작은 끝이 없을 것이다. 영원히 계속될 것이다. 그건 그녀의 의지와 남자의 의지가 움직이는 황홀 속에서 하나로 연결된 것이다. 두 개의 의지가 하나의 동작으로 연결된 것이지, 절대로 서로 융합되었거나 어느 한쪽이 양보한 상태는 아니었다. 서로가 뒤엉켜 초록빛이 도는 기분 좋은 유동체를 이루었다. 그들은 또한 서로 경쟁하는 유동체이기도 했다.

두 젊은이는 깊은 고요 속에 잠겨 있었다. 깊고도 힘차게 흐르는 물속에 잠겨 있으니 끝없이 기운이 솟구쳤다. 춤추는 사람들이 모두 음악이라는 유동체 속에서 서로 얽혀 파도치고 있었다. 어두컴컴한 모습의 쌍쌍이 모닥불 앞을 지나가고 또 지나갔다. 사람들은 조용히 춤을 추면서 불 앞을 지나 암흑 속으로 사라졌다. 그 광경은 마치 거대한 대양 밑에 있는 하계라는 심연을 환상 속에서 보는 것 같았다.

암흑이 경이롭게 흔들거렸다. 밤 전체가 천천히 커다란 동작으로 움직였다. 음악은 춤의 수면에서 가볍게 노닐면서 그 수면에다 기이하고 황홀한 잔물결을 지었지만, 그 밑으로는 하나의 커다란 물결이 도도하게 뒤쪽으로 흘러 망각의 접안으로 향했다가 또다시 앞쪽으로 밀려와 또 다른 접안을 향해 술렁거렸다. 가슴은 매번 출렁이는 물결과 함께 휩쓸려 갔고 물결이 접안의 끝에 닿을 때면 가슴은 고뇌로 조여왔다. 물결은 접안의 끝에서 가장 높이 솟았다가 다시 뒤로 밀려왔다.

춤이 거세게 밀려오면서 어슐라는 무엇인가가 그녀를 주시하고 있다는 것을 의식했다. 무언가가 그녀를 쳐다보고 있었다. 어떤 강력하게 불타는 세력이 바로 그녀를 꿰뚫을 듯 보고 있었다. 겉모양이 아니라 정수를 꿰뚫고 있었다. 그것은 먼 곳에서 나온 세력이었으나 절박했고, 그 강력하고 압도적인 시선은 그녀에게 계속 머물러 있었다. 그녀가 스크레벤스키와 계속 춤을 추고 있는 동안 그 커다란 하얀 물체는 계속 그녀를 주시하면서 자신을 드러내며 모든 것의 균형을 맞췄다.

"달이 떴어."

음악이 막 그치는데 안톤이 말했다. 춤추던 사람들이 바닷가에 떠밀려 온 뱃짐같이 여기저기 흩어졌다. 어슐라는 몸을 돌렸다. 언덕 위에서 커다란 하얀 달님이 그녀를 쳐다보고 있었다. 어슐라는 달님을 향해 가슴을 터놓았다. 그리고 투명한 보석처럼 달빛과 밀착해 버렸다. 어슐라는 보름달의 달빛을 흠뻑 받으며 달님에게 온몸을 바치면서 서 있었다. 두 개의 젖가슴을 달빛이 들어오도록 풀어헤치고 몸뚱이는 바르르 떠는 아네모네처럼 벌어지면서 달빛을 향해 오라고 부드럽게 손짓하고 있었다.

어슐라는 달님이 그녀에게로 와서 몸속 가득 빛으로 채워주길 바랐다. 달님과 더 많이 더욱 많이 교감을 하면서 마침내 절정에 이르고 싶었다. 그러나 스크레벤스키가 팔로 그녀의 허리를 감고 딴 곳으로 데리고 갔다. 그는 그녀에게 커다란 검정 망토를 씌운 후에 그녀의 손을 잡고서 앉아 있었다. 그동안 달빛은 타오르는 모닥불 위로 계속 흘러내렸다.

어슐라는 그곳에 있지 않았다. 그녀는 스크레벤스키가 망토 밑으로 손을 잡고 있는 동안 참을성 있게 앉아 있었다. 그러나 그녀의 발가벗은 자아는 달빛에 고동치면서 먼 곳에 가 있었다. 그녀의 젖가슴과 배와 허벅지와 무릎은 달빛과 부서지듯 만나 교감했다. 어슐라는 실제로 일어나려고 반쯤 몸을 일으켰다. 옷을 벗어 던지고 멀리 도망치려 했다. 이 인간들의 어두운 혼돈과 무질서로부터 도망쳐 언덕과 달이 있는 곳으로 가려 했다. 그러나 사람들이 그녀 주위에 바위처럼, 자력이 있는 바위처럼 둘러서 있어서 몸은 실제로 갈 수가 없었다. 스크레벤스키는 맷돌처럼 그녀를 내리누르고 있었다. 그가 무겁게 눌러 그녀를 지체케 했다. 그가 짐스럽게 느껴졌다. 막무가내로 집요하게 내리누르는 꼼짝않는 짐이었다. 그는 꼼짝않고 어슐라를 내리눌렀다. 어슐라는 고통스러워 한숨을 지었다. 아! 저 시원스럽고 완전히 자유로운 밝은 달님이여! 아! 그녀 자신도 시원스레 자유로워질 수 있다면! 그녀가 하고픈 대로 모두 할 수 있다면! 어슐라는 그곳을 곧바로 떠나고 싶었다. 자신은 시커멓고 불순한 자석에 하는 수 없이 붙어 있는 빛나는 금속 같다고 느꼈다. 스크레벤스키는 불순물이고 다른 사람들도 불순물이었다. 제발 저 깨끗하고 자유로운 달님한테로 갈 수만 있다면!

"오늘 밤엔 내가 싫어요?"

그의 낮은 목소리가 들렸다. 암흑의 목소리가 그녀의 어깨 너머에서 들렸다. 어슐라는 마치 미친 사람같이 이슬처럼 반짝이는 달빛 아래서 주먹을 불끈 쥐었다.

"오늘 밤엔 내가 싫어요?"

그 부드러운 목소리가 또 들렸다.

어슐라는 만약 이 말에 고개를 돌리면 자신이 죽을 것같았다. 야릇한 분노가 가슴속에서 치밀었다. 모든 것을 갈기갈기 찢어발기고 싶은 분노였다. 그녀의 손은 사물을 파괴하는 칼날처럼 무섭게 느껴졌다.

"혼자 있게 해줘요."

어슐라가 말했다.

암흑이, 옹고집이, 무기력한 그에게도 몰려왔다. 스크레벤스키는 무기력한 상태로 어슐라 옆에 앉아 있었다. 어슐라는 망토를 내던지고 달님을 향해 걸어갔다. 그녀의 몸도 은빛으로 하얬다. 스크레벤스키는 어슐라의 뒤를 바짝 따라갔다.

음악은 다시 시작되었고 춤도 또 시작되었다. 그는 어슐라를 독차지했다. 어슐라의 가슴속에는 사납고 새하얗고 차가운 열정이 있었다. 그러나 스크레벤스키는 그녀를 꼭 붙잡고 함께 춤을 추었다. 언제든지 붙어 있으면서 그녀를 가볍게 내리눌렀다. 춤을 출 때 그의 몸뚱이는 그녀를 내리누르고 있었다. 그가 아주 바싹 붙잡고 있어서 어슐라는 그의 몸이 와서 닿는 것을 느낄 수 있었다. 그의 몸뚱이의 무게가 무겁게 그녀에게 내려앉았다. 그의 몸뚱이가 그녀의 생명과 에너지를 압도하고 그와 더불어 그녀까지 무기력하게 만들려 했다. 그는 손으로 어슐라의 등을 누르고 있었다. 그러나 어슐라의 몸속에는 여전히 그 차분하고 차가운 열정이 꿋꿋하게 흐르고 있었다. 어슐라는 춤추는 것이 좋았다. 춤은 긴장을 풀어주고 일종의 무아경으로 몰아넣었다. 그러나 그것은 한낱 기다림뿐, 그녀와 그녀의 순수한 자아 사이를 막고 있는 시간을 소모할 따름이었다. 어슐라는 자신을 완전히 그에게 내맡겨서 그로 하여금 온갖 힘을 그녀에게 발휘하도록 했다. 그가 그녀를 이기고 내리누를 수 있다면 말이다. 어슐라는 그의 힘에서 나오는 모든 세력을 다 받아들였다. 정말로 그녀를 압도하길 바라기까지 했다. 어슐라는 소금 기둥*처럼 차가웠고 꼼짝하지 않았다.

스크레벤스키는 결심을 하고 온 힘을 다 기울여서 어슐라를 감싸고 움직이려고 애썼다. 그저 어슐라를 움직일 수만 있다면! 그는 완전히 소멸해 버릴 것 같았다. 어슐라는 달 그 자체처럼 차갑고 단단하고 빛으로 꽉 들어찼다. 달

---

* 구약 성경 창세기에 나오는 '소돔과 고모라' 이야기. 롯의 아내는 세상 물질에 애착을 가져 신의 명령을 어기고 뒤를 돌아보았기 때문에 소금 기둥으로 변했다.

빛이 그를 초월해 있듯이 그녀는 그를 초월해 있어서 그가 절대로 손으로 잡을 수도 없었고 또 이해할 수도 없었다. 그녀의 몸에 굴레를 씌워서 억지로라도 움직일 수 있게 한다면!

그래 그들은 항상 둘이 붙어서 네다섯 차례나 같이 춤을 추었다. 그때마다 스크레벤스키는 결심을 더욱 굳게 하고는 그의 몸뚱이를 더욱 미묘하게 어슐라의 몸에다 비벼댔다. 그래도 어슐라를 장악하지 못했다. 어슐라는 여전히 단단하고 빛났으며 꿈쩍하지 않았다. 스크레벤스키는 자신의 몸뚱이로 짠 그물을 어슐라의 주위에 던져 그녀를 포획해야 했다. 어둠의, 암흑의 그물로 그녀를 포획하면 그녀는 그물에 걸린 짐승처럼 번뜩일 것이다. 그때는 그가 그녀를 차지하고 즐기리라. 그녀를 잡는 날이면 얼마나 그녀를 즐길 것인가.

마침내 춤이 끝났을 때 어슐라는 앉으려 하지 않고 멀리로 걸어 나갔다. 그는 팔로 어슐라를 휘감고 걸어가면서 자기의 동작에다 그녀의 몸을 맞추었다. 그녀도 이에 순순히 응하는 듯했다. 그녀는 한 가닥의 달빛처럼 빛났으며 칼날처럼 번뜩였다. 그는 몸을 해치는 칼날을 부여잡고 있는 느낌이었다. 그래도, 그 칼날이 그를 죽인다 해도 그는 그녀를 꽉 쥐고 있으리라.

그들은 낟가리 더미 쪽으로 갔다. 그곳에서 그는 새로 쌓은 커다란 밀짚 더미가 번뜩이며 변모해 가는 것을 보고 아연실색했다. 푸르스름한 밤하늘 아래서 낟가리는 은빛을 띠고 컴컴한 그림자를 던졌다. 그러면서도 낟가리들은 장

엄한 모습으로 어렴풋이 서 있었다. 어슐라는 거미줄처럼 반짝이며 밀짚 더미 사이에서 불타는 듯했고, 낟가리는 푸르스름한 은빛의 하늘을 향해서 차가운 불처럼 타오르고 있었다. 모든 것은 손에 잡히지 않으며 차갑게 번쩍였고 하얀 강철 같은 불이 타오르고 있었다.

그는 밀 낟가리에서 달빛이 훨훨 타오르며 그의 머리 위로 치솟는 것이 무서웠다. 그의 가슴은 조막만 해지고 유리알처럼 녹기 시작했다. 그는 자신이 죽으리란 걸 알았다.

어슐라는 달이 압도적으로 비추는 광휘 속으로 나가 잠시 동안 서 있었다. 그녀는 광채나는 힘의 한 줄기였다. 그녀는 자신의 상태가 두려웠다. 어슐라는 그의 어렴풋이 흔들거리는 환상 같은 모습을 보자 갑자기 육욕에 사로잡혔다. 그를 붙잡아 갈기갈기 찢어서 없애버리고 싶은 충동에 사로잡혔다. 그녀의 손과 손목은 칼날처럼 한량없이 단단하고 강했다. 그는 그림자처럼 그녀 옆에서 기다렸다. 그녀는 이 그림자를 마치 달빛이 암흑을 파괴하고 섬멸해서 끝장을 내버리듯이 산산이 해체하여 파괴하고 싶었다. 그녀는 그를 쳐다보았다. 그녀의 얼굴은 광채를 뿜어냈고 생기에 번뜩였다. 그녀는 그를 유혹했다.

그는 순전히 고집으로 그녀를 팔로 감싸고 컴컴한 곳으로 끌고 갔다. 그녀는 순순히 응했다. 할 수 있는 대로 한번 해보라지. 해볼 테면 해보라지. 그는 그녀를 붙잡고 밀짚 더미에 기댔다. 밀짚 더미는 수없이 많은 차갑고 날카로운 불꽃으로 그의 몸을 예리하게 찔렀다. 그래도 그는 고집스레 그녀를 붙잡고 있었다.

그의 손이 저돌적으로 그녀의 몸 위로, 소금 같이 단단한 빛의 몸 위로 갔다. 만일 그가 그녀를 차지할 수만 있다면 그녀를 얼마나 즐길 수 있을 것인가! 그녀의 광채 나고 차갑고 소금처럼 불붙는 몸을 나긋나긋한 선철 같은 그의 손으로 그물에 넣을 수만 있다면! 그녀를 그물로 사로잡아 눌러버리면 얼마나 미친 듯이 그녀를 즐길 수 있을 것인가! 그는 교묘하게 그러나 온 정력을 다해서 그녀를 포위하여 잡으려고 애썼다. 그러나 그녀는 계속 소금처럼 불타며 광채를 내었고 죽음처럼 무시무시했다.

그의 모든 살이 에이고 녹이는 독약의 침해를 받은 것같이 타들어가고 문드러지는데도, 그는 순전히 고집으로 마침내는 그녀를 정복하리라 생각하며 집요하게 물고 늘어졌다. 그건 마치 그의 얼굴을 끔찍스러운 죽음 속에 들이미는 듯한 짓이었지만 제정신이 아닌 상태에서 그는 입으로 그녀의 입을 더듬었다. 그녀는 그에게 몸을 맡겼고 그는 극단의 상태에서 그의 몸으로 그녀를 내리눌렀다. 그의 영혼은 계속 신음했다.

"날 받아줘……. 날 받아줘."

어슐라는 그의 키스를 받아들였다. 그녀는 키스로 그를 단단히 붙들었다. 달빛처럼 단단하고 격렬하게 그를 태우면서 뭉그러뜨렸다. 그를 파괴하는 것 같았다. 머리가 어지러워 세상이 빙빙 도는데도 갖은 힘을 다 모아서 그녀에게 키스했고, 키스 속에서 계속 머무르려 했다.

그러나 어슐라는 단단하고도 사납게 그를 붙잡고 있었다. 달빛처럼 싸늘하면서도 소금처럼 격렬하게 타올랐다.

마침내 그의 따스하고 부드러운 선철 같은 몸이 서서히 기진해서 굴복했으며 어슐라는 파괴력으로 부글부글 끓어오르면서 그를 무섭게 부식시켰다. 그의 몸의 마지막 남은 알맹이를 둘러싸고 잔인스럽게 부식시키는 소금처럼 부글부글 끓으면서 그를 키스로 파괴시키고 또 파괴시켰다. 그녀의 영혼은 승리감에 도취되어 결정체처럼 굳어진 반면, 그의 영혼은 고뇌로 파괴되어 섬멸되었다. 어슐라는 그를 꽉 붙잡고 있었다. 그는 소진되고 섬멸된 희생자였다. 어슐라는 승리했던 것이다. 그는 더 이상 존재하지 않았다.

어슐라는 서서히 제정신으로 돌아오기 시작했다. 서서히 낮의 의식이 그녀에게 돌아왔다. 갑자기 밤이 한 대 세게 얻어맞고 그 예전의 낯익고 평온한 실체로 돌아갔다. 어슐라는 밤은 평범하고 일상적이라는 사실을 서서히 깨달았다. 거대하게 부풀어 오른 투명한 밤은 사실은 존재하지 않는다는 것도 깨달았다. 그녀는 서서히 공포감에 사로잡혔다. 그녀는 어디에 있는 건가? 그녀가 느꼈던 그 무(無)란 무엇인가? 그 무란 스크레벤스키였다. 그는 정말로 그곳에 있는 것인가? 그는 누군가? 그는 말이 없었고, 그는 그곳에 있지 않았다. 무슨 일이 일어났던가? 그녀가 미쳤던가? 무슨 무시무시한 것을 들씌웠었나? 그녀는 자신에 대한 무시무시한 공포로 가득 찼고 그녀 자신이 그 불타는, 부식시키는 자아가 되어선 안 된다는 생각에 사로잡혔다. 방금 일어났던 사건은 절대로 다시는 기억해서는 안 되고 생각해서도 안 되며, 단 일순간이라도 다시 일어나게 허용해서는 안 된다는 강압감에 미칠 듯이 사로잡혔다. 그녀는 젖 먹던 힘까지 쏟으며 그 사실을 부인했다. 온 힘을 다해서 그것으로부터 돌아섰다. 그녀는 착하고 사랑스러웠다. 그녀의 가슴은 따스하고 피는 검고 따뜻하고 부드러웠다. 그녀는 애무하듯 안톤의 어깨에 손을 얹었다.

"아름답지요?"

그녀가 어루만지듯, 애무하듯 부드럽게 말했다.

그리고 그를 애무하며 다시 그를 살리기 시작했다. 그는 죽어 있었기 때문이다. 그녀는 방금 일어났던 사실을 그가 절대로 알지 못하고 깨닫지 못하도록 애썼다. 그가 섬멸되었던 사실을 기억해 낼 꼬투리는 흔적 하나도 남기지 않고 싹 없애버리고 그를 죽음에서 다시 살리리라.

어슐라는 자신의 평범하고 온화한 자아를 총동원했다. 그를 어루만지며 사랑스러운 몸짓으로 그에게 경의를 나타냈다. 그가 서서히 그녀에게 돌아왔다. 전혀 다른 사람이 되어서. 그녀는 부드럽고 매력적이며 상냥하게 굴었다. 그의 하녀요, 그를 경모하는 노예에 불과했다. 그녀는 그의 겉껍데기 전부를 원상태대로 복구시켰다.

그의 형태와 외모 전부를 복구시켰다. 그러나 알맹이는 사라졌다. 그의 자존심은 깨어났고 그의 피는 다시 자부심에 흘렀다. 그러나 그에겐 알맹이가 없었다. 하나의 떳떳한 사나이로서 그에겐 알맹이가 없었다. 그의 심장은 의기양양하게 불타오르며 젠체하는, 진정으로 사나이다운 맥박으로는 절대로 다시 고동치지 못하리라. 그는 이제 순종하고 호혜적일 뿐이었다. 절대로 꺼지지 않는, 그 불굴의 젠체하는 불꽃을 지닌 사나이는 될 수 없었다. 그녀가 그 불을 약화시켰고 그의 기백을 분쇄해 버렸기 때문이다.

그러나 어슐라는 그를 애무했다. 그가 기억하지 못하도록 하리라. 그녀 자신도 기억하지 않으리라.

"키스해 줘요, 안톤. 키스해 줘요."

그녀가 졸라댔다.

그는 어슐라에게 키스했다. 그러나 어슐라는 그가 그녀의 핵심을 건드릴 수 없다는 걸 알고 있었다. 그는 팔로 그녀를 감쌌으나 그녀를 진정 안고 있는 것은 아니었다. 그녀는 그의 입술이 와 닿는 것을 느낄 수 있었으나 아무런 자극을 느끼지 못했다.

"키스해 줘요."

어슐라가 절박한 심정으로 속삭였다.

"키스해 줘요."

그녀가 청하는 대로 스크레벤스키가 키스했으나 그의 가슴은 텅 비어 있었다. 그녀는 그의 키스를 겉으로는 받아들였다. 그러나 그녀의 영혼은 텅 비고 끝장 난 것이었다.

그녀가 옆을 쳐다보니, 달빛 속에서 가냘픈 밀 이삭이 밀짚 더미 옆구리에 덩그러니 매달려 있었다. 밀 이삭은 자부심과 기품이 있으며 꽤 몰아적으로 보였다. 그녀도 한때는 그 이삭들과 더불어 의기양양했었지. 이삭들이 있는 곳에 어슐라 그녀도 함께 있었지. 그러나 평범한 것들이 모여 사는 이 덧없는 온화한 세계에서 그녀는 상냥하고 착한 소녀가 되어야 했다. 그녀는 그리운 듯 선(善)과 애정을 향해 손을 내밀었다. 그녀는 상냥하고 착해지길 원했다.

두 젊은이는 사방이 희뿌옇고 광채를 내는 밤 가운데를

걸어 집으로 돌아갔다. 이곳저곳엔 그림자들과 번쩍이는 빛들과 영기들이 널려 있었다. 어슐라는 생울타리 밑에 피어 있는 꽃들을 보았고, 가시투성이의 생울타리 너머에 얄팍한 밀 짚단들이 여기저기 널려 있는 것을 분명히 보았다.

얼마나 아름다운가! 이 정경은 얼마나 아름다운가! 그날 밤 그녀는 스크레벤스키에게서 키스를 받은 후에 자신이 얼마나 미칠 듯이 행복했던가를 가슴 아파하며 생각해 보았다. 그러나 그가 그녀의 허리를 팔로 휘감고 걸어갈 때 어슐라는 고개를 옆으로 돌렸다. 그리고 엄청나게 번쩍이는 밤과 신부처럼 웅려하고 청순한 달님과 응달 속에 잔뜩 피어 있는 은빛 꽃들에게 자신을 몽땅 다 바쳤다.

스크레벤스키는 집 근처 주목 밑에서 그녀에게 다시 키스를 했고, 그 후 그녀는 그의 곁을 떠났다. 어슐라는 부모의 눈을 피해 자기 침실로 달려갔다. 그곳에서 달빛 비치는 들녘을 내다보면서 양팔을 위로 세게 쭉 뻗었다. 금빛 머리를 한 사근사근한 밤의 존재에게 자신을 바치면서 어슐라는 희열과 고뇌를 맛보았다.

그러나 슬픔의 상처는 있었다. 그녀 스스로가 가해자였다. 스크레벤스키를 섬멸시키면서 바로 자신에게도 상처를 낸 것 같았다. 어슐라는 자신의 두 젖가슴을 손으로 가렸는데 그것은 자신으로부터도 가리는 행위였다. 자신의 몸뚱이로 자신의 몸을 가리고 침대에 웅크린 채 잠이 들었다.

아침이 되자 태양은 빛났고 어슐라는 강건해져 춤을 추며 일어났다. 스크레벤스키는 아직 마시 농장에 묵고 있었다. 그는 교회에 올 것이다. 삶이란 얼마나 아름답고, 얼마나 놀라운가! 신선한 일요일 아침에 어슐라는 정원으로 나가 가을의 노란색과 강하게 전율하듯 새빨간 풍경 가운데 서 있었다. 흙 냄새를 맡았고 거미줄을 만져보았다. 들판으로 뻗어나간 밀밭은 환상적으로 희뿌옇게 보였다. 사방에는 일요일 아침의 짙은 적막이 깔렸고 알지 못할 소리로 가득 차 있었다.

어슐라는 대지의 체취를 맡아보았다. 대지는 바로 그녀가 서 있는 발밑에서 옆구리를 힘차게 들썩거리는 것 같았다. 그러니까 푸르께한 대기 속으로 대지의 힘이 뻗어 나왔고, 평화는 대지가 힘껏 내쉬는 숨결에서 나온 것이었다. 초목의 빨갛고 노란 색과 밀 그루터기의 흰 광채는 가을이 마지막으로 몰아경에 잠겨 그 성취의 희열에서 내뿜는 전율이며 몸짓이었다.

스크레벤스키가 도착했을 때 교회 종이 울렸다. 그가 들어서자 어슐라는 열망의 기대감으로 쳐다보았다. 그러나 그는 괴로워했고 그의 자존심은 상해 있었다. 그는 아주 빈틈없이 옷을 입은 듯했다. 어슐라는 그의 맞춤 양복에 신경을 썼다.

"어젯밤엔 멋졌지요?"

어슐라가 그에게 속삭였다.

"그래."

그가 대답했다. 그러나 그의 얼굴은 활짝 펴지지도 않았고 자유로운 표정도 아니었다.

그날 아침, 교회에서의 예배와 찬송은 어슐라의 관심 밖으로 그냥 스쳐 지나갔다. 어슐라는 색 유리창으로 흘러

들어오는 빛과 예배자들의 모습을 쳐다보았다. 그녀는 단지 창세기를 흘깃 보았을 뿐이었다. 그녀가 제일 좋아하는 성경 대목이었다.

> 하느님께서 노아와 그의 아들들에게 복을 내리시며 말씀하셨다. 많이 낳아 온 땅에 가득히 불어나거라.
> 들짐승과 공중의 새와 땅 위를 기어 다니는 길짐승과 바닷고기가 다 두려워 떨며 너희의 지배를 받으리라.
> 살아 움직이는 모든 짐승이 너희의 양식이 되리라. 내가 전에 풀과 곡식을 양식으로 주었듯이 이제 이 모든 것을 너희에게 준다.*

그러나 어슐라는 오늘 아침에 이런 역사 이야기에 감동받지 않았다. 많이 낳아 온 땅에 가득 불어난다는 것은 어슐라를 역겹게 했다. 전반적으로 가축들에게나 해당되는 얘기로 상스럽게 들렸다. 어슐라는 인간이 짐승과 물고기보다 번식을 더 많이 한다는 사실에 냉담했다.

> 너희는 많이 낳고 불어나거라. 땅 가득히 퍼져 땅을 정복하여라.**

어슐라는 마음속으로 이러한 번식을 조롱했다. 소 한 마

---

* 구약 성경 창세기 9장 1~3절.
** 구약 성경 창세기 9장 7절.

리가 두 마리로 번식하고 순무 한 밑동이 열 밑동으로 불어나다니.

> 하느님께서 또 말씀하셨다. 너뿐 아니라 너와 함께 지내며 숨 쉬는 모든 짐승과 나 사이에 대대로 세우는 계약의 표는 이것이다.
>
> 내가 구름 사이에 무지개를 둘 터이니, 이것이 나와 땅 사이에 세워진 계약의 표가 될 것이다.
>
> 내가 구름으로 땅을 덮을 때 구름 사이에 무지개가 나타나면, 나는 너뿐 아니라 숨 쉬는 모든 짐승과 나 사이에 세워진 내 계약을 기억하고, 다시는 물이 홍수가 되어 모든 동물을 쓸어버리지 못하게 하리라.*

"모든 동물을 쓸어버린다."라고? 왜 하필이면 '동물'인가? 이 동물의 왕은 누구인가? 도대체 그 홍수는 얼마나 컸던가? 나무의 요정과 숲의 신 몇 명은 언덕으로 뛰어 올라갔을 테고 겁을 먹고 더 깊은 골짜기와 숲 속으로 뛰어들어 갔겠지. 그렇지만 숲의 요정이 말을 안 해줬다면, 대부분은 홍수에 대해서 전혀 모르고 즐겁게 뛰놀았을 텐데.

어슐라는 소아시아의 물의 요정이 바다 입구에서 바다의 요정과 만나는 생각을 하며 재미 있어 했다. 바닷물이 신선한 단물과 맞부딪치는 곳에서 물의 요정은 자매인 바다의 요정에게 노아의 홍수 소식을 큰 소리로 알려주었을 것

---

* 구약 성경 창세기 9장 12~15절.

이다. 그들은 방주를 탄 노아에 대해서 재미있는 이야기를 들려주었을 것이다. 몇 명의 요정은 그들이 방주의 옆구리에 매달려 안을 들여다보았으며, 또 노아가 그의 세 아들인 셈, 함, 야벳과 함께 비가 오는 데 앉아서 이제는 그들 넷만이 땅 위에 남은 사람들이라고 말하는 것을 들었다고 말했을 것이다. 하느님이 다른 사람들은 모두 물에 빠져 죽게 했으니 그들 넷만이 모든 것을 차지했고 모든 것의 주인이 되고 단지 대소유주인 하느님한테만 종속된다고 말이다.

어슐라는 자기도 숲의 요정이었으면 하고 바랐다. 그녀도 방주의 창문을 들여다보며 깔깔대고 웃었을 테고 노아의 얼굴에 물방울도 튕겨주었을 것인데. 그러고 나서 하느님이 보시기에 덜 중요한 사람들이 곤욕을 치르는 홍수의 현장으로 달려갔을 텐데.

도대체 하느님이란 무엇인가? 만일에 하느님이 죽은 살덩이와 입을 맞추는 존재라면 죽은 개를 파먹는 구더기는 하느님이 아니겠는가? 어슐라는 이런 하느님에 신물이 났다. 그녀는 하느님에 대해 신경을 쓰는 어슐라 브랑윈이란 소녀에 신물이 났다. 하느님이 어떻든지 간에 하느님은 하느님일 것이니 자신이 하느님에 대해 염려할 필요는 없었다. 그녀는 이제 완전히 자유로워졌다고 느꼈다.

스크레벤스키는 그녀 옆에 앉아서 법과 질서의 목소리인 설교에 귀를 기울이고 있었다.

"아버지께서는 너희의 머리카락까지도 낱낱이 다 세어두셨다."*

그는 이 말을 믿지 않았다. 자기 물건은 자기 마음대로 처분할 수 있다고 믿었다. 다른 사람들의 소유물을 해치지 않는 한, 자신의 물건을 가지고는 자기 마음대로 할 수 있는 것이라고 생각했다.

어슐라는 스크레벤스키를 애무하고 사랑했다. 그렇지만 그는 그녀가 그에게 반응을 보이며 그를 파괴하려 든다는 것을 알고 있었다. 그녀는 그와 동조하는 것이 아니라 그와 맞섰다. 그러나 공공연한 자리에서 그녀가 그를 사랑해 주고 완전히 떠받드는 것은 만족스러운 일이었다.

어슐라는 그를 그 자신으로부터 끌어냈으며 그들은 젊고 낭만적이며 거의 환상적인 연인이었다. 그는 어슐라에게 작은 반지를 하나 주었다. 그들은 그 반지를 유리잔에 넣고 라인 포도주를 부은 다음 어슐라가 먼저 마시고 다음에 그가 마셨다. 그들은 반지가 잔 밑에서 드러나 보일 때까지 술을 들이켰다. 그러고 나서 어슐라는 그 반지를 꺼내 끈을 매어 목에 걸었다.

그는 군 부대로 떠나면서 어슐라에게 사진을 한 장 달라고 청했다. 어슐라는 굉장히 신바람이 나서 5실링을 가지고 사진관에 갔다. 나중에 사진을 찾아보니 입이 한쪽으로 찌그러진 흉측한 모습으로 나왔다. 어슐라는 그 사진을 경이롭게 여기면서 찬탄해 마지않았다.

스크레벤스키는 단지 어슐라의 생기발랄한 얼굴 모습만을 사진 속에서 보았다. 그 사진을 보니 왠지 그의 가슴이

* 마태복음 10장 30절.

아팠다. 그는 그 사진을 간직하고 늘 기억하면서도 차마 꺼내 볼 수는 없었다. 어딘가 추상적이면서 해맑고, 두려움 없는 그 얼굴 표정은 그의 마음을 아프게 했다. 그 추상적인 면은 분명히 그와는 동떨어진 요소였다.

그러다가 남아프리카 보어 족과의 전쟁이 포고되자, 영국은 온통 흥분으로 들끓었다. 그도 전쟁터에 갈 것 같다는 편지가 왔다. 그러곤 사탕 한 통을 어슐라에게 부쳐주었다.

어슐라는 스크레벤스키가 전쟁터에 간다는 말에 좀 어리벙벙했다. 실제로 어떻게 느껴야 할지를 몰랐다. 전쟁이란 그녀가 소설 속에서나 친숙히 잘 알고 있는 낭만적인 상황에 해당하였지, 실제로 어떠한지는 감이 오지 않았다. 겉으로는 의기양양했지만, 속으로는 적막했고 또 몹시 쓸쓸한 실망감이 밀려왔다.

어슐라는 사탕을 침대 밑에 몰래 숨겨 놓고는 혼자서만 꺼내 먹었다. 밤에 잘 때 먹고 아침에 일어나서도 먹었다. 그러는 동안 쭉 죄책감을 느끼며 부끄러워했지만, 사탕을 가족들과 나누어 먹긴 정말 싫었다.

그 사탕통이 나중에까지 그녀의 마음에 걸렸다. 왜 그녀는 그 사탕을 숨겨 놓고 죄다 혼자서만 먹었나? 왜 그랬던가? 실제로 죄책감을 느낀 것은 아니었다. 단지 그렇게 느껴야 한다는 걸 깨달았을 뿐이었다. 도대체 결정을 내릴 수가 없었던 것이다. 이제 그 통이 빈 채로 있으니까, 이상하게 기념품같이 보였다. 그건 그녀에게 하나의 수수께끼였다. 그녀는 그 통을 어떻게 생각해야 할 것인가?

전쟁에 대한 생각이 그녀를 불안하고 또 불안하게 만들었다. 사람들이 전쟁을 하면서 군 조직을 시작했을 때 어슐라는 드디어 우주의 양쪽 끝이 부서져 나가고, 우주 전체가 밑창 없는 심연 속으로 굴러 떨어지는구나 하고 생각했다. 밑창이 없다는 느낌이 무시무시하게 몰려왔다. 그러나 물론 전쟁이 낭만적이라느니 명예롭다느니 또는 종교적이라느니 하는 말까지도 나돌았다. 그래서 어슐라는 무척이나 혼돈스러웠다.

스크레벤스키는 바빴으므로 어슐라를 만나러 나올 수가 없었다. 그녀는 확언이나 보장 같은 것을 요구하지 않았다. 그들 사이의 관계는 있는 그대로일 것이고 언약 같은 것으로 바뀔 수는 없었다. 어슐라는 그걸 본능적으로 알았기에 본능적인 실체에다 맡겨버렸다.

그러나 어슐라는 자신이 무기력하다고 느끼며 괴로워했다. 그녀는 아무 대책도 세울 수 없었다. 세상의 거대한 세력들이 어두운 곳에서 서투르고 둔하게 굴러가다가 서로 부딪쳐 부서졌고 그 세력들이 워낙 강대하기 때문에 사람이 스치기만 해도 가루처럼 된다는 것을 어렴풋이 깨달았다. 사람들이 옴짝달싹 못하고 가루처럼 휙 날리다니! 그렇지만 어슐라는 어찌 되든 반항하고, 욕설을 퍼부으며 싸우고 싶었다. 그렇지만 무엇으로 싸운담?

맨주먹으로 이 땅덩어리와 싸우고 언덕들을 제자리에서 때려눕힐 수 있나? 그렇지만 그녀의 마음은 싸우고 싶었고, 온 세상과 싸우고 싶었다. 그러나 두 개의 작은 주먹이 그녀가 싸울 무기의 전부였다.

여러 달이 지나, 성탄절이 되자 아네모네가 피었다. 코셋헤이 근처 숲 속의 작은 분지에는 아네모네가 무성하게 피었다. 아네모네 몇 송이를 상자에 넣어 그에게 보냈더니 경황없는 중에도 고맙다고 몇 자 적어 보냈다. 그는 매우 고마워하고 그리움에 젖어 있는 듯했다. 어슐라의 눈빛은 천진난만하면서도 어리둥절해 보였다. 매일 어리둥절한 상태에서 보냈다. 어리둥절한 채 주위에서 일어나는 사건들에 무기력하게 그냥 떠밀리며 살았다.

스크레벤스키는 자기 임무를 수행하느라고 바삐 왔다 갔다 했고 임무 수행에 자신을 헌신적으로 바쳤다. 그러나 가슴 밑바닥에는 그의 자아가, 자기실현을 열망하고 희망하던 영혼이 죽어 누워 있었다. 그의 자궁 속에서 사산되어 무겁게 누르고 있었다. 사적인 인간관계를 중요하게 생각하다니, 그는 누구인가? 도대체 사적인 인간이 뭐가 중요하단 말인가? 그는 사회라는 커다란 조직체를 형성하는 벽돌 한 장에 불과한데, 그건 곧 국가요, 현대적 인성인데. 그의 사적인 행동은 하찮으며 전적으로 국가에 종속되어 있는 것인데. 그 전체라는 조직은 여하한 개인적인 이유 앞에서도 보장되어야 하며 절대로 파괴되어서는 안 되는 것이다. 그 어떠한 사적인 이유도 그러한 파괴를 정당화할 수 없다. 도대체 사적인 교제가 뭐 중요하단 말인가? 개인은 전체 속에서 자신의 위치를 메워야 하는데. 인간이 공들여서 이룩한 문명이라는 위대한 체계가 바로 중요한 모든 것인데. 전체가 중요할 뿐, 단위나 개인은 그 전체를 대표하는 경우를 빼놓고는 중요하지 않았다.

스크레벤스키는 어슐라를 제쳐놓고 그의 갈 길을 갔다. 그가 섬겨야 할 것을 섬기고 참아야 할 것은 아무 말없이 참았다. 그는 고유한 생명체로서는 죽어 있었다. 그는 그 죽음 가운데서 다시 부활할 수 없었다. 그의 영혼은 무덤 속에 있었다. 그의 삶은 세상의 정립된 질서 속에 있었다. 그는 감각도 지니고 있어 이들을 만족시켜야 했다. 이것을 제외하면, 그는 삶이라는 정착된 커다란 사상을 대표할 따름이었다. 그가 중요한 것은 이러한 역할을 할 때였으며, 그는 모든 문제를 초월해 있었다.

최대 다수의 행복이 중요한 모든 것이었다. 집단적 인류 모두에게 최대의 행복이 되는 것이 개인적으로도 최대의 행복이었다. 그러므로 개인 각자는 국가를 지지하는 데 헌신해야 하며 모든 사람의 최대의 행복을 위해 일해야 했다. 간혹 개인이 국가의 상태를 개선하기도 하지만, 그건 언제나 국가를 손상시키지 않고 보존한다는 한도 내에서만 가능했다.

그러나 공동사회의 최대 행복이 개인의 영혼에 진정한 성취감을 주는 것은 아니었다. 그는 이 점을 알고 있었다. 그렇지만 한 개인의 영혼이 그렇게까지 중요하다고는 생각지 않았다. 그는 개인이 모든 인류를 대표하는 한도 내에서만 중요하다고 믿었다.

공동사회의 최대 행복이 평범한 개인에게 최대의 행복이 되지 못한다는 사실을 그는 깨닫지 못했으며, 또 천성으로 깨달을 능력이 없었다. 공동사회가 수백만 명의 인구를 대표하므로 그만큼 개인보다 수백만 배 더 중요한 것이 틀림

없다고 그는 생각했다. 공동사회가 많은 사람의 추상체이지 결코 많은 사람들 자체는 아니라는 점을 잊었던 것이다. 공동체의 행복이라는 말은 하나의 추상적인 공식이 되어버려서 보통 사람들에 대한 호소력이나 가치를 상실하게 되었다. 그러니 '공동의 행복'은 보통 사람들을 괴롭히는 말로 변해 버렸고, 낮은 차원에서 저속하고 보수적인 물질주의를 나타낼 뿐이었다.

그리고 최대 다수의 최대 행복이란 주로 모든 계층의 물질적인 번영을 의미했다. 스크레벤스키는 그 자신의 물질적인 번영에는 별로 관심이 없었다. 만일 그가 무일푼 신세가 되었다면, 그는 아마 운에 맡겼을 것이다. 그러니 그가 모든 사람의 물질적인 번영을 위해서 삶을 포기할 때 어떻게 자신의 최대 행복을 찾을 수 있단 말인가? 자신에게 대수롭지 않다고 생각되는 것이면 남을 위해서도 희생할 가치가 없다고 생각했다. 그리고 하나의 개인으로서 자신에게 가장 절실하게 중요한 것에 관해서라면, 그는 그러한 관점에서 공동사회를 보아서는 안 된다고 말했다. 아니지, 아니야. 우린 공동체가 필요로 하는 것을 알지. 공동체는 실질적인 것을 원해. 좋은 임금과 균등한 기회와 좋은 생활 조건. 바로 이것이 공동사회가 원하는 것들이지. 미묘하거나 어려운 것은 원하지 않아. 그러니 의무란 아주 명확하지. 모든 사람의 물질적인 면과 직접적인 복리를 생각해야지. 그것이 필요한 전부니까.

그래서 스크레벤스키는 일종의 전무(全無)와 같은 상태에 이르렀다. 그것이 어슐라를 점점 더 무섭게 했다. 어슐라는 자신이 어떤 절망적인 존재를 그냥 따라가야 한다는 걸 느꼈다. 재앙이 임박해 온다는 것을 아주 절실하게 느꼈다. 이 재앙이 닥쳐오리라는 예감에 매일을 나른하게 보냈다. 어슐라는 병적으로 예민하고 우울해졌으며 겁을 집어먹었다. 어슐라는 한 마리의 까마귀가 하늘에서 천천히 날개를 퍼덕이는 걸 보고 괴로워했다. 그건 불길한 징조였다. 그 불길한 예감이 너무나도 칠흑같이 마음을 무겁게 눌러서 그녀 자신의 존재가 꺼지는 것 같았다.

그렇지만 무엇이 문제가 되는가? 최악의 상태라고 해봐야 그가 그녀에게서 떠나가는 것이 고작인데. 그녀가 무엇을 꺼릴 것인가? 그녀가 두려워하는 것은 무엇인가? 그것이 무엇인지를 알지 못했다. 단지 칠흑 같은 공포가 그녀를 사로잡고 있었다. 밤에 밖으로 나가 커다란 별이 번쩍이는 것을 보면 별들이 무시무시해 보였다. 낮에는 무엇인가가 그녀를 향해 돌격해 올 것만 같았다.

스크레벤스키가 얼마 안 있으면 남아프리카로 떠난다는 편지를 3월에 보냈다. 그러나 전선에 나가기 전에 가까스로 하루 틈을 내어 마시 농장에서 지내겠다고 했다.

어슐라는 마치 고통스러운 꿈을 꾸는 양 긴장을 한 채 결단을 내리지 못하고 기다렸다. 왜 그런지 이유를 알 수가 없었다. 통 이해할 수가 없었다. 단지 그녀의 운명의 모든 실 가닥들이 팽팽하게 당겨져서 정지되어 있다는 느낌이 들 뿐이었다. 그녀는 이리저리 다니면서 가끔 울기도 하며 이렇게 아무 이유 없이 말했다.

"난 그이를 몹시 사랑하는데. 난 그이를 몹시 사랑해."

그가 왔다. 그렇지만 왜 왔는가? 어슐라는 어떤 징표를 바라며 그를 쳐다보았다. 그는 어떠한 내색도 하지 않았다. 키스조차 해주지 않았다. 그는 사귀고 있는 보통의 다정한 사이처럼 처신했다. 이것은 겉보기만의 행동이고 속으론 무엇을 감추고 있을까? 어슐라는 계속 기다리는 마음으로 그가 어떤 징표를 보이기를 바랐다.

그들은 온종일을 망설이면서 저녁때까지 서로 간의 접촉을 피했다. 그러나 그는 큰 소리로 웃으며 육 개월 뒤 돌아와서 전쟁 얘기를 식구들에게 들려주겠다고 말하면서 그녀의 어머니와 악수를 하고 길을 떠났다.

어슐라는 그와 함께 오솔길을 걸어갔다. 밤바람이 불었고 주목은 윙윙거리며 흔들렸다. 바람은 굴뚝과 교회 첨탑 사이를 몰아붙이는 듯했다. 밖은 캄캄했다.

바람은 어슐라의 얼굴을 스쳤고 그녀의 옷은 팔다리에 꼭 들러붙었다. 그러나 바람은 더 세게 몰려왔고 응축된 삶의 활력으로 가득 차 있는 듯했다. 그리고 어슐라는 스크레벤스키를 잃은 것 같았다. 바람이 다급하고도 세게 부는 밤 어슐라는 그를 찾을 수가 없었다.

"어디 있어요?"

"여기에."

그의 목소리만이 들렸다.

어슐라는 더듬다가 그에게 손이 닿았다. 번개 같은 불꽃이 일면서 그들을 나른하게 했다.

"안톤?"

"왜?"

어슐라는 캄캄한 곳에서 두 손으로 그를 잡고 있었다. 그의 몸이 와 닿는 것을 다시 느꼈다.

"나를 떠나지 마세요. 나에게 돌아와요."

"그래."

그가 어슐라를 껴안으며 대답했다.

그러나 그의 사나이다운 기세는 꺾였다. 그녀가 그에게 사로잡혀 있지 않고, 또 그의 영향을 받고 있지 않다는 것을 알았기 때문이다. 그는 어슐라에게서 떠나고 싶었다. 그는 내일이면 멀리 떠날 것이고, 그의 생활은 딴 곳에서 벌어지리라는 것을 의식하고 있었다. 그의 생활은 딴 곳에, 딴 곳에 있었다. 그의 생활의 핵심은 그녀가 소유하지 못해. 어슐라는 그와 다른 존재이니까. 그들 사이에는 간격이 있었다. 그들은 적대적인 두 개의 세계처럼 느꼈다.

"나한테로 돌아올 거지요?"

어슐라가 재차 물었다.

"그래."

스크레벤스키가 대답했다. 정말 그러려는 것이었다. 그러나 약속을 지키려고 돌아오는 것이지, 만족을 찾으려고 돌아오는 것은 아니었다.

어슐라는 그에게 입을 맞추고 막연한 마음으로 집으로 들어갔다. 스크레벤스키는 텅 빈 마음으로 마시 농장으로 걸어갔다. 어슐라와 접촉을 하니 마음이 아프고 위협을 받았다. 그래서 움츠러들었다. 어슐라의 정신에서 해방되어야 했다. 왜냐하면 어슐라는 예언자 발람을 가로막던 천사처럼 그의 앞을 가로막고 서서 칼을 휘두르며 그를 뒤로 몰아붙여서 광야로 들어가게 했기 때문이다.*

이튿날 어슐라는 기차역으로 가서 그를 전송했다. 어슐라는 그를 쳐다보고 그에게로 몸을 향했으나 그는 계속 이상했고 무표정했다. 그는 매우 냉정했다. 어슐라는 그가 무표정했기 때문에 냉정해 보인다고 생각했다. 이상하게 그는 무(無)와 같았다.

어슐라는 얼굴이 창백한 채 그의 옆에 잠자코 서 있었고 그는 어슐라를 쳐다보려고도 하지 않았다. 삶의 뿌리에 그녀가 겪어야 할 수치감이 도사리고 있는 것 같았다. 그건 차갑고 생명이 없는 수치감이었다.

세 명인 어슐라네 일행이 전송 나온 사람들 중 얼른 눈에 뜨이는 무리였다. 털모자를 쓰고 긴 울 스카프와 올리브색 옷을 입은 어슐라가 창백하게 긴장한 채 청년 옆에 고립된 듯 뻣뻣이 서 있었다. 군인 티가 나는 스크레벤스키는 실크 모자를 쓰고 두꺼운 외투를 입고 있었는데, 보랏빛 목도리를 두른 얼굴은 창백한 편이고 말이 없었다. 그의 전체적인 인상은 그저 덤덤했다. 그리고 한 중년 신사가 멋진 중산모를 컴컴한 눈썹까지 눌러쓰고, 온화하고 침착한 표정으로 서 있었다. 그는 전체적으로 혈기 왕성하면서도 묘하게 냉담한 분위기를 풍겼다. 그는 극장에서는 언제나 청중이나 합창대원이나 아니면 구경꾼이 될 인상이었다. 그의 생활 자체에 연극적인 요소는 없어 보였다.

기차가 역으로 달려왔다. 어슐라는 한숨을 내쉬려 했으

* 구약 성경 민수기 22장 22~35절에 나오는 이야기.

나 가슴이 꽁꽁 얼어붙은 듯 제대로 숨을 쉴 수 없었다.

"안녕히 가세요!"

어슐라는 손을 쳐들며 작별 인사를 했다. 그녀 특유의 웃음으로 마구 웃어대서 눈이 부신 듯했다. 저이가 무얼 하려나 하고 의아하게 여기는데, 스크레벤스키가 등을 굽혀 그녀에게 키스를 했다. 악수나 하고 떠나면 되는 건데.

"안녕!"

어슐라가 다시 인사했다.

그는 작은 손가방을 집어 들고 돌아섰다. 그리고 기차 있는 곳으로 바삐 뛰어갔다. 아, 그가 탈 기차간이 그곳에 있었다. 그는 자리에 앉았다. 톰 브랑윈은 기차간 문을 닫았고 두 사람은 기적이 울릴 때 악수를 했다.

"잘 가게. 행운을 비네."

톰이 말했다.

"고맙습니다. 안녕히 계십시오."

기차가 움직였다. 스크레벤스키는 창가에 서서 손을 흔들고 있었다. 그러나 실제로는 그 두 사람——한 소녀와 온화한 표정의, 여성처럼 옷을 입은 신사——을 쳐다보지 않았다. 어슐라는 손수건을 흔들었다. 기차는 속력을 내기 시작하여 점점 더 작게 보였다. 기차는 곧게 달렸다. 하얀 점이 사라졌다. 기차의 뒷부분이 먼 곳에서 자그마하게 보였다. 어슐라는 아직도 승강장에 서 있었다. 주위가 텅 빈 것 같았다. 자기도 모르는 사이에 입이 떨리고 있었다. 울고 싶지는 않았다. 가슴은 아주 냉담해졌다.

톰 삼촌이 자동판매기로 가서 성냥을 샀다.

"너, 사탕 먹을래?"

삼촌이 돌아보며 물었다.

어슐라의 얼굴은 눈물로 범벅이 되어 있었다. 울음을 참으려고 아래를 내려다보며 입을 이상하게 오므렸다. 그렇지만 그녀의 가슴은 울지 않고 있었다. 가슴은 차갑고 현실적으로 되었다.

"어떤 사탕으로 할까?"

삼촌이 다시 물었다.

"박하사탕이 좋겠어요."

어슐라는 얼굴이 일그러졌으나 목소리는 기이하게 차분했다. 그러나 잠시 후 어슐라는 냉정을 되찾고 잠잠하고 초연해졌다.

"시내로 들어가자."

삼촌은 이렇게 말하면서 시내로 들어가는 기차간 속으로 어슐라를 밀어 넣었다. 그들은 찻집에 들어가 커피를 마시며 지나가는 사람들을 쳐다보면서 앉아 있었다. 그녀는 가슴에 커다란 상처를 입었으나 마음은 냉랭하니 침착했다.

이렇게 마음이 냉랭하고 침착한 상태가 며칠간 계속되었다. 마치 어떤 환멸이 그녀에게 꽁꽁 얼어붙어 있는 것 같았다. 그건 대단한 불신감이었다. 마음의 일부분이 냉담해졌다. 그녀는 나이가 너무 어리고 또 너무 어안이 벙벙해서 사태를 제대로 이해하지도 못했고, 자신이 굉장히 괴로워한다는 것조차 깨닫지 못했다. 그녀는 너무 깊게 상처를 입어서 사실을 그대로 인정할 수가 없었다.

어슐라는 무조건 괴로워했으며 그를 그리워할 때는 그대

로 그를 그리워했던 것이다. 그러나 그는 떠나간 순간부터 환상적인 인물이 되어버렸다. 그녀의 모든 고통과 열정과 그리움이 솟구칠 때면 마음은 그에게로 향했다.

어슐라는 일기를 계속 썼다. 일기장에 충동적인 생각들을 적었다. 하늘에 달이 뜬 것을 보고 그리움에 넘쳐서 일기장에 다음과 같이 썼다.

"내가 달이라면 어디를 비칠지 나는 알지."

그것은, 그 문장은 그녀에게 굉장한 의미를 지녔다. 그 말 안에다 그녀는 모든 젊음의 고뇌와 젊은 열정과 사모의 정을 쏟아 넣었다. 그녀는 어디를 가든지 가슴속으로부터 그를 불러댔고 어디에 있든지 사지는 그를 향해서 고뇌로 떨었다. 영혼으로부터 나오는 강렬한 힘이 끝없이, 끝없이 그를 향해 달려갔고, 그러면 마음속으로 그를 그려보고 그를 찾을 것 같았다.

그렇지만 도대체 그는 누구며 어디에 존재하는가? 사실은 그녀의 욕망 속에만 있을 따름이었다.

그에게서 우편엽서가 왔다. 어슐라는 그것을 가슴속에 넣고 다녔다. 그러나 실제로는 굉장한 것으로 느끼진 않았다. 이튿날에 그걸 잃어버렸고 그 엽서를 받았다는 사실까지도 까맣게 잊었다가 나중에 며칠이 지난 후 생각났다.

지루한 몇 주일이 지나갔다. 전쟁에 대한 불길한 소식이 계속해서 들렸다. 그녀는 밖에 있는 지상의 모든 것이 그녀를 반대하며 해를 가하는 듯 느꼈다. 그리고 마음속의 일부는 냉담하여 불변한 채 남아 있었다.

어슐라는 이즈음 항상 부분적으로 살 뿐, 전체적으로는

살지 못했다. 그녀에겐 차갑게 죽어 있는 부분이 있었다. 그렇지만 그녀는 미치도록 예민했다. 그녀는 자신의 이러한 상태를 참을 수가 없었다. 더럽고 눈이 충혈된 노파가 길에서 구걸하며 그녀에게로 다가갔을 때 어슐라는 불결한 물건에서 도망치듯 몸을 피했다. 그 거지 노파가 독기 서린 욕설을 퍼부었을 때 어슐라는 몸을 움츠렸고 미칠 듯이 괴로워서 사지를 팔딱거렸다. 이러한 자신을 참을 수가 없었다. 눈이 충혈된 거지 노파가 생각날 때마다 온통 미칠 듯한 분노가 머리끝까지 치밀었다. 그럴 때면 자살이라도 하고 싶었다.

이러한 상태에서 이성에 대한 생각은 점점 달아올라서 일종의 질병처럼 되어버렸다. 어슐라는 너무나 지치고 예민해져서 거친 양털에 살이 살짝 닿기만 해도 신경이 갈기갈기 찢기는 것 같았다.

제12장
수치

학교는 이제 두 학기만 더 다니면 되었다. 어슐라는 대학 입학시험 준비를 하고 있었다. 그건 지루한 작업이었다. 왜냐하면 행복하지 못할 때는 그녀의 머리가 잘 돌아가지 않았기 때문이다. 순전히 고집과 어떤 운명이 임박해 온다는 예감에 마지못해 공부에 매달리고 있었다. 어슐라는 얼마 안 있어 경제적으로 독립하고 싶었다. 그러므로 입시 준비가 방해를 받을까 걱정이 되었다. 완전한 자립——완전한 사회적인 자립——과 그 어떤 개인의 권위에서 독립해야겠다는 일념으로 이 지루한 상태에서도 계속 공부에 매달렸다. 어슐라는 자신이 여자이기 때문에 누릴 수 있는 자유가 있다는 걸 알고 있었다. 어슐라는 언제나 여자였다. 그러기에 그녀는 인간으로서, 모든 인류의 동료 자격으로 얻지 못하는 것은 남자가 아닌 여자로서 얻어내리라. 여자라는 점에서 어슐라는 비밀스러운 풍요로움을 느꼈고, 그것은 자유에 대한 대가를 비축해 두고 있었다.

그러나 어슐라는 이 마지막 자원을 넉넉하게 잘 유보해 두고 있었다. 다른 방법들을 우선 시도해 보아야 했다. 일단 모험적으로 시도해 볼 만한 신비로운 남성의 세계가 있었다. 그건 매일 일하고 의무를 지키며 공동사회에서 작업하는 일원으로서 존재하는 세계였다. 어슐라는 이 세계에 대해서 미묘하게 반감을 갖고 있었다. 그래서 이 남성 세계도 정복하고 싶었다.

어슐라는 절대로 포기하지 않고 꾸준히 시험 준비를 했다. 그녀가 좋아하는 과목이 있었다. 공부할 과목들은 영어와 라틴어, 프랑스어와 수학, 그리고 역사였다. 일단 프랑스어와 라틴어의 읽는 법을 익히니, 문법상의 어구 배열이 지루했다. 더 지루한 것은 영국 문학을 자세히 공부하는 일이었다. 왜 읽은 글의 내용을 기억해야 하나. 수학에서는 냉철한 절대성이 그녀를 매혹시켰으나 실제로 문제를 풀어보는 것은 지루했다. 역사에 나오는 몇몇 인물들은 그녀를 어리둥절하게 만들고 곰곰 생각하게 했다.

그러나 정치적인 부분에서는 화를 터뜨렸고 장관들을 증오했다. 어쩌다 이상한 기분이 들 때면 공부를 하는 데서 충족감을 얻었고 자신이 풍요로우며 확장된다는 걸 예리하게 느꼈다. 어떤 날 오후에 『뜻대로 하세요』를 읽는 도중에 그런 감흥을 느꼈다. 한번은 바로 그녀의 피를 통해서 라틴어 문구를 들었다. 그러고는 로마 사람의 몸에서 피가 어떻게 뛰었던가를 깨달았다고 느꼈다. 그래 그런 일이 있은 후부터 어슐라는 로마 사람을 직접 만난 것처럼 알고 있다고 느꼈다. 그녀는 영어의 변덕스러운 문법을 좋아했다. 그것으로 낱말과 문장이 생생하게 움직이는 것을 알아낼 수 있어 즐거웠기 때문이다. 그리고 수학에 있어서는 대수에 나오는 글자만 보아도 정말로 매혹되었다.

이즈음 어슐라는 너무 많은 것을 한꺼번에 뒤죽박죽으로 흡수했기 때문에 얼굴은 야릇하면서 의아해 하며 좀 겁먹은 표정을 짓고 있었다. 그건 마치 미지의 세계에서 어느 때곤 무엇인가가 불쑥 나와 그녀를 엄습할지 모른다는 표정이었다.

어슐라는 짤막한 지식을 얻고는 끝없이 열정을 느꼈다. 예를 들어서, 가을에 남아 있는 작은 갈색 순 속에 아홉 달 후에 필 꽃이 완전한 형태를 갖추고 작게 접히어 있다는 사실을 알았을 때, 승리와 애정에 찬 불꽃이 그녀의 몸에 좍 퍼졌다.

"나무들이 있는 한 난 절대로 죽지 않을 거야."

어슐라는 커다란 물푸레나무를 열정적으로 우러러보면서 금언을 되뇌이듯 말했다.

왜 그런지는 몰라도 그녀에게 위협적으로 보이는 것은 똑바로 걸어 다니는 사람들이었다. 이즈음 어슐라의 생활은 틀이 잡혀 있지 않았다. 그저 가슴을 두근거리며 일체의 접촉을 피해서 근본적으로 움츠리고 있었다. 어슐라는 주위 사람들에게는 무언가를 주었지만 개인적으로는 도대체 자아라는 것이 없었기에 결코 자기 자신이 되지는 못했다. 그녀는 나무와 새와 하늘 앞에서는 두렵거나 부끄럽지 않았다. 그러나 사람들 앞에서는 몹시 움츠러들었다. 그들처럼 확고부동하고 자신만만하지 못했으므로 부끄러웠다. 그녀는 이렇다 할 형태나 자아랄 것이 없고 다만 너울거리는 불명확한 감성에 불과했다.

이때 동생 구드룬은 어슐라에게 커다란 위안이고 방패가 되었다. 동생은 나긋나긋하고 붙임성 있는 동물 같았다. 사람들이 접근하는 것은 모두 불신했고 학교 동무들끼리 오가는 사소한 비밀이라든가 시기심 같은 것은 통 없었다. 착하든 않든 간에 유순해 보이는 반 아이들과 일체 상관하려 들지 않았다. 왜냐하면 아이들은 모두 사나운 계집애들이고 고약했으며 겉으로만 온순한 체하는 태도가 몸에 밴 것에 불과하다고 믿었기 때문이다.

이것이 어슐라에겐 커다란 기둥이 되었다. 어슐라는 자신은 아무리 다른 사람을 멸시한다 해도 그 사람이 그녀를 싫어한다고 생각하면 굉장히 괴로웠다. 어떻게 누가 그녀를, 어슐라 브랑윈을 싫어할 수 있단 말인가? 이런 질문은 그녀를 까무러치도록 놀라게 했고 무어라 대답할 수 없는 문제였다. 그녀는 구드룬의 자연스러우며 자부심에 찬 무관심에서 피난처를 찾았다.

구드룬은 그림 그리는 데 재주가 있음이 드러났다. 이것이 그 애가 공부를 일체 하기 싫어하는 문제를 해결해 주었다. 구드룬에 대해서 "그 애는 그림을 놀랍게 잘 그려."라고 말할 수 있으니까.

어슐라는 뜻하지 않게 학급 담임인 잉거 선생과 묘한 감정을 느끼게 되었다. 잉거 선생은 무서워하는 것이란 하나도 없어 보이는 스물여덟 살의 아리따운 처녀 선생이었다.

청렴한 유형의 현대적인 여성으로 강한 독립심을 가졌다는 자체가 그 선생의 내적인 비애를 겉으로 드러내주었다. 잉거 선생은 명석했고 일을 능란하게 처리했으며, 정확하고 재빨랐으며 명령조였다.

잉거 선생은 항상 어슐라에게 기쁨을 안겨주었다. 선생의 명확하고 결단성 있으면서도 우아한 태도 때문이었다. 잉거 선생은 고개를 약간 뒤로 젖히는 듯 높게 쳐들고 다녔다. 어슐라는 선생님이 매끄러운 갈색 머리카락을 뒤로 틀어 올려서 참 우아하다고 생각했다. 선생님은 항상 깨끗하고 매력적이며 몸에 꼭 맞는 블라우스와 멋진 치마를 입었다. 선생님 주위의 모든 것은 아주 잘 정돈되어 있어서 깨끗하고 환한 분위기를 조성했기 때문에 교실에 앉아 있는 것이 기분 좋았다.

선생님의 목소리는 울리면서 맑았다. 또 망설이지 않으면서 조화로운 억양을 지녔다. 눈은 푸르고 맑았으며 자부심에 차 있었다. 선생님은 원기 왕성하고 빈틈없이 몸치장을 하며 굽히지 않는 정신의 소유자란 인상을 전반적으로 주었다. 그러나 선생님에게는 마음에 강하게 와닿는 면이 있었고, 자신만만하면서도 외롭게 다문 입가엔 애수가 서려 있었다.

어슐라와 잉거 선생 사이에 기이한 감정이 생겨난 것은 스크레벤스키가 전쟁터로 나간 다음이었다. 그건 한 번도 사귀어본 적이 없는 두 사람 사이를 이어주는 말없는 친근감이었다. 전에 그들은 늘 사이가 좋았으나 그건 평범한 사제지간이었다. 흔히 선생과 학생 사이에 있는 그러한 관계였다. 그러나 지금은 변화가 생겼다. 그들이 교실에 같이 있을 때는 서로를 너무 의식한 나머지 딴 사람의 존재는 모르는 듯했다.

잉거 선생은 어슐라가 있는 반을 가르칠 때면 뜨거운 희열을 느꼈다. 또 어슐라는 잉거 선생이 교실에 들어오면 자신의 생애 전체가 새로 시작하는 듯 느꼈다. 미묘하게 친근하며 사랑하는 선생님의 존재를 교실에서 느낄 때면, 어슐라는 마치 땅을 기름지게 만드는 햇살을 받은 양 앉아 있었다. 정신을 취하게 하는 햇살의 열기는 그녀의 혈관 속으로 곧바로 흘러 들어갔다.

잉거 선생이 있을 때 어슐라가 느끼는 그 환희의 정도는 지대했다. 그러면서도 어슐라는 항상 더욱더 이를 갈망했다. 어슐라는 집으로 돌아가면서도 선생님에 대한 환상에 젖어 있었다. 선생님께 드릴 물건과 어떻게 하면 선생님이 그녀를 더 귀여워해 줄까 하고 끝없이 환상의 날개를 펴며 궁리했다.

잉거 선생은 케임브리지 대학교의 뉴넘 여자대학을 나온 문학사였다. 목사의 딸로 좋은 가문 출신이었다. 그러나 어슐라가 경모해 마지않았던 면은 선생님의 곧게 빠진 운동선수 같은 몸매와 굽힐 줄 모르는 자부심 강한 성품이었다. 잉거 선생은 남자처럼 자부심이 강하고 자유분방하면서도 여성답게 섬세했다.

어슐라가 아침에 학교로 갈 때면 가슴속에서 심장은 불붙었다. 사랑하는 임을 향해 가는 길이니 가슴은 열망에 가득 찼고 발걸음은 경쾌했다. 아, 잉거 선생님! 그 등은 얼마나 꼿꼿하고 잘생겼는가! 허리 부분은 얼마나 튼튼한가! 팔다리는 얼마나 깨끗하면서 자유분방한가!

어슐라는 잉거 선생이 그녀에게 관심을 갖고 있는지 알고 싶어 굉장히 속을 태웠다. 그렇지만 아직까지는 그 둘 사이에 이렇다 할 징표는 없었다. 하지만 분명히 잉거 선생도 그녀를 사랑하고 귀여워했으며, 적어도 그 반의 다른 아이들보다 그녀를 더 좋아했다. 그러나 절대로 확인할 길이 없었다. 잉거 선생이 그녀에게 별 관심이 없을 수도 있는 것이었다. 그렇지만 타오르는 가슴으로, 어슐라는 만일 자신이 선생님에게 말만 붙여본다면, 선생님에게 손을 대어본다면 알 수 있으리라 느꼈다.

여름 학기가 되었고 자연 수영 시간도 생겼다. 잉거 선생이 수영 반을 가르치게 되었다. 그때 어슐라는 열정으로 몸을 떨며 기뻐했다. 그녀의 희망이 곧 실현될 것이었다. 그녀는 수영복 차림의 잉거 선생을 보게 되리라.

그날이 왔다. 커다란 수영장의 물은 연한 옥처럼 새파랬다. 하얀 대리석 같은 수영장 안에서 푸른빛이 아름답게 반짝였다. 머리 위에서는 햇빛이 부드럽게 내리비췄고 누군가가 옆쪽에서 물에 뛰어들자 푸른 물 전체가 햇빛 아래서 출렁거렸다.

어슐라는 몸을 떨면서 좀처럼 참을 수가 없었다. 옷을 벗고 꼭 끼는 수영복으로 갈아입은 후 탈의실 문을 열었다. 여학생 두 명이 물속에 있었다. 선생님은 아직 보이지 않았다. 어슐라는 기다렸다. 탈의실 문이 열리고 잉거 선생이 나왔다. 그리스의 소녀 모양으로 붉은 벽돌 색의 튜

닉을 입고 있었다. 허리 부분은 끈으로 매었고 빨간 비단 손수건을 머리에 두르고 있었다. 얼마나 아름다운 모습인지! 다리는 아주 하얗고 튼튼했으며 자신만만했고 온몸은 디아나 신의 몸처럼 탄탄해 보였다. 선생님은 수영장 옆구리로 가서 느릿느릿 몸을 움직이더니 물속으로 들어갔다. 어슐라는 잠시 잉거 선생의 하얗고 매끄러우며 튼튼하게 생긴 어깻죽지와 유유히 움직이는 팔을 지켜보았다. 다음에는 그녀도 물속으로 뛰어들었다.

이제야, 아! 이제야, 친애하는 선생님과 같은 물속에서 수영을 하게 되었구나! 어슐라는 팔을 관능적으로 움직이며 혼자서 기분 좋게 헤엄을 쳤지만 잔뜩 불만에 차 있었다. 그녀는 선생님의 살에 손을 대보고 몸을 느끼고 싶었다.

"어슐라, 내가 너를 따라잡을게."

선생님의 부드러운 목소리가 들렸다.

어슐라는 소스라치게 놀랐다. 그녀는 몸을 돌려 선생님이 온화하고 활짝 핀 얼굴로 그녀를 쳐다보는 것을 보았다. 그녀의 존재를 알아보았던 것이다. 어슐라는 깜짝 놀라 예쁘게 웃으면서 수영을 하기 시작했다. 선생님은 바로 앞에서 손을 자연스럽게 놀리며 헤엄을 쳤다. 어슐라는 선생님의 뒤로 젖힌 고개와 물이 출렁이는 하얀 어깨와 물을 힘 있게 차고 나가는 튼튼한 다리를 볼 수 있었다. 어슐라는 열정으로 정신이 나간 채 헤엄을 쳤다. 아, 저 탄력 있는 하얀 살갗은 아름답기도 하구나! 아, 저 멋진 탄탄한 팔다리! 그녀의 작은 가슴으로 저 사지를 붙잡아 끌어안고 꼭 눌러보았으면! 아, 제발 잉거 선생이 그녀의 마르고 가

무잡잡한 작은 몸을 업신여기지 말았으면! 그녀도 또한 겁 없고 능력이 있다면!

어슐라는 열심히 수영을 했다. 이기기 위해서가 아니라 선생님 가까이로 가서 선생님과 나란히 수영을 하기 위해서였다. 그들은 수영장 깊은 쪽의 끝에 가까이 갔다. 잉거 선생이 난간 파이프에 손을 대고 몸을 휙 돌린 후 물속에서 어슐라의 허리를 잡더니 자기 몸에다 갖다 대고 잠시 붙잡고 있었다. 두 여인의 몸이 맞닿았고 잠시 동안 두 사람의 몸은 힘껏 당겨졌다가 다시 따로 떨어졌다.

"내가 이겼어."

잉거 선생이 웃으며 말했다.

잠시 긴장감이 감돌았다. 어슐라는 심장이 너무 두근거려서 난간 손잡이를 꼭 잡았다. 움직일 수가 없었다. 어슐라는 따뜻하고 활짝 핀 달아오른 얼굴을, 마치 바로 그녀의 태양을 향하듯 선생님 쪽으로 돌렸다.

"안녕!"

잉거 선생은 다른 학생에게로 헤엄쳐 갔다. 다른 학생들에게 직책상의 관심을 가진 것이었다.

어슐라는 정신이 황홀했다. 아직도 자기 몸에 닿았던 선생님 몸의 감촉을 느낄 수 있었다. 오로지 이 생각만 했다. 나머지 수영 시간은 무아경같이 지나가 버렸다. 잉거 선생은 학생들에게 물에서 나오라는 지시를 내린 뒤 어슐라 쪽으로 걸어왔다. 붉은 벽돌 색의 얇은 튜닉은 몸에 착 달라붙어서 몸 전체의 윤곽이 선명히 드러났다. 어슐라의 눈에는 선생님의 몸이 탄탄하고 경이롭게 보였다.

"난 너하고 함께 수영해서 재미있었는데. 어슐라, 넌 어땠니?"

어슐라는 단지 마음을 탁 터놓고, 얼굴은 활짝 피어 달아오른 채 웃을 수밖에 없었다.

사랑이 이제 암암리에 고백된 것이었다. 그러나 더 이상의 진전이 생기기까지는 얼마간의 시간이 흘렀다. 어슐라는 달아오른 희열 속에서 계속 긴장하며 지냈다.

어느 날, 어슐라가 혼자 있을 때 잉거 선생이 그녀에게 다가와 손가락으로 그녀의 볼을 건드리면서 좀 힘을 줘 말했다.

"어슐라, 토요일에 나하고 함께 차 마시러 가겠어?"

어슐라는 너무나 고마워서 얼굴을 붉혔다.

"난 소어에 있는 아름다운 작은 방갈로에 가려고 하는데, 같이 갈래? 난 주말엔 가끔 그곳에서 묵지."

어슐라는 제정신이 아니었다. 토요일까지 도저히 기다릴 수가 없었다. 그녀의 생각은 불처럼 타올랐다. 어서 토요일이면 좋겠는데! 토요일이면 좋겠는데!

토요일이 되었다. 어슐라는 집을 나섰다. 잉거 선생은 솔리에서 어슐라를 만났다. 그들은 3마일가량 걸어서 방갈로에 도착했다. 습기가 많고 후텁지근한 흐린 날이었다.

방갈로는 방이 두 개 달린 조그마한 오두막으로 가파른 둑 위에 서 있었다. 그 안에 있는 모든 것이 정교했다. 기분 좋게 오붓한 분위기에서 두 처녀는 차를 준비하고, 다음에는 이야기를 했다. 어슐라는 밤 10시까지는 집에 돌아가지 않아도 되었다.

그들의 이야기는 일종의 마술에 걸린 양 계속돼 사랑 이야기까지 이르렀다. 잉거 선생은 어슐라에게 친구에 대해서 이야기해 주었다. 그 친구가 아기를 낳다가 죽은 이야기, 그녀가 받은 고통. 다음에는 창녀 얘기와 남자들과의 경험에 대해 들려주었다.

그들이 방갈로의 작은 베란다 위에서 이렇게 얘기를 하고 있는 동안 밤이 되었고 그 사이에 비가 조금 내렸다.

"정말 숨이 턱턱 막히는데."

잉거 선생이 말했다.

그들은 기차가 지나가는 걸 쳐다보았다. 멀리서 달리는 기차의 불빛이 뉘엿뉘엿 저무는 황혼에 비껴서 희뿌옇게 보였다.

"번개가 치겠어요."

어슐라가 말했다.

대기 중에 전기가 모이는 듯하더니 사방이 캄캄해졌다.

"난 가서 수영이나 할까 봐."

잉거 선생이 구름이 칠흑같이 낀 어둠 속에서 말했다.

"밤에요?"

"수영하기엔 밤이 제일 좋단다. 너도 할래?"

"저도 하고 싶어요."

"아주 안전해. 이곳은 개인소유지니까. 비가 올지 모르니까 방갈로 안에서 옷을 벗고 뛰어가는 것이 좋을 거야."

어슐라는 수줍어서 뻣뻣하게 몸이 굳은 채, 방갈로 안으로 들어가 옷을 벗기 시작했다. 램프 불은 흐릿하게 켜 있었고 어슐라는 그림자가 진 곳에 서 있었다. 잉거 선생은 다른 의자 옆에서 옷을 벗고 있었다.

얼마 안 있어 잉거 선생의 발가벗은 컴컴한 모습이 어슐라에게로 다가왔다.

"준비되었니?"

"잠깐만요."

어슐라는 거의 말이 안 나왔다. 잉거 선생이 발가벗은 몸으로 옆에 가까이 와서 잠자코 서 있었다. 어슐라도 준비가 다 되었다.

그들은 어둠 속으로 달려 나갔다. 따스한 밤공기가 그들의 피부에 와 닿았다.

"길이 안 보이는데요."

"이쪽이야." 하늘거리는 희뿌연 모습이 그녀 옆에 있었고, 한 손이 그녀의 팔을 꽉 잡았다. 선생님이 제자의 몸을 자기 몸 쪽으로 가까이 당겨 잡고는 둘은 걸어 내려갔다. 물가에서 잉거 선생은 팔로 어슐라를 안더니 키스를 해주었다. 그리고 두 팔로 어슐라를 몸 가까이 들어 올린 다음 부드럽게 속삭였다.

"내가 널 물속으로 안고 갈게."

어슐라는 선생님의 팔 안에 가만히 누워 있었다. 어슐라의 이마는 미친 듯이 달아오른 선생님의 젖가슴에 닿아 있었다.

"이제 널 물에 넣을게."

어슐라는 자기 몸으로 선생님의 몸을 휘감았다.

잠시 후 비가 그들의 달아오른 뜨거운 사지 위에 떨어져서 그들은 놀랐고 또 한편 기분이 좋았다. 갑자기 얼음처럼 차가운 소나기가 무섭게 그들 몸 위로 쏟아졌다. 그들은 비를 맞으며 서 있었다. 어슐라는 젖가슴과 배와 팔다리 위로 빗줄기를 느꼈다. 비를 맞으니 몸이 추워졌고 깊고 깊은 적막이 그녀 가슴속에서 밀려 나오는 듯했다. 마치 끝없이 깊은 암흑이 그녀에게로 몰려 오는 듯한 기분이었다.

열기는 사라지고 어슐라는 마치 잠에서 깨어난 사람처럼 몸이 얼어 있었다. 그녀는 방갈로 안으로 달려갔다. 자신이 차가운 무생물처럼 느껴져 그곳에서 떠나고 싶었다. 그녀는 불빛이 그리웠고 다른 사람들과 같이 있고 싶었다. 많은 사람들과 관계를 맺고 싶었다. 무엇보다도 어슐라는 자연스러운 환경 속에 자신을 묻고 싶었다.

어슐라는 잉거 선생 곁을 떠나서 집으로 돌아왔다. 토요일 밤, 승객들로 북적거리는 기차역에 들어서니 기뻤다. 불빛이 밝게 비치고 사람들이 붐비는 기차간에 앉아 있으니 기뻤다. 그러나 아는 사람을 만나고 싶지는 않았다. 얘기하고 싶지가 않아서였다. 그녀는 붐비는 사람들에 면역이 된 채 홀로 앉아 있었다.

환한 불빛 아래 사람들로 북적거리는 이 광경은 내면에 있는 커다란 암흑과 공허의 가장자리 지대에 불과했다. 어슐라는 북적거리고 부분적으로 불빛이 비치는 이 가장자리 지대에 있고 싶었다. 그녀의 마음속에는 캄캄한 공간이란 공허한 실체만이 있기 때문이었다.

잠시 동안 연인인 잉거 선생은 어슐라의 생각에서 사라져 버렸다. 그 선생은 단지 캄캄한 공허에 지나지 않았기에 어슐라는 소멸과 망각의 하계를 걷는 그림자처럼 자유로웠다. 어슐라는 연인인 잉거 선생이 마음속에서 소멸되어 사라졌기에 꼼짝도 않고, 숨도 안 쉬는 듯한 기쁨에 젖어 있었다.

그러나 아침이 되자 사랑하는 마음은 엄연히 그곳에 있어 불타고, 또 불타고 있었다. 어슐라는 어제 일을 기억하면서 한층 더 그 사랑을 원했다. 잉거 선생과 함께 있고 싶었다. 선생님과 떨어져 있는다는 것은 삶의 제약이었다. 왜 오늘 선생님께 가지 못한담? 오늘 말이야. 연인이 딴 곳에 가 있는데, 왜 그녀는 코셋헤이에서 안절부절못하며 애를 태우고 있나? 어슐라는 앉아서 열정으로 타오르는 사랑의 편지를 썼다. 도저히 이렇게 하지 않을 수 없었다.

두 여성은 절친해졌다. 두 사람의 생활이 갑자기 하나로 융합돼 분리될 수 없을 것 같았다. 어슐라는 잉거 선생의 집으로 놀러 갔고 그곳에서 진정으로 살아 있는 시간을 보냈다. 선생님은 물을 아주 즐겨 수영과 보트 놀이를 좋아했다. 선생님은 여러 가지 운동 모임에 들어 있었다. 두 젊은 여성은 오후에 강물에서 뱃놀이를 하며 즐겁게 지냈고, 그때마다 잉거 선생이 노를 저었다. 잉거 선생도 어슐라를 돌보아주고, 물건들을 선사하고 어슐라의 생을 가득 채우고 풍요롭게 해주면서 이 일을 참으로 즐기는 듯했다.

어슐라는 잉거 선생과 가까이 지내는 몇 달 동안 급성장했다. 잉거 선생은 과학적인 교육을 받았고 명석한 사람들을 많이 알고 있었다. 어슐라를 자기가 생각하는 위치까지 올려놓고 싶었다.

그들은 종교를 택했으나, 허위적인 교리는 빼버렸다. 잉거 선생은 종교를 완전히 인간적으로 만들었다. 어슐라는 자기가 알고 있던 모든 종교가 결국은 인간의 열망에다가 특별한 옷을 입힌 것이란 사실을 서서히 깨닫게 되었다. 열망은 진실한 것이었다. 그런데 입힌 옷은 거의 국가적인 취향이나 필요에서 나온 것이었다. 그리스 사람들은 발가벗은 아폴론 신을 섬겼고 기독교인들은 흰옷 입은 그리스도를, 불교도들은 싯다르타 왕자를, 이집트 사람들은 오시리스 신을 섬겼다. 갖가지 종교는 지역적인 것이나 종교 자체는 보편적인 것이었다. 기독교는 지엽적인 분파였다. 아직은 지엽적인 여러 종교들이 하나의 종교로 동화되지는 못했다.

종교에는 공포와 사랑이라는 두 가지 커다란 동기가 있었다. 공포의 동기는 사랑의 동기만큼이나 위대했다. 기독교는 공포에서 도피하기 위하여 십자가에 못 박힌 예수를 받아들였던 것이다.

'나에게 최악으로 못되게 굴라. 그리하면 나에게 최악(最惡)에 대한 공포는 더 이상 없을 것이니.'

그러나 두려워하는 것이 반드시 전부 악은 아니었고 사랑받는 것이 반드시 모두 선은 아니었다. 공포가 존경심이 될 수 있고 존경심은 복종과 동일시된다. 사랑은 승리도 되겠고 승리는 즐거움과 동일시된다.

어슐라는 종교에 관해 아주 많은 이야기를 나누었고 많은 글에서 요점을 파악했다. 철학에서는 인간의 욕망이 진리와 모든 선의 기준이 된다는 결론에 이르게 되었다. 진실은 인간을 초월해서 존재하지 않으며 단지 인간의 지성과 감성의 산물이란 결론에 도달했다. 두려워할 것은 실제로 아무것도 없었다. 종교에 있어 공포의 동기는 저열한 것이며, 그러므로 공포는 몰록* 신을 숭배하던 고대 힘의 숭배자들에게나 주어버려야 한다. 우리는 계몽된 정신의 소유자이기에 힘을 숭배하지는 않는다. 힘이란 금전과 나폴레옹 식의 우매함으로 퇴보한다.

어슐라는 몰록 신에 대해 꿈을 꾸지 않을 수 없었다. 그녀의 유일한 신은 인자하거나 부드럽지 않았으며 양이나 비둘기 같지도 않았다. 그 신은 사자요, 독수리 같았다. 사자와 독수리가 힘이 있어서가 아니라 자부심이 강하고 튼튼했기 때문이다. 그들은 떳떳하게 그들 자체였지, 양치기를 따라다니는 수동적인 동물도 아니었고, 사랑하는 여인의 애완동물도 아니었으며 사제의 희생 제물도 아니었다. 어슐라는 온순하고 수동적인 양과 활기 없는 비둘기에는 죽도록 싫증이 났다. 만약 양이 사자와 함께 누워 있다면 그건 양에게 커다란 영광이 될 것이지, 사자의 가슴에서 힘이 줄어들었다는 말은 아니다. 어슐라는 사자의 위엄과 침착성을 좋아했다.

어슐라는 양이 어떻게 사랑할 수 있는지를 알 수 없었다. 양은 단지 사랑받을 수만 있는 것이지. 양은 부들부들 떨면서 공포에 묵종하고 희생제물 노릇이나 하는 것인데. 아니면 사랑에다 몸을 맡겨서 사랑받는 짐승은 될 수 있

* 성경에 나오는 암몬 족의 신. 고대 중동 전역에서 유아 희생 제물을 받은 신이다.

지. 이 두 경우에 양은 수동적이지. 분노로 파괴적이 된 연인은 공포심이 가장 크고 또한 승리감이 가장 큰 순간을 찾는 법. 이때는 공포가 승리보다 더 크지 못하고, 승리가 공포보다 더 크지 못한 법이니 이들은 양이나 비둘기가 되지 못했다. 어슐라는 사자나 야생마처럼 사지를 쭉 뻗었으며 가슴은 욕망으로 치달았다. 그녀의 가슴은 수없이 죽음을 겪는다 해도 죽음에서 부활할 때는 여전히 사자의 심장을 지니리라. 그녀는 보다 더 사나운 사자가 되리라. 갈등을 겪는 대우주가 그녀 자신이 아니며, 그녀와 다른 별개의 존재라는 사실을 깨닫는 더 자신만만한 인간이 되리라.

잉거 선생은 여권운동에도 관심이 있었다.

"남자들은 더 이상 일을 못 할 거야. 남자들은 일할 능력을 잃었어."

잉거 선생이 말했다.

"남자들은 법석을 떨며 말은 하지만 실제로는 텅 비었어. 그들은 모든 것을 구식의 무기력한 생각에 뜯어 맞추지. 사랑은 남자들에겐 죽은 사상에 불과해. 남자들은 한 인간에게 다가와서 사랑을 하지 않아. 한 가지 사상에 다가가서 '넌 나의 사상이야.'라고 말하고는 스스로 얼싸안지. 마치 내가 어떤 남자의 사상이나 되는 듯이 말이야. 남자가 나에게서 사상을 취하기 때문에 내가 실제로 존재나 하는 것처럼 말이야. 그건 내가 남자에게 배신당하고 그의 사상의 도구로 내 몸뚱이를 그에게 빌려주는 격이지. 그의 죽은 이론의 도구 노릇이나 하게 된단 말이야. 그렇지만 남자들은 법석만 떨다가 실제로는 이런 행동조차 못해. 그들은 모두 성적으로 무력해서 여자를 취할 수가 없어. 그들은 매번 자신들의 사상에게로 가서 사상이나 취하지. 그들은 배가 고프기 때문에 자신의 몸뚱이를 삼키려고 애쓰는 뱀과 같은 존재야."

잉거 선생은 어슐라를 다양한 유형의 남녀에게 소개해 주었다. 그들은 교육은 받았으나 만족하지 못하는 사람들이었다. 그들은 그 지역 내의 점잔 빼는 사교계에서는 아주 유순하게 처신했지만, 마음속으로는 분노에 차서 욕설을 퍼붓는 사람들이었다.

어슐라가 휩쓸려 들어간 곳은 기이한 세계였다. 하나의 대혼돈이요, 세상의 마지막 날 같았다. 어슐라는 이 모든 것을 제대로 이해하기에는 너무 어렸다. 그러나 잉거 선생에 대한 사랑을 통해서 이런 사상이 그녀에게 주입되었다.

시험을 치렀고, 학기가 끝났다. 긴 방학이었다. 잉거 선생은 런던으로 갔다. 어슐라는 혼자 코셋헤이에 남았다. 마치 추방당한 것처럼 무시무시한 절망감이 독소처럼 어슐라를 사로잡았다. 어떤 일을 손에 잡는다거나 어떤 인간이 되려 하는 것은 소용이 없었다. 그녀는 다른 사람들과는 아무런 연관이 없었다. 그녀의 운명은 고립되어 죽어 있었다. 그 어느 곳에도 그녀를 위한 것은 아무것도 없었고, 단지 암담한 붕괴뿐이었다. 그러나 이 모든 붕괴가 그녀에게 거세게 몰아닥쳤어도 그녀는 자기 자신으로 남아 있었다. 그녀가 계속 남는다는 것이 이 모든 고통의 무시무시한 핵심이었다. 그것을 절대로 피할 수 없었다. 자기 자신이 된다는 것만은 차후로 미룰 수가 없었다.

그녀는 아직도 잉거 선생에게 매달려 있었다. 그러나 일종의 욕지기가 그녀를 엄습하고 있었다. 어슐라는 선생님을 사랑했다. 그러나 그 선생님과 접촉을 해보니, 자신이 죽어 있는 것같이 무겁고 꽉 막혔다는 느낌이 들기 시작했다. 가끔 잉거 선생이 흉측스럽게 보이고 점토같이 끈적거린다는 생각이 들었다. 그 여자스런 궁둥이는 크고 찬하며 손목과 팔은 너무 굵어 보였다. 어슐라는 무겁게 엉겨 붙는 축축한 점토 같은 관계 대신에 어떤 강도 있는 섬세한 관계를 원했던 것이다. 점토는 자체의 생명이 없기 때문에 상대방에게 달라붙지 않는가?

잉거 선생은 아직도 어슐라를 사랑했다. 선생은 어슐라의 섬세한 불꽃에 열정을 느꼈고 끊임없이 어슐라를 도와주었다. 그녀를 위해서라면 무슨 일이든 해주려고 했다.

"나하고 함께 런던에 가자."

잉거 선생은 어슐라에게 졸라댔다.

"멋진 여행이 되게 해줄게. 네가 좋아하는 걸 많이 보게 될 거야."

"싫어요."

어슐라는 고집스럽고 따분하게 말했다.

"싫어요. 전 런던에 가고 싶지 않아요. 혼자 있고 싶단 말예요."

잉거 선생은 이 말의 뜻을 알아챘다. 어슐라가 그를 배척하기 시작했다는 걸 알았다. 이 어린 여학생에게서 맹렬히 치솟는 섬세한 불꽃이 연상의 여자의 왜곡된 삶과 더 이상 섞이지 않겠다는 것이었다. 즉, 그녀의 왜곡된 삶과 뒤섞이려고 하지 않는 것이었다. 잉거 선생은 그런 날이 올 줄 알았다. 그러나 그녀 또한 자존심이 강했다. 그녀의 가슴 밑바닥에는 칠흑 같은 절망의 웅덩이가 생겼다. 어슐라가 그녀를 저버릴 것임을 너무나도 잘 알고 있었다.

그녀의 인생이 끝장난 것 같았다. 그러나 선생은 너무나 절망해서 화를 낼 수도 없었다. 아직 어슐라에게 조금 남은 사랑의 정을 현명하게 고이 간직한 채, 사랑하는 제자를 홀로 두고 런던으로 갔다. 보름쯤 뒤 어슐라의 편지에는 다시 다정한 사랑이 넘쳤다. 톰 삼촌이 어슐라를 초청했던 것이다. 그는 요크셔에서 새로 생긴 커다란 탄광을 경영하고 있었다. 잉거 선생도 같이 가실는지?

이제 어슐라는 잉거 선생이 결혼할 때를 상상하고 있었다. 어슐라는 잉거 선생이 톰 삼촌과 결혼하기를 바랐다. 잉거 선생도 이 점을 눈치 채고 있었다. 그래서 위기스턴으로 함께 가겠다고 답장을 보냈다. 이제 더 이상 성취할 일이란 아무것도 없었기에 운명이 그녀의 인생을 마음대로 요리하도록 맡겨볼 참이었다.

톰 역시 어슐라의 의도를 알고 있었다. 그도 그의 욕망의 끝에 와 있었다. 그는 하고 싶은 일은 다 해보았던 것이다. 그런 일들은 그의 정신이 와해되어 무생명적인 상태에 이르면서 끝이 났다. 톰은 자신의 완전히 너그럽고 싹싹한 태도 밑에 이런 상태를 감추고 있었다.

그는 지상의 그 어떤 것에도 관심을 갖지 않았다. 남자든 여자든 신이든 인간이든 간에 관심이 없었다. 그는 인생 파기를 지속시키는 지경에 이르렀다. 자신의 신체나 영혼에 관심이 없었다. 단지 그 자신의 삶만을 손상되지 않게 보전하려 했다. 단지 살아간다는 단순하면서 피상적인 사실만이 지속되었다. 그는 아직도 건장했다. 그는 살아 있었다. 그러므로 매 순간을 가득 채우려 했다. 그것이 언제나 그의 삶의 신조였다. 그것이 본능적으로 쉽게 풀려나온 것은 아니었다. 그의 천성의 필연적인 결과였다. 그가 완전히 혼자 생활할 때는 자기가 하고픈 대로 했다. 어떤 미래에 대한 생각 없이 제멋대로 했다. 선이나 악 같은 것은 믿지 않았다. 순간순간이 동떨어져 있는 작은 섬 같아서 시간과는 단절되어 있었다. 시간에 제약받지 않는 텅 빈 상태였다.

그는 새로 지은 커다란 붉은 벽돌집에서 살았다. 똑같이 붉은 벽돌로 지은 사택이 한꺼번에 몰려 있는 위기스턴이라는 마을 외곽에 이 집은 서 있었다. 위기스턴은 생긴 지 칠 년밖에 안 된 마을이었다. 본래 열한 채의 집만 있던 작은 마을로, 주민의 절반은 농사를 짓는 온전한 시골의 가장자리에 붙어 있었다. 그러나 커다란 석탄 광맥이 개발되었고, 그 후 일 년 사이에 위기스턴 탄광촌이 생겨났다. 방이 다섯 개씩 딸린 얄팍하고 부실해 보이는 사택들이 분홍빛으로 줄지어 들어섰다. 길거리는 지지리도 흉측하게 보였다. 바닥에 검회색의 자갈을 깐 좁은 샛길과 아스팔트길이 담과 창문, 현관문이 단조롭게 연이어 서 있는 사이에 들어섰다. 도대체 그 길이 어디서 시작되고 어디서 끝나는지를 모를 정도로 길 양쪽엔 벽돌담이 죽 들어서 있었다. 이렇다 할 특성은 하나도 없고 똑같은 형태가 끝없이 반복되는 탄광촌이었다. 단지 창문가에 드문드문 푸성귀나 소량의 식료품이 상품으로 진열되어 있었다.

이 동네 한가운데에는 모양 없이 탁 트인 커다란 공지, 또는 시장이라고 할 만할 곳이 있었다. 바닥은 오래 밟아서 다져진 검은 흙이고 주위는 똑같이 특색 없는 사택들로 에워싸여 있었다. 빨간 벽돌은 시커멓게 더러워졌고 작은 타원형의 창문과 타원형의 현관문들이 계속 이어져 있었다. 단지 한쪽 모퉁이에 반지르르하게 생긴 커다란 술집이 서 있었다. 이 광장의 한쪽, 눈에 뜨이지 않는 곳에 불투명한 짙은 녹색 유리창이 커다랗게 달린 건물이 있었는데 그것이 우체국이었다.

이곳에는 폐허 같은 이상한 적막감이 서려 있었다. 몇몇씩 무리를 지어 서성거리거나 아니면 일터를 향해서 아스팔트 길을 터덜터덜 걸어가는 광부들은 진짜로 살아 있는 사람들이 아니라 유령 같았다. 텅 빈 거리의 경직된 분위기와 동네 전체가 똑같이 별 특색 없이 메마른 것이 생명보다는 죽음을 연상시켰다. 공동 모임 장소라든가 회관이라든가 중심 건물, 또는 어떤 유기적인 조직체 같은 것은 없었다. 온 동네가 새로 세운 건물의 골조처럼 빨간 벽돌로 뒤범벅이었으며, 이는 피부병처럼 재빨리 번져나갔다.

바로 이 동네 밖, 작은 언덕 위에 톰 삼촌의 커다란 빨간 벽돌 저택이 자리 잡고 있었다. 이 저택은 정면으로는 변두리 지역을 바라보고 있었다. 누추하게 널려 있는 잿더미와 옥외 변소들과 비뚤비뚤 늘어서 있는 집들의 뒷모습이 보였다. 각 집마다 사람들이 자그맣게 움직이는 모습이 보였다. 그러나 마을의 다른 집에서 보이는 자그마한 움직임과 똑같아서 따분하게 보일 뿐이었다. 좀 더 멀리 떨어진 곳에는 밤낮으로 돌아가는 큰 탄광이 있었다. 그 주변은 사방이 들판이어서 온통 푸르렀고, 그 가운데로 두 개의 냇물이 굽이쳐 흘렀으며 가시금작화와 히스 꽃이 마구 흩어놓은 것처럼 곳곳에 피어 있었다. 더 멀리에 짙은 숲이 보였다.

탄광촌 전체가 오로지 비현실, 비현실이었다. 톰 브랑윈은 2년 동안 이곳에서 살았지만, 이곳이 진짜로 사람 사는 곳이라고 믿지 않았다. 지금까지도 이곳은 소름 끼치는 꿈속의 광경같이 흉측스럽게 보였다. 죽어 있어 형체가 잡히지 않았다는 느낌이 곳곳에 스며 있었다.

어슐라와 잉거 선생은 초라한 작은 기차역에서 내려 차를 가지고 마중 나온 사람과 만났다. 이곳에서부터 자동차를 타고 탄광촌 거리를 달렸다. 그들의 눈에 이곳에선 무엇인가 끔찍한 일이 새로 벌어지는 것 같았다. 이곳은 일순간에 일어났던 혼돈이 계속적으로 이어져서 마침내 혼돈이 정착되고 굳어버린 곳이었다. 어슐라는 그렇게 많은 남자들이 그곳에 있는 것이 신기했다. 남자들이 무리를 지어 길가에 서 있었고 너댓 명씩 함께 무리 지어 걸어갔으며 개들이 그들 앞뒤에서 달려갔다. 그들은 모두 말쑥한 옷차림이었고 대부분 훤칠하게 말랐다. 무시무시하게 훤칠하면서 차분한 태도가 신기했다. 더 이상의 희망은 없지만, 계속 생명을 부지하면서 완전히 굳어버린 겉껍데기 속에서 살기 위해 안간힘을 쓰는 짐승 같아 보였다. 그들은 자기들만의 기이한 위엄을 보이며 무의미하게 지나갔다. 마치 뿔같이 딱딱한 껍질이 그들 모두를 에워싼 것 같았다.

어슐라는 충격을 받고 경악한 채 톰 삼촌의 집으로 실려 갔다. 삼촌은 아직 집에 돌아오지 않았다. 삼촌 집의 가구는 간소하지만 잘 갖추어져 있었다. 방의 칸막이벽을 뜯어내고 집의 앞부분 전체를 커다란 서재로 꾸몄고 서재 한쪽은 오로지 과학 부문에 관한 것만 모아 놓았다. 그 방은 실험실이자 독서실로 정해 놓은 멋진 방이었지만 어딘가 딱딱하고 기계적인 활동에서 풍기는 분위기가 있었다. 그건 기계적이면서도 불완전한 활동에서 오는 분위기였다. 서재에서는 유령같이 끔찍스러운 탄광촌이 내다보였으며, 그 너머에는 푸른 초원과 거친 시골 풍경이 보였다. 다른 쪽에는 구획이 잘 정리된 큰 탄광이 있었다.

어슐라와 잉거 선생은 삼촌이 구부러진 마당의 차도를 걸어오는 모습을 보았다. 그는 살이 오르고 있었지만 양미간 위로 중산모를 쓴 모습은 그 어떤 활동가만큼이나 묘하게 사나이답고 미남으로 보였다. 안색은 여전히 신선하고 건강은 완벽했다. 그는 생각에 몰두한 사람처럼 걸었다.

그가 서재로 들어섰을 때 위니프레드 잉거는 깜짝 놀랐다. 그는 저고리를 몸에 꼭 맞게 단정하게 입었으며 머리는 정수리까지 대머리가 됐으나 반짝거리지는 않았다. 늘 쓰고 다니던 모자를 벗은 듯이 보였다. 검은 눈엔 눈물이 어렸고 이렇다 할 특징이 없었다. 그는 부끄러워서 그림자처럼 서 있는 인상이었다. 악수하기 위해 내민 손은 아주 부드러우면서도 힘이 세어서 상대방의 가슴을 서늘하게 했다. 위니프레드는 그가 무서웠다. 그러나 그에게 혐오감을 느끼면서도 끌렸다.

톰 삼촌은 운동선수 같고 겁 없어 보이는 그 여선생을 쳐다보았다. 그리고 곧 그 처녀에게도 자신의 어두운 퇴폐성과 비슷한 요소가 있다는 것을 알아챘다. 그들이 유사한 사람들이란 걸 깨달은 것이다.

그의 태도는 이국적이라 할 정도로 나긋나긋하면서도 좀 차가웠다. 그는 아직도 짐승처럼 묘하게 웃으면서 콧잔등을 찡긋하며 주름을 짓고 날카로운 이를 드러냈다. 그의 섬세하게 고운 피부와 피부색은 아주 노긋노긋한 느낌을 주었고, 혐오감을 주는 기이한 조잡성과 퇴폐성이 감도는 분위기, 그리고 살진 다리와 허리춤에서 풍기는 저속성을 감춰주었다.

위니프레드는 그가 어슐라에게 공손하면서도 약간은 비굴하고 교활하게 대한다는 것을 곧 알아챘다. 이런 그의 태도에 어슐라는 의기양양해 하면서도 당혹스러웠다.

"이곳은 겉모습처럼 끔찍스러운가요?"

어슐라는 눈을 똑바로 뜨고 물었다.

"보이는 그대로야. 숨기는 건 아무것도 없어."

삼촌이 대답했다.

"왜 저 사람들은 슬퍼 보이지요?"

"슬퍼 보인다고?"

"저 사람들은 말할 수 없이 너무 슬퍼 보여요."

어슐라가 열을 내며 말을 이었다.

"난 그렇다고 생각지 않아. 사람들이 의당 그러려니 하고 생각해서 그런 것뿐이지."

"무얼 그러려니 하고 생각해요?"

"이곳 말이야. 탄광이며 이곳의 모든 것을 말이야."

"왜 이곳을 바꾸지 않지요?"

어슐라는 열심히 항의했다.

"그들은 자기네들에게 맞게 탄갱과 이 동네를 바꾸는 것보다도 자기네 편에서 탄갱과 이곳에 맞게 변해야 한다고 믿고 있지. 그쪽이 더 쉽거든."

"그러면 삼촌은 저들에게 동조하는군요."

그의 조카가 더 이상 참지 못하고 분통을 터뜨렸다.

"삼촌은 저들처럼 생각하시는군요. 살아 있는 인간이 갖가지 끔찍한 상황을 받아들이고 이에 적응해야 한다고 말이에요. 우린 탄광이 없어도 잘 지낼 수 있어요."

삼촌은 멋쩍어하면서도 냉소적으로 미소를 지었다. 어슐라는 또다시 삼촌에게서 증오 어린 반항을 느꼈다.

"내 짐작엔 저 사람들의 생활이 그 정도로 비참한 것은 아닌데요."

잉거 선생은 에밀 졸라* 식의 비극보다 우월한 입장에서 말했다.

삼촌은 공손하면서도 거리를 두고 관심을 보이며 몸을 돌렸다.

"아니에요. 저 사람들은 상당히 비참하답니다. 탄갱은 매우 깊고 뜨거우며 어떤 탄갱은 물에 젖어 있지요. 광부

* Émile Zola(1840~1902). 프랑스의 자연주의 소설가.

들은 종종 폐병으로 죽어요. 그렇지만 노임은 좋지요."
"너무나 소름이 끼쳐요!"
잉거 선생이 말했다.
"그렇습니다."
톰 삼촌이 엄숙하게 대답했다. 그가 탄광 지배인으로 그토록 존경을 받는 것은 그의 진지하며 확고하고 침착한 태도 때문이었다.
하녀가 들어와서 어디에서 차를 마실 것인가 물었다.
"정원의 정자에다 차려요."
삼촌이 지시했다.
금발의 잘생긴 그 젊은 여자가 나갔다.
"저 여잔 기혼이면서 이런 일을 하나요?"
어슐라가 물었다.
"과부야. 남편이 바로 얼마 전에 폐병으로 죽었어."
아저씨는 악의가 섞인 듯한 웃음을 잠시 지었다.
"그 사람은 처갓집의 농가 거실에 누워서 앓고 있었고 다른 대여섯 명 되는 식구들과 함께 시름시름 죽어갔지. 그래 저 여자에게 남편의 죽음이 그녀에게 큰 고통이 되지 않았느냐고 물었더니 '글쎄요, 그이는 나중에 가서는 굉장히 초조해 하더군요. 한 번도 만족스러워하거나 마음을 편안히 가지지 못하고 계속 안달을 하면서 어떻게 해야 마음이 편할지를 몰라 했어요. 그러니 그나 모든 사람에게 편하게 된 셈이지요.'라고 대답하더군. 저 부부는 결혼한 지 이 년밖에 안 되어서 남자 아기 하나뿐이지. 저 여자에게 결혼생활이 행복했었냐고 물었더니, '네, 사장님. 그가 병을 얻기 전까지는 아주 행복했지요. 아! 우린 행복하게 지냈어요, 네. 그렇지만 얼마간 지나면 또 그런 생활에 익숙해지지요. 저희 아버님과 두 동생이 똑같이 그렇게 세상을 떠났어요. 그런 일엔 면역이 되어버렸죠.' 라고 대답했지."

"면역이 된다는 건 끔찍한 일이에요."

잉거 선생이 몸을 부르르 떨며 말했다.

"그래요."

톰 삼촌은 여전히 미소를 지으며 대꾸했다. "그렇지만 그게 저들의 생리예요. 미망인도 얼마 안 있어 곧 다시 결혼할 거예요. 상대는 이 사람이든 저 사람이든 별로 문제가 안 되지요. 결국은 다들 광부일 뿐이니까."

"다들 광부일 뿐이라니 무슨 말이에요?"

어슐라가 물었다.

"우리한테나 저 여자들한테나 다를 바가 없다는 거지, 광부로 존재한다는 사실 말이다."

톰 삼촌이 대답했다. "저 여자의 남편은 존 스미스란 사람으로 짐을 부렸지. 그래 우린 그를 짐꾼으로 보았고, 그 사람도 자신을 짐꾼으로 생각했지. 그리고 아내도 그가 그 직종을 나타낸다는 걸 알고 있었고. 결국 결혼이나 가정은 부차적인 문제니까. 부인들도 그 점은 잘 알고 있어서 있는 그대로를 받아들이지. 도대체 이 사내든 저 사내든 문제가 되지 않지. 탄광이 문제가 되는 거야. 탄광을 중심으로 부차적인 일들은 계속 무수히 벌어지고 있으니까."

그는 몸을 돌려 붉은색으로 뒤섞인 채 굳어버린 특색 없고 무질서한 위기스턴 탄광촌을 바라보았다.

"모든 광부에게 가정이란 대수롭지 않은 지엽적인 일이지만 탄광은 모든 광부를 소유하고 있지. 아낙네들은 그 나머지를 차지하는 거야. 이 사내에게 남아 있는 것이든, 저 사내에게 남아 있는 것이든 다 따져보면 별 차이 없어. 진짜로 중요한 건 탄광이 다 가져가니까."

"그런 건 어디서나 마찬가지예요."

잉거 선생이 큰 소리로 말했다.

"사무실이나 상점이나 사업이 남자의 중요한 부분을 다 앗아가지요. 결국 여자들은 상점이 소화할 수 없는 나머지를 얻을 뿐이에요. 남자가 가정에서 어떤 존재예요? 남자는 의미 없는 살덩어리지요. 놀고 있는 기계예요. 일을 쉬고 있는 기계란 말이에요."

"남자들은 몸이 팔렸다는 걸 알지요."

톰 삼촌이 말했다.

"바로 그게 중요하지요. 남자들은 자기네가 직장에 팔린 몸이란 걸 알고 있어요. 그러니 아내가 아무리 바가지를 긁어보았자, 무슨 뾰족한 수가 생기겠어요? 남편은 일에 팔린 몸인데. 그러고 보니 여자들은 이제 신경을 쓰지 않아요. 손에 잡을 수 있는 것을 차지하고 '될 대로 되라' 하는 거지요."

"이곳에선 남녀 관계가 매우 엄격하지 않은가요?"

잉거 선생이 물었다.

"아, 아닙니다. 저 과부한테 여동생 둘이 있는데 얼마 전에 남편을 바꾸었어요. 그들이 특별히 유별난 것도 아니에요. 그렇다고 특별히 관심이 있어서 그런 것도 아니고요. 탄갱에서 일하고 남은 여력으로 질질 끌듯 인생을 살아가는 것이죠. 굉장히 부도덕할 정도로 생에 관심을 갖는 것도 아닙니다. 도덕적이든 부도덕적이든 간에 결국은 똑같은 문제에 봉착하는걸요. 얼마나 노임을 받는가 하는 문제이지요. 영국에서 가장 도덕적이라 할 공작께서 이 탄광에서 일 년에 이십만 파운드를 거둬들이지요. 그러니 도덕성을 끝장내 주는 셈이지요."

어슐라는 화가 나서 새파랗게 질리고 매우 비통해 하면서 두 사람이 하는 말을 듣고 있었다. 그들이 이 탄광촌의 실태를 한탄하는 태도에는 어딘가 잔인한 면이 있었다. 그들은 이러한 상태에 잔인스럽게 만족하는 것 같았다. 탄광이야말로 대단히 관심을 받는 곳이었다. 어슐라는 창 밖을 내다보았다. 의기양양하고 악마 같은 탄광이 기계 바퀴를 공중에서 번쩍이며 쳐들고 있었고, 특색 없이 누추한 탄광촌이 한 덩어리가 되어 옆구리에 쭈그리고 있었다. 그건 부차적인 것들이 지저분하게 한 무더기로 쌓여 있는 꼴이었다. 탄광이 주된 관심사이고, 모든 것의 존재 이유가 되었다.

이 얼마나 무시무시한가! 거기에는 끔찍스럽게 신기한 면이 있었다. 인간의 몸과 목숨이 탄광이라는 균형 잡힌 괴물에게 노예처럼 매여 있다니. 거기엔 정신을 아찔하게 하는 일그러진 만족감이 있었다. 잠시 동안 어슐라는 어지럼증을 느꼈다.

그러나 제정신이 들자 굉장히 외롭다고 느꼈다. 슬프면서도 마음은 홀가분했다. 그녀의 마음이 떠난 것이었다.

그녀는 더 이상 저 큰 탄광이나 인간 모두를 포로로 만든 큰 기계에 종속되지 않을 것이다. 어슐라는 마음속으로 기계를 반대하며 나섰고 기계의 위력도 부인했다. 그것은 무기력하고 무의미하므로 인간이 저버려야 할 것이었다. 사실 어슐라는 기계가 무의미하다는 것을 알고 있었다. 그러나 바로 눈앞의 탄광을 쳐다보면서 탄광이 무의미하다고 계속 주장하려면 상당한 의지와 열정적인 노력이 필요했다.

그러나 톰 삼촌과 잉거 선생은 기계와 탄광 가운데 여전히 남아서 그 흉측한 상태를 냉소적으로 비난하면서도 그 상황에 애착을 보이고 있었다. 마치 한 남자가 연인에게 욕설을 퍼부으면서 여전히 그녀를 사랑하는 것이나 마찬가지였다. 톰 삼촌이 어슐라의 마음속을 눈치 챈 걸 알 수 있었다. 그러나 그가 비판적인 눈으로 기계를 비난하면서도 여전히 그 위대한 기계를 원한다는 걸 어슐라는 잘 알고 있었다. 삼촌이 행복한 순간이란, 순수한 자유를 느끼는 시간이란 오로지 기계를 섬길 때뿐이었다. 그때만, 오로지 그때만, 기계가 그를 완전히 장악했을 때만 그는 자신의 증오에서 해방되고 냉소주의나 비현실성에서 벗어나 온전하게 행동할 수 있었다.

그러니까 그의 진짜 연인은 기계였다. 그리고 잉거 선생의 진짜 연인도 기계였다. 선생님 역시 불순한 추상성과 물질의 기계적인 면을 숭배했다. 거기에서, 기계 속에서, 기계에 봉사하는 데서 선생님은 막히고 비천해진 인간 감정으로부터 해방될 수 있었다. 살았든 죽었든 모든 물질을 하나로 묶는 괴물 같은 기계 속에서, 기계에 봉사하는 데서 그녀의 절정과 완전한 결합과 불멸을 이루었다.

증오심이 어슐라의 가슴속에서 북받쳤다. 만일 할 수만 있다면 기계를 부숴버리리라. 마음속에서 부글부글 끓어오르는 분노는 충분히 저놈의 큼직한 기계를 부숴버릴 수 있으리라. 만일 그녀가 저 탄광을 부숴 없애서 위기스턴의 모든 광부들을 실직시킬 수 있다면 그녀는 그렇게 하리라. 몰록 신 같은 저런 기계를 신봉하느니 차라리 배를 주리며 초목의 뿌리를 먹으려고 땅을 파게 하는 게 낫지. 그녀는 삼촌이 미웠다. 잉거 선생도 미웠다. 그들은 차를 마시려고 정원 중앙에 있는 정자로 나갔다. 정자는 들판 가장자리에 있는 정돈된 정원의 끝에 위치해 있었다. 주위에는 몇 그루의 나무가 들어서 있어 상쾌했다. 삼촌과 잉거 선생이 그녀에게 빈정거리고 그녀를 얕보는 것 같았다. 그녀의 기분은 비참해졌고 쓸쓸했다. 그러나 그녀는 절대로 굴복하지 않으리라.

잉거 선생에 대한 그녀의 쌀쌀한 태도는 절대로 누그러지지 않을 것이었다. 그들 사이의 정은 끝났다는 걸 알았다. 어슐라는 잉거 선생에게서 조잡하면서도 추한 행동을 보았다. 진흙처럼 끈적거리고 무기력하며 축 늘어진 선생의 몸뚱이를 보았고 선사시대에 살았던 커다란 도마뱀이 연상되었다. 하루는 그녀의 삼촌이 찌는 듯한 땡볕 아래 걸어와서, 온몸이 달아오른 채 방으로 들어왔다. 땀이 머리와 이마에 돋아났고 손은 땀투성이로 뜨거워서 악수할 때 숨이 막히는 듯했다. 삼촌에게도 역시 끈적거리는 면이 있었구나. 진물이 축축하게 나와 부어오른 곳이 있었구나.

늪지대에서 느끼는 그런 찝찔하고 구역질이 나는 면이 있었구나. 그런 상태에서 생명과 부패는 한가지지.

어슐라는 삼촌이 역겨웠다. 어슐라는 불이 붙어 바짝 말라 있고 순수했다. 뼛속으로부터 지긋지긋하게 느껴져 아저씨와는 떨어져 있어야 했다.

바로 이 몇 주일 동안 어슐라는 성숙해 갔다. 그녀는 위기스턴에서 두 주간 머물렀으며 이젠 이곳에 더 머무르기 싫었다. 모든 것이 회색으로 바짝 마른 재와 같았고 차갑게 죽어 있었으며 흉측했다. 그러나 어슐라는 계속 머물러 있었다. 잉거 선생을 떼어버리기 위해서였다. 자기의 여선생과 삼촌을 증오하고 역겹게 느끼다 보니 두 사람이 함께 있도록 만든 셈이 되었다. 그들은 마치 어슐라를 적수로 대하는 듯 가까워졌다.

어슐라는 마음이 굳어지고 비통해지는 것을 느끼며 잉거 선생이 삼촌의 애인이 되었다는 것을 알게 되었다. 기뻤다. 어슐라는 그 두 사람을 한때 사랑했었지. 이제 그녀는 그 두 사람을 자신에게서 떼어버리려 했다. 두 사람이 끈적거리면서도 달콤씁쓸하게 썩어가며 풍기는 그 냄새가 코밑에서 역겹고 메스꺼웠다. 이 악취 나는 곳을 벗어날 수만 있다면 무슨 짓이라도 하리라. 그 두 사람에게서 영영 떠나리라. 그들의 기이하고 물렁거리며 반쯤 썩은 성분으로부터 떠나리라. 어떤 짓을 해서라도 떠나리라.

하루는 밤에 잉거 선생이 온몸이 달아올라 어슐라의 침대로 와서 어슐라를 팔로 껴안았다. 역겨워 죽겠는데도 자기 몸으로 바짝 당겨 안고는 말했다.

"어슐라. 내가 브랑윈 씨와 결혼해도 될까?"

달라붙는 듯한 끈적거리는 그 질문이 어슐라를 참을 수 없게 내리눌렀다.

"삼촌이 청혼했어요?"

어슐라가 역겨운 마음을 억지로 참으면서 물었다.

"그이가 나한테 청혼했어."

잉거 선생이 대답했다.

"어슐라, 삼촌과 결혼해도 될까?"

"그래요."

어슐라가 대답했다. 안았던 팔이 더욱 그녀를 꼭 끌어안았다.

"요 귀여운 것아. 네가 그렇게 말할 줄 알았어. 그러면 그이와 결혼하겠어. 너도 삼촌을 무척이나 좋아하지?"

"전 삼촌을 무척이나 좋아해요. 어릴 때부터 죽……."

"알아, 알고 있어. 아저씨의 어떤 면을 네가 좋아하는지도 난 알아. 그는 매우 독특한 인물이야. 다른 사람들과는 전혀 다른 면을 갖고 있어."

"그래요."

어슐라가 맞장구쳤다.

"그렇지만 그인 또 너하고는 달라. 너만큼 착하지도 못해. 그에겐 좀 역겨운 면도 있지. 굵은 허벅지라든가 말이야……."

어슐라는 잠자코 있었다.

"그렇지만 얘, 난 그이와 결혼하겠어. 그게 좋겠어. 이제 네가 날 사랑한다고 말해 줘."

어슐라는 하는 수 없이 사랑 고백 같은 것을 했다. 하여간 그녀의 연인이었던 잉거 선생은 한숨을 내쉬며 자리를 떠나 자기 방으로 가서 울었다.

이틀 뒤 어슐라는 위기스턴을 떠났고 잉거 선생은 노팅엄으로 갔다. 잉거 선생과 톰 삼촌은 약혼을 했고, 삼촌은 약혼을 마치 자신의 값어치의 재확인이나 되는 것처럼 뽐내는 듯했다.

그들은 약혼한 채로 다음 학기까지 있다가 결혼했다. 삼촌은 자식을 원할 나이가 되었다. 아이를 갖고 싶어 했다. 결혼이나 가정적인 정착 같은 것은 그에게 별 의미가 없었다. 그는 자식을 번식시키고 싶었던 것이다. 자신의 행동양식을 잘 알고 있었다. 그는 본능적으로 점점 더 타성이 붙어서 편안히 쉴 곳을 찾았고, 완전히 냉담해지고 무관심해졌다. 그는 기계가 그를 이끌어나가도록 놔두려 했다. 남편이자 아버지이며 탄광의 지배인인 그는 따스한 점토덩어리와 같아서, 매일 똑같은 동작을 반복하는 커다란 기계로 위로 올려지고 덕분에 그곳에서 움직이는 힘을 얻었다. 잉거 선생으로 말하자면, 그녀는 교육을 받은 여자로 그와 동질의 인간이었다. 그녀는 생의 좋은 반려자가 될 것이다. 한마디로 그녀는 그의 배우자였다.

제13장
남성의 세계

어슐라가 코셋헤이로 돌아오자 어머니와 다투는 생활이 시작되었다. 학창 시절은 끝이 났고 대학 입학시험에는 합격했다. 이제 어슐라는 학교를 마치고 결혼 적령기를 앞둔 공허한 시기를 집에서 보내고 있었다.

처음에 어슐라는 이제야 매일이 휴일 같은 나날을 보내며 해방감을 느끼리라 생각했다. 그러나 그녀의 정신은 혼미해졌고 고통으로 판단력을 잃고 마비되었다. 자신에 대해 생각할 정도로 의지력이 남아 있지도 않았다. 얼마 동안 그녀는 침잠해 있어야 했다.

얼마 안 되어서 어슐라는 다시 생기가 돌아 어머니와 싸웠다. 어머니는 그즈음 어슐라를 계속 못살게 굴고 성을 내게 만드는 위력이 있었다. 이미 아이들이 일곱이나 있었는데도 브랑윈 부인은 또 임신 중이었다. 아홉 번째로 아기를 가진 것이었다. 아이 하나는 갓난아기 때 디프테리아로 죽었다.

어머니가 또 아기를 가졌다는 사실 자체가 맏딸인 어슐라를 화나게 했다. 어머니는 아주 만족했고 자식을 낳는 일에서 완전히 자기 성취를 느꼈다. 엄마는 즉물적이고 육체적이며 평범한 일 외에는 그 어떠한 것의 존재도 절대로 받아들이려 하지 않았다. 어슐라는 마음이 달아올라 젊은이의 모든 고뇌를 안고 괴로워했다. 청춘이 파악할 수도 분간할 수도 없고 마음에 품을 수도 없는 미지의 이상을 찾아서 손을 내밀었다. 화가 치밀어 앞을 가로막는 모든 암흑과 대항해 싸웠다.

이러한 암흑의 일부분은 그녀의 어머니였다. 어머니처럼 모든 것을 육체적인 사고의 영역에 국한시키고, 자기만족에 빠져서 그 밖의 여하한 것의 실재도 배척해 버린다는 것은 가공할 만한 일이었다. 어머니는 아이들과 집, 그리고 마을에서 돌아다니는 하찮은 잡담 외에는 일체 관심을 두지 않았다. 그 밖의 것이 그녀에게 손을 대게 허용치 않았고, 그녀 근처에서 살지도 못하게 했다.

브랑윈 부인은 배가 잔뜩 불러서 편안한 자세로 어기적거리며 왔다 갔다 했다. 몸가짐이 단정치 못하면서도 어떤 위엄을 갖추었고 여유를 가지고 스스로를 즐겼다. 언제나 아이들을 위해 무슨 일을 했고, 이런 일을 함으로써 여자됨의 전부를 성취했다.

이렇게 오랫동안 자식을 낳는 일에 자족해서 있으니 브랑윈 부인은 계속 어린 채로 있으면서 성장을 하지 못했다. 구드룬을 낳은 이후 단 하루도 더 철이 들지 못했다.

순간에서 성장이 멈춰버린 듯했다. 그 수년 동안 아이들이 출생했다는 일 외에는 아무 일도 일어나지 않았고, 아이들의 건강 이외에는 아무것도 문제되는 것이 없었다. 아이들이 철이 들고 자신의 자아 성취 문제로 고민을 시작할 때면 부인은 그 자식들을 밀어냈다. 그러나 집 안에서는 여전히 당당했다. 남편 브랑윈은 아내와의 관계에서는 계속 몸이 더워 있어 풍요롭고도 노곤한 잠에 빠져 있었다. 부부 어느 쪽도 개성적이지 못했고 개인으로서 특성이 없었다. 그만큼 그들은 어린 자식들을 낳고 기르는 육체적인 열기에 휩싸여 있었다.

어슐라는 이런 것에 대해 얼마나 분개했는지. 그리고 우글대며 살아가는 집안의 밀착되고 제한된 육체적인 삶에 대항해서 얼마나 싸웠던가. 어머니는 여전히 침착하고 평온하며 아랑곳하지 않고 육체적인 모성의 위세를 부리며 왔다 갔다 했다.

싸움이 일어나곤 했다. 어슐라는 자신에게 중요한 일을 위해서는 끝까지 싸우려 했다. 동생들이 좀 덜 무례하고 덜 폭력적으로 되며, 자신도 집 안에서 안식할 곳을 가지려 했다. 그러나 어머니는 그녀를 밑으로 끌어내리고 또 끌어내렸다. 새끼를 치는 동물이 보이는 모든 본능적인 교묘한 수단으로 어머니는 어슐라의 정열과 사상과 의견을 조롱하고 보잘것없는 것으로 보았다. 어슐라는 활동과 직업의 전선에서 남자와 동등한 위치를 차지하기 위해 우선 집에서부터 여자의 권리를 주장하느라 애쓰곤 했다.

“기워야 할 양말들이 잔뜩 쌓여 있구나. 이곳을 네 활동의 무대로 삼아보지."

어머니는 빈정대듯 말했다.

어슐라는 양말 깁는 일은 딱 질색이었다. 게다가 이런 식의 대꾸에 그녀는 화가 치밀었다. 그녀는 엄마를 지독히 싫어했다. 하는 수 없이 이런 집안일을 몇 주일 동안 하고 나니 집에 진저리가 났다. 자신을 상스럽고 하찮은 일에 매달리게 만드는 집안의 모든 무의미한 상태가 어슐라를 미치게 만들었다. 어슐라는 이야기를 하고 자신의 생각을 쏟아놓았고, 동생들의 언행을 바로잡으며 잔소리를 퍼부었다. 그녀는 계속 아이만 낳는 엄마를 무언중에 멸시해서 등을 돌렸고, 이런 딸을 엄마는 거드름을 피우며 냉담하게 대했다. 어슐라는 마치 혼자 난 체하는, 대수롭게 여길 필요가 없는 아이처럼 취급당했다.

브랑윈 씨는 어쩌다가 집안의 싸움에 휘말려 들기도 했다. 그는 맏딸 어슐라를 사랑했다. 그러므로 그가 어슐라를 공박할 때는 일종의 수치심 내지는 배반한다는 느낌마저 들었다. 그런 까닭에 그는 사납게 가차 없이 어슐라를 공격했고, 아주 잔인하게 굴었기 때문에 어슐라는 백지장처럼 창백해지고 말문이 막혀 정신이 멍해졌다. 그녀의 감정이 속에서 죽어가는 듯했고 성미 또한 강퍅하고 차가워졌다.

브랑윈 씨 자신이 변화하는 단계에 있었다. 여러 해가 지난 후에, 그의 눈에 자유의 구멍이 보이기 시작했다. 이십 년 동안 그는 레이스 도안사로서 사무실에서 지내왔다. 그 일이 운명적으로 그에게 할당된 일이라 생각하고 흥미도 없는 일을 계속했던 것이다. 딸들이 성장하고, 또 그들이 옛날의 생활 방식에 점점 반기를 들자, 그도 좀 자유로워졌다.

그는 끊임없이 움직이는 사람이었다. 두더지처럼 그를 덮고 있는 흙을 맹목적으로 파나갔다. 그가 갇혀 있는 육체적인 조건에서 항상 벗어나려고 움직였다. 천천히 방향 감각도 없이 더듬으면서, 그에게 남아 있는 작은 동기 의식으로 개성 있는 표현과 형태를 향해서 꾸준히 밀고 나갔다.

마침내 이십 년이 지난 뒤 그는 다시 목각 일로 돌아갔다. 그가 연애 시절에 팽개쳐 두었던 아담과 하와의 목각을 하던 그 무렵으로 돌아갔다. 지금의 그는 비전은 없었으나, 지식과 기술이 있었다. 젊었을 때의 구상이 유치했던 것을 알게 되었고 구상이 배치되었던 세계의 비현실성을 알게 되었다. 그는 이제 현실감에서 새로운 힘을 얻고 있었다. 그는 자신이 곧 실체이며 실재의 사물을 다루는 듯이 느꼈다. 그는 여러 해 동안 코셋헤이에서 일을 해오면서 교회의 풍금을 제작했고 목각물들을 원형대로 복구시키면서 평범한 육체적인 노동에 아름다움이 있다는 사실을 깨닫기에 이르렀다. 이제 그는 자신의 의사 표출 방법이었던 목각일을 다시 하려고 했다.

그러나 막상 시작하려니 할 수가 없었다. 늘 너무 바쁘든가 자신이 없어 벙벙했다. 그는 망설이면서 모형 제작을 공부하기 시작했다. 놀랍게도 그 일을 해낼 수 있음을 발견했다. 점토와 석고로 모형을 제작함으로써 그는 아름다운, 정말로 아름다운 조상(彫像)들을 복사해 냈다. 다음에는 어슐라의 두상을 도나텔로* 방식으로 높이 양각을 하여 만들기 시작했다. 그의 첫 열정을 쏟아, 그의 욕망을 아름답게 투영시켰다. 그러나 정신 집중이 잘 되지 않았다. 그래서 입에 재를 문 기분으로 포기해 버렸다. 그는 계속해서 고전 조각상을 본뜨기도 하고, 그런 데서 소재를 골라 고안을 하기도 했다. 청년 시절 프라 안젤리코를 무척 좋아했듯이 그는 지금 델라 로비아**와 도나텔로를 무척 좋아했다. 그의 작품엔 초기 이탈리아의 작품들처럼 어느 정도의 신선함과 청순한 긴장감이 감돌았다. 그러나 그건 복사품에 불과했다.

모형 제작에서 한계점에 이르자, 그는 그림 그리는 데 관심을 돌렸다. 그는 다른 아마추어 화가들처럼 수채화를 그려보았다. 결과는 괜찮았으나 별로 흥미를 못 느꼈다. 다음에는 그가 좋아하는 교회 그림을 한두 장 그려보았다. 그림은 그의 조각과 같은 긴장감을 보였으나 현대적인 분위기 조성 위주의 화법과는 조화가 안 되는 것 같았다. 그의 그림에서 교회 탑은 우뚝 서 있었고, 그 모습이 정말로 서 있는 듯하여 당당했으나, 그것에 별 의미가 없음을 부끄럽게 여기고 그는 다시 딴 곳으로 관심을 돌렸다.

그는 보석 세공술에 흥미를 느껴 벤베누토 첼리니***의 글을 읽고 장식품 복사술에 관해 탐독한 후 은과 진주와

---

* Donatello(?~1466). 이탈리아의 조각가.

** Luca Della Robbia(1400~1482). 이탈리아의 조각가.

*** Benvenuto Cellini(1500~1571). 이탈리아의 조각가, 금 세공인. 그의 자서전은 유명하다.

맥석(脈石)으로 펜던트를 만들기 시작했다. 막 발견해 나가면서 그가 처음으로 만든 것들은 정말로 아름다웠다. 그 후 만든 것들은 좀 더 모방성을 띠었다. 그러나 아내로부터 시작해서 그는 모든 집안 여자들에게 펜던트 하나씩을 만들어주었다. 다음에는 반지와 팔찌도 만들었다.

그다음에 그는 두들겨서 늘이고 끌질을 하는 금속 세공을 시작했다. 어슐라가 학교를 졸업했을 때는 아름다운 형태의 은그릇을 만들고 있었다. 그가 얼마나 그 일을 즐겼던지 그 일에 욕심을 낼 정도가 되었다.

이러는 동안 내내 그가 실제로 바깥세상과 관련을 맺어 온 유일한 통로는 겨울 야간학교였다. 야간학교가 그를 국가적인 교육과 연관지어 주었다. 그 외의 모든 것에는 망각 상태였고 거의 무관심했으며 전쟁에 대해서조차 그러했다. 국가는 그에게 존재하지 않았다. 그는 자기만의 사적인 은둔지에 살고 있었으며 그곳엔 국가도, 그 어떤 위대한 지지자도 없었다.

어슐라는 남아프리카의 전쟁에 관하여 막연하게 신문에서 읽었다. 신문 기사를 읽으면 처절하게 느껴져, 될 수 있는 대로 신문에 관심을 적게 가지려고 했다. 그러나 스크레벤스키가 거기에 가 있었다. 그는 가끔씩 엽서를 보내왔다. 그녀는 그가 있는 쪽을 향해 있으면서도, 창문도 문도 없는 콱 막힌 벽을 향해 있는 듯이 느껴졌다. 어슐라는 추억 속에서 스크레벤스키의 생각에 매달렸다.

잉거 선생에 대한 사랑으로 말미암아 그녀의 인생이, 스크레벤스키에게 속해 있던 뿌리가 본래의 토양에서 억지로

뽑혀 메마른 곳에 이식된 듯했다. 그는 추억에 불과했다. 어슐라는 잉거 선생이 그녀에게서 떠나간 뒤에 기이하게 열정을 가지고 스크레벤스키에 대한 추억을 되살렸다. 그는 그녀에게 있어서 진정한 삶의 상징물과 같은 존재였다. 마치 그를 통해서만이 그녀가 진정한 자아로 되돌아갈 듯싶었다. 그 자아는 그녀가 잉거 선생을 사랑하기 전, 죽음 같은 마비가 그녀를 덮기 전, 그리고 이 가혹한 이식이 있기 전 그녀 본연의 모습이었다. 그러나 그녀의 추억조차 상상력의 소산이었다.

어슐라는 그들이 과거에 함께했던 모습을 상상했다. 그에 관한 상상이 더 발전해 나갈 수는 없었다. 그가 지금 무엇을 하고 있으며 그녀와 어떤 관계를 맺었을까에 관해서는 상상이 안 갔다. 단지 가끔, 그가 떠나갔을 때 그녀가 얼마나 비참하게 고통을 당했나를 생각하면서 울었다. 아, 그녀가 얼마나 괴로워했던가! 일기에 자신이 적은 내용을 기억했다.

"만일 내가 달이라면, 난 어딜 비출지 알지."

아, 그녀가 당시 어떠했나를 기억한다는 건 미지근하게 다가오는 고뇌였다. 그건 죽은 자아를 기억하는 것이니까. 그 모든 것은 잉거 선생과의 관계 이후에 다 죽어버렸는데. 그녀는 자신의 사랑스러운 어린 자아의 시체를 알았고 그 무덤도 알고 있었다. 그러나 그녀가 슬퍼서 애도하고 있는 사랑스러운 어린 자아는 거의 존재하지 않았던 것이고, 단지 그녀의 상상력의 산물이었다.

그녀의 마음속 깊숙이 차가운 절망이 변하지 않은 채 계속 남아 있었다. 이젠 아무도 그녀를 절대로 사랑하지 않으리. 그녀는 아무도 사랑하지 않으리라. 사랑의 몸뚱이는 잉거 선생과의 관계 이후에 살해되었고 그녀 마음속에는 그 시체의 한 부분이 남아 있었다. 그녀는 살리라. 계속 살아가리라. 그러나 애인은 갖지 않으리라. 그 어떤 애인도 그녀를 더 이상 원하지 않을 것이리라. 그녀 자신이 어떤 애인도 원치 않으리라. 그녀 속에 있던 가장 생생하던 작은 불꽃이 영원히 꺼져버렸는데, 그녀의 진정한 자아인, 진정한 사랑의 꽃봉오리를 담고 있던 그 자그마하고 생생한 배종(胚種)은 살해되었으니, 그녀는 초목처럼 계속 자라리라. 자그마한 꽃들을 피우기 위해 최선을 다하리라. 그러나 가운데 꽃대는 세상에 나오기도 전에 죽었으니 그녀의 모든 성장은 희망의 시신을 전할 뿐이었다.

아이들이 북적대는 좁은 집에서 계속 몇 주일을 비참하게 보냈다. 그녀의 삶은 무엇인가. 지저분하고 형태가 잡히지 않고 산산이 부서진 무와 같은 것이지. 어슐라 브랑윈도 가치나 중요성이 없는 인물로서 일커스턴이라는 지저분한 구역 내의 코셋헤이란 하잘것없는 촌에 살고 있지. 나이 열일곱에 아무짝에도 쓸모없고, 남에게서 인정도 못받고, 그녀를 원하거나 필요로 하는 사람 없이, 오직 자신의 죽어버린 가치만 의식하고 있다니. 차마 그걸 생각할 수가 없었다.

그러나 고집이 센 어슐라는 여전히 자부심으로 버티어 나갔다. 그녀는 더럽혀질 수 있는 한 구의 시체 같아서 절대로 남의 사랑을 받아보지 못하리라. 속심이 썩은 꽃대같이 남이 마련해 놓은 양식으로 먹고산다 해도, 그녀는 아무에게도 굴하지 않으리라.

어슐라는 서서히 이렇다 할 역할이나 의미나 값어치도 없이 그 상태대로 계속 집에서 살 수는 없다는 사실을 깨닫게 되었다. 학교에 다니는 동생들이 바로 그녀가 아무짝에도 쓸모없다고 경멸했다. 그녀는 무엇인가를 해야 했다.

아버지가 어머니를 도울 일이 많다고 말했지만 부모로부터 따귀나 얻어맞는 것 외에는 얻을 것이 없었다. 그녀는 현실적인 아이가 못 되었다. 어슐라는 엉뚱한 생각들을 했다. 도망쳐서 남의 집 하녀가 되거나 어떤 남자에게 자기를 받아달라고 간청할 생각도 해보았다.

어슐라는 고등학교 선생에게 조언을 청하는 편지를 썼다. 이내 답장이 왔다.

"어슐라, 난 네가 무슨 일을 해야 할지 명확히는 알 수 없어. 단 마음만 내키면 초등학교 교사가 될 수는 있어. 입학시험에 통과했으니 어떤 학교에서든 교사자격증 없는 교사로 가르칠 자격이 있을 거야. 봉급은 일 년에 50파운드 정도야.

뭔가 하고자 하는 욕망이 있다니 얼마나 잘된 일인지! 인류란 하나의 커다란 단체란다. 어슐라도 그 단체의 유용한 일원이며 인류가 성취하고자 하는 위대한 과업에 한몫을 해야 함을 알게 될 거야. 이것이 어슐라에게 그 어떤 것도 베풀 수 없는 만족감과 자신감을 갖게 해주겠지."

어슐라는 심장이 철렁 내려앉았다. 그건 차갑고 처량한 만족이었다. 그러나 그녀의 냉정한 의지는 이를 따를 것이었다. 그것이 바로 그녀가 원했던 바이다. 편지는 다음과 같이 계속되었다.

"어슐라는 감정적인 성격이야. 자연스럽고도 재빠르게 반응을 보이지. 그러니 어슐라가 인내와 자기 단련을 터득한다면 훌륭한 교사가 되지 못하리란 법은 없어. 적어도 한번 시도를 해보는 거야. 아마 일 년 아니면 이 년 동안 자격증 없는 교사 노릇을 하면 될 테고, 그다음에는 교육 전문대학에 가서 학위를 따기를 바래. 내가 가장 강력하게 권하고 조언하는 바는 공부를 하되 항상 학위를 딴다는 목적을 두고 하라는 거야. 그 학위가 자격과 일자리를 주고, 나아갈 길을 선택할 더 많은 폭을 마련해 줄 테니까.

내 여자 제자 중 한 사람이 경제적으로 독립한 모습을 보면 자랑스러울 거야. 경제적 자립이란 겉보기보다 훨씬 큰 의미를 갖는단다. 내 제자 중 또 한 사람이 경제적인 독립의 길을 찾았다는 걸 알게 되면 난 정말로 기뻐할 거야."

편지는 전체적으로 침울하고 처절하게 들렸다. 어슐라는 그 편지를 오히려 증오했다. 그러나 어머니의 멸시와 아버지의 가혹함이 그녀의 급소를 찔러 아프게 했다. 놀고먹는 사람의 치욕감을 잘 알 듯했다. 어머니가 사람을 동물적으로 평가하는 데는 몸에 가시가 박힌 듯 통증을 느꼈다.

마침내 어슐라는 말을 꺼내야 했다. 어느 날 저녁 마음을 다부지게 먹고 말없이 집에서 살짝 나와 작업실로 갔다. 땅 땅 땅, 망치로 금속을 내리치는 소리가 들렸다. 문이 열리자 아버지가 고개를 쳐들었다. 아버지의 얼굴은 청년 시절처럼 본능적인 열정으로 빨갛고 빛이 났다. 그의 검은 콧수염은 넓은 입 위쪽으로 바싹 깎여 있었고 검은 머리카락은 여전히 가늘고 촉촉하게 보였다. 그러나 아버지에겐 추상적인 분위기가 감돌았다. 필요 때문에 일부러 인간을 멀리하는 듯한 분위기였다. 그는 일꾼이었다. 딸의 표정 없는 굳은 얼굴을 쳐다보았다. 분노가 그의 가슴과 배 속으로 뜨겁게 몰려왔다.

"그래 뭐냐?"

아버지가 물었다.

"제가 말이에요."

어슐라는 아버지를 쳐다보지 않고 옆을 보면서 말했다.

"제가 나가서 취직을 해도 돼요?"

"일하러 나간다고? 무엇 때문에?"

아버지의 목소리는 아주 거셌고 마음의 준비가 된 듯 떨렸다. 어슐라는 기분이 상했다.

"전 좀 다른 생활을 하고 싶어요."

아버지는 왈칵 화가 치밀어 피가 잠시 동안 멈추는 것 같았다.

"다른 생활?"

그는 되풀이해 물었다.

"그래, 어떤 생활을 하고 싶으냐?"

어슐라는 머뭇거렸다.

"집안일과 그냥 어슬렁거리는 것 말고 딴 일 말이에요. 그리고 전 돈을 벌고 싶어요."

딸이 저돌적으로 야무지게 말하면서 아버지를 무시하는 듯이 거센 젊음의 패기를 보이자 그도 또한 분노로 굳어졌다.

"그래, 어떻게 해서 네가 돈을 벌겠다는 거냐?"

"전 교사가 될 수 있어요. 대학 입학시험에 통과해 자격을 얻었으니까요."

아버지는 대학 입학시험이고 뭐고 다 없어지길 바랐다.

"그래 자격시험으로 얼마나 벌 자격을 얻었는데?"

그는 빈정거리며 물었다.

"일 년에 50파운드요."

어슐라가 대답했다.

그는 말이 없었다. 팔에서 기운이 쭉 빠졌다. 그는 딸들이 밖에 나가 일을 안 해도 된다는 사실을 속으로는 대단히 자랑스럽게 여기던 참이었다. 아내의 지참금과 자신의 수입을 합하면 일 년에 400파운드쯤 되었다. 나중에 필요할 때는 원금을 좀 끌어 쓸 수도 있었다. 그는 노후를 걱정하지 않았다. 딸들이 귀부인이 될지도 모르니까. 일 년에 50파운드는 일주일에 1파운드로 딸이 혼자 독립해서 살기에 충분한 돈이었다.

"그래 어떤 종류의 교사가 되려고 하지? 어린아이들의 학급은 고사하고 제 동생들한테도 인내심을 발휘하지 못하는 주제에. 넌 공립학교의 지저분한 아이들은 싫어하는 줄 알았는데."

"공립학교 아이들이라고 다 더럽지는 않아요."

"아이들이 다 깨끗하지는 않다는 걸 알게 될 게다."

작업실에는 침묵이 흘렀다. 램프 불은 그 앞에 있는 달아오른 은그릇과 망치, 용광로와 끌 위를 비췄다. 아버지는 야릇하게 고양이 같은 표정을 짓고, 웃는 듯 마는 듯 서 있었다. 그러나 그건 웃는 게 아니었다.

"해볼까요?"

어슐라가 물었다.

"네 하고픈 대로 하고 가고픈 대로 가보지그래."

어슐라의 얼굴은 굳어서 무표정하고 냉담했다. 딸의 얼굴이 그런 표정인 것을 보면 언제나 극도로 화가 치밀었다. 그는 계속 조금도 꼼짝 않고 있었다.

딸애는 냉담하게, 조금도 내색하지 않고 몸을 돌려 작업실을 나섰다. 그는 일을 계속했다. 온통 신경이 거슬렸다. 그는 연장을 다 내려놓고 집 안으로 들어가야 했다.

그는 분노와 멸시가 섞인 씁쓸한 어투로 아내에게 이야기했다. 어슐라는 옆에 있었다. 잠시 말다툼이 오갔고 부인이 쏘는 듯한 우월감과 냉담한 어조로 내뱉은 말로 언쟁이 끝났다.

"세상이 어떤지 맛을 보게 해요. 얼마 안 있어 신물이 날 테니까요."

그 문제는 거기서 그쳤다. 어슐라는 자신이 마음대로 행동할 수 있다고 생각했다. 며칠 동안 그녀는 꼼짝하지 않았다. 직장을 찾는다는 지긋지긋한 일을 시작하기가 싫었다. 새로운 접촉, 새로운 환경에서 어슐라는 극도로 예민하고 수줍음을 타 몸을 움츠렸기 때문이다. 그러나 마침내 일종의 옹고집이 그녀를 몰아붙였다. 마음은 그저 비통할 따름이었다.

어슐라는 일커스턴의 무료 도서관에 가서 《여교사》란 잡지에서 학교 주소를 베끼고 지원서를 요청하는 편지를 썼다. 이틀이 지난 후에 어슐라는 일찍 일어나 우체부를 만났다. 예상했던 대로 세 통의 기다란 편지 봉투가 기다리고 있었다.

어슐라가 편지를 들고 2층 자기 방으로 올라가는데 심장은 고통스럽게 방망이질했다. 손이 떨려서 기재해야 할 길게 생긴 공식 서류를 들고 읽을 수가 없었다. 모든 항목은 냉랭하고 아주 사무적이었다. 그렇지만 채워야만 했다.

성명(성을 먼저 쓸 것.)

떨리는 손으로 그녀는 '브랑윈, 어슐라'라고 썼다.

나이 및 생년월일

한참 동안 생각한 후에야 그 칸을 기재했다.

자격증 및 자격시험 날짜

좀 자부심을 가지고 어슐라는 썼다.
'런던 교사 자격시험'

과거의 경험 및 직장명

그녀는 이 칸에 '무'라고 적을 때 가슴이 쿵 내려앉았다. 아직도 써야 할 칸이 많이 있었다. 세 통의 원서를 다 쓰는 데 두 시간이 걸렸다. 그다음에 어슐라는 고등학교 교장과 목사님에게서 받은 추천장을 베껴야 했다.

드디어 그 일이 끝났다. 어슐라는 기다란 봉투 셋을 봉했다. 그녀는 오후에 일커스턴으로 가서 편지를 부쳤다. 이 일에 관해서는 부모님들에게 아무 말도 하지 않았다. 긴 봉투에 우표를 붙이고 중앙우체국의 우체통에 봉투를 넣으면서 어슐라는 이미 자신이 부모의 손이 미치지 않는 곳에 있는 듯한 느낌이 들었다. 마치 보다 큰 활동의 외계, 곧 남성들이 만들어놓은 세계와 접속하는 기분이었다.

어슐라는 집으로 돌아오면서 자기식으로 예전의 화려했던 꿈을 다시금 펼쳤다. 그녀가 낸 원서 가운데 한 통은 켄트 군의 길링엄에, 또 한 통은 킹스턴어폰템스에, 다른 한 통은 더비셔 군의 스완윅에 가는 것이었다.

길링엄은 참으로 아름다운 이름이었고 켄트는 영국의 정원 격인 곳이었다. 길링엄의 호프* 밭 옆에 있는 아주 오래된 마을에는 태양이 부드럽게 비치고 있었다. 어슐라는 오후에 학교에서 나와 대문 옆 플라타너스 그늘 속으로 들어서서 조는 듯한 길을 따라 오두막집을 향해 걸어갔다. 수레국화가 오래된 나무 울타리 사이로 푸른 꽃대를 밀어 넣고 꽃창포는 오솔길 옆에 만발해 있었다.

어슐라가 방 안에 들어서자 섬세하게 생긴 은발의 부인이 일어나 상앗빛 손을 쳐들며 말했다.

* 그 열매로 맥주의 쓴맛을 내는 식물.

"아, 이봐요. 어떻게 생각하세요?"

"웨더롤 부인, 무엇을요?"

프레드릭이 집에 돌아왔다. 그의 남자다운 발소리가 층계에서 들렸고, 어슐라는 그의 튼튼한 구두와 푸른 바지와 단복을 입은 모습을 보았다. 그의 얼굴은 독수리 얼굴처럼 깨끗하고 날카로웠으며 눈은 기이한 바다 빛으로 빛났다. 아, 그가 부엌으로 내려설 때 그의 마음속을 엮는 기이한 바다여!

이러한 환상은 점점 더 불어나서 어슐라가 1마일을 걸어가는 동안 계속되었다. 그다음에 어슐라는 킹스턴어폰템스로 갔다.

킹스턴어폰템스는 런던 바로 남쪽에 있는 유서 깊은 오래된 도시였다. 대도시에 속하지만 평화를 사랑하는, 좋은 가문 출신의 지체 높은 분들이 그곳에 살았다. 그곳에서 어슐라는 앤 여왕의 오래된 큰 저택에서 살고 있는 훌륭한 가문의 여자 아이들을 만났다. 그 저택의 잔디밭은 강가까지 굽이쳐 둔덕이 졌고, 어슐라는 위엄 있게 평화로운 분위기 속에서 마음속으로 가깝게 그리던 사람들과 만났다. 그들은 어슐라를 자매처럼 사랑했으며, 어슐라는 그들과 갖가지 고상한 생각을 나누었다.

어슐라는 다시 행복했다. 환상 속에서 가련하게 잘린 날개를 펴고 순수한 천공 속으로 날아갔다.

며칠이 지났다. 어슐라는 부모에게 말하지 않았다. 그런데 길링엄에서 그녀의 추천장이 되돌아 왔다. 그곳에선 그녀가 필요 없다고 했고 스완윅에서도 고용하지 않는다고 했다. 거절당한 이 비통한 감정이 달콤한 희망 뒤에 찾아왔다. 그녀의 광채 나던 깃털은 다시 흙먼지 속에 묻혔다.

그런데 보름 후에 킹스턴어폰템스에서 통지서가 왔다. 그녀는 교육위원회와의 면담을 위해서 돌아오는 목요일에 그 도시의 교육회 사무실에 나가야 했다. 심장이 멈추는 듯했다. 그녀는 교육위원회가 그녀를 받아들이도록 할 것을 알았다. 이제 집을 떠날 일이 임박해 오니까 겁이 났다. 그녀의 심장은 공포와 내키지 않는 마음 때문에 떨렸다. 그러나 마음속으로는 이미 목표가 확고하게 결정돼 있었다.

어슐라는 엄마에게 그 소식을 말하고 싶지 않아서 아버지가 오실 시간까지 기다리면서 눈에 띄지 않게 낮 시간을 보냈다. 긴장과 공포가 강하게 그녀를 짓눌렀다. 그녀는 킹스턴에 가는 것이 무서웠다. 그녀의 안이했던 꿈은 현실의 손아귀에서 사라졌다.

오후가 저물어가면서 달콤한 꿈이 다시 되살아났다. 킹스턴어폰템스! 그것은 아주 위엄 있게 들렸다. 역사의 그림자와 위엄 있게 전진하는 광휘가 그녀를 에워쌌다. 궁성들은 오래되어 컴컴할 것이며 왕들이 계시던 곳은 희미하게 보였다. 그러나 그곳은 그녀에게 왕들이 사시던 곳이었다. 리처드 왕, 헨리 왕, 월지 왕, 엘리자베스 여왕 등. 그녀는 나무들이 고귀하게 들어선 널따란 잔디밭과 층계에 물이 찰싹거리며 스치는 테라스를 상상해 보았다. 그곳엔 백조들이 가끔 내려왔다. 그녀는 여왕님의 당당하고 화려한 유람선이 떠내려가는 것을 보아야 했다. 여왕님이 배에서 내리는 육지의 층계에는 진홍색 융단이 깔려 있고 보랏빛 벨벳 망토를 입은 신사들이 모자를 벗고 양쪽에 줄지어 서서 여왕님의 행차를 기다리고 있었다.

다정한 템스 강이여! 내 노래 마칠 때까지 곱게 흘러요.*

저녁때가 되어 아버지가 집에 돌아왔다. 여전히 원기 왕성하고 민첩하고 모두와 동떨어져 있었다. 아버지는 그녀의 환상보다 덜 생생하게 보였다. 어슐라는 아버지가 차를 마실 때 그냥 기다리고 있었다. 아버지는 음식을 커다랗게 베어 물며 입 안 가득히 넣고 우물거렸다. 마치 동물처럼 먹는 일에 몰두해서 무의식중에 식사를 했다.

마침내 아버지가 차를 다 마신 뒤 교회로 건너갔다. 성가 연습이 있었다. 그는 성가곡을 풍금으로 연습하고 싶었던 것이다.

그녀가 뒤따라 들어서자 큰 문의 걸쇠가 철컥 하고 큰 소리를 냈다. 풍금 소리는 한층 더 크게 퍼져 나갔다. 아버지는 의식을 하지 못했다. 찬송가 반주 연습을 하고 있었다. 어슐라는 촛불의 불꽃 사이로 아버지의 흑옥같이 검은 작은 머리와 기민한 얼굴, 풍금 의자 위에 눌러앉은 마른 몸매를 보았다. 그의 얼굴은 광채를 내면서 고정되어 있었고, 팔다리 동작은 그와 동떨어진 것처럼 기이하게 보였다. 풍금 소리는 돌기둥에서 나오는 듯했고 바로 돌기둥

* 영국의 시인 스펜서의 시 「결혼식 전(前) 축가」에 나오는 후렴.

속에서 흐르는 나무즙 같았다. 음악이 그치더니 침묵이 흘렀다.

"아버지!"

어슐라가 불렀다.

그는 유령을 보듯 둘러보았다. 어슐라는 촛불이 비치는 곳에 어렴풋이 서 있었다.

"왜 그러냐?"

그가 현실의 세계로 돌아오지 않은 채 물었다. 그에게 말하는 것은 힘들었다.

"일자리를 얻었어요."

어슐라는 억지로 말했다.

"뭘 얻었다고?"

아버지는 풍금 연주의 기분에서 깨어나는 것을 싫어하면서 되물었다. 그는 앞에 있던 악보를 덮었다.

"일자리요."

그러자 그는 딸에게 몸을 돌렸다. 아직 음악에 젖어 있어 마음이 내키지 않았다.

"그래, 그게 어딘데?"

"킹스턴어폰템스예요. 교육위원회와 면담을 하기 위해 목요일에 가야 해요."

"목요일에 가야 한다고?"

"네."

어슐라는 아버지에게 편지를 건네주었다. 그는 촛불 아래서 편지를 읽었다.

더비셔 군, 코셋헤이, 주목나무 집, 어슐라 브랑윈 양.

친애하는 브랑윈 양에게.

웰링버로우 그린 초등학교의 교사 보조 직을 청하는 귀하의 원서를 접수한 바, 이에 따라 교육위원회와 면접이 있사오니 돌아오는 목요일인 10일 11시 30분에 상기 사무실에 나오시기 바랍니다.

브랑윈 씨는 이렇게 낯선 공문서를 잘 이해할 수 없었다. 그는 조용한 교회 안에서 찬송가에 취해 몸이 달아오르던 참이었다.

"지금 이 일로 날 괴롭힐 필요가 있니?"

그는 편지를 돌려주면서 성마르게 말했다.

"전 목요일에 가봐야 해요."

어슐라가 말했다.

그는 꼼짝 않고 앉아 있었다. 그러다가 악보를 더 꺼냈다. 공기가 밀려가는 소리가 났고, 건반에 손을 대자 길고 강한 나팔 음조의 풍금 소리가 났다. 어슐라는 몸을 돌려 그곳을 떠났다.

그는 다시 풍금에 취해 보려고 애썼다. 그러나 그렇게 할 수가 없었다. 다시 좀 전 상태로 돌아갈 수가 없었다. 일종의 끈 같은 것이 계속해서 그를 잡아당겨 어디론가 비참하게 끌고 갔다.

그가 성가 연습을 마친 후 집으로 들어섰을 때, 얼굴은 어두웠고 가슴은 새까맣게 타들어갔다. 그러나 아이들이 잠자리에 들기 전까지는 아무 말도 하지 않았다. 어슐라는 무슨 일이 터지리란 걸 알고 있었다.

마침내 아버지가 물었다.

"그 편지 어디 있지?"

어슐라는 편지를 아버지에게 드렸다. 그는 편지를 보면서 앉아 있었다. '돌아오는 목요일에 상기 사무실에 나오시길 바랍니다.' 그건 어슐라에게 온 냉랭한 공식적 통고일 뿐 그와는 아무 관련이 없는 것이었다. 그래! 이제부터 저 애가 독자적인 사회적 일꾼으로 생활한다 이거지. 그에게 상관할 것 없이 이 통고에 응할 사람은 저 애지. 간섭할 권리조차 없어. 그의 마음은 화가 났고 냉담해졌다.

"부모 몰래 그런 걸 해야 했다 이 말이지?"

그가 빈정대며 말했다. 어슐라의 가슴은 뜨거운 고통으로 펄쩍 뛰었다. 어슐라는 자신이 자유롭다는 것을 알았다. 아버지에게서 떨어져 나왔으니 아버지는 패배한 것이었다.

"'한번 해보라지.' 하고 말씀하셨잖아요."

어슐라는 아버지에게 사과하는 투로 대꾸했다.

이 말이 그에겐 들리지 않았다. 그는 편지를 쳐다보며 앉아 있었다. '킹스턴어폰템스 교육회 사무실.' 그러곤 타자기로 친 '코셋헤이 주목나무 집, 어슐라 브랑윈 양.' 모든 것이 아주 완전하고 완벽했다. 그 편지의 수취인으로 어슐라가 차지하는 새로운 지위를 느끼지 않을 수 없었다. 그것은 그의 마음을 찌르는 쇳조각이었다.

"그렇지만, 넌 못 간다."

그가 마침내 말했다.

어슐라는 소스라치게 놀라 항변할 말을 못 찾았다.

"네 마음대로 런던 너머로 갈 수 있다고 생각했다면, 그건 틀린 생각이야."

"왜 못 가요?"

어슐라는 꼭 가야겠다고 마음을 굳히면서 물었다.

"못 간다면 못 가는 줄 알아."

그러곤 아내가 아래층으로 내려올 때까지 침묵이 흘렀다.

"여보, 이것 봐요."

그가 아내에게 편지를 건네주었다.

아내는 고개를 뒤로 젖히고 타자기로 친 편지를 보면서 바깥세상에서 두통거리가 굴러들어 왔다는 걸 알아차렸다. 그녀는 묘하게 눈망울을 옆으로 굴렸다. 다감한 모성적 자아를 몰아내고 그 자리에 무의미하고 가혹한 자아도취가 들어선 것 같았다. 그녀는 무의미하게 편지를 훑어보며 내용을 받아들이지 않으려고 조심했다. 그녀는 냉담하고 피상적인 마음으로 내용을 파악했다. 그녀의 다정다감한 자아는 닫혀 있었다.

"무슨 자리인데요?"

아내가 물었다.

"저 애가 일 년에 50파운드를 받고 킹스턴어폰템스에 가서 교사 노릇을 하겠대요."

"아, 그래요?"

어머니는 마치 그 일이 어떤 낯선 사람에 관한 적의가 있는 사실인 양 말했다. 엄마는 냉담하게 딸애가 그냥 가도록 놔두려 했다. 엄마는 가장 어린 자식하고만 같이 성장하려 들곤 했다. 맏딸은 이제 방해꾼이었다.

"저 애는 그렇게 먼 데까진 못 가요."

아버지가 말했다.

"전 일자리가 있는 곳으로 가야 해요!"

어슐라가 소리쳤다.

"그리고 그곳은 가기에 괜찮은 곳이에요."

"그래, 넌 그곳에 대해서 무얼 알고 있냐?"

아버지가 가혹하게 다그쳤다.

"아버지가 못 가게 하면 그곳에서 널 원하든 않든 문제가 되지 않아."

어머니가 조용히 말했다.

어슐라는 어머니가 얼마나 미웠는지!

"어머니가 한번 해보라고 말했잖아요!"

어슐라가 큰 소리로 대들었다.

"이제 일자리를 얻었으니 가야겠어요."

"그렇게 먼 데는 못 간다."

아버지의 목소리는 단호했다.

"언니, 집에서 다닐 수 있게 일커스턴에서 일자리를 얻지그래?"

집안의 알력을 싫어하는 구드룬이 말했다. 구드룬은 언니의 불안정한 방법을 이해할 수 없었으나 언니 편을 들어야 했다.

"일커스턴엔 자리가 없어요. 난 곧 갈 거예요."

어슐라가 큰 소리로 말했다.

"만일 네가 청했다면 일커스턴에서도 일자리를 얻을 수

있어. 그렇지만 넌 지고하고 유능한 체하면서 네 멋대로 했지."

아버지의 말이었다.

"넌 물론 일자리가 있는 곳으로 곧 가겠지. 그렇지만 틀림없이 다른 사람들도 네 꼴을 오래 참지 못할 거야. 넌 너무나 혼자서 난 체하니까."

어머니도 매우 신랄하게 말했다.

딸과 엄마 사이에는 순전히 증오심만 있었다. 서로 고집을 부리며 입을 떼지 않았다. 어슐라는 자기가 그 침묵을 깨야 한다는 걸 알았다.

"그 사람들이 저한테 편지를 썼으니 전 가보아야 해요."

"차비는 어디서 얻어내고?"

아버지가 물었다.

"톰 삼촌이 주실 거예요."

다시 침묵이 흘렀다. 이번엔 어슐라가 의기양양해졌다.

그러다가 마침내 어슐라의 아버지가 고개를 쳐들었다. 얼굴은 멍해 있었는데 점점 자신에게서 잡념을 없애버리고 단 한 가지 말을 하려는 것 같았다.

"넌 그 먼 데까진 못 간다."

아버지가 말했다.

"버트 씨에게 이곳에서 자리를 하나 달라고 청하마. 너 혼자서 런던 근처까지 가도록 두진 않겠어."

"그렇지만 전 킹스턴으로 가야 돼요. 저보고 오라고 했잖아요?"

"그 학교는 네가 없어도 괜찮아."

어슐라는 울음보가 터질 것만 같아 입술을 떨면서 말을 잇지 못했다.
"그렇다면,"
어슐라가 긴장된 목소리로 말했다.
"이번은 그만두게 할 수 있지만 저는 일자리를 갖겠어요. 난 집에 틀어박혀 있진 않겠어요."
"아무도 네가 집에 틀어박혀 있는 걸 바라지 않아!"
아버지는 화가 나서 새파랗게 질린 얼굴로 소리 질렀다.
어슐라는 더 이상 말하지 않았다. 그녀의 본성은 단단하게 뭉쳐져 식구들을 오만하게 적대시하며 냉담한 미소를 짓고 있었다. 이러한 태도를 볼 때면 아버지는 딸애를 죽이고 싶었다. 어슐라는 프랑스어로 노래를 부르며 거실로 들어갔다.

고양이를 잃어버린 건
엄마 미셸.
그러곤 창가에서 소리쳐요.
내 고양이 돌려달라고.

다음 며칠 동안 어슐라는 혼자 콧노래를 부르고 동생들을 귀여워해 주며 명랑하고 다부진 태도로 지냈다. 그러나 부모에 대한 그녀의 마음은 혹독하고 냉랭했다. 더 이상 아무것도 거론되지 않았다. 야무지고 쾌활한 기분은 사흘 동안 계속되었다. 그리고 그런 기분이 깨지기 시작했다. 저녁때 어슐라는 아버지에게 물어보았다.

"제가 일할 곳을 알아보셨어요?"

"버트 씨에게 부탁했다."

"뭐라고 하던가요?"

"내일 위원회가 있대. 금요일에 나한테 알려줄 거다."

어슐라는 금요일까지 기다렸다. 킹스턴어폰템스는 신나던 꿈에 불과했다. 여기서 그녀는 냉혹하고 거친 현실을 느낄 수 있었다. 이런 일이 일어날 줄 알고 있었다. 가혹하고 제한된 현실 이외엔 어떤 것도 성취되지 않는다는 걸 알았기 때문이다. 일커스턴에서는 교사 노릇을 하고 싶지 않았다. 일커스턴을 너무나 잘 알고 있고 또 싫어했기 때문이다. 그녀는 자유를 택하지 않으면 안 되었다. 금요일에 아버지는, 브린즐리 스트릿 초등학교에 교사 자리가 하나 비어 있다고 말씀하셨다. 이 자리는 원서를 내는 수고를 하지 않아도 십중팔구 곧 어슐라에게 오게 될 거라고 말했다.

어슐라의 심장이 멎는 듯했다. 브린즐리 스트릿 초등학교는 빈민가 구역에 있는 학교였다. 어슐라는 일커스턴의 빈한한 아이들을 이미 겪은 바 있었다. 아이들은 그녀에게 소리를 지르며 따라다니면서 돌멩이를 던졌다.

그렇지만 이번에는 선생님이니까 권위가 있으리라. 그러나 그것은 잘 모르고 하는 추측일 뿐이었다. 어슐라는 흥분했다. 우선 벽돌 건물이 메마르고 맨송맨송하게 숲을 이루고 있는 정경이 그녀에겐 신기했다. 너무나도 냉혹하게 추했으며 무자비하다고 할 정도로 흉측하게 보였다. 어슐라의 떠다니는 듯하던 감상적인 기분의 일부를 없애주리라.

어슐라는 어떻게 하면 추한 아이들이 그녀를 따르게 될가를 궁리했다. 그녀는 아주 개인적으로 아이들을 대하리라. 교사들은 항상 매우 엄격하고 사무적인 데다가 정이 흐르는 인간관계가 없지만, 그녀는 모든 것을 인간적이고 정이 흐르게 하리라. 그리고 자신을 바치리라. 아이들에게 모든 것을 바치고, 또 바쳐서 아이들을 아주 행복하게 해주리라. 그러면 아이들은 지상의 그 어느 교사보다도 그녀를 더 좋아하리라.

성탄절에는 아이들을 위해 매우 멋진 성탄절 카드를 고르고 교실에서 아이들에게 즐거운 파티를 열어주리라.

하비 교장 선생은 땅딸막하고 좀 비속한 위인이라고 어슐라는 생각했다. 그러나 그녀는 교장 앞에서 우아하고 세련된 태도를 취하리라. 그러면 얼마 안 있어 그녀를 매우 높이 평가하겠지. 그녀는 학교의 빛나는 태양이 될 것이고, 아이들은 어린 풀처럼 쑥쑥 자랄 것이며 교사들은 키 큰 억센 초목처럼 희귀한 꽃을 피우리라.

월요일 아침이 되었다. 9월 말이었다. 가랑비가 휘장처럼 그녀 주위에 내리면서 그녀를 포근하면서도 혼자만의 세계에 휩싸인 것같이 느끼게 해주었다. 어슐라는 신천지를 향해 걸어 나갔다. 옛 세상은 희미하게 지워졌다. 신세계를 가리고 있던 휘장이 갈라지리라. 도시락 가방을 들고 빗속에서 언덕길을 내려갈 때 긴장감으로 몸이 경직되는 것이 느껴졌다.

가는 비 사이로 멀리까지 뻗어 있는 시커먼 언덕 모양의 시내를 쳐다보았다. 그 안으로 들어가야 했다. 혐오감과 흥분된 성취감을 동시에 느꼈다. 그러나 몸을 움츠렸다.

어슐라는 전차 종착역에서 기다렸다. 이곳에서 전차가 출발했다. 그녀 뒤에는 노팅엄행 기차역이 있었다. 동생 테레사가 그곳에서 삼십 분 전에 학교로 떠났다. 뒤쪽에는 그녀가 어릴 때 다녔던 작은 교회 부속 초등학교가 있었다. 그때는 할머니가 살아 계셨다. 이제 할머니가 돌아가신 지 이 년이나 흘렀다. 마시 농장에는 사이가 서먹서먹한 여자가 프레드 삼촌과 어린아이와 함께 살고 있었다.

어슐라는 역에서 전차를 기다리며, 금방 어린 시절로 돌아갔다. 그녀에게 농담을 하시던 할아버지는 금빛 수염에 눈은 푸른색이었고 몸은 큼지막하고 늠름하셨지. 그런데 그만 익사하셨어. 그리고 그녀가 이 세상에서 그 누구보다도 가장 사랑했던 할머니, 작은 교회 부속학교, 필립스 씨네 사내아이들. 이 중 한 아들은 이제 근위 기병대의 군인이었고 또 한 아들은 광부였다. 어슐라는 애정을 느끼며 과거에 매달렸다.

어린 시절의 생각에 한참 잠겨 있을 때 전차가 우렁우렁 모퉁이를 돌아오는 둔탁한 소리가 들렸다. 어슐라의 시야에 전차가 들어왔고 더 가까이에서 윙윙거리는 소리가 났다. 전차는 종착역의 고리 모양 선로 위를 천천히 돌아 그녀의 머리 위로 어렴풋이 나타나더니 정지했다. 그림자 같은 잿빛의 승객들이 맨 끝 쪽에서 내렸고 차장은 물웅덩이로 걸어가더니 전차의 전선대를 전선에서 떼어 반대 방향으로 돌렸다.*

어슐라는 축축하고 을씨년스러운 전차 안으로 올라섰다. 바닥은 시커멓게 젖어 있었고 유리창은 뿌옇게 증기가 서려 있었다. 어슐라는 긴장한 채 앉았다. 이제 그녀의 새로운 인생이 시작된 것이다.

다른 승객이 또 한 사람 올라탔다. 남루하고 젖은 저고리를 걸친 모양이 날품팔이 여자 같았다. 어슐라는 전차가 서서 손님을 기다리는 것을 참을 수가 없었다. 전차가 딸랑딸랑 소리를 내더니 앞으로 홱 당겨 나갔다. 그런 다음 조심스럽게 젖은 선로 위를 움직여 갔다. 어슐라는 이제 앞으로 실려 나가 새로운 인생 속으로 들어가고 있었다. 그녀의 가슴이 고통과 긴박감으로 타는 듯했다. 그녀의 생조직을 뭔가가 도려내는 듯한 통증이었다.

자주, 아! 너무나 자주 전차는 정지하는 것 같았다. 그러면 젖은 외투를 걸친 사람들이 올라탔다. 승객들은 건너편 좌석에 빽빽하게 줄을 지어 아무 말없이 잿빛으로 앉아 있었고, 또 우산을 양쪽 다리 사이에 끼고 있었다. 전차의 유리창은 점점 더 수증기가 서려 더욱 뿌옇게 되었다. 어슐라는 생기가 없는 유령 같은 이 사람들과 함께 차에 갇혀 있었다. 그러나 어슐라에게는 자신도 이들 중 한 사람이란 생각이 들지 않았다. 차장이 전차표를 확인하면서 걸어왔다. 차표 끊는 기계가 짤깍댈 때마다 그녀의 마음은

---

* 당시의 전차는 종착역에 이르면 방향을 역으로 돌리게 건조되었다. 전차의 양쪽 끝에 달린 조정 장치를 이용해 좌석이 반대로 젖혀지고, 차장이 전선대를 아래로 내려 180° 방향을 튼 다음에 다시 전선에 연결했다.

공포심으로 아파왔다. 그러나 자기의 전차표는 다른 사람들 것과는 다르다고 생각했다.

그들은 모두 일터로 가는 중이었다. 어슐라도 일을 하러 가는 중이었다. 그러니까 그녀의 차표도 똑같은 것이다. 그녀는 그들과 어울리려고 애쓰면서 앉아 있었다. 그러나 무서웠다. 알 수 없는 무시무시한 것이 그녀를 꽉 움켜쥐는 것 같았다.

바스 가(街)에서 전차를 내려 갈아타야 했다. 그녀는 언덕 위를 쳐다보았다. 그것은 자유로 통하는 길처럼 보였다. 토요일 오후면 저 언덕 위의 상점으로 걸어 올라갔었지. 그때엔 얼마나 자유롭고 걱정이 없었던가.

그녀가 탈 전차가 조심스럽게 언덕 밑으로 내려오고 있었다. 한 걸음 한 걸음 나아가면서 그녀는 겁이 났다. 전차가 와서 멈췄고 어슐라는 급히 올라탔다.

길을 잘 몰랐으므로 전차가 달려갈 때 계속 고개를 돌리고 쳐다보았다. 마침내 그녀의 가슴이 긴장감으로 달아올라 떨리는 가운데 일어섰다. 차장이 무뚝뚝하게 종을 울렸다.

어슐라는 인적이 없는 초라하고 질척거리는 좁은 길을 걸어 내려갔다. 학교 건물은 비에 젖어 시커먼 색으로 반짝였고 울타리가 둘러쳐진 아스팔트 마당 안에 나지막하게 웅크리고 있었다. 건물은 시커멓고 소름 끼쳤으며 마른 풀들이 유리창을 통해 어렴풋이 보였다.

반원형의 현관 입구로 들어섰다. 그곳 전체가 위협하는 듯한 분위기를 풍겼다. 천박하게 권위를 부리려는 몸짓이 엿보였다. 상대를 내리누르려는 목적으로 교회의 건축 양식을 모방한 건물이었다. 누군가가 판석을 깐 현관 바닥을 걸어간 발자국이 나 있었다. 그곳은 조용하고 인적이 없어서 마치 죄수가 터벅터벅 걸어 들어오기를 기다리는 텅 빈 감옥 같은 분위기였다.

그녀는 어둠침침한 굴 속 같은 곳에 있는 교무실을 향해 걸어갔다. 쭈뼛거리며 문을 두드렸다.

"들어와요!"

마치 놀란 듯한 남자의 목소리가 감방에서 들리는 것 같았다. 어슐라는 햇빛이라곤 전혀 들지 않는 컴컴한 작은 방으로 들어갔다. 가스등이 삿갓도 없이 앙상하니 모습을 드러낸 채 타고 있었다. 셔츠 바람의 깡마른 남자가 탁자 위의 등사판에서 종이를 밀고 있었다. 그 남자는 좁고 뾰족한 얼굴을 쳐들어 어슐라를 보면서 인사를 했다.

"안녕하십니까?"

그러고는 다시 등을 돌리고 등사판에서 종이를 들어 올려 보랏빛이 나는 등사된 글자를 들여다보고는 그 꼬부라져 말린 종잇장을 옆에 있는 종이 뭉치 위에 내려놓았다.

어슐라는 신기해서 쳐다보았다. 가스등 아래서 시커멓고 비좁은 방 안의 모든 것은 환상같이 보였다.

"고약한 아침이에요."

어슐라가 말했다.

"그래요. 날씨가 좋지 않군요."

그 남자 선생이 대꾸했다.

그렇지만 이 방 안에서는 아침이니 날씨니 하는 것이 문제가 되는 것 같지 않았다. 이곳은 시간이 멈춘 듯했다.

이 남자는 일에 정신이 팔린 채 말을 했는데, 꼭 메아리를 듣는 것 같았다. 어슐라는 무슨 말을 해야 할지 몰랐다. 비옷을 벗었다.

"제가 너무 일찍 왔나요?"

어슐라가 물었다.

그는 우선 작은 괘종시계를 보고 나서 어슐라를 쳐다보았다. 남자의 눈은 시계의 바늘 끝같이 날카로워진 듯했다.

"25분이군요. 선생님이 둘째고, 오늘 아침엔 제가 첫 번째로 왔네요."

어슐라는 조심스럽게 의자 끄트머리에 앉아서 그의 불그레한 여윈 손을 쳐다보았다. 남자 선생은 종이의 흰 표면을 등사기로 밀다가 멈추고 종이의 한쪽을 쳐들고 들여다보고는 또다시 밀었다. 탁자 위에는 등사된 흰 종이가 똘똘 말려 잔뜩 쌓여 있었다.

"그렇게 많이 등사하셔야 돼요?"

어슐라가 물어보았다.

그는 또 한 번 날카로운 눈초리로 쳐다보았다. 나이는 서른 아니면 서른셋쯤 되어 보였고 여위고 파리했다. 코는 길고 얼굴은 뾰족했다. 눈은 파랗고 시계 바늘처럼 날카로운 것이 잘생겼다고 어슐라는 생각했다.

"예순세 장이어야 됩니다."

"그렇게나 많이요!"

어슐라는 상냥하게 말했다. 그러곤 곧 생각이 나서 덧붙여 물었다.

"그렇지만 그게 다 선생님 반에서 쓸 것은 아니지요?"

"왜 아닙니까?"

거친 말투로 그가 대답했다.

어슐라는 그가 기계적으로 무시하려 들고 단도직입적으로 말하는 것에 좀 놀랐다. 그런 태도는 처음이었다. 전엔 이런 식의 대우를 받아본 적이 없었다. 그 남자 선생은 어슐라를 대수롭지 않게 여기며 기계처럼 대하는 듯했다.

"너무나 많군요."

어슐라가 동정하듯 말했다.

"선생님네 반도 수가 이와 비슷할 겁니다."

이게 어슐라가 들은 대답의 전부였다. 어슐라는 감정을 어떻게 처리할 줄 몰라 좀 멍하니 앉아 있었다. 그렇지만 어슐라는 그 선생이 좋았다. 그는 골을 잘 내는 성미 같았다. 그에게는 괴팍하면서도 칼날같이 예리한 면이 있어 그녀의 마음을 끌면서도 겁을 먹게 했다. 그는 아주 냉랭한 면이 있었지만 그의 본래 성격과는 안 어울리는 것 같았다.

교무실 문이 열리고 스물여덟쯤 되어 보이는 키가 작달막하고 피부색이 희끄무레한 젊은 여자가 들어왔다.

"어마, 어슐라 선생!"

막 들어온 여자가 외쳤다.

"일찍 나오셨군요! 그렇지만 늘 이렇게는 못 올 거예요. 그건 윌리엄슨 선생님의 옷걸이 못이에요. 이게 선생님 거예요. 5학년 담임선생님은 늘 이 못을 사용했으니깐요. 그런데 모자는 안 벗으세요?"

바이올렛 하비는 어슐라의 비옷을 들어 아래줄 좀 떨어져 있는 못에다 옮겨 걸었다. 이 여선생은 자기의 털모자에서 이미 핀을 빼서 저고리에 꽂고 있었다. 그러곤 어슐라를 향한 채 납작하게 눌린 곱슬곱슬한 갈색 머리카락을 위로 추켜올렸다.

"참 을씨년스러운 아침이네요."

여선생이 큰 소리로 말했다.

"정말 을씨년스러워요. 내가 무엇보다도 제일 싫어하는 것이 있다면 그건 비 오는 월요일 아침이에요. 아이들은 어쨌거나 마구 몰려 들어올 거고. 막을 도리는 없고……."

하비는 신문지로 싼 꾸러미에서 까만 앞치마를 꺼내 허리에 끈을 묶었다.

"앞치마 가져오셨지요?"

어슐라를 힐끗 보면서 불쑥 물었다.

"필요하실 거예요. 모르시겠지만, 4시 반이 되기도 전에 몰골이 말이 아니게 되지요. 분필 가루며 잉크며 더러운 아이들 발이며 해서. 집에 잠깐 애를 하나 보내서 가져오도록 할게요."

"아, 괜찮아요."

어슐라가 말했다.

"아니, 있어야 돼요. 어려운 일 아니에요."

하비가 말했다.

어슐라의 가슴이 철렁 내려앉았다. 모든 사람들이 너무 자신만만하고 독단적이었다. 이렇게 야단법석 독단적인 사람들과 어떻게 사이좋게 지낼 것인가. 하비는 탁자에 있는 남선생에게는 한 마디도 하지 않았다. 무시하는 것이었다. 어슐라는 이 두 선생의 사이가 냉랭하고 나쁘다는 걸 눈치 챘다.

두 처녀 선생이 교무실을 나가 복도로 들어섰다. 아이들 몇이 벌써 현관에서 재잘거리고 있었다.

"짐 리처즈!"

하비가 엄하고 권위 있는 목소리로 불렀다. 한 남자 아이가 풀이 죽어서 앞으로 나왔다.

"우리 집에 좀 갔다 오겠니?"

하비는 명령조이면서도 나긋나긋하고 어르는 목소리로 말했다. 그러곤 대답을 기다리지도 않고 계속 말했다.

"선생님 어머니께 가서 브랑윈 선생님이 쓰시게 앞치마 하나 달라고 해서 가져오너라. 알겠지?"

그 남자 아이는 수줍어하며 입속으로 "네, 선생님." 하고 중얼거리며 돌아섰다.

"잠깐."

하비 여선생이 다시 불렀다.

"이리로 와. 자, 말해 봐. 뭐라고? 선생님 어머니께 뭐라고 말씀드리라고 했지?"

"저, 학교용 앞치마……."

남자 아이가 또 우물거리며 대답했다.

"'하비 선생님이 앞치마 하나 더 보내달라고 하셨어요. 브랑윈 선생님이 쓰신대요. 그 선생님은 앞치마를 안 가지고 오셨대요.'라고 말해야지."

그 남학생은 고개를 푹 숙이고 "네, 선생님." 하고 입속에서 중얼거리고 자리를 뜨려 했다. 하비는 다시 아이를 불러 세우고 어깨를 붙잡고 말했다.

"뭐라고 한다고?"

"저, 하비 선생님께서 브랑귄 선생님이 쓰신다고 앞치마 하나를 달라고 하십니다."

그 남자 아이는 너무나 부끄러워서 입속으로 조그맣게 웅얼거렸다.

"브랑귄이 아니라 브랑윈 선생님이셔!"

하비는 웃으면서 그 아이의 등을 밀어 보냈다.

"잠깐만. 선생님 우산을 가져가는 것이 좋겠다. 잠깐만 기다려."

그 남학생은 마지못해서 하비의 우산을 받아 들고 떠났다.

"오래 걸리면 안 돼!"

하비가 아이의 등에 대고 외쳤다. 그러고 나서 어슐라를 향해 명랑하게 말했다.

"저 아인 조심해야 돼요. 그렇지만 나쁜 아이는 아니에요."

"네, 그렇겠지요."

어슐라가 작은 목소리로 동의를 보냈다.

문의 걸쇠가 찰깍 소리를 냈고 그들은 커다란 교실 안으로 들어섰다. 어슐라는 그곳을 둘러보았다. 딱딱하고 긴 침묵이 사무적인 분위기를 풍기며 몸을 오싹하게 했다. 가운데쯤에 유리 칸막이가 있었고 거기 달린 문들은 열려 있었다. 시계 소리가 똑딱거리며 울렸고 하비 선생이 말을 하자 목소리가 울려서 이중으로 들렸다.

"여기가 대형 교실인데요…… 5학년, 6학년, 7학년…… 이곳이 선생 반인 5학년이고……."

어슐라는 이 대형 교실의 끝쯤에 서 있었다. 쭉 줄지어 있는 긴 의자 앞에는 자그마하고 높은 교탁이 있었고 바로 건너 벽에는 두 개의 창문이 높게 나 있었다.

이 광경은 어슐라에게 신기하면서도 겁을 먹게 했다. 이 교실의 묘하게 생기 없는 빛이 어슐라의 기분을 바꿔놓았다. 비 오는 아침이니까 그러리라 생각했다. 다시 위를 쳐다보았다. 이 딱딱하고 굳어버린 대기 속에 갇혀서 일상적인 모든 감정과는 동떨어져 있다는 생각이 무섭게 들었기 때문이다. 그러고 보니 창문의 유리는 줄무늬가 지고 불투명한 것이었다.

감옥이 이제 어슐라를 둘러싸고 있었다. 사방을 둘러보았다. 벽은 연초록과 초콜릿 색으로 칠해져 있었다. 큰 창문을 보니 지저분하게 생긴 제라늄 꽃이 뿌연 유리에 비껴 있었다. 길게 열을 지은 책상들은 한 조로 정렬돼 있었다. 겁이 잔뜩 났다. 이것이 새로운 세계요, 새로운 생활이라니! 어슐라는 이에 위협을 받았다. 그렇지만 여전히 흥분해서 교탁에 달린 의자 위로 올라가 앉아보았다. 걸상은 높아서 발이 바닥에 닿지 않아 의자 받침대에 걸쳐놓아야 했다. 바닥에서 떨어져 그렇게 높게 앉아 있으니 권위가 있는 듯했다.

이 모든 것이 얼마나 기괴하고 희한한가. 코셋헤이를 휘몰아치는 가는 안개비와는 얼마나 다른가! 고향 마을 생각을 하니 왈칵 향수가 몰려왔다. 고향은 너무 멀리 있어서 그녀에게서 아주 사라진 듯했다.

어슐라는 이곳에서 지금 냉혹하고 혹독한 현실 속에 있

었다. 현실이라니! 이것을 현실이라고 부르다니 해괴했다. 좀 전까지도 몰랐던 현실, 그녀에게 두려움을 잔뜩 느끼게 한 나머지 당장 도망치고 싶은 현실. 이것이 바로 현실이라니. 고향인 코셋헤이는 그렇게도 사랑하고 아름답고 잘 아는 곳이라 자기 자신처럼 느껴지는데도 부차적인 현실이라니. 이 감옥 같은 학교가 현실이라니. 그렇다면 이곳에서 점잖게 앉아서 학생들의 여왕처럼 행세하리라. 여기서 미래의 꿈을 살려 아이들에게 빛과 환희를 가져다주는 사랑받는 교사가 되리라!

그렇지만 앞에 놓인 책상들의 모양이 뾰족하게 각이 져 있어서 이런 감정에 상처를 주었고 그녀를 움츠러들게 했다. 자신이 그러한 기대를 했다니 바보였다는 느낌이 들어서 주춤했다. 어슐라는 감정과 아량을 갖고 왔으나 이곳은 그러한 아량이나 감정을 원하는 곳이 아니었다. 이미 자신이 퇴짜를 맞은 기분이었다. 이 생소한 분위기에 심란했고 이곳과는 어울리지 않는 성싶었다.

어슐라는 의자에서 내려와 교무실로 돌아갔다. 자신의 인간성마저 바꿔야 한다고 생각하니 기분이 떨떠름했다. 자신은 무와 같은 존재로 그녀 속에는 현실이 전혀 없고, 현실이란 죄다 자신의 밖에 있으며 바로 그 현실에 순응해야 한다니.

하비 교장 선생은 교무실에 들어와 있었다. 그는 열려 있는 큰 책장 앞에 서 있었다. 쳐다보니 그 안에는 연분홍색 압지, 번쩍거리는 새 책, 분필상자와 여러 색의 잉크병들이 잔뜩 쌓여 있었다. 마치 보물 창고 같았다.

교장 선생은 작달막한 키에 건장한 체격이었고 멋진 머리 모양에 턱은 우락부락하게 생겼다. 그렇지만 눈썹과 코가 맵시 있었고 숱이 많은 수염이 길게 늘어져 전체적으로 미남으로 보였다. 교장은 일에 정신이 팔린 듯 어슐라가 들어오는데도 알아차리지 못했다. 다른 사람의 존재를 의식하지 못할 정도로 딴 일에 몰두해 있는 그의 태도에서 어슐라는 모욕감을 느꼈다.

잠깐 일을 멈추었을 때 그는 탁자에서 눈을 쳐들고 어슐라에게 아침 인사를 했다. 그의 갈색 눈에는 기분 좋은 빛이 반짝였다. 교장은 매우 사나이답고 태도가 분명해 보여 어슐라는 그를 한번 떠밀어보고 싶었다.

"오는 길이 질었지요?"

교장이 어슐라에게 말했다.

"아, 그런 건 괜찮습니다. 워낙 그런 데 익숙합니다." 어슐라는 긴장해서 약간 소리 내어 웃으며 대답했다.

그러나 교장은 이미 듣고 있지 않았다. 어슐라의 말이 경우에 맞지 않게 재잘거리는 소리같이 들렸다. 교장은 더 이상 그녀를 거들떠보지 않았다.

"여기다 날인해 주시지요."

교장은 흡사 어린애에게 타이르듯 어슐라에게 말했다.

"출퇴근 시간도 기록하시고요."

어슐라는 출근부에 날인을 하고 뒤로 물러났다. 아무도 그녀에게 더 이상의 관심을 보이지 않았다. 어슐라는 머리를 쥐어짜며 할 말을 생각해 보았으나 헛수고였다.

"이제 학생들을 교실에 들입시다."

하비 교장이 등사물을 서둘러 챙기고 있는 그 야윈 남선생에게 말했다.

그 교사는 교장의 말을 들은 척도 않고 하던 일을 계속했다. 한순간 교무실의 분위기가 팽팽해졌다. 마지막 순간에 브런트 선생은 저고리를 끼어 입었다.

"그러면, 선생님은 여학생 휴게실로 가보세요."

교장 선생이 어슐라에게 말했다. 순전히 사무적이고 명령조이면서도 희한하게 친절을 잃지 않은 모욕적인 어조였다.

어슐라가 밖으로 나가보니, 현관 쪽엔 하비 선생과 또 다른 처녀 선생이 있었다. 아스팔트 마당 위로 비가 떨어지고 있었다. 아무런 음조도 없는 종소리가 머리 위에서 침울하고 단조롭게 땡 땡 땡 울렸다. 그러다 종소리가 그쳤다. 그때 브런트 선생의 대머리 진 모습이 보였다. 학교 마당의 다른 대문 앞에 서서 호루라기를 귀가 째지게 불면서 비가 내리는 황량한 거리를 내려다보고 있었다.

남학생들이 물밀듯이 떼 지어 교장 선생 앞을 뛰어 지나갔다. 발소리를 요란하게 내고 떠들면서 남학생들은 마당을 지나 남학생용 현관 쪽으로 갔다. 여학생들도 뛰거나 걸으면서 다른 입구로 들어갔다.

어슐라가 서 있는 현관에서 여학생들이 굉장한 소동을 벌이고 있었다. 그들은 재빨리 저고리와 모자를 벗어 나무못이 삐죽삐죽 나와 있는 옷걸이에다 걸었다. 젖은 옷 냄새, 젖고 질질 끌린 머리를 터는 소리, 떠드는 소리와 발소리로 온통 수라장이었다.

여학생 수는 점점 더 불어났고 나무못 주위에서의 소동

은 점점 더 격렬해졌다. 학생들은 현관에서 몇 명씩 패거리를 지어 시끄럽게 떠들어대었다. 그때 바이올렛 하비 선생이 손뼉을 세게 치면서 "조용히 해요, 조용히!" 하고 날카롭게 소리쳤다.

잠시 잠잠해졌다. 그러나 시끄러운 소리가 완전히 그친 것은 아니었다.

"선생님 말씀 못 들었어?"

하비 선생이 째지는 목소리로 학생들에게 물었다.

거의 완전히 잠잠해졌다. 혹 가다가 지각을 한 여학생이 현관으로 뛰어 들어와 저고리와 모자를 벗었다.

"선두, 제자리에!"

하비 선생이 째지는 소리로 구령을 했다.

머리를 길게 기르고 앞치마를 입은 여학생 몇이 둘씩 짝을 지어 현관에 나와 섰다.

"제 4, 5, 6학년, 정렬!"

하비 여선생이 구령했다.

잠시 시끌시끌하며 소동이 벌어지더니 점차 둘씩 선 종대가 3열로 정렬되었고, 학생들은 줄을 서서 싱글거리며 웃고 있었다. 옷걸이가 있는 쪽에서는 다른 선생님들이 아랫반 학생들을 정렬시키고 있었다.

어슐라는 자신이 담당하게 될 5학년 반 옆에 섰다. 학생들은 어깨를 홱 당기고, 머리 타래를 뒤로 홱 젖히고, 팔꿈치로 찌르며 몸을 비틀고, 노려보고 히죽히죽 웃고, 귀엣말을 하고 몸을 비비 꼬며 갖은 소동을 다 부리고 있었다.

날카로운 호루라기 소리가 나자, 제일 상급반인 6학년

학생들이 하비 선생의 인솔을 받아 앞으로 걸어 나갔다. 어슐라는 담당인 5학년 학생들을 데리고 그 뒤를 따라갔다. 어슐라는 좁은 복도에서 기다리는 동안 싱글벙글대는 여학생들 옆에 서 있었다. 자기가 어떻게 된 것인지 그녀 자신도 알 수 없었다.

갑자기 피아노 소리가 나자 6학년 학생들이 대형 교실로 휙 하고 들어갔다. 남학생들은 다른 문으로 들어갔다. 피아노는 계속 행진곡을 연주했고 5학년 반이 대형 교실의 문 쪽으로 갔다. 교장 선생이 건너편 교탁 너머에 서 있는 것이 보였다. 브런트 선생은 그 교실의 다른 쪽 문을 지키고 있었다. 어슐라의 반 학생들이 한데 밀렸다. 어슐라는 그 옆에 서 있었다. 학생들은 힐끗힐끗 쳐다보고 히죽거리며 떠다밀었다.

"계속 가요."

어슐라가 말했다.

학생들이 킥킥 웃었다.

"계속 가요."

어슐라는 피아노 소리가 계속 났기 때문에 이렇게 말했다.

여학생들이 뿔뿔이 흩어져 교실로 들어갔다. 멀리 교탁에서 어떤 일에 골몰해 있던 교장 선생이 머리를 쳐들고 벼락처럼 소리를 질렀다.

"멈춰!"

학생들은 멈춰 섰고 피아노도 그쳤다. 방금 다른 쪽 문으로 들어서려던 남학생들이 뒤로 물러났다. 브런트 선생의 엄하고 나지막한 목소리가 들리더니 다음에는 교장 선생의 쩡쩡 울리는 고함 소리가 교실 아래쪽에서 들렸다.

"누가 5학년 여학생들에게 이런 식으로 마구 들어가라고 했어요?"

어슐라의 얼굴이 홍당무가 되었다. 여학생들이 어슐라를 힐끗 쳐다보면서 비난하듯 히죽거렸다.

"교장 선생님, 제가 들어가라고 했습니다."

어슐라는 똑똑한 목소리로 애써 말했다. 찬물을 끼얹은 듯 장내가 조용했다. 그러더니 교장이 먼 곳에서 고함을 질렀다.

"5학년 여학생, 제자리로 돌아갓!"

여학생들은 어슐라를 힐끗 보면서 비난하는, 그보다는 빈정거리는 표정을 슬쩍 지었다. 그들은 뒤로 물러났다. 어슐라의 가슴은 굴욕적인 아픔으로 굳어졌다.

"앞으로 갓!"

브런트 선생의 목소리가 들렸고 여학생들은 남학생의 행렬과 박자를 맞추면서 걸어 나갔다.

어슐라는 반 학생들을 대면했다. 쉰다섯 명의 남녀 학생들이 서서 차례대로 책상 앞으로 들어갔다. 그녀는 존재하지 않는 듯 느껴졌다. 그녀의 설 자리도 그녀의 실체도 없었다. 그녀는 아이들 무더기와 대면했다.

교실 저쪽에서 계속 질문을 퍼붓는 소리가 들려왔다. 어슐라는 자기 반 학생들 앞에서 어떻게 할지 몰라 계속 서 있었다. 괴로웠다. 쉰 명의 낯선 얼굴들이, 아이들의 무리가 적의를 품고 빈정거리려는 듯 그녀를 주시했다. 달아오른 얼굴들에서 나오는 열기는 그녀를 고문하는 듯했다. 어느 쪽을 보나 살기등등한 얼굴과 정면으로 마주쳤다. 그 짧은 순간이 말할 수 없이 길고 괴로운 세월처럼 느껴졌다.

그러다 어슐라는 용기를 냈다. 브런트 선생이 암산 문제를 내주는 소리가 들렸다. 어슐라는 학생들에게 가까이 다가갔다. 목소리를 과히 높이지 않고도 말할 수 있었다. 어슐라는 말을 더듬으며 자신 없이 말했다.

"한 개에 2페니 반짜리 모자가 일곱 개 있으면?"

담임이 말을 시작하는 것을 보고 반 아이들이 히쭉히쭉 웃었다. 어슐라는 얼굴이 빨개져서 고통스러웠다. 몇 아이의 손이 칼날처럼 위로 솟았고 어슐라는 답을 물었다.

그날 하루는 믿을 수 없을 정도로 느리게 지나갔다. 무엇을 해야 할지 전혀 몰라 이따금씩 오싹하게 만드는 공백이 생겼다. 그럴 때면 어슐라의 속이 학생들에게 적나라하게 드러났다. 한 어린 여학생이 난 체하며 내보인 지식에 의존해서 수업을 시작해 놓았지만, 막상 그것을 가지고 어떻게 진행시킬지 몰랐다. 반 아이들이 그녀의 선생 격이 되었다. 어슐라는 아이들에게 끌려갔다. 브런트 선생의 소리가 계속 들렸다. 마치 기계처럼, 변함없이 카랑카랑하고 비인간적으로 느껴지는 고음의 소리였다. 브런트 선생은 가르치는 일 이외의 모든 것은 망각한 듯싶었다.

어슐라는 이 비인간적으로 많은 수효의 아이들 앞에서 언제나 쩔쩔맸다. 도저히 그것으로부터 벗어날 수가 없었다. 한 반에서 쉰 명의 학생들이 그녀의 명령을 기다리고 있었다. 그러면서도 아이들은 명령을 싫어하고 기분 나빠했다. 이런 반에서 어슐라는 숨을 쉴 수가 없었다. 질식할 것 같았다. 너무나 비인간적이었다. 학생들 수가 너무 많아 아이들로 보이지가 않았다. 마치 한 연대 같아 보였다. 어슐라는 아이들에게 하듯 자연스레 말을 할 수가 없었다. 학생들이 개개인의 아이들이 아니라 비인격적인 집합체로 보였기 때문이다.

점심 시간이 되었다. 어슐라는 정신이 멍하고 어리둥절한 채 점심을 먹으려고 외로이 교실로 들어갔다. 인생에 대해 이토록 이방인처럼 느껴본 적은 없었다. 어떤 낯설고 무시무시한 상태에서 겨우겨우 빠져나온 듯한 느낌이었다. 그곳은 모든 것이 지옥에서와 같이 냉혹하고 악의적인 체제의 지배를 받았다. 그런데 어슐라는 정말로 해방된 것은 아니었다. 오후가 그녀를 속박할 듯 다가오고 있었다.

첫 번째 주간은 뭐가 어떻게 돌아가는지 모르는 혼돈 속에서 지나갔다. 어슐라는 어떻게 가르쳐야 할지 몰랐고 평생 모를 것 같은 느낌이었다. 하비 교장은 자주 반에 들러 수업을 관전했다. 교장이 위엄을 부리며 위협하는 듯 옆에서 있을 때면 어슐라는 아주 무능력해지고, 또 환상 속에 있는 듯한 기분이 들어 행동에 자신이 없어지고 정신이 멍해졌으며, 숫제 자신의 몸뚱이가 그곳에 없는 것같이 느꼈다.

그러나 교장은 입가에 잔잔한 미소를 머금은 듯한 태도로 지켜보며 서 있었다. 그건 정말로 위협적인 태도였다. 교장은 아무 말도 하지 않고, 어슐라가 계속 가르치게 했다. 어슐라는 자신의 몸뚱이에서 완전히 넋이 빠져나간 것 같았다.

그러다가 교장은 나가버렸고, 그렇게 휙 나가는 것이 꼭 자기를 조소하는 태도로 보였다. 결국 그 반은 교장이 관할하는 반으로, 어슐라는 다만 임시변통 같은 신세가 아닐까. 교장은 애들에게 매질을 하고 위협을 했다. 그래서 반 아이들은 교장을 미워했다. 그러면서도 그는 교장이었다. 어슐라는 반 학생들에게 늘 친절하게 대해 주고 세심하게 신경을 써주었지만, 결국 아이들은 교장의 학생들이지 그녀의 반 아이들은 아니었다. 교장 선생은 어떤 불가항력적인 조직의 원천이라도 되는 양 모든 권력을 혼자 독차지했다. 반 학생들은 교장의 그러한 권력을 인정했다. 그리고 학교에서는 권력이 문제가 되었고 권력만이 중요했다.

어슐라는 곧 교장을 두려워하게 되었고 그 공포심의 밑바닥에는 증오의 씨앗이 움트고 있었다. 그를 경멸했지만 그가 교장이라는 사실은 어쩔 수가 없었다. 얼마 지나자 어슐라는 그럭저럭 지내기 시작했다. 다른 선생들도 교장을 증오했으며 증오심은 날로 커져갔다. 그는 학생들뿐만 아니라 교직원의 총괄자로서, 소 떼 위에 절대적으로 군림하는 황소처럼 버티고 서 있었다. 이 학교를 맹목적인 권위로 장악하는 것이 교장의 한 가지 삶의 목표 같았다. 교사들은 학생과 똑같이 그의 휘하에 들어 있었다. 다만 교사들도 어느 정도의 권위가 있었으므로 교장은 본능적으로 교사들을 혐오했다.

어슐라는 교장의 마음에 드는 교사가 될 수 없었다. 처음부터 어슐라는 교장과 강하게 맞섰다. 어슐라는 바이올렛 하비 선생이 싫지는 않았지만 그녀와도 맞선 채였다. 그러나 교장은 워낙 큰 적수여서 맞상대할 인물이 아니었다. 그녀에겐 너무 강한 적수였다. 어슐라도 처음에는 젊은 여선생이 흔히 그렇듯이 기사도적 호의를 받을까 하고 교장에게 접근해 보았다. 그러나 그녀가 처녀고 또 여자라는 사실은 무시되거나 오히려 그녀를 멸시하는 이유로 이용되었다. 어슐라는 자기의 본성이 어떠한지, 또 어떤 인물이 되어야 할지를 몰랐다. 다만 개성 있게 반응을 보이는 자아를 계속 유지하고 싶었다.

어슐라는 계속 가르쳤다. 그녀는 3학년 반 담임인 매기 스코필드 선생과 사귀었다. 이 선생은 스무 살 가량 난 얌전한 처녀로 다른 선생들과는 일부러 거리를 두고 지냈다. 스코필드 선생은 외모가 아름다운 편이었고 늘 사색에 잠겨 있어, 보다 더 아름다운 다른 세계에서 살고 있는 듯 보였다.

어슐라는 도시락을 싸가지고 학교에 다녔으며 두 번째 주간에는 스코필드 선생 방에서 점심을 같이 먹었다. 3학년 교실은 따로 떨어져 있는 독방으로 양쪽에 창문이 있었으며 운동장이 내다보였다. 시끄러운 학교에서 이러한 휴식처를 발견한다는 것이 굉장한 위안이 되었다. 그곳에는 국화꽃 화분과 관엽 식물의 화분, 열매를 꽂은 커다란 화병도 있었다. 벽에는 아름다운 작은 그림들이 걸려 있었는데, 그뢰즈*의 그라비어 판 복사화들과 레이놀즈**의 「천진무구의 시대」는 친밀감을 주었다. 그래서 훤한 유리창과 더 작고 정돈된 책상, 그림과 화분들이 있는 이 방을 보자

* Jean Baptiste Greuze(1725~1805). 프랑스의 화가.
** Sir Joshuua Reynolds(1723~1792). 영국의 초상화가.

마자 마음이 즐거웠다. 이곳에서 마침내 인간적인 작은 손길을 발견하고 이에 호응을 보낼 수가 있었다.

월요일이었다. 어슐라가 학교에서 가르친 지 일주일이 되었고 주위 환경에 익숙해 가고 있었다. 그렇지만 마음속으로는 아직도 완전히 이방인처럼 느꼈다. 그저 매기 스코필드 선생과 점심 먹을 때만을 고대했다. 그때가 낮 동안의 즐거운 시간이었다. 매기는 아주 강인한 성격으로 다른 사람들과는 거리를 두고 지내면서도, 인생의 어려운 행로를 자신 있는 발걸음으로 천천히 내디디며 꿈을 간직하고 살았다. 이에 반해 어슐라는 무의미한 미로를 통과하듯 가르치는 일을 하고 있었다.

어슐라의 반 아이들은 정오에는 엉망진창으로 소란을 피우면서 뛰어나가 놀았다. 어슐라는 자신의 우월감에서 비롯된 관용과 친절과 방임주의로 해서 오히려 적을 키우고 있음을 미처 깨닫지 못했다. 학생들은 사라졌고, 이제 학생들을 다 내보냈으니 가슴이 후련했다. 어슐라는 황급히 교무실로 갔다.

브런트 선생은 작은 난로 앞에 쭈그리고 앉아서 오븐 속에다 쌀로 만든 푸딩을 집어넣고 있었다. 그러더니 일어나서 불 위에 올려놓은 작은 냄비 속을 포크로 조심스럽게 젓고 있었다. 그러고 나서 냄비 뚜껑을 덮었다.

"다 되지 않았나요?"

어슐라가 명랑하게 물으면서 브런트 선생의 긴장해서 골몰해 있는 분위기를 깨뜨렸다.

어슐라는 항시 명랑하고 쾌활한 태도를 취했고 모든 선

생들을 즐거운 표정으로 대했다. 왜냐하면 자신은 군계일학으로, 가문으로 보나 재산으로 보나 탁월하다는 우월감을 가졌기 때문이다. 이 추한 학교에서 자신이 군계일학 같다는 자부심은 줄어들지 않았다.

"아직 안 됐어요."

브런트 선생이 짤막하게 대답했다.

"제 점심이 데워졌는지 모르겠네요."

어슐라는 오븐 쪽으로 허리를 굽히면서 말했다. 브런트 선생이 자기 것도 봐주려니 하고 은근히 기대했지만, 그는 거들떠보지도 않았다. 어슐라는 배가 고파서 싹눈양배추와 감자, 고기가 데워졌는지 보려고 손가락을 냄비 속에 넣어 열심히 찔러보았다. 아직은 아니었다.

"도시락 싸 오는 것도 나름대로 괜찮죠?"

어슐라가 브런트 선생에게 물었다.

"글쎄요."

브런트 선생은 탁자 한 구석에 식탁보를 깔면서 어슐라를 쳐다보지도 않고 대답했다.

"집에서 드시기엔 너무 먼가 봐요?"

"네."

그가 대답했다. 그러곤 일어나서 어슐라를 쳐다보았다. 그토록 새파랗게 사나우며 날카로운 눈을 본 적이 없었다. 브런트 선생은 점점 더 사나운 눈초리로 어슐라를 쏘아보았다.

"브랑윈 선생, 만일 내가 선생이라면 좀 더 엄하게 반을 다스리겠소."

그가 위협하듯 말했다.

어슐라의 몸이 움츠러들었다.

"그래요?"

어슐라는 더럭 겁이 났지만 상냥한 어투로 물었다.

"제가 엄격하지 못한가요?"

"왜냐면!"

브런트 선생이 어슐라를 쳐다보지 않고 다시 말을 이었다.

"빨리 휘어잡지 않으면 아이들한테 봉변을 당할 겁니다. 아이들이 선생을 까뭉개며 계속 말썽을 부리면 결국 교장이 선생을 쫓아낼 거고. 그러면 상황 끝이지요. 앞으로 육주도 못 갈 거요."

브런트 선생은 음식을 입에 넣으며 말을 이었다.

"빨리 아이들과 맞서서 휘어잡지 않으면 말입니다."

"아, 그렇지만……."

어슐라는 원망스럽고 슬펐다. 마음속 깊이 공포가 스며들었다.

"하비 교장은 도와주지 않을 거요. 교장은 선생이 이런 식으로 계속 나가도록 내버려둘 거요. 사태가 점점 더 악화되면 마침내는 선생이 제 발로 나가든가, 아니면 교장이 선생을 쫓아내겠지. 나하고는 아무 상관없는 일이요. 단지 내게 뒷수습을 해야 할 말썽꾸러기 반만 남겨주지 않으면 말입니다."

어슐라는 이 남선생의 목소리에서 비난의 어투를 감지하고 자신이 비난을 받고 있다고 느꼈다. 그렇지만 아직까지 어슐라에게 학교는 명확한 현실로 다가오지 않았다. 어슐라는 학교를 회피하고 있었다. 학교가 현실이긴 하되, 그 모두가 그녀 바깥에 있었다. 어슐라는 브런트 선생의 비난에 맞서서 싸웠다. 그 사실을 현실로 받아들이고 싶지 않았다.

"상황이 그렇게까지 무시무시하게 될까요?"

어슐라는 바르르 떨면서도 겸손한 어투가 섞인 상냥한 말씨로 물었다. 마음이 동요되고 있음을 겉으로 내보이고 싶지 않았던 것이다.

"무시무시하다고요?"

브런트 선생은 다시 감자 쪽으로 몸을 돌리며 말했다.

"글쎄, 무시무시한지는 모르겠소."

"전 정말 겁이 나요."

어슐라가 말했다.

"아이들이 보기에 너무나……."

"뭐라고요?"

이때 하비 선생이 교무실로 들어서며 물었다.

"저 말이에요."

어슐라가 대꾸했다.

"브런트 선생님 말씀이 제가 반 아이들을 휘어잡아야 한대요."

어슐라가 어색하게 웃었다.

"아, 그렇지요. 아이들을 가르치려면 기강을 바로잡아야지요."

그녀는 딱딱하고 우월감 넘치는 어투로 흔하디흔한 말을 늘어놓았다.

어슐라는 아무런 대답도 하지 않았다. 이 두 선생들 앞에서 자신이 무용지물처럼 느껴졌다.

"살아남으려면 그렇게 해야 합니다."

브런트 선생이 말했다.

"교사가 기강 하나 못 잡는다면 무슨 짝에 쓰겠어요?"
하비 선생이 또 끼어들었다.

"그리고 선생 혼자서 그 일을 해내야 해요."

브런트 선생의 언성은 예언자의 침통한 외침처럼 높아졌다.

"누구도 도와줄 수 없어요."

"정말 그래요!"

하비 선생이 또 끼어들었다.

"도와주고 싶어도 도와줄 수 없는 사람들이 있잖아요."

이런 말을 던지고 하비 선생은 교무실을 나갔다.

적개심과 자기 와해의 분위기, 교장에게 반감을 갖고 있으면서도 굴종하는 인간들의 분위기가 소름 끼쳤다. 브런트 선생의 굴종적이며 겁을 먹고 수치심으로 앙심을 품은 듯한 모습이 끔찍했다. 어슐라는 도망치고 싶었다. 이해고 뭐고 할 것 없이 그냥 학교를 떠나고 싶었다.

그때 스코필드 선생이 교무실로 들어섰다. 그 선생이 들어오니 분위기가 보다 평온해졌다. 어슐라는 그 분위기를 확인이라도 하려는 듯 금방 들어온 이 선생에게 몸을 돌렸다. 스코필드 선생은 이 모든 더러운 권위 체제 속에서도 자신의 개성을 꿋꿋이 지켜나가고 있었다.

"앤더슨이 여기 있습니까?"

스코필드 선생은 브런트 선생에게 물었다. 그러고는 두 선생은 두 학생에 관한 어떤 사건을 냉랭히 사무적으로 얘기했다.

스코필드 선생은 자신의 갈색 접시를 들고 나갔고 어슐라는 자기 접시를 들고 그 뒤를 따라나섰다. 기분 좋은 3학년 교실의 식탁보가 펼쳐진 식탁 위에는 두세 송이의 장미꽃이 꽃병에 꽂혀 있었다.

"이곳은 참 아늑해요. 선생님이 이렇게 분위기를 다르게 만들어요."

어슐라가 명랑하게 말했다. 그렇지만 실상은 겁이 나 있었다. 학교의 무거운 분위기가 그녀를 억누르고 있었다.

"대형 교실은 말예요,"

스코필드 선생이 말을 시작했다.

"아유! 그 교실에서 가르치는 것은 진저리가 나요!"

스코필드 선생은 침통하게 말했다. 그녀도 역시 위로는 교장에게, 아래로는 반 학생들한테서 미움을 받는 고급 하녀라는 불명예스러운 입장에 처해 있기는 마찬가지였다. 언제든지 교장이나 학생들 중 어느 한쪽으로부터 공격을 받을 수도 있음을 스코필드 선생은 알고 있었다. 또는 학교 당국이 학부형들의 불평에 귀를 기울이게 되면 양쪽 모두에게서 권위를 상실한 교사에게 한꺼번에 공격의 화살이 날아 올 수도 있었다.

스코필드 선생은 커다란 누런 콩과 갈색이 도는 국물이 섞인 풍미 있는 요리를 접시에 담으면서도 얼굴이 굳어지고 씁쓸히 자제하는 표정이었다.

"야채만으로 조리한 스튜인데, 한번 들어보시겠어요?"

스코필드 선생이 물었다.

"네, 맛보고 싶은데요."

어슐라가 대답했다.

이 풍미 있고 깔끔한 음식에 비교하니 어슐라의 점심은 지저분하고 흉측하게 보였다.

"채식주의자들이 먹는 음식은 먹어본 적이 없어요. 그렇지만 그런 음식도 맛이 있을 것 같네요."

어슐라가 말했다.

"나도 실은 채식주의자가 아니에요. 단지 학교에 고기 요리를 갖고 다니기가 싫어서죠."

스코필드 선생이 말했다.

"그래요. 저도 고기 요리를 가져오긴 싫어요."

어슐라도 동의했다.

어슐라는 마음 깊숙한 곳에서부터 이렇게 세련되고 자유로운 생활 방식에 크게 호응을 보였다. 만일 채식주의 음식 모두가 이처럼 맛이 있다면 불결해 보이는 육식을 기꺼이 그만두리라.

"아주 맛있군요!"

어슐라가 큰 소리로 말했다.

"그래요."

스코필드 선생은 그 요리법을 알려주었다. 두 젊은 여선생은 계속해서 자신들의 신상에 관해 이야기했다. 어슐라는 고등학교 시절과 대학 입학 자격시험에 관하여 좀 뻐기면서 이야기해 주었다. 그리고 이 흉측한 학교에서는 너무나 기분이 저조하다고 말했다. 스코필드 선생의 예쁜 얼굴은 생각에 잠겨 다소 우울한 표정을 띤 채 경청하고 있었다.

"이곳보다 좀 나은 학교로 갈 수 없었나요?"

스코필드 선생이 물었다.

"이 학교가 어떤 곳인지 몰랐거든요."

어슐라는 미심쩍어하며 대답했다.

"아, 그랬군요!"

스코필드 선생은 대꾸를 하더니 침통한 기분에 고개를 옆으로 돌렸다.

"이 학교가 정말 보이는 것처럼 그렇게 끔찍스러워요?"

어슐라는 겁이 나서 얼굴을 찌푸리며 물었다.

"그렇습니다!"

스코필드 선생은 침통하게 대답했다.

"아, 아! 지긋지긋해요!"

어슐라의 가슴이 철렁 내려앉았다. 스코필드 선생까지이 무시무시한 속박을 받고 있다니!

"모두 하비 교장 때문이에요."

매기 스코필드가 왈칵 분노를 터뜨리며 말했다.

"또다시 그 대형 교실에 서게 된다면 도저히 견뎌낼 수 없을 거예요…… 브런트 선생의 목소리하며 하비 교장…… 아……."

스코필드 선생은 굉장히 상심해서 고개를 옆으로 돌렸다. 그건 그녀가 도저히 참을 수 없는 것들이었다.

"교장이 정말로 무서운가요?"

어슐라는 과감하게 자신의 겁먹은 마음을 드러내며 물었다.

"그자는! 한마디로 폭한이지요."

스코필드 선생은 수치심에 찬 검은 눈을 쳐들면서 말했다. 그건 고통을 받아서 나오는 경멸감에 불타는 눈이었다.

"선생이 교장과 보조를 맞추고 그와 모든 일을 의논하고 그의 방식대로 모든 일을 해나간다면, 그렇게 고약하진 않아요. …… 그렇지만…… 그렇게 하면 모든 것이 너무나 저열해지지요! 사실 이것은 쌍방 간 투쟁의 문제예요…… 그렇지만 저놈의 시골뜨기들을……."

스코필드 선생은 점점 더 비통해 하면서 힘들게 말했다. 그 선생도 과거에 굉장한 고통을 겪었던 것이다. 그녀의 영혼은 수치심으로 상처 입었다. 어슐라도 이에 응답하며 괴로워했다.

"그렇지만 뭐가 그렇게 무섭다는 거죠?"

어슐라는 하는 수 없이 물었다.

"교사가 꼼짝도 못하게 되는 거예요."

스코필드 선생이 말했다.

"교장은 한쪽으로는 교사를 반대하고 나서고 다른 쪽으로는 학생들을 선동해 교사에게 반기를 들게 하는 거예요. 아이들은 한 마디로 지독해요. 그러니까 어떻게 해서라도 학생들에게 무슨 일이든 다 하도록 시켜야 해요. 무엇이든지 죄다 선생에게서 비롯되어야 해요. 학생들이 무얼 배우든지 간에 교사는 그걸 억지로라도 아이들 머릿속에 집어넣어야 해요…… 그게 바로 현실이에요."

어슐라는 몸속에서 심장이 꺼지는 것 같았다. 왜 자신이 이 모든 것을 파악해야 하는가? 아무런 의욕 없는 쉰다섯 명의 아이들에게 왜 억지로 배움을 강요해야 하는가. 바로 뒤에서는 교장이 추하고 무례하게 질투심을 내보이며 어느 순간이든 아이들에게 그녀를 내던지려 하는데. 또 아이들은 그녀를 권위의 약한 대변자라고 발기발기 찢어놓으려 하는데. 어슐라는 자신의 일에 대해 커다란 공포에 사로잡혀 있었다.

어슐라는 브런트 선생, 하비 선생, 스코필드 선생과 다른 모든 교사들이 마지못해 못할 짓을 하는 걸 보았다. 그들은 많은 아이들을 반항이 허락되지 않는 기계적인 틀 속에 억지로 집어넣고, 이 전체의 틀을 복종과 주목만이 통하는 기계 상태로 만든 후, 잡다한 지식의 파편들을 받아들이라고 명령하는 수치스러운 작업을 하고 있었다. 첫 번째로 중요한 과업은 예순 명의 아이들을 하나의 마음, 하나의 존재 상태로 만드는 것이었다.

이러한 상태는 학생들의 의지 위에 군림하는 담임교사의 의지와 학교 당국의 의지를 통해 자동적으로 조성되어야 했다. 요점은 교장과 교사들이 하나로 통일된 권위 있는 의지를 보여야 하며, 그렇게 되면 학생들은 하나의 의지로 통합되어 이를 추종하게 된다는 것이었다.

그러나 교장은 속이 좁은 데다가 독불장군이어서 다른 교사들의 의사와 합일될 수가 없었다. 그러니 교사들의 독자적인 의지는 그런 식으로 교장의 의지에 굴종되기를 거부했던 것이다. 그러다 보니 사태는 혼돈에 빠져서 어느 쪽 권위가 존속할 것인가에 관한 최종적인 결정은 학생들에게로 넘어가게 되었다.

그래서 교사 개개인의 의사가 존재했고 각 교사는 각자의 권위를 내세우려고 안간힘을 다했다. 학생들은 절대로 순순히 교실에 앉아서 자연스럽게 공부를 하려고 들지 않았다. 아이들이란 보다 강력하고 지혜로운 의지로부터 강요를 받아야만 했다. 이러한 의지에 대항하여 학생들은 반항하려고 애썼다. 그러므로 큰 학급을 맡은 교사가 첫 번째로 이행해야 할 중요한 과제는 학생들의 의사를 교사 자신의 의사와 합일되도록 만드는 것이어야 했다. 이것을 성취하는 유일한 길은 교사가 사적인 자아를 부정하고 들어가는 것이었다. 이렇다 할 결과를 성취하기 위해서, 즉 어떤 지식을 전달하기 위해서는 어떤 법 체제를 강요해야만 했다. 이에 반해 어슐라는 반 전체를 개인적으로 대하고 그 여하한 강제적인 방법도 쓰지 않음으로써 진정코 현명한 최초의 교사가 되리라 마음먹고 있었다. 어슐라는 자신의 개인적인 능력을 전적으로 신뢰했다.

그러니 어슐라는 굉장히 심각한 혼란 상태에 빠지게 되었다. 처음에 어슐라가 단지 한두 명의 똑똑한 학생과만 가능한 사제 관계를 설정하려고 하니, 대부분의 반 아이들은 소외된 느낌을 받아 담임선생에게 반항을 했다. 두 번째로 어슐라는 교장이라는 하나의 확립된 권위에 수동적으로 적의를 나타내고 있었으므로 반 학생들이 더 안심하고 담임교사를 못살게 굴 수 있었다. 처음엔 이 사실을 알지 못했으나 본능적으로 이 점을 서서히 깨닫게 되었다.

어슐라는 브런트 선생의 목소리만 들어도 고통스러웠다. 그 목소리는 계속 들렸다. 갈라진 목소리에 엄하며 증오심이 뚝뚝 떨어지면서도 지극히 단조로운 목소리가 어슐라를 미칠 지경으로 몰아쳤다. 언제나 차분하면서도 냉혹한 그 단조로운 목소리. 그 선생은 쉬지 않고 계속 돌아가는 기계가 되어버렸다. 그러나 그의 사적인 자아가 계속 은밀한 상태에서 마찰을 빚었다. 그건 무시무시했다. 전체가 증오심 덩어리였다.

어슐라도 이와 같이 되어야 하나? 이런 것이 경악스럽게도 필요하다는 걸 느꼈다. 그녀도 똑같이 되어야 했다. 사적인 자아는 팽개쳐 버리고 하나의 도구, 하나의 추상체로 변해서 학급이라는 주어진 대상에 작용하여 학생들이 매일 많은 지식을 배운다라는 정해진 목표를 달성해야 했다. 그런데 이런 일에 어슐라는 순응할 수가 없었다.

그러나 점차적으로 철의 장막이 그녀를 꼼짝 못하게 덮치는 것 같았다. 햇빛이 캄캄하게 가려지고 있었다. 종종 노는 시간에 밖으로 나가 시시각각으로 구름이 변모하고 있는 맑은 푸른 하늘을 쳐다볼 때면 그건 그저 하나의 환상이요, 그림에 나오는 한 장면처럼만 느껴졌다. 그녀의 가슴은 가르친다는 일로 인해서 너무나도 암담하고 뒤숭숭해 있어서 사적인 자아는 감옥에 갇혀 있었다. 어슐라란 인간은 조악하고 파괴적인 의지에 종속되어 있었다. 그러니 하늘이 어떻게 맑게 보일 수 있겠는가? 교실 밖에는 하늘이 없었고 광채 나는 대기도 없었다. 단지 학교의 내부만이 실체였다. 단단하고 구체적이며 악의에 찬 실체였다.

아직은 학교가 그녀를 아주 압도하도록 허용하지는 않았다. 어슐라는 항상 말했다.

"이런 상태는 영원히 지속되지 않아. 곧 끝날 거야."

어슐라는 늘 학교를 초월해 있는 자신을 그려볼 수 있었고, 또 학교를 아주 떠난 때를 생생하게 그려볼 수 있었다. 일요일과 휴일이 되어 학교를 떠나 멀리 코셋헤이에 있거나, 너도밤나무 잎사귀가 떨어지는 숲 속을 거닐 때면 성 필립 교회 부속학교를 머리에 떠올릴 수 있었다. 그러곤 나지막하게 쭈그리고 있는 더러운 작은 건물이 하늘 아래서 불쑥 위로 솟아 있는 모습을 순전히 의지의 발동으로 머릿속에 그려볼 수 있었다.

이러한 반면, 커다란 너도밤나무 숲은 울창하게 어슐라의 주위에 뻗어 있어, 오후는 휑하니 넓고 경이로웠다. 더구나 반 아이들은 멀리 떨어져 있는 무의미한 작은 사물로 생각되었다. 아, 아주 멀리들 떨어져 있었다. 그러니 그런 아이들이 무슨 힘이 있어서 그녀의 자유로운 영혼을 억압한단 말인가? 너도밤나무 잎사귀 사이로 산책을 할 때, 이런 생각이 뇌리를 스쳐갔고 아이들은 마음속에서 사라졌다. 그렇지만 그녀의 마음은 항시 이 학생들에 대항하여 긴장해 있었다.

이러는 동안에도 내내 학생들은 어슐라를 쫓고 있었다. 어슐라가 자신의 주변에 있는 아름다운 사물에 대해서 이처럼 열정적으로 사랑을 느껴본 적은 한 번도 없었다. 저녁때 귀가 길에 전차의 2층 좌석에 앉아서 저녁노을이 웅려하게 지는 것을 보노라면 학교 생각은 씻은 듯 사라졌다. 그리고 그녀의 가슴과 손 자체가 아름다운 석양의 광휘를 향해 요동을 치듯 내뻗었다. 그 광채를 잡으려는 욕망은 너무 강렬하여 괴로울 정도였다. 석양이 그토록 아름다운 것을 보며 소리 내 울다시피 했다.

자신의 몸이 이곳에 붙잡혀 있었기 때문이다. 학교 문을 일단 나선 다음에는 학교는 더 이상 존재하지 않는다고 아무리 혼자서 되뇌어보았자 그건 아무 소용이 없었다. 학교는 엄연히 존재했다. 그것은 무겁게 내리누르는 저울추처럼 어슐라의 행동을 통제하면서 마음속에 엄연히 존재했다. 원기 왕성하고 자존심이 강한 젊은 처녀 선생이 학교와 이에 관련된 모든 것을 자신에게서 떨쳐버리려고 해도 헛일이었다. 그녀는 브랑윈 선생이고 5학년 담임교사였다. 이제 가르치는 일에서 그녀의 가장 중요한 존재 의의를 느껴야 했다.

끊임없이 그녀를 따라다니면서 암흑처럼 가슴 위에서 너울거리며, 어느 순간이건 내리 덮치려고 위협하는 것이 있었으니, 그건 어딘가 그녀의 인간성이 타락하였다는 느낌이었다. 어슐라는 자신이 진짜는 학교 선생이 아니라고 통렬하게 스스로 부인했다. 교사 노릇은 바이올렛 하비 선생 같은 사람이나 할 것이지, 그녀 자신은 이러한 비난받을 교사와는 무관하게 있으리라. 그러나 자신이 이렇게 부인해도 헛일이었다.

어슐라의 마음속에는 기록기의 바늘 같은 것이 있어서 기계적으로 부정이라는 표지판을 가리키고 있는 듯했다. 그러니 맡은 바 임무를 수행할 수가 없었다. 이런 것을 의식하는 치명적인 중압감에서 한순간도 빠져나올 수 없었다.

그러니 어슐라는 바이올렛 하비 선생에게 열등감을 느낄 수밖에 없었다. 하비 선생은 멋진 선생이었다. 그녀는 뛰어난 효율로 반을 통솔하고 아이들을 가르쳤다. 아무리 어슐라가 자신은 말할 수 없이 무한하게 하비 선생보다 우월하다고 주장해 보았자 전혀 소용없는 노릇이었다. 그녀 자신이 실패한 일에 하비 선생이 성공했다는 사실을 어슐라는 잘 알고 있었고, 과업에서 이 점은 바로 그녀의 능력을 시험하는 시금석 같은 것이었다. 내내 무언가가 그녀 위를 감싸며 내리누르고 있음을 느꼈다.

요즈음, 처음 몇 주 동안 어슐라는 이 사실을 부인하려고 애쓰며 자신은 옛날과 마찬가지로 자유롭다고 중얼거리며 다녔다. 하비 선생 앞에서 열등감을 느끼지 않으려고 애썼으며, 자신의 우월감을 계속 유지하려고 애썼다. 그렇지만 막중한 짐이 그녀를 내리누르고 있었다. 그런데 그 짐은, 하비 선생은 거뜬히 질 수 있지만 어슐라 자신은 질 수 없는 것이었다.

어슐라는 결코 이에 굴복하지 않았으나 그렇다고 성공한 것도 아니었다. 반 아이들은 더욱 상태가 나빠져 갔고 이 아이들을 가르치는 일이 점점 더 불안하게 느껴졌다. 이 일을 집어치우고 집에 들어앉을 것인가. 적성에 맞지 않는 곳에 왔으니 사표를 내겠다고 말할 것인가. 그녀의 삶 자체가 시험대에 올라 있었다.

어슐라는 위기가 닥쳐오기를 기다리면서 뚝심으로 맹목적으로 교사 노릇을 해나갔다. 하비 교장은 이제 어슐라를 박해하기 시작했다. 어슐라의 교장에 대한 공포심과 증오심은 점점 더 커져서 크게 부상했다. 교장이 그녀를 못살게 굴면서 파멸시킬까 봐 두려웠다. 교장은 어슐라가 담임반을 바람직한 상태로 제대로 통솔하지 못해 학교를 구성하는 전체의 연결고리 중에서 그 반이 가장 약한 고리 역할을 하고 있다고 어슐라를 추궁하기 시작했다.

잘못 가운데 하나는 어슐라의 학급이 떠들어대 그 큰 교실의 다른 쪽 끝에서 교장이 7학년 반을 지도하는 데 방해가 된다는 것이었다. 어느 날 아침 어슐라는 작문을 지도하며 학생들 사이를 왔다 갔다 하고 있었다. 남학생 중에서 몇 명은 귀와 목에 때가 끼어 있었고 옷에선 불쾌한 냄새가 났지만, 그런 것은 무시할 수 있었다. 어슐라는 학생들 옆을 지나가면서 작문을 고쳐주고 있었다.

"여러분, '그것들의 털은 갈색이다.'라고 할 때 '그것들의(their)' 철자는 어떻게 쓰지요?"

반 학생들이 잠시 주춤했다. 남학생들은 언제나 빈정거리는 태도로 대답을 잘 하지 않았다. 남자 아이들은 이미 선생의 권위를 완전히 조롱하기 시작했다.

"저 선생님, t-h-e-i-r이에요!"

한 남학생이 빈정거리는 어투로 힘껏 소리쳤다. 바로 그때 하비 교장이 지나가고 있었다.

"힐, 너 일어나!"

교장은 큰 소리로 외쳤다.

모두가 흠칫 놀랐다. 어슐라는 그 남학생을 쳐다보았다. 그 아이는 분명히 집안 형편이 어렵고 좀 교활한 학생이었다. 빳빳한 머리카락 몇 가닥이 그의 이마 위에 곤두서 있었고 나머지 머리카락은 못생긴 머리통에 찰싹 달라붙어 있었다. 아이는 창백하여 핏기라곤 하나도 없었다.

"누가 너보고 소리치라고 했어?"

교장이 으름장을 놓았다.

아이는 잘못했다는 태도로 눈을 쳐들었다가 고개를 숙였지만, 교활하고 냉소적인 태도가 엿보였다.

"저, 교장 선생님. 전 질문에 대답을 하고 있었어요."

학생은 조금 전과 똑같이 겸손한 체하면서 오만한 태도로 대답했다.

"내 교탁으로 가 있어."

그 아이는 교실 아래쪽으로 걸어갔다. 커다란 검정색 저고리는 초라하게 축 늘어졌고, 가는 양쪽 다리는 무릎쯤에서 서로 맞부딪치며 벌써부터 느릿느릿 기운이 없었다. 큰 장화를 신은 발은 바닥에서 거의 들어올리지 않고 질질 끌다시피 하며 갔다. 어슐라는 학생이 교실 저쪽으로 느릿느릿 걸어가는 꼴을 보고 있었다. 그 아이도 그녀가 책임지고 있는 반 학생이 아닌가!

아이는 교장 선생의 교탁에 이르자 주위를 둘러보고는 7학년 반 남학생들에게 교활하고 구슬프게 히쭉 웃으며 살짝 곁눈질을 했다. 그러고는 축 늘어진 옷에 가련하고도 창백한 꼴로 교장 선생의 무시무시한 탁자 밑에서 빈둥거리며 서 있었다. 한쪽 다리에 몸을 기대어 비딱하게 서고는 양쪽 손은 어른이나 입을 큰 저고리의 축 처진 주머니 속에 찔러 넣었다.

어슐라는 다시 반 학생에게로 주목을 하려고 애썼다. 그 남학생의 꼴이 어슐라를 몸서리치게 했다. 그러면서도 동시에 그 아이에 대한 동정심으로 가슴이 뜨거워졌다. 비명을 냅다 지르고 싶었다. 바로 자신에게 그 아이를 처벌할 권리가 있는 것이 아닌가. 하비 교장은 어슐라가 흑판에 써놓은 글자를 쳐다보고 있었다. 교장은 반 아이들에게 몸을 돌렸다.

"펜을 내려놔."

아이들은 펜을 내려놓고 눈을 들었다.

"팔짱을 껴."

아이들은 책을 제자리에 밀어놓고 팔짱을 꼈다. 어슐라는 아이들의 등 뒤쪽에 얼어붙은 듯 서서 꼼짝할 수가 없었다.

"작문 제목이 뭐지?"

교장이 물었다. 아이들이 손을 번쩍 들었다.

"저……."

한 학생이 대답을 하려고 열성을 낸 나머지 말이 잘 나오지 않았다.

"큰 소리로 대답할 필요 없다."

교장이 말했다. 그의 목소리는 음량이 풍부하고 리듬감이 있어 상쾌했으나, 거기엔 혐오스럽고 위협적인 여운이 들어 있었다. 그는 꼼짝 않고 서 있었고 두 눈은 숱이 많은 검은 눈썹 아래서 부리부리하게 번뜩이며 아이들을 지켜보았다. 교장이 서 있는 모습에는 끌리는 점이 있었다. 어슐라는 또다시 고함을 지르고 싶은 충동을 받았다. 그녀의 신경은 온통 곤두서 지금 무얼 느끼고 있는지도 알 수 없었다.

"그래, 앨리스. 대답해 봐."

"토끼예요."

여자 아이의 가는 목소리가 들렸다.

"5학년에겐 아주 쉬운 제목이구먼."

어슐라는 자신의 무능력을 드러내는 것 같아 부끄러웠다. 반 아이들 앞에서 이런 모습을 보이다니. 어슐라는 모든 일이 이렇게 모순적으로 돌아가는 게 괴로웠다. 하비 교장은 아주 강력하고도 사나이답게 서 있었다. 그 검은 눈썹이며, 환한 이마며, 두터운 턱과 축 늘어진 커다란 수염하며, 그 풍채가 기력과 남성다운 힘과 맹목적이며 천진스러운 아름다움을 지닌 사나이다운 모습이었다. 아마 남자로서는 교장을 좋아할 수 있었으리라. 그런데 이 교실에서는 저 교장이 다른 힘을 발휘하고 있었다. 남학생이 허락 없이 큰 소리로 대답을 했다는 사소한 문제에 으름장을 놓고 있었다. 그러면서도 교장은 시시하게 야단을 떠는 사람은 아니었다. 대신 그에겐 잔인하고 고집스런 악령이 깃들어 있는 듯했다.

그는 너무나도 시시하고 사소한 일을 하도록 갇혀 있는 몸 같았다. 그렇지만 살기 위해 별수 없이 노예처럼 순응하는 것이리라. 교장은 자신의 성미를 잘 조절하지 못하고 그저 맹목적이고 완강한 통뼈 같은 의지만 있을 따름이었다. 교장은 하는 수 없어 학교 일이 이런 식으로 돌아가게 하려고 했다. 그리고 그의 할 일이란 학생들이 낱말의 철자를 정확하게 쓰고 문장을 시작할 때 대문자를 쓰게 하는 것이었다.

그래, 교장은 증오심을 억누르면서 이 일을 열심히 해나갔다. 항상 자신을 억누르다 보니 급기야는 이성마저도 잃게 되었다. 어슐라는 작달막하고 미남이며 강력한 교장이 그녀의 반 학생들을 가르치며 서 있을 때 무던히 괴로웠다. 교장이 그런 일을 하고 있다니, 너무나도 비참해 보였다. 교장은 점잖고 강력하면서 좀 거친 정신의 소유자였다. 그가 도대체 '토끼'에 대한 작문에 무슨 관심이 있단 말인가?

그러나 그는 순전히 고집으로 아이들 앞에 서서 사소한 일에 으름장을 놓고 있었다. 이제 아주 사소하고 비열하며 경우에 맞지 않게 구는 것이 교장의 몸에 배어버렸다. 어슐라는 교장이라는 그의 지위가 부끄럽다고 생각했다. 교장의 몸속에는 사악함이 갇혀 있어서 오랫동안 사악한 분노의 불길을 훨훨 내뿜고 있는 듯 느껴졌다. 교장은 마치 목줄을 맨 고집스럽고 기운 센 짐승 같았다. 그 정경은 정말 참을 수 없는 것이었다. 그 귀에 거슬리는 목소리는 어슐라에게 고문과 같은 것이었다.

어슐라는 긴장해서 조용히 앉아 있는 반 아이들을 둘러보았다. 아이들은 질서가 잡혔고, 경직되고 중성적인 결정체로 변해 버린 듯했다. 이것이 바로 교장이 그의 권위로 해낼 수 있는 일이었다. 아이들을 단단하게 굳어 말이 없는 결정체로 만들어 그의 의지 밑에 고정시켜 버리는 것. 그의 난폭한 의지는 순전히 완력을 이용해서 학생들을 꼼짝 못하게 만들었다.

어슐라 역시 학생들을 자신의 의지에 복종시키는 법을 배워야 했다. 학교가 바로 그런 곳이니까, 그것이 그녀의 임무라 여겼다. 교장은 그 학급의 질서를 회복시켜 놓지 않았는가. 그렇지만 그처럼 늠름하고 건장한 남자가 그런 목적을 위해서 그의 온 힘을 다 기울이는 꼴은 몸서리가 쳐지는 것이었다. 그런 모습에는 무언가 소름 끼치는 면이 있었다. 기묘하게 온화한 눈빛은 사악하고 흉칙했으며 미소는 상대방을 고문하는 듯한 것이었다.

교장은 초연해질 수 없는 위인이었다. 어떤 명확하고 순수한 목적을 가질 수 있는 인물이 되지 못했다. 단지 자신의 잔인한 의지만을 행사할 따름이었다. 교장은 해를 거듭해 가면서 학생들에게 강요해 온 교육에 대해 털끝만큼의 신념도 없었다. 그러니 자연히 상대방에게 으름장만 계속 놓을 수밖에 없었다. 계속 그러다 보니 그의 견고하고도 건전한 본성마저 계속 채찍을 맞으며 고문을 당하는 것같이 수치심으로 괴로워했다.

교장은 아주 맹목적이고 불쾌하며 경우에 맞지 않는 짓을 하고 있었다. 어슐라는 교장이 자기 학급에서 그러고 서 있는 꼴을 그대로 볼 수가 없었다. 그 상황 전체가 그릇되고 추한 것이었다.

수업이 끝나 하비 교장은 가버렸다. 교실 맨 끝에서부터 회초리를 치는 소리가 들렸다. 어슐라의 심장은 몸속에서 정지하는 듯했다. 어슐라는 도저히 참을 수가 없었다. 아니, 그 아이가 매를 맞는 꼴을 정말 볼 수가 없었다. 그 꼴을 보니 속이 메슥거렸다. 이 고문실 같은 학교에서 벗어나야겠다는 생각이 들었다. 교장을 향한 증오심에 정이 딱 떨어졌다. 저 짐승 같은 위인은 부끄럽지도 않은가. 교장이 이런 식으로 사람을 못살게 구는 잔인한 짓거리를 계속하게 놔둬서는 안 되겠다는 생각이 들었다. 힐은 가련하게 훌쩍거리면서 다리를 질질 끌며 돌아왔다. 그 처량하게 훌쩍거리며 우는 아이를 보니 어슐라의 가슴이 미어지는 것 같았다. 사실 따지고 보면, 어슐라 자신이 자기 학급을 제대로 거느렸다면 이런 불상사는 일어나지 않았을 게 아닌가. 물론 힐도 교장한테 불려 나가 매를 맞지 않았을 테고.

어슐라는 산수 수업을 시작했다. 그러나 정신은 딴 데에 가 있었다. 힐은 뒷자리에 웅크리고 앉아 훌쩍거리며 손을 입에 물고 있었다. 시간이 너무나 길게 느껴졌다. 감히 그 아이에게 다가가서 말을 걸 용기가 없었다. 그 아이 앞에서 자신이 부끄럽다고 느꼈다. 그러면서도 그 아이가 계속 그 꼴로 쭈그리고 앉아 훌쩍거리는 것은 도저히 용서할 수 없었다. 아이는 온통 눈물, 콧물로 젖어 있었다.

어슐라는 아이들이 덧셈한 것을 고쳐주면서 교실을 돌고 있었다. 그렇지만 학생들의 수가 너무 많았다. 아이들을 일일이 다 봐줄 수가 없었다. 그런데다 힐이 계속 마음에 걸렸다. 이윽고 힐은 훌쩍거리는 것을 그치고 양손을 모으고 수그리고 앉아 조용히 놀고 있었다. 그러다가 힐이 고개를 들어 어슐라를 쳐다보았다. 아이의 얼굴은 온통 눈물로 얼룩져 있었고 눈은 묘하게도 깨끗이 씻겨 있어 꼭 비 온 후의 하늘처럼 파리하게 보였다. 더 이상 원망하는 빛은 없었다. 아이는 이미 벌받은 일은 말끔히 잊어버리고 정상적인 상태로 돌아갈 준비가 돼 있었다.

"힐, 너도 공부를 해라."

어슐라가 말했다.

아이들은 장난질을 하며 산수 셈을 하는 체했고, 어슐라는 아이들이 자기를 완전히 속이고 있다는 걸 잘 알고 있었다. 어슐라는 흑판에다 또 다른 덧셈 문제를 적었다. 도저히 아이들을 다 봐줄 수가 없어 또다시 앞쪽으로 나가 지켜보고 있었다. 몇 학생은 다 끝냈고 또 몇몇 학생은 끝내지 못했다. 어떻게 하면 좋을까?

마침내 오락 시간이 되었다. 어슐라는 학생들에게 하던 공부를 멈추라고 말했다. 그리고 이런 저런 방법을 써서 겨우 아이들 전부를 교실 밖으로 내보냈다. 그러고 나니 교실 안은 엉망이었다. 검사받지 못한 잉크투성이 공책이며, 부서진 자며, 잇자국이 난 펜들이 마구 널려져 있었다. 어슐라는 역겨운 마음에 가슴이 철렁 내려앉았다. 처절한 상태는 점점 더 심각해 갔다.

이러한 문젯거리는 매일 계속되었다. 채점을 해야 할 공책들은 산더미같이 쌓이고 정정해 줘야 할 틀린 답은 수없이 많으니 지긋지긋하게 맥 빠지는 일이었다. 수업 상태는 점점 더 나빠져 갔다. 작문 내용이 더 발랄해지고 더욱 홍미롭게 되었다고 스스로 자랑스럽게 여길라치면, 곧 눈에 뜨이는 것은 점점 더 엉망으로 돼가는 글씨며 지저분하고 보기 흉하게 된 공책들이었다. 어슐라는 할 수 있는 데까지 최선을 다해 보았으나 아무런 효과가 없었다. 그러나 이러한 실정을 심각하게 받아들이려 하지 않았다. 무엇 때문에 그래야 한단 말인가? 가령 반 아이들에게 글씨를 깨끗하게 쓰도록 가르치지 못했다고 해서 그것이 무슨 문제인가? 왜 그것 때문에 스스로를 나무라야 한단 말인가? 그녀에게 무슨 잘못이 있단 말인가?

월급날이 되었다. 어슐라는 4파운드 2실링 1페니를 받았다. 그날은 정말로 자랑스러웠다. 그전엔 그렇게 많은 돈을 만져본 적이 한 번도 없었다. 게다가 이 많은 돈을 그녀 힘으로 벌었다니! 어슐라는 전차의 2층 좌석에 앉아서 금화를 손으로 매만지면서 잃어버릴까 걱정했다. 돈이 있으니 아주 안정이 되고 힘이 생기는 것 같은 느낌이었다. 집에 오자 어슐라는 어머니에게 말했다.

"어머니, 오늘이 월급날이었어요."

"그래."

어머니는 냉담하게 대답했다.

어슐라는 탁자 위에다 50실링을 내려놓았다.

"제 밥값이에요."

어슐라가 말했다.

"그래."

어머니는 돈을 그냥 둔 채 대답했다.

어슐라는 마음이 상했다. 그래도 응분의 자기 밥값을 치르지 않았는가. 이젠 자유로운 거다. 그녀가 얹혀사는 데 대해서 그 값을 지불했으니. 더구나 그녀 몫의 돈이 32실링이나 남아 있었다. 그 돈은 한 푼도 쓰지 않으리라. 어슐라는 천성적으로 절약가였다. 차마 그 훌륭한 금화를 허

물고 싶지가 않았다.

이제 부모와 동떨어져 독립할 여유가 생겼다. 어슐라는 윌리엄과 애나 브랑윈의 딸이란 것 외에 또 다른 지위를 갖게 되었다. 자립했던 것이다. 자신의 생활비를 벌었으니, 일하는 사회의 중요한 일원이 된 것이다. 한 달에 50실링이면 넉넉히 자신의 생활비를 충당할 수 있다고 자신했다. 만일 어머니가 자식들 한 명당 한 달에 50실링씩 받는다면 한 달에 20파운드를 받게 된다. 자식들에게 옷은안 사줘도 되니 아주 수지맞는 것이다.

어슐라는 부모에게서 경제적으로 자립했다. 이젠 다른 곳에 속해 있었다. 이젠 '교육부'라는 낱말이 그녀의 가슴에서 의미 깊게 울렸고, 멀리 런던에 교육부가 있는 화이트홀이 자신의 궁극적인 고향처럼 생각되었다. 정부에서 어느 장관이 교육계 최고의 권력을 가진 사람인지도 알게 되었다. 마치 그녀의 아버지가 그녀와 관련이 있듯이 그 어떤 방식으로든 그 장관 역시 그녀와 관련이 있다는 생각이 들었다.

어슐라에게는 또 다른 자아와 또 다른 책임이 생겨났다. 그녀는 이제 윌리엄 브랑윈의 딸인 어슐라 브랑윈에만 머물지 않았다. 그녀는 성 필립스 초등학교의 5학년 담임선생이기도 했다. 자신이 5학년 담임선생이라는 사실은 엄연한 현실이고, 그 외에 더 중요한 사실은 없었다. 이 사실에서 벗어날 도리가 없는 것이 현실이었다.

그렇다고 교사로서 성공한 것은 아니었다. 그러니 그게 두려웠다. 여러 주간이 지나면서 그 쾌활하고 자유롭던 어슐라 브랑윈의 모습은 자취를 감추었다. 대신 자기의 반 학생들을 제대로 통솔하지 못한다는 생각에 사로잡혀 있는 똑같은 이름의 여선생일 따름이었다. 주말만 되면 며칠 동안 열정적인 반응이 되살아났다. 어슐라는 자유를 맛보고 미칠 듯 좋아했다. 아침에 자유로운 기분을 맛보기 위하여 수틀에 앉아서 비단 색실로 수를 놓을 때면 열정적으로 환희가 몰려왔다. 그렇지만 한편에서는 감옥이 그녀를 기다리고 있지 않은가! 그러니 이는 단지 잠시 동안의 휴식일 뿐임을 쇠사슬에 얽매인 그녀의 가슴은 잘 알고 있었다. 그런 까닭에 어슐라는 빠르게 흘러가는 주말의 시간을 움켜쥐고는 그곳에서 마지막 한 방울까지의 단물을 짜내려고 참혹하게 몸부림쳤다.

어슐라는 이런 상태가 얼마나 자신에게 괴로운 것인가를 아무에게도 말하지 않았다. 동생 구드룬이나 부모에게도 학교 선생이 된다는 것이 얼마나 끔찍스러운 일인가를 털어놓지 않았다. 그러나 일요일 밤이 되어 월요일 아침이 다가오는 것을 느낄 때면 어슐라는 무시무시한 예감에 바짝 얼어 있었다. 긴장과 고통이 또 가까이 다가오고 있었기 때문이다.

어슐라는 그 잔인한 학교에서, 그 잔인하리만큼 학생들이 북적대는 학급을 자신이 잘 가르칠 수 있으리라고는 전혀 믿지 않았다. 어떻게 그렇게 할 수 있으랴. 그렇지만 만약 가르치는 일에 실패한다면 자신은 틀림없이 어떤 식으로든 패배할 것이었다. 그러니 남자의 세계는 여자가 감당하기에 너무 거칠고, 그곳에서 한몫한다는 것은 불가능하다는 사실을 솔직히 인정할 것인가. 하비 교장 앞에서 솔직히 굴복해야 할 것인가. 그러고는 이후 평생 자신은 남성 세계에서 절대로 해방되지 못한 채 계속 살아가야 할 것인가. 책임 있게 일을 하는 넓은 세계의 자유를 절대로 쟁취하지 못할 것인가.

그런데 매기 스코필드는 그곳에서 제자리를 굳히고 하비 교장과 동등한 입장에 서서 교장에게서 벗어나 자유롭게 생활하고 있지 않은가. 그리고 매기의 정신은 언제나 멀리 떨어져 있는 시(詩)의 골짜기와 언덕에서 노닐고 있지 않은가. 매기는 자유롭지 않은가. 그렇지만 매기의 자유, 그 자체 속에는 종속과 같은 것이 있어 보였다. 교장이라는 사나이는 도대체 매기같이 거리를 두는 여자를 싫어했다. 그러나 하비 교장은 교사로서의 스코필드 선생은 높이 평가했다.

그러나 지금 당장 어슐라는 매기를 부러워하고 찬탄해 마지않았다. 그녀 자신은 매기가 이미 성취했던 지점을 쟁취해야 했다. 아직도 발붙일 곳을 만들어야 했다. 하비 교장이 서 있는 지역에서 한자리를 차지했으니 계속 그 자리를 유지해야 했다. 지금 교장은 정기적으로 어슐라에게 공격을 가해 오면서 그녀를 학교에서 쫓아내려 하고 있었다. 어슐라는 반을 통솔할 수 없었다. 어슐라의 학급은 소란스러운 오리무중이고 학교 행사의 약점이었다. 그렇기 때문에 어슐라가 학교를 떠나고 누군가 더 유능한 사람이 대신 들어와서 학급의 질서를 바로잡아야 할 분위기였다.

교장은 어슐라에게 광분해 있었다. 제발 어슐라가 나가

주기를 바랐다. 학교 선생으로 오긴 했으나 날이 갈수록 점점 더 무능해져, 이건 아무짝에도 쓸모없는 교사였다. 교장의 교육 체제는 교장 자신의 생명과도 같은 것이었다. 교장의 육체적 움직임의 산물이기도 한 그것이 어슐라가 끼어든 지점에서 공격과 위협을 받는 셈이었다. 말하자면, 어슐라는 교장의 몸뚱이를 내리치면서 쓰러질 것이라고 위협하는 위험물로 보였다. 그러므로 교장은 어슐라에게 맹목적이고 철저하게 본능적으로 반대하며 그녀를 학교에서 쫓아낼 활동을 개시했다.

힐에게 벌을 주었던 것처럼, 교장 자신에게 어슐라 반 학생이 무례한 언행을 했다는 이유로 처벌할 때에는 여느 때보다 더 혹독하게 벌을 주었다. 거기엔 이런 일이 생기게 놔둔 나약한 담임선생 때문에 반 아이들이 매를 더 맞아야 한다는 의미가 숨어 있었다. 어슐라에게 잘못을 저지른 학생을 교장이 처벌할 때는 가볍게 벌을 주었다. 마치 어슐라 정도에게 잘못을 저지른 것은 별로 대단한 일이 못 된다는 태도 같았다. 이 사실을 반 학생들이 모두 낌새를 챘고 자연 아이들은 그에 어울리게 행동했다.

교장은 이따금씩 들러 학생들의 연습 문제 공책을 조사하곤 했다. 교장은 한 시간 내내 교실 안을 빙빙 돌면서 공책을 하나씩 하나씩 들고는 페이지마다 대조했다. 그러는 동안 어슐라는 옆쪽에 물러선 채, 마치 학생들을 훈계하는 듯하지만 실상은 그녀에게 퍼붓는 교장의 모든 논평과 비난을 들어야 했다. 어슐라가 그 학급을 맡은 후부터 작문 공책이 더욱더 지저분해지고 난장판이 되고 더러워진 것은 사실이었다. 교장은 어슐라가 그 반을 맡기 전에 학생들이 썼던 부분과 어슐라가 온 후에 쓴 작문 부분을 가리키면서 격렬하게 화를 터뜨렸다.

교장은 여러 학생들이 공책을 들고 교실 앞에 나가 서도록 했다. 그리고 조용히 달달 떨고 있는 반 학생들을 철저하게 하나하나 조사한 다음, 공책을 제일 지저분하게 쓴 학생들을 다른 학생들 앞에서 매질했다. 교장은 분노와 악의에 차서 교실이 쩌렁쩌렁 울리도록 야단을 쳤다.

"학습이 이런 꼴이 되었다니, 믿을 수가 없는 노릇이야! 정말로 부끄러운 일이야! 어떻게 학생들이 이런 꼴이 되도록 내버려 두었는지 이해할 수가 없어. 월요일 아침마다 내가 와서 공책들을 죄다 검사하겠다. 그러니 너희들에게 제대로 교육시킬 교사가 없다고 해서, 너희들이 이미 배웠던 것을 다 잊어버리고 3학년 실력도 못 되게 퇴보하도록 그냥 놔두지는 않을 거다. 내가 와서 모든 공책을 매주 월요일……."

그러다가는 교장은 격분해서 회초리를 들고 나가버렸다. 어슐라는 홀로 남아 파리해져 달달 떨고 있는 학생들과 대면해야 했다. 아이들의 천진스러운 얼굴은 공허한 원망과 공포와 비통함으로 굳어 있었다. 또 아이들의 영혼은 교장을 향해서보다는 어슐라를 향한 분노와 경멸로 가득 차 있었다. 아이들은 차갑고 비인간적인 비난의 눈초리로 어슐라를 쳐다보았다. 그러니 어슐라가 기계적으로 늘 하던 말도 아이들을 향했을 때 제대로 입에서 떨어지지 않았다. 어슐라가 반 아이들에게 명령을 내리면 아이들은 무례하게 되는 대로 명령을 따르긴 했지만, 그 태도는 꼭 '교장 선생 때문에 당신 말에 하는 수 없이 복종한다는 걸 아시겠죠?' 라고 말하는 듯했다.

어슐라는 회초리를 맞고 훌쩍훌쩍 우는 아이들을 제자리로 보냈다. 이 벌받은 학생들도 선생의 인품과 권위를 조롱한다는 걸 그녀는 알고 있었다. 아이들은 담임선생이 나약하기 때문에 자기네들이 벌을 받게 되었다고 생각했다. 그녀는 이러한 모든 입장을 잘 알고 있었다. 그러므로 체벌과 고통에 대한 공포심은 더욱 깊은 고통으로 변했고, 스스로에 대해 도덕적인 비판까지도 내리게 되었다. 이건 사실 상심보다 더한 아픔이었다.

다음 주간 동안 어슐라는 아이들의 공책들을 샅샅이 조사하여 잘못이 있으면 곧 처벌을 해야 했다. 그녀의 영혼이 그렇게 하기로 냉철하게 결정을 내렸다. 자신의 개인적인 욕망은 적어도 그날은 죽어 있어야 했다. 학교에서는 사적인 면을 일체 내보여서는 안 되었다. 단지 5학년 반의 담임선생일 따름이었다. 그게 그녀의 의무였다. 학교에서 어슐라는 5학년 담임선생일 따름이었다. 어슐라 브랑윈이란 인물은 일체 제거되어야 했다.

이윽고 어슐라는 파리하고 단호한 표정으로 초연하고 사무적인 태도로 변해 더 이상 학생들의 얼굴을 쳐다보지 않았다. 학생이 작문을 해온 이상, 눈망울을 어떻게 굴리든, 성격이 유별나서 글씨를 엉망으로 쓰든, 그런 것은 통 눈에 들어오지 않았다. 아이들이 아니고 아이들이 해야 할 과제물만 눈에 들어왔다. 아이가 아니라 과제물에만 집중하니, 아주 냉담해져서 그전 같으면 동정과 이해와 용서를 했을 경우에도 처벌을 할 수 있게 되었다. 또 그전 같으면 전혀 흥미가 없었을 경우에도 이제는 칭찬을 해줄 수 있었다. 그녀의 개인적인 흥미는 이제 사라졌다.

충동적이고 명랑한 열일곱 살의 처녀가 냉정하고 사무적인 태도로 일관해 학생들과 아무런 인간적 관계도 갖지 못한다는 것은 참으로 고통스러운 일이었다. 월요일의 시련이 있은 뒤 며칠 동안 어슐라는 성공적으로 해나갔고 가르치는 일에 좀 성과가 있었다. 그렇지만 그건 어슐라의 체질에 어울리는 상태가 아니어서 조금씩 긴장이 풀리기 시작했다.

그때 또 다른 시련이 닥쳐왔다. 반 아이들에게 돌아갈 충분한 펜이 없었다. 그래서 교장에게 학생을 보내 더 타오게 했다. 그런데 교장이 직접 교실로 왔다.

"브랑윈 선생, 펜이 충분하지 않다고요?" 교장은 어슐라에게 굉장히 분노를 느낀 나머지 차가운 미소를 지으며 물었다.

"네, 여섯 자루가 모자라요."

어슐라가 떨며 대답했다.

"아니, 왜요?"

교장은 위협조로 물었다. 그러고 나서 아이들을 둘러보면서 물었다.

"오늘은 몇 명이나 출석했소?"

"쉰두 명입니다."

어슐라가 대답했으나, 교장은 이 말은 들은 체도 않고

손수 머릿수를 셌다.

"쉰두 명이군."

교장이 말했다.

"스테이플스 군, 펜이 몇 자루 있지?"

이번에는 어슐라가 잠자코 있었다. 교장이 반장에게 물었으니까 어슐라가 대답을 한다 해도 들은 척도 하지 않을 것이다.

"참 묘한 일이군."

교장은 화가 나서 약간 히쭉거리며 조용히 앉아 있는 학생들을 둘러보면서 말했다. 아이들이 모두 불안감을 드러낸 채 교장을 멍하니 쳐다보고 있었다.

"며칠 전만 해도 이 학급엔 예순 개의 펜이 있었어. 그런데 지금은 마흔여덟 자루밖에 없다고. 윌리엄스 군, 육십에서 사십팔을 빼면 몇이 남나?"

질문하는 어투에는 악의에 찬 긴장감이 감돌았다. 세일러복을 입은, 얼굴이 갸름하고 족제비 같은 남학생이 도가 지나치게 벌떡 일어났다.

"네, 교장 선생님!"

남자 아이가 말했다. 다음에 소년은 교활한 웃음을 얼굴에 서서히 띠었다. 그는 답을 몰랐다. 긴장감으로 팽팽한 침묵이 흘렀다. 소년은 고개를 떨어뜨렸다. 그러곤 다시 고개를 쳐들고 눈에 교활한 승리의 빛을 띠며 "열둘이요."라고 말했다.

"앞으로 정신차려."

교장 선생이 위험스런 어조로 말했다. 그 남자 아이는

앉았다.

"육십에서 사십팔을 빼면 열둘이 남지. 그러니까 행방을 찾아야 할 펜이 열두 자루란 말이지. 스테이플스 군, 그래, 펜을 찾아보았나?"

"네, 교장 선생님."

"그럼, 다시 찾아봐."

이런 상태는 오래 계속되었다. 펜 두 자루가 더 발견되어 열 자루가 없어진 것이 되었다. 그러자 벼락이 떨어졌다.

"그래 너희들의 개차반 같은 성적과 나쁜 품행 외에 도둑질하는 꼴까지 나더러 보란 말인가?"

교장은 노발대발하기 시작했다.

"그래, 이 학교에서 가장 품행이 좋지 못한 데다 공부도 지지리 못하는 주제에, 도둑질까지 한다 이 말이지? 참으로 꼴불견이군! 펜은 공기 속으로 녹아 들어가지 않는 거야. 펜이란 슬슬 사라지지 못한다고. 그렇다면 열 자루의 펜이 어디로 갔지? 열 자루의 펜은 꼭 찾아야 되고 그것도 5학년 반이 찾아내야 한다. 5학년 반이 잃어버렸으니까 꼭 찾아야 한다."

어슐라는 서서 듣고 있었다. 가슴은 냉랭하게 굳어 있었다. 너무나도 화가 났기 때문에 거의 미칠 것 같았다. 속에서부터 치밀어 오른 충동으로 교장을 향해 제발 그놈의 펜 얘기는 그만두라고 소리 지르고 싶었다. 그러나 그렇게 하지는 않았다. 그럴 수가 없었다.

그다음부터는 오전이나 오후나 펜의 수를 세게 했다. 그런데도 여전히 펜은 없어지고 있었다. 그리고 연필과 지우

개도 없어졌다. 어슐라는 없어진 물건이 다시 나타날 때까지 반 학생들을 교실 뒤에 세워 두었다. 그러나 교장이 반에서 나가자마자 남학생들은 이리저리 펄쩍펄쩍 뛰어다니면서 소리를 지르기 시작했다. 그러다 마침내 남학생들은 떼를 지어 학교에서 뛰어나갔다.

위기가 점점 다가오고 있었다. 하비 교장에게 이 말을 할 수도 없었다. 교장이 처벌한다 해도 그 처벌의 원인이 담임선생에게 있다고 말할 테고, 그러면 아이들은 어슐라에게 반항과 조롱으로 앙갚음을 할 것이기 때문이었다. 이미 어슐라와 학생들 사이에는 무시무시하게 적의가 팽배해 갔다. 저녁때 나머지 일을 끝마치느라고 교실에 남아 있다가 집으로 갈 때는 남자 아이들이 살금살금 뒤로 다가와서는 소리를 질렀다.

"브랑윈, 브랑윈, 빼기기 선수!"

토요일 아침에 동생 구드룬과 함께 일커스턴에 갔을 때도 뒤에서 큰 소리로 놀리는 말이 들렸다.

"브랑윈, 브랑윈."

어슐라는 못 들은 체했다. 그러나 길에서 그렇게 조롱을 당하니 창피해서 얼굴이 빨개졌다. 코셋헤이 출신의 어슐라 브랑윈은 5학년 담임교사라는 직책에서 벗어날 수가 없었다. 공연히 모자에 달 리본을 사러 나갔던 것이다. 그녀가 그토록 갖은 애를 쓰며 가르치는 반 아이들이 소리치며 놀려대다니.

어느 날 저녁에는 그 도시의 변두리 지역에서 시골로 가고 있는데, 돌멩이가 날아들었다. 그렇게 되니 수치심과 분노가 머리끝까지 치밀었다. 어슐라는 제정신이 아닌 상태에서 모르는 체하고 계속 걸어갔다. 캄캄했기 때문에 돌을 던진 학생이 누군지는 알 수 없었다. 누구인지 알고 싶지도 않았다.

단지 마음속 깊은 곳에서 변화가 일어났다. 앞으로는 절대로, 절대로 반 아이들을 사적인 감정으로 대하지 않으리라. 절대로 한 사람의 여성이자 하나의 인간 어슐라 브랑윈으로는 남학생들과 접촉하지 않으리라. 마치 성 필립스 초등학교에는 전혀 발도 들여놓지 않았던 것처럼, 학생들과 아무런 인간관계도 맺지 않은 채, 단지 5학년 담임교사로만 처신할 것이다. 인간으로서의 아이들에 대한 생각은 없애버리고 초연히 학생으로만 취급할 것이다.

어슐라의 얼굴은 점점 더 굳어갔다. 아이들에게 속을 터놓고 따스한 마음으로 자신을 송두리째 쏟으려 했던 어린 여선생은 상심하여 그대로 노출된 채였고, 그 위로 딱딱하고 무감각한 껍질이 씌워져 있어 어슐라는 주어진 체제에 따라 기계적으로 움직였다.

다음날 어슐라의 눈에는 반 아이들의 얼굴이 거의 들어오는 것 같지 않았다. 느낄 수 있는 것이란 자신의 의지로 아이들을 굴종시켜야 한다는 일념뿐이었다. 이젠 학생들의 양식에다 호소한다는 건 더 이상 아무 소용이 없었다. 어슐라의 빠르게 돌아가는 의식이 이 점을 깨달았다.

어슐라는 교사로서 반 아이들 전부를 학생으로 굴복시켜야 했다. 그리고 바로 이 일을 앞으로 해내려 하는 것이었다. 그 밖의 모든 것을 어슐라는 다 저버렸다. 학생이 돌멩이를 던진 사건 이후 냉혹하고 비인간적으로 변해 학생들에게 뿐만 아니라 자신에게도 앙심을 품고 있었다. 그런 모욕을 당한 후에는 더 이상 인격체인 그녀 자신이 되고 싶지 않았다. 그녀는 학생들을 지배할 권리를 주장할 것이고 단지 교사만 될 것이다. 이제 결심이 섰다. 그러니 앞으로 할 일은 투쟁을 하여 상대를 복종시키는 것이었다.

어슐라는 이제 반에서 누가 적인가를 알게 되었다. 어슐라가 제일 싫어하는 학생은 윌리엄스였다. 그 아이는 일종의 저능아였는데, 사실 저능아라고 딱지가 붙을 만큼 모자라는 아이는 아니었다. 글도 줄줄 잘 읽었고 교활한 쪽으로 머리가 잘 돌았다. 잠시도 가만히 있지 못하는 아이였다. 그 아이에겐 예민한 여선생이 매우 혐오스럽게 여길 일종의 병 같은 것이 있었다. 교활하면서 파리하고 부패한 면이 있었다. 한번은 미친 사람처럼 화를 내면서 그녀에게 잉크병을 던진 적도 있었다. 두 번이나 공부하다 말고 집으로 가버렸다. 그 아이는 유명한 괴짜였다.

그런데 이 아이가 이 여선생을 뒤에서 비웃었고, 때로는 알랑거리면서 그녀의 주위를 맴돌았다. 그러나 이런 행동 때문에 그녀는 윌리엄스를 더욱 싫어했다. 이 아이는 일종의 거머리 같은 힘을 가지고 있었다.

어슐라는 한 학생으로부터 나긋나긋한 회초리를 하나 얻었고 적절한 때가 오면 이걸 사용하기로 결심했다. 어느 날 아침, 작문 시간에 어슐라가 윌리엄스에게 물었다.

"왜 이렇게 공책에 잉크 칠을 했지?"

"펜에서 잉크 방울이 떨어진 거예요."

윌리엄스는 아주 능란하게 조롱하는 투의 코멘소리로 대답했다. 옆에 있던 남학생들이 콧소리를 내며 웃었다. 윌리엄스는 일종의 배우 같아서 옆에서 듣고 있는 사람들의 감정을 교묘하게 간지럽혔다. 특히 그 애는 아이들의 감정을 간지럼 태워 자신과 합세해서 담임이나 그 밖의 무섭지 않은 다른 교사를 놀리곤 했다. 그 아이는 천성적으로 못된 성격을 지니고 있었다.

"그러면 너, 교실에 남아서 새로 작문을 해라."

어슐라가 명령했다. 이것은 어슐라가 보통 내리던 처분과는 다른 것이었다. 그 아이는 이 처분에 대해 조롱 조로 분개하고 있었다. 12시에 어슐라는 아이가 살그머니 도망치려는 것을 붙잡았다.

"자리에 앉아, 윌리엄스."

어슐라가 명령했다. 그리고 어슐라도 앉았다. 학생은 어슐라의 맞은편에 있는 뒷줄 책상에 앉아서 계속 그녀를 흘낏흘낏 쳐다보았다.

"저, 선생님. 심부름 가야 하는데요!"

학생이 건방지게 소리 질렀다.

"공책 가지고 이리 와."

어슐라가 명령했다.

아이는 공책으로 책상들을 치면서 앞으로 걸어 나왔다. 한 줄도 작문을 하지 않았다.

"자리에 돌아가서 작문을 해."

어슐라가 말했다. 그리고 어슐라는 교사용 책상에 앉아서 아이들 공책을 봐주려고 애썼다. 화가 치밀어 몸이 떨렸다. 한 시간 동안 아이는 제자리에 앉아 몸을 비비 꼬며 히쭉거렸다. 시간 내에 쓴 거라곤 고작 다섯 줄 뿐이었다.

"시간이 늦었으니, 나머지는 오늘 저녁에 모두 끝마치도록 해."

어슐라가 말했다. 아이는 무례하게 복도를 쾅쾅 차면서 걸어 나갔다.

다시 오후 시간이 되었다. 윌리엄스는 어슐라를 힐끗힐끗 보면서 앉아 있었다. 어슐라의 심장은 마구 두근거렸다. 이건 그 학생과의 싸움이란 걸 잘 알고 있었기 때문이다. 어슐라는 그 아이를 주시했다.

지리 시간에 어슐라가 회초리로 지도를 가리키고 있는데, 그 학생이 계속 제 희멀건 머리통을 책상 아래로 밀어 넣어 다른 남자 아이들의 주목을 끌었다.

"윌리엄스!"

어슐라는 용기를 내어 불렀다. 지금 그 아이에게 말하는 것이 결정적으로 중요했기 때문이다.

"뭘 하는 거지?"

윌리엄스는 얼굴을 쳐들었다. 가장자리가 새빨개진 눈은 반쯤 눈웃음을 치고 있었다. 그 아이에겐 본질적으로 버릇없는 면이 있었다. 어슐라는 몸을 움츠렸다.

"무얼 하고 있었느냐고?"

어슐라가 다시 물었다. 심장이 두근거려 숨이 막히는 것 같았다.

"아무것도 안 했어요."

그 남자 아이는 억울하다는 듯 무례하고 익살스럽게 대

답했다.

"만약 한 번 더 주의를 받으면 교장 선생님한테 가야 돼."

그러나 이 아이는 하비 교장과도 맞설 만한 적수가 되었다. 아주 끈질겼고 비위를 잘 맞췄으며 매우 융통성 있게 이랬다저랬다 했다. 매를 맞아 아플 때는 고래고래 소리를 질러대서 교장은 자기한테 이 아이를 보내는 교사를 아이보다도 더 미워했다. 그 아이의 꼴을 보는 데 아예 신물이 났기 때문이다. 이 점을 윌리엄스는 잘 알고 있었다. 그래 눈에 띄게 히쭉 웃었다.

어슐라는 다시 지도 쪽으로 몸을 돌려 지리 공부를 계속시키려 했다. 그러나 아이들이 좀 동요되어 있었다. 윌리엄스의 태도가 학급 전체에 파급되었던 것이다. 맞붙어 싸우는 소리가 들렸다. 어슐라는 속으로 떨고 있었다. 만약에 반 아이들이 한꺼번에 그녀에게 달려들면 그녀는 패배하는 것이었다.

"선생님!"

비명 소리가 들렸다.

어슐라는 몸을 돌렸다. 어슐라가 귀여워하는 한 남학생이 찢어진 셀룰로이드 옷깃을 분한 얼굴빛으로 쳐들고 있었다. 어슐라는 그 불평을 들으면서 자신이 너무나 무력해지는 듯했다.

"라이트, 앞으로 나와."

어슐라가 불렀다.

어슐라는 온몸을 부들부들 떨고 있었다. 몸집이 크고 시무룩한 표정을 한, 못된 건 아니나 매우 다루기 힘든 소년

이 앞으로 어슬렁어슬렁 나왔다. 어슐라는 계속 지리 수업을 진행했다. 윌리엄스가 라이트에게 계속 인상을 쓰며 놀려대고, 라이트는 그녀 뒤에서 씩 웃고 있다는 것도 잘 알고 있었다. 어슐라는 겁이 났다. 다시 지도 쪽으로 몸을 돌렸다. 그러나 여전히 겁이 났다.

"선생님! 윌리엄스가……."

비명 소리가 날카롭게 들렸다. 그리고 뒷줄에 앉아 있던 남학생이 아파서 양미간을 찌푸리며 일어섰다. 한편으로는 아픈 척 찡그리고 히쭉 웃으며, 또 한편으로는 윌리엄스에 대해 정말 분개하는 표정이었다.

"선생님, 저 애가 날 꼬집었어요."

그 학생은 원망하듯 다리를 문질렀다.

"윌리엄스, 앞으로 나와."

어슐라가 명령했다.

쥐같이 생긴 그 남자 아이는 파리하게 미소를 지으며 앉아서 꼼짝도 하지 않았다.

"앞으로 나와!"

어슐라가 이제 단호하게 명령했다.

"안 나가요."

그 아이는 으르렁대며 큰 소리로 외쳤고 쥐처럼 히쭉 웃고 있었다.

무언가가 어슐라의 머릿속에서 철커덕 하고 넘어갔다. 어슐라는 얼굴과 눈을 똑바로 들고 곧장 학생들 사이로 걸어갔다. 그 남자 아이는 어슐라가 눈을 딱 부릅뜨고 노려보자 몸을 움츠렸다. 어슐라는 그 아이에게 다가가 팔을 꽉 잡고 자리에서 아이를 끌어당겼다. 아이는 책상에 꼭 매달렸다. 이건 두 사람 사이의 힘 싸움이었다. 어슐라는 본능적으로 갑자기 침착해져서 민첩하게 행동했다.

책상을 붙들고 있는 아이의 손을 확 당겨서 떼어냈다. 계속 저항하며 발버둥 치는 아이를 앞으로 끌어냈다. 아이는 어슐라를 여러 번 발로 찼으며, 책상 옆을 지나갈 때면 책상에 꼭 달라붙으려 했다. 그러나 어슐라는 계속 아이를 잡아끌었다. 반 아이들이 흥분해서 모두 일어났다. 어슐라는 그걸 보았지만 아무런 조치도 취하지 않았다.

어슐라는 만일 아이를 놓아주면 문으로 냅다 도망치리란 것을 알고 있었다. 이미 그녀의 교실에서 도망쳐서 집으로 간 적이 있었다. 어슐라는 교탁에서 회초리를 홱 낚아채서 아이를 내리쳤다. 아이는 몸부림을 치며 발길질을 했다. 바로 밑에 있는 아이의 얼굴을 보았다. 물고기 눈같이 치켜뜬 창백한 눈에 증오와 무시무시한 공포심이 가득 차 있었다.

아이 꼴이 역겨웠다. 소름 끼치게 몸부림치는 짐승 같은 아이는 그녀가 당해 내기에는 힘이 부치는 상대였다. 아이가 그녀를 짓누를까 봐 겁이 나면서도 마음속으로는 아주 침착해져서 계속 아이에게 매질을 했다. 그동안 아이는 알아듣지 못할 소리를 지르며 반항했고, 또 어슐라에게 무섭게 발길질을 하며 달려들었다. 어슐라는 한쪽 손으로 간신히 아이를 붙잡고 이따금씩 아이를 회초리로 때렸다. 아이는 미친 짐승처럼 몸부림쳤다.

그러나 매질의 고통이 몸부림치는 아이의 사악하고 비겁

한 용기를 꺾어놓았고 더 깊숙이 파고 들어가자 마침내 아이의 길게 훌쩍거리던 소리가 비명으로 변해 축 늘어졌다. 어슐라는 아이를 놓았다. 아이는 어슐라에게 달려들었고 이빨과 눈이 번뜩거렸다. 어슐라는 순간적으로 무시무시하게 공포를 느꼈다. 그 남자 아이가 짐승처럼 보였다. 어슐라는 아이를 꽉 붙잡고 매질을 했다. 아이는 미친 듯이 발광을 하면서 그녀에게 달려들어 발길질을 하려 했다. 또다시 회초리가 아이의 기를 꺾어놓았다. 아이는 짐승처럼 비명을 지르더니 교실 바닥에 쓰러졌다. 채찍질을 당한 짐승처럼 계속 누워서 고래고래 소리치고 있었다.

사태가 거의 끝날 무렵에 교장이 헐레벌떡 달려왔다.

"무슨 일이요?"

교장은 고함을 질렀다.

어슐라는 몸속에서 무엇인가가 막 부러지려는 느낌이 들었다.

"아이를 때려줬어요."

가슴이 벅차올라 마지막 숨을 쉬면서 겨우 말을 뱉어냈다. 교장은 분노로 말문이 탁 막힌 채 무기력하게 서 있었다. 어슐라는 교실 바닥에서 몸부림을 치며 고래고래 소리지르는 아이를 쳐다보았다.

"일어나!"

어슐라가 소리쳤다. 그 아이는 몸부림을 치면서 그녀에게서 물러났다. 어슐라는 앞으로 한 발짝 내디뎠다. 한순간 교장이 와 있다는 것을 의식했으나 다음 순간 그 사실을 까맣게 잊었다.

"일어나!"

다시 소리쳤다. 그러자 아이가 몸을 약간 부추기더니 벌떡 일어났다. 아이의 비명 소리는 잦아들어 마구 훌쩍거리며 우는 소리로 변했다. 아이는 광란 상태를 지나왔다.

"저 방열기 옆에 서 있어."

어슐라가 명령했다.

아이는 흡사 기계인 양 훌쩍거리며 걸어갔다.

교장은 아무 말도 못 하고 꼼짝않고 서 있었다. 교장의 안색은 샛노래지고 두 손은 경련이 난 듯 씰룩거렸다. 그녀는 교장에게서 멀지 않은 곳에 빳빳하게 서 있었다. 그 어떤 것도 지금의 그녀를 건드릴 수는 없었다. 어슐라는 교장을 능가하고 있었다. 어슐라는 폭행을 당해 죽을 것만 같은 기분이었다.

교장은 무어라고 중얼대더니 몸을 돌려 교실 끝 쪽으로 갔다. 바로 교실 맨 끝인 그곳에서 교장이 미친 듯이 화를 내며 자기 반 학생들에게 화풀이로 고함치는 소리가 들렸다.

아이는 방열기 옆에서 여전히 훌쩍거리며 울고 있었다. 어슐라는 반 학생들을 쳐다보았다. 창백하게 굳어버린 쉰 명의 얼굴들이 그녀를 주시했고 백 개의 둥근 눈망울이 무표정한 채 긴장해서 그녀를 뚫어지게 쳐다보고 있었다.

"역사책을 나누어 줘."

어슐라는 학급 위원들에게 말했다.

교실은 숨죽인 듯 조용했다. 어슐라가 그곳에 서 있을 때 시계가 째깍거리며 가는 소리와 책장의 아래 칸에서 책

뭉치를 꺼내는 소리가 다시 들렸다. 다음엔 책장 위에 책을 내려놓는 소리가 약하게 들렸다. 아이들은 소리 없이 손을 하나같이 움직이고 있었다. 아이들은 이제 더 이상 하나의 집단이 아니고 각자 따로따로 떨어져 나가 침묵 속에 문을 닫아 건 존재들이었다.

"125쪽을 펼쳐서 그 장을 읽어봐요."

여러 권의 책이 동시에 펼쳐지는 소리가 났다. 아이들은 그 쪽을 찾았고 순순히 고개를 숙이고 그곳을 읽었다. 아이들은 기계적으로 읽어나갔다.

어슐라는 몸이 떨려 교사용 의자로 가서 앉았다. 아이는 계속해서 훌쩍거리며 울었다. 브런트 선생의 귀에 거슬리는 목소리와 교장의 고함 소리가 유리 칸막이 사이로 희미하게 들려왔다. 그리고 이따금 한 아이가 역사책에서 눈을 들어 감정 없이 평가하는 듯한 눈으로 잠시 어슐라를 주시하다가는 다시 책을 보았다.

어슐라는 꼼짝 않고 가만히 앉아서 반 아이들에게 시선을 주었으나 정말로 보는 것은 아니었다. 어슐라는 기운이 빠져 아주 조용히 앉아 있었다. 팔 하나도 책상 위로 쳐들 수 없을 것처럼 느껴졌다. 만일 그런 상태로 언제까지나 그곳에 앉아 있으면 다시는 절대로 움직일 수 없고 지시 하나 제대로 못할 것처럼 느껴졌다. 시간은 4시 15분이었다. 수업이 끝나 어슐라 혼자만 남게 되는 때가 두렵기까지 했다.

반 아이들은 편안한 분위기를 되찾기 시작했고 긴장이 풀렸다. 윌리엄스는 아직도 울고 있었다. 브런트 선생이 수업을 마친다고 명령을 내리고 있었다. 어슐라는 의자에서 내려섰다.

"윌리엄스, 제자리로 가."

아이는 반 학생들 사이로 다리를 질질 끌면서 들어가며 옷소매로 얼굴을 닦고 있었다. 제자리에 앉자, 윌리엄스는 어슐라를 흘낏 쳐다보았다. 눈은 더 빨개졌다. 이제 윌리엄스는 매를 맞은 쥐 같은 몰골이었다.

마침내 아이들은 가버렸다. 하비 교장은 어슐라 쪽을 쳐다보지도 않고, 말도 않고 무거운 걸음으로 지나갔다. 브런트 선생은 어슐라가 책장의 자물쇠를 채우고 있는데 머뭇거리며 서 있었다.

"만일 클라크와 레츠도 이와 똑같은 방식으로 족쳐놓는다면 앞으로는 괜찮을 겁니다."

브런트 선생이 말했다. 그의 푸른 눈은 기묘한 동료 의식으로 어슐라를 내려다보았고 긴 코는 어슐라를 향해 있었다.

"그렇게 될까요?"

어슐라가 불안한 듯 웃었다. 제발 아무도 그녀에게 말을 안 붙이기를 바랐다.

어슐라가 화강암 보도 위를 딸그락거리며 걸어가고 있을 때 등 뒤에서 남학생들이 떼 지어 따라오고 있는 것을 눈치 챘다. 무언가가 가방을 들고 가는 그녀의 손에 맞았고 그녀를 스쳐 지나갔다. 때굴때굴 굴러가는 것을 보니, 감자였다. 맞은 곳이 아팠다. 그렇지만 아픈 내색을 하지 않았다. 이제 곧 전차를 타게 될 것이었다.

어슐라는 겁이 나고 이상한 기분이 들었다. 마치 꿈속에서 그녀의 인격이 손상된 것같이 그 느낌은 기이하고 불쾌했다. 누구에게든 이 사실을 털어놓느니 차라리 죽어버리리라. 불룩하니 부어오른 자신의 손을 쳐다볼 수 없었다. 무언가가 그녀의 몸속에서 깨져버렸다. 이제 위기는 지나간 것이었다. 윌리엄스를 때리긴 했으나 상당한 대가를 치른 매질이었다.

집으로 곧장 가기에는 너무나 속이 언짢아서 시내까지 좀 더 전차를 타고 들어가서 작은 찻집이 있는 곳에서 내렸다. 상점 뒤쪽의 컴컴하고 작은 장소에서 차를 마시고 버터 빵을 먹었다. 아무런 맛도 없었다. 차를 마신다는 건 단지 기계적인 동작으로 그녀의 생존을 유지시킬 뿐이었다. 그녀는 별 의식도 없이 컴컴하고 이름 모를 작은 찻집에 앉아 있었다. 무의식중에 손잔등을 쓸어보았다. 멍이 들어 있었다.

이윽고 집으로 돌아갈 때는 서편 하늘을 가로지르며 새빨갛게 노을이 져 있었다. 왜 집으로 가는지 그 까닭도 알 수 없었다. 사실 그곳에는 그녀를 위한 것이 아무것도 없었다. 그곳에선 모든 것이 정상적으로 굴러가고 있는 체해야 했다. 속을 털어놓을 사람도 없었고 도피해서 쉴 곳도 없었다. 그러나 노을이 붉게 물든 이 저녁에 어슐라는 계속 가야만 했다. 오로지 그녀를 파괴하려 들어서 그녀와 싸움이 붙었던 그 끔찍스러운 요소가 인간 속에 내재한다는 사실을 홀로 품고 말이다. 그렇지만 그렇게 될 수밖에 없었다.

아침이 되어 어슐라는 또다시 학교로 가야 했다. 아침에 벌떡 일어나 자신에게조차 단 한마디 군소리 없이 학교로 갔다. 그녀는 이제 보다 크고, 보다 강력하고, 보다 거친 어떤 의지의 손아귀에 들어 있었다.

학급은 상당히 조용했다. 그러나 반 아이들이 그녀를 주시하면서 시시각각으로 그녀에게 덤벼들 태세가 되어 있음을 느낄 수 있었다. 만일 그녀가 조금이라도 약한 면을 보이면 반 아이들이 그녀에게 달려들 것을 본능적으로 알았다. 그러나 그녀는 계속 냉담한 표정으로 방어하고 있었다.

윌리엄스는 결석을 했다. 오전이 절반쯤 지났을 때 문 두드리는 소리가 났다. 누군가가 교장을 만나러 왔다. 하비 교장이 축 늘어지고, 화가 나고, 불안한 상태에서 교실 밖으로 나갔다. 교장은 성난 학부형을 무서워했다. 교장은 복도에서 잠시 있더니 다시 교실로 들어왔다.

"스터제스 군."

교장은 상급반 학생 중에서 한 학생을 불렀다.

"교실 앞에 서서 누구든 떠드는 학생 이름을 적어 놓도록 해. 브랑윈 선생, 이쪽으로 오겠소?"

교장은 원한을 품고 어슐라를 덮치는 것 같았다.

어슐라는 교장 뒤를 따라갔다. 휴게실에서 피부가 허여멀겋고 마른 부인을 보았다. 회색 옷에 보랏빛 모자를 써 옷을 잘못 입은 편은 아니었다.

"버논의 일로 찾아왔어요."

부인은 세련된 어조로 말문을 열었다. 이 여자는 전체적으로 세련되고 깔끔한 외모를 갖추었으나 기묘하게도 걸인 같은 태도를 갖고 있어서 서로 상충되었다. 그녀의 몸속에서는 무언가가 썩고 있어서 손대기조차 불쾌한 인상을 풍겼다. 여자는 숙녀는 아니지만 그렇다고 보통 노동자의 아내도 아니고, 사회와는 분리되어 있는 존재 같았다. 옷차림으로 보아 구차한 듯싶지는 않았다.

어슐라는 그 여자가 윌리엄스의 어머니라는 것과 윌리엄스가 버논이란 것을 대번에 알아차렸다. 윌리엄스는 늘 외모가 깨끗했고 세일러복 차림으로 옷을 잘 입고 다녔다는 사실을 기억했다. 그리고 그 아이에게도 마치 죽은 시체처럼 기묘하게 절반쯤은 들여다보이는 불건전한 면이 있었다.

"오늘 우리 버논을 학교에 보낼 수가 없었어요."

여자는 애써 우아한 태도를 지으며 말을 계속했다.

"애가 어젯밤에 굉장히 아픈 몸으로 집에 왔어요. 대단히 아팠어요. 의사 선생을 불러올까도 생각했지요. 그 아이가 심장이 약하다는 건 아시지요."

부인은 허여멀건한 생기 없는 눈으로 어슐라를 보았다.

"아니요, 몰랐어요."

어슐라가 대답했다.

어슐라는 혐오감과 불안감이 교차하는 가운데 가만히 서 있었다. 몸집이 크고 사나이다운 하비 교장은 콧수염을 길게 늘어뜨린 채 눈가에 추해 보이는 미소를 약간 띠고서 옆에 서 있었다. 부인은 인간답다고는 할 수 없는 음흉한 어조로 말을 계속했다.

"그 앤 어릴 때부터 심장병을 앓아왔어요. 바로 그 이유로 해서 학교를 가끔 결석하지요. 그러니 아이를 때리는 것은 아주 해로워요. 오늘 아침에는 아이의 몸이 아주 좋지 않았어요. 돌아가는 즉시 의사 선생님께 가보겠어요."

"그럼 지금 누가 아이와 같이 있습니까?"

교장이 굵은 목소리로 교활하게 물었다.

"아, 우리 집 일을 늘 도와주고 아이를 잘 이해하는 부인에게 맡기고 왔어요. 그렇지만 집으로 가는 길로 의사 선생님께 들르겠어요."

어슐라는 꼼짝 않고 서 있었다. 이 모든 말에 위협적인 어조가 깃들어 있다는 것을 어렴풋이 느꼈다. 그렇지만 부인은 어슐라에게는 너무도 기이하게 보이는 여자라서 이해할 수가 없었다.

"우리 애가 매를 맞았다고 하더군요."

부인은 계속했다. "그래 잠을 재우려고 옷을 벗기니 온몸에 멍이 나 있었어요. 어떤 의사에게도 보일 수 있을 정도예요."

하비 교장은 대답을 하라는 듯 어슐라를 쳐다보았다. 어슐라는 이제야 그 말뜻을 이해하기 시작했다. 그 부인은 자기 아들에게 폭행을 가했다는 구실로 어슐라를 위협하고 있는 것이 아닌가. 돈을 요구하는 것 같기도 했다.

"제가 댁의 아들을 혼냈습니다. 대단한 말썽꾸러기거든요."

"만일 말썽을 부렸다면 미안합니다만."

부인은 말했다. "그렇지만 몹시 맞은 것 같아요. 어느 의사한테건 매 맞은 자국을 보여줄 수 있어요. 이 일이 세상에 알려지면 용납되지 않을 겁니다."

"그 애가 나한테 발길질을 하니 회초리로 때렸어요."

어슐라는 화가 나서 말했다. 이건 자신을 변명하고 있는 꼴이 아닌가. 교장이란 자는 눈가에 잔잔한 미소를 띠고 서서 두 여자 사이의 언쟁을 즐기고 있고.

"아이의 품행이 나빴다면 정말 미안해요."

부인이 말했다.

"그렇지만 그렇게까지 매 맞을 행동은 안 했다고 봐요. 아이를 학교에 보낼 수 없고, 더구나 의사의 치료비를 댈 여유가 없어요. 교장 선생님, 교사들이 학생들을 이처럼 매질해도 괜찮은 겁니까?"

교장은 대답을 하지 않았다. 어슐라는 자신이 역겨웠고 이 상황에서 교활하고 악의에 찬 눈웃음을 치고 있는 교장이 역겨웠다. 그 가련한 부인은 기회가 오기를 노리고 있었다.

"상당한 액수가 들 거예요. 저는 아이를 깨끗이 입히는 것도 힘든 형편이에요."

어슐라는 고의적으로 대답하지 않았다. 아스팔트 마당을 내다보았다. 더러운 종이쪽지가 바람에 날리고 있었다.

"그리고 아이를 저런 지경으로 때리는 것은 허용이 안 된다고 확신해요. 더구나 애가 몹시 허약할 땐 말입니다."

어슐라는 그 말이 귀에 들어오지 않는 양 굳은 표정으로 마당을 계속 쳐다보았다. 이 모든 것이 역겨웠다. 이젠 감각기능도 멈추고, 사는 것도 멈출 것 같았다.

"우리 애가 가끔씩 말썽 부린다는 걸 알고 있습니다만…… 그렇지만 매질은 너무 지나쳤어요. 아이 몸이 온통 멍투성이예요.”

교장은 건장한 몸을 꼼짝도 않은 채 일이 끝나기를 기다리며 서 있었다. 눈가에는 냉소적인 미소로 잔주름이 져 있었다. 교장은 자신이 이 상황을 해결할 주인이라고 생각했다.

“그 애는 굉장히 아팠어요. 오늘은 도저히 학교에 보낼 수가 없었어요. 애가 머리를 쳐들지 못해요.”

그렇지만 이에 아무런 대꾸도 얻지 못했다.

“교장 선생님, 왜 우리 애가 결석을 했는지 이해하시겠지요?”

부인은 교장을 향해서 말했다.

“아, 그럼요.”

교장은 즉각적으로 좀 거칠게 대답했다. 어슐라는 교장이 사내답게 의기양양해 하는 꼴이 역겨웠다. 그리고 부인도 역겨웠다. 모든 것이 역겨웠다.

“교장 선생님, 우리 애의 심장이 약하다는 건 늘 유념해 주시겠지요. 이렇게 매를 맞은 후에는 굉장히 앓아요.”

“네, 잘 유의하겠습니다.”

교장이 대답했다.

“우리 애가 말썽꾸러기란 걸 알고 있어요.”

이제 부인은 교장한테만 얘기를 하고 있었다.

“그렇지만 매질을 하지 않고도 벌을 주실 수 있지요…… 정말로 몸이 허약해서요.”

어슐라는 약이 오르기 시작했다. 교장이란 자는 아주 떡하니 이 사태를 장악하고 서 있었고, 부인은 그에게 아첨을 하며 마치 송어를 간질이듯 교장의 감정을 간질이고 있었다.

"왜 우리 애가 오늘 아침에 결석했는가를 설명하러 왔습니다. 교장 선생님, 이해하시길 바랍니다."

부인은 손을 내밀었다. 하비는 그 손을 잡았다가 깜짝 놀라고 화가 나서 손을 놓았다.

"안녕히 계십시오."

부인은 장갑 낀 초라한 손을 어슐라에게 내밀었다. 못생긴 여자는 아니었으나 묘하게 음흉스러운 면이 있었다. 그건 매우 불쾌하지만 효과가 있었다.

"안녕히 계십시오. 교장 선생님, 감사합니다."

회색 정장에 보랏빛 모자를 쓴 모습이 묘하게 느릿느릿 학교 마당을 가로질러 갔다. 어슐라는 그 부인에 대해 기이한 연민의 정과 혐오감을 느꼈다. 어슐라는 몸을 부르르 떨었다. 다시 자기 교실로 들어갔다.

다음날 아침, 윌리엄스가 나타났다. 그전보다 안색은 파리해 보였지만 세일러복 스타일의 저고리를 아주 단정하고 멋있게 입고 있었다. 윌리엄스는 약간 미소를 머금고 어슐라를 힐끗 쳐다보았다. 교활하고 얌전해진 것이 어슐라가 하라는 건 무엇이든 할 태세 같았다. 이 아이에겐 어딘가 어슐라를 몸서리치게 하는 점이 있었다. 그런 아이에게 손을 댔다는 생각 자체가 혐오스러웠다. 그 아이의 형은 휴식 시간에 학교 정문 밖에 서 있었다. 열다섯 살쯤 되어 보이는, 키가 크고 말랐으며 안색이 창백한 젊은이였다. 그는 신사처럼 모자를 머리 위로 쳐들어 인사했다. 그렇지만 그 젊은이에게도 풀이 죽고 음흉한 면이 있었다.

"누구시죠?"

어슐라가 물었다.

"윌리엄스의 형이에요."

바이올렛 하비 선생이 아무렇게나 대답했다.

"그 부인이 어제 학교에 왔었지요?"

"네, 그래요."

"학교에 온다 해도 아무 소용없어요. 그 정도의 성격으로는 소동을 일으킬 만큼 세지가 못하지요."

어슐라는 이런 거친 험구에 몸을 움츠렸다. 그러나 어렴풋이 무시무시하면서도 끌리는 점이 있었다. 모든 것이 얼마나 추해 보이는가! 그 느릿느릿 걷던 기이한 부인과, 또한 이상하고 음흉스러운 형제들이 가엾게 생각되었다. 어슐라 반에 있는 윌리엄스란 학생은 어딘가 잘못된 구석이 있었다. 그러고 보니 얼마나 고약스러운 것인가.

그런 식으로 전투는 계속되었고, 드디어 어슐라는 메스꺼움을 느꼈다. 어슐라는 제자리를 굳힐 수 있을 때까지 몇 명의 남학생들의 기를 더 꺾어놓아야 했다. 그런데 이제 교장은 그녀를 꼭 남자 미워하듯 미워했다. 어슐라는 매질만이 그녀를 못살게 구는 커다란 말썽꾸러기들을 꺾을 길이라고 믿었다. 교장은 될 수 있는 대로 이런 아이들에게 매질을 하려고 들지 않았다. 그 까닭은 젠체하고 무례하며 독립심깨나 부리려는 고등학교를 갓 졸업한 이 여선생이 미웠기 때문이다.

"그래 라이트 군. 이번엔 무슨 일을 저질렀나?"

교장은 처벌을 받도록 5학년 반에서 보낸 남학생에게 온화한 어조로 물었다. 그러고는 그 아이가 빈둥거리며 시간을 낭비하고 서 있도록 그냥 놔두었다.

일이 이렇게 되니, 어슐라는 더 이상 교장에게 처벌할 학생을 보내지 않았다. 대신 화가 치밀 때면 회초리를 휘어잡고 분노로 냉담해진 눈을 번뜩이면서, 버릇없게 구는 아이의 머리며 귀며 손을 마구 내리쳤다. 마침내 아이들은 어슐라를 두려워하게 되었고 기강이 잡혔다.

어슐라는 이 일을 해내느라고 정신적으로 많은 대가를 치러야 했다. 마치 활활 타는 불길이 그녀의 몸속을 지나가며 모든 예민한 감각기관을 죄다 태워버린 듯했다. 어떤 형태로든 사람의 몸을 가해한다는 생각에서 움츠러들던 그녀가 하는 수 없이 회초리를 들어 매질을 하고 모든 본능적인 충동을 동원해서 아이들을 때리다니! 나중에 아이들의 기를 꺾어 기강을 잡은 후에도, 아이들이 훌쩍거리며 처량하게 우는 소리를 어쩔 수 없이 참으며 들어야 했다.

아, 어슐라는 이따금씩 미칠 것만 같았다. 도대체 뭐가 그렇게 문제가 된다는 말인가? 학생들의 공책이 좀 더럽고 복종하지 않는 것이 뭐가 그리 문제가 된단 말인가? 그녀 같으면 학생들에게 매질을 하여 기를 꺾어놓고, 이렇게 울어대는 절망적인 꼴로 만드느니 차라리 학교의 모든 규칙을 무시하도록 그냥 두고 싶었다. 학생들과 자신을 이 꼴로 만드느니 차라리 수천 번이라도 좋으니 학생들의 모든 모욕적인 언사와 무례한 행동을 참는 게 나을 것이다. 어슐라는 제정신을 잃고 아이들에게 매질을 한 것을 비통한 마음으로 후회했다.

그렇지만 사태는 그렇게 될 수밖에 없었다. 아무리 어슐라가 그렇게 하길 싫어한다 해도, 그렇게 할 수밖에 없었다. 아, 왜 이렇게 사악한 제도와 연관을 맺고 살기 위해 스스로가 잔인스러워져야 하나? 왜? 무엇 때문에 교사가 되었단 말인가?

아이들은 그녀가 하는 수 없이 매를 들게 했다. 아니, 어슐라는 학생들을 가엾게 여기지 않았다. 친절과 사랑을 가슴에 잔뜩 품고 학생들에게 왔었지만, 학생 편에서 그녀를 갈기갈기 찢어놓으려 하지 않았던가? 이놈들은 교장 편을 들지 않았는가? 아, 그렇다면 녀석들은 교장뿐만 아니라 담임선생의 따끔한 맛도 보아야지. 우선 담임선생에게 복종시켜야지. 아니, 이 녀석들 때문이든 하비 교장 때문이든 주위의 어떤 체제든지 간에 그녀를 바보로 만들게 놔두지는 않을 것이다. 까뭉개지고 자유를 박탈당하지는 않을 것이다. 제자리도 못 지키고, 맡은 바 일도 해내지 못한다는 말은 절대로 듣지 않을 것이다. 일과 남성의 인습적인 세계에서 끝까지 싸우며 이러한 상태로 제자리를 지킬 것이다.

어슐라는 이제 어린 시절의 생활과는 단절되었고 새로운 환경에서 영 다른 사람이 되어버렸다. 일밖에 모르는 기계적인 사고의 인간이 되어버렸다. 어슐라와 매기는 점심 시간과 작은 식당에서 가끔 차를 마실 때는 인생과 사상에 대해 토론했다. 매기는 열렬한 여성 참정권론자로 투표의 힘을 믿고 있었다. 어슐라에게는 투표라는 것이 아무런 현실감도 없었다. 오히려 투표를 포함한 자동적인 체제의 한계를 훨씬 초월한 종교와 삶에 대해 기이하고도 열정적인 의식을 지니고 있었다. 그러나 이러한 근본적이고 유기적인 의식은 아직 제 형태가 잡히지 못했고, 또 말로 표현할 단계도 못 되었다.

매기의 경우와 마찬가지로, 어슐라에게 있어서 여성의 해방이란 진실하고 깊은 의미를 가진 것이었다. 어슐라는 어딘가에서, 그 어떤 점에서 자신이 자유롭지 못하다고 느꼈다. 자유롭고 싶었다. 그래서 반기를 들었던 것이다. 일단 자유롭게만 되면 그 어딘가에 갈 수 있으니까. 아! 자신을 초월한 그 경이롭고 진실한 어딘가. 마음속 깊이에서 느끼는 어딘가에 말이다.

부모에게서 떨치고 나와 자신의 생활비를 마련함으로써 어슐라는 스스로를 자유롭게 하는 일을 향해서 강력하고 잔인하게 앞으로 나아갔다. 그러나 전보다 더 많은 자유를 누리게 되니까, 자유가 더 필요함을 더욱 절실히 깨달았다. 많은 것을 하고 싶었다. 위대하고 아름다운 서적들을 읽고 풍요하게 되길 바랐다. 아름다운 것들을 보고 싶고 또 이것들을 영원히 즐기고 싶었다. 훌륭하고 자유로운 사람들을 알고 싶었다. 그러고도 무어라 이름할 수 없는 욕구가 항상 마음속에 남아 있었다.

아주 어려웠다! 해야 할 일들이 너무 많았고, 또 맞부딪쳐 극복해야 할 일도 아주 많았다. 어느 쪽으로 가고 있는지를 통 알 수 없었다. 그건 맹목적으로 싸우는 싸움이었다. 어슐라는 이 성 필립스 초등학교에서 지독한 수난을 겪었다. 어슐라는 수레의 껑거리막대에 길이 들어 자유를 잃어버린 암망아지 꼴이 되었다. 지금 당장 그 껑거리막대의 고통을 비통하게 겪고 있었다. 껑거리막대를 끄는 데서 오는 고통과 고뇌와 치욕이 뼛속까지 사무쳤다. 그러나 절대로 이에 굴종하지 않으리라. 이와 같은 껑거리막대에 절대로 오랫동안 굴종하지 않으리라. 그렇지만 껑거리막대가 어떠한지는 알아야 했다. 껑거리막대에 매여서 일을 해야 결국은 껑거리막대를 부술 수 있으니까.

어슐라와 매기는 갖가지 모임에 함께 다녔다. 노팅엄에서 열린 대규모 여성 참정권 회합이라든가 음악회, 극장, 그림 전람회에 같이 갔다. 어슐라는 돈을 저축해서 자전거를 샀다. 그래 두 여선생은 링컨으로, 사우스웰로, 더비셔로 함께 자전거를 타고 다녔다. 얘깃거리가 무진장으로 많았다. 새것을 보고 발견하는 것이 크나큰 기쁨이었다.

어슐라는 위니프레드 잉거 선생에 관해서는 절대로 말을 꺼내지 않았다. 그것은 말하자면 어슐라만이 은밀히 간직해야 할 생의 부차적인 사건으로 절대로 공개해서는 안 되었다. 그 일에 대해선 생각조차 하지 않았다. 그것은 굳게 닫힌 문으로 어슐라의 기력으로는 도저히 열 수가 없었다.

일단 가르치는 일에 익숙해지자, 어슐라는 점차 자기 나름대로의 새로운 생활을 다시 시작했다. 일 년 반만 지나면 대학에 갈 계획이었다. 그다음엔 학위를 따게 되고……. 아, 어쩌면 훌륭한 여성이 되어 어떤 운동을 이끌지 누가 알랴. 하여간 일 년 반만 지나면 대학에 갈 것이다. 한편 당장 중요한 것은 일, 일뿐이었다.

그리고 대학에 진학할 때까지는 성 필립스 초등학교에서 가르치는 일을 계속해야 했다. 이 일은 끊임없이 어슐라를 파괴시키긴 했지만, 이제는 생활 전체를 망치지 않고도 그럭저럭 해나갈 수 있었다. 가르치는 기간이 정해진 것이니 그 기간 동안은 이 일에 종속되리라.

마침내 가르치는 일 자체는 거의 기계적으로 되어갔다. 그래도 가르친다는 건 부담이 되었고 기운을 쪽 빼는 긴장된 일로 언제나 부자연스러웠다. 그러나 순전히 가르친다는 일에 몰두해 있으면 어느 정도의 즐거움도 있었다. 해야 할 일은 너무 많고 돌봐줄 학생 수도 많은 데다 끝마칠 일이 많다 보니, 자기 자신을 잊어버리게 되었다. 이곳의 일이 버릇처럼 몸에 배어 개인의 영혼은 이와 무관하게 딴 곳에서 성장할 수 있게 되자, 거의 행복감마저 느낄 수 있었다.

두 해 동안의 교편생활 중 반 아이들을 가르치면서 갖가지 일과 맞서서 싸우다 보니 어슐라의 진정한 개성적인 자아가 한데 모여 일관성을 갖추게 되었다. 학교는 어슐라에게 항상 감옥이었다. 그러나 그곳은 거칠고 혼란한 그녀의 영혼이 단단하게 자립적으로 성장한 감옥이었다. 몸이 건강하고 피곤하지 않을 때는 가르치는 일이 싫지 않았다. 아침의 일 속으로 뛰어 들어가 모든 정력을 쏟으며 수업을 진행시키는 것이 즐거웠다. 그것은 격렬한 형태의 육체적 운동이었다. 어슐라의 영혼은 홀로 남아 휴식을 취했다. 잠시 몽롱하니 휴식을 취하다가 다시 정신을 차려 기운을 냈다. 수업 시간은 너무 길었고, 일거리는 과중하고, 학교의 징계 조건이 그녀에겐 부자연스러웠다. 어슐라는 지쳐서 깡마른 데다 몸이 떨렸다.

어슐라는 아침에 들장미 꽃이 이슬에 젖어 있는 것을 보며 학교로 갔다. 작은 장밋빛 꽃술들이 이슬을 흠뻑 받아 영롱했다. 종달새는 아침 햇살을 받으며 하늘 높이 지저귀고 들판은 흥겨웠다. 이런 아침에 먼지투성이의 잿빛 시내로 들어간다는 것은 생의 모독이었다.

그래 그녀는 반 아이들을 대면하고 서 있을 때도 가르치는 일에 전념하고픈 마음이 생기지 않았다. 초여름의 즐거운 시골 풍경을 동경하는 마음을 억지로 돌려서 쉰 명의 아동들을 통솔하고 수학 나부랭이나 가르쳐야 한다니! 정신이 좀 멍해졌다. 억지로 이 모든 것을 잊을 수는 없었다. 창가의 화병에 꽂힌 미나리아재비와 독미나리 꽃만 보아도 그녀의 마음은 멀리 초원에 가 있었다. 그곳에는 무성한 풀잎 사이에 실국화가 반쯤 가려져 있고 다발로 핀 분홍빛 패랭이 꽃은 안개처럼 쫙 퍼져 있었다. 그런데도 그녀의 앞에는 쉰 명의 아이들의 얼굴이 있었다. 아이들의 얼굴은 시커멓게 풀이 무성한 곳에 핀 커다란 국화 송이 같았다.

어슐라의 얼굴은 환하게 광채가 났고, 가르치는 일은 환상 속에서 행해졌다. 아이들이 눈에 잘 보이지 않았다. 어슐라는 두 개의 세계 사이에서 고투하고 있었다. 초여름에 꽃이 피어 있는 자신의 세계와 일을 해야 하는 이쪽 세계의 틈바구니였다. 어슐라의 태양의 희미한 광채가 그녀 자신과 아이들 사이를 비추고 있었다.

그러다가 오전 시간이 기묘하고 아득하게 조용히 지나갔다. 점심 시간이 되어 어슐라와 매기는 교실의 창문을 모두 열어 놓고 즐겁게 점심을 먹었다. 그다음에는 성 필립스 교회 묘지로 산책을 나갔다. 그곳에는 붉은 들장미 나무 밑에 그늘진 구석이 있었다. 이곳에서 그들은 이야기를 나누었고, 셸리나 브라우닝의 시와 '여성과 노동'에 관한 글을 읽었다.

교실로 돌아갔을 때도 어슐라의 마음은 여전히 교회 묘지의 그늘진 구석에 가 있었다. 그곳엔 진분홍빛 들장미 꽃잎이 나무에서 떨어져 흩어져 있었다. 마치 바닷가 모래밭에 작은 조개껍질이 수없이 널려 있는 것 같았다. 이따금씩 교회 종이 맑게 울려 퍼지고 가끔 새가 지저귀고, 이럴 때면 매기의 목소리는 낮고 다정하게 흘렀다.

이 무렵 어슐라는 참으로 행복했다. 아, 너무나도 행복하여 자신의 기쁨을 가져다 한 아름씩 흩뿌리고 싶었다. 어슐라는 반 아이들도 행복하게 해주어 즐거움에 가슴을 설레게 했다. 그러나 어슐라에게 오늘 오후의 아이들은 단지 자기가 맡은 반 학생들일 뿐은 아니었다. 아이들은 꽃이 되었다가 새도 되고, 즐거이 뛰노는 작은 짐승도 되고, 어린아이들도 되고, 그 외에 다른 것도 되었다. 단지 5학년 반의 학생만은 아니었다.

어슐라는 아이들에 대해 아무 책임감도 느끼지 않았다. 가르친다는 것이 이 날만은 즐거운 놀이였다. 덧셈을 틀리게 한다고 해서 그게 무슨 문제가 되나? 재미나는 이야기를 읽어주리라. 연대가 포함된 역사 이야기 대신 아름다운 이야기를 들려주리라. 그리고 문법 시간에는 그전에 한번 배워서 어렵지 않은 다음의 짧은 시구를 분석시키리라.

> 소녀는 새끼 사슴처럼 뛰어놀리라.
> 환희에 취하여 풀밭으로
> 산으로 뛰어다니리라.

이 시구가 마음에 들었기 때문에 기억을 더듬어서 적어 놓았다.

이렇게 하여 황금의 오후는 지나갔고 어슐라는 행복에 젖어 집으로 돌아갔다. 이제 학교에서의 일과를 마쳤으니 노을이 타오르는 코셋헤이의 저녁 속으로 자유로이 뛰어들 수 있었다. 걸어서 집에 가는 것이 좋았다. 오늘 하루는 학교에서 수업을 한 게 아니었다. 그건 빨간 들장미 꽃 아래서 학교 놀이를 한 것이었다.

그렇지만 이런 식으로 계속 가르칠 수는 없었다. 학기말 시험이 다가오는데, 어슐라의 반은 준비가 되어 있지 않았다. 행복한 자아에서 자신을 끌어내어 온갖 힘을 다해 이 많은 아이들에게 수학 공부를 억지로 시켜야 한다니 짜증이 났다. 아이들은 공부하기를 싫어했고, 어슐라는 강요하고 싶지도 않았다. 그렇지만 제2의 양심이 수업이 제대로 진행이 안 된다고 앙탈을 해 어슐라를 괴롭혔다. 그건 거의 미칠 지경으로 짜증이 났고, 어슐라는 이 모든 화풀이를 교실에서 했다. 그다음에는 투쟁과 증오와 폭력의 날이 뒤따랐다. 이런 날이면 어슐라는 기분이 저조했다. 황금빛 저녁을 빼앗기고, 자신은 어떤 컴컴하고 음침한 곳에 갇히어 잘못 가르쳤다는 양심의 사슬에 매인 기분으로 집으로 돌아갔다.

여름이라 해도 무슨 소용이 있는가. 뜸부기는 저녁이 되도록 울고, 종달새는 노을 진 하늘로 높이 올라가 해지기 전 한 번 더 노래를 부르려고 하지만, 그게 다 무슨 상관인가. 기분이 저조할 뿐, 기억할 것이란 그날 학교에서의 짐스러운 일과 수치심밖에 없는데.

어슐라는 여전히 학교를 증오했다. 여전히 울음보를 터뜨렸고 학교에 대한 신념은 없었다. 왜 아이들은 배워야 하나? 왜 자기는 아이들을 가르쳐야 하나? 그건 모두가 바람을 맷돌로 갈려는 것이나 마찬가지 짓인데. 얼마나 어리석기에 삶을 이 꼴로 만들고 어떤 우둔하고 인위적인 의무를 수행하려고 애쓴담? 그건 모두가 가짜고 아주 부자연스러운 것인데. 학교니, 덧셈이니, 문법이니, 학기 시험이니, 학적부니, 이 모든 것이 메마른 무(無)가 아닌가.

왜 자기가 이런 세상에 충성을 해야 하는가. 왜 이 세상이 그녀의 삶을 통제하게 놔두어서, 따스한 태양과 생기발랄한 생명으로 성장하는 그녀의 세계를 무로 만든단 말인가? 절대로 그렇게는 내버려 두지 않으리라. 이 메마르고 폭군 같은 남자의 세계에서 포로 노릇은 하지 않으리라. 아예 그런 세계에 신경을 쓰지 않으리라. 자기의 반이 학기 시험에서 성적이 아주 나쁘다 한들 그게 무슨 문제란 말인가. 될 대로 되라지. 무슨 문제랴?

그럼에도 불구하고 시험이 끝나고 어슐라의 반 성적이

나쁘다는 사실이 알려지자, 그녀는 기분이 처참했다. 여름철의 기쁨은 싹 사라지고 침울 속에 잠겼다. 이 체제와 일의 세계를 빠져나가 행복한 들판 속으로 들어갈 수는 없었다. 이 일의 세계에서 자기 자리가 있어야 했고, 여기서 모든 권리를 갖춘 일원으로 인정받아야 했다. 지금 이 시점에서는 들판과 태양과 시보다는 이 세계가 한층 더 중요했다. 그러나 그렇게 생각할수록 더욱 그런 세계와 앙숙이 되었다.

어슐라는 기나긴 여름방학 동안 쉬면서 생각해 보았다. 행복하고 진정한 자아를 잃지 않고 마음껏 태양 아래 누워 즐기고 놀며 수영을 하고 만족을 하면서, 한편으로는 아이들의 성적을 올리는 좋은 교사가 된다는 것은 매우 어려운 일이었다. 더 이상 교사 노릇을 안 해도 좋을 때를 기분 좋게 그려보았다. 그러나 어렴풋하게나마 그녀의 생애에서 책임질 일은 이미 설정되었고, 아직까지는 가장 중요한 것이 일하는 것임을 깨달았다.

가을이 지나고 겨울이 다가왔다. 어슐라는 점점 더 일의 세계, 소위 생활이라는 세계의 거주자로 변해 갔다. 앞날을 멀리 내다볼 수가 없었다. 단지 바로 눈앞에 대학이란 것이 있었고 이 대학이란 생각에 바짝 매달렸다. 앞으로 대학에 진학할 것이고, 그러면 수업료는 면제받고 이삼 년 동안 공부를 하게 될 것이다. 이미 입학원서는 제출했고, 내년에 받아주기로 결정이 나 있었다.

어슐라는 학위를 목표로 공부를 계속했다. 프랑스어, 라틴어, 영어, 수학, 식물학을 택할 것이다. 어슐라는 일커스턴의 학원에 다니며 저녁에 공부했다. 세계를 정복하고, 지식을 얻고, 자격을 따야만 했다. 그래서 맹렬히 공부했다. 마음속의 욕구가 계속 어슐라를 앞으로 밀고 나가게 했기 때문이다. 이제는 세계에서 자리를 확보하려는 이 한 가지 욕망에 거의 모든 것이 종속되었다. 그것이 어떠한 자리가 될지는 스스로에게 묻지 않았다. 맹목적인 욕망이 그녀를 계속 앞으로 나아가게 했다. 자리는 꼭 확보해야 했다.

어슐라는 자기가 초등학교 교사로는 이렇다 하게 성공하지 못하리라는 것을 알고 있었다. 그렇다고 실패한 것도 아니었다. 교사 노릇이 싫기는 하지만 이럭저럭 꽤 해나갔다.

매기는 성 필립스 초등학교를 떠나 더 마음에 드는 직장으로 옮겨 갔다. 이 두 여선생은 계속 친구로 지냈다. 그들은 학원의 야간 강의실에서 만나 같이 공부하면서 서로에게 굳건한 희망을 북돋아주었다. 그들은 어느 방향으로 가고 있는지를 몰랐고, 또 궁극적으로 원하는 것이 무엇인지도 몰랐다. 그렇지만 지금으로서는 무엇인가를 배우고 알고 행동해야 한다는 것을 알고 있었다.

그들은 사랑과 결혼, 또 결혼 생활에서 여자의 위치에 관해서 이야기했다. 매기의 말인즉 사랑은 인생의 꽃이고, 또 예기치 않게 아무런 규칙도 없이 피어나므로 꽃이 눈에 보이면 곧 꺾어서 꽃이 피어 있는 짧은 시기를 즐겨야 한다는 것이었다.

어슐라는 이 말이 불만스러웠다. 자기는 아직도 안톤 스크레벤스키를 사랑한다고 생각했다. 그러나 스크레벤스키가 그녀를 받아들일 만큼 강력하지 못한 점은 용서할 수가 없었다. 스크레벤스키는 어슐라를 거절했던 것이다. 그렇다면 어떻게 스크레벤스키를 사랑할 수 있단 말인가? 사랑이 어찌 절대적이란 말인가? 그런 말은 믿지 않았다. 어슐라에게 사랑이란 매기가 생각하듯 목적 그 자체는 아니었다. 사랑은 하나의 방도요, 길이라고 믿었다. 그리고 사랑의 길은 언제곤 발견되리라고 믿었다. 그러나 사랑의 길이 어디로 통해 있담?

"세상에는 사랑할 만한 남자들이 많아요. 단지 한 사람만 있는 것은 아니에요."

어슐라가 말했다. 내심으로는 스크레벤스키를 생각하고 있었다. 위니프레드 잉거를 생각하면 가슴이 공허했다.

"그렇지만 애정과 욕정을 구별해야 돼요."

매기가 말했다. 그리고 다소 경멸하는 투로 덧붙여 말했다.

"남자들은 여자들에게 쉽게 욕정을 품겠지만, 그렇게 쉽게 사랑은 하지 않을 거예요."

"그래요."

어슐라가 강렬한 어조로 힘주어 대답했다. 거의 광분한 것 같은 괴로운 표정이 얼굴에 나타났다.

"욕정은 애정의 일부에 지나지 않지요. 그리고 오래 지속되지 못하기 때문에 더 굉장한 것으로 보여요. 바로 그러한 이유 때문에 욕정만으로는 절대로 행복하지 못하지요."

어슐라는 인생에 있어 기쁨과 행복, 영원성을 확고하게 바라보며 살았고, 이와는 대조적으로 매기는 비애와 사물의 불가피한 사멸을 쳐다보고 살았다. 어슐라는 삶의 손아귀 속에서 혹독하게 고통을 겪었으나 매기는 언제나 홀로 초연해 있었다. 그래서 깊은 생각에 애잔하게 잠겨 있으면서 이를 즐기다시피 했다. 어슐라가 성 필립스 초등학교에서 보낸 마지막 겨울 동안 두 선생 사이의 우정은 절정에 이르렀다.

바로 이 겨울 동안에 어슐라는 매기가 근본적으로 홀로 담을 쌓고 외롭게 살아가는 것을 매우 가슴 아프게 괴로워했고, 또 이를 몹시 즐겼다. 매기는 어슐라가 자신의 삶의 한계에 대항하며 투쟁하는 것을 즐기면서 또한 괴로워했다. 그다음에 이들은 사이가 소원해지기 시작했다. 매기가 담을 쌓은 채 계속 남아 있어야 하는 삶의 형태에서 어슐라는 떨어져 나갔기 때문이다.

제14장
넓어져 가는 세계

매기네 가족인 스코필드 일가는 넓은 정원사용 가옥에서 살고 있었다. 대지의 절반쯤은 밭이었고 바로 벨코트 대저택 뒤에 위치해 있었다. 그 대저택은 너무 습기가 차서 아무도 들어가 살지 않았기 때문에 스코필드 가족들이 관리인, 사냥터 감시인, 정원사, 그리고 농부 일을 다 맡아서 했다. 아버지는 사냥터 감시인과 목축 일을 했고, 맏아들은 대저택의 정원을 이용해서 야채를 재배했고, 둘째 아들은 농사와 채소 재배 일을 했다. 어슐라의 고향인 코셋헤이의 경우처럼 이곳도 대가족이었다.

어슐라는 벨코트에 머물면서 매기의 오빠들에게서 귀부인처럼 대접을 받는 것이 좋았다. 그들은 미남이었다. 큰 오빠는 스물여섯이었다. 키가 아주 크지는 않았지만 건장하고 체격이 좋은 남자였다. 눈은 갈색으로 밝고 순하게 보였으며, 아주 멋지게 갈색빛이 도는 얼굴에다 멋진 콧수염을 길게 길렀는데, 어슐라에게 말을 할 때는 그 수염을 연방 손으로 잡아당겼다.

자신이 가까이 다가가면 이 집의 남자들이 열심히 따라다녔기 때문에 어슐라는 꽤나 흥분되었다. 어슐라가 나타나면 그들의 눈은 생기가 돌며 바르르 떨렸다. 맏아들 앤소니는 어슐라를 보면 제 콧수염을 계속 손으로 휘감았다. 어슐라는 웃고 재잘거리면서 거의 자기 마음대로 이 젊은이들을 움직일 수 있다는 것을 알았다. 매기의 오빠들은 어슐라의 생각을 소중히 여겼고, 어슐라가 정치학이나 경제학에 관해서 열을 올리며 말을 할 때는 어슐라를 바라보았다. 그리고 어슐라는 말을 하면서 자기를 바라보는 앤소니의 황갈색 눈이 반인반수 사티로스의 눈처럼 번쩍이는 걸 보았다. 그는 어슐라가 말하는 내용을 듣는 것이 아니라 목소리만 듣고 있었다. 이것이 어슐라를 자못 흥분케 했다.

어슐라가 그와 단둘이 온실로 들어가서 싱싱한 예쁜 화초와 잎사귀 사이에서 고개를 끄덕이는 분홍빛 프리뮬러와 자주, 빨강, 흰색으로 뽐내는 시네라리아 꽃을 둘러볼 때면 앤소니는 목양신처럼 즐거워했다. 어슐라는 갖가지에 관하여 질문을 했고 앤소니는 아주 정확하고도 자상하게 학자 같은 묘한 태도로 설명을 해주어 어슐라는 웃음이 터질 지경이었다. 그렇지만 어슐라는 그가 하는 일에 진정으로 관심을 갖고 있었다. 그의 얼굴에는 기묘한 빛이 나타나곤 했는데, 그것은 농장 문간에 매어둔 염소의 눈빛 같았다.

어슐라는 앤소니와 함께 따스한 지하실로 내려갔다. 컴

컴한 그곳에서는 이미 대황의 샛노란 작은 순들이 나오고 있었다. 앤소니는 등불을 캄캄한 흙바닥까지 내려 비추었다. 어슐라는 대황의 반짝이는 순이 부드러운 흙을 뚫고 굵은 빨간색의 대 위로 불꽃처럼 돋아나오는 것을 보았다. 앤소니는 얼굴을 어슐라 쪽으로 돌렸다. 그가 말이 우는 것 같은 소리를 음악적으로 가늘게 내면서 웃을 때 등불이 그의 눈과 이빨을 환히 비쳤고 그 모습이 매력적이었다. 갑자기 어슐라는 귓속에서 이상한 소리를 들었다. 그것은 약간 음악적으로 웃어 젖히는 앤소니의 웃음소리였다. 그의 콧수염은 위로 휘어 올라갔다. 그가 냉정과 침착성을 유지하면서 건방지게 웃을 때는 그의 눈이 번쩍였다. 또 움직일 때는 의기양양해서 좀 활개 치는 듯이 보이기도 했다. 그러나 어슐라로서는 순순히 따르며 이를 용납하는 태도를 취할 수밖에 없었다. 그렇지만 그는 아주 겸허했고 목소리는 매우 부드러웠다. 담을 넘어야 할 때는 어슐라가 발돋움으로 그의 손을 딛고 넘어가도록 손을 내밀었다. 그래서 어슐라는 힘 세고 단단한 그의 손을 디뎠고 그의 손은 어슐라의 몸무게를 받치며 부르르 떨었다.

어슐라는 최면술에 걸린 듯 항상 그를 의식했다. 보통 때의 의식으로는 어슐라는 그와 아무런 상관이 없었다. 그러나 그가 유별나게 편안하고 눈에 뜨이지 않는 모습으로 집에 들어와서 차갑게 빛나는 눈으로 어슐라를 바라다볼 때는 그녀를 홀리는 것 같았다. 그의 눈은 꼭 연회색이 도는 염소의 눈 같았다. 눈빛은 대낮과는 아주 상관이 없고 달빛처럼 꾸준히 타오르는 강력한 불 같았다. 어슐라는 경계를 했지만 꺼진 불처럼 정신이 멍해졌다. 어슐라는 온통 감각뿐이었고 그 감각은 모두 곤두서 살아 움직였다.

그 후 일요일에 앤소니를 만났는데, 그는 어슐라를 감동시키려는 듯 일요일의 정장으로 잘 차려 입었다. 그런데 그 모습이 우스꽝스러웠다. 그가 일요일의 정장으로 차려 입은 어색하고 우스꽝스럽던 그 모습이 후에도 뇌리에 계속 남아 있었다.

어슐라는 앤소니와 같이 다니다 보니, 매기의 신의를 다소 저버렸다는 느낌이 들었다. 가련한 매기는 배반을 당한 것같이 저만치 떨어져 있었다. 매기와 오빠 앤소니는 본능적으로 서로가 앙숙이었다. 어슐라는 애정과 애틋한 연민의 정을 가득 안고 친구에게 돌아가는 수밖에 없었다. 이러한 어슐라를 매기는 좀 뻣뻣하게 받아들였다. 그 후부터는 염소같이 행동하며 차갑게 번뜩이며 익살을 떠는 앤소니와 같이 지내는 대신에 책과 시와 학문과 가까이 지내게 되었다.

어슐라가 벨코트에 머무는 기간 중에 눈이 내렸다. 아침에 깨어보니 수북이 쌓인 눈이 철쭉 덤불을 무겁게 내리누르고 있었다.

"밖으로 나가볼까?"

매기가 제안했다.

매기는 안내자로서의 자신만만하던 태도를 다소 누그러뜨리고 망설이면서 친구와 다소 거리를 두었다.

그들은 대문의 빗장을 내리고 넓은 정원 안으로 들어섰다. 그곳은 온통 은세계로, 다만 나무와 숲 덤불들이 서리로 싸늘해진 하늘 아래 시커멓게 서 있었다. 두 처녀는 덧문이 내려진 조용한 대저택을 지나 눈 위에 발자국을 내며 큰길을 걸었다. 공원의 저 밑, 멀리 떨어진 곳에서 어떤 남자가 건초를 한 아름 안고 눈 위를 걸어가고 있었다. 작고 시커먼 모습이 흡사 부지중에 움직이는 동물처럼 보였다.

어슐라와 매기는 계속 눈길을 걸어 나가 싸늘하게 졸졸 흐르는 시냇가에 당도했다. 냇물은 냇가의 눈을 둥그렇게 야금야금 녹여가면서 둑 사이를 시커멓게 흘러갔다. 울새 한 놈이 눈을 반짝이며 흘긋 보더니 새빨갛고 회색빛이 도는 깃털을 푸덕이며 생울타리 속으로 날아들었다. 다음에는 현란한 점무늬의 박새 몇 마리가 서로 다투고 있었다. 한편 시냇물은 혼자 껄껄 웃어대며 싸늘하게 미끄러지듯 흘러갔다.

두 처녀는 눈 덮인 풀밭을 가로질러 수면이 얄팍하게 얼어붙은 인공 양어장으로 갔다. 커다란 나무가 한 그루 있었는데 그 굵은 줄기로 담쟁이덩굴이 감겨 올라갔고, 이 나무는 거의 수면과 같은 각도로 양어장 위로 뻗어 있었다. 어슐라는 즐겁게 이 나무 위로 올라가서 새파란 담쟁이 잎사귀와 시커먼 열매가 뒤엉킨 사이에 올라앉았다. 몇몇 담쟁이 잎사귀들은 흡사 밖으로 내민 푸른색 나는 창 모양으로 끄트머리에는 눈이 붙어 있었고 잎사귀 밑으로는 얼음이 달려 있었다.

매기는 시집을 꺼내 들고 나뭇등걸 밑에 앉아서 콜리지의 「크리스터벨」을 소리 내어 읽기 시작했다. 어슐라는 이에 반쯤 귀를 기울였다. 지금 어슐라는 굉장히 신이 나 있었다. 그때에 앤소니가 눈을 가로질러 약간 삐기면서 자신 있게 걸어오는 모습이 보였다. 좀 긴장된 듯 자신감 있게 미소 짓는 그의 얼굴은 하얀 눈에 비끼어 갈색으로 굳어 보였다.

"야호!"

어슐라가 그에게 소리쳤다. 반응이 곧 그의 얼굴에 나타났고 그는 대답을 하느라고 고개를 홱 위로 젖혔다.

"야호!"

앤소니가 응답했다.

"꼭 새가 앉아 있는 것 같군요."

어슐라의 웃음소리가 울려 퍼졌다. 그의 폐부를 찌르는 듯한 목소리가 유별나게 코맹맹이로 울리는 것에 어슐라가 반응을 보인 것이었다.

어슐라는 앤소니의 생각은 안 했으나 어쩐지 그의 세계에서 그와 어떤 연관을 맺으며 살고 있는 듯했다. 어느 날 저녁에는 어슐라가 오솔길을 걸어 내려오다 뜻밖에 앤소니를 만나 나란히 걷게 되었다.

"이곳은 참으로 아름다워요."

어슐라가 큰 소리로 말했다.

"그래요?"

그가 물었다.

"이곳을 좋아하신다니 제가 기쁩니다."

묘하게 그의 목소리가 자신만만해졌다.

"네, 참 좋아요. 이렇게 아름다운 데서 살면서 이런 농원에서 채소를 기르는 것 이상으로 바랄 게 뭐가 있겠어요. 이곳은 그야말로 에덴동산이에요."

"그렇습니까?"

그는 피식 웃으면서 되물었다.

"네, 그래요. 이곳에서의 생활이 그렇게 나쁘진 않아요."

그는 좀 머뭇거렸다. 희미하던 그의 눈빛이 밝아지더니, 짐승 같은 표정으로 어슐라를 계속 뚫어지게 바라보았다. 어슐라의 머릿속에서 무언가가 꿈틀거렸다. 앤소니가 자기와 함께 사는 것이 어떻겠느냐고 제안하리란 걸 어슐라는 알아차렸다.

"이곳에서 저와 같이 살겠습니까?"

그가 머뭇거리며 물었다.

어슐라는 겁이 나서 주춤했다. 상대방이 방종한 짓을 하자고 제안했다는 느낌이 강력하게 들었기 때문이다.

두 사람은 대문 있는 데까지 왔다.

"어떻게 말이에요?"

어슐라가 물었다.

"앤소니 오빠는 혼자 사는 게 아니잖아요."

"결혼하면 되지요."

그가 대답했다. 그의 기이하고 차갑게 반짝이는 음흉스러운 어투가 햇빛을 냉각시켜 달빛으로 만드는 것 같았다. 모든 실체가 변형한다는 느낌이 들었다. 그림자와 춤추는 달빛이 실체이고 모든 차갑고 비인간적이며 반짝이는 감각이 진실처럼 보였다. 어슐라는 이러다간 그 제안을 자신이 받아들일 것 같아 깜짝 놀랐다. 어쩔 수 없이 그 제안을 받아들일 참이었다. 앤소니가 두 사람 앞에 있는 대문 쪽으로 팔을 뻗었다. 어슐라는 가만히 서 있었다. 그의 몸뚱이는 갈색으로 단단하며 자신만만해 보였다. 어슐라는 어떤 모욕적인 손아귀에 붙잡힌 것 같았다.

"결혼할 수 없어요."

어슐라는 저도 모르게 이런 말을 했다.

앤소니는 말 울음 같은 소리를 아주 슬프고 씁쓸하게 내면서 잠깐 웃었고, 다음에는 대문의 빗장을 뒤로 젖혔다. 그런데 그가 대문을 열지 않아 잠시 동안 두 사람은 보랏빛 나뭇가지 사이에서 달달 떨고 있는 석양의 노을을 바라보며 서 있었다. 어슐라가 눈을 들어 보니 앤소니의 단단하고 잘생긴 얼굴이 분노와 치욕과 체념으로 달아올라 있었다. 말하자면, 자신이 패배했다는 것을 잘 아는 동물과 흡사했다. 어슐라의 가슴은 그에 대한 연민의 정과 그의 구혼이 매혹적이라는 생각과 슬픔, 달랠 수 없는 고독감으로 타올랐다. 어슐라의 영혼은 흡사 한밤중에 울고 있는 어린아이 같았다. 저이에겐 영혼이라는 게 없는데. 아, 그런데 왜 나에겐 영혼이 있단 말인가? 그렇다면 앤소니가 더 깨끗한 인간이지.

어슐라는 딴 쪽으로 몸을 돌렸다. 그에게 등을 돌리고 기묘하게 장밋빛으로 붉어가는 동녘을 바라보았다. 달이 푸르죽죽하게 땅거미가 지고 있는 눈 덮인 벌판 위 장밋빛 하늘에서 노란색으로 아름답게 떠오르고 있었다. 아, 이 모든 것이 얼마나 아름다운가! 또 얼마나 사랑스러운가! 앤소니는 그 광경을 보지 않고도 그 일부로 혼연일체가 되었다. 그러나 어슐라는 그 광경을 보고서야 그 광경의 일부처럼 느꼈다. 그녀가 보고 나서야 일체감을 느꼈다는 사실은 그들 사이가 한없이 벌어졌음을 드러냈다.

두 사람은 서로 다른 운명을 따르면서 묵묵히 오솔길을 걸어 내려갔다. 나무들은 점점 더 컴컴하게 보였고 눈은 환상 속의 광경인 양 희미하게 보일 뿐이었다. 그림자처럼 낮은 희뿌옇게 빛을 내면서 눈 덮인 저녁 속으로 들어가 버렸다. 한편 어슐라는 앤소니와 거리를 두고 옆에서 걸으면서 막연하게 이런저런 이야기를 계속했고, 앤소니는 터벅터벅 걸어갔다. 그는 조용히 정원의 대문을 어슐라에게 열어주었고, 어슐라는 그를 대문 밖에 남겨 놓고 그녀만의 동산 속으로 들어간다는 느낌이 들었다.

그런데 이튿날 어슐라가 괴로운 감정에서 겨우 벗어나고 있을 즈음에, 아니 벗어나려고 안간힘을 쓰고 있을 때 매기가 들어와서 느닷없이 말했다.

"어슐라, 만일 앤소니 오빠와 결혼할 의사가 없었다면, 나 같으면 오빠한테 그런 식으로 꼬리를 치지 않았을 거예요. 그건 못된 취향이에요."

"그렇지만 매기, 난 절대로 매기의 오빠한테 꼬리를 치지 않았어요."

어슐라는 당황하고 속이 상해서 소리 질렀다. 무언가 비열한 짓을 했다는 느낌이 들기도 했다.

그렇지만 어슐라가 앤소니를 좋아한 것은 사실이었다. 그 후 어슐라는 일생 동안 가끔씩 앤소니와 그의 구혼 광경을 머릿속에 떠올리곤 했다. 그렇지만 그녀는 나그네였다. 지구 위를 정처 없이 떠다니는 나그네였다. 그러나 이에 반해, 앤소니는 자신의 감각을 만족시키면서 살아가는 외톨이 인간이었다.

어슐라는 어찌할 수 없었다. 자기가 나그네라는 점을. 어슐라는 앤소니를 잘 알고 있었고 그가 나그네가 아니란 점도 잘 알고 있었다. 아, 그러나 그녀는 궁극적으로 끝까지 계속 길을 가야만 했다. 그녀가 지금 점점 더 다가가고 있는 그 목표물을 향해서 말이다.

어슐라는 성 필립스 초등학교에서 마지막 체류 기간이 되는 제2학기를 하루하루 보내고 있었다. 어슐라는 여러 달을 보내면서 처음에는 10월, 다음에는 11월, 12월, 그리고 1월 순으로 한 달 한 달 표시를 하며 지냈다. 어슐라는 신경을 써서 나머지 달수에서 꼭 한 달을 빼놓았다. 그 한 달은 여름방학으로 보낼 것이었다. 어슐라는 자신이 둥근 원 위를 돌고 있으며, 단지 그 위의 둥근 부분만 다 돌면 그 여행은 끝난다고 생각했다. 그렇게 되면, 어느 정도 나는 법을 배운 새가 공중에 던져 올려진 것같이 그녀도 확트인 창공에 떠 있게 되리라.

목전에는 대학이 기다리고 있었다. 바로 이것이 어슐라가 알지 못하는 넓고도 넓은 창공이었다. 대학 생활로 들어만 가면 그녀는 지금까지 겪어온 갖가지 삶의 구속에서 벗어나리라. 아버지도 이제 직장을 옮길 참이었다. 그래, 식구 전체가 코셋헤이를 떠날 참이었다.

브랑윈은 자기가 처해 있는 상황에 신경을 쓰지 않고 지내왔다. 그는 레이스 도안사로서의 직업이 개인적으로 별

의미가 없다는 걸 알고 있었다. 단지 노임을 벌 따름이었다. 그는 무엇이 그에게 보람이 있는 일인지를 몰랐다. 아내와 늘 밀착해서 살다 보니, 그의 마음도 육체적인 열기로 가득 차 있었다. 항상 길을 더듬고 또 더듬어가면서 본능에서 본능으로 움직였다.

노팅엄 교육위원회가 곧 신설할 학급의 수공 교사 직에 지원하는 것이 어떻겠느냐는 말을 들었을 때, 그건 답답하고 시커먼 우리에서 넓은 공간으로 빠져나가는 길이라고 생각되었다. 그는 자신을 갖고 기대에 차서 원서를 보냈다. 그는 초자연적인 운명을 믿는 사람이었다. 하는 수 없이 지겨운 일을 매일 하다 보니 그의 근육의 일부는 굳어졌고 불그레하고 민감하던 얼굴은 다소 생기를 잃었다. 이제 여기서 빠져나갈 수 있으리라.

그는 새로운 가능성에 가슴 부풀었고 아내도 이에 동조했다. 아내는 이제 기꺼이 생활의 변화를 갖고 싶어 했다. 아내도 코셋헤이에 싫증이 났던 것이다. 집은 무럭무럭 자라는 아이들과 살기엔 너무 비좁았다. 그리고 아내도 나이가 마흔이 가까워오니 잠에 취한 듯 빠져 있던 모성의 상태에서 깨어나기 시작했고 정력은 점점 밖으로 뻗어나갔다. 아이들이 커가면서 귀가 멍멍하도록 큰 소리를 지르니까 무감각한 상태에서 아내의 의식이 깨어났다. 그녀도 삶다운 삶을 살아가는 데 한몫 끼어야 했다. 자식들을 다 데리고 이사할 마음의 준비가 되어 있었다. 새로운 환경으로 이사 가는 게 아이들에게도 좋을 것이다. 이제 막내 아이도 태어났으니, 그 아이도 무럭무럭 잘 자랄 것이다.

아내는 생소하기는 하지만 태평스러운 태도로 계획을 세운다, 정돈을 한다 하며 남편과 의논했다. 일단 생활의 변화는 올 것이므로, 그 변화의 방법에 대해서는 전혀 신경을 쓰지 않았다. 이런 식이 아니면 결국은 다른 식으로 변화는 올 테니까.

집안은 온통 흥분에 들끓었다. 어슐라는 굉장히 흥분해 있었다. 마침내 아버지도 사회적으로 떳떳한 인물이 되려는 것이었다. 너무 오랫동안 아버진 신분도 지위도 없이 사회적으로는 무와 같은 존재였는데. 그런데 이제 노팅엄셔의 미술 수공 교사가 될 것이 아닌가! 그건 정말 굉장한 자리야. 하나의 지위이지. 아버진 자기 식대로의 전문가가 되실 거야. 아버진 비상한 사람이니까. 어슐라는 이제야 온 식구들이 사회적으로 발을 붙이게 되었다고 느꼈다. 아버지가 이제야말로 제대로 재능을 발휘하게 되었으니까. 정말로 어슐라가 알고 있는 사람 중에서 그 누가 손가락 끝으로 아버지가 만드신 것 같은 아름다운 공예품을 만들어 낼 수 있단 말인가! 어슐라의 느낌에 아버지는 이 새로운 일에 자신만만해 보였다.

이사를 가게 되었다. 온 식구가 살기에 너무 비좁아진 이 코셋헤이의 집을 떠날 참이었다. 아이들이 모두 태어났고 항상 같은 방식으로 자라왔던 코셋헤이를 그들은 떠날 참이었다. 이 아이들이 동네의 사내아이, 계집아이들과 뛰놀던 것을 늘 보던 사람들은 앞으로 이 아이들이 다른 인물로 성장한다는 걸 통 상상할 수 없었다. 동네 사람들은 '어틀러 브랑윈'을 그들과 같은 인물로 생각했고, 한 가정

안에서와 마찬가지로 그녀의 고향에서는 일정한 지위만 그녀에게 허용했던 것이다.

그리고 이러한 유대는 강한 것이었다. 그러나 이제 어슐라가 고향 코셋헤이가 허용하거나 이해하는 범위를 초월해서 성장할 때 그녀와 옛 고향 사람들과의 유대는 속박으로 변하고 있었다.

"이봐, 어슐라. 요사이 재미는 어때?"

고향 사람들은 어슐라를 만나면 이런 식으로 인사를 했다. 그러면 어슐라는 그 옛날에 내던 어조로 옛날에 하던 대답을 해야 했다. 그녀의 한 부분은 이 고향 사람들에게 다정하게 응대하고 동질적으로 행동해야 한다고 생각했다. 그러나 다른 부분은 이를 통렬하게 거부했다. 십 년 전 그녀의 모습이 꼭 오늘의 모습은 아니라는 생각이 들었다. 그녀는 그 후 다르게 변모했고, 또 달라진 그녀의 모습을 고향 사람들은 알아보지도 못했고 허용도 하지 않으려고 했다. 그래도 그들은 무엇인가 그들을 초월한 새로운 점을 알아보고 기분이 나빴다. 그들은 어슐라가 건방지다느니, 난 체한다느니, 또는 요즈음엔 제 주제에 맞지 않게 너무 건방지다느니 하는 등 말이 많았다. 그들이 어슐라의 뿌리를 잘 알고 있으니 난 체해도 소용이 없다고 떠들었다. 갓난아이 때부터 빤히 아는 처지이니, 어슐라에 관해서 어릴 때 있었던 이런저런 얘기도 들추어내었다. 이렇게 되니 어슐라는 예전 고향에서 함께 살던 사람들과 자기는 전혀 다르다고 느껴 부끄러웠다. 가슴이 아픈 것은 고향 사람들과 더 이상 예전처럼 격의 없이 지낼 수 없다는 사실 때문이었다. 그렇지만, 그렇지만, 연이란 연실이 허용하는 데까지 바람을 타고 높이 나는 게 아닌가. 연은 실을 툭 툭 당기면서 높이 올라갈 것이고, 그러면 연 주인은 다른 사람들이 고약하게 굴어도 자기의 연이 높이 올라갈수록 기뻐하는 것이다. 코셋헤이는 어슐라에게 방해를 놓았고, 그러니 어슐라는 코셋헤이를 떠나 자유로운 몸이 되어 자기의 연을 마음껏 높이 날리고 싶었다. 먼 곳으로 떠나서 자유로운 몸으로 자신의 키가 닿는 데까지 몸을 펴고 똑바로 서고 싶었다.

그렇기 때문에 아버지가 새로운 직장을 얻어 온 가족이 이사를 간다는 걸 알게 되었을 때, 어슐라는 지구의 표면에서 미끄럼을 지치며 환희의 찬미가를 부르는 기분이었다. 코셋헤이란 낡은 속박의 껍질을 벗어던지고 창공으로 춤추며 날아가리라. 마음껏 춤추며 노래하고 싶었다.

어슐라는 앞으로 이사 가서 살 새집에 대해서 공상을 해보았다. 그곳에선 감정이 고상하고 교양이 높은 사람들과 교제할 것이며, 그 지역의 상류층과 같이 생활하며 크나큰 자유를 누릴 것이다. 부유하고 자부심이 강하며 순진한 여자 친구도 꿈꾸어 보았다. 그런 여자 친구는 하비 교장 같은 유의 사람을 경험해 본 적도 없을 것이고, 매기처럼 속박된 경멸과 공포가 섞인 어조로는 말하지 않을 것이다.

그리고 이제 그곳을 떠나게 되니까 코셋헤이에서 정들었던 모든 것을 열렬하게 온몸을 바쳐 사랑했다. 그녀가 제일 좋아하던 곳을 두루 찾아가 보았다. 야생의 아네모네 꽃을 찾느라고 출입 금지된 사유지를 마구 넘어 들어가기도 했다. 겨울 해가 기울며 땅거미가 진 초원은 신비로움으로 넘쳤다. 그 숲 속에 와서 보니 참나무 한 그루가 작은 골짜기에 새로 베어져 있었다. 창백한 아네모네 꽃송이들이 개암나무 밑에서 탐스럽게 반짝였고 그 주위에는 선명하게 황금빛이 도는 나무 부스러기가 널려 있었다. 검푸른 아네모네 잎사귀들은 주의도 하지 않고 위로 벋었고 작은 꽃들은 조금도 개의치 않고 고즈넉이 고개 숙이고 있었다.

어슐라는 황홀해서 사랑스러운 마음으로 아네모네 몇 송이를 꺾었다. 황금빛 나무 부스러기들은 햇살처럼 노랗게 빛났고 황혼 녘에 핀 아네모네는 밤하늘에 새로 뜬 별들 같았다. 이들 사이에 홀로 있으면서 어슐라는 너무도 행복해 가슴이 울렁거렸다. 황혼의 빛이 명멸하는 숲 속에 들어와 이처럼 고즈넉한 작은 꽃들과 땅거미가 진 대지 위에서 햇빛처럼 빛나는 나무 부스러기들을 보게 되다니! 어슐라는 베어져 쓰러진 나무 위에 얼마 동안 아득히 앉아 있었다.

어슐라는 보랏빛의 검은 숲을 나와 탁 트인 한길로 들어서서 집으로 향했다. 움푹 팬 바퀴자국에 고인 물이 보석처럼 오랫동안 반짝였다. 주위의 대지는 어두워오고 머리 위의 하늘은 하나의 보석 같았다. 아, 얼마나 놀라운 광경인가! 그건 너무나도 강렬했다. 어슐라는 뛰고 노래하며 이 가슴 울렁이는 감동을 큰 소리로 외치고 싶었다. 그러나 아무리 뛰고 노래 부르고 소리친다고 해도 마음속의 이 엄청난 감동을 다 나타낼 수는 없는 노릇이었다. 어슐라는 잠잠히 있으면서 슬픈 마음에 고독을 짓씹었다.

부활절에 어슐라는 다시 매기네 집에 놀러가서 며칠을 지냈다. 그러나 이번에는 어슐라가 수줍어하고 사람들을 피했다. 앤소니도 만났다. 그를 보니 자꾸 예전 일이 생각났다. 그의 눈은 애원하는 듯한 빛을 띠고 있어, 오히려 아름다웠다. 그를 여실히 느끼기 위해 어슐라는 앤소니를 보고 또 보았다. 그러나 어슐라의 진짜 속마음은 다른 데에 가 있었다. 자신이 딴사람이 된 기분이었다.

어슐라의 마음은 봄에 봉오리를 터뜨리는 꽃송이에 가 있었다. 담 옆에는 커다란 배나무가 한 그루 서 있었는데, 작은 녹회색의 꽃봉오리가 수없이 다닥다닥 붙어 있었다. 어슐라는 환희에 사로잡혀 나무 앞에 섰다. 커다란 감동이 마음속 깊이 스며들었다. 저 녹회색의 구름 뒤에는 수없이 많은 꽃봉오리가 줄지어 기다리고 있지 않은가. 앞으로 수많은 꽃이 필 테고, 또 무한한 햇빛이 쏟아지겠지.

이렇게 심오하고 황홀한 몇 주일이 지나갔다. 코셋헤이의 배나무는 집 끄트머리를 면하고 활짝 꽃을 피웠는데, 거품이 잔뜩 일어난 파도 같았다. 그다음에는 수목과 관목 밑의 평평한 땅 위에 얕게 고여 있는, 물처럼 푸른 색깔의 히아신스가 서서히 그 꽃망울을 터뜨렸다. 물은 점점 더 흘러 들어와 짙푸른 물웅덩이를 이루면서 연록색의 잎사귀가 돋아 나오고 작은 새들은 불꽃이 튀듯 재재거리며 날아들었다. 그러면 어느새 물은 빠져버리고 문득 여름이 왔다.

금년에는 휴일에 바닷가로 놀러가지 않기로 했다. 대신 코셋헤이에서 이사 갈 것이었다.

이사는 윌리 그린 근방으로 가게 되었는데, 브랑윈 집안이 앞으로 활동하는 데 가장 중심이 될 곳이었다. 그곳은 북적거리는 탄광 지역의 변두리에 있는 오래되고 조용한 마을이었다. 기묘한 구식 집들이 양지바른 정원에 들어서 있는 그 묘한 분위기 때문에 이 마을은 바로 옆에서 번창하고 있는 탄광 소도시인 벨도버 주민들에게 일종의 유원지 역할을 해주었다. 일요일 아침에 선술집이 문을 열기 전 광부들은 이곳에서 기분 좋게 산책을 했다.

윌리 그린에는 중학교가 있었는데, 그곳에서 브랑윈은 일주일에 이틀씩 가르치게 되었다. 학교는 많은 실험적인 교육이 실시되는 곳이었다.

어슐라는 윌리 그린에서도 사우스웰과 셔우드 숲이 가까운 쪽의 외진 곳에 살고 싶었다. 그곳은 경치가 아주 아름답고 낭만적이었다. 그러나 세상으로 나온다는 것은 바로 세상으로 나와 산다는 것을 의미하는 법이니, 아버지 윌 브랑윈은 현대적으로 되어야만 했다.

브랑윈은 아내의 돈으로 벨도버의 빨간 벽돌로 지은 신흥 주택가에서 상당히 큰 집을 구입하였다. 그 집은 탄광 지배인의 미망인이 지은 교외 주택으로 큰 교회 옆에 새로 낸 조용한 샛길에 위치해 있었다.

어슐라는 좀 섭섭했다. 훌륭한 지역으로 가는 줄 알았는데, 결국 더럽고 작은 마을의 교외지역에 빨간 벽돌로 지은 신흥 주택가라니.

브랑윈 부인은 기뻐했다. 방들은 굉장히 넓었다. 아래층에는 아주 기분이 좋은 서재 외에도 멋진 식당과 응접실과 부엌이 있었다. 미망인은 호사스럽게 살았기 때문에 모든 설비가 놀랍도록 잘 되어 있었다. 미망인은 벨도버 토박이로 여왕처럼 군림하며 살려고 했다. 욕실은 흰색과 은색으로 꾸몄고, 층계는 참나무 재목을 썼고 참나무로 된 벽난로의 장식물도 육중했으며, 앞으로 불쑥 나온 원주형의 다리가 달려 있었다.

'멋지면서도 튼튼한 것'이 이 집의 주조였다. 그러나 어슐라는 곳곳에 완강하면서도 과장되게 스며 있는 흉칙거리는 분위기가 역겨웠다. 아버지를 졸라, 참나무로 조각한 불쑥 나온 벽난로 장식물을 끌로 평평하게 다듬겠다는 약속을 받아냈다. 값지게 보이려고 두드러지게 한 장식은 혐오스러웠다. 아버지의 외모 자체가 길쭉하고 헤풀어져 보이는데, 이렇게 많은 '멋지고 튼튼한' 장식물과 무슨 상관이 있단 말인가.

그들은 또 미망인의 가구 중에서 상당한 양을 사들였다. 커다란 윌튼 양탄자, 원형의 큰 탁자, 장미와 새의 무늬가 든, 윤기 나는 사라사 헝겊 커버를 씌운 체스터필드 소파 등 모든 가구가 흔히 보는 고상한 취미의 것이었다. 집 전체가 아주 양지바르고 아늑했으며, 창문들이 크게 나 있었고 바로 건너편으로는 나지막한 골짜기가 보였다.

한 친지의 말처럼 그들은 이제 벨도버의 상류층에 낄 것이고 또 그 문화를 대표할 것이었다. 이곳의 상류 인사란 기껏해야 의사와 탄광 지배인과 약제사뿐이어서, 브랑윈 집안은 델라 로비아의 복제 조각상, 아름다운 '마돈나' 상과 도나텔로의 작품을 복제한 아름다운 부조들과 보티첼리의 복제화를 갖고 있으니 자연히 유명해질 것이었다. 아니, 식당과 응접실에 걸려 있는 「봄」, 「아프로디테」, 「예수의 탄생」 등의 복제화를 보고도 벨도버 주민들은 놀라서 입을 딱 벌리리라.

생각해 보면 시골에서 형편없는 무명 인물로 지내느니보다는 벨도버에서 공주처럼 군림하는 쪽이 더 나을 것이 아닌가.

다 합쳐서 열 명이나 되는 대가족이 한꺼번에 움직이려니 대단한 준비가 필요했다. 우선 벨도버에 있는 새 집이 준비가 되었고 다음에는 코셋헤이 집의 짐을 꾸렸다. 학기가 끝나자마자 이사할 참이었다.

어슐라는 여름방학이 시작되는 7월 말에 학교를 떠났다. 밖을 보니 아침은 밝고 화창했으며, 이 마지막 날엔 교실 안까지 자유로운 기운이 퍼져 들어왔다. 그건 꼭 교실의 벽이 녹아 없어질 것 같은 느낌이었다. 이미 학교의 벽이 가물가물하며 환상적으로 보였다. 방학식을 하는 아침이었다. 곧 교사들과 학생들이 학교를 떠나 각자 자기의 길을 걷겠지. 쇠사슬은 끊어지고 형기도 끝나고 감옥은 주위에서 머뭇거리다가 금방 사라질 그림자였다. 아이들은 책과 잉크병을 들고 나가고, 또 지도를 말아 올렸다. 아이들의 얼굴이 즐겁고 신이 나서 모두 환하게 빛났다. 이 마지막 형기 동안의 모든 흔적을 닦고 치우느라고 야단법석이었다. 그들은 모두 다 자유의 몸이 될 것이었다. 어슐라는 열심히 부산하게 학적부에다 출석 통계를 내고 있었다. 그녀는 자부심을 가지고 수천의 숫자를 적어놓았다. 그러니까 수천 명이나 되는 아이들에게 각기 한 시간씩 가르쳐준 셈이었다. 대단한 일로 보였다. 시간이 흥분된 긴장 속에서 느리게 흘렀다. 이윽고 시간이 끝났다. 어슐라는 마지막으로 아이들을 마주 보고 섰다. 아이들은 기도를 드리고 찬송가를 불렀다. 다음엔 그것도 끝났다.

"여러분들, 잘 가요. 여러분을 잊지 않을 거예요. 여러분도 나를 잊어서는 안 돼요."

"네, 선생님!"

아이들이 빛나는 얼굴로 합창을 했다.

어슐라는 감동이 되어 아이들에게 미소를 지으며 서 있었다. 아이들은 교실을 나가고 있었다. 다음에 어슐라는 분단장들에게 학기말 상금으로 6페니씩 주었다. 반장들도 나갔다. 책장은 자물쇠로 채웠고 흑판은 깨끗이 닦였고 잉크병과 총채는 다 치워져 있었다. 교실이 앙상하니 텅 비어 있었다. 가르치는 일에서 결국 승리를 거두었구나. 교실은 이제 빈 껍데기야. 이곳에서 우리는 선한 싸움을 했고 통틀어 볼 때 나쁜 것만은 아니었어. 생각하니 그녀는 이 냉랭하고 텅 빈 교실에도 감사해야 했다. 빈 교실은 이제 전승비나 승리패처럼 서 있었다. 이곳에서 그녀의 많은 생을 걸고 싸워 쟁취도 하고 잃기도 했다. 이 학교의 한 부분은 언제나 그녀 가슴에 남을 테고, 그녀의 일부는 이 학교에 남겠지. 어슐라는 그렇게 인정했다. 이제 작별인사를 할 시간이 되었다.

교사들은 교무실에서 잡담을 하며 빈둥거렸다. 아일오브맨, 랜더드노, 야무스 등 방학 동안에 놀러갈 곳에 대해 신이 나서 얘기들을 하고 있었다. 그들은 같이 타고 왔던

배를 떠나는 동지들같이 서로 열렬한 정을 나누며 애착을 가졌다.

다음은 하비 교장이 어슐라에게 작별 인사를 할 차례가 되었다. 그는 미남이었다. 양쪽 관자놀이는 은회색이고 눈썹은 새까맣고 태연자약한 남성다운 꿋꿋함이 있었다.

“그래, 우리 모두가 브랑윈 선생께 작별 인사를 하고 앞으로의 행운을 빌어야 하겠습니다. 언제곤 다시 만날 것이고 또 앞으로의 소식도 종종 듣게 되리라 생각합니다.”

“아, 네.”

어슐라가 낯을 붉히고 웃으면서 말을 더듬었다.

“아, 네. 언제 한번 들르겠습니다.”

말을 내뱉고 난 다음에야 이런 말이 너무 사적으로 들리리라는 걸 깨닫고 자신이 어리석다고 느꼈다.

“스코필드 선생님이 이 두 권의 책을 제안하셨는데요. 마음에 드셨으면 합니다.”

교장 선생이 두 권의 책을 탁자 위에 놓았다.

어슐라는 아주 수줍어하며 책을 집어 들었다. 스윈번의 시집과 메레디스의 소설이었다.

“아, 참 마음에 드는 책들입니다.”

어슐라가 대답했다. “대단히 감사합니다. 여러분 모두 대단히 감사합니다. 너무나도…….”

어슐라는 말을 더듬으며 겨우 끝을 맺었고 얼굴이 홍당무가 되어 열심히 책장을 들췄다. 우선 책 내용을 즐겁게 훑어보는 체했지만 실상은 단 한 자도 눈에 들어오지 않았다.

하비 교장은 눈을 반짝이고 있었다. 오직 그만이 이 상황에서 태연자약하게 편안히 있었다. 어슐라에게 선물을 주며 동료 교사들에게 한번 선의를 내보이는 것이 교장에게는 즐거운 일이었다. 보통은 그렇게 하는 것이 매우 힘들었다. 모든 교사가 교장의 통제를 받으며 원망 속에서 긴장하고 있었기 때문이다.

"예, 그 책이 마음에 드시길 바랐지요."

교장이 말했다.

교장은 특유의 도전적인 미소를 지으며 바라보더니, 자기 책장으로 돌아갔다.

어슐라는 매우 당황했고, 책들에 애착이 느껴져 꼭 품었다. 모든 동료 교사들과 하비 교장까지도 애틋하게 느껴졌고 매우 당황스러웠다.

마침내 어슐라는 밖으로 나왔다. 뜨겁게 내리쬐는 태양 아래서 아스팔트 마당 위에 웅크리고 있는 학교 건물을 힐끗 한번 쳐다본 뒤 낯익은 도로를 내려다보고는 그 모든 것에 등을 돌렸다. 가슴이 뭉클했다. 이제 떠나가는구나.

"그러면 행운을 빌어요."

도로 끝에서 악수를 할 때 동료 교사 중의 한 사람이 마지막으로 말했다.

"언젠가 돌아오길 바랍니다."

그 남선생이 빈정대며 한 말이었다. 어슐라는 소리 내어 웃으며 그 자리를 떠났다. 이제 해방이었다. 햇볕이 내리쬐는 전차의 2층에 앉아서 날아갈 듯 즐거운 마음으로 주위를 둘러보았다. 그녀는 이제 뜻 깊었던 곳을 떠난 것이었다. 더 이상은 학교로 출근하여 이같이 낯익은 일은 하지 않을 것이다.

참 묘하군! 이렇게 황홀하도록 기쁜데도 가슴 한쪽이 찡해 오다니. 그건 회한에서 오는 아픔이 아니라 공포로 인한 것이었다. 그렇지만 얼마나 즐거운 아침인가!

어슐라는 자랑스럽고도 즐거워서 몸을 부르르 떨었다. 그 두 권의 책이 마음에 들었다. 그 책들은 지금은 천만다행으로 다 지나간 이 년 동안의 결실과 승리를 나타내는 기념품이었다.

'어슐라 브랑윈 선생님에게, 앞날의 행운을 기원하며 성 필립스 초등학교에서의 재직 기간을 기념하여 드립니다.' 라는 내용이 교장 선생의 단정하고 용의주도한 필체로 씌어 있었다. 조심스럽게 펜을 들고 있는 교장 선생의 손이 선하게 눈앞에 떠올랐다. 손가락의 등마다 검은 털이 텁수룩하게 나 있는 마디가 굵은 손이었다.

교장이 서명을 했고 다음에는 전 교사가 서명을 해주었다. 이렇게 모든 선생의 서명을 받은 것이 참 좋았다. 그들 모두가 마음에 드는 것만 같았다. 그들은 동료 교사가 아닌가. 어슐라는 이 학교에서 앞으로 절대로 잃지 않을 자부심을 터득해 가지고 떠나는 것이다. 그녀는 이 학교에서 동료와 동참자의 위치를 지켰고, 동료 교사들은 그들과 같은 일원으로서 어슐라에게 서명을 해준 것이다.

어슐라는 모든 일꾼 중의 한 사람으로서 남자가 짓고 있는 건물에다 자신의 작은 벽돌을 끼워 넣은 셈이었다. 말하자면 공동 건축가로서의 자격을 획득한 것이었다.

그다음엔 이삿날이 닥쳐왔다. 어슐라는 일찍 일어나 나

머지 짐들을 꾸렸다. 짐마차들이 도착했다. 건초 추수기와 곡물 추수기 사이의 쉬는 틈을 이용해서 마시 농장의 삼촌이 빌려준 것이었다. 짐들을 수레에 실은 다음 밧줄로 잘 묶고 나서, 어슐라는 자전거에 올라탄 후 벨도버를 향해서 달렸다.

새집은 어슐라의 독차지였다. 어슐라는 깨끗이 청소가 된 조용한 집으로 들어섰다. 식당에는 두꺼운 돗자리가 깔려 있었는데, 햇빛에 말린 단단한 갈대로 엮어 만든 것으로 아름답고 윤기가 흘렀으며 색깔이 산뜻했다. 벽은 연한 회색이었고 문은 더 짙은 회색이었다. 어슐라는 이 집을 보고 경탄해 마지않았다. 햇볕이 커다란 창문으로 흘러 들어왔다.

어슐라는 창문과 문을 활짝 열어놓아 햇빛이 들어오게 했다. 작은 잔디밭 주위로는 꽃들이 활짝 피어 있어 환했다. 잔디밭은 길 위편에 있어서 건너편의 빈터가 내려다보였는데, 그곳엔 얼마 안 있어 집이 들어설 것이었다. 아직은 식구 중에 아무도 오지 않았다. 어슐라는 뒤곁에 있는 정원을 걸어서 담 있는 데로 갔다. 교회의 여덟 개의 종이 울리며 시간을 알렸다. 시내의 많은 소음이 주위에서 들려왔다.

마침내 짐수레가 모퉁이 길을 돌아오는 것이 보였다. 낯익은 가구들이 꼭대기에 볼품없이 쌓여 있었다. 남동생 톰과 여동생 테레사가 짐수레 옆에서 걸어오고 있었다. 동생들은 전차 종점에서부터 10마일 이상이나 되는 거리를 걸어온 것을 자못 자랑스러워했다. 어슐라가 맥주를 따랐고 마부는 문 옆에서 갈증이 난 듯 벌컥벌컥 들이켰다. 두 번째 수레가 오고 있었다. 아버지는 오토바이를 타고 오셨다. 가구들을 들고 비틀거리며 바깥 층계를 올라와 작은 잔디밭에 부려놓았다. 햇볕이 내리쬐는 잔디밭에 짐들을 뒤죽박죽으로 갖다 놓아서 그 꼴이 아주 볼썽사나워 불쾌했다.

브랑윈은 명랑하고 여유가 있어 함께 일하기에 기분 좋은 사람이었다. 어슐라는 아버지가 나서서 무거운 물건들을 갖다 놓을 자리를 결정하는 것이 참 좋았다. 일꾼들이 무거운 가구들을 들고 층계를 바동거리며 올라와 문간을 지나가는 것을 어슐라는 마음 졸이며 지켜보았다. 이제 큰 물건들을 다 들여놓고 수레들은 다시 떠났다. 어슐라는 아버지와 함께 잔디 위에 있던 가벼운 물건들을 날라다가 제자리에다 놓으며 짐을 정리해 나갔다. 점심때가 되어 이들은 부엌에서 치즈와 빵을 먹었다.

"그래, 일이 되어가는군."

브랑윈이 명랑하게 외쳤다.

두 대의 짐수레가 더 도착했다. 오후 내내 가구들을 2층으로 올려놓느라고 힘이 들었다. 5시쯤에 마지막 짐수레들이 나타났고 브랑윈 부인과 어린아이들은 프레드 삼촌이 몰고 온 마차로 도착했다. 구드룬은 마가렛과 함께 전차역에서부터 걸어왔다. 온 식구가 이제 다 모였다.

"자! 이제야 다 모였구나."

브랑윈은 아내가 마차에서 내려오자 큰 소리로 말했다.

"그렇군요."

아내가 쾌활하게 대답했다.

엄마와 아빠가 이렇게 짤막하게 말을 주고받으며 무언중에 사랑을 나타내니까 새집이라 어쩐지 서먹서먹해 있던 아이들의 마음이 편안해졌다.

모든 것이 수라장이었다. 그러나 부엌에 불을 지피고 난로 앞에는 깔개를 펴놓고, 벽난로 선반 위에 주전자를 올려놓았으며, 부인은 해질 무렵이 되자 새집에서의 첫 번째 식사를 준비하기 시작했다. 어슐라와 구드룬은 2층 침실에서 촛불을 가지고 왔다 갔다 하면서 등골이 빠지게 짐을 정리했다. 그런 중에 부엌에서 햄, 계란, 커피 냄새가 물씬 났고, 그 후 가스불 밑에서 옹기종기 모여 앉아 식사를 시작했다. 온 식구가 낯선 곳에서 야영을 하는 것같이 한데로 꾸역꾸역 모여들었다. 어슐라는 어린 동생들을 돌보아줄 무거운 책임이 자신에게 있다고 느꼈다. 막내 꼬마는 엄마 곁을 졸졸 따라다녔다.

밤이 되자 아이들은 졸렸지만 흥분해서 잠을 이루지 못했다. 한참 후에야 재잘거리던 아이들의 소리가 잠잠해졌다. 아이들에겐 굉장한 모험을 했다는 느낌이 들었다.

아침에는 동이 트자마자 온 식구가 다 일어났으며 아이들은 떠들어댔다.

"잠이 깨었을 때 난 어딘가 했어."

시내의 소음이 낯설게 들려왔고 커다란 교회의 종이 반복해서 울렸는데 그 종소리는 코셋헤이의 작은 교회 종보다 훨씬 더 귀에 거슬렸고 집요하게도 오랫동안 울렸다. 식구들은 창문을 통해서 새로 지은 다른 빨간 집들을 보고, 또 그 너머 골짜기 건너에 있는 나무가 우거진 숲을 바라다보았다. 집 안이 휑하니 넓다보니 해방된 듯한 느낌이 들어 기분이 좋았다. 넓으면서도 밝으며 통풍이 잘 되었다.

또 온 식구가 들러붙어 일을 시작했다. 원래는 정돈을 등한히 하고 어질러놓는 식구들이었지만, 일단 달려들어 짐을 정돈하니까 일이 순조롭고도 빨리 진행되었다. 저녁때쯤 되니까 대강 정리가 되었다.

집 안에 하녀는 두지 않기로 했고, 단지 저녁때 퇴근하는 가정부를 쓰기로 했다. 게다가 아직은 가정부까지도 쓰지 않기로 했다. 당분간은 낯선 사람이 끼어들지 않은 채 식구끼리만 새집에서 오순도순 살고 싶었다.

제15장
환희의 쓴맛

폭풍우 같은 근면함이 집안에 불어닥쳤다. 어슐라는 10월이 되어서야 대학에 입학할 것이었다. 그래 이 집에서 능력껏 일해야 한다는 책임감을 뚜렷이 느끼며 가구와 물건들을 배치하고 다시 배치해 보고, 선택을 하고 생각하며 열심히 일했다.

목공 일과 철공 일을 하는 데는 아버지의 보통 연장을 사용할 수 있었으므로 망치질도 하고 땜질도 했다. 어머니는 딸이 일을 해놓는 데 아주 만족했다. 아버지도 딸이 하는 일에 흥미를 보였다. 아버지는 언제나 딸이 일을 한다면 믿었다. 아버지도 마당 한구석에 작업장을 세우는 일을 했다.

마침내 어슐라는 당분간 지내기에는 괜찮을 정도로 집안 정돈을 끝냈다. 넓은 응접실은 휑하니 비어 있었다. 식구들이 대단히 자랑스럽게 여기는 훌륭한 윌튼 양탄자가 바닥에 깔렸고, 검은 광택이 나는 사라사 커버를 씌운 큼지막한 소파와 의자, 피아노, 브랑윈이 석고로 만든 작은 조각상 외엔 뭐 이렇다 할 것이 없었다. 응접실이 하도 커서 식구들이 다 들어가 앉아도 휑하니 비었다는 느낌이 들었다. 그래도 그렇게 크고 텅 빈 응접실이 있다는 게 좋았다.

식구들이 늘 모이는 곳은 식당이었다. 밑에는 질긴 왕골 돗자리가 깔려 있어 바닥이 환했고 그 빛이 반사하여 식구들의 마음속까지 환하게 비추었다. 둥근 창가의 햇빛이 드는 곳에는 넓은 벤치가 있었고 탁자가 너무 육중하여 밀어도 넘어뜨릴 수가 없었다. 의자들도 굉장히 견고해서 넘어뜨려도 손상이 가지 않았다. 브랑윈이 만든 낯익은 풍금은 한쪽에 놓여 있었는데 유별나게 작아 보였다. 찬장은 보통 크기로 알맞게 좀 줄였다. 이곳이 가족들의 거실 역할을 했다.

어슐라는 침실을 혼자 쓰게 되었다. 본래 하인들의 침실로 만든 곳이라 작고 평범했다. 창문에서는 이 집의 후원이 내려다보이고 근처 다른 집들의 후원도 보였다. 어떤 집의 후원은 오래되고 아주 잘 가꾼 데 비해, 다른 후원은 물건을 넣었던 상자가 널린 곳도 있었다. 그리고 큰길에 면해 있는 가게 집들의 뒷면과 교회를 마주 보고 있는 부지배인이나 경리 주임의 아담한 집도 보였다.

어슐라가 대학에 가려면 여섯 주는 더 있어야 했다. 이동안 어슐라는 불안한 마음으로 라틴어와 식물학 책을 좀 읽었고 이따금씩 수학 공부를 했다. 대학에는 교사가 될 훈련을 더 쌓기 위해 가는 것이었다. 그러나 이미 입학시험에 합격했으므로 정식 학부에 입학할 예정이었다. 일 년 후에는 중급 문과 과목을 택할 수 있고 이 년 후에는 문학사를 따기 위한 강좌를 들을 것이었다. 그러므로 어슐라의 경우는 보통의 교사훈련 과정과 달랐다. 직업훈련을 받기 위한 것만이 아니라 순수 교육을 받기 위해 대학에 온 학생들 속에 끼여 공부할 것이었다. 그야말로 선택된 자 중에 속하게 될 터였다.

다음 삼 년 동안 어슐라는 다시 부모에게 약간은 의존해야 했다. 실습 훈련은 무료였다. 모든 학비는 정부가 대주었고, 더구나 매년 몇 파운드씩 보조금을 받았다. 이 보조금을 기차삯과 옷값으로 쓸 것이었다. 부모는 단지 먹여만 주면 되었다. 어슐라는 부모에게 많은 부담을 지우는 게 싫었다. 생활이 넉넉지 못할 테니까. 아버지의 수입은 고작 일 년에 200파운드이고 어머니의 지참금 중 상당액을 새집을 사는 데 써버렸다. 그래도 살아가기에는 넉넉했다.

구드룬은 노팅엄에 있는 미술학교에 다녔다. 특별히 조각 공부를 했다. 이 부문에 재능이 있어서 아이들이나 동물의 작은 모형을 진흙으로 제작하는 것을 좋아했다. 이미 이런 작품들 중 몇 점은 노팅엄 성에서 열렸던 학생 작품 전시회에 출품돼 그 뛰어난 재능을 인정받았다.이제는 이 미술학교에 불만을 품고 런던으로 가고 싶어 했다. 그렇지만 돈이 충분치 못했다. 또 부모들은 딸을 그렇게 먼 곳에 보내려고 하지 않았다.

테레사는 고등학교를 졸업했다. 몸집이 크고 기골이 장대하며 대담한 말괄량이로 대학이란 데는 통 무관심해서 집에서 그냥 지낼 것이었다. 막내 동생만 제외하고 다른 아이들은 전부 학교에 다녔다. 새 학기가 시작될 때 아이들은 윌리 그린에 있는 중학교로 전부 전학 올 것이었다.

어슐라는 벨도버에서 새로운 사람들과 사귈 때 자못 흥분해 있었다. 그러나 그 흥분도 곧 사라졌다. 목사님 댁, 이 약제사 댁, 저 약제사 댁, 또 세 분의 의사 댁과 부지배인 댁에 초대받아 차를 마셨는데, 그러다 보니 이 지방에서 이렇다 할 인물들은 실제로 다 만나본 셈이었다. 그녀는 사람들의 말을 아주 진지하게 받아들일 수가 없었다. 비록 사람들과 대면하는 순간에는 진지하게 받아들이고 싶었지만.

어슐라는 도보로, 또는 자전거를 타고 그 지역 일대를 돌아다녔다. 숲이 있는 쪽인 맨스필드와 사우스웰, 웍숍 일대는 그 경치가 참으로 아름다웠다. 그러나 이곳은 단지 즐기기 위해서 돌아다니는 것이었다. 그녀의 진짜 탐색은 대학에서 시작될 터였다.

새 학기가 시작되었다. 어슐라는 매일 기차를 타고 노팅엄 시내로 통학했다. 대학의 수도원 같은 정적이 그녀 주위로 좁혀 들기 시작했다.

맨 처음에는 실망하지 않았다. 커다란 대학의 석조 건물은 조용한 거리에 위치했고, 주위에 잔디와 참피나무가 들어서 있어 아주 평화로웠다. 대학이 아주 먼 곳에 있는 마술의 나라처럼 느껴졌다. 그 건축양식이 우스꽝스럽다는 것은 아버지에게서 들어 익히 알고 있었다. 그래도 그 양식은 다른 건물의 것과는 달랐다. 좀 예쁘장하고 장난감 같은 고딕 양식은 지저분한 산업 도시 속에서 품격 있는 건물로 보였다.

중앙 홀이 마음에 들었는데 그곳에는 돌로 된 커다란 벽난로 장식이 있었고, 위에 있는 발코니를 고딕 양식의 아치가 떠받치고 있었다. 확실히 그 아치들은 보기 흉했고, 판지 모양으로 조각을 하고 문장 장식이 된 석제 벽난로는 바로 맞은편에 있는 자전거대, 방열기와 대조가 되어 어색하게 보였다. 한편 커다란 게시판에 붙어 있는 종이쪽지들이 펄럭거리면서 수도원 같은 신비감을 전부 흩날려 보내는 성싶었다. 그러나 아무리 이런 식으로 볼품이 없다손 치더라도 홀 안에는 교육이 원래 수도원에서 비롯되었다는 점을 일깨워 주는 신비로운 분위기가 있었다.

어슐라는 곧바로 중세로 돌아가 생각해 보았다. 그때는 하느님의 사제들이 인간의 학문을 보전시키면서 종교의 테두리 안에서 후세들에게 넘겨주었다. 바로 이러한 정신으로 어슐라가 대학에 입학했던 것이다.

휴게실과 화장실의 분위기는 거칠고 상스러워서 처음에는 가슴이 아팠다. 왜 모두 아름답지가 못한가? 그러나 그곳은 성스러운 곳이므로 공공연하게 비판할 수는 없었다.

모든 학생들의 정신이 순수하고 고상하기를 바랐다. 학생들이 진실하고 순수한 이야기만 하길 바랐다. 또 학생들의 얼굴이 수녀와 수도사의 얼굴처럼 침착하고 광채가 나길 바랐다.

아, 그렇지만 여학생들은 잡담을 하고 낄낄대며 불안하게 굴었고, 게다가 옷은 정장을 하고 머리는 바글바글 볶았다. 한편 남학생들은 비열하고 광대처럼 보였다.

그래도 책을 들고 강의실 복도를 지나 회전식 유리문을 밀치고 첫 강의가 있을 큰 강의실로 들어가는 것은 아름다운 일이었다. 큰 유리창은 높이 달렸으며, 수없이 많은 갈색 책상이 학생을 기다리는 듯 정렬되어 있었고, 교단 뒤에 있는 커다란 흑판은 매끈했다.

어슐라는 뒤로 쑥 들어가 창가 옆에 앉았다. 밖을 내려다보니 참피나무가 이미 노란색으로 물들어 갔고, 가겟집에서 심부름하는 아이가 조용히 가을 햇볕이 내리쬐는 적막한 거리를 지나가고 있었다. 그 세계는 아득하게 먼 곳 같았다.

이곳, 모든 지나간 세기의 추억을 계속 속삭이는 거대한 조개껍질 속에서 시간은 지나가고, 메아리치는 지식만이 시간이 사라진 침묵을 가득 메웠다.

어슐라는 강의를 경청했고 즐거워서, 아니 거의 환희 속에서 강의 내용을 공책에 기록했으며 단 일순간도 그 내용을 비판하지 않았다. 강의하는 교수는 진리의 대변자요, 성직자가 아닌가. 교수는 검은 가운을 입고 강단에 서서 강의실 전체를 메운 혼돈의 지식 중에서 몇 가닥을 선택하여 하나로 엮으면 그것이 곧 강의였다.

처음에 어슐라는 일체의 비판을 삼갔다. 교수들이 학교에 오기 전에 베이컨을 먹고 구두를 신어야 하는 평범한 인간으로 생각되지 않았다. 그들은 검은 가운을 입고 멀리 떨어져 있으며, 숨죽인 듯 조용한 사원에서 언제까지나 봉사하는 지식의 성직자로 보였다. 말하자면 지식의 창시자로, 신비의 처음과 끝이 교수들의 손안에 들어 있었다.

어슐라는 강의를 들으면서 기묘한 기쁨을 맛보았다. 교육 이론을 듣는다는 것이 즐거웠다. 지식 자체를 분류하고 지식이 어떻게 움직이며 살아 존재하는가를 배우면서 굉장한 자유와 즐거움을 맛보았다. 라신*을 읽을 때의 그 행복감이란! 왜 그토록 행복한지 이유는 알지 못했다. 그러나 희곡의 훌륭한 대사가 아주 꾸준하고도 일정하게 펼쳐져 나갈 때 어슐라는 실체의 영역에 들어가 있는 양 희열을 느꼈다. 라틴어 시간에는 리비우스**와 호라티우스***의 작품을 읽었다. 라틴 고전 시간의 기묘하고도 친밀감이 있으며 잡담하는 분위기는 호라티우스를 배우는 데 어울렸다. 그렇지만 어슐라는 호라티우스에 별 관심이 없었고 리비에게조차도 관심이 없었다. 잡담이 난무하는 라틴어 시간에는 준엄한 면이 전혀 없었기 때문에, 어슐라는 자신이 파악한 그 옛날 로마 정신을 혼자서 보전하려고 애썼다. 그러나 점차 라틴어는 어슐라에게 단순한 잡담거리와 부자연스러운 글로 전락하여 예절과 다변의 문제로만 보였다.

어슐라가 겁을 먹은 건 수학 시간이었다. 교수의 강의 진도가 아주 빨라 그녀의 심장은 흥분한 듯 두근거렸고 신경 하나하나가 다 곤두선 듯했다. 혼자 공부할 때는 수학

---

* Jean Baptiste Racine(1639~1699). 19세기 프랑스의 극작가.

** Titus Livius(B.C. 59~A.D. 17). 로마의 역사가. 시인. 아우구스투스 황제 때 활동했다.

*** Quintus Horatius Flaccus(B.C. 65~B.C. 8). 로마의 시인. 아우구스투스 황제 때 활동했다.

문제를 다 이해하려고 무진 애를 썼다.

그다음엔 식물학 실습실에서의 즐겁고도 평화로운 오후 시간이 있었다. 학생들은 몇 명 되지 않았다. 식물의 속고갱이와 면도날과 기타 실습 자료를 들고 벤치 앞에 있는 높은 의자에 앉아 조심스레 슬라이드를 올려놓고 살살 현미경의 초점을 맞출 때의 그 기쁨이라니. 슬라이드가 맑고 잘 나올 경우에는 기뻐서 얼른 몸을 돌려 공책에 모형도를 그리고 관찰 내용을 기록했다.

대학 친구도 금방 사귀었는데, 피렌체에서 산 적이 있는 여학생으로 수수한 검정색 드레스에 무늬 진 보라색 스카프를 멋지게 걸치고 있었다. 이름은 도로시 러셀로 남부 시골 변호사의 딸이었다. 도로시는 노팅엄에서 독신인 이모와 살면서 틈이 나면 여성사회정치연맹을 위해서 열심히 일했다. 조용하고 열정적이며, 상앗빛 얼굴에 검은 머리칼이 양쪽 귀 위로 수수하게 늘어진 친구였다. 어슐라는 도로시를 굉장히 좋아하면서도 무서워했다. 도로시는 아주 나이 들어 보였고 자신에 대해 매우 가혹하게 굴었다. 그렇지만 실제 나이는 스물두 살밖에 안 되었다. 어슐라의 느낌에 도로시는 카산드라*처럼 운명의 여인 같아 보였다.

이 둘은 친밀하고 엄격한 우정을 나누었다. 도로시는 모든 일에 똑같은 열정을 가지고 열심히 일했고 자기 몸을 아끼지 않았다. 도로시와 어슐라가 가장 가까워질 때는 식물학 시간이었다. 그 까닭은 도로시가 그림을 그릴 줄 몰

---

* 그리스 신화에 나오는 여자 예언자.

랐기 때문이다. 어슐라는 현미경에 비친 부분들을 멋있게 그렸기 때문에 도로시는 식물학 시간이면 언제나 옆에 와서 도화법을 배웠다.

이렇게 세상과 완전히 동떨어져 학문을 터득하면서 대학의 첫해를 보냈다. 대학 생활은 전투처럼 힘든 것이었으나 사회와 동떨어져 있어 평화로웠다.

아침이면 어슐라는 동생 구드룬과 함께 노팅엄 시로 들어갔다. 두 자매는 어딜 가든 남의 눈에 확 띄었다. 호리호리하고 튼튼한 몸매에 매사에 열성이고 극도로 예민한 처녀들이었다. 둘 중에서 구드룬 쪽이 더 예뻤고, 즐거운 듯 나른한 소녀다운 태도는 매우 부드러운 인상을 주면서도 속으로는 균형이 잡히고 단호했다. 부드러운 감으로 만든 편안한 옷을 입었고 모자는 자연스럽게 쓰고 있었는데 우아해 보였다.

어슐라는 훨씬 더 신경을 써서 옷을 입었지만, 늘 자신이 없어서 딴 사람의 옷차림을 경탄하며 그 흉내를 내다 보니 영 어울리지 않는 옷차림이 되곤 했다. 그러나 실용적인 복장을 할 때는 늘 멋있게 보였다. 겨울에는 트위드 옷감의 저고리와 치마를 입고 검정색 작은 모피 모자를 썼다. 열의에 차 할딱거리는 얼굴을 한 채, 긴장되고 굉장히 예민한 반응을 보이면서, 흘러가는 듯한 동작으로 길을 걸어갔다.

1학년 말에 어슐라는 중급 문과 시험에 합격했다. 열심히 돌아가던 일상에 잠시 휴식이 왔다. 어슐라는 나른해져서 일체의 긴장을 풀었다. 시험 준비를 하느라 긴장한 데다 그 고비를 치르고 난 다음에는 극도로 의기양양하여 신경이 예민해지고 매우 지쳐 있었다. 이젠 몸을 바르르 떨며 수동적이 되었고 의지도 다 풀어졌다.

온 가족이 스카보로에 가서 한 달간 휴가를 보냈다. 구드룬과 아버지는 그곳에 있는 여름 공예 학교에서 바쁘게 작업을 하고 있어, 어슐라는 대개 어린 동생들과 함께 지냈다. 그러나 틈이 나는 대로 혼자서 다녔다.

어슐라는 반짝이는 바다를 바라보며 서 있었다. 참으로 아름다웠다. 뜨거운 눈물이 왈칵 가슴에서 치솟았다.

멀고 먼 공간으로부터 아직 태어나지 않은 열정적인 동경이 그녀의 마음속으로 천천히 흘러들었다. "아직 동이 트지 않은 새벽이 너무나도 많이 기다리고 있었다."* 마치 저 바다 너머로부터 모든 동트지 않은 새벽이 그녀에게 호소하고 있고, 또 그녀의 태어나지 않은 영혼이 송두리째 동트지 않은 새벽을 희구하며 울부짖고 있는 것 같았다.

아름다우며 민첩하게 반짝거리는 저 애틋한 바다를 내다보고 앉아 있으려니 가슴에서 흐느낌이 저절로 북받쳐 올라와 얼른 입술을 깨물었으나 눈물이 이를 밀쳐버리고 마구 나왔다. 그녀는 흐느껴 울면서도 소리 내어 웃었다. 무엇 때문에 울었던가? 울고 싶지 않았는데, 바다가 너무나도 아름다워 소리 내어 웃었던 것이고, 또한 바다가 너무도 아름답기에 울어버린 것이다.

---

* 원전은 인도의 『리그베다』이며 로렌스는 니체의 『새벽』의 속표지에 인용된 것을 따온 것임이 분명하다.

어슐라는 누가 이러한 자기의 꼴을 보고 있지 않나 하여 주위를 조심스럽게 둘러보았다.

다음에는 바다가 거칠어지는 때가 왔다. 어슐라는 바닷물이 해안으로 밀려오는 것을 지켜보았다. 커다란 파도가 눈에 띄지 않게 어느 틈에 밀려와 바위에 철썩 부딪히면 무섭게 흰 거품을 일으켰다. 모든 것을 아름다운 커다란 흰 거품 속에 휘몰아 넣고는 다시 멀리 밀려 나가면, 바위는 물을 줄줄 흘리면서 시커먼 자태를 다시 드러냈다. 아, 만일 파도가 흰 거품을 터뜨릴 때 자유롭게 해방이 된다면!

어슐라는 가끔 항구를 거닐면서 햇볕에 그을린 선원들을 쳐다보았다. 선원들은 몸에 꼭 끼는 푸른색 옷을 입고 부둣가를 어슬렁거리며 거닐었고 그녀를 보면 무례하게 눈짓을 하면서 큰 소리로 웃었다.

어슐라와 선원들은 막연하게나마 서로를 알아보는 사이가 되었다. 그래도 어슐라는 절대로 선원들에게 말을 걸려고 하지 않았고, 또 어느 한 사람과도 알고 지내려 하지 않았다. 하지만 그녀가 바닷가를 거닐고 선원들이 부둣가 벽에 기대어 있을 때면, 그들 사이에는 어떤 감정이 오갔다. 날카롭고 즐거우며 고통스러운 감정이었다. 어슐라는 그중에서 소금기 어린 금발이 푸른 눈 위로 텁수룩이 내려온 젊은이를 제일 좋아했다. 젊은이는 참신하고 신선하고 바다 냄새가 나서 이 세상 사람 같지가 않았다.

어슐라는 스카보로에서 톰 숙부 댁으로 놀러갔다. 위니프레드는 늦여름에 사내아이를 낳았다. 그녀는 어슐라에게 거리를 두고 낯설게 굴었다. 이 두 여자 사이에는 형용할 수 없는 거리가 있었다. 숙부는 아기에게 섬세하게 관심을 갖는 아버지요, 매우 가정적인 남편이었다. 그렇지만 숙부의 가정적인 태도에는 어딘가 거짓으로 꾸며대는 것 같은 데가 있었다. 어슐라는 그런 숙부가 더 이상 마음에 들지 않았다. 그의 본성 중에서 추하고 뻔뻔스러운 면이 이제 겉으로 노출되어서 매사를 감상적인 입장으로 몰아붙였다.

그는 유물론적인 무신론자이면서도 인간적인 정이 뚝뚝 흐르는 온화하고 정중한 주인이요, 관대한 남편이요, 모범적인 시민으로 행세하면서 잘 지내고 있었다. 숙부는 아주 영리해서 어딜 가나 존경심을 불러일으킬 수 있었고, 아내도 능란하게 잘 다루었다. 아내는 그를 사랑하지는 않았으나 남편과 함께 자기 기만의 부부 생활에 만족해서 매사에 기꺼이 남편이 하자는 대로 따랐다.

어슐라는 집으로 가게 되니 마음이 편했다. 아직 앞으로 2년 동안은 평화롭게 지낼 수 있으니, 2년간의 미래는 정해진 셈이었다. 어슐라는 대학으로 돌아가 최종 시험에 대비하여 공부했다.

그러나 이 한 해 동안 대학의 매력은 사라지기 시작했다. 교수들은 인생과 지식의 심오한 신비를 전수받은 사제가 아니었다. 결국 교수들이란 아주 몸에 배어버려 그 존재조차 망각해 버린 상품을 취급하는 중개인에 불과했다. 라틴어란 무엇인가? 아주 많은 지식이라는 잡화에 불과했다. 그러니까 라틴어 시간은 일종의 상점에 불과했다. 그곳에서 학생이 골동품을 사고 골동품의 시장가를 알아보는데 전반적으로 별 매력 없는 골동품이었다. 어슐라는 골동품 상점에서 중국과 일본의 골동품에 진저리가 난 것처럼 라틴 골동품에도 싫증이 났다. '골동품', 바로 이 말만 들어도 혼이 나가고 생기가 쏙 빠지는 것 같았다.

왠지 몰라도 학업에 대한 활력이 싹 빠져나갔다. 모든 것이 가짜고 겉치레로만 보였다. 겉치레뿐인 고딕 양식의 아치, 겉발림뿐인 평화, 겉치레뿐인 라틴어 어법, 겉치레뿐인 프랑스의 위엄, 또 겉치레뿐인 초서의 소박성, 말하자면 이 모든 것이 고물 상점으로 학생들이 시험을 치르기 위해 장비를 구입하는 곳이었다. 이런 것은 시내의 큰 공장들과 비교해 보면 하잘것없는 유흥장에 불과했다.

차츰 이런 생각이 어슐라의 마음속 깊이 파고들었다. 대학이란 종교적인 수도원도 아니고, 그렇다고 순수 학문의 도장도 아니었다. 그곳은 작은 양성소로 학생이 장차 돈을 벌기 위해서 훈련을 더 받는 곳이었다. 대학 자체는 공장을 위해서 있는 자그맣고 불완전한 실험실에 불과했다.

어슐라는 또다시 냉혹하고 흉측스러운 환멸을 맛보았다. 이와 같은 암흑과 비통한 침울에서 절대로 완전하게 벗어날 수가 없었다. 모든 것의 밑에는 흉측스러운 밑층이 영원히 깔려 있다는 걸 깨달았다.

오후에 교정에 와보니 잔디밭에는 실국화가 거품처럼 하얗게 피어 있고, 새파란 참피나무는 햇빛 아래 다소곳이 고개를 숙이고 있었다. 아, 그 풀밭 깊숙이 실국화가 거품처럼 피어 있는 걸 보니 마음이 저려왔다.

왜냐하면 학교 안 교실로, 그 가짜 작업실로 자신은 들어가야 했기 때문이다. 시종 그건 가짜 상점이요 가짜 도

매점으로, 오로지 물질적인 획득만이 그 동기가 될 뿐 아무런 생산성도 없었다. 대학은 지식이라는 경건한 미덕에 의하여 존재하는 척 했지만 실제로 이 지식이란 경건한 미덕은 물질적인 성공이라는 신의 아첨꾼이 되어버렸다.

일종의 무기력한 상태가 어슐라를 덮쳤다. 순전히 습관에서 기계적으로 공부를 계속했다. 그렇지만 그건 거의 절망적이었다. 그 어떤 것에도 좀처럼 정신을 집중할 수가 없었다. 오후에 고대 영어 시간에 어슐라는 창밖을 내다보면서 아무런 소리도 듣지 않았다. 『베오울프』니 뭐니 아무 것도 귀에 들어오지 않았다. 저 아래, 길을 내려다보니 햇볕 드는 회색 도로가 울타리를 따라 뻗어 있었다. 연분홍 옷에 새빨간 양산을 쓴 한 여인이 길을 건너가고 있었고, 작은 흰 강아지가 그 뒤를 쫓아가는데 꼭 하얀 점처럼 보였다. 새빨간 양산을 받쳐 든 여인은 작은 그림자를 드리운 채 경쾌한 발걸음으로 길을 건너갔다. 어슐라는 마술에 걸린 듯 그 광경을 지켜보았다. 새빨간 양산을 받쳐 든 여인과 나풀거리며 뒤를 쫓던 강아지도 사라졌다. 어디로 갔을까? 어디로?

저 연분홍 드레스의 여인은 어떤 현실 세계를 걷고 있을까? 어슐라 자신은 어떤 죽음과 같은 비현실의 창고 속에 갇혀 있나?

대학이라는 이곳이 무슨 소용이 있단 말인가? 시험 문제에 대답을 하기 위해서 또 후에는 보다 상업적인 값어치를 얻기 위해서 배우는 이 고대 영어가 무슨 소용이 있나? 어슐라는 상업적인 성소에 이렇게 오랫동안 들어앉아 예배를 드리는 데 진저리가 났다. 그렇다고 이 밖에 또 무엇이 있을까? 인생이란 이것이 전부고 이것뿐이란 말인가? 도처에서 모든 것이 비하된 채로 이런 식의 예배를 드리고 있었다. 모든 것은 비속한 물건들을 만들어 내는 데 열을 올리고 물질적인 생활에 매달려 있었다.

어슐라는 갑자기 프랑스어 공부를 팽개쳤다. 식물학에서 우등을 하면 되는 것이니까. 이것만이 그녀에게는 진정으로 살아 있는 학문이었다. 식물의 생활 속에 직접 들어가 사는 기분이었고, 식물계의 기이한 법칙에 매료되어 있었다. 이곳에서 인간세계의 목적과는 완전히 동떨어져 작용하는 그 어떤 존재를 힐끗 보게 되었던 것이다.

대학은 황량하고 하잘것없는 곳으로, 마치 가장 비천하고 자질구레한 사업장으로 전락한 사원 같았다. 자신은 신비의 원천까지 고동치는 학문의 메아리 소리를 들으러 오지 않았던가? 신비의 원천이라니! 그렇지만 교수들은 가운을 걸치고 시험장에서 좋은 값에 팔릴 수 있는 상업적인 상품만을 황량하게 내주고 있지 않은가. 그리고 그건 또 기성품으로 본래 의도했던 만큼의 값어치도 나가지 못했으며, 바로 이러한 점을 교수들 자신들이 다 알고 있었다.

이제 그녀는 대학 강의실에 있는 동안 일종의 가짜 장난감을 팔고 있으면서 자신의 인격을 비하시키고 있다고 느꼈다. 그러나 식물학 실험실에서 열심히 관찰할 때는 느낌이 달랐다. 왜냐하면 그곳에서는 삶의 신비가 아직도 반짝거렸기 때문이다.

어슐라는 분노로 굳어진 상태에서 마지막 학기를 지냈

다. 오히려 생활 전선에 다시 나가서 생활비를 버는 편이 나을 것 같았다. 브린즐리 스트리트 학교와 하비 교장조차도 이 대학 생활과 비교해 볼 때 더 여실하게 생각되었다. 저 일커스턴의 학교에 대한 증오심도 대학에서의 이 무익한 비하에 비교하면 아무것도 아닌 성싶었다. 그러나 브린즐리 스트리트 학교로 다시 돌아가려는 것도 아니었다. 문학사를 딴 후 얼마 동안은 중학교에서 교사 노릇을 할 참이었다.

대학 생활의 마지막 해도 서서히 끝나가고 있었다. 바로 눈앞에 시험과 졸업을 앞두고 있었다. 입속에서 환멸의 재를 뿌드득 뿌드득 갈고 있었다. 다음에 택할 길도 결국은 이런 식으로 끝나버릴 것인가. 항상 환하게 광채 나는 문이 눈앞에 있지만 정작 다가가면 그 광채 나는 문은 항상 또 하나의 더럽고 부산한 죽음의 마당으로 들어서는 문이었다. 항상 하늘 아래에는 광채 나는 산꼭대기가 있지만, 정작 산꼭대기에 올라가면 추한 혼돈의 활동으로 들끓는 또 다른 너저분한 골짜기만 보일 따름이었다.

그렇지만 문제가 안 돼! 산꼭대기마다 조금씩 다르고 골짜기마다 역시 조금씩 새롭지 않은가. 코셋헤이, 그리고 아버지와 함께 보낸 어린 시절, 마시 농장과 그 농장 곁에 있던 작은 교회 부속 초등학교, 그리고 외할머니와 삼촌들, 노팅엄의 고등학교와 안톤 스크레벤스키, 또 안톤 스크레벤스키와 모닥불 사이에서 달빛을 받으며 추던 춤, 생각만 해도 움츠러드는 시기의 위니프레드 잉거, 그리고 교사가 되기 전 몇 달, 다음에는 브린즐리 스트리트에서 겪었던 지긋지긋하던 일과 비교적 평화롭게 지내던 시기, 매기와 매기의 오빠, 지금도 매기의 오빠의 모습을 그려보면 핏속에서 그의 영향을 느낄 수 있었다. 그다음엔 대학과 이제는 프랑스에 체류하는 도로시 러셀, 그다음에는 또다시 세상으로의 복귀!

이미 이것들은 과거의 일들이었다. 모든 단계에서 어슐라는 서로 아주 달랐다. 그러나 그녀는 언제나 어슐라 브랑윈이었다. 그런데 어슐라 브랑윈이 뜻하는 바가 무엇이란 말인가? 자신의 실체가 무엇인지를 통 알 수 없었다. 단지 마음속에는 거부와 거절만이 가득 차 있을 뿐이었다. 언제나 늘 어슐라는 환멸과 허위의 재와 찌꺼기를 입에서 뱉어내고 있었다. 단지 거부에 또 거부를 하면서 몸만 굳어질 따름이었다. 그녀의 행동은 부정적으로만 보였다.

어슐라의 본래 모습은 분명히 어두컴컴하게 숨겨져 있어 그 정체를 드러낼 수 없었다. 마치 마른 재 속에 묻혀 있는 씨앗과 같았다. 그녀가 살고 있는 세상은 등불에 비친 둥근 원과 같았다. 인간의 가장 완전한 의식으로 비친 이 영역이 모든 세계라고 생각했다. 즉, 이 영역 안에서 모든 것이 영원히 겉으로 드러나 있다고 생각했다. 그러나 그렇게 생각하는 동안에도 내내 암흑 속에는 뾰족뾰족한 불빛이 존재한다는 것을 의식했다. 이 불꽃은 사나운 짐승의 눈빛과 같이 번쩍이며 어둠을 꿰뚫어 보다가 사라졌다.

어슐라의 영혼은 커다란 공포에 휘말려 단지 이 외부의 암흑만을 인지했었다. 이 동그란 빛의 내부 세계에서, 그녀가 살면서 움직이고 기차가 달리며 공장이 제품을 생산해 내고 식물과 동물은 과학과 지식의 빛을 받아 작용하고 있는데, 갑자기 이 빛의 내부 세계가 둥근 등불에 비친 곳처럼 보였다. 그곳에선 나방과 아이들이 눈을 부시게 하는 밝은 빛 속에서 안전하게 뛰놀면서 암흑이란 것이 있는지조차 알지 못했다. 늘 환한 곳에만 있으니까 이를 알지 못했다.

그렇지만 어슐라는 바로 이 지역 바깥에서 무언가 시커먼 것이 움직이면서 번쩍거리는 것을 볼 수 있었다. 암흑 속에서 야수가 눈을 번뜩이면서 야영객들이 어리석게 모닥불을 피워놓고 잠든 모양을 지켜보고 있었다.

'우리들의 빛과 질서 너머에는 아무것도 없다.'라고 떠들어대는 야영객들의 허풍이 얼마나 기이하고 어리석은가를 알 수 있었다. 이 야영객들은 늘 안쪽으로 환히 비추어주는 꺼져가는 의식의 모닥불을 향해 얼굴을 돌리고 있었다. 이 의식의 세계는 해와 별과 창조주와 정의의 체계까지 다 포함한다고 믿으면서 그들의 주위를 맴돌며 그 모습을 어둠의 가장자리에서 반쯤 드러내놓은 거대한 암흑의 세계를 항상 무시했다.

그렇다. 그 어떠한 인간도 감히 관솔불 하나라도 암흑 속에 던질 수 없었다. 그가 던지기만 한다면 다른 사람들이 못살게 굴고 빈정거리면서 외쳐댈 것이 아닌가.

"바보! 이 반사회적인 무뢰한, 왜 허깨비를 가지고 우릴 괴롭히려고 드는 거야? 암흑이란 건 없어. 우린 빛 속에서 움직이고 살면서 존재하지 않나. 우리에겐 지식이란 영원한 빛이 주어져 있어서 우리는 지식의 가장 깊은 핵심이 되는 문제를 다 포함하며, 또 이해하고 있는 거야. 이 바보 무리한 같으니라고. 어떻게 감히 암흑이란 걸 들추어내 우릴 얕잡아 보는 거야?"

그럼에도 불구하고 암흑은 계속 주위에서 빙빙 돌아갔고 야수의 잿빛 그림자와 천사들의 컴컴한 그림자들이 그 안에 있었다. 환한 빛은 더 낯익은 암흑의 야수를 밖으로 몰아냈듯이 천사들도 밖으로 몰아냈다. 몇몇 사람들은 언뜻 암흑을 보고는 그 안에서 하이에나와 이리가 터럭을 스치고 지나가는 것을 보았다. 그리고 어떤 이들은 빛에 대한 허영심을 내버리고, 또한 자만심에 맥없이 쓰러진 후, 이리와 하이에나의 눈에서 번뜩이는 빛을 보고 그것이 천사들이 문간에서 들어오라고 휘두르는 칼이 번뜩이는 것이라고 주장했다. 또 암흑의 천사는 당당하고 무시무시하여 부인할 수 없는 존재이고, 독 이빨에서 나오는 불꽃 같다고 했다.

어슐라가 대학 최종 학년에서 부활절을 맞기 얼마 전, 스물두 살이 되었을 때 스크레벤스키에게서 다시 소식이 왔다. 스크레벤스키는 전쟁 중에 남아프리카로 파병된 처음 몇 달 동안 한두 번 어슐라에게 소식을 전했다. 그다음에는 점점 더 드문드문 엽서를 보냈다. 그는 대위로 승진하여 남아프리카로 나가 있었는데, 2년여 동안 통 소식이 없었다.

어슐라는 종종 스크레벤스키를 생각했다. 그는 마치 잿빛의 기나긴 하루를 열어주는 새벽같이 노란빛으로 빛을 발산했다. 그를 회상할 때면 아침의 첫 햇살이 막 비쳐오는 시간이 연상되었다. 그러나 지금은 늦은 오후 잿빛만이 몽롱하게 가득 차 있었다. 아, 그가 만약 계속 어슐라에게 진실했더라면 그녀는 다 망친 하루를 보내며 이토록 고심하며 상처 받고 비하되지는 않았을 텐데. 그는 어슐라의 보호천사가 되었을 텐데. 그는 햇빛의 열쇠를 쥐고 있었다. 아직까지 그는 열쇠를 쥐고 있었다. 그는 어슐라에게 연달아 붙어 있는 자유와 기쁨의 문들을 열어줄 수 있는데. 아니, 그가 진실되게 남아 있었더라면 그 자신이 문의 역할을 해주었을 텐데. 어슐라가 그 문을 통해 끝없는 행복의 나라로 들어가 소진될 수 없는 자유를 마음껏 누리며 영혼의 낙원을 찾았을 텐데. 아, 그 넓은 영역을 어슐라에게 터주었을 텐데. 그래 어슐라는 그 가없이 넓은 영역으로 들어가 자기 성취를 하며 영원한 희열을 맛보았을 텐데.

어슐라가 아직까지 유일하게 자신하고 있는 것은 스크레벤스키를 향해 품어온 자신의 사랑이었다. 그 사랑은 빛을 내며 완전한 것으로 남아 있어서, 언제든지 그곳으로 되돌아갈 수 있는 것이었다. 현재의 일이 실패로 돌아가는가 싶을 때면 그녀는 혼자서 중얼거렸다.

"아, 난 그이를 참 좋아했었는데."

마치 그와 함께 자신의 삶의 중심 축이 되던 꽃이 스러진 것처럼 말이다.

그런데 그이에게서 다시 소식이 온 것이다. 주된 반응은 아픔이었다. 즐거움이라든가 마음에서 솟구치는 기쁨 같은 것은 더 이상 없었다. 그러나 어슐라의 의지만은 즐거워했다. 어슐라의 의지는 이미 그에게 고착되어 있었다. 그 옛날에 흥분해 있던 꿈이 꿈틀거리며 잠을 깨었다.

임이 오시는 것이다. 모든 영역의 가장자리까지 퍼지도록 멋진 키스를 해줄 수 있는 그 놀라운 입술의 임이. 그이가 그녀에게로 돌아오는 것일까? 그렇다고는 믿지 않았다.

친애하는 어슐라 양

재배치를 받아 새 근무지인 인도로 떠나기 전 몇 달 동안 영국으로 돌아가 쉬려고 합니다. 우리가 함께 지내던 때를 아직까지 기억하고 계신지 궁금합니다. 전 아직도 어슐라 양의 그 작은 사진을 간직하고 있습니다. 그 이후로 많이 변하셨겠지요. 벌써 육 년이란 세월이 흘렀으니까요. 전 완전히 여섯 살이란 나이를 더 먹었습니다. 코셋헤이에서 만나뵌 후로 저는 다른 종류의 삶을 살아왔습니다. 아직도 저를 만나주실 생각이 있으신지 모르겠습니다. 다음 주에 더비로 갔다가 노팅엄에 들를까 합니다. 그때 같이 차나 마실까요? 가부를 알려주시겠습니까? 답장을 기다리겠습니다.

안톤 스크레벤스키 올림

어슐라는 대학 휴게실에 있는 우편함에서 이 편지를 꺼내 들고 여자 화장실로 가면서 뜯어보았다. 세상이 주위에서 싹 녹아 사라지고, 맑은 대기 속에 홀로 서 있는 느낌이었다.

어딜 가야 혼자 있을 수 있담?

어슐라는 2층으로 도망치듯 올라가서 직원용 통로를 이용하여 참고 도서실로 들어갔다. 책 한 권을 빼들고 책상 위에 앉아 편지 내용을 곰곰 생각했다. 가슴이 두근거리고 사지가 떨렸다. 꿈속에서인 양 징 소리가 교내에서 한 번 울리더니 기묘하게 또 한 번 울렸다. 첫 번째 강의 시간이 지나간 것이었다.

어슐라는 서둘러 공책 한 장을 뜯어 써 내려가기 시작했다.

친애하는 안톤 씨

네, 저는 아직도 그 반지를 간직하고 있어요. 다시 만나게 되어 매우 기뻐요. 저를 만나러 학교로 오시든가, 아니면 제가 시내로 나가지요. 만날 방법을 알려주시겠어요?

당신의 진실한 친구 올림

어슐라는 몸을 떨면서 친구인 사서에게 봉투를 한 장만 달라고 청했다. 봉투를 봉한 후 주소를 쓰고 모자도 쓰지 않은 채 편지를 부치러 밖으로 나갔다. 우체통 속으로 편지가 떨어지는 순간 세상은 아주 적막한, 한없이 넓고 창백한 곳으로 변했다. 그녀는 학교로 돌아왔고, 또한 첫 새벽의 희뿌연 빛처럼 자신의 파리한 꿈속으로 돌아왔다.

스크레벤스키는 그 다음 주일, 어느 오후에 나타났다. 어슐라는 매일 아침 학교에 오자마자 또 강의 시간 사이사이마다 재빠르게 우편함으로 달려갔다. 여러 번 민첩하게 손을 놀려 스크레벤스키의 편지를 남의 눈에 띄지 않게 잽싸게 뽑아내 꼭 붙잡고 갔다. 어슐라는 자기 좌석이 언제나 마련되어 있는 식물학 실험실로 가서 편지를 읽었다.

여러 통의 편지가 오더니 다음엔 실물이 나타났다. 그가 정한 날은 금요일 오후였다. 어슐라는 부산히 움직이면서 현미경을 들여다보았으나 정신 집중이 잘 되지 않았다. 그래도 관찰은 면밀하고도 재빠르게 하고 있었다. 현미경 슬라이드 위에는 런던에서 그날 도착한 특수한 연구 자료가 놓여 있었으며 교수는 이 때문에 흥분해서 법석을 떨었다. 어슐라는 시야에서 초점을 맞추어 한없는 빛 속에 어렴풋이 놓여 있는 미생물을 들여다보면서도, 한편으로는 며칠 전 프랭크스톤 박사와 나눴던 대화가 생각나 신경이 거슬렸다. 그녀는 대학의 물리학 교수였다.

"아니지, 사실은……."

프랭크스톤 박사가 말했다.

"생명에다 특수한 신비성을 왜 부여해야 하는지 그 이유를 난 알 수 없어요. 그렇지 않아요? 우리가 전기를 이해하는 것처럼 생명을 이해하는 것은 아니잖아요. 그렇다고 생명이란 것이 우주 속의 다른 것과는 그 종류가 다르고, 또 특별하다고 말할 수는 없지요……. 학생은 그렇다고 생각해요? 생명도 우리가 이미 과학적으로 잘 알고 있는 다른 작용과 같은 체계로 되어 있으며 물리, 화학적 작용의 복합체로 볼 수 있지 않아요? 정말 난 그 이유를 알 수 없어요. 왜 생명이라고 해서 특수한 체계가 있어야 하는지, 또 왜 유독 생명만이……."

대화는 불확실하고 애매모호하여 아쉬운 분위기 속에서 끝이 났다. 그렇지만 생명의 목적은? 무엇이 생명의 목적인가? 전기엔 영혼이 없고 빛과 열에도 영혼이 없는데. 그렇다면 어슐라 자신도 지금 들여다보고 있는 미생물처럼 비인성적인 힘, 또는 이런 힘들의 연결체란 말인가? 어슐라는 현미경 아래의 밝은 시야 속에 놓여 있는 희미한 단세포를 물끄러미 바라보았다. 그건 살아 있었다. 그것이 움직이는 모양이 보였다. 단세포가 솜털같이 움직이자 밝은 안개 같은 것이 보였다. 단세포가 빛을 받은 평면을 미끄러져 갈 때 세포핵이 반짝였다. 그렇다면 이런 미생물의 의지란 무엇인가? 만일 생명이 물리적, 화학적 힘의 연결체라 한다면 대관절 무엇이 이 힘을 하나로 통합시켜 주는가? 또 무슨 목적을 위해서 이 힘들이 통합되는가?

무슨 목적을 위해서 이 측량할 길 없는 물리적이고 화학적인 작용이 이 현미경 밑에서 희끄무레하게 움직이는 점으로 응결되었단 말인가? 이 힘들을 응결시켜 자신이 지금 보고 있는 하나의 생명체로 만든 의지는 대관절 어떤 것일까? 그 의도는 무엇일까? 그 자체가 되기 위해선가? 그 목적은 단지 기계적이고 그 자체에만 국한되어 있는 것일까?

그 의도가 참된 자신이 되고자 하는 것이라면 어떤 자신을 말하는가? 갑자기 어슐라의 마음속에서 온 세상이 현미경 밑에 있는 생명체의 세포핵처럼 강렬하게 빛을 내면서 이상하게 반짝거렸다. 이 순간 어슐라는 강렬하게 반짝이는 지식의 빛 속에 들어가 있었다. 이 모든 것이 무엇인지 통 이해할 수 없었다. 단지 이것이 어떤 제한된 기계적인 에너지가 아니며 자기 보전이나 자아 확인이라는 단순한 목적도 아니라는 점을 알 수 있었다. 그것은 생명의 완성이요, 무한한 존재가 되는 것이었다. 자아란 무한과 하나가 되는 것이었다. 자아가 된다 함은 무한이 지고하게 빛나는 승리였다.

어슐라는 긴장되어 멍하니 현미경을 들여다보며 앉아 있었다. 그녀의 정신은 이 새로운 세계 속에서 바쁘게, 아주 바쁘게 움직였다. 이 새로운 세계에서 스크레벤스키가 그녀를 기다리고 있었다. 아니, 기다리고 있을 것이었다. 정신은 식물학 공부로 바빴기 때문에 아직은 일어나 나갈 수가 없었다. 곧 나가리라.

혼미함 같은 정적이 어슐라를 사로잡았다. 멀리 떨어진 복도 저쪽에서 5시를 알리는 징 소리가 났다. 이젠 가야만 했다. 그런데도 어슐라는 조용히 앉아 있었다.

다른 학생들이 의자를 제자리로 밀어 넣고 현미경을 치우고 있었다. 모든 것이 갑자기 소란스러웠다. 창문 너머로 학생들이 팔 아래 책을 끼고 층계를 내려가면서 얘기하는 광경이 보였다.

자기도 이 자리를 뜨고 싶은 욕망이 강하게 밀려왔다. 자기도 교실 밖으로 나가고 싶었다. 그런데 물질세계가 두려웠고 자기 자신의 변모가 두려웠다. 어슐라는 빨리 달려가 스크레벤스키를 만나고 싶었다. 그인 새로운 생명이요, 실체가 아닌가!

어슐라는 신속하게 슬라이드를 닦아 제자리에 갖다 놓고 실험대의 자기 자리에서 부산하게 움직이면서 말끔하게 정돈했다. 달려 나가 스크레벤스키를 만나고 싶었다. 빨리 해야지, 빨리. 무엇과 지금 대면하려는지 어슐라는 몰랐다. 그렇지만 그건 분명 새로운 시작일 것이다. 그러니 어서 서둘러야지.

어슐라는 발걸음을 빨리 옮기며 복도를 미끄러지듯 빠져나갔다. 한 손에는 면도날과 공책, 연필을 들고 있었고 앞치마는 팔에 걸치고 있었다. 얼굴은 기대감에 차서 긴장해 있었다. 그이가 어쩌면 저기에 없을지도 몰라.

어슐라는 복도에서 나오면서 그를 보았다. 곧 그를 알아보았다. 그런데도 그는 아주 낯설게 보였다. 그는 묘하게 자기를 죽이면서 수줍은 태도로 서 있었는데, 그러한 태도는 그녀가 지금껏 알아온 교양 있는 청년에게서 많이 보아왔던 것으로, 그녀를 겁먹게 했다. 그는 마치 남의 눈에 안 띄었으면 하고 서 있는 것 같았다. 옷을 아주 잘 차려입고 있었다. 어슐라는 그가 서릿발같이 싸늘한 인상을 준다는 것을 애써 인정하지 않으려 했다. 이이는 바로 스크레벤스키고, 새로운 세계의 열쇠요, 세포핵이 아닌가.

스크레벤스키는 어슐라가 나는 듯 현관을 가로질러 나오는 것을 보았다. 흰 플란넬 블라우스와 검은 치마를 입은 날씬한 어슐라가 얼굴에는 알 수 없는 멍한 표정과 밝은 빛을 띠고 걸어오는 것을 보자, 그는 흠칫 놀라고 흥분했다. 그는 몹시 초조해졌다. 다른 학생들은 현관 근처에서 머뭇거리고 있었다.

어슐라는 그에게 손을 내밀면서 막무가내로 눈부신 듯한 표정을 지으며 소리 내어 웃었다. 그도 또한 그녀를 제대로 알아볼 수가 없었다.

눈 깜짝할 사이에 어슐라는 사라졌다. 겉옷 등을 가지러 간 것이다. 그리고 어슐라가 고등학교에 다니던 시절처럼 둘이는 또다시 학교에서 걸어 나와 시내 찻집으로 갔다.

그가 굉장히 변했다는 것을 어슐라는 곧 알았다. 친근감, 그 예전의 친근감은 아직도 있었지만, 그는 어슐라의 세계와는 다른 세계의 사람이었다. 말하자면 두 사람 사이에 휴전을 선포하고, 이 휴전 상태에서 두 사람이 만난 셈이었다. 어슐라는 첫 만나는 순간 두 사람이 휴전 상태에서 만나는 원수라는 걸 어렴풋이 느꼈다. 그의 행동 하나하나, 말 한 마디 한 마디가 그녀의 존재와는 생소한 것이었다.

그런데도 그의 얼굴과 몸의 고운 살갗이 보기 좋았다. 그는 전보다 더 구릿빛이 돌았고, 더욱 튼튼해 보였다. 그는 이제 완전한 성인이 되어 있었다. 어슐라는 그가 남자다워졌기 때문에 서먹서먹해진 것이라고 생각했다. 그가 나긋나긋한 청년에 불과했을 때 그녀는 더 친근감을 느꼈었다. 남자란 어차피 이렇게 여자와 생소하게 단절되고, 차가운 다른 존재로 변하는 것이라고 어슐라는 생각했다. 그가 얘기를 하는데, 그녀를 보고 말하는 것이 아니었다. 어슐라는 그에게 얘기를 하려고 했지만, 도저히 그의 마음까지는 닿을 수가 없었다.

그는 겉보기에 아주 균형 잡히고 자신이 있어서 자신만만한 분위기를 조성했다. 말 타기의 명수라 그런지 그에게는 기수에게서 보이는 자신만만한 태도 같은 것이 있었고,

결단성 있는 명확한 태도가 몸에 배어 있었다. 또 기수가 풍기는 동물 같은 어두운 면도 있었다. 그렇지만 그의 정신은 한층 더 우유부단하고 흐리멍텅했다. 그는 습관적으로 몸에 배어버린 일련의 행동과 결단으로 이루어진 사람 같이 보였다. 상하기 쉽고 변하기 쉬운 이 사람의 핵심에는 접근할 수가 없었다. 거기에 관해서는 통 알 수 없었다. 단지 동물적인 욕망이 어둡고 무겁게 그에게 자리 잡고 있다는 것을 느낄 수 있었다.

그렇다면 그가 이렇게 무딘 욕망 때문에 그녀에게 왔단 말인가. 그에게 절망적으로 고착되어 있는 이 동물성에 어슐라는 당혹하고 또 기분이 상했다. 그건 어슐라에게 절망이라는 차가운 감정을 일으켜 겁을 먹게 했다. 저이가 원하는 건 대체 무얼까? 저이의 욕망은 너무나 깊숙이 있어. 왜 저이는 자기 본연의 상태를 그대로 인정하지 않을까? 도대체 무얼 원하는 것일까? 무어라고 이름 할 수 없는 것을 그는 원했던 게다. 이렇게 생각하자 어슐라는 두려워서 움츠러들었다.

그런데도 어슐라는 흥분해서 몸이 달아 있었다. 스크레벤스키는 말하자면 저 땅속 깊숙이 있는 어두운 남성의 영혼으로, 자신을 어둡게 드러내놓고 그녀 앞에서 무릎을 꿇고 있었다. 어슐라는 몸을 바르르 떨었다. 어두운 불꽃이 몸 위로 번져나갔다. 그이가 그녀의 발치에서 기다리고 있었다. 그는 무기력해서 어슐라의 처분만 기다리고 있었다. 그를 받아들일 수도 있고 거절할 수도 있었다. 만약에 그이를 거절한다면 그이 속에서 무엇인가가 죽어 없어지리

라. 저이에겐 지금 이것이 생사를 판가름하는 문제지. 그런데도 모든 것은 아주 컴컴한 곳에서 이루어져야 하고 말짱한 정신에서 그 어떠한 것도 인정하면 안 되지.

"영국에는 얼마 동안 계실 거예요?"

어슐라가 물었다.

"확실히는 모르지만, 아마 7월까지는 있을 거예요."

한동안 두 사람 다 잠자코 있었다. 저이가 영국에 여섯 달 동안 체류할 거라고. 아직 그들 사이에는 여섯 달이란 기간이 있었다. 그는 기다리고 있었다. 마치 온 세상이 강철로 만들어진 양, 그 옛날의 강철같이 딱딱하던 분위기가 다시 어슐라를 엄습했다. 이렇게 단단한 강철 앞에서 살과 피로 대들어보았자 아무 소용이 없었다.

어슐라는 재빨리 머리를 움직여 이러한 상황에 적응했다.

"그러면 인도로 발령을 받으셨어요?"

어슐라가 물었다.

"그래요. 6개월 휴가가 끝나면요."

"그래, 인도에 가는 게 좋으세요?"

"그렇다고 봐요. 사교 생활도 상당히 많을 테고, 사냥이며 폴로 경기며 할 일이 많을 테니까요. 그리고 좋은 말이 있고…… 또 많은 일이, 무진장 일이 있으니까요."

그는 항상 자신의 영혼을 요리조리 피해서 옆길로 다녔다. 인도에 나가 있는 그의 모습을 어슐라는 아주 잘 그려볼 수 있었다. 옛 문명에 군림하는 지배계급의 한 사람으로서, 자기의 문명보다 못한 문명의 군주요, 지배인으로 행세하는 그의 모습이 눈앞에 선했다. 그건 그가 선택한 길이었다. 그는 나약한 대중들을 밑에 거느리고 권위와 책임을 가지고 행세하는 귀족이 다시 되고 싶었던 것이다. 지배계급의 한 사람으로서, 보다 훌륭한 국가 이념을 실현하고 성취하는 데 혼신을 다 바치겠다는 것이다. 그리고 인도에는 정말로 할 만한 일이 있을 테니까. 그 나라는 그가 대표하는 문명을 진정 필요로 하고 있으니까. 인도는 그가 건설할 도로와 다리와 한몫 끼어서 이룩할 계몽이 정말로 필요한 곳이니까. 그러니 그는 인도로 갈 것이었다. 그러나 그것은 어슐라가 택할 길은 못 되었다.

그렇지만 어슐라는 스크레벤스키를 사랑하고 그의 몸뚱이를 사랑했다. 그의 결정이야 어떻든 상관없었다. 그도 어슐라의 어떤 면을 원하는 것 같았다. 어슐라가 그에 관해서 결정을 내리길 기다리고 있었다. 그건 오래전에 그에게서 첫 키스를 받았을 때 이미 결정되어 있었다. 비록 선과 악이 이 세상에서 사라진다 해도 그는 그녀의 애인이었다. 비록 그녀의 마음과 영혼이 감옥에 갇혀 침묵을 지켜야 할지라도 의지만은 결코 풀어지지 않을 터였다. 그이는 그녀의 시중을 들어주었고 그녀는 그이를 받아들였다. 그이가 결국은 그녀에게로 돌아왔으니까.

그의 얼굴과 곱고 매끈한 피부에 화색이 감돌고 금회색 눈은 다정하게 그녀를 향해 빛났다. 그는 달아올랐고 불이 붙어 사자처럼 찬란하고 기품이 있어 보였다. 어슐라에게도 그이의 찬란하게 타오르는 불꽃이 옮아 붙었다. 그녀의 마음과 영혼은 저 밑에 단단히 감금되어 숨겨져 있었다. 이제 마음과 영혼에서 해방이 된 것이다. 그녀도 이제 마음껏 즐겨보리라.

어슐라는 제 힘으로 피어난 꽃처럼 자랑스럽게 꼿꼿이 섰다. 그이의 열기가 그녀에게 활기를 불어넣었다. 다른 사람들과 대조가 되게 유독 빛나는 듯한 그의 미모에 어슐라는 의기양양했다. 그가 그녀에게 경의를 표하는 것 같기도 했고, 또한 이로 인해서 그녀 자신이 인간이란 뭇 고아한 꽃을 그이 앞에서 대표하는 듯이 느꼈다. 그녀는 단순히 어슐라 브랑윈만은 아니었다. 그녀는 여자였고 인간세계에서 여자의 전부를 나타냈다. 모든 것을 포괄하는 우주적인 그녀가 어찌 한 개인으로 국한될 수 있단 말인가?

어슐라는 신바람이 났고 그에게서 떠나가고 싶지가 않았다. 그래 그이 옆에다 자리를 잡았다. 누가 그녀를 물러가게 할 것인가.

두 사람은 찻집에서 나왔다.

"뭘 하고 싶으세요?"

그가 물었다.

"우리가 같이 할 만한 게 있습니까?"

캄캄하고 바람이 부는 3월의 밤이었다.

"할 만한 게 없군요."

어슐라가 대답했다.

그게 바로 스크레벤스키가 원하는 대답이었다.

"그러면 걸읍시다. 어디로 갈까요?"

그가 물었다.

"강가로 갈까요?"

어슐라가 쭈뼛거리며 제안했다.

잠시 후 그들은 트렌트 다리로 가는 전차 안에 앉아 있었다. 어슐라는 너무나도 기뻤다. 물이 철철 흐르는 강가를 따라 멀리까지 뻗어 나간 풀밭을 캄캄한 밤에 산책하다니, 어슐라는 너무 기뻐서 제정신이 아니었다. 컴컴한 강물이 잠 못 이루는 기나긴 밤 속을 말없이 흐른다고 생각하니 야성이 치솟았다.

두 사람은 다리를 건넌 후 둑으로 내려가 불빛으로부터 멀리 걸어갔다. 순식간에 암흑 속에 들어서게 되자 스크레벤스키가 어슐라의 손을 잡았다. 두 사람은 사뿐히 어둠을 밟으면서 묵묵히 걸었다. 시내는 저 멀리 왼편에서 연기를 뿜어내고 주위에는 빛과 소음이 기이하게 찾아들고, 바람은 나무들을 휘익 스친 후 다리 밑으로 휘어들었다. 둘은 가까이 다가서서 걸었고, 가까이 서니 기운이 생겼다. 스크레벤스키가 어슐라를 아주 가까이 당겨서 미묘하면서도 은밀하고 강력한 열정으로 그녀를 꼭 껴안았다. 마치 두 사람이 깊은 암흑 속에서 비밀 협정을 맺은 것 같았다. 깊은 암흑이야말로 그들의 우주였다.

"그전과 똑같아요."

어슐라가 말했다.

그렇지만 사실은 조금도 그전과 같지 않았다. 하여간 그의 마음은 완전히 어슐라의 마음과 일치되어 있었다. 둘은 한 가지 생각만 하고 있었다.

"난 돌아올 줄 알고 있었습니다."

스크레벤스키가 드디어 마음을 털어놓았다. 어슐라는 바르르 몸을 떨었다.

"언제나 절 사랑하고 계셨나요?"

어슐라가 물었다.

이렇게 단도직입적으로 물으니 그는 압도당하여 잠시 동안 말을 못했다. 어둠이 육중하게 흐르고 있었다.

"당신에게 돌아올 수밖에 없었지요."

스크레벤스키가 최면에 걸린 듯 말했다.

"모든 일의 뒤에 항상 당신이 버티고 있었거든요."

어슐라는 운명처럼 의기양양해서 가만히 있었다.

"당신을 사랑했어요."

어슐라가 말했다.

"항상."

검은 불꽃이 그의 내부에서 활활 타올랐다. 그는 어슐라에게 자신을 내맡겨야 했다. 이 여자에게 자신의 삶의 밑바탕마저 내주어야 했다. 그는 여자를 아주 바짝 끌어당겼고 둘은 묵묵히 계속 걸었다.

어슐라는 사람들의 목소리가 들리자 소스라치게 놀랐다. 캄캄한 풀밭 건너편 울타리 근처에서 나는 소리였다.

"연인들일 거예요."

스크레벤스키가 부드럽게 말했다.

어슐라는 눈을 들어 울타리 쪽에서 컴컴한 형체를 찾으면서 그렇게 컴컴한 곳에도 사람들이 있을까 하고 궁금하게 여겼다.

"이런 밤엔 연인들이나 이곳을 산책하겠지요."

스크레벤스키가 말했다.

그리고 나지막하고 떨리는 목소리로 스크레벤스키는 어

슐라에게 아프리카의 기이한 어둠과 낯설고 피가 곤두서는 공포에 관해 이야기해 주었다.

"난 영국에서는 어두운 밤이 무섭지가 않아요."

그가 말했다.

"이곳의 밤은 부드러워 자연스럽게 느껴져요. 그건 말하자면 나의 매개체지요. 특히 당신이 내 곁에 있을 때면. 그러나 아프리카의 밤은 육중하고 공포로 흐르는 것 같아요. 그 어떤 것에 대한 공포가 아니라 순수한 공포지요. 마치 피비린내처럼 냄새가 나는 그걸 들이켜야 해요. 흑인들도 그걸 안답니다. 그러니까 그들은 암흑을 실제로 숭배하지요. 그러면 관능적이다시피 한 그 공포를 좋아하게 되거든요."

어슐라는 또다시 그를 향해 감미로운 전율을 느꼈다. 그는 어둠 속에서 들리는 목소리로만 존재했다. 그는 줄곧 나지막한 목소리로 아프리카 얘기를 들려주면서 기이하고 관능적인 기분을 그녀에게 전달해 주었다. 목욕물처럼 사람의 몸을 휘감을 수 있는 느슨하고 부드러운 욕정의 소유자인 흑인 얘기를 들려주었던 것이다. 그는 서서히 어슐라에게 그의 피를 사로잡고 있는 뜨겁고도 기름진 암흑의 분위기를 전달해 주었다. 그는 이상하리만큼 비밀스러웠다. 세상 모두가 없어져야 했다. 그는 부드럽고 얼르는 듯 떨리는 목소리로 여자를 미치게 만들었다.

그는 여자가 대답하고 이해하길 바랐다. 욕정으로 부푼 밤, 모든 분자가 은밀하게 정욕으로 치달아 점점 불어나는 밤, 욕정이 꽉 찬 밤이 막 탄생하려는 참이었다. 어슐라는 팽팽하게 긴장하여 몸을 떨었고, 이는 거의 고통스러울 정도였다.

스크레벤스키는 서서히 아프리카 이야기를 그쳤고 침묵 가운데서 두 사람은 거대한 강가의 어둠 속을 걸었다. 어슐라의 사지는 생동감에 넘쳐서 팽팽했다. 사지가 낮고도 깊게 진동하며 떨린다고 생각했다. 거의 걸을 수 없을 지경이었다. 또 밤의 깊은 진동은 귀에는 들리지 않고 단지 피부로만 느낄 수 있었다.

어슐라는 산책 도중 갑자기 스크레벤스키에게 몸을 돌려 그를 꽉 잡았다. 마치 그녀의 몸이 강철로 변한 듯했다.

"절 사랑하세요?"

어슐라가 괴로워서 소리 질렀다.

"그럼요."

스크레벤스키가 대답했다. 그답지 않게 감싸는 듯 묘한 목소리였다.

"네, 어슐라 양을 사랑합니다."

그는 그녀를 덮치는 살아 있는 암흑 같았다. 어슐라는 억센 암흑의 품속에 안겨 있었다. 그는 어슐라를 품 안에다 부드럽게, 말할 수 없이 부드럽게 안고 있었다. 운명처럼 늦추지 않고 계속 부드럽게 가차 없는 욕정으로 부드럽게 안고 있었다. 어슐라는 마치 팽팽한 고무줄이 충격을 받아 퉁기는 모양으로 몸을 떨고 또 떨었다. 그러나 그이는 편재한 밤처럼 그녀의 온몸에 와 닿아 암흑처럼 바짝 조이면서 계속 그녀를 부드럽게 안았다.

그가 키스를 했다. 어슐라는 몸이 산산조각이 나며 부서지는 듯 떨었다. 말하자면 불이 켜 있던 배가 진동하면서 그녀의 영혼 속에서 부서졌고 불은 물속에 떨어져 가물가물하다 완전히 꺼졌다. 어슐라는 온통 암흑뿐 의지마저 사라지고 단지 받아들이려는 의욕만 남아 있을 따름이었다.

그가 어슐라에게 키스했다. 모든 것을 감싸는 부드러운 키스였다. 이제 어슐라는 마음과 영혼이 다 떠나버린 상태에서 그의 키스에 온몸을 다해 응답했다. 암흑이 암흑에 달라붙듯이 어슐라는 그에게 바싹 달라붙어 계속되는 부드러운 키스 속으로 자신을 몰아넣고, 또 자신을 밑으로 내리눌러 그의 키스의 원천이며 핵심인 곳에 이르게 했다. 따스한 욕정에 흐르는 그의 키스 속에 자신을 몰입시켜, 키스는 그녀의 몸을 감싸며 흐르고 또 흘러서 그녀의 몸뚱이의 마지막 올실까지 다 적셨다. 이제 두 사람은 하나의 강물이 되었고 검은 욕정으로 변했다. 여자는 남자의 핵심에 바싹 달라붙어 입술로 남자의 저 밑바닥 가장 깊은 곳에 있는 원천을 열어젖혔다.

이렇게 두 사람은 완전히 캄캄한 키스 속에 서 있었다. 그 키스는 두 젊은이를 제압하고 복종시켜, 유동하는 암흑 속에서 번식력이 왕성한 하나의 세포핵으로 결합시켰다.

그건 희열이요, 번식력에 치닫는 암흑의 핵으로 연결되는 작용이었다. 일단 배가 심하게 진동을 일으키자 마침내 산산이 부서지고, 의식의 불빛도 사라지고, 완전히 어둠만이 깔려 형용할 수 없는 만족감이 뒤따랐다.

그들은 도가 누그러지지 않은 키스를 계속 즐기며 서 있었다. 끝없이 키스를 받아들이고, 또 끝없이 키스에 몸을 송두리째 내맡겼지만, 키스는 여전히 고갈되지 않았다. 그들의 핏줄은 날개를 파닥거렸고 피는 하나의 강물을 이루어 함께 흘렀다.

이윽고 잠이, 나른한 기운이 서서히 그들에게 내려앉았다. 졸린 가운데 한 가닥 작은 의식의 불빛이 깨어났다. 어슐라는 주위에 내려앉은 밤을 의식하게 되었다. 바로 옆에서는 물줄기가 서로 겹치며 철철 흘러갔고 나무는 쌩쌩 부는 질풍 속에서 윙윙거렸다.

어슐라는 스크레벤스키에게 다가가 몸을 기대고 있었지만 점점 더 의식이 또렷해졌다. 그리고 빨리 역으로 가서 기차를 타야 한다는 생각이 얼핏 들었다. 그렇지만 그이와 몸을 맞댄 데서 물러나기가 싫었다.

마침내 그들은 정신을 차리고 길을 걸었다. 더 이상은 순수한 암흑 속에 있지 않았다. 다리에서 불이 번쩍였고 강 너머에서 불빛이 반짝거렸다. 불빛으로 환한 시내가 그들의 앞쪽과 오른쪽으로 보였다.

그렇지만 그들의 몸뚱이는 이 불빛과는 무관한 채, 어둡고 부드럽고 너무나도 뚜렷한 모습으로 걸어갔다. 그들은 지고하고 오만한 암흑이었다.

"저 멍청이 불빛들."

어슐라는 검은 욕정으로 오만해져서 혼자 중얼거렸다.

"저 어리석고 인위적이고 허풍 떠는 시내는 계속 불빛을 뿜어대고 있군. 실제로는 존재하지도 못하는 것이. 무한한 암흑에 그냥 의지하고 있는 것이 꼭 검은 물 위에 떠 있는 번쩍이는 기름방울 같군. 아니라면 대체 뭐람? 무(無)지

뭐. 무에 불과해."

전차를 타건 기차를 타건 어슐라는 똑같은 느낌이 들었다. 불빛과 시민의 제복은 교묘한 간계이고, 사람들은 움직이든 가만히 앉아 있든 간에 그 꼴이 꼭 허수아비 같았다. 시민이란 것을 의식해서 침착하게 움직이는 이들의 파리하고 나무토막처럼 굳은 허울 밑에서 이들 모두를 휩쓸고 도도히 흐르는 강물을 어슐라는 보았다. 그들은 물 위에 떠 있는 작은 종이배와 흡사했다. 그러나 실제로는 한 사람 한 사람이 맹목적으로 앞으로 몰려가는 열의에 찬 검은 파도였고, 이들 모두가 다같이 한 가지 욕망으로 검게 불타고 있었다. 그들의 말이나 행동은 모두가 가짜였고 겉만 번지르르하게 성장한 짐승이었다. 문득 '투명인간'이 연상되었다. 입은 옷만 보일 뿐 온몸이 암흑인 인간 말이다.

그다음 여러 주일에 걸쳐 어슐라는 내내 똑같은 풍요로운 암흑 속에서 지냈다. 눈은 휑하니 커져서 야생동물의 눈처럼 광채가 났으며, 입가의 야릇한 미소는 주위 모든 사람의 시민적인 가식을 조롱하는 듯했다.

'당신들은 뭐지? 이 창백한 시민들.'

어슐라의 얼굴은 반짝이며 말하는 듯했다.

'겉은 양의 가죽을 썼지만 속은 기가 꺾인 짐승들이군요. 원초적인 암흑을 기계적인 사회생활로 감춰버리다니.'

어슐라는 내내 관능적인 잠재의식 속에서 지내면서 다른 사람들의 인공적인 기존의 빛을 조롱하였다.

'저들은 마치 옷을 입듯이 본연의 모습을 숨기고 있단 말이야.'

어슐라는 굳어서 중성적으로 되어버린 사람들을 멸시하는 표정으로 쳐다보면서 말했다.

'저 사람들은 잠재력 있는 암흑 속에서 어둡고 풍요로운 인간으로 존재하는 것보다 회사원이나 교수로 지내는 것이 더 낫다고 생각하지. 그래, 당신은 어떻게 생각하세요?'

어슐라는 교실에서 교수와 마주 보고 앉아 있으면서 속으로는 이렇게 교수에게 물었다.

'그래 안경을 쓰고 가운을 입고 거기에 앉아 계시는데 자신은 어떤 존재라고 생각하십니까? 당신은 숨어서 피 냄새나 킁킁거리며 맡고 있는 짐승이에요. 시커먼 밀림 속에서 빠끔히 밖을 내다보며 야욕을 채울 상대방을 찾느라 냄새를 맡고 있어요. 그게 바로 당신의 진짜 모습이에요. 비록 아무도 이 사실을 믿지 않겠지만, 또 무엇보다도 당신이 이 사실을 시인하려 들지 않겠지만요.'

어슐라의 영혼은 이러한 모든 가식을 조롱했다. 그녀 자신도 사실은 가식에서 자유롭지 못했다. 그녀는 옷을 차려입고 멋있게 보이려 했으며 강의실에 들어가 필기를 했다. 그러나 이 모든 것을 조롱하는 듯한 피상적인 기분으로 쉽게 해치웠다.

둘 더하기 둘 하면 넷이 된다는 그들의 술책을 어슐라는 아주 잘 알고 있었다. 어슐라도 그들만큼은 영리했다. 그러나 관심이라니! 그들의 지식이니 학문이니 시민다운 태도니 하는, 원숭이처럼 흉내 잘 내는 술책에 그녀가 관심이 있단 말인가? 천만에, 조금도 관심이 없었다.

스크레벤스키가 있고 생명력 넘치는 암흑의 자아가 있지

않은가. 대학 바깥에서는 또다른 암흑인 스크레벤스키가 기다리고 있었다. 밤의 가장자리에서 그가 어슐라에게 주목을 하고 있었다. 그가 일반 세상에 관심을 가질까?

어슐라는 밤에 포효하는 표범처럼 자유로웠다. 그녀의 피는 살아 움직이며 검게 흘렀고 욕정의 핵은 번쩍거렸다. 어슐라에겐 배우자요, 보완자요, 결실을 함께 나눌 사람이 있었다. 그러니 어슐라는 모든 걸 갖고 있었다.

스크레벤스키는 줄곧 노팅엄에 묵고 있었다. 그 역시 자유로웠다. 이 도시에는 안면이 있는 사람이 한 사람도 없었기에 점잖은 시민 행세를 계속할 필요가 없었다. 한마디로 자유로웠다. 이곳에 있는 전차, 시장, 극장, 그리고 공공집회들이 그의 눈에는 계속 흔들리며 새로 생기는 만화경으로 보였다. 동물원의 사자나 호랑이가 눈을 가늘게 뜨고, 우리 앞을 지나가는 구경꾼을 만화경에 나오는 듯한 환상적인 구경꾼들로 보듯이, 또는 표범이 눈을 껌뻑이며 주인의 이해 못 할 묘기를 보듯이 스크레벤스키는 이 도시의 이모저모를 쳐다보았다. 그는 이 모든 것을 경멸했다. 모두가 무와 다름없는 존재였다. 훌륭한 교수와 훌륭한 목사와 훌륭한 정치가들과 훌륭하고 진지한 여성들. 이 모두를 보며 그의 영혼은 피식 조롱의 웃음을 지었다. 저렇게 많은 꼭두각시들이 연기를 하고 있다니! 모두 나무토막과 누더기 꼴로 연기를 하다니!

스크레벤스키는 사회의 기둥이요, 모범이라는 시민들을 바라보았다. 꼭두각시처럼 보이려고 갖은 애를 쓰다가 그만 나무토막처럼 굳어버린 그들의 염소 다리같이 뻣뻣한

다리를 보았다. 꼭두각시 연기에 꼭 어울리게 만든 그들의 바지도 보았다. 분명 남자들의 다리였다. 그러나 그들의 다리는 굳어버리고 일그러져서 보기에 흉하고 기계적으로 움직였다.

이제 그는 혼자 있으니 묘하게 행복했다. 그의 얼굴은 조소를 띠고 있어 번쩍거렸다. 다른 사람들이 술책을 부리는 데 더 이상 한몫 끼지 않아도 되었다. 그는 자기 자신에 대한 실마리를 발견하였기에 그러한 가식에서 탈피할 수가 있었다. 그건 마치 야생의 짐승이 인간 사회를 빠져나가 곧장 본래의 고장, 밀림 속으로 들어가는 것과 같았다. 조용한 호텔에 방을 얻은 후 말을 한 필 빌려 타고 시골길로 들어섰다. 때로는 시골 마을에서 하룻밤을 묵고 다음 날 노팅엄으로 돌아오기도 했다.

그는 자신이 풍요롭고 행복함을 느꼈다. 그가 하는 모든 일이 그에게는 관능적인 즐거움이 되었다. 말을 타든, 산책을 하든, 햇빛 아래 누워 있든, 주막에서 술을 마시든 간에 그에겐 사람들이 필요 없었고 언어도 필요 없었다. 온갖 것에 유쾌한 즐거움을 느꼈고 관능적인 행복을 충만하게 느꼈으며, 또한 그가 거주하는 이 우주의 밤이 굉장히 욕정적임을 느꼈다. 저 꼭두각시 모양의 사람들과 그들의 나무토막처럼 기계적인 목소리와는 멀리 떨어져 있었다.

이런 때에도 그는 항상 어슐라와 만나고 있었다. 어슐라는 종종 오후에는 강의에 출석하지 않고, 대신 그와 산책했다. 아니면 자동차나 마차를 빌려서 시골로 달려 나가 차에서 내려 둘이서만 숲 속으로 들어가기도 했다. 그는 아직 어슐라를 취하진 않았다. 그들은 본능적으로 섬세하게 한 단계 한 단계 아끼면서 키스할 때마다 그 끝까지 또 포옹할 때마다 그 끝까지 갔다. 그들은 밀착된 접촉을 즐길 때마다 마지막 단계가 다가오고 있음을 희미하게 알았다. 그것은 창조의 원천으로의 최종의 돌입이었다.

어슐라는 그를 집으로 데려왔고, 그는 어슐라의 가족과 함께 벨도버 집에서 주말을 보냈다. 어슐라는 그가 집에 와 있는 것이 매우 좋았다. 그가 늘 웃으며 음험하게 우아한 태도를 지으면서 그녀의 집의 분위기에 어울리는 것이 매우 기이하게 보였다. 식구들은 그를 좋아했고 그는 그들에게 친척과 같았다. 브랑윈 집안 식구들은 그의 농담과 온화하면서 관능적으로 조롱하는 듯한 태도를 탐닉하며 즐겼다. 이 집안은 언제나 암흑의 원초적인 힘으로 진동하고 있어서 가족들은 집으로 돌아오자마자 꼭두각시의 가면을 벗어던지고 햇빛 아래 앉아 졸았기 때문이다.

이 집 식구들 사이에는 자유로운 해방감이 있었고 또한 암흑의 힘이 그 밑에서 흐르고 있었다. 그렇지만 어슐라는 집안의 그런 분위기에 반기를 들었다. 그것이 비위에 거슬렸기 때문이다. 만약 식구들이 그녀와 스크레벤스키 사이의 진짜 관계를 알게 된다면 부모들이, 특히 아버지 쪽에서 노발대발하리란 걸 그녀는 알고 있었다. 그래서 어슐라는 아주 미묘하게, 다소는 한 청년의 구애를 받고 있는 평범한 처녀처럼 행세했다. 그러고 보니 자신도 다른 처녀들과 별반 다를 게 없었다. 그러나 마음속으로는 사회적인 강요에 대해서 완전하고도 결정적으로 반기를 들고 있었다.

어슐라는 낮의 순간순간을 그가 키스해 주기만을 기다리며 보냈다. 그러한 사실을 스스로 부끄러워하면서도 즐거워하며 인정했다. 거의 의식적으로 그의 키스를 기다렸던 것이다. 그도 기다렸다. 그러나 적절한 때가 오기까지는 보다 무의식적인 상태에서 기다렸다. 여자에게 다시 키스해 줄 적절한 시기가 되었을 때 어떤 방해하는 일이 생기면 그는 죽을 것만 같았다. 키스를 못 한 채 그때가 지나가면 그의 몸은 잿빛으로 변하고 몸뚱이는 시체처럼 무기력해지고 더 이상 사는 것 같지가 않았다.

마침내 어슐라에게 왔을 때 그는 지고한 황홀경을 맛보았다. 매우 캄캄하며 또다시 바람이 부는 음침한 밤이었다. 두 사람은 벨도버를 향해서 오솔길을 따라 골짜기로 내려가고 있었다. 그들은 키스의 막바지까지 와 있었고 둘 사이에는 다만 침묵만이 흘렀다. 그들은 마치 밑에 커다란 암흑이 웅크리고 있는 절벽의 가장자리에 서 있는 것 같았다.

이제 캄캄한 샛길을 빠져나오고 있었다. 캄캄한 공간은 바람 부는 쪽으로 쭉 뻗어 있었고, 저 밑에선 기차역의 등불이 반짝였다. 멀리서 기차가 선로를 바꾸면서 숨을 가쁘게 몰아쉬었고 바람결에 기차의 딸랑딸랑 하는 소리가 가늘게 들려왔다. 벨도버 교외 지역의 불빛이 건너편 캄캄한 언덕에서 반짝거렸고, 오른쪽으로는 철로를 따라 들어선 용광로의 불빛이 환하게 비추었다.

두 사람의 발걸음이 주춤거리기 시작했다. 두 사람은 곧 어둠 속에서 나와 밝은 길을 걸어야 할 판이었다. 그건 마치 그전의 세계로 되돌아가는 거나 마찬가지였다. 그건 욕망의 미성취였다. 두 사람은 몸을 부르르 떨면서 마음이 내키지 않아 암흑의 가장자리에서 머뭇거리며 시내의 불빛과 그 너머의 기계의 번쩍이는 빛을 쳐다보았다. 이대로는 세상으로 돌아갈 수 없었다. 도저히 갈 수 없었다.

두 사람은 어둠 속에서 계속 머뭇거리다가 오솔길 옆에 서 있는 커다란 떡갈나무 밑으로 갔다. 새싹이 나오고 있는 이 떡갈나무는 거센 바람을 맞아 윙윙거렸고, 힘이 세어 끄떡도 않을 것 같던 밑등걸이 흔들려 떨고 있었다.

"좀 앉읍시다."

스크레벤스키가 말했다.

윙윙거리는 나무 밑, 거의 눈에는 보이지 않았으나 그 강력한 존재는 두 사람을 맞아들였다. 두 사람은 맞은편 암흑 속에서 명멸하는 불빛을 쳐다보며 잠시 누워 있었다. 기차가 캄캄한 들판의 가장자리를 횃불처럼 스쳐 지나가고 있었다.

그가 몸을 돌려 어슐라에게 키스했다. 그녀가 그를 기다리고 있었던 것이다. 지금 받는 고통은 바로 그녀가 원하던 고통이었고, 그 고뇌도 바로 그녀가 원하던 고뇌였다. 어슐라는 강력하게 진동하는 밤에 휘말려 뒤엉키게 되었다. 이 남자, 이 사람은 누구인가? 다름 아닌 그녀를 에워싼 강력한 암흑의 진동이었다. 어슐라는 검은 바람의 날개를 타고 멀리 멀리 떠나서 원초적인 암흑의 낙원으로, 본래의 불멸의 영역으로 들어갔다. 그녀는 어두운 불멸의 들판으로 들어섰다.

그녀가 일어났을 때는 이상하게 자유로운 해방감이 들었

고 기운이 세진 것 같았다. 조금도 부끄럽지가 않았다. 왜 부끄러워해야 하나? 그녀와 함께했던 그 남자가, 스크레벤스키가 그녀 옆에서 걷고 있었다. 그녀는 그를 취했고 그들은 하나가 되었었다. 어디로 함께 갔었는지 그녀는 알 수 없었다. 그렇지만 새로운 자연력을 받은 것만 같았다. 이제는 두 사람이 함께 뛰어들었던 영원불변한 곳에 그녀가 속해 있었다.

그녀의 영혼은 떳떳하게 서서, 인위적인 빛의 세상이 그녀를 어찌 생각하든 개의치 않았다. 두 사람이 철도 위 육교의 층계를 올라가면서 기차의 승객들을 만났을 때, 어슐라는 자신은 딴 세계에 속해 있는 사람이라고 느꼈다. 관심 없이 승객들의 옆을 스쳐 지나갔고 완전한 암흑이 그녀와 그들을 갈라 놓았다. 어슐라는 집에서 불이 환하게 켜진 식당으로 들어갔을 때 부모들의 시선에 전혀 개의치 않았다. 그녀의 일상적인 자아는 그전과 똑같았다. 암흑을 체험한, 또 다른 보다 강한 자아를 지니고 있을 따름이었다.

밤의 암흑과 긍지 속에 존재하는 이 기묘하고 독특한 힘은 절대로 그녀에게서 떠나지 않았다. 지금처럼 자아에 충실해 본 적은 없었다. 그 어떤 이도, 아니 세상에 능숙한 청년인 스크레벤스키조차도 그녀의 영원한 자아를 어찌할 수 없다는 생각이 얼핏 들었다. 그녀의 일시적이고 사회적인 자아는 자기 마음대로 행동하라고 내버려두었다.

그녀의 영혼은 송두리째 스크레벤스키와 얽혀 있었다. 세상에 능숙한 젊은이로서가 아니라 원초적인 남자로서의 스크레벤스키였다. 어슐라는 완전히 자신이 서 있었다. 모든 세상을 다 합친 것보다 더 강했다. 세상은 강하지가 못했다. 그녀가 강했다. 세상은 단지 부차적인 의미에서만 존재했다. 그녀만이 지고한 인물로 존재했다.

어슐라는 계속해서 정상적인 일과에 따라 대학 생활을 했다. 그건 단순히 그녀의 강력한 암흑의 내부 생활을 은폐하기 위한 수단이었다. 그녀와 스크레벤스키의 관계는 아주 강렬해서 어슐라는 학교생활에서 휴식을 취하는 셈이었다. 아침에 학교에 가서 강의를 들었지만 마음은 멀리서 꽃을 피우고 있었다.

어슐라는 스크레벤스키가 묵는 호텔에서 함께 점심을 먹었다. 매일 저녁 시내나 그의 방에서, 아니면 교외로 나가 그와 함께 보냈다. 집에는 학위를 따기 위해 저녁 공부를 하고 있다고 핑계를 댔다. 그렇지만 실제로는 공부에 조금도 관심이 없었다.

그들은 두 사람 다 절대적으로 행복했고 평온했다. 그들이 절정의 상태에 있다는 사실 자체가 그 밖의 모든 것을 다 부차적으로 만들어버려 완전히 자유로웠다. 시간이 흐름에 따라 그들이 유일하게 원하는 것이 있다면 그것은 그들끼리 더 많은 시간을 보내는 것이었다. 그들은 시간이 전적으로 그들의 것이 되길 바랐다.

부활절 휴가철이 다가오고 있었다. 그들은 곧 여행을 떠나기로 했다. 돌아오지 않는다 해도 문제될 것은 없었다. 실제 생활에서 어떤 일이 일어나든 그들은 무관심했다.

"우린 결혼해야겠어요."

스크레벤스키가 좀 아쉬운 듯 말했다. 현재의 상태로서

모든 것이 너무 훌륭하게 자유스럽고 보다 깊은 세계에 들어가 있었다. 그들의 관계를 공식적으로 알린다는 것은, 그를 무력하게 만드는 모든 것들과 그들의 관계를 같은 계열에 놓는 것이 될 것이었다. 지금 그는 그러한 것들과는 완전히 무관한 상태인데. 만일 그가 결혼을 한다면 그는 사회적인 자아를 취해야 할 것이다. 그리고 사회적인 자아를 취한다는 생각을 하니 그는 곧 자신이 없고 멍해졌다. 만일 어슐라가 그의 사회적인 아내가 된다면, 생명이 없는 복합적인 실체의 일부가 된다면 그의 내면생활은 어슐라와 무슨 관련이 있단 말인가? 한 남자의 사회적인 아내는 거의 물질적인 상징물이다시피 한데. 여기에 반해 어슐라는 인습적인 생활 속의 그 어떤 것보다 그에게 더 절실한 존재인데. 어슐라는 모든 인습적인 생활이 거짓임을 완전히 드러내주었는데. 그와 어슐라는 무한한 능력을 가진 암흑의 유동체로 변모함으로써 그들을 에워싼 세계가 죽어 있는 허위의 세계임을 생생하게 드러냈다.

스크레벤스키는 어슐라의 수심에 잠겨 난감해 하는 얼굴을 쳐다보았다.

"난 결혼하고 싶지 않은데요."

어슐라는 이마에 수심이 어린 채 말했다. 그 말은 오히려 스크레벤스키를 자극했다.

"왜요?"

"그 문제는 나중에 생각해요, 네?"

어슐라가 간청하듯 말했다.

스크레벤스키는 골이 났지만 어슐라를 여전히 열정적으

로 사랑했다.

"당신의 얼굴은 고양이 얼굴 같아."

스크레벤스키가 말했다.

"그래요?"

어슐라는 얼굴이 순수한 불꽃처럼 타오르면서 물었다. 이제 결혼이란 문제에서 빠져나왔다고 생각했다. 그런데 스크레벤스키는 또다시 그 문제를 들고 나왔다. 어슐라의 반응이 성에 차지 않았기 때문이다.

"그런데 왜 그러는 거예요? 왜 나하고 결혼하지 않으려는 거예요?"

"딴 사람들과 같이 있는 게 싫어서요."

어슐라가 대답했다.

"난 이런 상태가 좋아요. 결혼할 마음이 생길 땐 말할게요."

"좋아요."

스크레벤스키는 결혼 문제를 이 정도로 막연하게 남겨두었다가 여자 쪽에서 들고 나오는 문제로 하는 것이 오히려 좋았다.

두 사람은 부활절 휴가에 대해서 이야기했다. 어슐라는 순전히 즐기는 것만 생각했다.

두 사람은 피카딜리에 있는 한 호텔로 갔다. 어슐라는 그의 아내 행세를 하기로 했다. 그들은 빈한한 구역에 있는 한 상점에서 1실링을 주고 결혼반지 하나를 구입했다.

그들은 일상적인 인간 세상을 깡그리 무시했다. 마치 무엇에 홀린 사람들처럼 자신만만해 했다. 확실히 그들은 무엇에 홀려 있었다. 완전하고 지고하게 자유로움을 느꼈고, 모든 문제를 초월해 의기양양해 했으며 인간적인 조건은 초월했다.

그들은 완전했다. 그러므로 그 밖의 어떤 것도 그들에겐 존재하지 않았다. 세상은 그들이 예의바르게 못 본 척해 주는 하인들이나 사는 세계였다. 그들은 어디를 가나 감각적인 귀족으로 행세했으며 자신들의 감각 기능에 완전히 자신감을 갖고 온화하고 밝은 표정으로 주위를 둘러보았다.

그들이 다른 사람들에게 주는 영향은 대단했다. 이 한 쌍의 젊은이들과 접촉을 하게 된 사람이면 접대인이건 우연히 알게 된 사람이건 간에 모두 이들에게서 비상한 매력을 느꼈다.

"네, 남작 나리."

어슐라도 남편에게 조롱하듯 공손하게 프랑스어로 대답했다.

그들은 작위가 있는 귀족 대접을 받았다. 남자는 공병대에 속한 장교로서 막 결혼을 했고 이제 인도로 돌아가는 참이라고 알려졌다.

그러므로 낭만적인 분위기가 그들 주위에 서려 있었다. 어슐라는 귀족 남편의 젊은 아내로 인도로 출발하기 전날 밤을 이곳에서 보낸다고 생각해 보았다. 이러한 사회적 신분은 기분 좋은 가상이었다. 그러나 진정으로 가슴에 다가드는 사실은 그들이 모든 제약을 초월한 절대적인 남녀라는 것이었다.

완벽하게 성공적인 나날이 흘러갔다. 그들은 삼 주를 함께 지내기로 되어 있었다. 그동안도 내내 그들만이 실체이고 외부는 일체가 그들에게 바치는 찬사로 생각되었다. 그들은 돈에는 별로 신경을 쓰지 않았지만, 그렇다고 낭비는 하나도 하지 않았다. 스크레벤스키는 일주일도 채 못 되는 기간 동안 20파운드나 쓴 사실을 알고는 좀 놀랐다. 그렇지만 그것은 은행에 또 가야 하는 번거로운 문제에 지나지 않았다. 그에게 구제도의 기구는 남아 있지만 제도 그 자체는 존재하지 않았다. 돈이란 것도 그저 실재하지 않는 것으로 보았다.

예전의 그 어떤 의무도 존재하지 않았다. 그들은 극장에서 돌아오면 저녁 식사를 하고 옷을 벗고 가운을 입은 차림으로 실내를 휘휘 다녔다. 침실은 넓었고 구석진 곳에 있는 거실은 움푹 들어가 있어 아주 아늑했다. 일체의 식사는 모두 방 안에서 했으며 한스라는 독일 젊은이가 그들의 시중을 들었다. 이 두 사람을 정말로 놀라운 인물들로 여기고 시중들 때는 열심히 "네, 남작 나리…… 네, 남작 부인." 하고 대답했다.

두 사람은 종종 멀리 공원을 가로질러 새벽이 장밋빛으로 동트는 것을 바라보았다. 이윽고 웨스트민스터 대사원 탑의 모습이 드러나고 공원의 나무 옆에 줄지어 서 있는 피카딜리의 가로등이 부나비처럼 희뿌옇게 보였다. 이른 아침, 마차가 밤새 쇠붙이처럼 반짝이던 컴컴한 길을 덜커덕거리며 내려가, 가로등 밑 저 앞 컴컴한 새벽 속으로 들어갔다. 컴컴하던 밤도 동이 트니 안개가 낀 양 희뿌옇게 되었다.

새벽의 분홍빛이 더 짙어지자, 두 사람은 유리문을 열고 현기증이 나는 발코니로 나왔다. 환희에 젖은 두 천사들처럼 의기양양해서 아직도 잠들어 있는 세상을 내려다보았다. 이 세상은 얼마 안 있으면 잠을 깨 의무를 수행한다고 느리게 덜거덕거리며 비현실의 소란을 피울 것이다.

새벽 공기는 싸늘했다. 그들은 침실로 들어가 목욕을 한 후 잠자리에 들었다. 욕실의 칸막이 문을 열어놓았기 때문에 침실로 수증기가 들어와 거울이 희뿌옇게 되었다. 어슐라가 언제나 잠자리에 먼저 들어갔다. 어슐라는 스크레벤스키가 목욕하는 모습을 지켜보았다. 그는 무의식적으로 몸을 재빨리 움직였고 전깃불은 물에 젖은 그의 어깨 위에서 반짝였다. 그가 욕조 밖으로 나왔다. 머리카락이 이마 위에 납작하게 붙어서 눈 위로 물방울이 뚝뚝 떨어졌다. 그의 몸은 가늘고 탄탄해 어슐라가 보기에는 군살 하나 없이 깨끗하게 잘 빠진 젊은이의 몸이었다. 몸에 난 갈색 터럭은 부드럽고 고우며 멋졌다. 하얀 욕실에 서 있는 그의 몸은 온통 분홍빛으로 달아올라 아름다웠다.

그의 눈에, 베개를 베고 그를 바라보고 있는, 검게 달아오른 어슐라의 얼굴이 들어왔다. 그가 일부러 어슐라의 얼굴을 본 것이 아니었다. 그 얼굴은 언제나 그곳에 있어 마치 그 자신의 눈인 양 늘 그에게 붙어 있다시피 했다. 그녀가 자기와 동떨어진 별개의 존재라고는 생각해 본 적이 없었다. 그녀는 그의 몸뚱이에 붙은 눈이요, 고동치는 그 자신의 심장과 같았다.

그는 잠옷을 입으려고 방을 가로질러 어슐라 쪽으로 갔

다. 어슐라 가까이로 간다는 건 항상 하나의 완전한 모험이었다. 어슐라가 그의 몸을, 사타구니 쪽을 팔로 휘감고 따뜻하고 부드러운 살 냄새를 맡았다.

"향기가 나요."

"비누 냄새지."

"비누 냄새."

어슐라가 반짝이는 눈으로 그를 쳐다보면서 그의 말을 되뇌었다. 두 사람은 웃고 있었다. 항상 웃으며 지냈다.

그들은 곧 곤하게 잠이 들었다. 몸을 꼭 붙이고 점심때까지 계속 잠을 잤다. 그러곤 잠이 깨어 변화무쌍한 그들의 진실한 현실로 돌아왔다. 그들만이 실체의 세계에 거주하고 있었다. 나머지 다른 사람들은 더 비천한 영역에 살고 있었다.

두 사람은 무엇을 하고 싶든지 간에 곧 그것을 실천에 옮겼다. 몇몇 사람들도 만났다. 집으로 돌아와 묵고 있다는 도로시와, 스크레벤스키의 친구 두어 사람을 만났다. 이들은 옥스퍼드 대학 출신의 청년들로 어슐라를 아주 간단히 스크레벤스키 부인이라고 불렀다. 이들이 그녀를 공손하게 대접해 주어 어슐라는 자신이 신세계뿐만 아니라 구세계를 포함한 전 우주 속에서 여왕으로 산다는 생각까지 들기 시작했다. 자신이 구세계의 울타리 밖에 있다는 사실을 잊어버렸다. 구세계는 자신의 진실한 세계 안에 끌어다 넣은 것으로 생각했던 것이다. 또 사실 그렇기도 했다.

이렇게 변화무쌍한 실체 속에서 수 주일이 지나갔다. 그동안 두 사람은 상대방을 미지의 세계로 느꼈다. 한쪽에서

하는 온갖 동작이 다른 쪽에서는 실체요, 하나의 모험이었다. 두 사람은 바깥에서의 여흥은 원하지 않았다. 그들은 극장에 겨우 몇 번 가본 정도였고, 대개는 피카딜리가 내려다보이는 높은 거실에 있었다. 양쪽 창문을 활짝 열어젖히고 발코니로 난 문도 열어놓고는 그린 공원이나 사람과 차가 개미처럼 오가는 거리를 내려다보았다.

그러다 갑자기 어슐라는 석양을 바라보다가 이곳을 떠나고 싶은 충동이 들었다. 어디론가 가야 했다. 곧 어디로 떠나야 했다. 두 시간 후에 두 사람은 차링크로스 역에서 파리로 가는 기차를 타고 있었다. 파리는 스크레벤스키가 제안한 곳이었다. 어슐라는 어디든지 상관없었다. 떠난다는 것이 커다란 기쁨이었던 것이다. 어슐라는 파리의 신기한 풍물을 보며 며칠 동안 행복했다.

그러다가, 무슨 이유에서인지 어슐라가 런던으로 돌아가는 길에 루앙에 들르겠다고 고집했다. 스크레벤스키는 어슐라가 이곳에 들르고 싶어 하는 동기를 본능적으로 미심쩍게 여겼다. 그렇지만 어슐라는 고집을 부리며 그곳에 들러야 한다고 했다. 루앙이 자신에게 어떤 영향을 주나 시험해 보려는 심산 같았다.

스크레벤스키는 루앙에서 처음으로 죽음과 같은 차디찬 감정을 느끼게 되었다. 어떤 다른 남자가 무서운 것이 아니라 어슐라가 무서웠다. 그에게서 떠나는 것 같았다. 그가 아닌 어떤 딴것을 열심히 추구하고 있었다. 그를 필요로 하지 않았다. 이 도시의 오래된 거리, 대성당의 유서 깊고 역사적인 평화로운 분위기가 그에게서 그녀를 빼앗아갔다. 어슐라는 마치 오랫동안 잊고 있다가 다시 찾으려 했던 대상인 양 이 도시에 정신이 빠져 있었다. 이 도시가 이제는 그녀의 실체였다. 변화를 모르고 거절이란 낱말도 들어본 적이 없이 육중하게 조는 듯 서 있는 이 석조 대성당이 그녀의 실체였다. 그 성당은 웅려하고 견고했으며 놀랍도록 완전무결했다.

어슐라의 영혼도 혼자서 줄달음치기 시작했다. 스크레벤스키는 이 점을 깨닫지 못했고 어슐라 또한 깨닫지 못했다. 그러나 스크레벤스키는 루앙에서 처음으로 죽음과 같은 고뇌를 맛보았고, 두 사람이 결국 죽음을 향해 치닫고 있다고 처음으로 깨달았다. 어슐라는 처음으로 짓누르는 듯한 그리움을 짙게 느꼈다. 그건 가슴을 무겁게 눌러대는 절망적인 경고 같은 것이었다. 마치 냉담과 절망 속으로 불안하게 깊이 빠져드는 느낌이었다.

두 사람은 런던으로 돌아왔다. 그러나 아직 이틀이 더 남아 있었다. 스크레벤스키는 몸을 떨기 시작했다. 그녀가 그를 버릴까 두려운 나머지 점점 더 열에 들떴다. 어슐라는 어떤 숙명적인 예감에 따라 침착하게 행동했다. 올 것이 드디어 오는구나.

그렇지만 스크레벤스키는 어슐라가 떠날 때까지는 고양된 기분으로 마음을 꽤 편하게 가졌다. 일요일 저녁, 어슐라와 작별한 후 스크레벤스키는 성 팬크러스 역을 나와 핌리코를 경유해 엔젤과 무어게이트 거리로 가는 전차를 탔다.

그제야 싸늘한 공포가 그의 몸에 배어들기 시작했다. 시티로드의 황량한 모습이 눈에 들어왔고, 다음에는 자신이 타고 있는 전차가 오싹하도록 싸늘하고 지저분하다는 걸 깨달았다. 싸늘하고 냉혹한 잿빛 황폐함이 그를 에워쌌다. 그렇다면 응당 그가 속해 있을 놀라울 정도로 광채 나는 세계는 어디에 있단 말인가? 그는 왜 쓰레기 더미에 내던져지게 되었단 말인가?

그는 정신이 나간 것 같았다. 벽돌 건물들, 전차, 잿빛 얼굴로 길거리를 오가는 사람들의 무시무시한 모습을 보고 스크레벤스키는 그만 술에 취한 듯 어지러웠고, 앞이 보이지 않았다. 그는 실성해 있었다. 방금 전까지만 해도 어슐라와 함께 생명이 고동치는 친밀한 세계에서 살지 않았던가. 그곳에서는 온갖 것이 생명에 넘쳐 풍요롭게 약동하지 않았던가. 그런데 지금은 그가 잿빛으로 메마르고 경직된 싸늘한 세상에서 버둥대고 있지 않은가. 담벽은 죽어 있고 차량의 왕래는 기계적이고 사람들은 유령처럼 기어가지 않는가.

생명의 불은 꺼졌고 남은 것은 재뿐. 불빛이 사그라든 재는 저 혼자 흐느적거리다 미동을 멈췄다. 무시무시하게 덜컹거리는 소동이 있었다. 마른 쇠똥이 떨어지는 것처럼 달그락거리는 소리가 싸늘하고 황량하게 들렸다. 지금 비추고 있는 햇빛은 도시의 잿더미를 적나라하게 노출시키는 인공의 불빛 같았다. 밤거리의 불빛은 이 도시가 썩어가면서 내뿜는 독가스의 화염 같았다.

그는 실성해 정신이 없는 상태에서 늘 다니던 클럽으로 갔다. 한 잔의 위스키를 받아 놓고 죽은 사람처럼 꼼짝 않고 앉아 있었다. 자신은 시체와 진배없었다. 겨우 생명을 부지해, 겉보기는 사람 같았으나 기실은 죽어 있는 유령 같은 존재였다. 그런데 이러한 존재를 인간의 죽은 언어로는 사람이라고 불렀다. 어슐라가 없는 지금의 삶은 고통보다 더한 것이었다. 그건 그의 존재를 파괴하는 것이었다.

죽은 몸을 이끌고 점심 식사를 했고 다음엔 차를 마시러 갔다. 그의 얼굴은 내내 뻣뻣하게 굳어 있었고 파리했다. 그의 생활은 기계적인 메마른 동작에 불과했다. 왜 그에게 그렇게 끔찍스러운 재앙이 덮쳐온 것일까 하고 좀 의아해했다. 어떻게 그가 잿더미 같은 신세가 되어 사라진단 말인가? 그는 어슐라에게 편지를 썼다.

여러 가지로 곰곰 생각해 보니, 역시 우리는 결혼을 해야겠습니다. 인도에 가면 봉급도 오를 것이니 생활은 괜찮을 것입니다. 당신이 인도로 가길 원치 않는다면 내가 영국에 머무를 수도 있어요. 그렇지만 당신은 인도를 좋아할 것이라 생각합니다. 말도 탈 수 있고 그곳에 나가 있는 모든 사람들과 교제를 할 수 있으니까요. 만약 계속 이곳에 머물러서 학위를 따고 싶다면 학위를 딴 후에 결혼할 수도 있겠지요. 당신에게서 답장을 받는 즉시로 당신 아버님께 말씀을 드리고 싶군요.

스크레벤스키는 어슐라에 대해 자기 마음대로 생각하면서 지냈다. 아, 어슐라와 같이 지낼 수 있다면! 이제 그가 원하는 것이란 어슐라와 결혼하여 그녀를 확실하게 자기 손에 넣는 것이었다. 그렇지만 그동안에도 내내 아주 절망적으로 되어, 어떤 감정이나 유대감 없이 싸늘하게 소멸되는 것 같은 느낌이었다.

그의 생명이 죽은 것같이 느껴졌다. 그의 영혼은 소멸되었다. 자기라는 존재 전체는 메말라버렸고, 생명과는 동떨어진 하나의 유령이 되어버렸다. 입체적인 면은 없어지고 단면의 형태에 지나지 않았다. 매일 광기가 몸 안에 쌓여 갔다. 무존재의 공포가 그를 사로잡았다.

그는 이곳, 저곳, 그리고 온 데를 다녀보았다. 그러나 그가 무엇을 하든지 간에 다만 빈껍데기로만 그곳에 있고 속은 텅 비어 있다는 것을 의식했다. 연극 구경도 가보았다. 그가 보고 듣는 내용이 다만 차가운 의식의 표면으로 떨어졌다. 그에겐 지금 표면적인 의식만 있을 뿐 그 뒤에는 아무것도 없었다. 그는 여하한 종류의 경험도 할 수 없었다. 그저 기계적인 기억만 할 수 있을 뿐, 그 이상은 아무것도 체험할 수 없었다. 그에겐 존재라는 것, 내용물이라는 것이 없었다. 그가 접촉하는 사람들도 또한 그러했다. 사람들은 이미 알려진 분량의 순열(順列) 조합에 불과했다. 그가 지금 살고 있는 이 세계에는 원만함이나 충만함이 없었다. 모든 것이 생명이나 존재라는 것이 없이 다만 지적으로 순열되어 있는 죽은 형상에 불과했다.

그는 많은 시간을 친구, 동료들과 함께 보냈다. 그런 때는 모든 것을 잊게 되었다. 동료들의 활동이 그의 자기 부정을 심리적으로 보상해 주었고 자기 부정에서 오는 공포를 잊게 해주었다.

그는 술에 취했을 때만이 행복할 수 있었기에 술을 상당히 많이 마셨다. 술을 마시면 그전과는 정반대로 변했다. 사방으로 확산되는 온기로 가득 찬 세계에서 자신이 한 점의 가벼운 구름이 되어 따스하게 달아오르는 기분이었다. 그러면 자신은 모든 것과 뒤섞여 형체 없이 만물과 일체가 되었다.

만물은 녹아 장밋빛 광채 속으로 스며들었다. 자신이 바로 그 광채였다. 또한 만물도 바로 그 광채가 되었다. 그 밖의 모든 인간이 또 그 광채로 변해 버렸다. 그런 세상에서는 참으로 기분이 좋았다. 그는 찬미의 노래를 부르리라. 세상이 그토록 좋으니.

어슐라는 마음이 닫히고 굳어진 채 벨도버로 돌아갔다. 그녀는 스크레벤스키를 사랑했다. 그 점은 결정적인 사실이었다. 그 외의 사실은 하나도 용납하지 않으리라.

어슐라는 스크레벤스키가 망상에 사로잡혀 길게 쓴, 결혼해서 인도로 가자는 내용의 편지를 별다른 반응 없이 읽었다. 그가 결혼에 대해서 언급한 내용은 무시하다시피 했다. 그 말이 그녀에겐 절실하게 느껴지지 않았다. 긴 편지였지만 이렇다 하게 절실한 말은 별로 없는 것 같았다.

어슐라는 즐거운 어투로 손쉽게 답장을 썼다. 어슐라는 좀처럼 편지를 길게 쓰지 않았다.

인도 얘기는 참 멋지게 들려요. 본토인들이 굽실거리며 양편에 늘어선 가운데로 내가 코끼리를 타고 들어가는 모습을 훤하게 그려볼 수 있어요. 그러나 아버지께서 그곳에 가라고 허락을 내리실지 모르겠어요. 두고 봐야겠어요.

우리가 함께 보낸 그 아름다운 시간을 저는 다시금 되새기고 있어요. 그렇지만 당신은 끝에 가서는 절 그전만큼 좋아하지 않으셨죠? 우리가 파리를 떠날 때 당신은 절 좋아하지 않으셨어요. 왜 그랬지요?

저는 당신을 굉장히 사랑합니다. 당신의 몸을 사랑해요. 당신의 몸은 투명하면서도 멋져요. 당신이 발가벗고 다니지 않으니 다행이에요. 발가벗고 다닌다면 세상의 모든 여자들이 죄다 당신한테 반할 거예요. 당신의 몸이 너무나도 탐나요. 당신의 몸을 너무나도 사랑해요.

스크레벤스키는 이 편지를 받고 어느 정도 만족했다. 그렇지만 매일 그는 죽어 있는 상태에서, 존재하지 않은 상태에서 이곳저곳을 배회했다.

그는 4월 말까지는 노팅엄으로 다시 갈 수 없었다. 그래서 스크레벤스키는 어슐라를 설득해서 옥스퍼드 근방에 있는 친구 집에 주말 동안 함께 가기로 했다. 이때는 두 사람이 약혼한 사이였다. 그가 어슐라의 아버지에게 편지를 써서 문제의 해결을 본 뒤였다. 그는 어슐라에게 에메랄드 반지를 주었고 어슐라는 이 반지를 아주 자랑스럽게 여겼다.

식구들이 이제는 좀 거리를 두고 어슐라를 대했다. 마치 그녀가 그들에게서 이미 떠나간 듯이 대했다. 식구들은 어슐라가 대부분 혼자 있게 놔두었다.

어슐라는 옥스퍼드 근처에 있는 시골집에서 그와 함께 사흘 동안 머물렀다. 참 기분이 좋은 곳이라 어슐라는 대단히 행복했다. 그러나 이 기간 중에서 가장 기억에 남는 일은 그녀가 아침에 일어날 때였다. 그때는 스크레벤스키가 그녀와 밤을 같이 지내고 나서 조용히 자기 방으로 돌아간 다음이었다. 어슐라는 혼자 있으면서 자신이 매우 풍요롭다고 느꼈고 호젓이 자기 방을 마음껏 즐겼다. 덧문을 걷어 올리고 정원의 살구나무를 바라보았다. 살구나무는 햇빛을 받아 온통 눈처럼 반짝거리며 푸른 하늘 밑에서 활짝 꽃을 피우고 있었다. 살구나무들은 꽃봉오리를 다 터뜨려서 푸른 하늘 밑에서 꽃잎을 사방으로 흩뿌리고 있었다. 아, 저 새하얀 꽃잎들! 이 광경에 얼마나 가슴이 울렁거렸는지.

누가 와서 그녀에게 말을 걸기 전에 어슐라는 부랴부랴 옷을 입고 정원으로 나가 살구나무 밑을 거닐었다. 살짝 빠져나와서 요정 나라의 여왕처럼 거닐었다. 나무 밑에서 푸른 하늘을 쳐다보니 꽃은 은회색으로 은은하게 보였다. 향기가 은은하게 났고 벌들의 윙윙거리는 소리가 희미하게 들리니 분명 아침은 놀랍도록 생동했다.

어슐라는 아침 식사를 알리는 징 소리를 듣고 집 안으로 들어갔다.

"어디에 갔었니?"

다른 사람들이 물었다.

"살구나무 밑을 거닐었어요. 너무 아름다워요."

어슐라는 얼굴이 꽃처럼 달아오른 채 대답했다.

분노의 빛이 스크레벤스키의 낯을 스쳐 지나갔다. 그하고 나가길 원하지 않은 거였다. 그의 마음이 굳어졌다.

밤에는 달이 떴고 꽃은 희뿌옇게 반짝였다. 둘은 함께 꽃구경을 했다. 그가 곁에서 기다리는데 얼굴에 달빛이 비쳤다. 그의 이목구비는 은빛이었고 눈은 응달이 져 끝없이 깊어 보였다. 갑자기 그에 대한 애정이 솟구쳤다. 그는 아주 조용히 서 있었다.

두 사람은 집 안으로 들어갔고 어슐라는 피곤한 체하면서 금방 잠자리로 들어갔다.

"금방 돌아오세요."

어슐라는 밤 동안의 작별 키스를 하는 체하면서 그에게 속삭였다.

스크레벤스키는 어슐라에게 갈 수 있는 기회를 엿보면서 골똘히 생각에 사로잡혀 있었다.

어슐라는 그의 몸을 즐겼다. 그를 한껏 즐겼다. 그의 옆구리의 보드라운 살이나 보드라운 등에 손가락을 대길 좋아했다. 그런 때면 그의 살갗 밑의 근육이 굳어졌다. 그의 몸은 승마로 다져져서 근육이 아주 단단하게 발달되어 있었다. 그의 살은 눌러도 들어가지 않을 정도로 단단했기 때문에 어슐라는 대단히 흥분하여 욕정에 치달았다. 그녀가 손가락으로 애무할 때 그의 몸은 아주 보드라우면서 매끈거렸고 그녀에게 완전무결하게 봉사해 주었다.

어슐라는 그의 몸을 완전히 소유했고, 소유자만이 누리는 온갖 즐거움과 도도한 태도로 그의 몸을 한껏 즐겼다. 그러나 그는 어슐라의 몸을 점점 두려워하게 되었다. 어슐라의 몸을 원했다. 끝없이 원했다. 그렇지만 그의 욕정에는 어떤 긴장감이 감돌았다. 그렇기 때문에 어슐라가 달콤하게 다가와 사랑스럽게 안기며 끝없이 포옹할 때 이를 한껏 즐기려는 그의 욕망이 무엇인가에 의해 제어당했다. 그는 겁이 났다. 그의 욕정이 계속 긴장되더니 굳어버렸다.

어슐라의 졸업 시험은 한여름에 있었다. 어슐라는 지난 몇 달 동안 공부를 제대로 하지 않았는데도 그 시험을 치르겠다고 고집했다. 스크레벤스키는 어슐라가 공부를 계속하여 학위를 따기를 원했다. 그렇게 되면 어슐라가 만족을 하리라고 생각했기 때문이다. 그러면서도 속으로는 어슐라가 시험에 떨어지길 바랐다. 그러면 어슐라가 자기를 더 기꺼이 받아들일 것이라 생각했기 때문이다.

"결혼하게 되면 인도에서 사는 것이 좋을까요? 영국에서 사는 것이 좋을까요?"

스크레벤스키가 물었다.

"아, 인도가 좋을 것 같아요. 지금까지로는……."

어슐라는 깊이 고려해 보지도 않고 아무렇게나 대답했다. 그런 태도가 스크레벤스키의 마음에 걸렸다. 한번은 어슐라가 열을 내며 말했다.

"난 영국을 떠나면 속이 시원할 거예요. 이곳의 모든 것이 빈약하고 하잘것없어요. 도대체 정신적인 면이 너무 없어요. 전 민주주의가 싫거든요."

스크레벤스키는 어슐라가 이렇게 떠들어대는 소리를 들으니 공연히 화가 났다. 그녀가 남을 공박할 때는 왜 그런지 참을 수가 없었다. 마치 자기를 공박하는 것처럼 들렸다.

"그게 무슨 소리요? 왜 민주주의가 싫단 말이요?"

스크레벤스키는 적의를 품고 물었다.

"민주주의에서는 단지 욕심 많고 추한 사람들만이 맨 꼭대기에 오르니까요."

어슐라가 대꾸했다.

"그런 유의 사람들이나 그곳까지 계속 밀고 올라가니까요. 타락한 족속들이나 민주주의를 부르짖는 거예요."

"그러면 어떤 체제를 원하는 거요? 귀족정치?"

그는 속으로는 감동하며 물었다. 자신은 응당 민중을 다스리는 귀족계급의 일원이라고 생각했기 때문이다. 그렇지만 상대방 여자가 그의 계급을 지지하면서 말하는 소릴 들으니 묘하게 가슴이 짜릿해 오면서 기쁨과 고통이 엇갈렸다. 자신이 어떤 불법적인 일을 묵인하고 있는 것 같았다. 어떤 그릇되고 비난받을 만한 이점을 자신이 취하는 것처럼 느꼈다.

"전 정말로 귀족주의를 원해요."

어슐라가 큰 소리로 말했다.

"그리고 돈으로 귀족이 되는 것보다는 혈통으로 귀족이 되기를 원해요. 도대체 오늘날의 귀족들은 어떤 사람들이지요? 가장 훌륭한 정치가라고 선택된 사람들이 어떤 자들이지요? 돈이 있고 또 돈을 벌 두뇌를 가진 사람들이에요. 그 밖에 그들이 어떤 소질을 가졌든 상관이 없어요. 단지 돈을 벌 수 있는 두뇌는 가져야 하지요. 왜냐고요? 돈이라는 이름으로 다스리고 있으니까요."

"국민들이 정부를 선출하고 있어요."

스크레벤스키가 말했다.

"그렇다는 건 알아요. 그렇지만 국민들은 또 어떤 사람들이지요? 국민 한 사람 한 사람이 돈에만 관심을 쏟고 있지요. 전 그게 싫다는 거예요. 누구나 나와 똑같은 액수의 돈만 가지고 있으면 나와 동등하다는 것이 말이에요. 제가 그들 중 누구보다도 훨씬 나은 인간이라는 걸 잘 알고 있어요. 난 국민이란 자들이 싫어요. 나하고 도저히 같을 수가 없지요. 돈을 기준으로 한 인간 평등은 싫어요. 그건 오물의 평등이나 마찬가지예요."

어슐라의 눈은 그를 쳐다보며 이글이글 타올랐다. 흡사 그를 파괴하려고 달려들 듯했다. 그를 꽉 움켜쥐고 분쇄해 버리려고 갖은 애를 쓰는 것 같았다. 분노가 속에서 확 치밀어 올라와 그녀와 맞섰다. 어떤 일이 있더라도 생사를 걸고 이 여자와 맞서 싸우리라. 그는 강렬하고 맹목적인 저항 의식에 사로잡혀 있었다.

"난 금전 같은 것은 신경 쓰지 않아요."

스크레벤스키가 말을 꺼냈다.

"또 남의 일에 간섭하고 싶지도 않고요. 난 나 하는 일에 너무 민감하니까요."

"그래 당신이 하는 일이 저와 무슨 상관이 있지요?"

어슐라는 감정이 격해져서 소리 질렀다.

"하기야 고상한 일만 하시는 당신이니까 인도에 가서 이렇다 하는 양반들 사이에 끼어보라고요. 당신이 인도로 간다는 건 순전히 자기 도피예요."

"어떤 식의 자기 도피란 말이죠?"

스크레벤스키는 분노와 공포로 하얗게 질려 소리쳤다.

"당신은 인도 사람들이 우리보다 더 단순하다고 생각하

고 있지요? 그래 인도 사람과 가까이 있으면서 그들을 지배하며 즐겨보자는 것이지요. 그들의 권익을 위해 다스린답시고 아주 정당하게 느낄 테고요. 당신이 누군데 정당성을 느껴요? 당신들이 다스리는 데 뭐 정당할 게 있어요? 당신네가 다스린다는 것에서 썩은 냄새가 물씬 나요. 무얼 위해 다스린다는 거예요? 이곳에서처럼 그들의 모든 것을 침체되고 졸렬하게 만들려고요?"

어슐라가 열을 내며 말했다.

"난 조금도 정당하다고 느끼지 않아요."

스크레벤스키가 대꾸했다.

"그러면 어떻다고 느끼세요? 하긴 당신이 느끼든 안 느끼든 그건 다 아주 하찮은 것들이니까요."

"그러면 당신은 어떻다고 느껴요?"

스크레벤스키가 물었다.

"당신은 자신이 정당하다고 생각하나요?"

"아, 물론 그렇지요. 당신을 반대하니까요. 구닥다리에 다 죽어버린 당신의 모든 것들을 반대하니까요."

어슐라가 소리쳤다.

어슐라는 이 마지막 말을 도도하게 내뱉음으로써 상대방의 펄럭이던 깃발을 무참히도 내려쳐 버렸다. 스크레벤스키는 자신의 무릎이 잘려나가 쓸모없는 인간이 된 것 같은 느낌이었다. 정말로 그의 다리가 잘려나간 것처럼 참을 수 없을 만큼 어지러워서 꼼짝할 수가 없었다. 다리가 잘려나가 바닥에 기댄 몸통만 남은 쓸모없는 인간처럼 가만히 있었다. 자신이 실제로는 살아 있지 않고 단순한 허깨비에 불과하다는 무력감이 경악스럽게 그를 엄습했다. 그는 미칠 것만 같았고 제정신이 아니었다.

이제는 어슐라와 함께 있을 때도 이 죽음 같은 무력감이 그를 엄습했다. 그는 모든 생명이 빠져버린 빈 몸뚱이로 여기저기를 걸어 다니는 것 같았다. 이러한 상태에서 그는 들을 수도, 볼 수도, 느낄 수도 없었다. 단지 기계적인 일상적 동작만이 계속될 따름이었다.

이러한 상태에서 스크레벤스키는 어슐라를 극도로 미워했다. 그는 교활하게 어슐라가 그를 존경하게끔 갖가지 방도를 궁리해 보았다. 어슐라가 그를 존경하지 않았기 때문이다. 그는 어슐라 곁을 훌쩍 떠난 후 편지도 띄우지 않았다. 대신 다른 여자들, 또 구드룬과 노닥거렸다.

이러한 그의 행동에 어슐라는 노발대발했다. 아직도 그의 몸뚱이를 무섭게 시샘했기 때문이다. 어슐라는 격렬하게 분통을 터뜨리면서 스크레벤스키를 질책했다. 한 여자도 만족시키지 못하는 주제에 다른 여자들과 놀아나다니.

"내가 만족을 못 주었다고?"

그는 또다시 화가 치밀어 소리쳤다.

"못 주었어요."

어슐라가 대꾸했다.

"런던에서 일주일을 보낸 후로는 한 번도 만족시키지 못했어요. 요사인 더구나 한 번도 만족스럽지 못했어요. 그러니 무슨 의미가 있어요? 당신이 나를 취한다는 것이……."

어슐라는 양쪽 어깨를 으쓱거리며 그가 아무 쓸모도 없

다는 듯이 냉담하고 무관심한 태도로 얼굴을 돌려버렸다. 그는 어슐라를 죽이고 싶었다.

여자가 약을 올리니 화가 머리끝까지 치밀었다. 괴로워서 두 눈은 새하얗게 뒤집어졌다. 이를 보자 어슐라의 마음이 굉장히 괴로웠다. 억제할 수 없는 커다란 고통이었다. 동시에 그에 대한 연정이 솟구쳤다. 아, 그를 무척이나 사랑하고 싶었다. 그를 사랑할 수 있었으면 하는 간절한 마음이 삶이나 죽음보다 더 강렬하게 밀려왔다.

그러한 순간에 스크레벤스키는 자기를 파괴하려 드는 어슐라 때문에 광분했다. 자기 만족감은 모두 사라지고 일상적인 자아도 파괴되었다. 단지 원초적인 인간만이 적나라하게 남아서 괴로움에 광분했다. 이런 때 그를 사랑하려는 어슐라의 열정은 애정으로 변하여 그를 다시 받아들였다. 두 사람은 엄청난 열정 속에서 하나의 불덩어리가 되었다. 이 동안 그는 어슐라를 만족시켰다는 걸 깨닫고 있었다.

그러나 이곳엔 죽음의 씨앗이 들어 있어 발아하고 있었다. 육체적인 접촉을 할 때마다 남자를 바라는, 아니면 남자에게서 지금껏 한 번도 얻어보지 못한 그 어떤 것을 바라는 욕정은 괴롭게도 점점 더 강해졌다. 이에 비례하여 여자의 애정은 점점 더 절망적으로 커갔다. 육체적인 접촉이 있을 때마다 남자가 여자에게 광적으로 의존하는 정도는 점점 더 깊어갔다. 남자가 독자적인 힘으로 여자를 받아들일 수 있다는 자신감이 점점 줄어들었다. 이러다 보니 자신이 여자의 부속물에 지나지 않는다는 생각까지 들게 되었다.

졸업 시험 바로 전이 성령강림절이었다. 어슐라는 며칠 쉬는 날이 있었다. 도로시는 이제 부모로부터 유산을 상속 받았기 때문에 서섹스에서 집 한 채를 얻어 살고 있었다. 도로시는 이 연인들에게 자기와 함께 지내자고 초청했다.

두 사람은 언덕 기슭에 자리한 깨끗하고 나지막한 도로시의 집으로 놀러갔다. 이곳에서는 마음 내키는 대로 행동할 수 있었다. 어슐라는 늘 언덕 꼭대기까지 올라가길 원했다. 이 둥그렇게 생긴 언덕 꼭대기까지 하얀 오솔길이 꼬불꼬불 나 있었다. 어슐라는 기어이 가보겠다고 우겼다.

언덕 꼭대기에 올라가 보니 수마일 떨어진 곳에 영국 해협이 보였다. 바다는 높이 있는 듯 하늘 속에서 아련히 반짝였다. 와이트 섬은 멀리 떨어진 곳에 그림자처럼 솟아 있었고, 강물은 무늬 진 평원 속을 꼬불꼬불 반짝이면서 바다를 향해 흐르고 있었다. 아룬델 성은 어렴풋이 산처럼 우뚝 솟아 있었다. 표면이 매끈한 초원은 파도처럼 커다랗게 기복을 일으키며 멀리까지 뻗어나가다 매끈한 구릉지대를 하늘 아래 형성하고 있었다. 초원은 강렬하게 태양의 빛을 발산하는 천공만을 인정할 뿐 초원 위에는 단지 몇 군데의 관목 숲만이 서 있었다. 끝없이 당당한 초원의 몸뚱이는 시시각각으로 변하는 하늘의 몸뚱이와 교접을 즐기고 있었다.

저 밑으로는 여러 개의 촌락과 산림지대가 보였다. 그리고 기차가 용감하게 질주하고 있었다. 이 세상의 온갖 중요한 것은 혼자 몸에 실은 듯 작은 기차는 용맹스럽게 강가의 풀밭 위를 달린 후 하얀 증기를 계속 내뿜으며 점점 작아지면서 고원지대의 계곡 속으로 사라졌다. 체구는 작지만 그 용맹성이 대단해서 지구의 한쪽 끝에서 다른 쪽 끝까지 누비고 다니니 마침내는 기차가 안 가본 곳이 없지 않은가. 그러나 초원은 이 모든 것에 무관심한 듯 웅려한 모습으로 사지와 몸뚱이를 태양을 향해 드러내 놓고 햇빛과 바닷바람과 바닷바람을 머금은 구름을 황금색 피부 속으로 흠뻑 들이켜고 있었다. 또한 장려하게 침묵을 지키며 침착하게 거동을 하니 초원이야말로 그 무엇보다도 훌륭한 존재가 아닌가?

작은 몸집으로 계속 증기를 내뿜으며 무늬 진 평야를 지나 아득히 먼 바닷가로 맹목적으로 전력을 다해 기차가 달리는 걸 보니 어슐라의 눈시울이 뜨거워졌다. 어디로 가는 걸까? 사실 계속 달리긴 하지만 종착지는 없었다. 종착지나 목적지가 없으면서도 저렇게 맹목적으로 성급하게 달려가다니! 쯧쯧! 어슐라는 오래된 선사시대의 유적지에 앉아 눈물을 흘렸다. 눈물이 뺨 위로 주르르 흘러내렸다. 기차는 맹목적으로 흉측스럽게 대지의 곳곳을 누비고 다니지 않는가.

어슐라는 초원에 얼굴을 맞대고 엎드려 있었다. 아주 건장한 초원은 영원한 하늘과의 교접에만 관심을 쏟고 있었다. 어슐라는 자신도 튼튼하고 매끈한 언덕이 되어 하늘 아래 누워서 가슴과 사지를 바람과 구름과 쏟아지는 햇빛을 향해 드러내 놓고 싶었다.

그러나, 어슐라는 다시 일어나 햇볕이 내리쬐는 발밑 저 아래를 내려다보아야 했다. 저 멀리 무늬진 평지가 보였고, 그곳에는 연기를 모락모락 피우며 정력에 넘쳐흐르는 마을이 들어서 있었다. 그런데 기차는 너무 근시안적이어서 마을이 하는 일이 사소하고 하찮은 것들이라고 꽥꽥 소리를 질러 겁을 주면서 더 멀리로 달려가고 있었다.

스크레벤스키는 자기가 어디에 있는지, 또 어슐라와 무엇을 하고 있는지도 의식하지 못하고 정신이 몽롱한 상태에서 배회했다. 어슐라는 언덕 꼭대기에서 이리저리 배회하는 데 온 열정을 다 쏟는 듯했다. 그래서 평지로 내려가야 할 때는 어깨가 축 늘어졌다. 언덕 꼭대기에서는 그렇게도 쾌활하고 자유롭게 뛰놀더니!

어슐라는 집 안에서는 더 이상 스크레벤스키를 사랑하려 하지 않았다. 이젠 집이 싫고, 더욱이 침대는 보기 싫다고 했다. 스크레벤스키가 그녀의 침대로 오는 태도에는 무언가 혐오스러운 면이 있었다.

그래 어슐라는 초원지에서 밤을 보낼 것이었다. 저 언덕 꼭대기에서 스크레벤스키와 함께 있을 것이었다. 때는 한여름이라 낮은 매혹적으로 길었다. 10시 반쯤 되니, 푸르뎅뎅하게 땅거미가 지기 시작했다. 둘은 융단을 들고 언덕 꼭대기를 향해 가파른 길을 올라갔다.

꼭대기에 올라가니 별은 유난히 커 보이고, 저 밑의 대지는 완전히 어둠 속에 묻혀 있었다. 어슐라는 별들 아래 그 높은 곳에 있으니 자유로웠다. 저 멀리 떨어진 곳에서 조그만 노란 불빛이 반짝거렸다. 그렇지만 너무 멀리 떨어져 있어서 바다인지 육지인지 알 수 없었다. 언덕 꼭대기, 별들 사이에 있으니 어슐라는 자유로웠다.

어슐라는 옷을 훌훌 벗어 던졌고 스크레벤스키도 옷을 모두 벗게 했다. 그리고 두 사람은 달빛이 없는 매끈한 잔디 위를 달렸다. 옷을 벗어놓은 곳에서 1마일 이상이나 떨어진 곳까지 달려갔다. 언덕 자체가 나무 한 그루 없이 알몸인 것처럼 그들도 완전히 나체로 부드럽게 바람이 부는 암흑 속을 달렸다. 어슐라의 머리는 풀어 헤쳐져 어깨 위에서 휘날렸다. 어슐라는 샌들만 신고 이슬 못까지 이르는 긴 거리를 날쌔게 달려갔다.

둥근 이슬 못에는 별이 잔잔히 비추고 있었다. 어슐라는 가만히 물속으로 들어가서 두 손으로 물에 뜬 별을 잡아보았다.

그러다가 갑자기 흠칫 놀라 다시 뭍으로 나와서 나는 듯이 달렸다. 스크레벤스키도 어슐라 옆에서 달렸지만 그건 어슐라가 관대히 봐준 덕택이었다. 그는 어슐라의 공포를 막아주는 일종의 보호막으로 어슐라에게 봉사하고 있었다. 어슐라는 스크레벤스키를 당겨 꼭 잡고 자기 몸으로 바싹 당겨 안았다. 그러나 어슐라의 눈은 별을 쳐다보며 크게 뜨고 있었다. 그건 마치 별들이 그녀와 함께 누워 있는 듯했다. 별들이 그녀의 끝없이 깊은 암흑의 자궁 속으로 들어가고 또 들어가, 마침내는 자궁 밑바닥까지 닿는 듯했다. 하여간 그건 스크레벤스키는 아니었다.

새벽이 되었다. 두 사람은 석기시대의 유물인 무덤같이 둥그렇게 올라온 곳에 함께 서서 새벽 햇살을 기다리고 있었다. 새벽의 빛이 대지 위로 몰려오고 있었다. 그러나 지면은 아직 어두웠다. 저 멀리 컴컴한 지면 위에 비껴서,

하늘 가장자리에 희뿌옇게 둥근 테가 쳐진 것을 어슐라는 지켜보았다. 어둠이 점점 푸르러 갔다. 뒤의 바다로부터 바람이 살살 불어오고 있었다. 바닷바람은 새벽이 갈라진 하얀 틈 사이로 불어오는 것 같았다. 어슐라와 스크레벤스키는 암흑의 전초지에 시커먼 모습으로 서서 동이 트길 기다리며 지켜보았다.

새벽빛은 점점 더 강해져서 암청색이 나는 투명한 밤으로 몰려와 부딪쳤다. 빛은 점점 더 강렬하고 더 새하얗게 되었고, 그 다음엔 그 위로 새빨간 장밋빛이 어른거렸다. 장밋빛으로 활짝 붉어지더니 다음에는 노란색이, 금방 생긴 연노랑 색이 밀려오고 새벽 전체가 바르르 떨면서 하늘가 분수 위에서 잠시 균형을 잡는 듯 멈칫 했다.

장밋빛은 너울거리며 바르르 떨었다. 여기에 불이 붙더니 곧 녹아서 불꽃으로 변했고, 또 잠시 동안 새빨간 색으로 변했다. 한편 노란빛은 점점 수량이 불어나는 분수에서 나오는 듯 커다랗게 파도치며 밀려 나왔다. 커다란 노란색의 파도가 하늘 속으로 돌진해 들어가 암흑 위에다 노란 물안개를 흩뿌렸다. 암흑은 점점 더 푸른빛으로 변하여 더욱 희뿌옇게 되더니 마침내 암흑 자체가 찬란한 광채로 변했다.

해가 돋고 있었다. 녹아서 흐물거리는 빛이 떨면서 강력하고 무시무시하게 소용돌이쳤다. 다음에는 녹은 원천 자체가 앞으로 밀고 나와 그 모습을 드러냈다. 해가 하늘에 떴다. 너무 빛이 강렬하여 쳐다볼 수 없었다.

그런데 하늘 밑 대지는 아주 잠잠히, 평화롭게 잠들어

있었다. 단지 이따금씩 수탉 울음소리만 들릴 뿐이었다. 그 외에는 저 먼 노란색 언덕에서부터 초원의 솔밭 기슭에 이르기까지 모든 것이 새로운 창조의 황금빛에 씻겨 선명하게 그 모습을 드러냈다.

황금빛으로 선명히 드러난 대지는 형용할 수 없도록 고요하고 기약으로 완전해 어슐라의 영혼은 감동되어 울음을 터뜨렸다. 갑자기 스크레벤스키가 어슐라를 힐끗 쳐다보았다. 눈물이 어슐라의 뺨 위로 줄줄 흘러내리고 입은 이상하게 흐물거렸다.

"왜 그래요?"

그가 물었다.

어슐라는 잠시 애를 쓰다가 겨우 말문을 열었다.

"너무나 아름다워서요."

어슐라는 황금빛으로 타는 듯한 아름다운 대지를 바라보았다. 너무나도 아름답고 너무나도 완전하고 너무나도 순결했다.

스크레벤스키 역시 단지 몇 시간만 지나면 이 영국이란 땅이 어떤 모양으로 변할지를 잘 알고 있었다. 맹목적으로 부산하게 움직이는 욕심 사나운 활동. 이 모든 것이 아무짝에도 쓸모없는 것이 아닌가. 더러운 연기를 마구 뿜어대고, 기차를 몰고 대지의 창자 속을 더듬는 이 모든 것이 얼마나 쓸모없는 것인가. 그의 온몸이 오싹하고 소름이 끼쳤다.

그는 어슐라를 쳐다보았다. 어슐라의 눈물 젖은 얼굴이 찬란한 빛을 받으니 아주 밝게 빛나며 변모하고 있었다.

감히 손을 들어 그 불타는 듯 빛나는 눈물을 씻어줄 수가 없었다. 그는 잔인스럽게 그를 무력하게 만드는 힘에 억눌려 좀 떨어져 서 있었다.

어찌할 수 없는 커다란 슬픔이 서서히 그의 마음속에서 일고 있었다. 그렇지만 아직은 이 슬픔과 싸워 쫓을 수가 있었다. 그건 목숨을 걸고 싸우는 싸움이었다. 그는 아주 조용해졌고 주위에서 어떤 일이 일어나는지 의식하지 못했다. 말하자면 어슐라가 그에게 내릴 심판만을 조용히 기다리는 심정이었다.

그들은 노팅엄으로 돌아왔다. 어슐라가 졸업 시험을 볼 때가 되어 런던으로 가야 했다. 그러나 이번에는 스크레벤스키와 함께 호텔에 묵고 싶지가 않았다. 대영박물관 근처에 있는 조용하고 자그마한 숙소에 들 참이었다.

런던에 있는 그런 조용한 주택가가 어슐라에게 깊은 인상을 주었다. 이런 곳은 아주 완벽했다. 주택가의 정적 속에 그녀의 마음은 갇힌 듯했다. 누가 그녀를 해방시켜 줄 것인가?

어슐라의 실질적인 시험이 끝난 저녁에는 스크레벤스키가 어슐라와 함께 리치먼드 근처에 있는 강가의 한 호텔에 식사를 하러 갔다. 황금빛으로 아름다운 곳이었다. 강물이 노랬다. 보트 천막에는 흰색과 빨간색 줄무늬가 들었고, 나무 밑엔 푸른 그림자가 드리워져 있었다.

"우린 언제 결혼하지요?"

스크레벤스키가 마치 편안한 질문인 양 조용하고도 단순하게 물었다.

어슐라는 강 위에서 오가는 유람선을 바라보았다. 스크레벤스키는 꼭 고양이의 얼굴을 닮은 어슐라의 당혹해 하는 황금빛 얼굴을 쳐다보았다. 그의 목구멍이 저릿해 왔다.

"모르겠어요."

어슐라가 대답했다.

달아오른 슬픔이 그의 목구멍으로 치밀었다.

"왜 모른다는 거요? 결혼하기 싫다는 말인가요?"

그가 다시 물었다.

어슐라는 고개를 천천히 돌렸다. 그녀의 얼굴은 꼭 사내아이의 얼굴같이 멍하니 무표정했다. 그의 얼굴 쪽을 바라보면서 무언가를 생각해 내려고 애썼기 때문이다. 이미 마음은 생각에 몰두해 있어서 눈에는 그의 얼굴이 보이지 않았다. 무슨 말을 해야 할지 잘 몰랐다.

"전 결혼하고 싶지가 않아요."

어슐라가 대답했다. 당황한 표정이 역력한 그녀의 천진하면서도 걱정스러운 눈은 잠시 그에게 머물렀다가 딴생각에 잠겨 먼 곳을 쳐다보고 있었다.

"영영 안 하겠다는 말인가요? 아니면 당장은 안 하겠다는 말인가요?"

그가 다그쳐 물었다. 그의 목구멍의 응어리가 점점 더 굳어졌다. 얼굴은 마치 목이 졸린 양 고통으로 일그러졌다.

"영영 안 하겠어요."

어슐라가 대답했다. 어딘가 먼 곳에 가 있는 자아가 어슐라도 모르게 내뱉은 말이었다.

숨이 조인 일그러진 그의 얼굴이 잠시 어슐라의 얼굴을

멍하니 쳐다보더니 이상한 소리가 그의 목구멍에서 튀어나왔다. 어슐라는 깜짝 놀라 제정신이 들었다. 겁을 잔뜩 집어먹고 그를 쳐다보았다. 그의 고개가 이상하게 돌아가더니 턱이 목 뒤로 젖혀졌다. 이윽고 딸꾹질 소리 같은 기묘하게 우는 소리가 들렸다. 얼굴은 미친 사람처럼 일그러졌다. 그는 막무가내로 얼굴을 찌푸리며 울고 또 울었다. 마치 그를 억누르고 있던 무언가가 부러져 나간 것 같이 몸을 비틀었다.

"토니, 울지 마요."

어슐라가 놀라 일어나며 말했다.

그의 우는 모습을 보니 자신의 신경 하나하나가 다 찢기는 것 같은 심정이었다. 그는 손으로 무엇을 더듬으며 의자에서 일어났다. 그러나 계속 억제하지 못하고 소리를 죽여 울고 있었다. 얼굴은 가면처럼 일그러지고 찡그려졌다. 눈물은 뺨의 움푹 팬 곳으로 줄줄 흘러내렸다. 그는 가면처럼 무서운 표정을 지은 채, 손으로 더듬어 모자를 집어 들더니 테라스를 더듬으며 내려갔다.

8시였지만 아직 환하게 밝았다. 다른 사람들이 그들을 놀란 빛으로 쳐다보았다. 대단히 동요되고 화도 좀 난 상태에서 어슐라는 웨이터에게 반 파운드의 금화를 준 후 자기의 노란색 비단 저고리를 손에 들고 스크레벤스키의 뒤를 따라 내려갔다.

스크레벤스키가 강가 오솔길을 따라 쓰러질 듯 마구잡이로 걸어가고 있었다. 그의 몸이 이상하게 뻣뻣하고 비틀거리는 모습을 보니 아직도 울고 있는 것이 분명했다. 어슐라는 헐레벌떡 달려가 그의 한쪽 팔을 잡았다.

"토니!"

어슐라가 소리 질렀다.

"제발 울지 마요! 왜 이러는 거예요? 무엇 때문에 우는 거예요? 울지 마요. 아무 소용없어요."

그는 듣고 있었다. 그의 사내다운 기백이 잔인스럽고 냉혹하게 짓밟히고 있었다. 그렇지만 어찌할 길이 없었다. 그는 얼굴 표정을 자제할 수 없었다. 그의 얼굴과 가슴은 저절로 움직이는 듯 격렬하게 울고 있었다. 그의 의지와 지식은 이런 것과는 아무 상관이 없었다. 도저히 울음을 그칠 수가 없었다.

어슐라는 그의 팔을 잡은 채 걷고 있었다. 분노와 당혹감과 고통으로 말을 잃었다. 그가 우느라고 분별력을 잃고 장님처럼 주춤거리며 발걸음을 내딛었다.

"집으로 갈까요? 택시를 잡을까요?"

어슐라가 물었다.

그의 귀에는 이 말이 들리지 않았다. 어슐라는 매우 당황하고 초조한 상태에서 천천히 지나가고 있는 택시를 향해 막연히 손짓을 했다. 운전사가 손을 들어 답하고 택시를 세웠다. 어슐라가 택시 문을 열고 스크레벤스키를 밀어 넣은 후 자기도 자리에 앉았다. 어슐라는 얼굴을 위로 쳐들고 입은 꽉 다물었다. 그는 굴욕감에 차갑게 굳어 있었다. 운전사가 검고 불그스레한 얼굴을 그녀 쪽으로 돌렸을 때 어슐라는 흠칫 놀랐다. 눈썹은 새까맣고 콧수염이 짧게 다듬어진 혈기 왕성한 동물적인 얼굴이었다.

"어디로 모실까요? 부인."

운전기사가 하얀 이를 드러내며 물었다. 어슐라는 잠시 당황했다.

"러틀랜드 광장 40번지요."

기사는 답례를 하고 둔감하게 차를 몰기 시작했다. 그는 암암리에 어슐라와 동맹을 맺은 듯 스크레벤스키의 존재는 전혀 무시했다.

스크레벤스키는 택시 안에 갇힌 양 앉아 있었다. 그의 얼굴은 계속 일그러졌고 이따금씩 고개를 휙 저어 눈물을 떨어뜨렸다. 손은 한 번도 움직이지 않았다. 어슐라는 그 모양을 차마 볼 수가 없었다. 얼굴은 위로 쳐들고 고개는 창 쪽으로 돌렸다.

마침내 자제력을 되찾았을 때 어슐라는 스크레벤스키 쪽으로 다시 고개를 돌렸다. 그는 훨씬 더 진정되어 있었다. 그의 얼굴은 온통 눈물로 젖어 있었고 가끔씩 경련을 일으켰다. 손은 여전히 꼼짝도 하지 않았다. 그러나 그의 눈은 비 온 뒤 맑게 갠 하늘처럼 아주 조용했고 흐릿한 빛을 머금고 유령처럼 계속 멀거니 뜨고 있었다.

그에 대한 연민의 정으로 어슐라의 자궁은 불타듯 아파왔다.

"그렇게 기분을 상하게 할 줄은 몰랐어요."

어슐라는 그의 팔에 손을 살짝 올려놓으며 말했다.

"저도 모르는 사이에 그런 말이 튀어나왔어요. 정말로 아무 뜻도 없는 말이었어요."

스크레벤스키는 아주 침착하게 듣고 있었다. 그러나 기

운이 싹 빠지며 씻겨나가서 아무런 감정도 없었다. 어슐라는 그를 쳐다보면서 응답을 기다렸다. 그는 마치 이해할 수 없는 기이한 동물 같았다.

"토니, 다시는 울지 않을 거지요?"

이 말을 들으니 여자에 반대하는 굴욕감과 반항심이 그의 속에서 불타올랐다. 그러고 보니 그의 콧수염은 눈물로 흠뻑 젖어 있었다. 어슐라는 손수건을 꺼내 얼굴을 닦아주었다. 운전기사는 의식은 했지만 무관심한 듯 묵직하고 둔감한 등을 계속 두 사람에게로 돌리고 있었다. 어슐라가 얼굴을 닦아주고 있는 동안 스크레벤스키는 꼼짝 않고 앉아 있었다. 가만가만 조심스레 닦는다고 했지만 솜씨가 서툴렀고 그 자신이 닦는 것처럼 잘 닦아주지 못했다.

손수건이 너무 작았다. 금방 흥건히 젖어버렸다. 어슐라는 그의 주머니를 더듬어서 손수건을 찾았다. 어슐라는 좀 더 넓은 손수건으로 조심스럽게 눈물을 닦아주었다. 그러는 동안 스크레벤스키는 꼼짝 않고 앉아 있었다. 어슐라는 그의 뺨을 당겨 키스를 해주었다. 그의 얼굴이 차가웠다. 그녀의 가슴이 아파왔다. 곧바로 그의 눈에 눈물이 고이는 걸 보았다. 그가 마치 어린애인 양 어슐라는 다시 눈물을 닦아주었다. 이렇게 되니까 이번에는 어슐라가 눈물이 나오려고 했다. 아랫입술을 꽉 깨물었다.

눈물이 나올까 겁을 내면서 어슐라는 조용히 앉아 있었다. 곁에 가까이 앉아서 그의 손을 꼭 붙잡고 따스하게 녹이며 애무했다. 택시는 계속 달렸다. 한여름의 부드러운 땅거미가 짙어지기 시작했다. 한참 동안 두 사람은 꼼짝 않고 앉아 있었다. 단지 이따금씩 어슐라가 그의 손을 사랑스럽게 꼬옥 쥐었다가 서서히 놓곤 했다.

땅거미가 지기 시작했다. 하나 둘 가로등에 불이 들어왔다. 운전기사도 차를 잠시 멈추고 불을 켰다. 스크레벤스키가 처음으로 몸을 움직였다. 옆으로 몸을 기대고 운전기사를 쳐다보았다. 스크레벤스키의 얼굴은 여전히 똑같은 표정이었다. 조용하고 청아해서 어린아이의 표정을 닮았고 초연한 사람 같았다.

두 사람은 운전기사의 기이하게 생긴 둥글고 검은 얼굴을 보았다. 운전기사는 이마를 찡그리고 가로등을 뚫어지게 쳐다보고 있었다. 어슐라는 몸을 부르르 떨었다. 그건 거의 동물의 얼굴이라 할 수 있었다. 그러면서도 그들을 넉넉하게 이해하고 자기 휘하에 거느린 듯한, 민첩하고 힘이 세며 경계하는 동물의 얼굴이었다. 어슐라는 스크레벤스키에게 바싹 붙어 앉았다.

"내 사랑이지?"

택시가 다시 속력을 내면서 달릴 때 어슐라는 질문하듯 말했다.

스크레벤스키는 움직이지도 않고 아무런 소리도 내지 않았다. 그는 어슐라가 그의 손을 붙잡고 점점 어두워지는 택시 안에서 몸을 앞으로 숙여 그의 뺨에 키스를 하도록 가만히 있었다. 이제 우는 것은 그쳤다. 그는 더 이상은 울지 않으리라. 그는 이제 제정신을 차리고 온전해졌다.

"내 사랑!"

어슐라는 그의 관심을 돌리려고 애쓰면서 되풀이해 불렀

다. 그러나 아직은 그녀에게 관심이 갈 수가 없었다.

그는 멍하니 길을 쳐다보았다. 켄징턴 공원 옆을 지나가고 있었다. 처음으로 그가 입을 열었다.

"내려서 공원을 산책할까요?"

그가 물었다.

"그래요."

어슐라가 조용히 대답했다. 사실 어떤 일이 닥칠지 잘 몰랐다.

잠시 후 그가 택시의 신호기를 쳐들었다. 어슐라는 무뚝뚝하고 건장한 운전사가 침착하게 고개를 뒤로 갖다 대는 걸 보았다.

"하이드 파크 모퉁이에서 세워주세요."

운전기사는 고개를 끄떡였고 차는 여전히 똑같은 속도로 달렸다.

이윽고 차가 멈추었다. 스크레벤스키가 운전기사에게 돈을 지불했다. 어슐라는 뒤로 물러나 있었다. 운전기사가 팁을 받으면서 인사를 하는 모양을 보았다. 운전기사는 차를 다시 몰기 전에 고개를 돌려 어슐라 쪽을 힐끗 쳐다보았다. 강력하고 민첩한 동물의 눈빛이었다. 그의 시선이 한곳에 몰려서 눈의 흰자위가 흐물거렸다. 그런 다음에야 군중 속으로 차를 몰고 갔다. 이제야 어슐라는 운전기사에게서 해방이 되었다. 사실 겁을 먹고 있었는데.

스크레벤스키는 어슐라와 함께 공원 안으로 들어갔다. 악대가 아직까지 연주를 하고 있었고 공원은 사람들로 붐볐다. 두 사람은 점점 작아지는 음악에 귀를 기울이다가 옆길로 들어섰다. 컴컴한 자리로 가서 둘은 손을 꼭 잡고 붙어 앉았다.

마침내 어슐라가 침묵을 깨고 의아하다는 듯 물었다.

"무엇이 그리 가슴 아팠어요?"

어슐라는 이 순간에는 정말로 그 이유를 알 수 없었다.

"나하고 영영 결혼을 안 하겠다고 했으니까."

스크레벤스키가 어린아이처럼 단순하게 말했다.

"그렇지만 그 말에 왜 그렇게 가슴이 아파요? 제가 하는 말 한 마디 한 마디에 그렇게까지 신경 쓰실 필요는 없잖아요."

"나도 모르겠어요. 그러고 싶지는 않았는데."

스크레벤스키가 부끄러워하며 겸손하게 말했다.

어슐라는 그의 손을 따스하게 꼭 쥐었다. 그들은 바싹 붙어 앉아서 애인들을 데리고 지나가는 군인이라든가 공원 가장자리로 난 대로를 따라 수없이 늘어선 가로등을 바라보았다.

"그렇게까지 신경 쓰실 줄은 몰랐어요."

어슐라 또한 겸허하게 말했다.

"나도 그럴 줄은 몰랐어요. 얼떨결에 자신한테 넘어간 것이지요. 그렇지만 굉장히 신경 쓰이는 게 사실이에요."

그의 목소리는 아주 조용하고 생기가 없어서 어슐라의 심장이 공포로 파리해지는 것 같았다.

"내 사랑!"

어슐라는 그에게로 더 가까이 다가가면서 불렀다. 그러나 그것은 사랑에서 우러나온 소리가 아니라 두려움에서 나오는 소리였다.

"굉장히 신경이 쓰여요…… 죽으나 사나 그 외에는 아무 것에도 관심이 없어요."

스크레벤스키도 똑같이 차분하고 활기 없는 목소리로 자기의 진실을 털어놓았다.

"그게 뭐지요?"

어슐라가 음울한 어조로 중얼거렸다.

"당신이지요…… 당신이 나하고 함께 있는 것 말이에요."

어슐라는 또다시 겁이 났다. 이 말에 그녀가 설복될 것인가. 어슐라는 그에게 바싹 다가갔다. 아주 바싹. 두 사람은 완전히 부동의 자세로 앉아서 둔탁하게 고동치는 시내의 시끄러운 소음, 연인들의 속삭임, 군인들의 발소리에 귀를 기울이고 있었다.

어슐라는 스크레벤스키에게 기댄 채 몸을 부르르 떨었다.

"추워요?"

그가 물었다.

"조금요."

"그럼, 가서 저녁을 먹읍시다."

그는 이제 침착하고 결단성 있게 움직이며 초연해 있어서 그 모습이 아주 아름다웠다. 또한 어떤 기이하고도 차가운 위력으로 어슐라를 지배하는 것 같았다.

두 사람은 식당으로 들어가서 붉은 포도주를 마셨다. 그의 창백하고 핼쑥한 표정은 사라지지 않았다.

"오늘밤은 나에게서 떠나지 마요."

스크레벤스키가 어슐라를 쳐다보면서 애원하듯 말했다.

그의 행동이 너무 이상하게 초연해서 어슐라는 겁이 났다.
"그렇지만 내가 묵는 곳의 사람들이 있잖아요."
어슐라는 바르르 떨면서 말했다.
"그 사람들한텐 내가 설명하지요. 우리가 약혼한 사이라는 건 알고 있으니까."
어슐라는 핏기 없는 얼굴을 하고 잠자코 앉아 있었다. 그가 기다렸다.
"그럼, 갈까요?"
그가 이윽고 입을 열었다.
"어디로요?"
"호텔로요."
어슐라의 심장은 굳어갔다. 대답도 않고 그녀는 순순히 일어났다. 그렇지만 태도는 차갑고 자연스럽지 않았다. 감히 그의 제안을 거절할 수가 없었다. 그건 마치 운명 같은 것이었다. 그녀가 원치 않던 그런 운명 말이다.
이들은 어딘가에서 이탈리아 사람이 경영하는 호텔로 들어가서 음침한 침실 하나를 얻었다. 굉장히 큰 침대인데, 깨끗했지만 음산해 보였다. 침대 바로 위의 천장은 커다란 원 모양으로 돋을새김을 해놓았고 그 안에는 꽃다발이 그려져 있었다. 천장은 아름다웠다.
그가 어슐라에게 다가와 아주 찰싹 달라붙었다. 마치 강철이 달라붙어 죄어드는 것 같았다. 어슐라는 욕정이 솟구쳤다. 그건 격렬하면서도 차가운 욕정이었다. 그러나 오늘 밤 그들의 욕정은 사납고 극렬하면서도 흡족한 것이었다. 스크레벤스키는 어슐라를 품 안에 꼭 껴안고 잤다. 밤새도록 어슐라를 꼭 안고 있었다. 어슐라는 수동적으로 순순히 따랐다. 그러나 어슐라는 깊은 잠을 이루지 못했다.

어슐라는 아침에 마당에 떨어지는 물소리와 덧창으로 흘러드는 햇살에 눈을 떴다. 처음엔 외국에 와 있는 줄로 생각했다. 스크레벤스키는 꿈의 악마처럼 그녀를 누르며 자고 있었다.

어슐라는 가만히 누워 생각에 잠겼다. 스크레벤스키는 팔로 그녀를 휘감고, 머리는 어슐라 어깨에 대고 몸뚱이는 어슐라 몸에 바로 뒤쪽으로 기대고 있었다. 그는 아직도 자고 있었다.

어슐라는 덧문의 창살로 흘러 들어오는 햇볕을 쳐다보았다. 주위 환경은 또다시 눈앞에서 녹아 사라졌다.

어슐라는 어떤 다른 나라에 가 있었다. 어떤 다른 세계였다. 그곳에선 낡은 구속은 녹아 사라졌다. 사람은 자유로이 움직였고, 동료를 두려워하거나 경계하지도 않았다. 자기 방어를 하지도 않고 침착하고 무관심한 채 편안히 지냈다. 막연히 일종의 은빛 속에 싸여서 어슐라는 자유롭고 편안하게 이리저리 돌아다녔다. 세상의 굴레는 부서졌다. 영국이라는 세상도 사라져버렸다. 저 아래 마당에서 큰 소리로 부르는 소리가 들렸다.

"어이 지오반! 어, 어, 어이, 지오반!"

어슐라는 자신이 새로운 나라, 새로운 생활 속에 있다는 걸 알고 있었다. 그렇게 가만히 누워 있는 것이 기분 좋았다. 어슐라의 영혼은 보다 단순하고 멋있게, 자연스러운 세계의 은빛에 휩싸인 채 자유롭고 천진스럽게 이리저리

거닐었다.

무엇인가가 그녀에게 명령을 하려고 기다린다는 육감이 계속 들었다. 스크레벤스키의 존재를 더 의식하게 되었다. 그가 지금 잠에서 깨어나고 있다는 걸 알았다. 어슐라는 그를 위해 자신의 영혼을 조정하여 그 먼 세계에서 떠나와야 했다.

그가 잠이 깼다는 걸 어슐라는 알았다. 그는 가만히 누워 있었다. 잘 때와는 달리 몸이 굳어 있었다. 이윽고 거의 발작적으로 어슐라를 팔로 꼭 껴안으면서 수줍은 듯 물었다.

"잘 잤어요?"

"네, 아주 잘 잤어요."

"나도요."

잠시 말이 없었다.

"한데, 당신 날 사랑하나요?"

그가 물었다.

어슐라는 몸을 돌려 그를 찬찬히 쳐다보았다. 그녀와는 무관한 사람처럼 보였다.

"그래요."

어슐라가 대답했다.

그건 순전히 자기만족과 더 이상의 괴롭힘을 받지 않으려는 욕망에서 나온 대답이었다. 묘한 침묵으로 그들 사이가 벌어지자 스크레벤스키는 겁이 났다.

그들은 좀 늦게까지 누워 있었다. 이윽고 스크레벤스키가 아침 식사를 가져오라고 벨을 눌렀다. 어슐라는 일어났을 때 곧장 아래층으로 내려가 이곳을 떠나고 싶었다. 이 방 안에 있는 한에야 마음이 편했지만, 아래층의 홀로 내려가 여러 사람의 눈에 띈다는 생각을 하니 기분이 안 좋았다.

얼굴이 캄캄하고 마마 자국이 살짝 나 있는 시칠리아 출신의 이탈리아 청년이 회색 상의를 단정하게 입고는 쟁반을 들고 나타났다. 그의 얼굴은 거의 아프리카 사람같이 태연자약하고 초연해 있어서 그 표정을 읽을 수가 없었다.

"꼭 이탈리아에 와 있는 기분이에요."

스크레벤스키가 쾌활하게 그에게 말했다. 거의 공포로 질린 듯한 멍한 표정이 그의 얼굴에 나타났다. 그는 그 말 뜻을 알아듣지 못했다.

"이곳이 이탈리아 같다고요."

스크레벤스키가 설명을 붙였다.

그 이탈리아인은 이해하지 못하겠다는 듯 미소를 지었고 아침을 차려놓은 후 방을 나갔다. 그는 스크레벤스키의 말을 이해하지 못했다. 아무 말도 이해하려 들지 않았다. 반쯤 길들여진 산짐승처럼 문간에서 사라졌다. 그 청년의 민첩하고 예리하며 용의주도한 동물적인 태도에 어슐라는 몸을 약간 떨었다.

오늘 아침 어슐라의 눈에 스크레벤스키는 아름답게 보였다. 그의 얼굴에는 아픔과 사랑이 부드럽게 스며들어 있었다. 그의 동작은 아주 침착하며 점잖았다. 아름다워 보였지만 차가운 거리감이 있어서 어슐라는 그에게서 멀어졌다. 어슐라는 둘 사이를 갈라놓는 이 거리감에 대항하는 듯했다. 그러나 스크레벤스키는 이 사실을 알아채지 못했다. 오늘 아침 그는 생기를 받아 아름다웠다. 어슐라는 그가 빵에 꿀을 바르거나 커피를 따를 때의 솜씨 등 그의 동작 하나하나에 찬탄을 보냈다.

아침 식사가 끝난 뒤 어슐라는 다시 베개 위에 가만히 누워 있었고 그동안 스크레벤스키는 몸을 씻었다. 어슐라는 그를 바라보았다. 그는 스펀지로 몸을 씻은 뒤 수건으로 물기를 빨리 닦았다. 그의 몸은 아름다웠고 동작은 용의주도하고 민첩했다. 어슐라는 그를 찬탄해 마지않으면서 아낌없이 감상했다. 그는 이제 완성된 듯했다. 그는 어슐라에게 행동으로 옮길 만한 성욕은 일으키지 않았다. 그는 충당이 되고 완성된 듯했다. 어슐라가 그를 샅샅이 다 알고 있기에 어떤 면에서도 그녀를 미지의 세계로 이끌지는 못했다. 어슐라는 그에 대해 강렬하면서도 거의 정열적인 찬탄을 느꼈지만, 가공할 경이감이라든가 풍요로운 공포, 미지의 세계와의 연대감 또는 사랑의 경의 같은 것은 느끼지 못했다. 그러나 오늘 아침 그는 이런 모든 것에 무감각했다. 그의 몸은 충족되어 조용했고 혈관은 만족감에 충만했으며 그는 행복했고 완성되어 있었다.

어슐라는 다시 집으로 갔다. 그러나 이번에는 스크레벤스키가 그녀와 같이 갔다. 그는 어슐라 곁에 있고 싶었고 어슐라가 그와 결혼해 주기를 원했다. 이미 7월이었다. 9월 초에 그는 인도행 배를 탈 것이었다. 혼자 갈 생각은 도저히 할 수 없었다. 그러니 어슐라는 그와 함께 가야 했다. 그는 초조하게 어슐라 곁을 지켰다.

졸업 시험이 끝나고 대학 생활도 끝이 났다. 이제 남은 문제는 결혼을 하느냐, 아니면 일을 하느냐 하는 것이었다. 그녀는 어떤 직장에도 지원하지 않았다. 그러니 결혼할 거라고 사람들은 추측했다. 인도가 그녀의 마음을 매혹시켰다. 그건 기이하고도 기이한 나라였다. 그러나 정작 캘커타나 봄베이 또는 심라 같은 도시와 그곳에 주재하는 유럽 사람들을 생각하니 인도는 노팅엄 이상으로 매력적이진 못했다.

어슐라는 졸업 시험에서 떨어졌다. 낙제를 해서 학위도 받지 못했다. 그건 커다란 타격이었다. 어슐라의 영혼은 굳어 있었다.

"그런 건 문제가 되지 않아요."

스크레벤스키가 위로했다.

"당신이 런던대학이 주는 학위를 받든 안 받든 무슨 차이가 있나요? 당신이 알고 있는 것은 그대로 알고 있는 것이고, 또 스크레벤스키 부인이 되면 학사쯤은 별 의미가 없어요."

이 말은 그녀에게 위로가 되기는커녕 그녀의 마음을 더 단단하고 냉정하게 만들었다. 그녀는 이제 자신의 운명과 대결하는 것이었다. 그것은 스크레벤스키가 농담조로 하는 말처럼 소위 개병대, 아니 영국 공병대 중위의 아내, 스크레벤스키 부인, 나아가서는 스크레벤스키 남작 부인이 되어서 인도 주재 유럽인들과 함께 지내는 길과 노처녀 여교사인 어슐라 브랑윈으로 남아 있는 길, 이 두 갈래 길에서 선택하는 일이었다. 어슐라는 중급 문과 시험에는 합격했다. 그러니 어느 중학교에서나 또는 윌리 그린 중학교에서 보조 교사로서의 자리를 쉽게 얻을 것 같았다. 어느 길을 택할 것인가?

무엇보다도 가르친다는 속박 속에 또다시 들어가기는 싫었다. 교사 노릇이란 정말 지긋지긋했다. 그러나 스크레벤스키와 결혼하여 인도 주재 유럽 사람들 틈에 끼어 살 생각을 하니 어슐라의 영혼은 찰칵 문을 잠그고는 꼼짝하지 않으려 했다. 이런 일에 느낄 만한 감정이란 것도 없었고 막다른 골목에 다다른 상태였다.

스크레벤스키는 기다렸고 어슐라도 기다렸다. 모든 사람이 어떤 결정이 내려지기를 기다렸다. 스크레벤스키가 그녀와 얘기하는 도중에 음흉스럽게 남편 행세를 할 때면 어슐라는 그가 얼마나 그녀와 동떨어져 있는가를 깨달았다. 반면 도로시를 만나 이 문제를 상의할 때면 도로시의 견해에 정면으로 반발해서 당장이라도 그와 결혼할 것 같았다.

상황은 우스꽝스러울 정도였다.

"그렇지만 그이를 사랑하니?"

도로시가 물었다.

"이건 사랑의 문제가 아니야."

어슐라가 대꾸했다.

"난 그이를 굉장히 사랑해. 확실히 이 세상의 그 누구보다도 그이를 더 사랑하지. 다시는 그 누구를 이만큼 사랑하지 못할 거야. 우리는 상대편의 꽃다운 정수를 다 맛보았어. 그렇지만 난 사랑엔 관심이 없어. 그걸 그렇게 귀중하게 여기진 않아. 내가 사랑을 하건 안 하건, 또 내가 사랑을 받건 안 받건 개의치 않아. 그게 나한테 무슨 상관이 있담?"

어슐라는 대단히 화가 나서 멸시하는 태도로 어깨를 으쓱했다. 도로시는 곰곰 생각해 보았다. 화도 좀 나거니와 겁이 더럭 났다.

"그럼 무엇에 관심이 있어?"

도로시가 화를 터뜨리며 물었다.

"모르겠어."

어슐라가 대답했다.

"어떤 초월적인 거야. '사랑', '사랑' 하고 떠드는데, 도대체 그 의미가 뭐지? 그래 그 결과가 어떻게 된다는 거야? 그건 개인적인 만족뿐이야. 결과는 아무것도 없거든."

"그래, 사랑에 무슨 결과가 있으라는 법 있니?"

도로시가 냉소적으로 물었다.

"난 사랑이란 그 자체가 목적이라고 생각해."

"그렇다면 그게 나하고 무슨 상관이 있니?"

어슐라가 소리쳤다.

"사랑 자체를 목적으로 삼는다면, 난 백 명쯤의 남자를 차례대로 사랑할 수 있어. 왜 스크레벤스키로 끝나 버리니? 만일 사랑 자체가 목적이 된다면, 내가 그려보는 모든 유형의 남자들을 차례대로 한 사람씩 사랑할 수도 있잖니? 스크레벤스키 유형이 아닌 남자들이 수두룩하게 많아. 난 이런 남자들을 사랑할 수도 있고 또 사랑해 보고 싶어."

"그렇다면 넌 그이를 사랑하지 않는 거야."

도로시가 말했다.

"사랑한다니까…… 지독히. 그리고 그 누구보다도 그이를 더 사랑한다니까. 다만 내가 사랑하고픈 많은 요소들이 스크레벤스키에게는 없고 딴 남자들한테 있단 말이야."

"이를테면, 어떤 것인데?"

"구체적인 것은 문제가 안 돼. 그렇지만 어떤 남자에게는 강한 이해력이 있고 진짜 일하는 사람에게는 분명히 위엄성이나 솔직성이 있지. 그리고 우리가 볼 수 있는 쾌활하고 무모한 정열도 있고…… 왜, 정말로 모든 것에서 해방될 수 있는 사람 말이야."

어슐라가 어떤 다른 요소, 즉 스크레벤스키가 그녀에게 베풀 수 없는 요소를 이미 찾아 나섰다는 걸 도로시는 깨달았다.

"문제는 네가 원하는 게 뭐냐는 거지. 그저 딴 남자를 원하는 거니?"

도로시가 물었다.

어슐라는 말문이 막혔다. 이 점이 바로 자기가 두려워하는 면이었다. 그렇다면 자신은 바람둥이 근성이 있단 말인가?

"만약에 그렇다면 스크레벤스키 씨하고 결혼하는 게 좋을 거야."

도로시가 말을 이었다.

"다른 남자와 사귀어보았자 불행으로 끝날 테니까."

그러니 스스로가 무서워서 스크레벤스키와 결혼을 할 것이었다.

그는 인도로 떠날 준비를 하느라고 요즈음엔 상당히 바

빴다. 친척들을 찾아뵈야 했고, 또 계약 같은 문제도 처리해야 했다. 그는 어슐라가 그와 꼭 결혼할 거라고 믿고 있었다. 어슐라는 마침내 양보를 한 것 같았다. 그래서 그는 또다시 자신만만하고 중요한 인물이 된 듯했다.

8월 첫 주일이었다. 스크레벤스키는 링컨셔 해안에 있는 한 방갈로에서 열린 커다란 파티에 일원으로 끼어 있었다. 사교계의 중요 인물인 그의 대고모가 주최한 정구, 골프, 자동차, 모터보트를 즐기는 파티였다. 어슐라도 8월의 첫 주일을 이 파티에 와서 지내라고 초청을 받았다.

어슐라는 좀 마지못해 하며 갔다. 결혼식을 그달 28일에 하기로 어찌어찌하는 사이에 정했다. 그리고 9월 5일에 인도행 배를 타기로 되어 있었다. 한 가지 어슐라가 잠재의식 속에서 잘 알고 있는 사실은 그녀가 절대로 인도로 가지 않을 것이라는 것이었다.

어슐라와 안톤은 곧 결혼할 사람들이라고 귀빈 대접을 받아 커다란 방갈로에 있는 방들을 배정받았다. 방갈로는 규모가 큰 건물로 중앙에는 커다란 홀이 있고, 크기가 이보다 작은 독서실이 두 개 있고 두 개의 복도가 있었으며, 복도를 따라 침실이 여덟아홉 개 정도나 있었다. 스크레벤스키는 한쪽 복도에 있는 침실에 들었고 어슐라는 다른 복도에 있는 침실을 썼다. 그들은 많은 사람들 사이에서 통 정신이 없었다.

그러나 애인 사이라서 두 사람은 얼마든지 자기들 마음대로 둘이서만 나가 다니도록 허락받았다. 그래도 어슐라는 낯선 사람이 많이 있어 매우 서먹서먹했고 자기만의 시간이 없는 것 같아 불안했다. 이렇게 동질적인 사람이 많이 모인 곳에 있기는 처음이어서 겁이 났다.

어슐라는 자신이 다른 사람들과는 다르다고 느꼈다. 그들은 별로 힘도 들이지 않고 간단없이 쉽고 피상적으로 사람들을 사귀는 것 같았다. 어슐라는 자신이 이렇다 하게 눈에 뜨이는 존재가 못 된다고 느꼈다. 말하자면 각자 제멋대로 행동을 고집하는 분위기였다. 어슐라는 그런 분위기가 싫었다. 사람들이 많이 모이는 단체 생활에서는 격식을 따르는 걸 원했다. 자신이 올바른 인상을 주지 못하고 있다고 느꼈다. 자신은 인상적이지 못했다. 눈에 띄게 아름답지도 못해서 모임에서는 하찮은 존재였다. 스크레벤스키 앞에서조차 자신이 하찮고 열등하다고 느꼈다. 그는 다른 사람들과 아주 잘 어울리며 제 몫을 할 수 있었다.

밤에 두 사람은 밖으로 나갔다. 구름 뒤에 숨은 달은 달빛을 흩뿌렸고, 어쩌다가 희뿌연 진주빛으로 그 모습의 일부를 드러냈다. 그들은 바닷가에서 물에 젖어 이랑진 모래밭을 함께 걸었다. 긴 해안을 따라 무겁게 철썩거리는 파도 소리를 들었다. 파도는 유령처럼 흰빛을 드러내며 속삭이는 듯했다.

스크레벤스키는 자신이 넘쳐흘렀다. 어슐라가 걸을 때 부드러운 그녀의 비단 옷자락이—어슐라는 중국의 산동 산 비단으로 만든, 치마폭이 넓은 푸른 옷을 입고 있었다—갯바람에 휘날려 펄럭이면서 그녀의 다리에 휘감겼다. 그녀는 옷이 제발 안 그러기를 바랐다. 모든 것이 그녀를 저버리는 성싶었다. 그런데도 용기를 내어 이에 응수할 수가 없었다. 도대체가 얼떨떨한 기분이었다.

스크레벤스키는 모래톱 사이의 움푹 팬 곳, 잿빛 가시덤불과 빳빳한 풀 사이의 후미진 곳으로 어슐라를 데려갈 참이었다. 그는 어슐라를 바싹 당겨 안았고 그녀의 사지를 휘감은 불길 같은 고운 비단 밑으로 탄탄하고 말할 수 없이 욕정적인 몸뚱이가 몸에 와 닿는 걸 느꼈다. 비단은 가려져 있지만 윤곽이 그대로 드러난 그녀의 둥글고도 탄탄한 사타구니 부위를 욕정적으로 미끄러져 내리면서 그의 몸에 불을 질러 뇌를 유황불같이 타게 했다.

어슐라는 그것이 좋았다. 그녀의 사지 위에 그의 손이 와 닿을 때 전깃불처럼 짜릿해 오는 비단의 촉감이. 그가 그녀를 점점 더 바싹 당겨 안았을 때 그 전기 같은 불꽃이 그녀에게 튀었다. 어슐라는 진한 액체에 전기가 통한 듯 몸을 바르르 떨면서 반응을 보였다. 그렇지만 자신이 아름답다고는 느끼지 않았다. 이 순간에도 자신이 남자에게 아름답게 보이는 게 아니라 흥분을 시킬 따름이라고 느꼈다. 남자가 그녀를 취하도록 가만 두니까, 남자는 흥분된 욕정으로 치달아 완전히 미친 듯했다. 그렇지만 어슐라는 이 일을 치른 뒤에 차갑고도 부드러운 모래 위에 누워 점점이 희미하게 빛나는 하늘을 쳐다보면서 자신은 그전이나 마찬가지로 몸이 싸늘하다고 느꼈다. 그러나 남자는 숨을 깊이 몰아쉬는 꼴이, 거의 짐승처럼 만족한 듯했다. 그러니 그는 복수를 한 셈이었다.

산들바람이 개풀을 나부끼면서 어슐라의 얼굴을 스쳐 지나갔다. 그녀가 결코 얻지 못하는 그 지고한 성취감은 어디 가면 찾을 수 있단 말인가. 왜 자신은 이토록 싸늘한 채 흥분도 안 되고 냉담해 있는 것인가?

그들은 집으로 돌아가고 있었다. 어슐라가 그들이 묵고 있는 방갈로와 그 주위에 옹기종기 모여 있는 다른 방갈로의 불빛을 흘측하다고 보고 있는데, 스크레벤스키가 속삭였다.

"방문을 걸지 마요."

"아니, 이곳에서는 걸어야겠어요."

"제발 그러지 마요. 우리는 한 몸인데. 그 사실을 부인하지 맙시다."

어슐라는 대답하지 않았다. 어슐라가 잠자코 있자, 그는 동의하는 걸로 받아들였다. 그는 다른 남자 손님과 같이 방을 쓰고 있었다.

"제가 보다 행복한 나라로 건너간다고 해서 이곳에 묵는 사람들이 놀라진 않겠지요."

스크레벤스키가 슬쩍 방 친구에게 말을 건넸다.

"당신이 소동을 부리지 않고 다른 사람의 방문만 열지 않는다면야, 뭐 괜찮겠지요."

같은 방 친구는 잠자리로 들면서 대꾸했다.

스크레벤스키는 줄무늬가 굵게 난 잠옷 차림으로 방문을 나섰다. 넓은 식당을 지나갔다. 나지막하게 난롯불이 타고 있었다. 담배, 위스키, 커피 등의 냄새가 물씬 났다. 다음엔 다른 쪽 복도로 들어서서 어슐라의 방을 찾았다. 어슐라는 눈을 둥그렇게 뜨고, 괴로워하며 누워 있었다. 만일 그가 위로만 해주러 왔다면 그건 참말로 반가운 것이었다.

그의 팔에 안기어 그의 몸이 와 닿는 걸 느낀다는 건 큰 위로가 되었다. 그렇지만 그의 팔과 몸뚱이가 얼마나 낯설게 느껴지는가! 그래도 그 집안의 다른 사람들만큼 끔찍스럽도록 낯설고 절대적인 건 아니지 않은가.

어슐라는 자신이 이 집에서 얼마만큼 고통을 겪는지를 잘 알지 못했다. 그녀는 건강했고 모든 것에 엄청나게 관심이 많았다. 그래서 정구도 치고 골프도 배우고 보트를 타고 바다 깊은 곳까지 나가서 수영을 하는 등 열정에 가득 차 이 모든 것을 굉장히 즐겼다. 그러면서도 다른 사람들과 같이 있을 때는 충격을 받아 몸을 움츠렸다. 극도로 예민한 그녀의 나체가 다른 사람들의 혹독하고 잔인한 물질적 폭력 앞에 그대로 드러나 있는 느낌이었다.

육체를 완전히, 거의 격렬하게 즐기고 있는 사이에 여러 날이 지나갔다. 스크레벤스키는 저녁때까지는 다른 사람들과 어울리다가 그 후에는 어슐라와 둘이서 지냈다. 어슐라는 결혼을 목전에 두었고 또 다른 대륙으로 곧 떠나갈 처녀라고 해서 상당한 자유가 허용되었고, 후한 대접을 받았다.

고통은 밤에 시작되었다. 밤만 되면 미지의 것에 대한 동경심이, 무엇인지 알지 못할 것에 대한 정열이 그녀의 가슴에 몰려왔다. 어슐라는 연인과의 약속 장소에 나가는 양 기대감에 잔뜩 부풀어서 해질 무렵 바닷가를 혼자 거닐곤 했다. 짭짤하고 통렬한 바다의 정열, 대지에 대한 냉담함, 출렁이는 선명한 동작, 그 힘, 그 공격, 그리고 불타는 그 소금기는 어슐라를 극도로 자극하여 미칠 듯이 만들었고, 자아 성취에 대한 끝없는 기대감에 애태우게 했다. 그러다 그 화신으로서 스크레벤스키가 나타나곤 했다. 그녀가 잘 알고 좋아하며 매력적인 스크레벤스키. 그렇지만 그의 영혼은 그 힘찬 파도 속으로 어슐라를 포용시킬 수가 없었다. 그의 가슴도 불타는 바다의 정열 속으로 그녀를 몰아갈 수 없었다.

어느 날 저녁, 이들은 저녁을 먹은 뒤 나지막한 골프장을 건너 해변의 모래톱으로 갔다. 하늘엔 작은 별들이 희미하게 비칠 뿐, 사방은 적막하고 어두컴컴했다. 두 사람은 침묵 속에서 나란히 걸었다. 이윽고 모래톱 사이에 있는 쑥쑥 빠지는 모래밭을 힘들여 걸어 올라갔다. 고르게 어두컴컴한 암흑 속을 말없이 걷다가, 드디어 더 컴컴한 모래톱의 그림자 속으로 들어섰다.

어슐라는 발이 쑥쑥 빠지는 모래톱의 꼭대기에 이르렀을 때 문득 고개를 쳐들었다가 순간적으로 소스라치게 놀라 뒤로 물러났다. 커다란 하얀 물체가 그녀 앞을 가로막고 있었다. 달이 둥근 용광로의 아가리처럼 빛나고 있었고, 그곳으로부터 높이 몰아치는 질풍 같은 달빛이 바다 쪽을 비추고 있었다. 눈부시게 번쩍이는 하얀 빛이었다. 그들은 외마디 소리를 지르면서 잠시 그늘 속으로 몸을 감추었다. 스크레벤스키는 비밀이, 고이 감춰진 자신의 가슴이 그대로 드러난다고 느꼈다. 그는 자신의 몸뚱이가 녹아서 무가 된다고 느꼈다. 그건 유리구슬이 백열의 화염 속에서 금방 녹아 없어지는 기분과 같았다.

"너무 멋있어요!"

어슐라가 나지막이 속삭였다.

"아, 너무 멋있어요!"

어슐라는 달빛 속으로 뛰어들었다. 스크레벤스키도 뒤따랐다. 어슐라 역시 몸이 달을 향해서 녹아내려 그 찬란한 빛 속으로 스며든다고 느꼈다.

모래밭은 은가루를 뿌려놓은 듯했고, 바다는 한결같은 광채 속에서 출렁이며 그들을 향해 달려왔다. 어슐라는 앞으로 나가 번쩍이며 밀려오는 파도를 맞이했다. 어슐라는 젖가슴을 달님에게, 아랫배는 번쩍이며 밀려오는 파도에게 바쳤다. 스크레벤스키는 계속 작아지는 그림자처럼 꼼짝 못하고 뒤에 서 있었다.

어슐라는 밀려오는 파도 가에, 한결같이 번뜩이는 파도 가장자리에 서 있었고 파도는 그녀의 발 위로 밀려왔다.

"아, 난 가고 싶어!"

어슐라가 외쳤다. 강하게 주장하는 목소리였다.

"아, 가고 싶어라!"

스크레벤스키는 어슐라의 얼굴에 비친 달빛을 보았다. 어슐라는 금속 덩어리처럼 보였다. 그녀의 쩡쩡 울리는 금속성의 목소리는 괴조(怪鳥) 하피의 괴성처럼 들렸다.

어슐라는 무엇에 홀린 짐승처럼 물가를 왔다 갔다 하며 서성거렸고 스크레벤스키는 그 뒤를 따라다녔다. 처음에는 하얀 물거품이, 다음에는 번쩍이는 파도가 몰려와 어슐라의 발과 발목을 씻으며 내려갔다. 어슐라는 두 팔을 뻗어 몸의 균형을 잡았다. 어슐라는 어느 순간이건 옷 입은 채로 바다 속으로 걸어 들어가 수영을 하며 물결에 휩쓸려 갈 것이라고 스크레벤스키는 생각했다.

그러나 어슐라는 몸을 돌려 그에게로 걸어왔다.

"아, 난 가고 싶어요!"

어슐라가 또다시 소리쳤다. 갈매기의 울음처럼 쩡쩡 울리는 목소리였다.

"어디로요?"

그가 물었다.

"몰라요."

체포해 가는 듯 그의 팔을 꽉 잡고는 눈부시게 번쩍이는 물가로 그를 끌고 갔다.

그리고 그곳, 빛이 눈부시게 비치는 곳에서 갑자기 부서뜨리려는 듯 남자를 왈칵 껴안았다. 두 팔로 남자를 감싸 안았다. 팔을 세게 조이면서 그녀의 입은 그의 입술을 더듬어 입이 찢어질 듯 맹렬하게 키스를 퍼부었다. 마침내 그의 몸뚱이는 그녀가 맹렬하게 포옹하는 통에 기운이 빠졌고, 심장은 부리 달린 괴조의 맹렬한 키스 같은 그녀의 키스를 받고 겁에 질려 녹아들었다. 물결이 그들의 발 위로 다시 밀려왔지만, 어슐라는 아랑곳하지 않았다. 아니, 의식을 못 하는 것 같았다. 그녀는 부리 달린 입을 계속 그의 가슴속으로 밀어넣어 그의 심장을 파먹을 듯이 달려들었다.

이윽고 그녀는 뒤로 물러나 그를 쳐다보고 또 쳐다보았다. 여자가 무얼 원하는지 그는 알았다. 그는 여자의 손목을 잡아끌고 해변을 가로질러 모래톱으로 갔다. 여자는 묵묵히 따라갔다. 그는 자신의 능력을 과시해야 할 생사가 걸린 시련이 닥쳐왔다고 느꼈다. 그는 여자를 움푹 팬 컴컴한 곳으로 데려갔다.

“아니, 여기예요.” 어슐라가 달빛이 환하게 비치는 비탈로 걸어 나가면서 말했다. 어슐라는 눈을 크게 뜨고 달빛을 쳐다보면서 꼼짝 않고 누워 있었다.

스크레벤스키는 애무도 없이 다짜고짜로 달려들었다. 여자는 가슴에 꽂히는 듯 무섭게 그를 껴안았다. 절정에 달하려는 투쟁과 고투는 무시무시했다. 그 투쟁이 계속되자 마침내 남자의 영혼이 고통스러워졌다. 이윽고 남자는 굴복을 했고 죽은 사람처럼 몸이 축 늘어졌다. 얼굴의 일부분을 여자의 머리카락 속에, 또 일부는 모래 속에 파묻은 채 엎드려 꼼짝 않고 있었다. 마치 어둠 속에 가려서 영영 묻히어 꼼짝 않고 있을 것만 같았다. 사실 그는 이 기분 좋은 암흑 속에 영영 파묻히고 싶었다. 단지 그것만이 소원이었다.

그는 기절한 것 같았다. 한참 만에야 제정신을 차렸다. 어슐라의 가슴이 이상하게 움직인다고 느껴 눈을 들어 쳐다보았다. 얼굴은 달빛에 하나의 이미지처럼 보였고 눈은 크게 뜬 채 굳어 있었다. 그렇지만, 그 눈에서 눈물 한 방울이 천천히 흘러내렸다. 눈물은 여자의 뺨 위를 흘러내리면서 달빛에 반짝거렸다.

그는 이미 죽어 있는 자기 몸뚱이에 칼이 들어온다고 느꼈다. 고개를 젖히고 긴장한 채 얼마 동안 어슐라를 쳐다보았다. 달빛을 받은 그녀의 얼굴은 금속처럼 딱딱하게 굳어 있었다. 시선은 고정되어 아무것도 보지 않는 그녀의 눈에 천천히 눈물이 고여 달빛에 반짝이며 흔들렸다. 이윽고 눈물이 가득 고이더니 넘쳐서 방울져 흘러내렸다. 눈물은 달빛을 잔뜩 받으며 컴컴한 모래 속으로 떨어졌다.

스크레벤스키는 무서운 듯 서서히 어슐라에게서 몸을 빼고 물러났다. 그래도 어슐라는 꼼짝하지 않았다. 어슐라를 힐끗 쳐다보았다. 똑같이 부동자세로 누워 있었다. 아, 이 여자에게서 떠나갈 수만 있다면! 고개를 돌려 환히 트인 해변을 보자마자, 그는 몸을 홱 일으켜 도망쳤다. 얼굴은 영원토록 꼼짝 않으면서 눈물만 흘리며 모래 위 달빛 속에 뻣뻣이 누워 있는 이 끔찍스러운 형상으로부터 점점 더 멀리 도망쳤다.

다시 한 번 그 여자를 보는 날이면 그의 뼈는 으스러지고, 몸은 가루가 되어 지상에서 영영 사라질 것이라는 느낌이 들었다. 그래도 아직은 살아 있는 자기 몸에 애착이 갔다. 그는 멀리까지 도망쳤다. 마침내 머리는 캄캄해지고 몸은 지쳐 의식이 몽롱해졌다. 해초 더미 아래 가장 컴컴한 외진 곳에서 몸을 웅크리고 있다가 의식을 잃고 쓰러졌다.

어슐라는 움직일 때마다 몸이 쿡쿡 쑤시며 아팠지만, 쥐가 난 것처럼 팽팽하던 고통에서 서서히 벗어났다. 마비된 몸을 모래밭에서 천천히 들어 올려 일어섰다. 이제 그녀에게는 달도 바다도 없었다. 모든 것은 다 사라졌다. 마비된 몸을 이끌고 집으로 갔다. 방으로 들어가 그만 힘없이 누웠다.

아침이 되자 어슐라는 또다시 피상적인 생활로 돌아왔다. 그렇지만 그녀 속에서는 모든 것이 싸늘하게 죽어 있어 활력이 없었다. 스크레벤스키는 아침 식사 때 나타났다. 그의 안색은 파리했고 넋이 빠져 있었다. 그들은 서로 쳐다보지도 않았고 말도 건네지 않았다. 보통 사람들처럼 평범하고 사소한 이야기를 나누는 것 외에 두 사람 사이는 서로 떨어져 있었다. 이틀간 더 머물러 있는 동안에도 두 사람 사이에 일어났던 일에 대해서는 이야기하지 않았다. 그들은 마치 죽은 사람 같아서 감히 상대방을 알아보거나 쳐다볼 용기도 없었다.

이윽고 어슐라가 가방을 꾸리고 옷을 챙겨 입었다. 같은 기차로 함께 떠나는 손님들이 여러 명 되었다. 어슐라에게 말할 기회조차 없을 것 같았다.

스크레벤스키는 마지막 순간에 어슐라의 방문을 두드렸다. 어슐라는 양산을 들고 서 있었다. 그가 방문을 닫았다. 그러나 무슨 말을 해야 할지 몰랐다.

"그래, 나와는 끝장이 난 거요?"

그가 고개를 쳐들며 물었다.

"끝장을 낸 건 내가 아니에요."

어슐라가 대꾸했다. "당신이 나와 끝장을 낸 거죠. 우린 서로가 끝장을 낸 것이지요."

그는 여자를 쳐다보았다. 닫힌 얼굴이었다. 참 잔인한 얼굴이라는 생각이 들었다. 그는 다시는 그 여자에게 손을 댈 수 없다는 걸 알고 있었다. 의지는 박살이 나고, 마음은 시들어버렸지만 아직은 육체의 삶에 애착을 갖고 있었다.

"그래 내가 어쨌다는 거요?"

그는 좀 투덜거리는 어투였다.

"모르겠어요."

어슐라는 여전히 단조롭고 감정이 없는 어조로 대답했다.

"아무튼 이제 모든 것은 끝났어요. 실패였어요."

그는 말이 없었다. 그 말에 속은 부글부글 끓고 있었다.

"내 잘못이란 말이오?"

그는 마침내 눈을 들어 마지막 일격으로 도전하면서 물었다.

"당신은 할 수 없……."

어슐라는 말을 꺼내긴 했지만 중도에 그만두었다.

그는 더 이상 듣기가 무서워서 몸을 돌려버렸다. 어슐라는 가방과 손수건, 양산을 한데 모으기 시작했다. 이제 떠나야 했다. 스크레벤스키도 그녀가 떠나길 고대하고 있었다.

마침내 마차가 도착했고 어슐라는 다른 손님들과 함께 마차를 타고 떠났다. 그녀가 시야에서 사라지자 커다란 안도감이 스크레벤스키에게 몰려왔다. 상쾌한 기분이었다. 순식간에 지나간 모든 일이 잊혀졌다. 그는 낮 동안 내내 어린애처럼 상냥하고 붙임성 있게 굴었다. 인생이 그렇게 기분 좋을 수 있는가 하고 새삼 놀랐다. 그전보다 인생이 훨씬 더 좋지 않은가. 여자를 제거해 버리니 일이 얼마나 단순해졌는가! 모든 일이 얼마나 다정하고 단순해졌는가! 도대체 그 여자가 어떤 거짓 일을 강요했단 말인가?

그렇지만 정작 밤이 되자 감히 혼자 있을 수가 없었다. 한 방을 쓰던 친구도 떠나간 지금, 밤 시간은 그에게 크나큰 고통이었다. 그는 고통과 공포 속에서 창문을 바라보았다. 언제쯤 이 무시무시한 암흑이 그에게서 걷힐 것인가? 그는 전력을 다하여 밤 시간을 견디어냈다. 이윽고 새벽이

다가오면서 잠이 들었다.

한 번도 어슐라 생각 같은 것은 하지 않았다. 오로지 밤에 대한 공포만이 점점 커져서 광증같이 그를 사로잡았다. 그는 고뇌 때문에 계속 잠을 설치면서 간헐적으로 잠을 잤다. 공포가 그의 정수까지 침식해 들어갔다.

그는 늦게까지 자지 않기로 계획을 세웠다. 새벽 1시나 1시 반까지 친구들과 어울려 술을 마시고 그다음에 약 세 시간 동안 세상 모르고 잠을 자는 것이었다. 새벽 5시면 날이 훤했다. 그렇지만 그가 눈을 떴을 때 아직도 캄캄하면 그는 크게 충격을 받아 실성한 듯했다.

낮에는 괜찮았다. 순간적인 일에 항상 몰두해 있고 사소한 눈앞의 일에 집착해 있었다. 그에겐 이것으로써 충분하며 만족스러웠다. 그가 하는 일이 아무리 사소하고 무익하다 할지라도 하는 일에 완전히 자신을 바쳤고, 이것이 아주 정상적이고 자기 성취라고 느꼈다. 그는 항상 활동적이며 쾌활했다. 즐겁고 매력적이며 또한 평범했다. 단지 자기 침실의 암흑과 정적만은 무서워했다. 이때는 암흑이 그의 영혼에 도전해 오기 때문이었다. 도저히 참을 수 없었다. 그가 어슐라의 생각을 도저히 할 수 없는 것처럼.

그에겐 영혼이라든가 배경 같은 건 없었다. 그는 단 한 번도 어슐라 생각은 하지 않았고 또 어슐라에게 어떠한 표시도 하지 않았다. 어슐라는 암흑이요, 도전이요, 공포였다.

그는 목전의 일에 관심을 돌렸다. 빨리 결혼을 해서, 그의 영혼에 도전해 오는 이 암흑에서 자신을 가리고 싶었다. 그는 대령의 딸과 결혼할 생각이었다. 계속 움직여야 한다는 강박관념에 쫓겨 그는 서슴지 않고 곧 그녀에게 편지를 썼다. 그의 약혼이 파기됐으며, 그것은 일시적으로 피운 바람이었고 그 일이 이제는 완전히 끝났다는 것을 그 누구보다도 그 자신이 잘 알고 있으며, 그러니 그의 친애하는 여자 친구를 곧 만날 수 있는가 하는 내용이었다. 답장을 받기 전까지는 도저히 행복할 수 없다는 말도 덧붙였다.

그 여자 쪽에서는 좀 놀라워하며 답장을 보냈지만, 기꺼이 만나주겠다고 했다. 그 처녀는 아주머니 댁에 묵고 있었다. 스크레벤스키는 당장 찾아가서 첫 날 저녁 청혼을 했다. 그의 청혼은 받아들여졌고, 결혼식은 2주 만에 조용히 거행되었다. 어슐라는 이 사실을 전혀 모르고 있었다. 그 다음 주에 스크레벤스키는 새 아내와 함께 인도로 떠났다.

제16장
무지개

어슐라는 기진했고 의식이 몽롱해져 마음의 문을 닫아걸고 벨도버의 집으로 돌아왔다. 말도 제대로 할 수 없고 사물도 잘 알아볼 수 없었다. 몸의 정력이 얼어붙은 것 같았다. 식구들은 왜 그러느냐고 물었다. 식구들에게 얘기를 해주었다. 스크레벤스키와의 약혼을 깨버렸다고. 식구들은 어이가 없어 하며 화를 냈다. 그러나 어슐라는 그 어떤 것도 느낄 기력이 없었다.

냉담한 가운데 몇 주일이 느릿느릿 지나갔다. 지금쯤 스크레벤스키는 인도로 떠났을 것이다. 어슐라는 거의 관심이 없었다. 기력도 관심도 없이 그저 멍할 따름이었다.

어슐라는 갑자기 큰 충격을 받았다. 그 충격은 아주 격렬해서 어슐라는 마치 자신이 쓰러진 것 같았다. 아기를 밴 것인가? 어슐라는 자신과 그에 대한 정신적 고통으로 지쳐 있어서 이런 생각은 단 한 번도 해본 적이 없었다.

이제 이 생각은 화염처럼 그녀의 사지와 몸을 집어삼키는 듯했다. 아기를 가졌단 말인가?

처음 화염에 휩싸여 있던 경이의 몇 시간 동안 자신이 무엇을 느꼈는지조차 어슐라는 몰랐다. 그저 화형대에 묶여 있는 느낌이었다. 화염이 그녀를 태우며 삼키고 있었다. 그렇지만 그 화염이 기분 좋게도 느껴졌다. 화염은 그녀의 기운을 쏙 빼버려서 쉴 수 있게 해주는 것 같았다. 그녀는 화염이 그녀를 감싸고 파괴시켜 자신이 쉬도록 했다. 가슴과 자궁 속에서 무엇을 느꼈는지 그녀 자신도 몰랐다. 그것은 일종의 기절과 같은 것이었다.

그러다 가슴이 점점 무겁게 느껴지면서 의식이 들기 시작했다. 그녀는 무얼 하고 있는 것인가? 아기를 가졌단 말인가? 아기를 가졌다고? 누구의 아기를?

그녀의 몸은 흥분에 떨었다. 그러나 영혼은 아팠다. 이 아기는 그녀 자신의 행위가 무효하다는 증서에 붙인 봉인이라는 생각이 들었다. 그러나 아기를 가졌다는 사실에 육체는 기뻐했다. 어슐라는 스크레벤스키에게 편지를 쓰리라고 생각했다. 그에게로 가서 결혼을 하고 훌륭한 아내로 단순히 살아가겠다고. 자아니 삶의 형태니 하는 것이 무슨 문제가 된단 말인가? 단지 매일의 생활이 중요한 것이지. 육체적으로 사랑받는 삶, 풍요롭고 평화로우며 완전한 육체적 삶이 중요한 거지. 미래라든가, 더 이상의 고민이라든가, 복잡한 일은 필요가 없는 거야. 그녀가 틀렸던 것이다. 오만하고 사악해서 다른 것을, 그 터무니없는 자유를 원했던 것이다. 스크레벤스키하고는 도저히 이룰 수 없다고 상상했던 그 허깨비 같은 오만한 자아 성취를 원했던 것이다. 대관절 그녀가 누군데 터무니없는 삶의 성취를 원했단 말인가? 태양 아래서 남편과 자식과 몸 둘 곳을 가졌으면 그것으로 족하지 않은가? 그것이 어머니에게 충족을 주었듯이 나에게도 족하지 않은가? 결혼을 해 남편을 사랑하고 주어진 자리를 수수하게 채우리라. 그것이 이상적인 삶이지.

어머니가 옳고 진실하게 보였다. 어머니는 단순하며 근본적으로 옳았다. 주어진 삶을 그대로 감수하지 않았던가. 자기처럼 오만한 자부심을 가지고 스스로에게 알맞은 삶을 창조하겠다고 고집 부리지 않았지. 어머니는 옳았어. 지대하게 옳았어. 그런데 난 위선적이고 난 체 하는 쓰레기 같은 인간이야.

어슐라는 매우 겸허해졌으며, 이러한 겸허한 상태에서 일종의 속박 같은 평화를 느꼈다. 그녀는 이 속박에 온몸을 내맡겼고 그 속박을 사랑하며 평화라고 불렀다. 이러한 상태에서 어슐라는 차분히 앉아서 스크레벤스키에게 편지를 썼다.

당신이 떠나신 뒤 저는 굉장히 고민을 하다가 이제야 제 정신을 차리게 되었어요. 저의 악하고 비뚤어진 행동에 대하여 제가 얼마나 양심의 가책을 느끼는지 이루 다 말씀드릴 수 없어요. 당신을 사랑하고 저에 대한 당신의 사랑을 깨달은 것은 하느님이 주신 선물이었어요. 무릎을 꿇고 하느님이 주신 것을 고맙게 받아들이는 대신 달을 잡으려고 했어요. 달을 따겠다고 고집했어요. 또 달을 딸 수 없으면 그 밖의 모든 것이 사라져도 좋다고 했어요.

당신이 이러한 저를 정말로 용서하실지 모르겠어요. 마지막 교제 기간 동안 제가 취한 행동을 생각하면 부끄러워 죽겠어요. 정말로 당신을 다시 만날 용기가 없어요. 제일 좋은 방법은 제가 죽어서 이러한 망상을 완전히 없애버리는 것이지요. 그러나 제가 임신했다는 사실을 알게 되었으니, 그렇게 할 수도 없게 되었어요.

이 아인 당신의 아이예요. 그런 까닭으로 저는 아이를 소중히 여기고 아이의 행복을 위하여 제 몸을 완전히 바치겠어요. 죽는다는 생각도 말아야죠. 결국 그것도 시건방진 생각이니까요. 그러니, 당신이 한때 저를 사랑하셨고 이 아이는 당신의 아이니까 저를 받아주세요. 저에게 한마디만 전보를 치시면, 전 곧 당신에게 달려가겠어요. 의무를 다하는 아내가 되어 모든 일에서 당신에게 헌신할 것을 맹세해요. 이젠 제 자신과 저의 교만한 어리석음이 밉습니다. 당신을 사랑해요. 당신 생각하기를 좋아하고요. 당신은 제가 그렇게 위선적으로 행동했을 때도 자연스럽고 점잖게 대해주셨어요. 제가 다시 당신과 합류하게 된다면 한평생 당신의 보금자리에서 지내는 것 이상은 바라지 않겠어요.

어슐라는 가장 깊고 진지한 마음에서 우러나오는 듯, 이 편지를 한 자 한 자 적어나갔다. 이제야 자기의 내밀한 자아를 알게 된 것 같았다. 이것이야말로 그녀의 진정하고도 영원한 자아였다. 이 편지를 가지고 심판의 날 하느님 앞에 서리라.

여자에겐 인종하는 것 외에 또 무슨 길이 있단 말인가? 여자의 육체는 아이를 낳기 위한 것이고, 체력은 아이들과 생명의 수여자인 남편을 위해 쓰는 것이 아닌가? 마침내 어슐라도 한 여자가 된 것이었다.

어슐라는 이 편지를 그의 클럽으로 우송해서 캘커타에 있는 그에게로 전송하게끔 했다. 그가 인도에 도착하면 얼마 안 있어 그 편지를 받게 되겠지. 그가 도착한 지 3주 내로 말이야. 그러면 한 달쯤 지나 그에게서 답장을 받게 될 것이고 또 인도로 가게 되겠지.

어슐라는 스크레벤스키가 자신을 꼭 받아주리라 확신했다. 그래서 여러 가지 옷가지를 마련하며, 스크레벤스키와 합류해서 자신의 역사가 완전히 끝나기까지 조용히 평화롭게 기다릴 생각만 했다. 평화가 마치 인위적인 적막같이 오랫동안 지속되었다. 한편으로는 마음속에서 반항심이 점점 생겨나는 걸 깨달았다. 어떤 소동이 임박해 오는 것 같았다. 어슐라는 그러한 심리에서 도망치려고 했다. 스크레벤스키에게서 답장이 와서 그녀의 인생 진로가 확정되어, 주어진 운명을 그대로 따르게 되길 바랐다. 이렇게 무위의 상태에 있게 되면 어슐라는 자신이 경계하고 있는 그 반항의 길에 쉽사리 들어설 것이었다.

그러고 보니 스크레벤스키가 그전에 소식 한 줄 안 보낸 것에 자신이 그렇게도 무관심했던 일이 참으로 신기했다. 하지만 그녀가 편지를 보낸 것으로 충분하다고 생각했다. 고대하던 답장이 올 것이고, 그러면 될 것이었다.

10월 초순 어느 날 오후, 어슐라는 미칠 듯이 끓어오르는 마음을 막을 길 없어 비가 내리는 바깥으로 빠져나가 길을 걸었다. 집 안에서는 답답해서 질식할 것만 같았다. 사방은 비에 푹 젖은 데다 인적은 끊겼다. 집들은 검댕이가 끼어 검붉게 빛났으며 그 줄 끝에 있는 모퉁이 집은 번쩍이는 검은 보랏빛 지붕 아래서 한 줄기 빛을 받아 새빨갛게 불타는 듯했다. 어슐라는 윌리 그린을 향해 걸었다. 얼굴을 쳐들고 재빨리 걸었다. 빛이 옅은 골짜기를 가로질러 지나가는 걸 보았다. 멀리 희뿌옇게 비가 쏟아지는 곳에 탄광과 탄광에서 나오는 구름 같은 증기가 잠시 환상처럼 어렴풋이 빛났다. 그러다가 다시 비가 장막을 친 듯이 내렸다. 비가 내려 포근하며 아늑한 분위기가 생기니 기분이 좋았다.

어슐라는 숲을 향해 걸어가면서 낮은 구름 사이로 윌리 호수의 물이 희뿌옇게 번쩍이는 것을 보았다. 탁 트인 평지를 계속 걷고 있었다. 산사나무 잎사귀들이 바람에 머리카락같이 나부꼈고 둥근 관목들은 빗속에서 혼령처럼 서 있었다. 아주 멋지고 자유로운 혼돈의 상태였다.

어슐라는 비를 피하기 위하여 얼른 숲 속으로 달려갔다. 그곳에선 거센 바람이 머리 위로 윙윙거리며 불었고, 또 밑으로 내려와 어슐라의 주위를 맴돌았다. 나무줄기들은 무시무시한 소리를 내며 윙윙거렸다. 엄청나게 큰 나무들이 수없이 많았고, 빗물이 시커멓게 줄줄 흘러내렸다. 바람이 요동치는 머리 위와 질풍이 몸을 휘감으며 불어대는 다리 밑 사이에, 나무들이 기둥처럼 버티고 서 있었다. 어슐라는 겁이 나서 나무줄기 사이를 미끄러지듯 빠져나가고 있었다. 이렇게 묵묵히 버티고 있는 나무 사이를 빠져나가면서 이 나무들이 갑자기 몸을 돌려 그녀를 꼼짝 못하게 가둘까 봐 겁이 났다.

어슐라는 자기 몸이 이 나무들한테는 보이지 않는다는 환상 속에서 계속 미끄러지듯 걸어 나갔다. 자신이 마치 거대한 병사들이 식탁에 둘러앉아 있는 홀의 창문으로 날아든 새 같다고 느꼈다. 병사들이 엄숙하게 중얼거리는 대열 사이를 자기는 눈에 띄지 않았다고 생각하며 재빨리 지나갔다. 마침내 가슴을 두근거리며 멀리 있는 창문을 통해 새가 다시 날아가듯, 새파란 늪지대 풀밭으로 걸어 나갔다.

어슐라는 공유지에 있는 오두막 지붕 밑으로 들어섰다. 비는 커다란 면사포를 펼쳐놓은 듯이 나무숲 풍경 위로 하늘거리는 물결처럼 떠 있었다. 어슐라는 집으로부터 멀리 떨어진 이곳에서 비에 흠뻑 젖은 채 비와 흐늘거리는 풍경 속에 휩싸여 있었다. 비바람 치는 이곳을 지나서 오던 길로 다시 나가야만 안정되고 편안한 집으로 갈 수 있었다.

어슐라는 집으로 돌아가기 위해 황야 한가운데로 난 좁은 길로 호젓이 들어섰다. 길은 마른 풀 덤불이 양쪽으로 높이 들어선 사이로 풀밭이 움푹 패 있는 곳이었다. 산토끼나 다닐 수 있는 좁은 길이었다. 어슐라는 바람에 떠가는 한 마리 새처럼 발걸음을 옮기는 데만 정신을 쓰며 아무 생각 없이 발걸음을 재촉했다. 그러나 움푹 팬 이 도랑길을 따라갈 때 마음속에는 작은 공포의 씨앗이 싹트고 있었다.

문득 무언가가 있다는 걸 깨닫게 되었다. 몇 필의 말들이 빗속에서 어렴풋이 보였다. 아직 가까이는 오지 않았다. 그렇지만 가까이 올 참이었다. 어슐라는 별다른 수가 없어 계속 걸어 나갔다. 말들은 어슐라가 가고 있는 길 건너편, 나무가 우거진 숲 밑에 있었다. 어슐라는 고개를 푹 숙이고 계속 걸었다. 말 있는 쪽으로는 얼굴을 들고 싶지 않았다. 말이 그곳에 있다는 걸 알고 싶지 않았다. 그냥 풀숲의 도랑 길을 계속 걸어갔다.

가슴이 무거워오는 걸 느꼈다. 그건 말이 주는 중압감이었다. 그렇지만 말들을 피해 돌아가리라. 그 중압감을 꾹 참아내고 교묘하게 피해 가리라. 계속 앞으로 밀고 나아가 슬쩍 말 옆을 지나가리라.

갑자기 그 중압감은 더해 갔고, 가슴은 그걸 견뎌내느라 바짝 긴장했다. 숨이 가빠졌다. 그렇지만 이 정도의 중압감쯤 견뎌낼 수 있었다. 보진 않았지만 말들이 가까이 온다는 걸 알았다. 도대체 저것들이 무얼까? 땅을 뒤흔드는 말굽의 진동을 몸으로 느꼈다. 그녀에게 다가오고 있는 것이 무언가? 대관절 무엇이 가슴을 이렇게 내리누르는가? 어슐라는 그 정체를 알지 못했고, 또 눈을 들어 보려고 하지도 않았다.

그러나 이제 길은 차단되었다. 말들이 길을 막고 서서 어슐라가 뒤로 물러서게 했다. 말들은 갈대가 우거진 둑 위의 통나무 다리 위에 몰려 있었다. 말들은 시커멓게 모여 서서 무시무시한 무리를 짓고 있었다.

어슐라의 발걸음은 계속 앞으로 나아갔다. 저 말들이 내

앞에서 흩어지겠지. 내 앞에서 흩어져 버리겠지. 그녀의 발걸음은 계속 앞으로 나아갔다. 그녀의 신경과 혈관은 긴장되고, 점점 더 긴장이 되어 뜨겁게 달아올랐다. 백열처럼 뜨겁게 달아오르며 녹는 듯하여 어슐라는 죽을 것만 같았다.

그렇지만 정말로 말들은 어슐라 앞에서 흩어졌다. 번개 같은 것을 맞았다 하는 순간, 말들의 동작은 어슐라의 몸을 통과했다. 말들이 그녀 앞에서 흩어져서 저쪽으로 한데 모였다. 그때 말의 엉덩이 쪽의 근육이 부르르 떨리고 긴장하며 씰룩거렸다.

말이 아주 가버리지는 않았다는 것을 어슐라는 알고 있었다. 말이 아직도 자기를 기다리고 있다는 걸 알 수 있었다. 그렇지만 어슐라는 말들이 방금 발굽을 구르며 지나간 통나무 다리 위를 계속 걸어갔다. 말들을 계속 의식하면서 걸어갔다. 말의 가슴팍이 긴장을 해서 절대로 풀리지 않고 꽉 조여 있다는 것도 알고 있었다. 붉은 콧구멍은 오래 참느라 불꽃으로 튀고, 둥글고 육중한 엉덩이는 계속 씰룩이며 앞으로 밀어붙여서 잔뜩 긴장한 가슴팍의 근육을 풀어보려 했다. 엉덩이가 계속 앞으로 몰아붙이니까 급기야는 긴장한 가슴팍이 미칠 듯이 날뛰며 시간이라는 벽에 가서 부딪쳐 보았으나 절대로 근육이 풀리진 않았다. 그 커다란 엉덩이들은 비를 맞아 시커멓고 번지르르했다. 그렇지만 시커멓게 몸을 적셔대는 비도 말의 옆구리에 들어 있는, 거세게 밀어닥치는 이 엄청난 불길을 절대로 끌 수 없었다.

어슐라는 점점 더 다가갔다. 말발굽에서 나오는 커다란

섬광이, 푸르스름한 무지갯빛 섬광이 시커먼 웅덩이를 에워싸는 것을 알았다. 말발굽에서 나오는 푸르스름한 무지갯빛 섬광은 점점 더 크게 번쩍였다. 근육이 울룩불룩 튀어나온 시커먼 엉덩이 주위로 번개의 후광처럼 크게 번져나갔다. 말발굽의 섬광은 말의 거센 엉덩이 주위에서 둥그스름한 번갯불 모양으로 튀어나왔다.

말들은 다시 어슐라를 기다리고 있었다. 떡갈나무 밑에 한데 모여서 그 무시무시한 엉덩이를 여봐란듯이 한 덩어리로 모으면서, 어슐라를 잔뜩 노리고 있었다. 어슐라가 다가오기만을 기다리고 있었다. 마치 먼 데서부터 오는 양 어슐라는 잔가지를 많이 친 떡갈나무들이 일렬로 늘어선 곳을 향해 다가가고 있었다. 그곳엔 말들이 둑 위에 모여서 시커멓게 무리를 짓고 있었다.

어슐라는 가까이 갈 수밖에 없었다. 그러나 말들은 곧 흩어졌다. 어슐라를 일부러 피하는 듯 느리게 뛰면서 넓게 원을 그리며 달리더니 어슐라 뒤쪽에 있는 탁 트인 언덕 기슭으로 모여들었다.

이제 말들은 어슐라 뒤쪽에 있었다. 어슐라 앞에 있는 길은 탁 트여 있었다. 가까이에 있는 생울타리에 달린 대문에 이르기까지는. 어슐라는 작은 밭 가운데로 난 길을 조금 걸으면 곧 신작로로 들어서게 되었다. 즉, 질서 잡힌 인간세계로 다시 들어서게 되는 것이다. 길은 탁 트여 있었다. 어슐라는 가슴을 진정시켰다. 그러나 가슴속엔 내내 공포가 가득 차 있었다.

어슐라는 별안간 벼락에라도 맞은 듯 우뚝 멈춰 섰다가,

쓰러질 듯하면서 종종걸음으로 비틀거리며 앞으로 나갔다. 뒤에서 달려오는 말들의 우레 같은 발굽 소리가 어슐라의 몸을 뒤흔들었다. 그 중압감은 어슐라를 계속 내리눌러서 숨이 끊어질 지경이었다. 돌아다볼 수도 없었고 말들은 그녀 위로 우레처럼 몰려왔다.

말 떼는 잔인스럽게 어슐라 옆으로 나서더니 요란한 소릴 내면서 왼쪽을 스쳐 지나갔다. 어슐라는 말의 옆구리가 사납게 주름진 걸 보았다. 그래도 부족한지 커다란 발굽은 불꽃을 번쩍번쩍 일으키며 그녀 주위를 이리저리 왔다 갔다 했다. 그러다 말들은 스스로 흥분하여 한 마리씩 요란한 소릴 내면서 홱홱 옆으로 지나갔다.

말들은 어슐라 주위를 우레처럼 홱홱 돌면서 몰아치더니 어느 결에 다 지나가 버렸다. 말들은 미칠 듯이 달려가던 속도를 줄였다. 점점 속력을 줄이더니 어슐라 앞쪽의 대문과 나무가 들어서 있는 모퉁이에서 또다시 한 덩어리로 모여들었다. 말들은 몸을 꿈적거리면서 거북스럽게 움직이더니, 그 씰룩거리는 엉덩이를 한데 모아 같은 목적을 가진 하나의 무리로 뭉쳤다. 말들은 또 어슐라에 맞서 버티고 서 있었다.

어슐라는 용기를 잃었다. 어슐라에겐 더 이상의 용기가 없었다. 자신이 감히 가까이 갈 수 없다는 걸 알고 있었다. 한 무리로 뭉친 말 떼가 드디어 승리한 셈이었다. 그 말들은 자기네가 이긴 것을 잘 알면서도 어슐라가 다가오기를 기다리며 불편해서 꿈적거리고 있었다. 그 말들은 승리를 기다리는 초조한 상태에서 거북스럽게 꿈적거렸다.

어슐라의 용기는 사라졌고 맥이 풀려서 몸 전체가 물처럼 녹아버린 듯했다. 육중하게 말들이 모여 있는 곳에 모든 냉혹성과 거센 힘이 집결된 듯했다.

어슐라의 발걸음이 휘청거리다가 이윽고 완전히 멈춰 섰다. 그건 결정적인 위기였다. 말들은 옆구리를 불안하게 움직거렸다. 어슐라는 어지럼증을 느끼며 먼 곳을 쳐다보았다. 왼쪽으로 약 200야드 떨어진 기슭에 무성한 생울타리가 지금 걷는 길과 평행선으로 나 있었다. 한 지점에는 떡갈나무 한 그루가 서 있었다. 그 떡갈나무의 가지로 올라가 뒤로 돌아가면 생울타리 안쪽으로 뛰어내릴 수 있을 것 같았다.

어슐라는 몸을 부르르 떨면서 물처럼 흐물거리는 사지를 이끌고 매 순간 넘어질까 겁을 내면서 말 떼들을 멀리 피해 돌아가는 체하며 앞으로 걸어가기 시작했다. 말 떼는 어슐라에게 대항하며 하나로 뭉친 몸뚱이를 흔들었다. 어슐라는 넋이 빠진 사람처럼 부들부들 떨면서 앞으로 나갔다.

그러다 어슐라는 갑자기 불꽃이 튀기듯 쏜살같이 달려가 울퉁불퉁하게 매듭 진 떡갈나무의 가지를 꽉 붙잡고 나무 위로 기어오르기 시작했다. 몸은 기력이 없었지만 손아귀는 강철처럼 단단했다. 자신의 힘이 세다는 걸 알 수 있었다. 어슐라는 안간힘을 다해 가지에 매달렸다. 말들이 눈치 챘다는 것도 알고 있었다. 겨우 가지 위에 발을 디디게 되었다. 말들은 한데 모인 곳에서 움직거리며 나오면서 어찌된 영문인지 알려고 했다. 어슐라는 나무 뒤쪽으로 돌아가고 있었다. 말들이 어슐라를 향해 달려오기 시작했을 때 어슐라는 생울타리 안쪽으로 훌쩍 뛰어내렸다.

잠시 동안 꼼짝할 수가 없었다. 그러다가 생울타리 밑으로 난 토끼 구멍을 통해서 말들이 커다란 발굽을 마구 휘두르며 가까이 달려오는 걸 보았다. 어슐라는 그냥 보고만 있을 수가 없었다. 얼른 일어나 대각선으로 밭을 재빨리 가로질러 갔다. 말 떼는 생울타리 바깥쪽을 따라 달려오더니 그만 모퉁이에서 멈추어 섰다. 어슐라는 텅 빈 밭 위를 가로질러 발걸음을 재촉하는 동안에도 내내 말들이 모퉁이에서 떼를 지어 있다는 걸 느낄 수 있었다. 이제 말들은 애처로울 정도였다. 어슐라는 순전히 의지력으로 계속 걸어갔다. 이윽고 담장까지 온 어슐라는 몸을 부르르 떨면서 담장을 넘기 시작했다. 그 담장에는 가시나무가 기대어 서 있었고, 그 가지는 신작로 옆 풀밭 위로 쭉 뻗어 있었다. 이제 어슐라에게서 기운이 쏙 빠져나갔다. 어슐라는 가시나무 가지에 등을 기댄 채 꼼짝 않고 담장 위에 앉아 있었다.

그렇게 지쳐서 앉아 있는 동안 어슐라의 의식에서 시간이나 변화의 유동 같은 것은 멀리 사라져버렸다. 어슐라는 마치 의식을 잃고 강물의 밑바닥에 누워 있는 양 누워 있었다. 의식 없이 변하지 않고 변할 수도 없는 돌멩이처럼 누워 있었다. 한편 온갖 것들은 어슐라를 그곳에 남겨둔 채 덧없이 굴러 지나갔다. 강바닥에 쉬고 있는 변할 수도 없는 수동적인 하나의 돌멩이같이 어슐라는 모든 변화의 밑바닥에 가라앉았다.

어슐라는 가시나무 등걸에 등을 기대고 최종의 고립 속에서 오랫동안 누워 있었다. 광부 몇 명이 비에 젖은 길을 터벅터벅 걸어 지나갔다. 그들의 목소리는 쩡쩡 울렸다. 어깨를 귀밑까지 들어 올리고, 비에 젖은 모습은 얼룩덜룩하여 유령 같아 보였다. 광부들은 어슐라를 보지 못했다. 그들이 지나갈 때 어슐라는 몸이 나른한 채 눈을 지그시 떠보았다. 그러다 혼자 가던 광부가 어슐라를 보게 되었다. 그녀를 쳐다보고 너무나도 놀라 광부의 검은 얼굴에서 눈의 흰자위가 희번덕거렸다. 광부는 겁이 났지만 한편 걱정이 되어, 말을 걸까 말까 망설이며 걸어갔다. 그가 말을 걸까 봐, 왜 그러느냐고 물을까 봐 얼마나 걱정을 했던지!

어슐라는 자리에서 미끄러져 내려가 몽롱한 상태에서 오솔길을 걸어갔다. 집까지는 아직 멀었다. 평생 이렇게 지친 상태에서 계속 걸어야 한다는 생각이 들었다. 한 걸음, 한 걸음. 생울타리 사이에 난 비에 젖은 길을 언제까지나 걸어가야 했다. 한 걸음, 한 걸음 계속 내딛다 보니 그 단조로움에서 뱃속이 차가워지며 심한 욕지기를 느꼈다. 이 차가운 욕지기는 얼마나 깊은 뱃속에서부터 올라오는 건가! 얼마나 깊은 뱃속에서! 그 차가운 욕지기도 바닥까지 다 드러냈다. 오늘은 모든 것의 바닥까지 다 보는 운을 가졌나보다. 모든 것의 바닥까지. 하여튼 어슐라는 가장 깊은 강바닥을 걷고 있었다. 그러니 아주 안전했다. 언제까지나 계속 걸어간다 하더라도 이것이 바로 맨 밑바닥이라 더 이상의 밑은 없다는 걸 알고 있어 매우 안심이 되었다. 더 이상 내려갈 데가 없으니 안전하게 느끼고 수동적으로 될 수밖에 없었다.

어슐라는 마침내 집에 도착했다. 벨도버에 이르는 언덕

을 올라가기가 굉장히 힘들었다. 사람은 왜 언덕을 올라가야 하나? 왜 올라가야 하나? 왜 밑에 있으면 안 되나? 왜 억지로 언덕 꼭대기까지 올라가라고 강요하나? 왜 밑창에 있는 사람보고 자꾸만 위로, 위로 올라가라고 강요하는가? 아, 그건 굉장히 힘들었어. 굉장히 힘들고 지치는 일이었어! 언제나 짐이지. 언제곤, 언제나 짐이라니까. 그래도 언덕 꼭대기까지 올라가서 집의 잠자리로 가야 했다. 잠자리로 가야 했다.

어슐라는 집 안으로 들어온 후, 흠뻑 젖어 있는 꼴을 식구들에게 보이지 않으려고 컴컴한 2층으로 올라갔다. 너무 지쳐서 다시 아래층으로 내려갈 수가 없었다. 침대로 들어가 추워서 몸을 덜덜 떨며 누워 있었다. 그러면서도 마음은 너무나도 냉담해서 일어나거나 도움을 청할 수도 없었다. 그러다 몸이 점점 더 아파왔다.

2주 동안 어슐라는 굉장히 앓았다. 헛소리를 하고 오한에 떨고 온몸이 쿡쿡 쑤셨다. 그러나 이렇게 헛소리를 하며 앓고 있으면서도 무디게나마 존재에 대한 확고성과 영원성을 느꼈다. 어슐라는 어떤 의미에서는 강바닥에 있는 돌멩이 같아서, 아무리 폭풍이 그녀의 몸속에서 요동을 친다 해도 끄떡도 않을 존재였다. 어슐라의 영혼은 고통에 가득 찬 채 조용히, 영원히 누워 있었다. 그 영혼 자체가 영원한 것이었다. 어슐라는 이렇게 아픈 동안에도 마음속 깊이에서 한 가지 사실만은 계속 의식하고 있었다.

어슐라는 의식하고 있었지만, 이에 더 이상 관심을 두지 않았다. 앓고 있는 동안 자신과 스크레벤스키에 대한 문제가 일그러진 형태로 눈앞에서 어렴풋이 보였다. 그건 일종의 겉을 갉아먹는 피상적인 아픔에 지나지 않아, 어슐라의 마음속 깊이에 끄떡 않고 있는 실체의 핵심은 건드릴 수 없었다. 그의 부식력은 어슐라의 몸속에서 훨훨 타오르더니 급기야는 부식력 자체가 타버렸다.

그녀가 스크레벤스키에게 속해야만 하는 건가? 그래 그에게 집착을 해야만 하는 건가? 무언가가 그렇게 하라고 강요했지만, 그건 진실 같지가 않았다. 그녀가 스크레벤스키에게 속해야 한다는 고통이, 비현실성에서 오는 고통이 항상 뒤따랐다. 그녀가 그에게 묶여 있지 않은데, 무엇이 자꾸 그녀를 그에게 묶으려고 드는가? 왜 허위성이 집요하게 매달리는가? 왜 허위성이 그녀를 갉아먹고, 갉아먹고 또 갉아먹는가? 왜 자신은 맑은 정신으로 현실로 깨어나지 못하는가? 만일 깨어나기만 한다면, 아, 깨어날 수만 있다면, 스크레벤스키와의 꿈처럼 허위적인 관계는 사라질 텐데. 그러나 잠이, 혼수상태가, 그녀를 꼼짝 못하게 옭아맸다. 그래서 그녀가 침착하게 제정신으로 있을 때도 정신착란 증세가 나타났다.

그러나 그 마술에 완전히 걸려 있는 것은 결코 아니었다. 어떤 외적 조건이 그녀를 그에게 묶어놓는 것일까? 어떤 굴레가 그녀에게 들씌워져 있었다. 그런데 왜 자기는 그 굴레를 뚫고 나가지 못하는가? 그 굴레는 대관절 무엇인가? 무엇이란 말인가?

헛소리를 하는 의식 속에서도 어슐라는 계속 이 질문을 하고 또 했다. 결국 몸이 지치고 보니 자연 그 대답이 나왔다. 그건 아기였다. 아기가 그녀를 스크레벤스키에게 묶었던 것이다. 그러니까 아기는 그녀의 머리를 바싹 옭아맨 굴레 같은 존재였다. 아기가 그녀를 스크레벤스키에게 묶었던 것이다.

그렇지만 왜, 무엇 때문에 아기가 그녀를 스크레벤스키에게 묶는담? 그녀는 자신의 아기는 가질 수 없단 말인가? 아기는 그녀 자신의 문제가 아닌가? 몽땅 그녀의 문제가 아닌가? 아기가 그와 무슨 상관이 있단 말인가? 이 구속 때문에 그녀가 아픔을 겪고 경련을 일으키면서, 왜 스크레벤스키와 그의 세계에 묶여 있어야 하는가? 안톤의 세계. 그것은 열로 달아오른 어슐라의 머릿속에서 그녀를 에워싸고 내리누르는 힘으로 작용했다. 이 압박에서 벗어나지 못하면 미칠 것 같았다. 그 압박이란 것은 안톤과 안톤의 세계였다. 그녀가 소유하고 있는 안톤이 아니라, 그녀가 소유하지 못한 부분의 안톤으로서, 그건 다른 영향권, 즉 세상이 소유하고 있는 부분이었다.

어슐라는 앓고 있는 동안에도 내내 그와 그의 세계에서 벗어나려고, 그 세계를 제 본래의 자리로 밀어내고 또 밀어내려고 애를 쓰고 또 애를 썼다. 그러나 그 세계는 계속 다시 그녀를 지배했고, 새로이 그녀를 휘어잡았다. 아, 그 형용할 수 없는 육신의 피곤함이여! 벗어버릴 수도 없고, 그렇다고 자유케 할 수도 없는 이 몸뚱이. 오로지 자신을 이 궁지에서 구출해 낼 수만 있다면! 그녀 자신을 감정에서, 자신의 몸뚱이에서, 그녀와 접촉하는 세상의 모든 장애물로부터, 아버지와 어머니와 애인과 모든 친지로부터 해방시킬 수만 있다면!

어슐라는 고통으로 흠빽 지쳐 있으면서도 되풀이해서 중얼거렸다.

"나에겐 아버지도 어머니도 애인도 없어. 이 세상에 내가 할당받은 곳은 없어. 난 벨도버나 노팅엄이나 영국이나 이 세상의 어느 곳에도 속하지 않아. 이들 중 그 어느 것도 존재하지 않아. 난 이들에게 빠져들어서 속박을 받고 있지만, 이들은 모두가 실체가 아니야. 마치 견과가 비실체인 겉껍질을 부수고 나오는 것같이 나도 이들을 깨버리고 나가야만 해."

열로 달아오른 어슐라의 머릿속에서 2월의 도토리가 숲속에 떨어져 있는 광경이 선명하게 떠올랐다. 겉껍질은 터져 옆에 내동댕이쳐지고, 속 알맹이만 그대로 드러난 채 싹이 돋고 있었다. 어슐라는 자신의 몸이 청순한 싹이 힘있게 돋고 있는 속알맹이 그대로라고 생각했다. 세상은 지나가 버린 겨울같이 내동댕이쳐지고, 어머니와 아버지, 스크레벤스키, 대학, 그리고 모든 친지들은 흘러간 묵은 해같이 모두 던져버려졌다. 한편 속 알맹이인 어슐라는 자유로이 몸을 드러내 놓고 절대적인 시간의 흐름 속에서 새로운 뿌리를 내리고 대영원의 새로운 지식을 창조하려고 애쓰고 있었다. 그 속 알맹이만이 유일한 실체였다. 그 외에 나머지는 다 망각 속으로 던져졌다.

이러한 의식이 어슐라에게서 점점 커갔다. 오후에 눈을 뜨고 창문 너머로 희뿌옇게 비치는 연기 낀 풍경을 볼라치면 이 모든 것은 빈 껍데기로 생각되었다. 어디를 둘러보아도 빈 껍데기밖에 보이지 않았다. 아직도 껍데기 속에 갇혀 있기는 했어도 허술한 데가 있었다. 속 알맹이인 그녀의 몸과 껍데기 사이에는 어느 정도 여유가 있었다. 껍데기는 터져서 금이 가 있었다. 얼마 안 있어 그녀는 새로운 '날' 속에 뿌리를 내릴 수 있게 되리라. 그녀의 알몸은 새로운 하늘과 새로운 공기를 안식처로 삼을 것이며, 이 썩어가는 낡은 껍데기는 곧 사라지리라.

어슐라는 이제 서서히 잠다운 잠을 자기 시작했다. 새로운 실체를 입는다는 확신을 가지고 잠을 잤다. 영혼으로 새로운 세계의 신선한 공기를 들이켜며 잠을 잤다. 그 평화는 참으로 깊고도 풍요로웠다. 어슐라는 새로운 땅에 뿌리를 내리고 점차로 성장에 몰두하게 되었다.

마침내 잠이 깼을 때는, 새로운 날이 지상에 열린 것 같았다. 이 새로운 새벽을 맞이하려고 자신은 얼마나, 그 얼마나 오랫동안 먼지와 암흑 속을 애써 헤쳐왔던가. 겨울이 끝날 무렵, 꽃을 피운 가냘픈 꽃송이처럼 자신은 얼마나 가냘프고 섬세하며 순결한가. 그러나 밤의 축(軸)은 이미 돌아갔고, 새벽이 동트고 있었다.

아주 저 멀리에 그녀의 옛 체험이, 스크레벤스키와 또 그와의 이별이 아주 멀리에 아득히 있었다. 그중 몇 가지는 진실한 것이었다. 그 매혹적이었던 처음 몇 주간은, 전에는 이런 것이 환영 같아 보였는데, 이제는 평범한 실체로 보였다. 그 나머지 것들은 실체가 못 되었다. 스크레벤스키는 단 한 번도 결정적으로 실체가 되지 못했다는 걸 어슐라는 잘 알고 있었다. 몇 주 동안 정열적인 몰아경지에 있을 때도 그는 어슐라의 욕정으로 인해 그녀와 일체가 된 것이었다. 말하자면, 어슐라가 그동안만 그를 그러한 존재로 만들어놓은 것이었다. 그러므로 끝에 가서는 그가 진이 빠져 쓰러졌다.

기묘하게도 텅 빈 공간이 그녀와 그를 갈라놓았다. 한때의 추억이나 지나간 한때의 자아를 좋아하듯 어슐라는 지금 스크레벤스키를 좋아했다. 그는 이제 한정된 과거의 존재였다. 그는 이제 빤히 다 드러난 존재였다. 지나간 것에 대해 애틋한 정을 느끼듯, 그에 대해서 가슴 찐하도록 애정을 느꼈다. 그러나 얼굴을 쳐들고 앞을 바라보니, 그는 그곳에 없었다. 아니, 눈을 들어 앞에 놓인 미지의 땅을 들여다보았을 때 그곳에서 알아볼 수 있는 것이라곤 연기처럼 지상에서 하늘로 치솟는 찬란한 새로운 광채와 알 수 없는 나무들뿐이었다. 그건 미지의 세계, 미탐험의 세계였다. 구세계와 신세계 사이를 흐르는 공허한 암흑의 공간을 그녀가 겨우 건너간 뒤, 홀로 그 해안에 발을 디딘 미발견의 세계였다.

아기는 가고 없었다. 참으로 반가웠다. 그러나 아기가 그냥 존재했더라도 별 차이는 없었을 것이다. 혼자 아기를 기르며 스크레벤스키에게 가지는 않았을 테니까. 스크레벤스키는 이미 과거의 인물이었다.

스크레벤스키에게서 '결혼했음'이란 전보가 왔다. 그 옛날의 아픔과 분노와 경멸감이 어슐라의 마음속에서 일어났다. 그래 그자는 그렇게도 완전히 던져버린 과거의 존재였단 말인가? 어슐라는 그를 내동댕이쳤다. 그는 바로 그러한 인물이었구나. 그가 바로 그러한 인물이라니 잘된 게지. 그녀는 대관절 어떤 여자길래 제 뜻에 맞는 남자를 차지하려 했던가? 그녀가 할 일은 인간을 창조하는 것이 아니라 하느님이 창조한 인간을 인정하는 것뿐인데. 남자가 조물주에게서 나오면 자기는 남자를 환호하며 맞아들이면 되는 것이었다. 자기의 남자를 스스로 창조할 수 없다니 기뻤다. 남자의 창조와는 아무런 상관이 없는 게 기뻤다. 그녀가 종국적으로 안식을 취하는 저 광활한 세력의 영역 속에 그 일이 속해 있다니 어슐라는 기뻤다. 그녀 자신도 속해 있는 '영원'의 세계로부터 남자가 나온다니 기뻤다.

어슐라는 몸이 점점 더 나아지면서, 일어나 앉아 새로운 창조의 광경을 지켜보았다. 창가에 앉아서 사람들이 저 아래 길로 지나가는 것을 보았다. 광부들과 아낙네들과 아이들이 각각 오래된 열매의 껍데기를 쓰고 걸어가고 있었지만 그 껍질 사이로 새로운 순이 싹트고 돋아나는 윤곽이 보였다. 묵묵히 걸어가는 광부의 모습에서도 새로운 해방을 고통스럽게 기다리는 긴장감이 엿보였다. 아낙네들의 굳어버린 위선적인 자신만만한 태도에서도 똑같은 긴장감이 엿보였다. 아낙네들의 자신만만한 태도는 부서지기 쉬운 것이었다. 그건 짤깍 하고 금방 깨져서 새로운 발아의 세력과 인고의 노력을 드러내 보일 것이었다.

어슐라는 눈에 보이는 모든 사물 속에서 낡아 딱딱하게 굳어버린 지나간 삶의 메마른 형태 대신에 살아 있는 하느님의 창조를 파악하고 찾으려고 애썼다. 때로는 커다란 공포가 어슐라를 사로잡았다. 때로는 그 연락이 끊기고, 그

감각도 잃어버려 단지 그녀와 모든 인류를 가두고 있는 빈 껍데기에 대한 옛날의 공포만을 느낄 따름이었다. 인류는 모두 감옥에 갇혀 있으니, 하나같이 미쳐가고 있었다.

어슐라는 광부들의 몸이 이미 관 속에 누워 있는 듯 꼿꼿하게 굳어 있는 걸 보았다. 그들의 눈은 생매장당한 사람들의 눈알처럼 까딱도 하지 않았다. 새로 지은 집들의 모서리가 딱딱하고 날카롭게 보였다. 이 집들이 언덕 위에 퍼져 있는 것이 마치 비정한 승리감에 차 있는 듯이 보였다. 볼 만한 형태는 없으면서 무시무시하게 각만 지고, 곧게 내뻗은 선이 주는 의기양양한 분위기는 무적 상태에서 승리감에 도취해 있는 퇴폐의 표정이었다. 그 퇴폐가 너무 철저하니까 딱딱하게 굳은 나머지, 금방 부서질 것 같았다.

건너편의 시커먼 언덕 위로 음울한 분위기가 펼쳐져 있었다. 이렇다 할 형태도 없는 슬레이트 지붕의 집들이 게딱지같이 다닥다닥 붙어 있었다. 언덕 꼭대기에는 상스럽게 새로 지은 집들이 들어서 있었는데 그 사이로 오래된 교회 첨탑이 흉측하게 낡은 모습을 드러내고 서 있었다. 그 모서리가 볼 만한 모양새도 없이 딱딱하기만 해서 금방 부서질 것 같은 새 집들이 벨도버에서부터 죽 늘어서 있어서 결국 레슬리에서부터 이어져 온 상스러운 새 집들과 마주치게 되었다. 레슬리의 가옥들이 죽 들어서다 보니 헤이너 방향에서부터 지어온 집들과 마주쳐 뒤섞이게 되었다. 그건 메마르고 부서지기 쉬운 무시무시한 타락상이 지면을 전부 덮어버린 모습이었다. 이 광경을 보고 앉아 있으려니 어슐라는 심한 욕지기를 느껴 금방 쓰러질 것 같았다.

그러는 동안 바람에 구름이 밀려가는 사이로 한 줄기의 희미한 무지개빛이 언덕의 한 곳을 희미하게 물들이는 걸 보았다. 어슐라는 깜짝 놀라 모든 걸 다 잊은 채 공중에 떠도는 그 빛을 지켜보았다. 무지개가 막 생겨나고 있었다. 한 곳에서는 그 빛이 강렬하게 빛났다. 어슐라의 가슴은 희망으로 부풀어 저려왔다. 둥글게 무지개가 뜰 만한 자리에서 무지개 색의 징조가 있나 찾아보았다. 무지개 색이 어딘지 모를 곳으로부터 신비스럽게 꾸준히 모여들기 시작하더니, 이윽고 무지개가 생겨났다. 거대한 무지개가 희미하게 떴다. 곡선이 둥글게 생겨나며 선명해지더니 마침내 당당하게 곡선의 모습을 드러냈다. 빛과 색깔과 하늘의 공간을 이용하여 거대한 건축물이 들어섰다. 양쪽 받침대는 야트막한 언덕 위에 흉측하게 들어선 새 집들 사이에 번쩍이며 서 있고, 그 정점은 하늘 꼭대기에 있었다.

무지개는 대지 위에 떠 있었다. 어슐라는 잘 알고 있었다. 이 타락한 지상을 비늘처럼 딱딱한 몸으로 저마다 기어 다니는 인간들이 아직도 생존해 있다는 걸. 무지개가 그런 인간들의 핏속까지 흘러들어서 생명의 진동으로 그들의 정신을 일깨워 주고, 그러면 그들은 딱딱한 타락의 껍질을 벗어 던지고 새롭고 깨끗한 알몸뚱이가 새로운 싹을 내고 성장하며 하늘의 광명과 바람과 깨끗한 비에 자신들을 드러낼 것임을. 어슐라는 무지개 속에서 지상의 새로운 건축물을 보았다. 오래되어 부서지기 쉽고 오염된 가옥과 공장은 휩쓸려 사라졌고 '진실'이라는 살아 있는 자재로 건축된 세상이 들어섰다. 그것은 둥그런 하늘에 꼭 들어맞았다.

작품 해설

『무지개』는 브랑윈 가의 삼대에 걸친 집안 이야기이다. 더비셔와 노팅엄셔의 경계 지역에 있는 기름진 마시 농장에서 대대로 농사를 지어오던 풍족한 브랑윈 가. 1840년경에는 팽창하는 산업혁명의 여파가 이곳까지 미친다. 마시 농장 한가운데를 가로질러 운하가 건설되고 얼마 안 있어 운하 옆구리에 탄광이 서더니 곧 철도가 들어선다. 급작스러운 이런 변화에 브랑윈 가 사람들이 놀란 것은 잠시뿐, 그들은 종래의 농사꾼의 평안 속에서 자연과 더불어 살아간다.

그러나 이 지역의 외형적인 변화가 이곳 농사꾼들과 전혀 무관한 것은 아니다. 대대로 맨발로 농토를 밟으면서 대지의 맥박을 느끼고, 팔뚝에서 젖소의 고동을 느끼면서 젖을 짜며, 자연의 리듬을 타고 생동감과 나른함을 충만하게 느끼던 브랑윈 가 사람들에게도 서서히 변화가 일어난다. 이러한 변화는 1850년대에 이 농장을 물려받은 톰 브랑윈의 의식에서 나타난다. 그는 농사꾼이면서도 브랑윈 집안사람답지 않은 낯선 요소, 특히 문명의 세련된 요소에 심정적으로 강하게 끌린다. 이국적인 '낯선 세계'를 향한 갈구는 폴란드 출신의 연상의 미망인인 리디아 렌스키를 아내로 맞아들이게 한다. 이들의 부부 관계는 심리적, 정신적, 그리고 육체적인 면에서 그 나름대로 평형을 이루며 전개된다.

전남편이 폴란드의 독립 운동가이자 의사였던 리디아는 간호원으로서 모든 면에서 오로지 남편의 주장만을 따랐다. 그녀 나름대로의 삶이 없는 일방적인 복종의 삶이었다. 그녀는 전남편 렌스키와의 사이에서 낳은 딸 애나를 데리고 톰과 결혼을 한다. 애나는 브랑윈 가에 들어와 강한 자의식과 고집으로 오랜 적응 기간을 거친 후, 의붓아버지 톰과 매우 애정 깊은 관계를 맺는다.

애나와 의부인 톰의 조카 윌 브랑윈 사이의 구혼과 결혼, 그 후의 생활이 매우 밀도 있게 묘사된다. 애나는 남편 윌과의 갈등에서 승리자로 군림하지만 그것은 육체적인 관계에 탐닉하는 승리였다. 청년기에 그녀가 보였던 자아 추구의 정열은 연이어 아이들을 출산하는 과정에서 그 자취를 감춘다. 애나의 맏딸 어슐라는 동물적인 출산에 몰두해 있는 어머니에게 반감 내지는 혐오감마저 느낀다. 대대로 브랑윈 가 여인의 피 속에 면면이 흘러오던 진취 정신이 어슐라에게서 구체적으로 나타난다. 그녀는 폴란드계 귀족 출신인 안톤 스크레벤스키와 정열적인 사랑의 불꽃을 태우지만, 그녀가 추구하는 궁극적인 실체를 제공해주고 이를 그녀와 공유할 능력이 그에게 없음을 깨닫자 가

차없이 파혼한다.

톰은 리디아를 아내로 맞아, 이질적이며 이국적인 요소를 브랑윈 가에 유입시켰으나 그의 삶의 터전은 여전히 마시 농장이다. 톰과 리디아는 끝까지 서로 이해하지 못할 '이질적'인 요소를 부분적으로 갖고 있었으나 근본적으로 화합과 조화를 이루었다. 애나 대에 와서는 남편 윌의 직업이 레이스 도안가인 탓에 관계가 더욱 소원해져 애나는 오로지 아이들과 집안일에만 열중하는 아낙네가 되고, 윌은 교회 내부의 장식, 도안, 조각 등에 관심을 쏟는다. 중년에 들어서면서 그가 미술 교사로 취직이 되자 소도시 벨도버로 온 가족이 이사를 간다. 그들의 조상들이 대대로 뿌리를 내렸던 마시 농장에서 점점 떨어져 나가, 애나와 윌이 체험하는 세계는 흙과 가축의 냄새와는 동떨어지게 된다.

이러한 농경 생활에서 도시 생활로의 변화는 톰의 손녀 어슐라 대에 와서 급속화된다. 그녀는 브랑윈 가 사람들 중에서 가장 넓은 행동 반경을 갖는다. 도시에서의 고등학교 생활, 여교사 위니프레드와의 동성애적 관계, 삼 년간의 대학 생활, 초등학교 교사 생활, 스크레벤스키와의 농밀한 육체 관계 등을 경험하며 집안과 직장에서의 반대와 시련에 부딪치면서 용감하게 새로운 세계로 전진한다. 로렌스에 따르면 최초의 현대적인 여성이 태어난 것이다.

로렌스는 놀랍게도, 브랑윈 가 사람들의 마시 농장에서의 자족하는 삶과, 이곳으로부터 복잡하고 다양한 문명 사회로 옮겨가는 삶의 변화를 인습적인 물질적 테두리를 벗어난 우주적 관점에서 묘사한다. 소설의 첫머리에 나오는 마시 농장의 묘사는 인간과 자연이 똑같은 맥박으로 숨쉬고 융합하는 상태를 보여준다. 인간이 '인간 됨'의 테두리를 뛰어넘어 우주적인 리듬을 체험한다. 이러한 리듬은 '비인성적' 에너지에 근거하며 인간을 그 안에 포함시킨다. 이러한 로렌스의 인간관에 의하면 인간은 우주 속에 동떨어진 문명의 고아가 아니다. 인간답게 산다는 것은 커다란 인간 문명의 체계인 사회라는 곳에 잘 순응하는 데서가 아니라, 보다 근원적인 요소와 합일하는 데서 얻어진다.

로렌스는 이러한 상태를 '동소체적(allotropic)'이라 부르며 자연 묘사와 결부시켰다. 로렌스에 따르면 다른 작가들은 숯검정이나 금강석에 관심을 갖고 묘사하지만 자신은 이들의 공통 원소인 탄소를 묘사한다. 로렌스에 따르면 인간에게는 불변하는 동소체적 에고(ego)가 있고 이 에고에 의한 행위에는 개인적 차원의 개성을 알아볼 수 없는 근원적인 에너지가 들어 있다. 로렌스는 이 인간 행태를 의식(ritual)의 차원으로까지 종종 끌어올려 평범한 인간사에 항구적이고 우주적인 의미를 부여했다.

그 구체적인 예는 『무지개』의 곳곳에서 인상적으로 등장한다. 톰 브랑원이 농가의 외진 길모퉁이에서 검은 옷을 입은 작은 몸집의 리디아를 처음 보고 "바로 저 여자야!"라고 직감적으로 외칠 때, 또 이른 봄에 리디아에게 구혼하러 갈 때 보이는 그의 행위는 동소체적인 에너지의 발로이다. 만물이 소생하고 꽃이 피는 3월, 톰은 난롯가에서 광풍이 부는 바깥을 내다보다 '아무 생각도 없이' 자신이 그날 저녁 구혼하러 가리란 것을 직감한다. 그는 면밀한 계획을 세운 것이 아니라, 제어할 수 없는 힘에 순응하여 청혼을 하게 된다. 강한 봄바람은 톰의 내면에서 오랫동안 잠자고 있던 사랑의 기운을 흔들어 깨운다. 그는 일개인의 용단이 아니라 원초적이고 '우주적인 기운'에 따라, 깨끗한 셔츠와 검은 정장을 차려입고 찬바람에 빨갛게 언 손에 수선화를 꺾어 들고 석양 무렵, 리디아가 가정부로 일하는 목사관을 향해 언덕을 올라간다. 그때의 톰의 행위는 인간 조건의 근본적 자아의 '몰인간적 기운'의 발로라 하겠다.

또 다른 '동소체적 존재(being)'의 상태는 톰의 죽음이다. 안정되고 풍족한 농촌 생활을 즐기는 노년기의 톰은 읍내에 일을 보러 갔다가 비가 억수로 쏟아지는 칠흑 같은 시골 밤길을 말을 타고 귀가한다. 물바다를 헤치며 터벅터벅 걷는 말에 몸을 맡긴 톰은 취중에 노아의 홍수를 여러 번 언급한다. 인간 사회의 필연적인 순화 과정이었던 노아의 홍수는 일개인의 차원에 국한된 사건이 아니라 우주적 질서와 직결되는 것이었다. 그러므로 마시 농장 인근의 둑이 무너져 급류에 휩쓸려 익사하는 톰의 죽음은 한 인간의 제거가 아니라 낡은 것이 새것으로 교체되는 섭리의 일환으로 읽힌다. 톰은 불가항력적으로 삶의 현장에서 퇴진해야 하는 인물이므로 그의 익사는 대자연의 섭리에 따른 우주적 의미를 갖는다.

또 다른 매우 인상적인 '동소체적' 장면은 연애 중인 애나와 윌이 달빛이 가득 찬 가을 들녘에서 낟가리를 쌓는 장면이다. 추수가 한창인 밀밭에서 밀 짚단을 교대로 날라다 낟가리를 쌓는 젊은이들의 율동적 행동은 달빛 속에서 점점 빨라진다. 그들 사이의 간격이 좁혀지면서 달아오르는 열기는 달빛을 타고 들판을 가득 메운다는 느낌을 준다. 이들의 정열과 사랑은 한 쌍의 남녀 간의 문제로만 남지 않고, 들판을 가득 비추는 달빛과 신선한 가을의 밤공기와 더불어, 낟가리들을 꿰뚫고 흐르는 자연의 기운이며 섭리처럼 느껴진다.

상징성을 내포한 '비인성적' 장면의 극치는 어슐라가 말 떼에게 쫓기는 대목과 무지개를 보는 대목일 것이다. 어슐라는 스크레벤스키와 단교한 후에야 자신이 임신한 것을 알게 되고 그 결과, 자아 추구라는 내적 욕구를 접어두고 평생 평범하게 살기로 결심한다. 그녀는 인습적인 스크레벤스키에게 자신의 '오만한' 잘못을 용서하고 결혼해 주기를 간청하는 편지를 쓴다. 그러나 그녀의 마음은 편안하고 가볍기는커녕 오히려 무기력해지고 좌절감에 빠진다. 이러한 상태에서 답답한 집 안을 뛰쳐나가 비를 맞으며 들판을 걷던 그녀가 맞닥뜨리는 말 떼는 글자 그대로의 말을 뛰어넘는 상징을 내포하고 있다. 말은 예부터 원초적인 생명력과 본능의 상징물로 간주되어 왔다. 그러므로 어슐라가 말 떼의 공격을 받고 쫓기는 것은 그녀의 의식 밑바닥에 짓눌려 있던 본능적인 자아의 폭발적인 표출이라고 할 수 있겠다. 그녀는 말 떼에게 짓밟히는 것을 겨우 모면하고 집으로 돌아온 후 고열의 몽롱한 의식 상태에서 오랫동안 병고를 치르는 와중에 유산을 경험한다.

어슐라는 신체는 허약해졌지만 자신 속의 잡다한 뭇 요소들이 정화되고 자신이 거듭난 것을 느끼게 된다. 이러한 때에 그녀는 더러운 동네 지붕 위에 비껴서 뜬 무지개를 본다. 이것은 자연현상을 통해 어슐라의 앞날의 비전을 단적으로 드러내는 비인성적 묘사라 하겠다. 무지개 메타포는 구약의 창세기에서 빌려온 것으로, 홍수로 뭇 악한 인간과 생물을 멸망시킨 후 하느님은 노아에게 다시는 인간을 그런 식으로 멸망시키지 않겠다는 언약의 표시로 무지개를 드러내 보였다. 노아의 홍수에 비유된 마시 농장의 홍수로 인해서 할아버지 톰은 익사했지만 손녀인 어슐라는 많은 시련 끝에 무지개를 봄으로써 그녀의 앞날이 희망으로 충만할 것임을 시사한다.

로렌스는 예술 창작을 위해서 무서울 정도로 경건한 종교적 태도를 취했다. 그는 "……무엇보다도 저는 굉장히 종교적인 사람입니다. 그러니 저의 소설은 깊은 신앙적 체험에서 씌어야 합니다."라고 고백한 적이 있다. 실제로 그에 따르면 예술 창작은 종교적인 관점에서 인간 세상에 질서를 부여하는 행위이다. 그러므로 그는 옛 그리스 신화와 의식을 의도적으로 도입하고, 세속의 인간사를 묘사하는 데에 성서적 요소들을 수없이 차용했다.

신화와 종교는 하나의 개인이 절대적인 존재나 힘과 관계를 맺어, 구체적으로는 일개의 인간으로 존재하면서도 근원적으로는 절대적인 존재의 일부가 되어 합일의 조화를 이루는 양상을 제식으로 표현하게 한다. 바로 이러한 종교적 차원에서 로렌스는 인간을 판에 박힌 사회적 존재로서보다는 사회와 인간의 겉껍질을 벗어나서 우주적인 생명력과 합일하는, 우주의 동소체적 존재로 파악했던 것이다.

옮긴이의 말

로렌스의 『무지개』의 우리말 번역본이 1956년에 처음 나왔으니 거의 오십 년 전의 일이다. 그동안 '한글 세대'가 완전히 성장하여 한국어의 감각이 많이 발전하고 변모되었을 뿐 아니라, 어휘도 더욱 풍부해지고 외국 문학에 대한 소양도 훨씬 일반화되었다. 새 번역이 나올 만한 시기가 되었다고 생각하던 차에 1986년 한 출판사의 제의에 따라 번역을 하여 출판한 적이 있다. 그로부터 다시 20년이 지난 오늘날 당시의 번역본을 보니 그사이에 우리말 글쓰기에 여러 모로 변화가 일어났음을 알게 되었다.

나는 『무지개』를 처음 읽었을 때, 로렌스의 그 천재적인 통찰력과 통합력에 거듭 놀라며 나의 의식의 영역이 무한하게 확대됨을 체험하였다. 원본(原本)의 생생한 이미지와 표현에 충실하다 보니, 우리말로는 좀 어색하고 생소한 표현이 되는 경우가 있다. 이는 풍습과 사고의 차이에서도 기인한다.

『무지개』를 번역하면서, 번역처럼 못할 짓은 없다고 느낀 때가 한두 번이 아니었다. 원본의 감각을 고스란히 우리말로 옮길 수 없어 안타까웠다. 자신의 능력 부족을 절감하며 이 번역을 세상에 내놓았던 것이 부끄럽기도 하다. 그러나 한국 독자들에게 새로운 번역을 꼭 선사해야 한다는 사명감에서 이 일을 착수했던 만큼 20년이 지난 지금 그 번역본을 다시 꼼꼼히 읽으며 대폭적으로 보완했다.

1권의 책 머리에서 밝힌 대로 번역의 대본으로 펭귄 출판사에서 나온 『무지개』의 결정판을 이용하였고, 번역의 정확도를 위해서는 2002년에 케임브리지 대학교 출판사에서 2부로 나누어 2권으로 펴낸 주석본을 참고했다.

1986년엔 원고지에 손으로 적어 내려간 원고를 가지고 인쇄 작업에 들어갔기 때문에 이번에는 당시의 번역본을 우선 컴퓨터에 입력해야 했다. 이 번역본을 컴퓨터에 입력해 준 동국대학교 영문과의 김경자 박사와 맏며느리 정영수에게 깊은 감사를 표한다. 1985년에 내가 번역했던 것을 2005년에 다시 읽으면서 그 동안 바뀐 철자법, 띄어쓰기, 표현의 변화 등을 살려 내 힘이 닿는 데까지 모두 교정을 하고 보완을 했다.

끝으로 이 번역을 출판하기로 쾌히 응낙해 주신 민음사와 여러 면에서 도움을 주신 편집부에 심심한 감사를 드린다.

2006년

김정매

작가 연보

1885년 9월 11일 영국의 중부 내륙 지방인 노팅엄셔의 이스트우드에서 데이비드 허버트 로렌스(David Herbert Lawrence) 출생. 광부인 아버지 아서 로렌스와 교사였던 어머니 리디아 비어절 사이의 3남 2녀 중 넷째 아이로서 아들로는 막내였다.

1891년 보베일 공립 초등학교 입학. 1898년 졸업.

1898년 노팅엄 고등학교에 보베일 공립 초등학교 학생으로서는 처음으로 장학금을 받고 입학. 1901년 졸업.

1901년 여름부터 체임버스 집안의 해그스 농장을 즐겨 방문하기 시작. 이때 『아들과 연인 *Sons and Lovers*』의 미리엄의 모델이 되는 제시 체임버스를 만나 사귀게 되는데, 두 사람의 관계는 연인 사이로 발전한다. 노팅엄에 있는 헤이우즈 의료기구 공장의 사무원으로 취직했다가 심한 폐렴에 걸려 3개월 만에 그만둔다.

10월 어머니의 기대를 크게 받던 작은형 어니스트가 22세의 나이로 병에 걸려 사망한다.

1902년 이스트우드의 초등학교 브리티시 스쿨에서 교생으로 가르치기 시작. 1905년까지 그곳에서 아이들을 가르친다.

1906년 9월 노팅엄 대학의 2년짜리 교원 양성 과정에 입학. 첫 장편 소설 『하얀 공작 *The White Peacock*』을 쓰기 시작.

1907년 노팅엄의 일간지 《노팅엄셔 가디언 *Nottinghamshire Guardian*》의 크리스마스 현상 공모에 단편 소설 「전주곡 A Prelude」이 당선.

1908년 6월 교사 자격증 획득.

10월 런던 남부 근교 크로이든의 초등학교 데이비드슨 로드 스쿨에서 교사 생활 시작.

1909년 단편 소설 「국화 향기 Odour of Chrysanthemums」 완성(1911년 발표). 포드 매덕스 포드가 편집하는 《잉글리시 리뷰 *Englis Review*》에 시 5편이 실린다. 이를 계기로 포드 매덕스 포드와 만나게 되며, 후에 그를 통해 런던의 문학계에 소개된다.

1910년 교생 시절부터 알고 지내던 대학 동창 루이 버로스와 약혼.

12월 어머니가 암으로 사망. 『하얀 공작』 완성. 『침입자 *The Trespasser*』와 『폴 모렐』(후에 '아들과 연인'으로 제목이 바뀐다.)을 쓰기 시작.

1911년 1월 『하얀 공작』 출간.

11월 폐렴을 다시 앓는다.

『침입자』 출간.

1912년 2월 루이 버로스와 파혼.

3월 크로이든에서의 교사직을 그만둔다.

4월 초 대학 시절 그에게 프랑스어를 가르쳤던 교수 어니스트 위클리의 집에 갔다가 그의 아내 프리다 위클리(독일인으로서 남작의 딸이며 당시 32세였고 딸 둘에 아들 하나가 있었다.)를 만나 서로 사랑에 빠진다.

5월 3일 프리다와 함께 독일로 도피. 두 사람은 독일에서 알프스 산을 넘어가는 도보 여행을 8월 중순에 시작하여 11월경 이탈리아에 정착한다.

1913년 2월 첫 시집 『애정 시편 *Love Poems and Others*』 출간. 곧이어 『아들과 연인』도 출간. 『자매들 *The Sisters*』(후에 『무지개 *The Rainbow*』와 『사랑하는 여인들 *Women in Love*』이라는 두 개의 장편 소설로 나뉘어 발표되었다.) 쓰기 시작.

6월 잠시 귀국. 이때 평론가 존 미들턴 머리 그리고 그와 동거하는 작가 캐서린 맨스필드 등을 만난다.

8월 다시 독일과 스위스를 거쳐 이탈리아로 돌아간다.

1914년 남편에게서 이혼 승낙을 받은 프리다와 결혼하기 위해 6월 하순 런던으로 돌아와, 7월 13일 두 사람은 결혼한다.

8월 1차 세계대전이 일어나 이탈리아로 돌아가지 못하고 버킹엄셔에 머문다.

12월 단편집 『프로이센 장교 *The Prussian Officer*』 출간.

1915년 런던과 케임브리지를 중심으로 당시 영국의 지적 경향을 주도하던 블룸즈버리 그룹의 인사들과 교제. E. M. 포스터, 올더스 헉슬리, 버트런드 러셀 등을 만난다. 특히 러셀과는 사회 개혁에 관한 연속 강연을 기획하기도 하고 반전 혁명 정당 설립을 계획하기도 한다. 이즈음부터 '라나님(Rananim)'이라고 하는 이상적 공동체의 건설을 구상하기 시작한다.(그 장소로는 미국의 플로리다 등이 고려되었다.)

9월 『무지개』가 출판되나, 11월에 재판에서 발행 금지 처분을 받는다.

1916년 콘월 지방에 정착. 『사랑하는 여인들』의 집필을 시작하여 9월경 완성. 이탈리아 여행기 『이탈리아의 황혼 *Twilight in Italy*』 간행.

6월 징집 대상자 신체검사에 소환되었다가 불합격된다.

1917년 6월 다시 신체검사에 소환되었다가 불합격 처리를 받는다. 프리다가 독일인이라는 이유로 인해 간첩 활동을 한다는 무고한 혐의를 받다가, 마침내 10월에 경찰에 의해 콘월에서 추방당하여 런던으로 이주한다. 『아론의 지팡이 *Aaron's Rod*』와 『미국 고전문학 연구 *Studies in Classic American Literature*』(1923년 출판)를 쓰기 시작.

1918년 더비셔에 거주.

9월 세 번째로 신체검사에 소환되어 불합격 처리를 받는 수모를 당한다. 그 후 두 달도 안 되는 11월에 전쟁이 끝난다. 네 번째 시집 『신작 시편 *New Poems*』 간행.

1919년 연초에 독감을 심하게 앓는다.

11월 영국 생활을 사실상 끝내고 이탈리아로 향한다. 피렌체와 로마를 거쳐 카프리까지 간다.

1920년 2월 시칠리아로 이주. 『사랑하는 여인들』이 뉴욕에서 출간된다.

1921년 『아론의 지팡이』를 완성. 여행기 『바다와 사르데냐 *Sea and Sardinia*』와 정신분석학 계열 서적 『정신분석과 무의식 *Psychoanalysis and the Unconscious*』 출간. 옥스퍼드 대학교 출판부의 의뢰를 받아 1918년부터 시작한 역사 교재용 서적 『역사, 위대한 떨림 *Movements in European History*』도 출간.

1922년 스리랑카를 거쳐 오스트레일리아에 도착. 이때 『캥거루 *Kangaroo*』를 쓰기 시작한다.

9월 미국으로 건너가 뉴멕시코 주에 정착한다. 『아론의 지팡이』, 단편집 『잉글랜드, 나의 잉글랜드 *England, My England*』, 『정신분석학과 무의식』의 속편 격인 『무의식의 판타지아 *Fantasia of the Unconscious*』 출판.

1923년 멕시코 여행. 『날개 돋친 뱀 *The Plumed Serpent*』 쓰기 시작.

12월 런던 방문.

1924년 런던의 한 식당에서 만찬을 하며, 뉴멕시코의 타우스(Taos)에 이상적 공동체 라나님을 건설하러 함께 가자고 문학 예술계의 친구들에게 권유한다.(그중 도로시 브렛이라는 귀머거리 여류 화가 한 사람만이 로렌스의 제안에 응했다고 한다).

3월 영국을 떠나 뉴멕시코로 돌아간다. 중편 『세인트 모어 *St Mawr*』 시작.

가을에 로렌스의 아버지 사망.

11월 겨울을 따뜻하게 나기 위해 멕시코로 이주.

1925년 2월 말라리아와 이질로 심하게 고생. 멕시코시티의 한 의사로부터 결핵 판정을 받는다. 뉴멕시코로 돌아와 건강을 어느 정도 회복.

10월 런던으로 돌아왔다가, 곧 유럽으로 떠나 이탈리아의 피렌체에 정착. 『세인트 모어』와 수상집 『호저의 죽음에 관한 감상 *Reflections on the Death of a Porcupine*』 출판.

1926년 8월경에 마지막으로 런던과 고향 이스트우드 등지를 방문. 『날개 돋친 뱀』 출판. 피렌체로 돌아온 뒤 『채털리 부인의 연인 *Lady Chatterley's*

Lover』의 첫 번째 판본을 쓰기 시작한다.(1944년에 '채털리 초판본(The First Chatterley)'이라는 제목으로 출판되었다.) 이즈음 유화를 그리는 일에도 열중한다.

1927년 『채털리 부인의 연인』 두 번째 판본을 쓴다.(1954년에 이탈리아어로 번역된 것이 먼저 출판되고 영어 원본은 1972년 '존 토머스와 제인 부인(John Thomas and Lady Jane)'이라는 제목으로 간행되었다.) 『채털리 부인의 연인』을 또다시 고쳐 쓰기 시작하여, 이듬해 1월경에 마친다.(이 최종본이 오늘날 전해지는 『채털리 부인의 연인』이다.)

1928년 건강이 계속 나빠진다. 단편집 『말을 타고 가버린 여인 *The Woman Who Rode Away*』, 『시전집 *Collected Poems*』 출판.

7월에 『채털리 부인의 연인』을 피렌체에서 자비로 출판한다.(영국에서 무삭제판의 합법적인 출판이 가능해진 것은 1960년이다.) 두 차례의 스위스 방문. 겨울에 프랑스 남부 방돌로 이주한다.

1929년 6월에 런던에서 그의 그림 전시회가 열렸으나, 7월에 경찰에 의해 일부 그림들이 압수되는 등 탄압을 받다가 결국 전시회가 중단된다. 건강이 좋지 않은 가운데서도 스페인, 독일, 이탈리아 등지를 방문하고 다시 방돌로 돌아온다. 시집 『팬지 *Pansies*』 출판.

1930년 연초에 한 영국인 의사가 그를 진찰하고 폐결핵 상태가 심각함을 발견한다. 그 의사의 강한 권고로 2월 6일에 방스의 요양원에 들어간다. 병세가 악화된 채 3월 1일 퇴원하여 근처의 한 집으로 옮겨졌다가 다음 날인 3월 2일 밤에 숨을 거둔다.

세계문학전집 136

무지개 2

1판 1쇄 펴냄 2006년 12월 26일
1판 19쇄 펴냄 2023년 1월 13일

지은이 D. H. 로렌스
옮긴이 김정매
발행인 박근섭, 박상준
펴낸곳 (주)민음사

출판등록 1966. 5. 19. (제 16-490호)
서울특별시 강남구 도산대로1길 62(신사동) 강남출판문화센터 5층 (우편번호 06027)
대표전화 02-515-2000 팩시밀리 02-515-2007
www.minumsa.com

ISBN 978-89-374-6136-1 04800
ISBN 978-89-374-6000-5 (세트)

세계문학전집 목록

1·2 변신 이야기 오비디우스·이윤기 옮김 서울대 권장도서 100선
3 햄릿 셰익스피어·최종철 옮김 서울대 권장도서 100선 | 미국대학위원회 선정 SAT 추천도서
4 변신·시골의사 카프카·전영애 옮김 서울대 권장도서 100선
5 동물농장 오웰·도정일 옮김 미국대학위원회 선정 SAT 추천도서 | 《타임》 선정 현대 100대 영문소설
6 허클베리 핀의 모험 트웨인·김욱동 옮김 《뉴스위크》 선정 100대 명저
7 암흑의 핵심 콘래드·이상옥 옮김 미국대학위원회 선정 SAT 추천도서 | 《뉴스위크》 선정 10대 명저
8 토니오 크뢰거·트리스탄·베니스에서의 죽음 토마스 만·안삼환 외 옮김 노벨 문학상 수상 작가
9 문학이란 무엇인가 사르트르·정명환 옮김
10 한국단편문학선 1 김동인 외·이남호 엮음 국립중앙도서관 선정 청소년 권장도서
11·12 인간의 굴레에서 서머싯 몸·송무 옮김
13 이반 데니소비치, 수용소의 하루 솔제니친·이영의 옮김 노벨 문학상 수상 작가
14 너새니얼 호손 단편선 호손·천승걸 옮김
15 나의 미카엘 오즈·최창모 옮김
16·17 중국신화전설 위앤커·전인초, 김선자 옮김
18 고리오 영감 발자크·박영근 옮김
19 파리대왕 골딩·유종호 옮김 노벨 문학상 수상 작가 | 《타임》 선정 현대 100대 영문소설
20 한국단편문학선 2 김동리 외·이남호 엮음
21·22 파우스트 괴테·정서웅 옮김 서울대 권장도서 100선 | 미국대학위원회 선정 SAT 추천도서
23·24 빌헬름 마이스터의 수업시대 괴테·안삼환 옮김
25 젊은 베르테르의 슬픔 괴테·박찬기 옮김 논술 및 수능에 출제된 책(1998~2005)
26 이피게니에·스텔라 괴테·박찬기 외 옮김
27 다섯째 아이 레싱·정덕애 옮김 노벨 문학상 수상 작가
28 삶의 한가운데 린저·박찬일 옮김
29 농담 쿤데라·방미경 옮김
30 야성의 부름 런던·권택영 옮김
31 아메리칸 제임스·최경도 옮김
32·33 양철북 그라스·장희창 옮김 노벨 문학상 수상 작가 | 서울대 권장도서 100선
34·35 백년의 고독 마르케스·조구호 옮김 노벨 문학상 수상 작가 | 서울대 권장도서 100선
36 마담 보바리 플로베르·김화영 옮김 서울대 권장도서 100선
37 거미여인의 키스 푸익·송병선 옮김
38 달과 6펜스 서머싯 몸·송무 옮김
39 폴란드의 풍차 지오노·박인철 옮김
40·41 독일어 시간 렌츠·정서웅 옮김
42 말테의 수기 릴케·문현미 옮김
43 고도를 기다리며 베케트·오증자 옮김 노벨 문학상 수상 작가 | 서울대 권장도서 100선
44 데미안 헤세·전영애 옮김 노벨 문학상 수상 작가

45 **젊은 예술가의 초상** 조이스 · 이상옥 옮김 서울대 권장도서 100선
46 **카탈로니아 찬가** 오웰 · 정영목 옮김
47 **호밀밭의 파수꾼** 샐린저 · 공경희 옮김 《타임》 선정 현대 100대 영문소설 | 미국대학위원회 선정 SAT 추천도서 | 《뉴스위크》 선정 100대 명저 | BBC 선정 꼭 읽어야 할 책
48·49 **파르마의 수도원** 스탕달 · 원윤수, 임미경 옮김
50 **수레바퀴 아래서** 헤세 · 김이섭 옮김 노벨 문학상 수상 작가 | 국립중앙도서관 선정 청소년 권장도서
51·52 **내 이름은 빨강** 파묵 · 이난아 옮김 노벨 문학상 수상 작가
53 **오셀로** 셰익스피어 · 최종철 옮김 서울대 권장도서 100선
54 **조서** 르 클레지오 · 김윤진 옮김 노벨 문학상 수상 작가
55 **모래의 여자** 아베 코보 · 김난주 옮김
56·57 **부덴브로크 가의 사람들** 토마스 만 · 홍성광 옮김 노벨 문학상 수상 작가
58 **싯다르타** 헤세 · 박병덕 옮김 노벨 문학상 수상 작가
59·60 **아들과 연인** 로렌스 · 정상준 옮김 《뉴스위크》 선정 100대 명저
61 **설국** 가와바타 야스나리 · 유숙자 옮김 노벨 문학상 수상 작가 | 서울대 권장도서 100선
62 **벨킨 이야기 · 스페이드 여왕** 푸슈킨 · 최선 옮김
63·64 **넙치** 그라스 · 김재혁 옮김 노벨 문학상 수상 작가
65 **소망 없는 불행** 한트케 · 윤용호 옮김 노벨 문학상 수상 작가
66 **나르치스와 골드문트** 헤세 · 임홍배 옮김 노벨 문학상 수상 작가
67 **황야의 이리** 헤세 · 김누리 옮김 노벨 문학상 수상 작가
68 **페테르부르크 이야기** 고골 · 조주관 옮김
69 **밤으로의 긴 여로** 오닐 · 민승남 옮김 노벨 문학상 수상 작가 | 미국대학위원회 선정 SAT 추천도서
70 **체호프 단편선** 체호프 · 박현섭 옮김
71 **버스 정류장** 가오싱젠 · 오수경 옮김 노벨 문학상 수상 작가
72 **구운몽** 김만중 · 송성욱 옮김 서울대 권장도서 100선 | 국립중앙도서관 선정 청소년 권장도서
73 **대머리 여가수** 이오네스코 · 오세곤 옮김
74 **이솝 우화집** 이솝 · 유종호 옮김 논술 및 수능에 출제된 책(1998~2005)
75 **위대한 개츠비** 피츠제럴드 · 김욱동 옮김 《타임》 선정 현대 100대 영문소설
76 **푸른 꽃** 노발리스 · 김재혁 옮김
77 **1984** 오웰 · 정회성 옮김 《타임》 선정 현대 100대 영문소설 | 《뉴스위크》 선정 100대 명저
78·79 **영혼의 집** 아옌데 · 권미선 옮김
80 **첫사랑** 투르게네프 · 이항재 옮김
81 **내가 죽어 누워 있을 때** 포크너 · 김명주 옮김 노벨 문학상 수상 작가
82 **런던 스케치** 레싱 · 서숙 옮김 노벨 문학상 수상 작가
83 **팡세** 파스칼 · 이환 옮김
84 **질투** 로브그리예 · 박이문, 박희원 옮김
85·86 **채털리 부인의 연인** 로렌스 · 이인규 옮김
87 **그 후** 나쓰메 소세키 · 윤상인 옮김
88 **오만과 편견** 오스틴 · 윤지관, 전승희 옮김 미국대학위원회 선정 SAT 추천도서
89·90 **부활** 톨스토이 · 연진희 옮김 논술 및 수능에 출제된 책(1998~2005)
91 **방드르디, 태평양의 끝** 투르니에 · 김화영 옮김
92 **미겔 스트리트** 나이폴 · 이상옥 옮김 노벨 문학상 수상 작가
93 **빼드로 빠라모** 룰포 · 정창 옮김

94 **차라투스트라는 이렇게 말했다** 니체 · 장희창 옮김 국립중앙도서관 선정 청소년 권장도서
95·96 **적과 흑** 스탕달 · 이동렬 옮김 국립중앙도서관 선정 청소년 권장도서
97·98 **콜레라 시대의 사랑** 마르케스 · 송병선 옮김 노벨 문학상 수상 작가 | BBC 선정 꼭 읽어야 할 책
99 **맥베스** 셰익스피어 · 최종철 옮김 서울대 권장도서 100선 | 미국대학위원회 선정 SAT 추천도서
100 **춘향전** 작자 미상 · 송성욱 풀어 옮김 서울대 권장도서 100선
101 **페르디두르케** 곰브로비치 · 윤진 옮김
102 **포르노그라피아** 곰브로비치 · 임미경 옮김
103 **인간 실격** 다자이 오사무 · 김춘미 옮김
104 **네루다의 우편배달부** 스카르메타 · 우석균 옮김
105·106 **이탈리아 기행** 괴테 · 박찬기 외 옮김
107 **나무 위의 남작** 칼비노 · 이현경 옮김
108 **달콤 쌉싸름한 초콜릿** 에스키벨 · 권미선 옮김
109·110 **제인 에어** C. 브론테 · 유종호 옮김 BBC 선정 꼭 읽어야 할 책
111 **크눌프** 헤세 · 이노은 옮김 노벨 문학상 수상 작가
112 **시계태엽 오렌지** 버지스 · 박시영 옮김 《타임》 선정 현대 100대 영문소설 | 《뉴스위크》 선정 100대 명저
113·114 **파리의 노트르담** 위고 · 정기수 옮김 미국대학위원회 선정 SAT 추천도서
115 **새로운 인생** 단테 · 박우수 옮김
116·117 **로드 짐** 콘래드 · 이상옥 옮김 《뉴스위크》 선정 100대 명저
118 **폭풍의 언덕** E. 브론테 · 김종길 옮김 미국대학위원회 선정 SAT 추천도서
119 **텔크테에서의 만남** 그라스 · 안삼환 옮김 노벨 문학상 수상 작가
120 **검찰관** 고골 · 조주관 옮김
121 **안개** 우나무노 · 조민현 옮김
122 **나사의 회전** 제임스 · 최경도 옮김 미국대학위원회 선정 SAT 추천도서
123 **피츠제럴드 단편선 1** 피츠제럴드 · 김욱동 옮김
124 **목화밭의 고독 속에서** 콜테스 · 임수현 옮김
125 **돼지꿈** 황석영
126 **라셀라스** 존슨 · 이인규 옮김
127 **리어 왕** 셰익스피어 · 최종철 옮김 서울대 권장도서 100선 | 《뉴스위크》 선정 100대 명저
128·129 **쿠오 바디스** 시엔키에비츠 · 최성은 옮김 노벨 문학상 수상 작가
130 **자기만의 방 · 3기니** 울프 · 이미애 옮김
131 **시르트의 바닷가** 그라크 · 송진석 옮김
132 **이성과 감성** 오스틴 · 윤지관 옮김
133 **바덴바덴에서의 여름** 치프킨 · 이장욱 옮김
134 **새로운 인생** 파묵 · 이난아 옮김 노벨 문학상 수상 작가
135·136 **무지개** 로렌스 · 김정매 옮김
137 **인생의 베일** 서머싯 몸 · 황소연 옮김
138 **보이지 않는 도시들** 칼비노 · 이현경 옮김
139·140·141 **연초 도매상** 바스 · 이운경 옮김 《타임》 선정 현대 100대 영문소설
142·143 **플로스 강의 물방앗간** 엘리엇 · 한애경, 이봉지 옮김 미국대학위원회 선정 SAT 추천도서
144 **연인** 뒤라스 · 김인환 옮김
145·146 **이름 없는 주드** 하디 · 정종화 옮김
147 **제49호 품목의 경매** 핀천 · 김성곤 옮김 《타임》 선정 현대 100대 영문소설

148 **성역** 포크너 · 이진준 옮김 노벨 문학상 수상 작가 | 퓰리처상 수상 작가
149 **무진기행** 김승옥
150·151·152 **신곡(지옥편 · 연옥편 · 천국편)** 단테 · 박상진 옮김 《뉴스위크》 선정 100대 명저
153 **구덩이** 플라토노프 · 정보라 옮김
154·155·156 **카라마조프가의 형제들** 도스토옙스키 · 김연경 옮김
157 **지상의 양식** 지드 · 김화영 옮김 노벨 문학상 수상 작가
158 **밤의 군대들** 메일러 · 권택영 옮김 퓰리처상 수상 작가
159 **주홍 글자** 호손 · 김욱동 옮김 서울대 권장도서 100선 | 미국대학위원회 선정 SAT 추천도서
160 **깊은 강** 엔도 슈사쿠 · 유숙자 옮김
161 **욕망이라는 이름의 전차** 윌리엄스 · 김소임 옮김
162 **마사 퀘스트** 레싱 · 나영균 옮김 노벨 문학상 수상 작가
163·164 **운명의 딸** 아옌데 · 권미선 옮김
165 **모렐의 발명** 비오이 카사레스 · 송병선 옮김
166 **삼국유사** 일연 · 김원중 옮김 서울대 권장도서 100선
167 **풀잎은 노래한다** 레싱 · 이태동 옮김 노벨 문학상 수상 작가
168 **파리의 우울** 보들레르 · 윤영애 옮김
169 **포스트맨은 벨을 두 번 울린다** 케인 · 이만식 옮김
170 **썩은 잎** 마르케스 · 송병선 옮김 노벨 문학상 수상 작가
171 **모든 것이 산산이 부서지다** 아체베 · 조규형 옮김 《타임》 선정 현대 100대 영문소설
172 **한여름 밤의 꿈** 셰익스피어 · 최종철 옮김 미국대학위원회 선정 SAT 추천도서
173 **로미오와 줄리엣** 셰익스피어 · 최종철 옮김 미국대학위원회 선정 SAT 추천도서
174·175 **분노의 포도** 스타인벡 · 김승욱 옮김 노벨 문학상 수상 작가 | 《타임》 선정 현대 100대 영문소설
176·177 **괴테와의 대화** 에커만 · 장희창 옮김
178 **그물을 헤치고** 머독 · 유종호 옮김 《타임》 선정 현대 100대 영문소설
179 **브람스를 좋아하세요...** 사강 · 김남주 옮김
180 **카타리나 블룸의 잃어버린 명예** 하인리히 뵐 · 김연수 옮김 노벨 문학상 수상 작가
181·182 **에덴의 동쪽** 스타인벡 · 정회성 옮김 노벨 문학상 수상 작가
183 **순수의 시대** 워튼 · 송은주 옮김 《뉴스위크》 선정 100대 명저 | 퓰리처상 수상작
184 **도둑 일기** 주네 · 박형섭 옮김
185 **나자** 브르통 · 오생근 옮김
186·187 **캐치-22** 헬러 · 안정효 옮김 《타임》 선정 현대 100대 영문소설 | 《뉴스위크》 선정 100대 명저 | BBC 선정 꼭 읽어야 할 책
188 **숄로호프 단편선** 숄로호프 · 이항재 옮김 노벨 문학상 수상 작가
189 **말** 사르트르 · 정명환 옮김
190·191 **보이지 않는 인간** 엘리슨 · 조영환 옮김 《타임》 선정 현대 100대 영문소설
192 **왑샷 가문 연대기** 치버 · 김승욱 옮김 퓰리처상 수상 작가
193 **왑샷 가문 몰락기** 치버 · 김승욱 옮김 퓰리처상 수상 작가
194 **필립과 다른 사람들** 노터봄 · 지명숙 옮김
195·196 **하드리아누스 황제의 회상록** 유르스나르 · 곽광수 옮김
197·198 **소피의 선택** 스타이런 · 한정아 옮김 퓰리처상 수상 작가
199 **피츠제럴드 단편선 2** 피츠제럴드 · 한은경 옮김
200 **홍길동전** 허균 · 김탁환 옮김

201 **요술 부지깽이** 쿠버 · 양윤희 옮김
202 **북호텔** 다비 · 원윤수 옮김
203 **톰 소여의 모험** 트웨인 · 김욱동 옮김
204 **금오신화** 김시습 · 이지하 옮김
205·206 **테스** 하디 · 정종화 옮김 미국대학위원회 선정 SAT 추천도서 | BBC 선정 꼭 읽어야 할 책
207 **브루스터플레이스의 여자들** 네일러 · 이소영 옮김
208 **더 이상 평안은 없다** 아체베 · 이소영 옮김
209 **그레인지 코플랜드의 세 번째 인생** 워커 · 김시현 옮김 퓰리처상 수상 작가
210 **어느 시골 신부의 일기** 베르나노스 · 정영란 옮김
211 **타라스 불바** 고골 · 조주관 옮김
212·213 **위대한 유산** 디킨스 · 이인규 옮김 서울대 권장도서 100선 | BBC 선정 꼭 읽어야 할 책
214 **면도날** 서머싯 몸 · 안진환 옮김
215·216 **성채** 크로닌 · 이은정 옮김
217 **오이디푸스 왕** 소포클레스 · 강대진 옮김 서울대 권장도서 100선
218 **세일즈맨의 죽음** 밀러 · 강유나 옮김
219·220·221 **안나 카레니나** 톨스토이 · 연진희 옮김 서울대 권장도서 100선
222 **오스카 와일드 작품선** 와일드 · 정영목 옮김
223 **벨아미** 모파상 · 송덕호 옮김
224 **파스쿠알 두아르테 가족** 호세 셀라 · 정동섭 옮김 노벨 문학상 수상 작가
225 **시칠리아에서의 대화** 비토리니 · 김운찬 옮김
226·227 **길 위에서** 케루악 · 이만식 옮김 《타임》 선정 현대 100대 영문소설 | 《뉴스위크》 선정 100대 명저
228 **우리 시대의 영웅** 레르몬토프 · 오정미 옮김
229 **아우라** 푸엔테스 · 송상기 옮김
230 **클링조어의 마지막 여름** 헤세 · 황승환 옮김 노벨 문학상 수상 작가
231 **리스본의 겨울** 무뇨스 몰리나 · 나송주 옮김
232 **뻐꾸기 둥지 위로 날아간 새** 키지 · 정회성 옮김 《타임》 선정 현대 100대 영문소설
233 **페널티킥 앞에 선 골키퍼의 불안** 한트케 · 윤용호 옮김 노벨 문학상 수상 작가
234 **참을 수 없는 존재의 가벼움** 쿤데라 · 이재룡 옮김
235·236 **바다여, 바다여** 머독 · 최옥영 옮김
237 **한 줌의 먼지** 에벌린 워 · 안진환 옮김 《타임》 선정 현대 100대 영문소설
238 **뜨거운 양철 지붕 위의 고양이 · 유리 동물원** 윌리엄스 · 김소임 옮김 퓰리처상 수상작
239 **지하로부터의 수기** 도스토옙스키 · 김연경 옮김
240 **키메라** 바스 · 이운경 옮김
241 **반쪼가리 자작** 칼비노 · 이현경 옮김
242 **벌집** 호세 셀라 · 남진희 옮김 노벨 문학상 수상 작가
243 **불멸** 쿤데라 · 김병욱 옮김
244·245 **파우스트 박사** 토마스 만 · 임홍배, 박병덕 옮김 노벨 문학상 수상 작가
246 **사랑할 때와 죽을 때** 레마르크 · 장희창 옮김
247 **누가 버지니아 울프를 두려워하랴?** 올비 · 강유나 옮김
248 **인형의 집** 입센 · 안미란 옮김
249 **위폐범들** 지드 · 원윤수 옮김 노벨 문학상 수상 작가
250 **무정** 이광수 · 정영훈 책임 편집 서울대 권장도서 100선

251·252 의지와 운명 푸엔테스 · 김현철 옮김
253 폭력적인 삶 파솔리니 · 이승수 옮김
254 거장과 마르가리타 불가코프 · 정보라 옮김
255·256 경이로운 도시 멘도사 · 김현철 옮김
257 야콥을 둘러싼 추측들 욘존 · 손대영 옮김
258 왕자와 거지 트웨인 · 김욱동 옮김
259 존재하지 않는 기사 칼비노 · 이현경 옮김
260·261 눈먼 암살자 애트우드 · 차은정 옮김 《타임》 선정 현대 100대 영문소설
262 베니스의 상인 셰익스피어 · 최종철 옮김
263 말리나 바흐만 · 남정애 옮김
264 사볼타 사건의 진실 멘도사 · 권미선 옮김
265 뒤렌마트 희곡선 뒤렌마트 · 김혜숙 옮김
266 이방인 카뮈 · 김화영 옮김 노벨 문학상 수상 작가 | 미국대학위원회 선정 SAT 추천도서
267 페스트 카뮈 · 김화영 옮김 노벨 문학상 수상 작가 | 국립중앙도서관 선정 청소년 권장도서
268 검은 튤립 뒤마 · 송진석 옮김
269·270 베를린 알렉산더 광장 되블린 · 김재혁 옮김
271 하얀 성 파묵 · 이난아 옮김 노벨 문학상 수상 작가
272 푸슈킨 선집 푸슈킨 · 최선 옮김
273·274 유리알 유희 헤세 · 이영임 옮김 노벨 문학상 수상 작가
275 픽션들 보르헤스 · 송병선 옮김 서울대 권장도서 100선
276 신의 화살 아체베 · 이소영 옮김
277 빌헬름 텔 · 간계와 사랑 실러 · 홍성광 옮김
278 노인과 바다 헤밍웨이 · 김욱동 옮김 노벨 문학상 수상 작가 | 퓰리처상 수상작
279 무기여 잘 있어라 헤밍웨이 · 김욱동 옮김 미국대학위원회 선정 SAT 추천도서
280 태양은 다시 떠오른다 헤밍웨이 · 김욱동 옮김 《타임》 선정 현대 100대 영문 소설
281 알레프 보르헤스 · 송병선 옮김
282 일곱 박공의 집 호손 · 정소영 옮김
283 에마 오스틴 · 윤지관, 김영희 옮김
284·285 죄와 벌 도스토옙스키 · 김연경 옮김 미국대학위원회 선정 SAT 추천도서
286 시련 밀러 · 최영 옮김
287 모두가 나의 아들 밀러 · 최영 옮김
288·289 누구를 위하여 종은 울리나 헤밍웨이 · 김욱동 옮김 노벨 문학상 수상 작가
290 구르브 연락 없다 멘도사 · 정창 옮김
291·292·293 데카메론 보카치오 · 박상진 옮김
294 나누어진 하늘 볼프 · 전영애 옮김
295·296 제브데트 씨와 아들들 파묵 · 이난아 옮김 노벨 문학상 수상 작가
297·298 여인의 초상 제임스 · 최경도 옮김 미국대학위원회 선정 SAT 추천도서
299 압살롬, 압살롬! 포크너 · 이태동 옮김 노벨 문학상 수상 작가
300 이상 소설 전집 이상 · 권영민 책임 편집
301·302·303·304·305 레 미제라블 위고 · 정기수 옮김
306 관객모독 한트케 · 윤용호 옮김 노벨 문학상 수상 작가
307 더블린 사람들 조이스 · 이종일 옮김

308 에드거 앨런 포 단편선 앨런 포 · 전승희 옮김 미국대학위원회 선정 SAT 추천도서
309 보이체크 · 당통의 죽음 뷔히너 · 홍성광 옮김
310 노르웨이의 숲 무라카미 하루키 · 양억관 옮김
311 운명론자 자크와 그의 주인 디드로 · 김희영 옮김
312·313 헤밍웨이 단편선 헤밍웨이 · 김욱동 옮김 노벨 문학상 수상 작가
314 피라미드 골딩 · 안지현 옮김 노벨 문학상 수상 작가
315 닫힌 방 · 악마와 선한 신 사르트르 · 지영래 옮김
316 등대로 울프 · 이미애 옮김 《타임》 선정 현대 100대 영문소설 | 《뉴스위크》 선정 100대 명저
317·318 한국 희곡선 송영 외 · 양승국 엮음
319 여자의 일생 모파상 · 이동렬 옮김
320 의식 노터봄 · 김영중 옮김
321 육체의 악마 라디게 · 원윤수 옮김
322·323 감정 교육 플로베르 · 지영화 옮김
324 불타는 평원 룰포 · 정창 옮김
325 위대한 몬느 알랭푸르니에 · 박영근 옮김
326 라쇼몬 아쿠타가와 류노스케 · 서은혜 옮김
327 반바지 당나귀 보스코 · 정영란 옮김
328 정복자들 말로 · 최윤주 옮김
329·330 우리 동네 아이들 마흐푸즈 · 배혜경 옮김 노벨 문학상 수상 작가
331·332 개선문 레마르크 · 장희창 옮김
333 사바나의 개미 언덕 아체베 · 이소영 옮김
334 게걸음으로 그라스 · 장희창 옮김 노벨 문학상 수상 작가
335 코스모스 곰브로비치 · 최성은 옮김
336 좁은 문 · 전원교향곡 · 배덕자 지드 · 동성식 옮김 노벨 문학상 수상 작가
337·338 암 병동 솔제니친 · 이영의 옮김 노벨 문학상 수상 작가
339 피의 꽃잎들 응구기 와 시옹오 · 왕은철 옮김
340 운명 케르테스 · 유진일 옮김 노벨 문학상 수상 작가
341·342 벌거벗은 자와 죽은 자 메일러 · 이운경 옮김 퓰리처상 수상 작가
343 시지프 신화 카뮈 · 김화영 옮김 노벨 문학상 수상 작가
344 뇌우 차오위 · 오수경 옮김
345 모옌 중단편선 모옌 · 심규호, 유소영 옮김 노벨 문학상 수상 작가
346 일야서 한사오궁 · 심규호, 유소영 옮김
347 상속자들 골딩 · 안지현 옮김 노벨 문학상 수상 작가
348 설득 오스틴 · 전승희 옮김
349 히로시마 내 사랑 뒤라스 · 방미경 옮김
350 오 헨리 단편선 오 헨리 · 김희용 옮김
351·352 올리버 트위스트 디킨스 · 이인규 옮김
353·354·355·356 전쟁과 평화 톨스토이 · 연진희 옮김
357 다시 찾은 브라이즈헤드 에벌린 워 · 백지민 옮김
358 아무도 대령에게 편지하지 않다 마르케스 · 송병선 옮김
359 사양 다자이 오사무 · 유숙자 옮김
360 좌절 케르테스 · 한경민 옮김 노벨 문학상 수상 작가

361·362 **닥터 지바고** 파스테르나크 · 김연경 옮김 노벨 문학상 수상 작가
363 **노생거 사원** 오스틴 · 윤지관 옮김
364 **개구리** 모옌 · 심규호, 유소영 옮김 노벨 문학상 수상 작가
365 **마왕** 투르니에 · 이원복 옮김 공쿠르상 수상 작가
366 **맨스필드 파크** 오스틴 · 김영희 옮김
367 **이선 프롬** 이디스 워튼 · 김욱동 옮김 퓰리처상 수상 작가
368 **여름** 이디스 워튼 · 김욱동 옮김 퓰리처상 수상 작가
369·370·371 **나는 고백한다** 자우메 카브레 · 권가람 옮김
372·373·374 **태엽 감는 새 연대기** 무라카미 하루키 · 김연경 옮김
375·376 **대사들** 제임스 · 정소영 옮김
377 **족장의 가을** 마르케스 · 송병선 옮김 노벨 문학상 수상 작가
378 **핏빛 자오선** 매카시 · 김시현 옮김
379 **모두 다 예쁜 말들** 매카시 · 김시현 옮김
380 **국경을 넘어** 매카시 · 김시현 옮김
381 **평원의 도시들** 매카시 · 김시현 옮김
382 **만년** 다자이 오사무 · 유숙자 옮김
383 **반항하는 인간** 카뮈 · 김화영 옮김 노벨 문학상 수상 작가
384·385·386 **악령** 도스토옙스키 · 김연경 옮김
387 **태평양을 막는 제방** 뒤라스 · 윤진 옮김
388 **남아 있는 나날** 가즈오 이시구로 · 송은경 옮김
389 **앙리 브륄라르의 생애** 스탕달 · 원윤수 옮김
390 **찻집** 라오서 · 오수경 옮김
391 **태어나지 않은 아이를 위한 기도** 케르테스 · 이상동 옮김 노벨 문학상 수상 작가
392·393 **서머싯 몸 단편선** 서머싯 몸 · 황소연 옮김
394 **케이크와 맥주** 서머싯 몸 · 황소연 옮김
395 **월든** 소로 · 정회성 옮김
396 **모래 사나이** E. T. A. 호프만 · 신동화 옮김
397·398 **검은 책** 오르한 파묵 · 이난아 옮김 노벨 문학상 수상 작가
399 **방랑자들** 올가 토카르추크 · 최성은 옮김 노벨 문학상 수상 작가
400 **시여, 침을 뱉어라** 김수영 · 이영준 엮음
401·402 **환락의 집** 이디스 워튼 · 전승희 옮김
403 **달려라 메로스** 다자이 오사무 · 유숙자 옮김
404 **아버지와 자식** 투르게네프 · 연진희 옮김
405 **청부 살인자의 성모** 바예호 · 송병선 옮김
406 **세피아빛 초상** 아옌데 · 조영실 옮김
407·408·409·410 **사기 열전** 사마천 · 김원중 옮김 서울대 권장도서 100선
411 **이상 시 전집** 이상 · 권영민 책임 편집
412 **어둠 속의 사건** 발자크 · 이동렬 옮김
413 **태평천하** 채만식 · 권영민 책임 편집
414·415 **노스트로모** 콘래드 · 이미애 옮김
416·417 **제르미날** 졸라 · 강충권 옮김
418 **명인** 가와바타 야스나리 · 유숙자 옮김 노벨 문학상 수상 작가
419 **핀처 마틴** 골딩 · 백지민 옮김 노벨 문학상 수상 작가

세계문학전집은 계속 간행됩니다.